Das Buch:
Dieser weitgespannte, kunstvoll gesponnene Roman besteht aus einer raffinierten Mischung aus Fantasie und Fakten, Legende und Wirklichkeit. Sein Angelpunkt ist das Schachspiel von Montglane, einst im Besitz Karls des Großen. Die Figuren des Spiels bergen eine geheimnisvolle Formel, deren Kenntnis – so will es die Überlieferung – ungeahnte Macht verleiht. Kein Wunder also, daß Geheimbünde, Esoteriker und machtlüsterne Männer seit je Jagd auf die im Lauf der Jahrhunderte in alle Winde zerstreuten Schachfiguren machten.
Der Roman spielt in der Zeit nach der Französischen Revolution und in den 70er Jahren unseres Jahrhunderts, zwei faszinierende Frauen führen durch das Geschehen: Mireille, Novizin in einem Kloster, in deren Besitz diese geheimnisumwobenen Figuren sind; Katherine, Unternehmensberaterin, die auf einen Text stößt, aus dessen Wortlaut sich eine Spur der mystischen Figuren ergibt. So entwickelt sich, mit zunehmender Rasanz, ein turbulentes Spiel von Abenteuern, Entdeckungen, Intrigen und geheimnisvollen Verflechtungen. »Mit geradezu alchemistischem Geschick hat Katherine Neville in ihrem Erstlingsroman eine moderne Liebesgeschichte, fingierte geschichtliche Ereignisse und mittelalterliche Mysterien miteinander verschmolzen – und das Ergebnis ist pures Gold.« (People)

Die Autorin:
Katherine Neville, 1945 in St. Louis geboren, arbeitete fast zwei Jahrzehnte als Computerspezialistin in drei Kontinenten und wurde schließlich Vizepräsidentin der Bank of America in San Francisco. Sie lebt heute in Kalifornien.

KATHERINE NEVILLE

DAS MONTGLANE-SPIEL

Roman

Aus dem Englischen von
Manfred Ohl und Hans Sartorius

WILHELM HEYNE VERLAG
MÜNCHEN

HEYNE ALLGEMEINE REIHE
Nr. 01/8793

Titel der Originalausgabe
THE EIGHT

17. Auflage

Copyright © 1988 by Katherine Neville
Copyright © der deutschen Ausgabe 1990 by
Wilhelm Heyne Verlag GmbH & Co. KG, München
Die Hardcover-Ausgabe ist im Scherz Verlag erschienen.
Printed in Germany 1997
Umschlaggestaltung: Atelier Ingrid Schütz, München
Gesamtherstellung: Ebner Ulm

ISBN 3-453-06434-8

MONTGLANE

Frühjahr 1790

Eine Gruppe Nonnen überquerte die Straße. Die gestärkten Hauben auf ihren Köpfen hoben und senkten sich wie die Flügel großer Meeresvögel. Als die Ordensfrauen durch das hohe, steinerne Stadttor segelten, stoben Hühner und Gänse aufgeregt flatternd und gakkernd durch schlammige Pfützen davon. Die Nonnen liefen durch den dichten Dunst, der wie jeden Morgen über dem Tal lag, und stiegen zu zweit nebeneinander dem Klang der Glocke entgegen, die über ihnen ihren Ruf erschallen ließ.

Man nannte diesen Frühling *le printemps sanglant*, den blutigen Frühling. Die Kirschbäume hatten sehr früh geblüht, noch ehe der Schnee auf den Bergen geschmolzen war. Die dünnen Äste senkten sich unter der Last der nassen roten Blüten der Erde entgegen. Einige hielten die frühe Blüte für ein gutes Omen, für ein Symbol der Wiedergeburt nach dem langen und grausamen Winter. Aber dann kam der kalte Regen, die Blüten erstarrten an den Zweigen und waren von schmutzigbraunen Frostadern durchzogen, als seien es blutverkrustete Wunden. Auch darin sah man ein Zeichen des Himmels.

Das Kloster von Montglane stand hoch über dem Tal der Bergflanke und wirkte wie ein gewaltiger Felsvorsprung. Beinahe tausend Jahre hatte die Welt draußen den einer Festung ähnlichen Bau vergessen und ihn unberührt gelassen. Die Mauern des Klosters türmten sich in sechs oder sieben Schichten übereinander. Wenn die ursprünglichen Steine im Verlauf der Jahrhunderte verwitterten, errichtete man vor den alten neue Mauern mit Stützpfeilern. So wurde aus dem Kloster ein abweisendes, drohendes Bollwerk, das den Gerüchten und Geschichten Nahrung bot, die man im ganzen Land erzählte.

Das Kloster von Montglane war das älteste noch benutzte kirchliche Monument in Frankreich. Ein uralter Fluch drohte jedem, der sich dem Kloster in feindlicher Absicht näherte. Aber die Zeit war reif, und das unheilvolle Schicksal sollte bald in Erfüllung gehen.

Als die Glocke ihren tiefen, vollen Ton über dem Tal erklingen ließ, unterbrachen auch die Nonnen auf den Feldern die Arbeit. Eine nach der anderen stellte Rechen und Hacke beiseite und lief durch die langen, geraden Reihen der Kirschbäume. Sie eilten in einem langen Zug den steilen Weg zum Kloster hinauf. Am Ende der Prozession folgten Arm in Arm und mit schmutzigen Stiefeln Valentine und Mireille, zwei junge Novizinnen. Sie boten ein merkwürdiges Bild im Gegensatz zu den sittsamen Nonnen. Die große, rothaarige Mireille wirkte mit ihren langen Beinen und den breiten Schultern eher wie ein pausbäckiges Bauernmädchen als eine Nonne. Sie trug über dem Habit eine weite, dicke Kittelschürze; unter der Haube wagten sich ein paar rote Löckchen hervor. Valentine an ihrer Seite schien dagegen schmächtig, obwohl sie beinahe so groß wie Mireille war. Sie hatte eine zarte, helle Haut; die dichten weißblonden Haare, die ihr über die Schultern fielen, betonten die Durchsichtigkeit noch. Valentine hatte die Haube in die Tasche ihres Habits gesteckt. Sie ging unwillig neben Mireille her und trat mit den Stiefelspitzen mißmutig gegen Erdbrocken.

Die beiden jungen Frauen waren die jüngsten Novizinnen des Klosters und Cousinen mütterlicherseits. Schon im Kindesalter hatte eine schwere Seuche, die damals ganz Frankreich heimsuchte, die Mädchen zu Waisen gemacht. Valentines Großvater, der alte Graf von Rémy, hatte die elternlosen Kindern der Kirche übergeben und ihnen bei seinem Tod eine beachtliche Summe aus seinem Vermögen hinterlassen.

Das gemeinsame Aufwachsen im Kloster machte Mireille und Valentine zu unzertrennlichen Freundinnen; ihre überschäumende jugendliche Fröhlichkeit war inzwischen kaum noch zu bändigen. Die Äbtissin hörte oft Klagen der älteren Nonnen, daß dieses ungestüme Verhalten dem klösterlichen Leben abträglich sei. Aber die Äbtissin hielt es für besser, den jugendlichen Geist zu zügeln, als ihn zu unterdrücken.

Abgesehen von solchen Erwägungen hatte die Äbtissin die beiden verwaisten Mädchen ins Herz geschlossen, und das sah ihrer Persönlichkeit und ihrem Rang überhaupt nicht ähnlich. Die älteren

Nonnen wären erstaunt gewesen, hätten sie gewußt, daß ihre Äbtissin in früher Kindheit eine ähnliche lebensfrohe Busenfreundin gehabt hatte, von der sie inzwischen viele Jahre und viele Tagesreisen trennten.

Der Pfad führte steil nach oben. Mireille schob die unbändigen Locken unter die Haube, zog ihre Cousine am Arm energisch mit sich und erinnerte sie an die Sünde der Unpünktlichkeit.

»Wenn du so trödelst, wird die Ehrwürdige Mutter uns wieder eine Buße auferlegen«, ermahnte sie Valentine.

Ihre Cousine riß sich los und drehte sich ausgelassen im Kreis. »Die Erde sonnt sich im Frühling!« rief sie mit ausgebreiteten Armen und wäre beinahe über den steilen Felsen in die Tiefe gestürzt. Mireille zog sie von dem gefährlichen Abhang weg.

»Warum müssen wir in dem dumpfen Kloster eingesperrt sein, wenn draußen alles vor Leben nur so sprüht?«

»Weil wir Nonnen sind«, erwiderte Mireille belehrend. Sie lief jetzt noch schneller und nahm die Hand nicht mehr von Valentines Arm. »Und weil es unsere Pflicht ist, für die Menschen zu beten.«

Der warme Dunst, der vom Talboden aufstieg, war betäubend schwer und tränkte alles mit dem sinnlichen Duft der Kirschblüten. Aber Mireille versuchte, die Gefühle nicht zu beachten, die das in ihr auslöste.

»Gott sei Dank sind wir noch keine Nonnen!« rief Valentine. »Bis wir das Gelübde abgelegt haben, sind wir nur Novizinnen. Noch können wir gerettet werden! Ich habe die alten Nonnen miteinander tuscheln hören. Soldaten ziehen durch das Land und rauben die Klöster aus. Sie nehmen die Priester gefangen und bringen sie nach Paris. Vielleicht kommen auch ein paar Soldaten hierher und bringen *mich* nach Paris. Vielleicht gehen sie dann jeden Abend mit mir in die Oper und trinken Champagner aus meinem Schuh!«

»Soldaten sind nicht immer so liebenswürdig, wie du anscheinend glaubst«, erklärte Mireille, »schließlich ist es ihre Aufgabe, Menschen zu töten, und nicht, mit ihnen in die Oper zu gehen.«

»Nein, sie töten nicht nur«, erwiderte Valentine und senkte die Stimme zu einem verschwörerischen Flüstern. Der Zug der Nonnen hatte inzwischen den Gipfel des Hügels erreicht. Der Weg wurde erheblich breiter und verlief jetzt gerade; die glatten Pflastersteine erinnerten eher an eine Durchgangsstraße in einer größeren Stadt. Auf beiden Seiten der Straße standen hohe, alte Zypressen, die mahnend aus dem Meer der blühenden Kirschbäume aufragten. Sie wirkten steif und abweisend und, wie das Kloster selbst, seltsam fremd und ungastlich.

»Ich habe gehört«, flüsterte Valentine ihrer Cousine ins Ohr, »daß die Soldaten schreckliche Dinge mit den Nonnen anstellen! Wenn ein Soldat auf eine Nonne trifft – zum Beispiel im Wald –, holt er sofort ein Ding aus der Hose, steckt es in die Nonne und rührt damit in ihr herum. Und wenn er fertig ist, hat die Nonne ein Kind!«

»Das ist ja Gotteslästerung!« rief Mireille und wich in gespieltem Entsetzen vor Valentine zurück. Dann versuchte sie, ein Grinsen zu unterdrücken, und sagte kopfschüttelnd: »Ich glaube, du bist doch zu lebenslustig für eine Nonne.«

»Der Meinung bin ich auch«, gestand Valentine, »ich wäre lieber die Braut eines Soldaten als die Braut Christi.«

Die beiden Cousinen erreichten die vier Doppelreihen Zypressen, die vor dem Klostereingang ein Kreuz bildeten. Unter den hohen Bäumen war es dunkel, und graue Nebelschwaden schwebten dazwischen. Mireille und Valentine liefen durch das Klostertor und überquerten schnell den großen Innenhof. Die Glocke läutete immer noch, während sie sich dem hohen Holztor des Hauptgebäudes näherten. Im dichten Nebel klang es wie das hohle Geläut einer Totenglocke.

Die beiden blieben vor dem Tor stehen, kratzten den Dreck von den Stiefeln, bekreuzigten sich hastig und eilten durch das hohe Portal. Sie blickten nicht zu der Inschrift in ungelenken, fränkischen Buchstaben hinauf, die über dem Portal in Stein gehauen war. Aber sie wußten, was dort stand, als seien ihnen die Worte ins Herz gemeißelt:

Fluch dem, der diese Mauern schleift.
Nur die Hand Gottes steht über dem König.

Unter der Inschrift stand in großen Lettern: CAROLUS MAGNUS. Er hatte das Kloster erbaut und jeden mit dem Fluch belegt, der es zerstören würde. Er hatte vor mehr als tausend Jahren als mächtigster Kaiser über das fränkische Reich geherrscht. Man nannte ihn Charlemagne – Karl den Großen.

Im Innern war das Kloster kalt, dunkel und feucht. An den Wänden wuchs Moos. Aus der Kirche drang das eintönige Gemurmel der Novizinnen, die unter dem leisen Klicken ihrer Rosenkränze Ave Marias, Glorias und Vaterunser beteten. Valentine und Mireille eilten durch das Gotteshaus, als die letzten Schwestern das Knie beugten, und folgten dem leisen Geflüster zu der kleinen Tür hinter dem Altar. Dort befand sich das Arbeitszimmer der Ehrwürdigen Mutter. Eine alte Nonne trieb die Nachzüglerinnen zur Eile an. Valentine und Mireille warfen sich einen vielsagenden Blick zu und traten ein.

Es war seltsam, auf diese Weise in das Arbeitszimmer der Äbtissin befohlen zu werden. Nur wenige Nonnen kannten den Raum, und meist wurde man nur aus disziplinarischen Gründen dorthin beordert. Über Valentine gab es viele Klagen, und deshalb war sie allzu oft schon hier gewesen. Die Klosterglocke rief zwar üblicherweise die Nonnen zusammen. Aber man konnte doch nicht alle Nonnen gleichzeitig in das Zimmer der Äbtissin rufen?

Als sie den großen Raum mit der niedrigen Balkendecke betraten, sahen Valentine und Mireille, daß sich wahrhaftig alle Nonnen versammelt hatten – es waren über fünfzig anwesend. Sie saßen auf harten Holzbänken, die man aus diesem Anlaß vor dem Schreibtisch der Äbtissin aufgestellt hatte, flüsterten besorgt miteinander und machten ängstliche und erschrockene Gesichter. Die beiden Cousinen suchten sich einen Platz in der letzten Reihe, und Valentine umklammerte Mireilles Hand.

»Was soll das bedeuten?« fragte sie leise.

»Nichts Gutes«, erwiderte Mireille ebenso leise, »die Ehrwürdige Mutter wirkt sehr ernst. Und diese beiden Frauen dort habe ich noch nie gesehen.«

Die Äbtissin stand am Ende des langen Raums hinter einem schweren, glänzend polierten Schreibtisch aus Kirschbaumholz. Obwohl ihre Haut so faltig und ledrig war wie altes Pergament, strahlte diese Frau noch immer die Kraft und Würde ihres hohen Amtes aus. Ihre Haltung wirkte entrückt, als habe sie schon vor langer Zeit ihren Seelenfrieden gefunden. Aber heute wirkte sie so ernst, wie noch keine ihrer Nonnen sie gesehen hatte.

Zwei fremde, junge und kräftige Frauen standen wie Racheengel an ihrer Seite. Die eine hatte helle Haut, dunkles Haar und strahlende Augen; die andere – mit etwas dunklerem Teint und hellen kastanienbraunen Haaren – besaß eine starke Ähnlichkeit mit Mireille. Die beiden Frauen wirkten ihrer Haltung nach wie Nonnen, aber sie trugen keinen Habit, sondern einfache und unauffällige graue Reisekleidung.

Die Äbtissin wartete, bis alle Nonnen Platz genommen hatten und die Tür geschlossen worden war. Als völlige Stille herrschte, sprach sie mit dieser eigenartigen Stimme, die Valentine immer an ein trokkenes Blatt erinnerte, das zwischen den Fingern zerdrückt wird.

»Meine Töchter«, sagte sie und faltete die Hände vor der Brust, »das Kloster von Montglane steht seit beinahe eintausend Jahren auf diesem Felsen. Unser Orden erfüllt seine Pflicht gegenüber den Menschen, und er dient Gott. Wir leben zwar abgeschieden in der Einsamkeit dieser Berge, aber wir hören auch hier das Grollen einer Welt im Umbruch. In unserem kleinen, bescheidenen Winkel haben uns schlechte Nachrichten ereilt. Es sieht so aus, als sei das Ende der Sicherheit gekommen, deren wir uns so lange erfreuen durften. Die beiden Frauen an meiner Seite bringen uns diese Nachrichten. Ich stelle euch Schwester Alexandrine de Forbin vor« – die Äbtissin deutete auf die dunkelhaarige Frau – »und Marie-Charlotte de Corday. Sie leiten zusammen das Kloster der Damen von Caen in der nördlichen Provinz. In Verkleidung haben sie die lange, schwere Reise durch Frankreich unternommen, um uns zu warnen. Ich bitte euch deshalb, hört aufmerksam zu, was sie uns zu sagen haben. Es ist für uns alle von größter Bedeutung.«

Die Äbtissin setzte sich auf ihren Platz. Die Frau, die sie als Alexandrine de Forbin vorgestellt hatte, räusperte sich und sprach dann so leise, daß die Nonnen sie nur mit Mühe verstehen konnten. Aber ihre Worte waren klar und deutlich.

»Meine Schwestern in Gott«, begann sie, »unsere Geschichte ist nichts für Zartbesaitete. Einige von uns sind in der Hoffnung zu Christus gekommen, die Menschheit zu retten. Andere wollten der Welt entfliehen. Welcher Grund auch euer Herz bewegt haben mag, seit heute hat sich alles geändert. Auf unserer Reise sind Schwester Charlotte und ich durch ganz Frankreich, durch Paris und durch jedes Dorf auf diesem Weg gekommen. Wir haben nicht nur Hunger gesehen, sondern eine schreckliche Hungersnot. Die Menschen plündern und rauben für eine Scheibe Brot. Männer werden gemordet. Frauen tragen auf Spießen abgeschlagene Köpfe durch die Straßen. Es gibt Vergewaltigungen und noch Schlimmeres. Kleine Kinder werden getötet, Leute auf öffentlichen Plätzen gefoltert und von der wütenden Menge in Stücke zerrissen ...« Die Nonnen redeten aufgeregt durcheinander, während Alexandrine ihren blutigen Bericht fortsetzte.

Mireille fand es merkwürdig, daß eine Frau Gottes, ohne zu erbleichen, einen solchen Bericht geben konnte. Die Nonne sprach unverändert leise und ruhig. Ihre Stimme zitterte oder bebte kein einziges Mal. Mireille sah Valentine an, deren Augen vor Aufregung groß und rund geworden waren. Alexandrine de Forbin wartete, bis es im Raum wieder etwas ruhiger geworden war, und sprach dann weiter.

»Es ist jetzt April. Im vergangenen Oktober hat eine aufgebrachte Menge den König und die Königin aus Versailles entführt und gezwungen, nach Paris in die Tuilerien zurückzukehren, wo man sie gefangenhält. Der König mußte ein Dokument unterschreiben, die ›Erklärung der Menschenrechte‹, in der die Gleichheit aller Menschen verkündet wird. Jetzt übt die Nationalversammlung die Kontrolle über die Regierung aus. Der König hat keine Macht mehr und kann nicht eingreifen. Unser Land ist über das Stadium der Revolution hinaus. Wir befinden uns im Zustand der Anarchie. Die Lage hat sich noch verschlechtert, seit die Nationalversammlung entdeckt hat, daß sich im Staatsschatz kein Gold mehr befindet. Der König hat den Staat in den Bankrott getrieben. In Paris glaubt man, daß er das Ende des Jahres nicht mehr erleben wird.«

Entsetzen lief durch die Reihen der Nonnen, und überall im Raum hörte man aufgeregtes Flüstern. Mireille drückte Valentine sanft die Hand, während sie fassungslos auf Alexandrine de Forbin blickten. Die Frauen in diesem Raum hatten noch nie erlebt, daß solche Gedanken laut ausgesprochen wurden, und es fiel ihnen schwer, Dinge wie Folter, Anarchie, Königsmord als wirklich hinzunehmen. Wie war das alles möglich?

Die Äbtissin klopfte mit der flachen Hand auf den Tisch, und die Nonnen verstummten sofort. Alexandrine setzte sich. Jetzt stand nur noch Schwester Charlotte. Ihre Stimme klang kräftig und klar.

»In der Nationalversammlung gibt es einen Mann, der sich dem Bösen verschrieben hat. Er giert nach Macht, obwohl er zum Klerus zählt. Es ist der Bischof von Autun. Die römisch-katholische Kirche hält ihn für den Teufel in Menschengestalt. Man behauptet, er sei mit einem Pferdefuß, dem Zeichen des Teufels, geboren worden. Angeblich trinkt er das Blut von Kindern und zelebriert die schwarze Messe. Im Oktober hat dieser Bischof der Nationalversammlung vorgeschlagen, das gesamte Eigentum der Kirche zu beschlagnahmen. Am zweiten November hat sich der große Staatsmann Mirabeau vor der Nationalversammlung für das Enteignungsgesetz ausgesprochen, und es wurde verabschiedet. Am Freitag, den dreizehnten November begann der Staat mit der Enteignung. Alle Geistlichen, die Widerstand leisteten, wurden verhaftet und ins Gefängnis geworfen. Und am sechzehnten Februar wurde der Bischof von Autun zum Präsidenten der Nationalversammlung gewählt. Jetzt kann ihn nichts mehr aufhalten.«

Die Nonnen gerieten in helle Aufregung, aber Charlotte de Cordays Stimme übertönte sie alle.

»Lange vor der Verabschiedung des Enteignungsgesetzes hatte der Bischof von Autun in ganz Frankreich über den Besitz und die Reichtümer der Kirche Erkundigungen einholen lassen. Das Gesetz sieht zwar vor, daß die Mönche und Priester zuerst an die Reihe kommen und die Nonnen geschont werden sollen. Doch wir wissen, daß der Bischof ein Auge auf das Kloster von Montglane geworfen hat. Seine Nachforschungen richteten sich sogar im wesentlichen alle auf Montglane. Deshalb sind wir hierhergeeilt, um euch zu benachrichtigen. Der Schatz von Montglane darf nicht in seine Hände fallen.«

Die Äbtissin erhob sich und legte ihre Hand auf den Arm von Charlotte de Corday. Sie blickte auf die Reihen der schwarz gekleideten Nonnen, deren gestärkte Hauben vor ihr wie eine Schar aufgeregter Möwen auf dem Wasser schaukelten, und lächelte wehmütig. Das war ihre Herde, die sie so lange gehütet hatte und die sie möglicherweise nicht wiedersehen würde, nachdem sie ihnen enthüllt hatte, was sie ihnen sagen mußte.

»Jetzt kennt ihr unsere Lage ebenso wie ich«, sagte die Äbtissin. »Ich weiß zwar schon seit einiger Zeit, was uns droht, aber ich wollte euch nicht beunruhigen, ehe ich mich für einen Weg entschieden hatte. Unsere Schwestern aus Caen sind meinem Ruf gefolgt, und durch ihre Reise haben sich meine schlimmsten Befürchtungen bestätigt.« Die Nonnen verstummten. Im Raum herrschte Grabesstille; man hörte nur noch die Stimme der Äbtissin.

»Ich bin eine alte Frau, die Gott vielleicht früher zu sich ruft, als sie glaubt. Das Gelübde, das ich abgelegt habe, als ich in dieses Kloster eintrat, umfaßte nicht nur das Gelöbnis der Treue zu Christus. Als ich vor beinahe vierzig Jahren die Äbtissin von Montglane geworden bin, habe ich geschworen, ein Geheimnis zu wahren und, wenn nötig, auch mit meinem Leben zu schützen. Meine Geschichte ist lang, und ich bitte euch um Geduld, wenn ich sie jetzt erzähle. Aber wenn ich damit zu Ende bin, werdet ihr wissen, warum jede von uns das tun muß, was zu tun ist.«

Die Äbtissin trank einen Schluck Wasser aus dem silbernen Becher, der vor ihr auf dem Schreibtisch stand. Dann sprach sie weiter.

»Heute ist der vierte April im Jahre des Herrn 1790. Meine Geschichte beginnt auch an einem vierten April, aber vor vielen, vielen Jahren. Meine Vorgängerin hat mir diese Geschichte erzählt, so wie seit dem Bestehen des Klosters jede Äbtissin ihrer Nachfolgerin nach der Weihe. Und nun erzähle ich sie euch . . .«

DIE GESCHICHTE DER ÄBTISSIN

Am vierten April des Jahres 782 fand im orientalischen Palast in Aachen zu Ehren des vierzigsten Geburtstags von Karl dem Großen ein märchenhaftes Fest statt. Der große König hatte alle Edlen seines Reichs zu diesem Fest geladen. In dem großen Innenhof mit der Mosaikkuppel, den geschwungenen Treppen und Balkonen standen eigens zu diesem Zweck herbeigeschaffte Palmen, und alles prangte im festlichen Schmuck von Blumengirlanden. In der großen Halle ertönten unter goldenen und silbernen Lampen Harfen- und Lautenklänge. Die Höflinge, in Purpur, Scharlachrot und Gold gekleidet, schritten durch ein Märchenland, in dem Jongleure, Narren und

Puppenspieler die Gäste unterhielten. Man brachte wilde Bären, Löwen, Giraffen und Tauben in Käfigen. Schon seit Wochen herrschte am Hof eine fröhliche, erwartungsvolle Stimmung.

Heute sollte der Höhepunkt des Festes sein. Am Morgen seines Geburtstags erschien der König im Kreis seiner achtzehn Kinder, der Königin und seiner bevorzugten Höflinge. Karl der Große war ein außergewöhnlich großer Mann und besaß die sehnige Kraft und Anmut eines Reiters und Schwimmers. Die Sonne hatte seine Haut gebräunt und Haare und Schnurrbart blond gebleicht. Trotz einer schlichten Wolltunika und einem Umhang aus Marderfellen strahlte er königliche Würde und Autorität aus. An seiner Seite hing das stets griffbereite Schwert. Der König schritt durch den Hof und begrüßte jeden seiner Untertanen. Er forderte alle auf, nach Herzenslust von den erlesenen Speisen und Getränken zu nehmen, unter denen sich die Tafeln im Saal bogen.

Der König hatte sich für diesen Tag etwas ganz Besonderes ausgedacht. Als Meister der Kampfstrategie hatte er eine Vorliebe für ein bestimmtes Spiel. Es war ein Kriegsspiel, das Spiel der Könige – Schach. Karl der Große wollte an seinem vierzigsten Geburtstag gegen den besten Spieler in seinem Reich, einen Soldaten namens Garin der Franke, eine Partie Schach spielen.

Unter Trompetenklängen betrat Garin den Hof. Die Akrobaten vollführten tollkühne Sprünge, und junge Frauen schwenkten Palmzweige und bestreuten seinen Pfad mit Rosenblättern. Garin war ein ernster, schlanker und blasser junger Mann mit grauen Augen. Er diente als Soldat im Westheer. Garin kniete nieder, als der König sich erhob, um ihn zu begrüßen.

Dann brachte man das Schachspiel in die große Halle. Acht dunkelhäutige Mauren trugen es auf ihren Schultern. Die Männer und das Schachspiel waren ein Dankgeschenk von Ibn-al-Arabi, dem Moslemherrscher von Barcelona, den der König vor vier Jahren im Kampf gegen die Basken unterstützt hatte. Beim Rückzug aus dieser berühmten Schlacht war der von Karl dem Großen so geliebte Krieger Hruolant, der Held des Rolandsliedes, auf dem Paß von Roncesvalles in Navarra gefallen. Dieser leidvolle Umstand hatte den König bewogen, das Schachspiel nie zu benutzen, und er hatte es bisher auch seinem Hof noch nicht gezeigt.

Alle Anwesenden staunten über das prachtvolle Schachspiel, das feierlich auf einen Tisch gestellt wurde. Es stammte zwar aus den Händen meisterhafter arabischer Handwerker, aber die Figuren verrieten deutlich ihre indische und persische Herkunft. Manche glauben nämlich, daß das Schachspiel schon vierhundert Jahre vor Christi Geburt in Indien bekannt war und während der arabischen Eroberung Persiens im Jahre 640 unserer Zeitrechnung über Persien nach Arabien gekommen ist.

Das Schachbrett aus reinem Silber und Gold maß einen Meter im Quadrat. Die Figuren aus filigran gearbeiteten kostbaren Metallen waren mit ungeschliffenen, aber glatt polierten Rubinen, Saphiren, Diamanten und Smaragden besetzt, von denen einige so groß wie Wachteleier waren. Sie blitzten und funkelten im Schein der Lampen und schienen mit einem inneren Licht zu strahlen, das die Zuschauer hypnotisierte.

Die Figur Schah, der König, war fünfzehn Zentimeter groß und stellte einen gekrönten Mann dar, der auf einem Elefanten ritt. Die Dame, auch Farzin genannt, saß in einer geschlossenen, juwelengeschmückten Sänfte. Die Läufer waren Elefanten, die mit seltenen Perlen besetzte Schabracken trugen; die Springer feurige arabische Hengste. Die Türme oder Rukhkh – das arabische Wort für ›Streitwagen‹ – waren große Kamele mit turmähnlichen Sesseln auf dem Rücken. Die Pfänder oder Bauern, wie wir sie heute nennen, waren sieben Zentimeter hohe, einfache Krieger mit kleinen Juwelen als Augen und edelsteinbesetzten Schwertgriffen.

Karl der Große und Garin näherten sich dem Schachspiel. Der König hob plötzlich die Hand und sprach Worte, die alle, die ihn kannten, in größtes Erstaunen versetzten.

»Ich schlage eine Wette vor«, erklärte er mit seltsamer Stimme. Der König hielt sonst nichts von Wetten. Die anwesenden Gäste sahen sich verwirrt an.

»Sollte mein Krieger Garin das Spiel gewinnen, vermache ich ihm von meinem Reich alles Land von Aachen bis zu den baskischen Pyrenäen und gebe ihm die Hand meiner ältesten Tochter. Sollte er verlieren, so wird er im Morgengrauen hier an Ort und Stelle enthauptet.«

Der Hof geriet in Bewegung. Alle wußten, der König liebte seine

Töchter so sehr, daß er sie gebeten hatte, nicht zu seinen Lebzeiten zu heiraten.

Der beste Freund des Königs, der Herzog von Burgund, legte ihm die Hand auf den Arm und zog ihn beiseite. »Was ist in Euch gefahren?« fragte er leise. »Ihr habt eine Wette vorgeschlagen, die einem betrunkenen Barbaren angemessen ist!«

Wie in Trance setzte sich Karl der Große an den Tisch, auf dem das Schachspiel stand. Der Herzog schüttelte verwirrt den Kopf. Garin sah erst seinen König und dann den Herzog fragend an, setzte sich aber schließlich wortlos an den Tisch und nahm somit die Wette an. Sie bestimmten mit Hilfe zweier Figuren die Farben; das Glück war auf Garins Seite. Er zog Weiß und hatte damit den Vorteil der Eröffnung. Das Spiel begann.

Vielleicht lag es an der spannungsgeladenen Atmosphäre, aber die Zuschauer sahen bald mit Staunen, daß die beiden Spieler ihre Figuren mit geisterhafter Sicherheit und Genauigkeit zogen. Das war kein Spiel mehr. Eine unsichtbare Hand war hier am Werk, und manchmal schienen die Figuren sogar selbständige Bewegungen auszuführen. Die Spieler saßen schweigend und blaß vor dem Brett; die Höflinge umlagerten sie.

Nach etwa einer Stunde fiel dem Herzog von Burgund auf, daß Karl der Große sich merkwürdig benahm. Er runzelte die Stirn, wirkte zunehmend unaufmerksam und abgelenkt. Auch Garin erfaßte eine ungewöhnliche Unruhe. Er bewegte sich schnell und fahrig, und auf seiner Stirn standen Schweißtropfen. Die beiden Männer hielten aber die Augen weiterhin starr auf das Schachbrett gerichtet, als könnten sie den Blick nicht davon wenden.

Plötzlich stieß Karl der Große einen lauten Schrei aus und sprang so heftig auf, daß das Schachbrett rutschte und die Figuren auf den Boden fielen. Die Höflinge wichen entsetzt zurück. Der König fing an zu toben. Ein schwarzer, schrecklicher Zorn erfaßte ihn. Er raufte sich die Haare und schlug sich heftig auf die Brust. Wie ein wildes Tier geriet er in unbändige Raserei. Garin und der Herzog von Burgund sprangen an seine Seite, aber er stieß sie von sich. Sechs Ritter warfen sich auf den König, um ihn zu halten. Als er sich schließlich beruhigte, sah er sich verwirrt um, als sei er aus einem langen, tiefen Schlaf erwacht.

»Mein König«, sagte Garin leise, hob eine der Figuren vom Boden auf und reichte sie Karl dem Großen, »vielleicht sollten wir das Spiel abbrechen. Die Figuren sind alle durcheinander, und ich kann mich an keinen einzigen Zug erinnern. Sire, ich fürchte mich vor diesem maurischen Schachspiel. Ich glaube, es steckt eine böse Macht darin, und sie hat Euch bewogen, um mein Leben zu wetten.«

Karl der Große setzte sich und legte erschöpft eine Hand an die Stirn, aber er schwieg.

»Garin«, sagte der Herzog von Burgund vorsichtig, »du weißt, der König lehnt Aberglauben als heidnisch und barbarisch ab. Er hat am Hof alle Magie und Wahrsagerei verboten –«

Karl der Große unterbrach ihn. Seine Stimme klang sehr müde. »Wie kann ich das Licht des Christentums nach Europa bringen, wenn meine Soldaten an Zauberei glauben?«

»Magie ist in Arabien und im ganzen Osten seit Anbeginn der Zeit ausgeübt worden«, erwiderte Garin, »ich glaube nicht daran, und ich verstehe sie nicht. Aber« – Garin beugte sich zum König und sah ihm in die Augen – »auch Ihr habt es gespürt.«

»Mich hat das Wüten des Feuers erfaßt«, gestand Karl der Große, »ich konnte mich nicht mehr beherrschen. Es war ein Gefühl wie vor einer Schlacht, wenn die Truppen zum Angriff ausrükken. Ich habe keine Erklärung dafür.«

»Aber alle Dinge zwischen Himmel und Erde haben eine Ursache«, hörten sie plötzlich eine Stimme hinter Garin. Als Garin sich umdrehte, stand dort einer der acht schwarzen Mauren, die das Schachspiel in die Halle getragen hatten. Der König forderte den Mann mit einem Kopfnicken auf weiterzusprechen.

»Aus unserem Watar, unserer Heimat, stammt ein uraltes Volk. Man nennt es die Badawi, ›die Wüstenbewohner‹. Unter diesem Volk gilt die Wette auf Leben und Tod als etwas sehr Ehrenhaftes. Man sagt, nur diese Wette kann den Habb entfernen, den schwarzen Tropfen im Herzen eines Menschen, den der Erzengel Gabriel aus der Brust Mohammeds entfernt hat. Eure Hoheit, Ihr habt vor dem Schachspiel eine Wette auf Leben und Tod geschlossen, eine Wette um das Leben eines Mannes. Das ist die höchste Form der Gerechtigkeit. Mohammed sagt: ›Ein Königreich überdauert mit

Kufr, dem Unglauben an den Islam, aber ein Königreich überdauert *nicht* mit Zulm, der Ungerechtigkeit.‹«

»Eine Wette auf Leben und Tod ist immer eine Wette des Bösen«, erwiderte Karl der Große. Garin und der Herzog von Burgund sahen den König erstaunt an. Hatte er nicht erst vor einer Stunde eine Wette auf Leben und Tod gefordert?

»Nein!« widersprach der Maure eigensinnig. »Durch eine Wette auf Leben und Tod kann man Ghutah erlangen, die Oase des Friedens auf Erden, das Paradies. Wenn man diese Wette vor dem Brett des Schatranj schließt, dann führt das Schatranj die Sar aus!«

»Die Mauren nennen das Schachspiel Schatranj, mein König«, erklärte Garin.

»Und was ist ›Sar‹?« fragte Karl der Große und erhob sich langsam, so daß er alle anderen überragte.

»Es ist die Rache«, erwiderte der Maure ausdruckslos. Er verneigte sich und zog sich zurück.

»Wir spielen noch einmal«, rief der König, »aber diesmal gibt es keine Wetten. Wir spielen aus Freude am Spiel. Ich halte nichts von kindischem Aberglauben. Das sind Erfindungen von Barbaren und alten Weibern.« Die Höflinge stellten das Schachspiel wieder auf. Erleichterung verbreitete sich unter den Gästen. Karl der Große drehte sich nach dem Herzog von Burgund um und griff nach seinem Arm.

»Habe ich diese Wette wirklich vorgeschlagen?« fragte er leise.

Der Herzog sah ihn überrascht an. »O ja, mein König«, erwiderte er. »könnt Ihr Euch nicht daran erinnern?«

»Nein«, erwiderte Karl der Große düster.

Der König und Garin begannen wieder zu spielen. Nach einem spannenden Kampf gewann Garin das Spiel. Der König verlieh ihm daraufhin das Land um Montglane in den baskischen Pyrenäen und den Titel Garin von Montglane. Karl der Große bewunderte Garins meisterhaftes Schachspiel so sehr, daß er ihm anbot, eine Festung zu bauen, damit Garin das gewonnene Land auch verteidigen konnte. Und als das geschehen war, ließ er Garin das Schachbrett und die märchenhaften Figuren, mit denen sie das berühmte Spiel gespielt hatten, als Geschenk überbringen. Seit dieser Zeit nennt man es ›das Montglane-Schachspiel‹.

»Das ist die Geschichte des Klosters von Montglane«, sagte die Äbtissin und schwieg. Sie blickte auf die Gesichter der stummen Nonnen. »Denn viele Jahre später, als Garin krank wurde und im Sterben lag, vermachte er sein Land der Kirche, ebenso die Festung, die unser Kloster wurde, und das Montglane-Schachspiel.«

Die Äbtissin schwieg, als sei sie unsicher, ob sie weitersprechen solle. Aber schließlich fuhr sie fort.

»Garin glaubte immer, mit dem Montglane-Schachspiel verbinde sich ein schrecklicher Fluch. Lange bevor Karl der Große es ihm übergab, gab es Gerüchte über das Unheil, das dieses Schachspiel bewirkt. So hieß es, Charlot, ein Neffe Karls des Großen, sei beim Spiel an diesem Brett ermordet worden. Blutvergießen und Gewalttaten, ja sogar Kriege brachte man mit diesem Schachspiel in Zusammenhang.

Die acht schwarzen Mauren, die das Schachspiel aus Barcelona an den Hof nach Aachen gebracht hatten, baten um die Gunst, das Brett und die Figuren auch nach Montglane begleiten zu dürfen. Der König gestattete es. Und bald erfuhr Garin, daß in der Festung geheimnisvolle nächtliche Zeremonien stattfanden, und er wußte, es handelte sich um Rituale der Mauren. Garin begann, das Geschenk des Königs zu fürchten, als sei es ein Werkzeug des Teufels. Er ließ das Schachspiel in der Festung vergraben und bat Karl den Großen, die Mauern mit einem Bannfluch zu schützen, damit niemand es wagen werde, das Schachspiel zu rauben. Der König tat, als handle es sich um einen Scherz, aber er erfüllte Garins Wunsch. Deshalb befindet sich die alte Inschrift über unserem Portal.«

Die Äbtissin schwieg erschöpft. Sie war bleich geworden und tastete nach der Stuhllehne. Alexandrine de Forbin stand auf und half ihr, sich zu setzen.

»Und was ist aus dem Montglane-Schachspiel geworden, Ehrwürdige Mutter?« fragte eine der älteren Nonnen in der ersten Reihe.

Die Äbtissin lächelte. »Ich habe euch bereits gesagt, daß unser Leben in großer Gefahr ist, wenn wir hier im Kloster bleiben. Ich habe euch gesagt, daß die französischen Soldaten die Kirchengüter beschlagnahmen und in dieser Mission bereits unterwegs sind. Ich habe euch auch gesagt, daß in den Mauern des Klosters ein sehr wertvoller, vielleicht aber auch unheilbringender Schatz begraben ist. Es sollte euch deshalb nicht überraschen, wenn ich sage, das Geheimnis, das zu bewahren ich geschworen habe, als ich mein Amt antrat, ist das Geheimnis des Montglane-Schachspiels. Es ist noch immer in den Mauern und unter dem Boden dieses Raumes begraben. Nur ich allein weiß, wo die einzelnen Figuren und das Brett liegen. Wir haben die Aufgabe, meine Töchter, dieses Werkzeug des Bösen zu entfernen, und die einzelnen Teile soweit wie möglich zu zerstreuen, damit sie nie wieder in die Hände von Menschen gelangen, die nach Macht streben. Denn dieses Schachspiel enthält eine Kraft, die die Gesetze der Natur und das Verständnis der Menschen übersteigt.

Aber selbst wenn wir genug Zeit hätten, die Figuren zu vernichten oder so zu entstellen, daß sie niemand wiedererkennt, würde ich mich nicht für diesen Weg entscheiden. Etwas mit einer so großen Macht kann vielleicht auch als Werkzeug für Gutes benutzt werden. Deshalb habe ich nicht nur geschworen, das Montglane-Schachspiel im verborgenen zu hüten, sondern es auch zu schützen. Wenn der Lauf der Geschichte es zuläßt, werden wir eines Tages die Figuren vielleicht wieder zusammenbringen und ihr dunkles Geheimnis enträtseln.«

Die Äbtissin kannte zwar das genau Versteck der einzelnen Stücke, aber trotzdem arbeiteten alle Nonnen im Kloster zwei Wochen ohne Unterlaß, bis das Schachspiel ausgegraben und die Figuren gereinigt und poliert waren. Vier Nonnen gelang es schließlich, mit vereinten Kräften das Schachbrett aus seinem Versteck unter dem Steinboden zu heben und ans Licht zu bringen. Man reinigte es und entdeckte seltsame Symbole, die in jedes Quadrat geschnitten oder geprägt waren. Ähnliche Symbole befanden sich auch auf den Unterseiten der Figuren. In einem Metallkasten lag ein Tuch. Die Ritzen des Kastens waren mit einer wachsartigen Masse gegen eindringende Feuchtigkeit verschlossen. Das Tuch aus mitternachtsblauem Samt war reich mit Goldfäden bestickt und mit Edelsteinen in den Symbolen der Tierkreiszeichen besetzt. In der Mitte des Tuchs befanden sich zwei ineinanderverschlungene Schlangen in Form einer Acht. Die Äbtissin vermutete, daß man das Montglane-Schachspiel mit diesem Tuch verhüllt hatte, wenn es transportiert worden war.

Gegen Ende der zweiten Woche forderte die Äbtissin die Nonnen auf, sich reisefertig zu machen. Sie teilte jeder das Ziel ihrer Reise unter vier Augen mit, so daß keine Nonne wußte, wohin die anderen geschickt wurden. Das sollte die Gefahren für sie verringern. Das Schachspiel hatte weniger Figuren, als sich Nonnen im Kloster befanden, und nur die Äbtissin würde wissen, welcher Nonne ein Teil des Schachspiels anvertraut worden war und welcher nicht.

Als Valentine und Mireille in das Arbeitszimmer der Äbtissin gerufen wurden, saß die alte Frau hinter dem großen Schreibtisch und forderte sie auf, ihr gegenüber Platz zu nehmen. Auf der Platte stand das schimmernde und glänzende Montglane-Schachspiel.

Die Äbtissin legte die Schreibfeder zur Seite und hob den Kopf. Mireille und Valentine hatten sich an den Händen gefaßt und warteten in ängstlicher Spannung.

»Ehrwürdige Mutter«, stieß Valentine plötzlich hervor, »ich möchte Euch sagen, daß ich Euch sehr vermissen werde, jetzt, da ich gehen muß. Und ich erkenne, daß ich für Euch eine schwere Last gewesen bin. Ich wünsche, ich hätte eine bessere Nonne sein können und Euch weniger Ärger verursacht . . .«

»Valentine«, sagte die Äbtissin und lächelte, als Mireille ihre Freundin in die Seite stieß, um sie zum Schweigen zu bringen. »Was möchtest du mir in Wirklichkeit sagen? Hast du Angst, daß du von deiner Cousine Mireille getrennt werden sollst? Hat das die späte Reue geweckt?« Valentine sah die Äbtissin sprachlos vor Staunen an, denn diese Frau schien ihre Gedanken lesen zu können.

»Mach dir keine Sorgen«, fuhr die Äbtissin fort und reichte Mireille ein Blatt Papier über den Schreibtisch. »Hier steht der Name und die Adresse des Mannes, der für euch verantwortlich sein wird. Und darunter habe ich genaue Anweisungen für die Reise geschrieben, die ihr beide zusammen antreten werdet.«

»Beide!« rief Valentine und wäre am liebsten aufgesprungen. »Oh, Ehrwürdige Mutter, Ihr habt meinen größten Wunsch erfüllt!«

Die Äbtissin lachte. »Ich bin sicher, Valentine, wenn ich euch nicht zusammenlassen würde, hättest du sehr schnell einen Weg gefunden, alle meine sorgsam ausgearbeiteten Pläne zunichte zu machen, nur damit du bei deiner Cousine bleiben könntest. Außerdem habe ich gute Gründe, euch zusammen auf die Reise zu schicken. Hört mir gut zu. Für jede Nonne im Kloster ist Vorsorge getroffen worden.

Alle, die zu ihren Familien zurückkehren können, werden das tun. In einigen Fällen habe ich Freunde oder entfernte Verwandte gefunden, die ihnen Obdach bieten. Wenn sie mit einer Mitgift in das Kloster gekommen sind, erhalten sie das Geld wieder zurück. Sind keine finanziellen Mittel vorhanden, dann schicke ich die betreffende Nonne in ein vertrauenswürdiges Kloster in einem anderen Land. In jedem Fall stehen Mittel für die Reise und den Lebensunterhalt meiner Töchter zur Verfügung.« Die Äbtissin faltete die Hände und sprach weiter: »Aber du hast in vielerei Hinsicht Glück, Valentine. Dein Großvater hat dir ein großzügiges Erbe hinterlassen, das ich für dich und deine Cousine Mireille bestimmt habe. Darüber hinaus hast du zwar keine Familienangehörigen mehr, aber einen Patenonkel, der sich bereit erklärt hat, für euch beide die Verantwortung zu übernehmen. Ich habe sein schriftliches Einverständnis. Das führt mich zu meinem zweiten Punkt, und er ist von ganz besonders großer Bedeutung.«

Mireille sah Valentine bei der Erwähnung eines Patenonkels verblüfft an. Jetzt überflog sie das Blatt Papier in ihrer Hand, auf dem die Äbtissin in großen Druckbuchstaben geschrieben hatte: M. JACQUES-LOUIS DAVID, MALER. Darunter stand eine Adresse in Paris. Mireille hatte nichts von Valentines Patenonkel gewußt.

»Ich bin mir im klaren darüber«, fuhr die Äbtissin fort, »wenn bekannt wird, daß ich das Kloster geschlossen habe, werden einige Personen in Frankreich darüber höchst verärgert sein. Viele von uns werden in Gefahr geraten, besonders durch die Leute des Bischofs von Autun, der natürlich herausfinden möchte, was wir hier ausgegraben und mitgenommen haben. Versteht ihr, die Spuren unseres Tuns lassen sich nicht völlig verwischen. Möglicherweise wird man einige Nonnen aufspüren und zur Rede stellen. Vielleicht werden sie dann fliehen müssen. Deshalb habe ich acht von uns ausgewählt, von denen jede einen Teil des Schachspiels aufbewahrt, und wenn eine ihrer Schwestern fliehen muß, bereit sein wird, Figuren zu übernehmen beziehungsweise Nachrichten darüber, wo man die Betreffende finden kann. Valentine, du gehörst zu den acht.«

»Ich!« rief Valentine und schluckte heftig, denn ihr wurde plötzlich die Kehle trocken. »Aber Ehrwürdige Mutter, ich bin nicht . . . ich habe doch nicht . . .«

»Du möchtest sagen, du bist nicht gerade ein Muster an Verantwortung.« Die Äbtissin mußte gegen ihren Willen lächeln. »Das ist mir bewußt, und ich verlasse mich darauf, daß deine vernünftige Cousine mir bei diesem Problem helfen wird.« Sie sah Mireille fragend an, und diese nickte zustimmend.

»Ich habe meine Wahl der acht Schwestern nicht nur unter dem Gesichtspunkt ihrer Fähigkeiten getroffen«, erklärte die Äbtissin, »sondern nach den strategisch günstigen Orten, an denen sie sich befinden werden. Dein Patenonkel lebt in Paris, im Mittelpunkt des Schachbretts, das Frankreich darstellt. Als berühmter Künstler genießt er die Freundschaft und die Achtung des Adels. Aber er ist auch Mitglied der Nationalversammlung, und manche Leute halten ihn für einen leidenschaftlichen Anhänger der Revolution. Ich glaube, er ist in der Lage, euch beide zu beschützen, wenn es notwendig sein sollte. Außerdem habe ich ihm eine hohe Summe gezahlt, um ihn in dieser Hinsicht entsprechend zu motivieren.«

Die Äbtissin sah die beiden jungen Frauen über den Tisch hinweg an. »Es handelt sich hier nicht um eine Bitte, Valentine«, sagte sie streng. »Deine Schwestern können in Schwierigkeiten geraten, und du wirst dann in der Lage sein, ihnen zu helfen. Ich habe denen, die bereits in ihre Heimat aufgebrochen sind, deinen Namen und deine Adresse gegeben. Du wirst nach Paris reisen und tun, was ich dir sage. Mit fünfzehn Jahren bist du alt genug, um zu wissen, daß es im Leben Dinge gibt, die wichtiger sind als die Erfüllung dieser persönlichen Wünsche.« Die Worte der Äbtissin klangen hart, aber als sie Valentine ansah, wurde ihr Gesicht wie immer weich. »Außerdem ist Paris als Verbannungsort nicht so schlecht«, fügte sie lächelnd hinzu.

Valentine erwiderte das Lächeln der Äbtissin. »Nein, Ehrwürdige Mutter«, sagte sie und nickte eifrig mit dem Kopf, »da gibt es die Oper und dann vermutlich Feste, und man erzählt, die Damen tragen wunderschöne Kleider...« Mireille stieß Valentine wieder in die Rippen. »Ich meine, ich danke der Ehrwürdigen Mutter in aller Ergebenheit dafür, daß sie ihrer bescheidenen Dienerin soviel Vertrauen entgegenbringt.« Die Äbtissin mußte darüber so herzlich lachen, daß man ihr Alter in diesem Augenblick hätte vergessen können.

»Schon gut, Valentine. Ihr könnt jetzt beide gehen und eure Sachen packen. Ihr reist morgen bei Sonnenaufgang ab. Trödelt nicht herum.« Als die Äbtissin sich erhob, nahm sie zwei schwere Figuren vom Schachbrett und reichte sie den beiden Novizinnen.

Valentine und Mireille küßten der Äbtissin den Ring. Beim Gehen drehte sich Mireille noch einmal um und sagte zum ersten Mal etwas, seit sie den Raum betreten hatten.

»Darf ich der Ehrwürdigen Mutter vielleicht eine Frage stellen?« sagte sie leise. »Wo werdet Ihr hingehen? Wir möchten an Euch denken und Euch unsere guten Wünsche schicken, wo Ihr auch sein mögt.«

»Ich begebe mich auf eine Reise, die ich schon über vierzig Jahre machen möchte«, erwiderte die Äbtissin. »Ich habe eine Freundin, die ich seit der Kindheit nicht mehr besucht habe. Damals – weißt du, Valentine erinnert mich manchmal sehr an diese Jugendfreundin. Sie war so temperamentvoll, so überschäumend vor Leben . . .« Die Äbtissin schwieg, und Mireille dachte: Sie sieht wehmütig aus – wenn man so etwas von einer so würdigen Persönlichkeit überhaupt sagen konnte.

»Lebt Eure Freundin in Frankreich, Ehrwürdige Mutter?« fragte sie.

»Nein«, erwiderte die Äbtissin, »sie lebt in Rußland.«

Im ersten grauen Licht des Tages verließen zwei junge Frauen in Reisekleidung das Kloster von Montglane. Sie stiegen auf einen mit Heu beladenen Wagen. Der Wagen fuhr durch das schwere Klostertor und rollte auf das hügelige Vorgebirge zu. Während sie in das Tal hinunterfuhren, stieg Nebel auf und verbarg sie den Blicken.

Die Frauen schauderten und zogen ihre Umhänge fest um sich. Dankbar dachten sie daran, daß sie sich auf einer Gottesmission befanden, wenn sie jetzt in die Welt zurückkehrten, vor der sie so lange beschützt gewesen waren.

Aber nicht Gott beobachtete sie stumm vom Gipfel des Berges, als der Wagen langsam in das dunkle Tal hinunterrollte. Hoch oben auf dem schneebedeckten Gipfel über dem Kloster saß ein einsamer Reiter auf einem hellen Pferd. Er verfolgte den Wagen mit seinen Blicken, bis er im Nebel verschwunden war. Dann wendete er sein Pferd und ritt davon.

NEW YORK

Dezember 1972

Es begann an Silvester, an dem denkwürdigen letzten Tag des Jahres 1972. Ich hatte eine Verabredung mit einer Wahrsagerin. Aber ich versuchte meinem Schicksal zu entgehen, indem ich vor ihr floh. Ich wollte nicht, daß jemand meine Hand betrachtete und mir die Zukunft voraussagte. Ich hatte im Hier und Jetzt bereits genug Schwierigkeiten. An Silvester 1972 wußte ich, ich hatte mein Leben völlig verpfuscht. Und ich war erst dreiundzwanzig!

Ich fuhr nicht zu der Wahrsagerin, sondern zum Rechenzentrum im obersten Stock des Pan-Am-Hochhauses in Midtown Manhattan. Hier befand ich mich der Zukunft sehr nahe, und an Silvester, abends um zehn, war ich dort so einsam und verlassen wie auf einem Berggipfel.

Ich kam mir auch vor wie auf einem Berggipfel. Schnee wirbelte vor den Glasscheiben über der Park Avenue. Die großen, anmutigen Flocken schwebten in unbestimmbaren Formen langsam durch die Luft. Ich hatte das Gefühl, in einem dieser gläsernen Papierbeschwerer zu sitzen, in denen eine wundervolle Rose eingeschlossen ist oder das winzige Modell eines Schweizer Dorfes. Aber hinter den Glaswänden des Pan-Am-Rechenzentrums standen einige Kilometer glänzender Hardware. Die Rechner summten leise, während sie die Flugrouten und den Ticketverkauf auf der ganzen Welt steuerten. Es war ein geeigneter und ruhiger Platz, um sich zurückzuziehen und nachzudenken.

Ich mußte über vieles nachdenken. Vor drei Jahren war ich nach New York gekommen, um für Triple-M, einen der größten Computerhersteller der Welt, zu arbeiten. Damals gehörte die Pan Am zu meinen Kunden. Deshalb durfte ich das Rechenzentrum immer noch benutzen.

Aber jetzt hatte ich die Stellung gewechselt. Und das mochte sich sehr wohl als der größte Fehler meines Lebens herausstellen. Mir war die zweifelhafte Ehre zuteil geworden, als erste Frau von der ehrwürdigen Firma Fulbright, Cone, Kane & Upham eingestellt zu werden. Und dieser Firma gefiel mein Stil nicht.

Fulbright, Cone, Kane & Upham gehört zu den acht größten staatlich vereidigten Wirtschaftsprüfern der Welt, deren Bruderschaft man passenderweise ›Die Großen Acht‹ nennt.

›Wirtschaftsprüfer‹ ist die etwas höflichere Bezeichnung für ›Buchprüfer‹. ›Die Großen Acht‹ übernehmen diese gefürchtete Aufgabe für die meisten großen Unternehmen. Man bringt ihnen natürlich sehr viel Respekt entgegen. Das ist eine höfliche Umschreibung der Tatsache, daß sie ihre Kunden wie Marionetten tanzen lassen. Wenn eine der ›Großen Acht‹ bei einer Buchprüfung ihrem Klienten rät, eine halbe Million Dollar zu investieren, um Gewinne und Verluste in ein günstigeres Verhältnis zu bringen, dann wäre der Klient verrückt auf diesen Vorschlag nicht einzugehen. (Oder zu vergessen, daß sein Wirtschaftsprüfungsunternehmen die Investition – gegen ein entsprechendes Honorar – für ihn übernimmt.) In der Welt der Hochfinanz gelten solche Dinge als selbstverständlich. Bei den staatlich vereidigten Wirtschaftsprüfern geht es immer, auch in persönlichen Dingen, um viel Geld. Selbst ein Juniorpartner kann mit einem sechsstelligen Einkommen rechnen.

Vielen Leuten dürfte nicht bewußt sein, daß das Gebiet der Wirtschaftsprüfer ausschließlich eine Domäne der Männer ist; bei Fulbright, Cone, Kane & Upham wußte man das sehr wohl, und ich befand mich dadurch in einer Zwickmühle. Diese Männer hatten es zum ersten Mal mit einer Frau zu tun, die keine Sekretärin war, und behandelten mich entsprechend – das heißt, ich galt als eine potentielle Gefahr, die man nicht aus dem Auge verlieren durfte.

Wo immer man auch die erste Frau sein mag, es ist kein Honiglekken. Sei man nun die erste Astronautin oder die erste Frau, die eine chinesische Wäscherei betreten darf, man muß sich an die Witzeleien, die abfälligen Bemerkungen und an die unvermeidlichen Annäherungsversuche gewöhnen. Man muß sich auch damit abfinden, daß man mehr arbeitet als alle anderen und weniger Gehalt bekommt.

Ich hatte inzwischen gelernt, amüsiert zu lächeln, wenn man mich als ›Miß Velis, unsere Expertin auf diesem Gebiet‹ vorstellte. Bei der entsprechenden Betonung hatten die Leute vermutlich den Eindruck, ich sei Gynäkologin.

Ich war Computerexpertin und in New York die beste Spezialistin im Bereich Transportindustrie. Aus diesem Grund hatte man mich eingestellt. Als die Partner von Fulbright Cone mich in Augenschein nahmen, standen ihnen sofort die mit mir zu verdienenden Dollars vor Augen. Sie sahen keine Frau, sondern ein wandelndes Paket bombensicherer Wertpapiere. Ich war jung genug, um beeindruckt zu sein, naiv genug, mich beeindrucken zu lassen, und unschuldig genug, um meine Klienten in die gefräßigen Mäuler der Buchprüferhaie zu treiben – kurz gesagt, sie sahen in mir alles, was sie von einer Frau erwarteten. Aber die Flitterwochen dauerten nicht lange.

Ein paar Tage vor Weihnachten war ich gerade mit der Evaluation einer Betriebseinrichtung fertig geworden, damit ein großes Transportunternehmen noch vor Jahresende seine Computer-Hardware einkaufen konnte. Da tauchte plötzlich Jock Upham, unser Seniorchef, in meinem Büro auf.

Jock ist über sechzig, groß, schlank und gibt sich bewußt jugendlich. Er spielt viel Tennis, trägt schnittige Anzüge von Brooks Brothers und läßt sich die Haare tönen. Er geht nicht wie ein normaler Mensch, sondern hüpft immer auf den Fußballen, wie vor einem Aufschlag.

Jock also hüpfte in mein Büro.

»Velis«, sagte er in einem herzlichen und kumpelhaften Ton, »ich habe über Ihre Evaluation nachgedacht. Ich glaube, ich bin schließlich dahintergekommen, was daran nicht stimmt.« Auf diese Art bedeutete mir Jock, es habe keinen Sinn, sich mit ihm zu streiten. Er hatte bereits das Für und Wider beider Seiten erwogen, und seine Seite – welche es auch immer sein mochte – hatte gewonnen.

»Ich bin so gut wie fertig, Sir. Unserem Klienten müssen die Unterlagen morgen vorliegen. Ich hoffe, Sie wünschen keine umfangreichen Änderungen.«

»Nichts Wesentliches«, beruhigte er mich und ließ mit einem freundlichen Lächeln die Bombe platzen. »Ich bin zu dem Schluß gekommen, daß für unseren Klienten Drucker wichtiger sind als

Plattenspeicher. Ich möchte deshalb, daß Sie die entsprechenden Auswahlkriterien ändern.«

Das war ein Beispiel für ›Bügeln‹, wie man das in Computerkreisen nennt. Und das ist illegal. Sechs Hardware-Hersteller hatten unserem Klienten vor einem Monat versiegelte Angebote eingereicht. Diese Angebote basierten auf den Auswahlkriterien, die wir, die unparteiischen Wirtschaftsprüfer, zusammengestellt hatten. Wir hatten erklärt, unser Klient benötige leistungsfähige Plattenspeicher, und einer der Hersteller hatte ein vorteilhaftes Angebot gemacht. Wenn wir jetzt, nach Vorlage der Angebote entschieden, Drucker seien wichtiger als Diskettenstationen, dann würde ein anderer Anbieter den Zuschlag bekommen. Ich konnte mir vorstellen, um wen es sich dabei handelte: Der Aufsichtsratsvorsitzende der betreffenden Firma hatte Jock gestern zum Essen eingeladen . . .

Eindeutig war dabei etwas Entscheidendes geschehen. Vielleicht ging es um ein künftiges Geschäft für unsere Firma, vielleicht aber auch um eine kleine Yacht oder einen Sportwagen für Jock. Was es auch sein mochte, ich wollte damit nichts zu tun haben.

»Tut mir leid, Sir«, erwiderte ich, »es ist zu spät, um die Auswahlkriterien ohne Zustimmung unseres Klienten zu ändern. Wir könnten anrufen und ihnen erklären, daß wir von den Anbietern eine Ergänzung des ursprünglichen Angebots fordern, aber das würde natürlich bedeuten, daß sie die Hardware erst im neuen Jahr bestellen können.«

»Das ist doch nicht nötig, Velis«, sagte Jock, »ich bin Seniorchef dieser Firma geworden, weil ich meiner Intuition vertraue. Ich habe oft im Interesse meiner Klienten gehandelt und ihnen im Handumdrehen Millionenverluste erspart. In den meisten Fällen haben sie es nicht einmal erfahren. Dieser Überlebensinstinkt hat unsere Firma Jahr um Jahr an die Spitze der ›Großen Acht‹ gebracht.« Er lächelte mich unschuldig an.

Eher würde ein Kamel durch das bewußte Nadelöhr gehen, als daß Jock Upham etwas für einen Klienten tun und nicht darüber sprechen würde. Aber ich ging darauf nicht ein.

»Trotzdem Sir, wir haben unserem Klienten gegenüber eine moralische Verantwortung, die versiegelten Angebote unparteiisch zu beurteilen. Schließlich sind wir Wirtschaftsprüfer.«

Jocks Lächeln verschwand, als habe er es verschluckt. »Sie wollen doch nicht sagen, daß Sie meinen Vorschlag ablehnen?«

»Wenn es nur ein Vorschlag und kein Befehl ist, dann würde ich nicht darauf eingehen wollen.«

»Und wenn ich Ihnen sage, es ist ein Befehl?« fragte Jock lauernd. »Als Seniorchef dieser Firma kann ich —«

»Dann, Sir, muß ich von diesem Projekt zurücktreten. Natürlich werde ich Kopien meiner Arbeitsunterlagen aufbewahren, falls später Fragen gestellt werden sollten.« Jock wußte, was ich damit sagen wollte. Staatlich vereidigte Wirtschaftsprüfer werden ihrerseits nie geprüft. Fragen können ihnen nur Beamte der amerikanischen Regierung stellen. Und deren Fragen drehen sich, wenn sie gestellt werden, nur um illegale oder betrügerische Praktiken.

»Aha«, sagte Jock, »nun gut, ich möchte Sie nicht weiter bei Ihrer Arbeit stören, Velis. Wie es aussieht, werde ich diese Entscheidung selbst treffen müssen.« Er drehte sich um und verließ mein Büro.

Mein Vorgesetzter, ein dicklicher blonder Mann Anfang Dreißig mit Namen Lisle Holmgren, kam gleich am nächsten Morgen zu mir. Lisle war aufgeregt. Er war rot im Gesicht, und der Schlips saß schief.

»Katherine, was um Himmels willen haben Sie mit Jock Upham angestellt?« stieß er atemlos hervor. »Er schäumt vor Wut und hat mich heute in aller Herrgottsfrühe angerufen. Ich hatte kaum Zeit zum Rasieren. Der Chef erklärt, er möchte Sie in eine Zwangsjacke stecken, da Sie offenbar den Verstand verloren haben. Er möchte, daß Sie in Zukunft keinen Kontakt mehr mit Klienten haben. Er meint, Sie seien noch nicht reif genug, um mit erwachsenen Männern an einem Tisch zu sitzen.«

Lisles Leben kreiste nur um die Firma. Er hatte eine anspruchsvolle Frau, die Erfolg an Anzahl und Höhe der Clubbeiträge maß. Lisle mißbilligte vielleicht das Vorgehen seines Chef, aber er würde nie aus der Reihe tanzen.

»Ich glaube, ich habe gestern abend den Kopf verloren«, erwiderte ich sarkastisch. »Ich habe es abgelehnt, die Auswahlkriterien zu ändern. Ich habe ihm gesagt, er könnte das Projekt einem anderen übertragen, wenn er das von mir verlangt.«

Lisle sank auf einen Stuhl neben mir. Er schwieg verblüfft, dann sagte er leise: »Katherine, in der Geschäftswelt gibt es viele Dinge, die auf jemanden in Ihrem Alter unmoralisch wirken. Aber diese Dinge sind nicht unbedingt so unmoralisch, wie sie aussehen.«

»In diesem Fall ist es unmoralisch.«

»Ich gebe Ihnen mein Wort, wenn Jock Upham Sie auffordert, so etwas zu tun, dann hat er seine Gründe.«

»Das bezweifle ich nicht. Ich vermute, er hat ein Dutzend guter Gründe«, erwiderte ich und machte mich wieder an meine Unterlagen.

»Das ist Selbstmord! Ist Ihnen das klar?« beschwor er mich. »Man kann einen Jock Upham nicht ungestraft reizen. Er wird das Ganze nicht auf sich beruhen lassen. Er wird Sie ausradieren, Sie abschießen. Wenn Sie meinen Rat wollen – gehen Sie auf der Stelle in sein Büro und entschuldigen sich. Sagen Sie, Sie tun alles, was er will, und besänftigen Sie ihn. Wenn Sie das nicht tun, dann kann ich Ihnen schon jetzt das Ende Ihrer Karriere prophezeien.«

»Er kann mir nicht kündigen, weil ich es ablehne, etwas Illegales zu tun«, erwiderte ich.

»Er wird Ihnen nicht kündigen. Er hat die Macht, Ihnen das Leben zur Hölle zu machen, und Sie werden sich bald wünschen, diese Firma nie kennengelernt zu haben. Sie sind nett, Katherine, und ich mag Sie. Ich habe Sie gewarnt. Ich gehe jetzt. Sie können Ihre Grabrede selbst schreiben.«

Das war vor einer Woche gewesen. Ich hatte mich nicht bei Jock entschuldigt. Über unser Gespräch hatte ich mit keinem Menschen gesprochen. Und ich übergab rechtzeitig einen Tag vor Weihnachten dem Klienten unsere Empfehlung für die Angebote. Von da an herrschte eine große Stille in der ehrbaren Firma Fulbright, Cone, Kane & Upham – das heißt, bis zu diesem Morgen.

Die Partner benötigten genau sieben Tage, um die Strafe zu bestimmen, die sie mir zugedacht hatten. Am Vormittag erschien Lisle mit der frohen Botschaft in meinem Büro.

»Nun ja«, erklärte er, »Sie können nicht sagen, ich hätte Sie nicht gewarnt. Das ist das Problem mit Frauen. Sie wollen keine Vernunft annehmen.«

»Wissen Sie, wie man vernünftiges Vorgehen in Übereinstimmung mit den Fakten bezeichnet?« fragte ich. »Man nennt es rationales Handeln.«

»Dort, wo Sie hingehen, haben Sie viel Zeit für rationales Handeln«, sagte er. »Die Partner haben sich heute in aller Frühe bei Kaffee und Hörnchen zusammengesetzt und über Ihr Schicksal abgestimmt. Es gab ebenso viele Stimmen für Kalkutta wie für Algier. Aber Sie werden sich freuen zu hören, daß die Entscheidung für Algier gefallen ist. Meine Stimme hat den Ausschlag gegeben. Ich hoffe, Sie sind mir dafür dankbar.«

»Was sagen Sie da?« rief ich und bekam ein flaues Gefühl im Magen. »Wo zum Teufel liegt Algier? Was hat Algier mit mir zu tun?«

»Algier ist die Hauptstadt von Algerien. Algerien ist ein sozialistisches Land an der nordafrikanischen Küste, ein Land der dritten Welt. Ich glaube, Sie nehmen sich am besten dieses Buch und lesen es.« Lisle warf ein dickes Buch auf meinen Schreibtisch und fuhr fort: »Sobald wir Ihre Visa haben, und das dürfte nicht länger als drei Monate dauern, werden Sie viel Zeit in Algier verbringen. Es ist Ihre neue Aufgabe.«

»Wie sieht diese Aufgabe aus?« fragte ich. »Oder handelt es sich einfach um eine Art Verbannung?«

»Nein, für uns beginnt dort ein Projekt. Wir erhalten Aufträge an den exotischsten Plätzen der Welt. In diesem Fall geht es um einen Jahresvertrag mit einer eher unbedeutenden Organisation der dritten Welt. Die Mitglieder treffen sich hin und wieder, um über den Ölpreis zu reden. Sie nennen sich OTRAM oder so ähnlich. Moment mal, ich kann es Ihnen genau sagen.« Er zog eine Broschüre aus der Brusttasche und blätterte darin. »Hier steht es: OPEC.«

»Noch nie gehört«, sagte ich. Im Dezember 1972 kannten nur wenige Menschen die Bedeutung der Abkürzung OPEC. Aber das sollte sich bald ändern.

»Ich auch nicht«, gestand Lisle. »Deshalb glauben die Partner, es sei die richtige Aufgabe für Sie. Man will Sie begraben, Velis. Ich habe es Ihnen ja prophezeit.«

»Die Geschäftsstelle in Paris hat uns vor einigen Wochen telegrafisch um einen Computerexperten in Sachen Öl, Gas und Kraftwerke gebeten. Sie nehmen jeden, den wir ihnen anbieten, und wir bekommen eine dicke Kommission. Von den Beratern aus der Chefetage will niemand gehen. Energiewirtschaft hat einfach keine Wachstumschancen. Alle sind sich einig, der Auftrag ist ein totgeborenes Kind. Man wollte schon ablehnen, als Ihr Name ins Gespräch kam.«

Man konnte mich nicht zwingen, diesen Auftrag anzunehmen. Die Sklaverei war mit dem Bürgerkrieg abgeschafft worden. Man wollte mich natürlich mit so einem ›Projekt‹ dazu bringen, daß ich kündigte. Aber ich würde es ihnen nicht so einfach machen.

»Was soll ich denn für diesen Dritte-Welt-Herrenclub tun?« fragte ich scheinheilig freundlich. »Ich verstehe nichts von Öl.«

»Ich bin froh, daß Sie mich das fragen«, erwiderte Lisle und ging zur Tür. »Bis Sie das Land verlassen, hat man Sie Con Edison zugeteilt. Die verbrennen in ihrem Kraftwerk alles, was den East River herunterschwimmt. In ein paar Monaten sind Sie eine Expertin in Energieumwandlung.«

Er lachte und winkte mir beim Hinausgehen fröhlich zu. »Kopf hoch, Velis. Es hätte auch Kalkutta sein können.«

Und so saß ich spätabends hier im Pan-Am-Rechenzentrum und informierte mich über ein Land, von dem ich noch nie etwas gehört hatte und das auf einem Kontinent lag, von dem ich nichts wußte. Ich sollte Expertin auf einem Gebiet werden, für das ich mich nicht interessierte, und unter Menschen leben, die eine andere Sprache sprachen und vermutlich glaubten, Frauen gehörten in einen Harem. Nun ja, dachte ich, in beiden Punkten haben sie mit den Partnern von Fulbright Cone sehr viel gemeinsam.

Ich ließ mich nicht einschüchtern. Ich hatte in knapp drei Jahren alles gelernt, was es über Transportindustrie zu wissen gab. Es schien sehr viel einfacher, alles zu lernen, was man über Energie wissen mußte. Man bohrt ein Loch, und Öl sprudelt hervor. Was war schon dabei? Aber das Lernen würde mühsam werden, wenn alle Bücher, die ich lesen mußte, so geistreich waren, wie das vor mir auf dem Tisch:

1950 verkauft man arabisches Leichtroh für zwei Dollar pro Barrel. 1972 verkauft man es immer noch für zwei Dollar pro Barrel. Damit zählt arabisches Leichtroh zu den wenigen wichtigen Rohstoffen der Welt, die im selben Zeitraum von der inflationären Geldentwicklung unbeeinflußt blieben. Das erklärt sich dadurch, daß die Staatsmächte diesen Hauptrohstoff weltweit einer rigorosen Kontrolle unterziehen.

Faszinierend. Was mich wirklich faszinierte, wurde in dem Buch nicht erklärt. Übrigens wurde in keinem der Bücher, die ich an diesem Abend durchgeblättert hatte, darüber geschrieben.

Arabisches Leichtroh war offenbar eine Art Öl – sogar das begehrteste oder am meisten geschätzte Rohöl der Welt. Daß man es seit mehr als zwanzig Jahren zum selben Preis verkaufte, lag daran, daß nicht diejenigen, die das Öl kauften, oder diejenigen, denen das Land gehörte, auf dem man es gewann, den Preis bestimmten. Den Preis setzten diejenigen fest, die das Öl vertrieben – die berüchtigten Mittelsmänner. So war es schon immer gewesen.

Es gab acht große Ölgesellschaften auf der Welt. Fünf davon waren amerikanisch, die übrigen drei britisch, holländisch und französisch. Vor fünfzig Jahren hatten sich ein paar dieser Ölhändler bei einer Moorhuhnjagd in Schottland geeinigt, die Ölvorkommen der Welt aufzuteilen und sich nicht gegenseitig in die Quere zu kommen. Einige Monate später trafen sie sich in Ostende mit einem Mann namens Calouste Gulbenkian, der mit einem Rotstift in der Tasche zu dieser Konferenz erschien. Mit diesem Rotstift zog er ›die dünne rote Linie‹, wie man sie später nannte, um den Teil der Welt, der das osmanische Reich umfaßte, heute der Irak und die Türkei, und außerdem um ein ordentliches Stück vom Persischen Golf. Die Herren teilten das Gebiet unter sich auf und bohrten ein Loch. In Bahrain schoß das Öl hervor, und das Rennen begann.

Das Gesetz von Angebot und Nachfrage ist mehr als zweifelhaft, wenn man der weltgrößte Abnehmer eines Produkts ist und wenn man zudem das Angebot unter Kontrolle hat. Gemäß den Statistiken, die ich mir ansah, war Amerika seit langem der größte Rohölkonsument. Und die amerikanischen Ölgesellschaften, die in der Überzahl sind, bestimmten die Fördermengen. Sie gingen nach einer sehr einfachen Methode vor. Sie verpflichteten sich vertraglich, für einen ordentlichen eigenen Anteil, Rohöl zu fördern (oder zu erschließen); sie übernahmen den Transport und den Vertrieb und erhielten dafür noch einmal einen entsprechenden Anteil.

Ich saß allein vor einem Stapel Bücher, die ich mir aus der Bibliothek der PanAm geholt hatte – nur diese Bibliothek in New York war mir die ganze Silvesternacht zugänglich –, und starrte auf die Schneeflocken, die vor den Fenstern durcheinanderwirbelten.

Ein Gedanke, der mich nicht mehr losließ, sollte in den kommenden Monaten bessere Köpfe als meinen beschäftigen. Dieser Gedanke sollte Staatsmännern den Schlaf rauben und die Führungsspitzen der Ölgesellschaften noch reicher machen. Dieser Gedanke sollte Kriege, Blutvergießen, Wirtschaftskrisen heraufbeschwören und die Großmächte an den Rand eines dritten Weltkriegs bringen. Aber an diesem Silvesterabend fand ich diesen Gedanken eigentlich nicht besonders revolutionär.

Es handelte sich im Grunde um eine einfache Frage: Was würde geschehen, wenn nicht *wir* die Förderung des Rohöls kontrollierten? Die Antwort auf diese Frage, die in ihrer Schlichtheit so überzeugend und aufschlußreich war, sollte zwölf Monate später dem Rest der Welt als Menetekel an der Wand erscheinen.

Ein Telefon klingelte. Ich hob den Kopf von der Schreibtischplatte und sah mich um. Es dauerte eine Weile, bis ich mich daran erinnerte, daß ich im Pan-Am-Rechenzentrum saß. Es war immer noch Silvester. Die Uhr an der Wand am anderen Ende zeigte Viertel nach elf. Es schneite immer noch. Ich war eingenickt und hatte über eine Stunde geschlafen. Ich griff gähnend zum Telefon.

»PanAm Nachtschicht«, sagte ich.

»Also doch«, flötete eine Stimme mit dem unüberhörbaren englischen Akzent der Oberklasse. »Ich hab dir ja gesagt, sie arbeitet! Sie arbeitet immer«, erklärte die Stimme jemandem am anderen Ende der Leitung. Dann fuhr sie fort: »Kat, Kleines, du hast dich verspätet! Wir warten auf dich. Es ist schon elf Uhr vorbei. Hast du vergessen, daß heute Silvester ist?«

»Llewellyn«, erwiderte ich und streckte die schmerzenden Arme und Beine, um das Kribbeln loszuwerden. »Ich kann wirklich nicht kommen. Ich muß noch arbeiten. Ich weiß, ich habe es versprochen, aber –«

»Kein Aber, Kleines. An Silvester müssen wir alle erfahren, was das Schicksal für uns bereithält. Wir haben uns die Zukunft schon voraussagen lassen, und es war wirklich komisch. Jetzt bist du an der Reihe. Harry steht neben mir und gibt keine Ruhe. Er möchte unbedingt mit dir sprechen.«

Ich stöhnte und hielt mir die Ohren zu.

»Kleines!« dröhnte Harrys tiefer Bariton, und ich zuckte wie immer zusammen. Harry hatte zu meinen Kunden gehört, als ich noch für Triple-M arbeitete, und wir waren gute Freunde geblieben. Er nahm mich in seine Familie auf und lud mich zu allen möglichen Anlässen ein. Harry hoffte, ich würde mich mit seiner entsetzlichen Tochter Lily anfreunden, die ungefähr in meinem Alter war. Da hatte er sich aber geirrt!

»Kleines«, sagte Harry, »ich hoffe, du verzeihst mir, aber ich habe Saul bereits mit dem Wagen geschickt. Er wird dich abholen.«

»Das hättest du nicht tun sollen, Harry«, sagte ich. »Warum hast du mich nicht erst gefragt und dann Saul in dieses Schneetreiben geschickt?«

»Weil du nein gesagt hättest«, bemerkte Harry richtigerweise. »Außerdem fährt Saul gerne. Als Chauffeur ist das seine Aufgabe. Bei dem Gehalt, das er bekommt, kann er sich nicht beklagen. Außerdem bist du mir einen Gefallen schuldig.«

»Ich bin dir keinen Gefallen schuldig, Harry«, erwiderte ich energisch, »wir wollen nicht vergessen, wer was für wen getan hat.«

Ich hatte vor zwei Jahren für Harrys Firma ein Transportsystem ausgearbeitet, durch das er zum führenden Pelzgroßhändler nicht nur von New York, sondern der nördlichen Hemisphäre geworden war. Harry konnte seine ›preiswerten‹ maßgeschneiderten Qualitätspelze jetzt innerhalb von vierundzwanzig Stunden überallhin zustellen.

»Hör zu, Harry«, sagte ich ungeduldig, »ich weiß nicht, wie du herausgefunden hast, wo ich bin, aber ich bin hier, um allein zu sein. Ich kann jetzt nicht mit dir darüber sprechen, aber ich habe ein großes Problem . . .«

»Dein Problem besteht darin, daß du immer arbeitest und daß du immer allein bist.«

»Meine Firma ist das Problem«, erklärte ich gereizt. »Sie haben mir ein neues Arbeitsgebiet zugeteilt, von dem ich keine Ahnung habe. Sie schicken mich ins Ausland. Ich brauche Zeit zum Nachdenken. Ich weiß noch nicht, was ich tun soll.«

»Ich habe dich gewarnt«, dröhnte Harry mit voller Lautstärke. »Du hättest diesen Gojim nicht trauen dürfen. Lutheranische Buchprüfer, so etwas gibt es doch nicht! Nun ja, ich habe zwar eine Lutheranerin geheiratet, aber ich lasse sie doch nicht an meine Bücher! Verstehst du? Also, Kleines, zieh deinen Mantel an, fahr nach unten und sei ein braves Kind. Du bekommst einen Drink, und dann reden wir darüber. Außerdem, diese Wahrsagerin ist einmalig! Sie arbeitet schon seit Jahren hier, aber ich hatte noch nie etwas von ihr gehört. Hätte ich sie schon früher gekannt, hätte ich auf meinen Steuerberater verzichtet und wäre statt dessen zu ihr gegangen.«

»Du übertreibst«, sagte ich unbeeindruckt.

»Habe ich dich je belogen? Hör zu, sie wußte, daß du heute abend bei uns sein solltest. Als sie an unseren Tisch kam, fragte sie als erstes: ›Wo ist Ihre Freundin, die Computerexpertin?‹ Glaubst du das?«

»Nein«, erwiderte ich ungerührt. »Wo seid ihr denn überhaupt?«

»Hör zu, Kleines. Diese Dame besteht darauf, daß du hierherkommst. Sie hat mir sogar gesagt, dein Schicksal und mein Schicksal seien miteinander verflochten. Und das ist noch nicht alles. Sie wußte, daß Lily auch hier sein sollte.«

»Lily ist nicht gekommen?« fragte ich und war sehr erleichtert. Aber ich fand es doch merkwürdig, daß seine einzige Tochter ihn an Silvester versetzt hatte. Lily mußte wissen, wie sehr sie ihren Vater damit verletzte.

»Töchter! Was kann man schon von ihnen erwarten? Ich brauche moralische Unterstützung. Ich sitze hier, und mein Schwager ist der Mittelpunkt des Abends.«

»Also gut, ich komme«, sagte ich.

»Wunderbar! Ich wußte, du würdest es mir nicht abschlagen. Saul wartet unten am Eingang auf dich. Wenn du hier bist, bekommst du einen besonders dicken Kuß.«

Ich legte auf und fühlte mich deprimierter als zuvor. Das fehlte mir noch: ein Abend mit dem hohlen Geschwätz von Harrys unüberbietbar langweiliger Familie. Nur Harry brachte mich immer zum Lachen. Vielleicht gelang es ihm, mich ein wenig von meinen Sorgen abzulenken.

Als ich unten aus dem Aufzug trat, wartete die große schwarze Limousine bereits. Ich sah Saul durch die Glasscheiben der Empfangshalle. Er sprang aus dem Wagen, lief die Stufen hinauf und hielt mir die schwere Glastür auf.

Saul hatte ein scharfgeschnittenes Gesicht mit zwei tiefen Falten von den Wangenknochen bis zum Unterkiefer. Man konnte ihn in einer Menschenmenge nicht verfehlen, denn er war mit seinen über ein Meter achtzig beinahe ebenso groß wie Harry, aber ebenso knochig, wie Harry dick war. Zusammen wirkten sie wie die konkaven und konvexen Spiegelbilder in einem Spiegelkabinett. Sauls Uniform war vom Schnee weiß gepudert. Er nahm meinen Arm, damit ich auf den glatten Stufen nicht ausrutschte. Als ich auf dem Rücksitz Platz nahm, lachte er.

»Sie konnten Harry nicht absagen?« fragte er. »Man kann ihm schwer etwas abschlagen.«

»Er ist unmöglich«, stimmte ich ihm zu, »ich glaube, das Wort ›nein‹ hört er einfach nicht. Wo findet denn die geheimnisvolle Sitzung statt?«

»Im Fifth Avenue Hotel«, erwiderte Saul und schloß den Wagenschlag. Dann ging er zum Fahrersitz. Er startete den Motor, und wir rollten durch den Schnee.

Am Silvesterabend sind die Hauptstraßen in New York ebenso belebt wie am hellichten Tag. Die Kette der Taxis und großen Limousinen reißt nicht ab, und zahllose Voll- und Angetrunkene bevölkern die Gehwege auf der Suche nach der nächsten Bar. Die Straßen sind mit Papierschlangen und Konfetti übersät. Eine allgemeine Ausgelassenheit liegt in der Luft.

Wir fuhren schweigend zur unteren Fifth Avenue.

»Wie ich höre, ist Lily nicht erschienen«, bemerkte ich schließlich.

»Ja, richtig«, sagte Saul.

»Ich habe Harry zuliebe aufgehört zu arbeiten. Was kann ihr denn so wichtig sein, daß sie nicht ein paar Stunden zum Jahresende mit ihrem Vater verbringt?«

»Sie wissen doch, was sie macht«, sagte Saul und hielt vor dem

Fifth Avenue Hotel. Vielleicht war es Einbildung, aber ich glaube, seine Stimme klang bitter. »Sie macht das, was sie immer macht: Sie spielt Schach.«

Das Fifth Avenue Hotel liegt auf der Westseite und ein paar Querstraßen oberhalb des Washington Square Park. 1972 hatte man die Bar des Hotels noch nicht restauriert. Wie viele New Yorker Hotelbars war sie die authentische Kopie eines ländlichen Gasthauses aus der Tudorzeit. Man hatte das Gefühl, eigentlich müsse man draußen ein Pferd anbinden, anstatt aus einer Limousine zu steigen. Facettierte Buntglasscheiben schmückten die breiten Fenster zur Straße. Die lodernden Flammen im großen, offenen Kamin ließen die Gesichter der Gäste leuchten und warfen durch das rubinrote Buntglas einen dunkelroten Schein auf den glitzernden Schnee.

Harry hatte sich einen runden Tisch am Fenster reservieren lassen. Als wir vorfuhren, winkte er uns. Llewellyn und Blanche saßen auf der anderen Seite mehr im Hintergrund und tuschelten miteinander wie zwei blonde Botticelli-Engel.

Eine Bilderbuchszene, dachte ich, als Saul mir beim Aussteigen half. Das prasselnde Kaminfeuer, die überfüllte Bar, in der sich die Gäste in eleganter Abendkleidung amüsierten – ein unwirklicher Anblick. Ich stand im hohen Schnee auf dem Gehweg, betrachtete im Schein der Straßenlampen die tanzenden Schneeflocken und sah Saul nach, der langsam davonrollte. Im nächsten Augenblick eilte Harry auf die Straße, als fürchte er, ich werde wie eine Schneeflocke schmelzen und verschwinden.

»Kleines!« rief er und nahm mich in seine mächtigen Arme, als wolle er mich zerquetschen. Harry war ein Riese. Er war beinahe zwei Meter groß, und es wäre geschmeichelt zu behaupten, er habe Übergewicht. Harry war ein Fleischberg mit dicken Tränensäcken und Hängebacken und sah aus wie ein Bernhardiner. Er trug eine abscheulich geschmacklose rot, grün und schwarz karierte Jacke, in der er noch riesiger zu sein schien.

»Ich bin ja so froh, daß du gekommen bist«, sagte er und nahm meinen Arm. Er führte mich durch die Halle, hielt die massiven Doppeltüren zur Bar auf und dirigierte mich zu dem Tisch, an dem Llewellyn und seine Frau Blanche saßen.

»Unsere liebe, liebe Kate«, rief Llewellyn, stand auf und drückte mir einen Kuß auf die Wange. »Blanche und ich habe uns gerade gefragt, ob du überhaupt noch kommen wirst, nicht wahr?« Er warf Blanche einen vielsagenden Blick zu. »Wirklich, Kleines«, fuhr er fort, »es kostet dich wohl unsägliche Überwindung, dich von deinem Computer loszureißen. Ich frage mich oft, was ihr beiden, du und Harry, tun würdet, wenn ihr nicht Tag für Tag ins Büro müßtet.«

»Tag, Kleines«, sagte Blanche und streckte mir ihre kühle Porzellanwange zum Kuß entgegen. »Du siehst wie immer bezaubernd aus. Setz dich. Was soll Harry dir zu trinken holen?«

»Ich bringe ihr einen Eierflip«, rief Harry strahlend wie ein Weihnachtsbaum. »Der Eierflip hier ist hinreißend. Du trinkst erst ein Glas Eierflip, und dann kannst du haben, was du willst.« Er warf sich wieder ins Gewühl und bahnte sich, alle Anwesenden überragend, den Weg zur Bar.

»Wie Harry erzählt, fährst du demnächst nach Europa?« fragte Llewellyn, setzte sich neben mich und ließ sich von Blanche das Glas reichen. Sie waren aufeinander abgestimmt gekleidet. Sie trug ein dunkelgrünes Kleid, das ihre helle Haut betonte, und er ein dunkelgrünes Samtjackett mit schwarzer Schleife. Sie waren beide Mitte Vierzig, wirkten aber auffallend jugendlich.

»Nicht nach Europa«, erwiderte ich, »nach Algier. Es ist eine Art Strafe. Algier ist eine Stadt in Algerien —«

»Ich weiß, wo Algier ist«, sagte Llewellyn, nachdem er und Blanche einen vielsagenden Blick getauscht hatten. »Welch ein Zufall! Wer hätte das gedacht?«

»An deiner Stelle würde ich nicht mit Harry darüber sprechen«, sagte Blanche und spielte nervös mit ihrer sündhaft teuren doppelreihigen Perlenkette. »Er hat etwas gegen Araber. Du solltest ihn erleben, wenn er seine Tiraden losläßt.«

»Es wird dir dort nicht gefallen«, erklärte Llewellyn, »Algier ist schrecklich. Armut, Schmutz, Kakerlaken und Kuskus. Und Kuskus ist eine schreckliche Mischung aus gekochten Teigwaren und Hammelfleisch, und alles schwimmt in Fett.«

»Bist du schon einmal dort gewesen?« fragte ich, entzückt darüber, daß Llewellyn vom Ort meines bevorstehenden Exils so aufmunternde Dinge zu berichten wußte.

»O nein«, sagte er, »aber ich suche jemanden, der an meiner Stelle dorthin fährt. Bitte kein Wort darüber zu Harry, Kleines, aber ich glaube, ich habe endlich einen Kunden gefunden. Dir ist vielleicht bewußt, daß ich finanziell von Zeit zu Zeit auf Harry angewiesen bin...«

Niemand wußte besser als ich, wie sehr Llewellyn auf seinen Schwager Harry ›angewiesen‹ war. Selbst wenn Harry nicht ständig darüber gesprochen hätte, ein Besuch von Llewellyns Antiquitätengeschäft in der Madison Avenue sprach Bände. Die Verkäufer überfielen einen, wenn man den Laden betrat, als wollten sie Gebrauchtwagen verkaufen. Die besseren Antiquitätengeschäfte in New York verkauften nur nach terminlicher Vorabsprache und lauerten harmlosen Kunden nicht aus dem Hinterhalt auf.

»Aber ich habe jetzt«, erzählte Llewellyn, »einen Kunden gewonnen, der sehr seltene Stücke sammelt. Wenn es mir gelingt, eines dieser Stücke ausfindig zu machen und zu erwerben, ist das vermutlich meine Eintrittskarte zur Unabhängigkeit.«

»Willst du damit sagen, das, was er sucht, befindet sich in Algerien?« fragte ich und sah Blanche an. Sie trank versonnen ihren Champagnercocktail und schien nicht zuzuhören. »Wenn ich überhaupt dorthin fahre, dann erst in drei Monaten, denn so lange dauert es, bis ich ein Visum habe. Aber Llewellyn, warum fährst du nicht selbst?«

»Die Angelegenheit ist nicht so einfach«, erwiderte Llewellyn. »Mein Kontaktmann dort ist ein Antiquitätenhändler. Er weiß, wo sich das Stück befindet, aber es gehört ihm nicht. Die Besitzerin lebt äußerst zurückgezogen. Es wird etwas Mühe und Zeit in Anspruch nehmen, mit ihr ins Gespräch zu kommen. Und das wäre für jemanden einfacher, der dort wohnt...«

»Zeig ihr doch das Bild«, sagte Blanche plötzlich. Llewellyn sah sie erstaunt an, nickte dann und zog aus der Brusttasche eine farbige Abbildung, die man offenbar aus einem Buch herausgetrennt hatte. Er legte das Bild auf den Tisch und strich es glatt.

Bei der Abbildung handelte es sich um eine große Elfenbeinschnitzerei – sie konnte auch aus hellem Holz sein. Ein Mann saß auf einem thronähnlichen Sessel auf dem Rücken eines Elefanten. Einige kleinere Krieger standen auf dem Elefanten und stützten den Thronsessel. Um den Elefanten sah man Reiter mit mittelalterlichen Waffen. Es war eine wunderschöne und offenbar sehr alte Schnitzerei. Ich war nicht sicher, was genau sie darstellen sollte, aber während ich sie betrachtete, spürte ich plötzlich einen kalten Luftzug. Ich warf erstaunt einen Blick zum Fenster. Es war geschlossen.

»Was sagst du dazu?« fragte Llewellyn. »Eindrucksvoll, nicht wahr?«

»Hast du den Luftzug auch gespürt?« fragte ich, aber Llewellyn schüttelte den Kopf. Blanche ließ mich nicht aus den Augen, als wollte sie meine Gedanken lesen.

Llewellyn sprach weiter: »Es ist die arabische Kopie einer indischen Elfenbeinschnitzerei. Dieses Exemplar steht in der Bilbiothèque Nationale in Paris. Bei der Zwischenlandung in Europa könntest du es dir ansehen. Meiner Meinung nach ist die indische Schnitzerei eine weitere Kopie einer sehr viel älteren Vorlage, die man noch nicht gefunden hat. Man nennt sie den ›Charlemagne-König‹.«

»Ist Karl der Große auf Elefanten geritten? Ich dachte, das sei Hannibal gewesen.«

»Die Schnitzerei zeigt nicht Karl den Großen. Es ist der König eines Schachspiels, das, wie man glaubt, Karl dem Großen gehört hat. Dies ist die Kopie einer Kopie. Das Original ist legendär. Niemand, den ich kenne, hat es je gesehen.«

»Woher weißt du dann, daß es überhaupt existiert?« wollte ich wissen.

»Es existiert«, sagte Llewellyn, »das Schachspiel wird in der Karlssage in allen Einzelheiten beschrieben. Mein Kunde besitzt bereits einige Stücke, und er möchte das Schachspiel komplett haben. Er ist bereit, für die noch fehlenden Teile wirklich sehr viel Geld zu bezahlen. Aber er möchte nicht in Erscheinung treten, sondern anonym bleiben. Kleines, das alles muß höchst vertraulich behandelt werden. Ich glaube, die ursprünglichen Schachfiguren sind aus massivem vierundzwanzigkarätigem Gold und mit seltenen Edelsteinen besetzt.«

Ich sah Llewellyn mit großen Augen an und fragte mich, ob ich recht gehört hatte. Dann begriff ich, was er von mir erwartete.

»Llewellyn, es gibt Gesetze, die verbieten, daß man Gold und Juwelen ausführt, ganz zu schweigen von Gegenständen, die einen großen historischen Seltenheitswert besitzen. Bist du verrückt, oder möchtest du, daß ich in einem arabischen Gefängnis lande?«

»Oh, Harry ist wieder da«, bemerkte Blanche ruhig und stand auf, als wolle sie die langen Beine strecken. Llewellyn nahm schnell die Abbildung an sich, faltete sie sorgfältig und schob sie in die Brusttasche.

»Kein Wort darüber zu meinem Schwager«, flüsterte er, »wir reden über die Sache vor deiner Abreise. Wenn du Interesse hast, kann für uns beide viel Geld dabei herausspringen.« Ich schüttelte den Kopf und stand ebenfalls auf, als Harry mit einem Tablett und Gläsern an den Tisch trat.

»Sieh mal an!« rief Llewellyn fröhlich. »Da kommt Harry mit dem Eierflip. Und er hat für uns alle ein Glas gebracht! Das ist wirklich sehr aufmerksam von ihm.« Er beugte sich zu mir und flüsterte: »Ich finde Eierflip abscheulich. Damit kann man Schweine mästen, wenn du mich fragst.« Aber dann nahm er zuvorkommend Harry das Tablett ab und half ihm, die Gläser zu verteilen.

»Brüderchen«, sagte Blanche und warf einen Blick auf ihre juwelenbesetzte Armbanduhr. »Nun, wo Harry wieder da ist und wir jetzt alle versammelt sind, solltest du die Wahrsagerin holen. In fünfzehn Minuten ist Mitternacht, und Kat sollte noch im alten Jahr erfahren, wie die Zukunft für sie aussieht.« Llewellyn nickte und eilte erleichtert davon, da er auf diese Weise den Eierflip nicht trinken mußte.

Harry sah ihm mit zusammengekniffenen Augen nach. »Weißt du«, sagte er zu Blanche, »wir sind jetzt fünfundzwanzig Jahre verheiratet, und jedes Silvester frage ich mich, wer mit meinem Eierflip die Blumen gießt.«

»Der Eierflip ist sehr gut«, vermittelte ich. Er schmeckte süß, cremig und richtig süffig.

»Also, dein kleiner Bruder . . .« brummte Harry verdrießlich. »Ich habe ihn in all den Jahren unterstützt, und als Dank gießt er meinen Eierlikör in die Blumen. Immerhin, die Wahrsagerin ist wirklich einmal eine gute Idee von ihm gewesen.«

»Eigentlich hat Lily sie empfohlen«, erwiderte Blanche. »Ich möchte nur wissen, wie sie erfahren hat, daß sie hier im Fifth Avenue Hotel eine Wahrsagerin haben! Vielleicht hatte sie hier ein Schachturnier«, fügte sie spitz hinzu. »In letzter Zeit scheinen sie ja überall diese Turniere zu haben.«

Harry fing sofort an, in aller Ausführlichkeit darüber zu reden, wie man Lily das Schachspielen abgewöhnen könne. Blanche beschränkte sich auf bitterböse Bemerkungen. Sie machten sich gegenseitig dafür verantwortlich, als einziges Kind ein so mißratenes Geschöpf in die Welt gesetzt zu haben.

Lily spielte nicht einfach Schach. Ihre Gedanken kreisten Tag und Nacht nur um Schach. Sie interessierte sich nicht für das Geschäft oder dachte nicht ans Heiraten – zwei Tatsachen, die besonders Harry schmerzten. Blanche und Llewellyn verabscheuten dagegen die »unkultivierten« Plätze und die Menschen, die zu Lilys Gesellschaft zählten. Um ehrlich zu sein, es war nicht leicht, sich mit der zwanghaften Überheblichkeit abzufinden, die dieses Spiel bei ihr bewirkte. Ihr Leben bestand nur noch daraus, ein paar Figuren auf einem Brett hin und her zu schieben. Ich fand die Vorwürfe ihrer Familie in gewisser Hinsicht gerechtfertigt.

»Ich will dir erzählen, was mir die Wahrsagerin über Lily gesagt hat«, rief Harry schließlich triumphierend. »Sie hat gesagt, eine junge Frau, die nicht zu meiner Familie gehört, wird in meinem Leben eine wichtige Rolle spielen.«

»Du kannst dir vorstellen, wie Harry sich darüber freut«, bemerkte Blanche zynisch lächelnd.

Aber Harry sprach unbeeindruckt weiter: »Sie hat gesagt, im Spiel des Lebens sind die Bauern das Herz, und ein Bauer kann alles ändern, wenn eine andere Frau einspringt. Ich glaube, damit hat sie dich gemeint –«

»Sie hat gesagt: ›Die Bauern sind die Seele des Schachs‹«, unterbrach ihn Blanche, »ich glaube, das ist ein Zitat...«

»Wieso weißt du das noch so genau?« wollte Harry wissen.

»Weil Llew ihre Worte auf die Serviette geschrieben hat«, erwiderte Blanche und las vor: »›Im Spiel des Lebens sind die Bauern die Seele des Schachs. Auch ein niedriger Bauer kann ein anderes Gewand anziehen. Jemand, den Sie lieben, wird das Schicksal wenden. Die Frau, die sie in den Schoß der Familie zurückbringt, wird die Fesseln lösen und das prophezeite Ende herbeiführen.‹« Blanche legte die Serviette auf den Tisch und trank einen Schluck Champagner, ohne uns anzusehen.

»Bitte!« rief Harry glücklich. »Ich interpretiere das so, daß du,

Kat, irgendwie ein Wunder bewirkst – dir wird es gelingen, daß Lily mit dem Schachspielen aufhört und endlich ein normales Leben führt.«

»An deiner Stelle wäre ich etwas realistischer«, sagte Blanche kühl. In diesem Augenblick erschien Llewellyn mit der Wahrsagerin. Harry stand auf und räumte den Platz neben mir. Als ich die Frau sah, dachte ich, man erlaube sich einen Spaß mit mir. Die Wahrsagerin war schlichtweg grotesk und sah aus wie eine Vogelscheuche. Sie hatte einen Buckel und eine übertrieben hochgesteckte Frisur wie bei einer Karnevalsperücke. Auf ihrer spitzen Nase saß eine straßbesetzte Fledermausflügelbrille, die sie an einem Band aus aneinandergeknoteten farbigen Gummiringen, wie Kinder sie manchmal machen, um den Hals befestigt trug. Sie trug einen mit Gänseblümchen bestickten rosa Pullover, eine schlechtsitzende grüne Hose und leuchtendrosa Bowlingschuhe mit dem aufgesteppten Namen ›Mimsy‹. In der Hand hielt sie ein Klemmbrett, auf das sie hin und wieder einen Blick warf, als führe sie Buch über Treffer und Volltreffer. Außerdem kaute sie Kaugummi. Wenn sie den Mund öffnete, hüllte mich süßlicher Kaugummigeruch ein.

»Das ist Ihre Freundin?« fragte sie mit krächzender Stimme. Harry nickte und gab ihr ein paar Geldscheine, die sie auf das Klemmbrett steckte; den Betrag notierte sie auf dem Blatt. Dann setzte sie sich neben mich. Harry nahm gegenüber Platz. Sie sah mich an.

»Also, Kleines«, sagte Harry, »du mußt nur nicken, wenn sie recht hat. Vielleicht bringst du sie durcheinander, wenn –«

»Wer soll hier die Zukunft voraussagen?« unterbrach die alte Frau ärgerlich und musterte mich unverwandt durch die glitzernde Brille. Sie schwieg lange und schien es nicht eilig zu haben, mir die Zukunft zu sagen. Nach einer Weile wurden alle unruhig.

»Müßten Sie die Zukunft nicht in meiner Hand lesen?« fragte ich.

»Du darfst nichts sagen!« riefen Harry und Llewellyn wie aus einem Mund.

»Ruhe!« fauchte die Wahrsagerin. »Das ist ein schwieriger Fall. Ich versuche, mich zu konzentrieren.«

Sie konzentriert sich wirklich, dachte ich. Seit sie neben mir sitzt, starrt sie mich unverwandt an. Ich warf einen Blick auf Harrys Armbanduhr. Es war sieben Minuten vor Mitternacht. Die Wahrsagerin rührte sich nicht. Sie schien sich in Stein verwandelt zu haben.

Der Lärmpegel im Raum stieg, als Mitternacht heranrückte. Die Stimmen klangen heiser. Die Gäste drehten die Champagnerflaschen geräuschvoll im Eis der Kühler, zündeten die ersten Heuler an, warfen Luftschlangen und Konfetti. Draußen entlud sich die Spannung des alten Jahres in der Explosion von Knallfröschen und Feuerwerkskörpern. Ich wußte wieder, weshalb ich an Silvester immer zu Hause blieb. Die Wahrsagerin schien alles um sich herum vergessen zu haben. Sie saß da und starrte mich an.

Ich drehte den Kopf zur Seite. Harry und Llewellyn beugten sich mit angehaltenem Atem vor. Blanche hatte sich zurückgelehnt und betrachtete ruhig und aufmerksam das Profil der Wahrsagerin. Als ich die alte Frau wieder ansah, hatte sie sich nicht bewegt. Sie schien in eine Trance gefallen zu sein und sah durch mich hindurch. Dann richteten sich ihre Augen langsam auf mich. Dabei spürte ich denselben kalten Luftzug wie vorher. Nur schien er diesmal durch mich hindurchzugehen.

»Schweigen Sie«, flüsterte die Wahrsagerin plötzlich. Es dauerte eine Weile, bis ich bemerkte, daß sich ihre Lippen bewegten und daß sie es war, die gesprochen hatte. Harry beugte sich noch weiter über den Tisch, um sie zu verstehen, und Llewellyn rückte ebenfalls näher.

»Sie sind in großer Gefahr«, sagte die Wahrsagerin, »ich spüre überall Gefahr – auch jetzt.«

»Gefahr?« wiederholte Harry ungehalten. In diesem Augenblick erschien eine Kellnerin mit Champagner. Harry bedeutete ihr gereizt, den Kühler hinzustellen und zu gehen. »Was reden Sie da? Soll das ein Scherz sein?«

Die Frau blickte auf das Klemmbrett und klopfte mit dem Kugelschreiber gegen den Metallrahmen. Sie schien zu überlegen, ob sie weitersprechen sollte. Ich fing an, mich zu ärgern. Weshalb versuchte diese Salonwahrsagerin mir angst zu machen? Sie hob plötzlich den Kopf. Sie mußte meinen Ärger in den Augen gesehen haben, denn auf einmal wurde sie sehr geschäftsmäßig.

»Sie sind Rechtshänderin«, erklärte sie, »also steht in ihrer linken Hand das Schicksal geschrieben, mit dem sie auf die Welt gekommen sind. Die rechte Hand zeigt die Richtung, in der Sie sich bewegen. Geben sie mir zuerst Ihre linke Hand.«

Ich muß gestehen, es war seltsam, denn während sie meine linke Hand stumm ansah, hatte ich plötzlich das unheimliche Gefühl, daß die Frau wirklich etwas in der Hand sah. Ihre dünnen, knochigen Finger, die meine Hand umklammert hielten, waren kalt wie Eiszapfen.

»Oh, oho!« rief sie mit merkwürdiger Stimme, »Sie haben vielleicht eine Hand, junge Dame.«

Sie fuhr fort, meine Hand schweigend zu betrachten, und ihre Augen hinter der Glitzerbrille wurden groß. Das Klemmbrett rutschte ihr vom Schoß und fiel auf den Boden. Aber niemand bückte sich, um es aufzuheben. Die unterdrückte Spannung an unserem Tisch stieg spürbar, aber alle blieben stumm. Alle Augen richteten sich unverwandt auf mich, während um uns herum der Lärm der Halle tobte.

Die Wahrsagerin umfaßte meine Hand mit beiden Händen. Mir tat der Arm weh. Ich versuchte, sie ihr zu entziehen, aber sie hielt sie wie ein Schraubstock umklammert. Das machte mich irgendwie wütend. Mit der freien Hand versuchte ich, ihre langen knochigen Finger von meiner Linken zu lösen, und setzte zum Protest an.

»Hören Sie zu«, unterbrach sie mich leise. Ihre zuvor krächzende Stimme klang plötzlich sanft und angenehm. An ihrer Aussprache erkannte ich, daß sie keine Amerikanerin war, aber ich konnte nicht ausmachen, woher sie kam. Die grauen, wirren Haare und der gekrümmte Rücken erweckten zwar den Eindruck, sie sei uralt, aber ich bemerkte jetzt, daß sie größer war, als es den Anschein hatte. Die zarte Haut hatte beinahe keine Falten. Ich wollte wieder etwas sagen, aber der riesige Harry war aufgestanden und beugte sich über uns.

»Das ist mir zu melodramatisch«, erklärte er und legte der Wahrsagerin die Hände auf die Schulter. Dann griff er in die Hosentasche und schob der Frau noch ein paar Geldscheine zu. »Ich schlage vor, wir lassen es dabei bewenden...«

Die Wahrsagerin beachtete ihn nicht und flüsterte mir zu: »Ich bin gekommen, um Sie zu warnen. Wohin Sie auch gehen, sehen Sie sich gut um. Trauen Sie niemandem. Seien Sie jedem gegenüber mißtrauisch, denn die Linien Ihrer Hand zeigen ... o ja, das ist die prophezeite Hand.«

»Wer hat das prophezeit?« fragte ich.

Sie griff wieder nach meiner Hand und fuhr sanft mit dem Zeigefinger die Linien nach. Sie hielt die Augen geschlossen, als lese sie eine Blindenschrift. Noch immer flüsternd sprach sie, als erinnere sie sich an etwas – vielleicht an ein Gedicht, das sie vor langer Zeit gehört hatte.

»Ja, diese Linien sind ein Schachbrett, sind ein Code. Aber so ist es auch mit dem vierten Tag im vierten Mond. Dann riskier wie sie den Zug und sei bereit. Oh, ein weiteres Patt darf nicht sein, sonst wird keiner verschont. Urteile im Spiel, ob als Metapher, ob in Wirklichkeit, brennt die eiskalte Schlacht, und Schwarz ist bedroht. Ewig währt der arge Zwist, der sie entzweit. Kampf um das Geheimste, die Dreiunddreißigunddrei, bis zum Tod. Versiegelt ewig schweigt sonst der Mund, und das Wagnis lohnt.«

Ich schwieg, als sie aufhörte zu sprechen. Harry stand mit den Händen in den Hosentaschen am Tisch. Ich hatte keine Ahnung, wovon sie sprach – aber es war doch merkwürdig. Ich hatte das Gefühl, schon einmal in dieser Bar gewesen zu sein und ihre Worte gehört zu haben. Ich tat es achselzuckend als einen Zufall ab.

»Ich weiß nicht, wovon Sie sprechen«, sagte ich laut.

»Sie verstehen mich nicht?« fragte sie und lächelte mich sonderbar, beinahe verschwörerisch an. »Sie werden mich verstehen, ganz bestimmt«, erklärte sie. »Der vierte Tag im vierten Monat? Sagt Ihnen das nichts?«

»Ja, aber –«

Sie legte einen Finger auf die Lippen und schüttelte den Kopf. »Sie dürfen niemandem verraten, was das bedeutet. Sie werden alles andere bald verstehen, denn das ist die prophezeite Hand, die Hand des Schicksals. Es steht geschrieben: ›Am vierten Tag im vierten Monat kommt die Acht.‹«

»Was soll das bedeuten?« rief Llewellyn aufgeregt. Er griff über den Tisch nach ihrem Arm, aber sie riß sich von ihm los.

In diesem Augenblick wurde es im Raum stockdunkel. Heuler explodierten, Pfeifen schrillten. Ich hörte Champagnerkorken knallen, und alle riefen im Chor: »Ein frohes neues Jahr!« Auf der Straße krachten Feuerwerkskörper. Im Schein der Holzkohlenglut des Kamins tanzten und drehten sich die verzerrten Schatten der ausgelassenen Menge wie schwarze Geister aus einer Dante-Vision.

Als die Lichter wieder angingen, war die Wahrsagerin verschwunden. Harry stand neben seinem Stuhl. Wir blickten erstaunt auf den leeren Platz, wo sie noch vor kurzem gesessen hatte. Harry lachte, beugte sich vor und gab mir einen Kuß auf die Wange.

»Ein frohes neues Jahr, Kleines«, sagte er und drückte mich herzlich an seine Brust. »Dir hat sie ja wirklich etwas Verrücktes prophezeit! Ich glaube, der Hokuspokus war ein Reinfall. Bitte verzeih mir.«

Blanche und Llewellyn tuschelten miteinander.

»Hört auf, ihr zwei«, rief Harry, »wie wär's mit einem Glas Champagner, den ich mir eigentlich schon nicht mehr leisten kann? Kat, du brauchst bestimmt einen Schluck.« Llewellyn stand auf und kam zu mir. Er drückte mir einen Kuß auf die Wange.

»Liebe Kat, ich stimme Harry zu. Du siehst aus, als hättest du ein Gespenst gesehen.« Mir war wirklich etwas flau. Ich machte die Anspannung der letzten Wochen und die späte Stunde dafür verantwortlich.

»Diese komische Alte«, erklärte Llewellyn, »dieser Unsinn über irgendwelche Gefahren. Aber du scheinst begriffen zu haben, was sie dir gesagt hat, oder habe ich es mir nur eingebildet?«

»Kein Wort habe ich verstanden«, erwiderte ich, »Schachbretter und Zahlen und ... was ist die Acht? Was für eine Acht? Mir kommt das alles sehr spanisch vor.« Harry reichte mir ein Glas Champagner.

»Macht nichts«, sagte Blanche und schob mir eine Papierserviette über den Tisch. »Llew hat alles mitgeschrieben. Hier. Vielleicht kannst du später etwas damit anfangen. Aber besser nicht! Es klingt eher entmutigend.«

»Nein, nein!« widersprach Llewellyn. »Es ist doch alles nur Spaß. Tut mir leid, daß es so merkwürdig gelaufen ist. Aber sie hat Schach erwähnt, nicht wahr? Also die Sache mit dem ›Patt‹, das könnte natürlich auch zum ›Schachmatt‹ führen, das Wort kommt vom Persischen und bedeutet ›Tod des Königs‹. Dann sagt sie, du seist in Gefahr – also du bist ganz sicher, daß du es nicht verstehst?« fragte er noch einmal eindringlich.

»Ach, hör doch auf damit!« sagte Harry. »Ich habe mich geirrt, als ich glaubte, dein Schicksal hätte etwas mit Lilys zu tun. Das ist alles Blödsinn. Vergiß, was sie gesagt hat, sonst bekommst du Alpträume.«

»Von meinen Bekannten spielt nicht nur Lily Schach«, sagte ich. »Ich habe einen Freund, der früher an Schachturnieren teilgenommen hat . . .«

»Ach ja? Kenne ich ihn?« fragte Llewellyn etwas zu schnell.

Ich schüttelte den Kopf. Blanche wollte etwas sagen, aber Harry drückte ihr ein Glas Champagner in die Hand. Sie lächelte und trank einen Schluck.

»Hört auf«, sagte Harry, »trinken wir auf das neue Jahr und auf alles, was es uns bringen mag.«

Wir hatten die Flasche Champagner etwa nach einer halben Stunde geleert. Schließlich zogen wir die Mäntel an und gingen hinaus. Harrys Limousine fuhr wie herbeigezaubert vor, und wir stiegen ein. Harry gab Saul den Auftrag, mich zuerst in meinem Apartment in der Nähe des East River abzusetzen. Als wir vor dem Haus angekommen waren, stieg Harry aus und drückte mich liebevoll an sich.

»Ich wünsche dir, daß es ein wunderbares Jahr für dich wird«, sagte er. »Vielleicht kannst du bei meiner unmöglichen Tochter etwas bewirken. Ich glaube fest daran. Ich sehe es in den Sternen.«

»Wenn ich nicht bald ins Bett komme, sehe ich wirklich Sterne«, erwiderte ich und unterdrückte ein Gähnen. »Vielen Dank für den Eierflip und den Champagner.«

Ich gab Harry zum Abschied die Hand. Der Pförtner saß kerzengerade auf einem Stuhl und schlief. Er regte sich nicht, als ich durch die schwachbeleuchtete große Halle zum Aufzug ging. Das Haus war so still wie ein Grab.

Ich drückte auf den Knopf, und die Fahrstuhltür schloß sich leise. Auf der Fahrt nach oben holte ich die Papierserviette aus der Manteltasche und las die Worte der Wahrsagerin noch einmal. Ich verstand sie immer noch nicht und beschloß, die ganze Sache zu vergessen. Ich hatte bereits genug Probleme. Aber als der Fahrstuhl hielt, und ich durch den dunklen Flur zu meinem Apartment ging, wunderte ich mich doch darüber, daß die Wahrsagerin gewußt hatte, daß der vierte Tag im vierten Monat mein Geburtstag ist.

PARIS

Sommer 1791

»*Oh, merde. Merde!*« rief Jacques-Louis David. Er warf den Zobelhaarpinsel wütend auf den Boden und sprang auf. »Ich habe doch gesagt, ihr dürft euch nicht bewegen. Keine Bewegung, bitte! Jetzt sind die Falten durcheinander, und alles ist ruiniert!«

Er sah Valentine und Mireille wütend an, die am anderen Ende des Ateliers auf einem hohen Podest standen. Sie waren beinahe nackt und nur in durchsichtige Gewänder gehüllt, die sorgfältig drapiert und unter dem Busen in antikem griechischem Stil gerafft waren, wie es damals in Paris gerade große Mode war.

David biß sich auf den Daumen. Seine dunklen Haare standen ihm in allen Richtungen vom Kopf, und seine schwarzen Augen blitzten vor Ärger. Das gelb-blau-gestreifte Seidentuch hatte er sich zweimal um den Hals geschlungen und zu einer nachlässigen Schleife gebunden. Es hatte schwarze Kohlestaubflecken. Die breiten, bestickten Revers der grünen Samtjacke waren ebenfalls fleckig.

»Jetzt kann ich alles noch einmal arrangieren«, beschwerte er sich. Valentine und Mireille schwiegen. Sie waren vor Verlegenheit rot geworden und blickten mit aufgerissenen Augen zu der offenen Tür hinter dem Maler.

Jacques-Louis drehte sich ungeduldig um. Dort stand ein großer, schlanker und ungewöhnlich schöner junger Mann. Seine dichten goldblonden Locken wurden am Hinterkopf mit einem Band gehalten. Eine lange purpurfarbene Seidensoutane umspielte seine Gestalt.

Seine Augen waren von einem tiefen, beunruhigenden Blau und richteten sich auf den Maler. Er lächelte Jacques-Louis belustigt an. »Ich hoffe, ich störe nicht«, sagte er mit einem Blick auf das Podest, wo die beiden jungen Frauen erstarrt wie Rehe vor der Flucht standen. Seine sanfte, kultivierte Stimme verriet die Selbstsicherheit der Oberklasse.

»Ach, Sie sind es, Maurice«, sagte Jacques-Louis mißmutig. »Wer hat Sie eingelassen? Man weiß doch, daß ich bei der Arbeit nicht gestört werden möchte.«

»Ich hoffe, mein Freund, Sie begrüßen nicht alle Gäste, die Sie zum Mittagessen eingeladen haben, so abweisend«, erwiderte der junge Mann noch immer lächelnd. »Außerdem sieht mir das kaum nach Arbeit aus, oder besser gesagt, nach einer Art Arbeit, bei der ich gerne selbst Hand anlegen würde.«

Er sah wieder Valentine und Mireille an, die im hellen Licht standen, das durch die großen Fenster fiel. Die durchsichtigen Gewänder erlaubten ihm einen ungehinderten Blick auf die Umrisse ihrer bebenden Körper.

»Mir scheint, Sie haben oft genug bei dieser Art Arbeit Hand angelegt«, sagte Jacques-Louis und nahm aus dem Zinnkrug neben der Staffelei einen neuen Pinsel. »Aber tun Sie mir den Gefallen – gehen Sie zum Podest und drapieren mir die Falten, ja? Ich sage Ihnen von hier aus, wie ich sie möchte. Ich habe das Vormittagslicht nicht mehr lange. Noch zwanzig Minuten, und dann können wir essen.«

»Was soll das werden?« fragte der junge Mann. Als er langsam zum Podest ging, schien er leicht, aber doch merklich zu hinken.

»Eine lavierte Kohlezeichnung«, erwiderte Jacques-Louis, »nach einem Thema von Poussin, mit dem ich mich schon seit einiger Zeit beschäftige. ›Der Raub der Sabinerinnen‹.«

»Welch erfreuliche Vorstellung«, sagte Maurice, als er das Podest erreichte. »Was soll ich denn arrangieren? Ich finde alles, so wie es ist, sehr reizvoll.«

Valentine stand auf dem Podest über Maurice. Sie hatte ein Knie gebeugt und den Arm in Schulterhöhe vorgestreckt. Mireille kniete neben Valentine und hob beschwörend die Arme. Die kastanienroten Haare fielen ihr über die Schulter und verhüllten nur andeutungsweise die nackten Brüste.

»Die roten Haare müssen mehr zur Seite«, rief David durch das Atelier. Er stand neben der Staffelei, kniff die Augen zusammen und fuhr mit dem Pinsel in großen Gesten durch die Luft, während er seine Anweisungen gab. »Nein, nicht so weit. Sie dürfen nur die linke Brust bedecken. Die rechte Brust muß entblößt sein . . . völlig entblößt. Sie müssen das Gewand noch etwas herunterziehen. Schließlich wollen sie nicht in ein Kloster, sondern die Soldaten verführen, damit sie nicht in die Schlacht ziehen.«

Maurice tat wie befohlen. Aber seine Hand zitterte, als er den dünnen Stoff herunterzog.

»Gehen Sie zur Seite. Mein Gott, nun gehen Sie schon, damit ich etwas sehen kann.«

Maurice trat mit einem schwachen Lächeln beiseite. Er hatte in seinem Leben noch nie so bezaubernde junge Frauen gesehen und fragte sich, wo um alles in der Welt Jacques-Louis die beiden gefunden hatte. Man wußte, daß die Damen der Gesellschaft vor seinem Atelier Schlange standen, weil sie hofften, als griechische Femmes fatales in einem seiner berühmten Gemälde porträtiert zu werden. Aber diese Mädchen waren taufrisch und unverdorben. Sie konnten also nicht zum dekadenten Pariser Adel gehören.

Und Maurice mußte es schließlich wissen. Kein anderer Mann in Paris streichelte die Brüste und Schenkel so vieler Damen der Gesellschaft wie er. Zu seinen Geliebten gehörten die Herzogin von Luynes, die Herzogin von Fitz-James, die Vicomtesse von Laval und die Prinzessin von Vaudemont. Es war wie ein Club, zu dem immer neue Mitglieder stießen.

Maurice war zwar schon siebenunddreißig, aber er wirkte zehn Jahre jünger, und er hatte sich sein jugendliches Aussehen seit über zwanzig Jahren zunutze gemacht. In all dieser Zeit war viel Wasser die Seine hinabgeflossen, während er sich bestens vergnügte und politisch an Einfluß gewann. Seine Geliebten waren ihm im Salon ebenso ergeben wie im Boudoir. Sie hatten ihm die Türen zu den politischen Pfründen geöffnet. Und bald würde er am Ziel seiner Wünsche sein.

Maurice wußte besser als jeder andere, daß Frauen über Frankreich herrschten. Das französische Gesetz erlaubte zwar keine Frau auf dem Thron, aber die Frauen verschafften sich die Macht durch andere Mittel und wählten dementsprechend ihre Favoriten.

»Jetzt richten Sie bitte Valentines Gewand«, rief David ungeduldig, »Sie müssen auf das Podest steigen. Die Stufen sind an der Rückseite.«

Maurice hinkte die Stufen zu dem hohen Podest hinauf und stand schließlich hinter Valentine.

»Sie heißen also Valentine?« flüsterte er ihr ins Ohr. »Sie sind sehr hübsch, meine Liebe, für ein Mädchen mit einem Jungennamen.«

»Und Sie sind sehr anzüglich«, erwiderte Valentine spitz, »für einen Mann, der den Purpur eines Bischofs trägt!«

»Hört mit dem Getuschel auf!« rief David. »Maurice, die Falten! Ich habe bald kein Licht mehr.« Als Maurice nach dem durchsichtigen Stoff griff, fügte David hinzu: »Ach, Maurice, ich habe euch noch nicht miteinander bekannt gemacht. Meine Nichte Valentine und ihre Cousine Mireille.«

»Ihre Nichte!« sagte Maurice verblüfft und ließ den Stoff fallen, als habe er sich die Finger verbrannt.

»Mein Patenkind«, erklärte Jacques-Louis. »Ich bin ihr Vormund. Ihr Großvater zählte zu meinen besten Freunden, aber er ist vor einigen Jahren gestorben. Es war der Graf von Rémy. Ich glaube, Ihre Familie kannte ihn.«

Maurice sah den Maler sprachlos vor Staunen an.

»Valentine«, rief Jacques-Louis, »der Herr, der deine Falten drapiert, ist in Frankreich sehr berühmt. Er war einmal Präsident der Nationalversammlung. Darf ich dir Monsieur Charles-Maurice de Talleyrand-Périgord vorstellen, den Bischof von Autun...«

Mit einem unterdrückten Schrei sprang Mireille auf und zog das Gewand über ihre nackten Brüste. Valentine kreischte so laut, daß Maurice glaubte, sein Trommelfell müsse platzen.

»Der Bischof von Autun!« rief Valentine und wich entsetzt vor ihm zurück. »Der Teufel mit dem Pferdefuß!«

Die beiden jungen Frauen sprangen vom Podest und rannten barfuß aus dem Atelier.

Maurice sah Jacques Louis trocken lächelnd durch den Raum hinweg an. »Normalerweise habe ich eine andere Wirkung auf das schöne Geschlecht«, sagte er.

»Mir scheint, Ihr Ruf ist Ihnen vorausgeeilt«, erwiderte Jacques-Louis.

Jacques-Louis David blickte in dem kleinen Eßzimmer neben dem Atelier auf die Rue de Bac. Maurice saß mit dem Rücken zum Fenster steif auf einem der mit rot-weiß gestreiftem Satin bezogenen Stühle an dem Mahagonitisch. Mehrere Schalen mit Obst und bronzene Kerzenleuchter standen auf dem für vier Personen gedeckten Tisch. Die hübschen Porzellanteller hatten ein Blumenmuster mit Vögeln.

»Wer hätte eine solche Reaktion erwarten können?« sagte Jacques-Louis kopfschüttelnd und griff nach einer Orange. »Ich entschuldige mich für meine Schützlinge. Ich war oben, und sie sind bereit, sich umzuziehen und zum Mittagessen herunterzukommen.«

»Wie kommt es, daß Sie Hüter dieser Schönheiten geworden sind?« fragte Maurice, drehte den Stiel des Weinglases und trank einen Schluck. »Mir scheint das zuviel Freude für einen Mann allein und in Ihrem Fall eigentlich eine Verschwendung.«

David sah ihn kurz an und erwiderte: »Ich bin ganz Ihrer Meinung. Ich weiß auch nicht, wie ich dieser Aufgabe gerecht werden soll. Ich habe in ganz Paris vergeblich eine geeignete Erzieherin gesucht, die ihre Ausbildung weiterführen kann. Ich bin am Ende meines Lateins, seit meine Frau vor ein paar Monaten nach Brüssel abgereist ist.«

»Ihre Abreise stand doch nicht etwa im Zusammenhang mit der Ankunft der bezaubernden ›Nichten‹?« fragte Talleyrand und lächelte über Davids mißliche Lage. Dieser griff seufzend nach seinem Weinglas.

»Aber nein!« widersprach er niedergeschlagen. »Meine Frau und ihre Familie sind unerschütterliche Royalisten. Sie mißbilligen mein Engagement für die Nationalversammlung. Sie sind der Ansicht, ein bürgerlicher Maler wie ich, der von der Monarchie unterstützt worden ist, sollte sich nicht öffentlich zur Revolution bekennen. Seit der Erstürmung der Bastille hat meine Ehe sehr gelitten. Meine Frau verlangt, daß ich mein Mandat in der Nationalversammlung niederlege und keine politischen Bilder mehr male. Das sind ihre Bedingungen für eine Rückkehr.«

»Aber mein Freund, als Sie den ›Schwur des Horaz‹ in Rom enthüllt haben, kam die Menge in Ihr Atelier an der Piazza del Popolo und streute Blumen vor dem Bild! Es war das erste Meisterwerk der Neuen Republik, und Sie sind der gepriesene Maler des Volks.«

»Ich weiß das, aber meine Frau nicht.« David seufzte. »Sie hat die Kinder mit nach Brüssel genommen und wollte sich auch meiner Schützlinge annehmen. Aber die Vereinbarung mit der Äbtissin besagt, daß sie in Paris bleiben, und sie zahlt mir dafür eine beachtliche Summe. Außerdem gehöre ich hierher.«

»Äbtissin? Sind Ihre Schützlinge Nonnen?« Maurice konnte nur mühsam das Lachen unterdrücken. »Das ist verrückt! Wie kann man zwei junge Frauen, Bräute Christi, in die Hände eines dreiundvierzigjährigen Mannes geben, der nicht einmal mit ihnen verwandt ist? Was hat sich die Äbtissin dabei gedacht?«

»Sie sind keine Nonnen. Sie haben das Gelübde noch nicht abgelegt. Anders als Sie zum Beispiel!« sagte Jacques-Louis nicht ohne Bosheit. »Offenbar hat die prüde alte Äbtissin sie vor Ihnen gewarnt und gesagt, Sie seien der Leibhaftige in Menschengestalt.«

»Nun ja, mein Leben ist nicht ganz so gewesen, wie es hätte sein sollen«, räumte Maurice ein. »Es überrascht mich dennoch, daß eine Äbtissin aus der Provinz dieses Urteil über mich fällt. Ich hatte geglaubt, in gewissen Dingen Diskretion zu wahren.«

»Wenn Sie es diskret nennen, in ganz Frankreich uneheliche Kinder in die Welt zu setzen, während Sie die Letzte Ölung erteilen und behaupten, ein Priester zu sein, dann weiß ich nicht, was mangelnde Verschwiegenheit bedeutet.«

»Ich wollte nie Priester werden«, erklärte Maurice bitter. »Man muß sich mit seinem Schicksal abfinden. An dem Tag, an dem ich endgültig dieses Gewand ausziehe, werde ich mich zum ersten Mal in meinem Leben sauber fühlen.«

In diesem Augenblick betraten Valentine und Mireille das kleine Eßzimmer. Sie trugen beide die einfachen Reisekleider, die sie noch im Kloster erhalten hatten. Nur ihre glänzenden Locken brachten etwas Farbe auf das stumpfe Grau. Beide Männer standen auf, um sie zu begrüßen.

»Wir warten bereits eine Viertelstunde auf euch«, sagte David streng. »Ich hoffe, ihr werdet euch jetzt benehmen und höflich zu Monseigneur sein. Ich bin sicher, was immer ihr auch über ihn gehört haben mögt, es würde neben der Wahrheit verblassen. Außerdem ist er unser Gast.«

»Hat man euch gesagt, ich sei ein Vampir?« fragte Talleyrand höflich. »Oder daß ich das Blut kleiner Kinder trinke?«

»Ja, Monseigneur«, erwiderte Valentine, »und Sie sollen einen Pferdefuß haben. Sie hinken, also muß es wahr sein!«

»Valentine«, tadelte Mireille, »du bist wirklich sehr unhöflich!«
David stützte den Kopf in die Hände und schwieg.
»Schon gut«, sagte Talleyrand, »ich werde es euch erklären.«
Er griff nach der Karaffe und schenkte Valentine und Mireille Wein ein. Dann sprach er weiter: »Als ich noch ein Säugling war, hatte ich eine Amme, eine dumme Frau vom Land. Sie legte mich eines Tages auf eine Kommode, ich fiel herunter und brach mir den Fuß. Die Amme verschwieg meinen Eltern aus Angst den Unfall, und der Fuß wurde nie richtig behandelt. Als meine Mutter anfing, sich für mich zu interessieren, war der Fuß verwachsen, und man konnte ihn nicht mehr gerade richten. Das ist die ganze Geschichte. Es ist nichts Geheimnisvolles daran, oder?«
»Haben Sie beim Gehen Schmerzen?« fragte Mireille.
»Der Fuß tut nicht mehr weh, o nein!« Talleyrand lächelte sarkastisch. »Weh tut nur, was ich durch den Fuß verloren habe. Ich habe das Erstgeburtsrecht verloren. Meine Mutter bekam schnell hintereinander noch zwei Söhne. Meine Rechte fielen meinem Bruder Archimbaud zu und nach ihm an Boson. Sie konnte einen Krüppel nicht zum Träger des ehrwürdigen Titels Talleyrand-Périgord machen, nicht wahr? Ich habe meine Mutter zum letzten Mal gesehen, als sie nach Autun kam und Einspruch dagegen erhob, daß man mich zum Bischof weihte. Sie hat mich gezwungen, Priester zu werden, aber sie hatte gehofft, ich werde hinter den Kirchenmauern vergessen und vergraben sein. Sie behauptete, ich sei nicht fromm genug, um Bischof zu sein. Natürlich hatte sie damit recht.«
»Wie schrecklich!« rief Valentine erregt. »Dafür hätte ich sie eine alte Hexe genannt!«
David hob den Kopf und blickte zur Decke. Dann läutete er und ließ das Essen auftragen.
»Das hätten Sie getan?« fragte Maurice liebenswürdig. »In diesem Fall wünschte ich, Sie wären zur Stelle gewesen. Ich gestehe, genauso hätte ich am liebsten auch gehandelt.«
Als der Diener allen vorgelegt und sich wieder zurückgezogen hatte, sagte Valentine: »Nach dieser Geschichte, Monseigneur, scheinen Sie mir nicht so schlimm zu sein wie Ihr Ruf.«
Mireille warf Valentine einen verzweifelten Blick zu, und Jacques-Louis lachte laut.

»Vielleicht sollten Mireille und ich uns bei Ihnen bedanken, Monseigneur, weil Sie dafür verantwortlich sind, daß man die Klöster geschlossen hat«, fuhr Valentine unbekümmert fort. »Sonst würden wir nämlich immer noch in Montglane sitzen und vom Leben in Paris nur träumen...«

Maurice legte Messer und Gabel auf den Tisch und sah sie aufmerksam an.

»Das Kloster von Montglane in den baskischen Pyrenäen? Kommen Sie aus diesem Kloster? Aber warum sind Sie nicht mehr dort? Warum haben Sie es verlassen?«

Sein Gesichtsausdruck und die eindringlichen Fragen verrieten Valentine, daß sie einen großen Fehler begangen hatte. Auch wenn Talleyrand gut aussah und charmant mit ihnen plauderte, war er der Bischof von Autun. Und vor diesem Mann hatte die Äbtissin sie gewarnt. Wenn er erfuhr, was die beiden Cousinen über das Montglane-Schachspiel wußten und daß sie geholfen hatten, die Figuren aus dem Kloster zu entfernen, würde er nicht ruhen, bis er dem Geheimnis auf die Spur gekommen war.

Allein daß er nun wußte, daß sie aus Montglane kamen, bedeutete ein großes Risiko für sie. Sie hatten die beiden Schachfiguren zwar sofort in der Nacht nach ihrer Ankunft im Garten hinter dem Atelier vergraben, aber Valentine hatte die Rolle nicht vergessen, die ihnen die Äbtissin zugedacht hatte. Sie sollten als Anlaufstelle für die anderen Nonnen dienen, die vielleicht fliehen und ihre Figuren zurücklassen mußten. Bislang war ein solcher Fall noch nicht eingetreten, aber bei den Unruhen, die Frankreich heimsuchten, konnte es jeden Tag soweit sein. Valentine und Mireille konnten es sich nicht erlauben, daß ein Charles-Maurice Talleyrand sie beobachten ließ.

»Ich frage noch einmal«, beharrte Talleyrand streng, als die beiden Mädchen erschrocken schwiegen, »warum haben Sie das Kloster von Montglane verlassen?«

»Weil«, antwortete Mireille stockend, »das Kloster geschlossen worden ist, Monseigneur.«

»Geschlossen? Warum ist es geschlossen worden?«

»Das Enteignungsgesetz, Monseigneur. Die Äbtissin hat um unsere Sicherheit gefürchtet –«

»Die Äbtissin hat in ihrem Brief an mich erklärt«, schaltete sich

David ein, »daß der Vatikan angeordnet habe, das Kloster zu schließen.«

»Und Sie haben das einfach so hingenommen?« fragte Talleyrand. »Sind Sie Republikaner oder nicht? Sie wissen, Papst Pius hat die Revolution verurteilt. Als wir das Enteignungsgesetz verabschiedet hatten, drohte er, jeden Katholiken in der Nationalversammlung zu exkommunizieren! Diese Äbtissin hat Landesverrat begangen, indem sie die Befehle des Vatikans befolgte, der, wie jeder weiß, von Habsburgern und spanischen Bourbonen wimmelt.«

»Ich möchte darauf hinweisen, daß ich ein ebenso guter Republikaner bin wie Sie«, erwiderte Jacques-Louis heftig. »Meine Familie gehört nicht zum Adel. Ich bin ein Mann des Volks. Ich stehe und falle mit der neuen Regierung. Aber die Schließung des Klosters von Montglane hat nichts mit Politik zu tun.«

»Auf dieser Welt, mein lieber Jacques-Louis, hat alles etwas mit Politik zu tun. Sie wissen doch, was in dem Kloster dort vergraben ist, oder nicht?« Valentine und Mireille wurden bleich. Aber Jacques-Louis warf Maurice einen seltsamen Blick zu und griff nach dem Weinglas.

»Pah! Das sind Ammenmärchen...« erklärte er und lachte verächtlich.

»Wirklich?« fragte Talleyrand und musterte die beiden jungen Frauen mit seinen durchdringend blauen Augen. Dann griff auch er nach seinem Weinglas und nippte gedankenverloren, nahm wieder Messer und Gabel in die Hand und aß weiter. Valentine und Mireille waren wie erstarrt und rührten das Essen nicht an.

»Ihren Nichten scheint der Appetit vergangen zu sein«, bemerkte Talleyrand schließlich.

David sah sie an. »Also, was ist?« fragte er. »Sagt mir ja nicht, daß ihr auch an diesen Unsinn glaubt.«

»Nein, Onkel«, sagte Mireille ruhig, »wir wissen, es ist ein Aberglaube.«

»Natürlich, es ist eine Legende, nicht wahr?« sagte Talleyrand mit einem Anflug seines üblichen Charmes. »Aber ihr scheint davon gehört zu haben. Übrigens, wohin ist die Äbtissin denn gegangen, nachdem sie sich mit dem Papst gegen die französische Regierung verschworen hat?«

»Um Himmels willen, Maurice«, rief David gereizt, »man könnte glauben, Sie kommen von der Inquisition. Ich werde Ihnen sagen, wo sie ist, und dann wollen wir nicht mehr darüber reden. Sie ist in Rußland.«

Talleyrand schwieg einen Augenblick. Dann verzog sich sein Gesicht zu einem Lächeln, als amüsiere er sich insgeheim über etwas. »Vermutlich haben Sie recht«, sagte er zu Jacques-Louis. »Hatten Ihre reizenden Nichten eigentlich schon Gelegenheit, die Pariser Oper zu besuchen?«

»Nein, Monseigneur«, antwortete Valentine eifrig, »aber es ist schon von Kindheit an unser größter Traum.«

»Ein so alter Traum?« Talleyrand lachte. »Nun ja, vielleicht können wir dafür sorgen, daß er in Erfüllung geht. Nach dem Essen werden wir einen Blick auf Ihre Garderobe werfen. Ich bin zufällig ein Experte in Sachen Mode . . .«

»Monseigneur berät die Hälfte aller Frauen von Paris. Er bestimmt, was sie tragen und nicht tragen«, erklärte Jacques-Louis trocken. »Das ist eines der vielen Dinge, die er aus christlicher Nächstenliebe tut.«

»Ich muß euch unbedingt die Geschichte erzählen, als ich Marie-Antoinettes Frisur, Maske und Kostüm für einen Maskenball entworfen habe. Selbst ihre Liebhaber erkannten sie nicht – vom König ganz zu schweigen!«

»Oh, Onkel, dürfen wir den Monseigneur bitten, dasselbe für uns zu tun?« bat Valentine. Sie war sehr erleichtert, daß das Gespräch um ein angenehmeres und sehr viel ungefährlicheres Thema kreiste.

»Meine Damen, Sie sehen bereits so hinreißend und bezaubernd aus.« Talleyrand lächelte. »Aber wir werden sehen, womit wir der Natur ein wenig nachhelfen können. Glücklicherweise habe ich eine Freundin, zu deren Gefolge die besten Schneiderinnen von Paris gehören – vielleicht haben Sie schon von Madame de Staël gehört?«

»Das war das schönste Erlebnis meines Lebens«, erklärte Valentine nach der Oper, als sie auf dem dicken Aubusson-Teppich in Talleyrands Arbeitszimmer vor dem Kamin saß und durch das Gitter des Funkenschutzes die Flammen beobachtete.

Talleyrand hatte es sich in einem großen, mit blauer moirierter

Seide bezogenen Sessel bequem gemacht und die Füße auf ein Sitzkissen gelegt. Mireille stand etwas abseits und blickte in den Kamin.

»Wir trinken auch zum ersten Mal Cognac«, fügte Valentine hinzu.

»Nun ja, Sie sind beide erst sechzehn«, sagte Talleyrand und roch an dem Cognac in seinem Glas, bevor er einen Schluck trank. »Auf Sie warten noch viele Erlebnisse.«

»Wie alt sind Sie denn, Monsieur Talleyrand?« fragte Valentine.

»Das ist keine höfliche Frage«, sagte Mireille vom Kamin herüber, »man sollte nie jemanden nach seinem Alter fragen.«

»Bitte«, erklärte Talleyrand, »nennen Sie mich Maurice. Ich bin siebenunddreißig, aber ich komme mir wie neunzig vor, wenn Sie mich mit ›Monsieur‹ anreden. Aber wie hat Ihnen denn Germaine gefallen?«

»Madame de Staël ist sehr charmant«, erwiderte Mireille. Ihre roten Haare schimmerten im Feuerschein so rot wie die Flammen.

»Stimmt es, daß sie Ihre Geliebte ist?« fragte Valentine.

»Aber Valentine!« rief Mireille. Talleyrand prustete vor Lachen.

»Sie sind großartig«, sagte er und spielte mit Valentines Haaren, als sie sich gegen den Sessel lehnte. Zu Mireille gewandt, sagte er: »Ihre Cousine, mein Fräulein, ist frei von all den Gespreiztheiten, die die Pariser Gesellschaft so langweilig machen. Ihre Fragen sind herrlich erfrischend und beleidigen mich keineswegs. Die letzten Wochen, in denen ich mich um Ihre Garderobe kümmerte und Ihnen Paris zeigte, waren für mich ein Lebenselixier, das die bittere Galle meines Zynismus gemildert hat. Aber wer hat Ihnen erzählt, Valentine, daß Madame de Staël meine Geliebte ist?«

»Ich habe es von den Dienstboten gehört, Monsieur – ich meine, Onkel Maurice. Stimmt es?«

»Nein, Kleines, es stimmt nicht, das heißt nicht mehr. Wir haben uns einmal geliebt, aber die Gerüchte halten nie mit der Zeit Schritt. Madame de Staël und ich sind jetzt gute Freunde.«

»Vielleicht hat sie Euch fallenlassen, Onkel Maurice, weil Ihr den lahmen Fuß habt...« sagte Valentine.

»Allmächtiger!« rief Mireille und rang die Hände. »Du wirst dich auf der Stelle entschuldigen. Bitte, verzeihen Sie meiner Cousine, Monseigneur. Sie wollte Sie nicht beleidigen.«

Talleyrand war wie vom Donner gerührt. Er hatte zwar gesagt, Valentine könne ihn nicht beleidigen, aber niemand in ganz Frankreich hätte gewagt, so unbekümmert über seine Behinderung zu sprechen. Gefühle, die er nicht kannte, ließen ihn innerlich erzittern. Er griff nach Valentines Händen und zog sie neben sich in den Sessel. Er legte sanft die Arme um ihre Schultern und umarmte sie.

»Tut mir leid, Onkel Maurice«, sagte Valentine. Sie legte ihm die Hand zärtlich auf die Wange und lächelte ihn an. »Ich habe noch nie in meinem Leben einen mißgestalteten Fuß gesehen. Ich fände es sehr aufschlußreich, wenn Ihr ihn mir zeigen würdet.«

Mireille stöhnte. Talleyrand sah Valentine mit großen Augen an, als traute er seinen Ohren nicht. Sie drückte ihm aufmunternd den Arm. Nach einem Augenblick sagte er ernst: »Gut, wenn Sie wollen.« Mit Mühe hob er den Fuß vom Schemel, bückte sich und zog den schweren, mit Eisenbändern verstärkten Stiefel aus, der den Fuß so stützte, daß er gehen konnte.

Im schwachen Licht des Feuers betrachtete Valentine aufmerksam den Fuß. Er war so verkrümmt, daß der Fußballen völlig umgeknickt war und die Zehen von unten nach oben zu wachsen schienen. Von oben gesehen, glich er einer Keule. Valentine hob den Fuß hoch, beugte sich darüber und küßte ihn. Talleyrand saß sprachlos im Sessel.

»Armer Fuß«, murmelte Valentine, »du hast so sehr gelitten und es doch überhaupt nicht verdient.«

Talleyrand beugte sich zu Valentine. Er drehte ihr Gesicht zu sich und küßte sie sanft auf die Lippen.

»Noch nie hat jemand meinen Fuß mit ›du‹ angeredet«, sagte er lächelnd. »Sie haben meinen Fuß sehr glücklich gemacht.«

Als er mit seinem Engelsgesicht und den blonden Locken, die seinen Kopf wie einen Heiligenschein umgaben, Valentine ansah, fiel es Mireille schwer, sich daran zu erinnern, daß dieser Mann rücksichtslos und beinahe eigenhändig die katholische Kirche in Frankreich zerstörte. Und er war der Mann, der versuchte, das Montglane-Schachspiel an sich zu bringen.

In Talleyrands Arbeitszimmer waren die Kerzen heruntergebrannt.

Asche lag über der ersterbenden Glut im Kamin, und die Ecken des großen Raums verschwanden im Schatten. Talleyrand warf einen Blick auf die vergoldete Standuhr und sah, daß es schon zwei Uhr morgens war. Er richtete sich im Sessel auf. Valentine und Mireille saßen zu seinen Füßen und hatten die Köpfe an seine Knie gelegt.

»Ich habe Ihrem Onkel versprochen, Sie nicht zu spät nach Hause zu bringen«, sagt er. »Wissen Sie, wie spät es ist?«

»Oh, Onkel Maurice«, bettelte Valentine, »bitte schickt uns jetzt nicht weg. Wir sind zum ersten Mal in der Oper gewesen und abends ausgegangen. Wir leben hier in Paris immer noch wie im Kloster.«

»Noch eine Geschichte«, bat auch Mireille, »unser Onkel hat bestimmt nichts dagegen.«

»Er wird wütend sein!« Talleyrand lachte leise. »Aber es ist bereits zu spät, um Sie nach Hause zu schicken. Zu dieser Zeit treiben sich Betrunkene auf den Straßen herum, auch in den besseren Gegenden der Stadt. Ich schlage vor, ich schicke einen Boten mit einer Nachricht zu Ihrem Onkel. Mein Kammerdiener Courtiade soll Ihnen ein Zimmer herrichten. Ich nehme an, Sie wollen lieber zusammen schlafen...«

Es entsprach nicht ganz der Wahrheit, daß es zu gefährlich war, die beiden jungen Frauen nach Hause zu schicken, denn Talleyrand hatte viele Diener, und Davids Haus lag nicht weit entfernt. Aber Tallyrand wollte die beiden plötzlich nicht mehr wegschicken und hätte sie am liebsten ganz bei sich behalten. Er schmückte seine Geschichten aus und verzögerte den unvermeidlichen Abschied. Diese beiden Mädchen mit ihrer erfrischenden Natürlichkeit hatten bei ihm Gefühle geweckt, die er nicht richtig einordnen konnte und wollte. Talleyrand hatte nie eine Familie gehabt, und die echte Wärme ihrer Anwesenheit war für ihn eine völlig neue Erfahrung.

»Oh, dürfen wir wirklich hier übernachten?« fragte Valentine, setzte sich auf und drückte Mireilles Arm. Mireille wirkte unsicher, aber sie wollte ebenfalls bleiben.

»Natürlich«, sagte Talleyrand, stand auf und zog an der Klingelschnur. »Hoffen wir nur, daß daraus nicht der Skandal wird, den Germaine mir bereits prophezeit hat.«

Der ernste Courtiade trug noch immer die gestärkte Livree. Er warf einen Blick auf die beiden Mädchen und den nackten, verkrümmten Fuß seines Herrn, dann führte er Valentine und Mireille wortlos die Treppe hinauf in das größte Gästezimmer.

»Könnte man uns vielleicht zwei Nachthemden bringen?« fragte Mireille. »Vielleicht kann eines der Dienstmädchen...«

»Das sollte kein Problem sein«, erwiderte Courtiade höflich und ließ sofort zwei seidene, verschwenderisch mit Spitze besetzte Peignoirs bringen, die bestimmt keinem Dienstmädchen gehörten. Dann ließ er die beiden diskret allein.

Als Valentine und Mireille sich entkleidet und die Haare gebürstet hatten, legten sie sich in das große weiche Bett mit dem kunstvollen Betthimmel. Kurz darauf klopfte Talleyrand an die Tür.

»Ist alles zu Ihrer Zufriedenheit?« fragte er.

»So ein schönes Bett haben wir noch nie gesehen«, erwiderte Mireille und schmiegte sich genußvoll in die dicken, weichen Kissen. »Im Kloster haben wir auf Holzbrettern geschlafen, um unsere Haltung zu verbessern.«

»Ich kann Ihnen bestätigen, das hat zu einem bewundernswerten Ergebnis geführt«, sagte Talleyrand lächelnd. Er kam zu ihnen und setzte sich auf eine kleine Couch neben dem Bett.

»Ihr müßt uns jetzt noch eine Geschichte erzählen, Onkel Maurice«, sagte Valentine.

»Es ist sehr spät...« wehrte Talleyrand ab.

»Eine Gespenstergeschichte!« rief Valentine. »Die Äbtissin hat nie erlaubt, daß wir Gespenstergeschichten hören, aber wir haben sie uns trotzdem erzählt. Kennt Ihr eine?«

»Bedauerlicherweise nicht«, erwiderte Talleyrand gespielt zerknirscht. »Wie Sie wissen, war meine Kindheit nicht sehr glücklich. Man hat mir nie solche Geschichten erzählt.« Er dachte einen Moment nach. »Da fällt mir ein, ich bin sogar einmal einem Gespenst begegnet.«

»Wirklich?« fragte Valentine und drückte Mireille unter der Bettdecke die Hand. Die beiden sahen Talleyrand mit großen Augen an. »Einem richtigen Gespenst?«

»Es klingt verrückt, wenn ich das jetzt sage«, erwiderte er lachend, »und Sie müssen mir versprechen, Ihrem Onkel Jacques-Louis nichts davon zu erzählen, sonst werde ich zum Gespött der ganzen Nationalversammlung.«

Die Mädchen zogen das Bettuch bis ans Kinn und versprachen hoch und heilig zu schweigen. Talleyrand machte es sich im schwachen Kerzenlicht auf dem Sofa bequem und begann seine Geschichte ...

DIE GESCHICHTE DES BISCHOFS

Als junger Mann, noch ehe ich meine Priestergelübde abgelegt hatte, verließ ich St-Rémy, wo der berühmte König Clovis begraben ist, und ging an die Sorbonne. Nach zweijährigem Studium an dieser berühmten Universität war die Zeit gekommen, um meiner Berufung zu folgen.

Ich wußte, es würde in meiner Familie einen Skandal auslösen, wenn ich das Amt ablehnte, das sie mir aufgezwungen hatten. Ich fühlte mich völlig ungeeignet zum Priester und hatte schon immer gespürt, daß es mir bestimmt war, ein Staatsmann zu werden.

Unter der Universitätskirche ruhten die Gebeine des größten Staatsmannes Frankreichs. Dieser Mann war mein Idol. Ihr werdet seinen Namen kennen: Armand-Jean du Plessis, Herzog von Richelieu. In einer seltenen Verbindung von Kirche und Staat herrschte er beinahe zwanzig Jahre bis zu seinem Tod im Jahre 1642 mit eiserner Hand über dieses Land.

Eines Nachts, es war kurz vor Mitternacht, verließ ich mein warmes Bett, zog mir einen Umhang über und ging zur Universitätskirche.

Der Wind blies die kalten Blätter über den Rasen. Ich hörte die Schreie der Eulen und anderer unheimlicher nächtlicher Tiere. Ich hielt mich immer für mutig, aber ich muß gestehen, ich fürchtete mich. Die Kirche war dunkel und kalt. Vor dem Eingang der Gruft brannten nur noch wenige Kerzen. Ich entzündete eine Kerze und fiel auf die Knie. Ich beschwor den toten Kardinal, mein Führer zu sein. In dem hohen, riesigen Gewölbe hörte ich mein Herz schlagen, als ich dem Toten meine hoffnungslose Lage schilderte.

Kaum war mein flehentliches Bitten verstummt, als zu meinem großen Erstaunen ein eisiger Wind durch die Gruft blies und alle Kerzen löschte. Ich bebte vor Angst und suchte in der Dunkelheit eine Kerze. Aber im nächsten Augenblick hörte ich Stöhnen und Seufzen, und aus dem Grab stieg der bleiche, unheimliche Geist von Kardinal Richelieu! Haare, Haut und sogar die prunkvollen Gewänder waren so weiß wie Schnee. Der Kardinal schwebte schimmernd und völlig durchsichtig über mir.

Hätte ich nicht schon gekniet, wäre ich bestimmt vor Entsetzen zu Boden gesunken. Meine Kehle war trocken, und ich konnte nicht sprechen. Aber dann hörte ich wieder das leise Seufzen. Das Gespenst sprach mit mir! Ich spürte, wie mir eine Gänsehaut über den Rücken lief, als es mit einer Stimme, die an den tiefen Klang einer Glocke erinnerte, die schicksalhaften Worte sprach.

»Warum rufst du mich?« dröhnte es durch das hohe Gewölbe. Der Wind wurde stürmischer, und mich umgab völlige Dunkelheit. Meine Beine waren wie gelähmt. Ich konnte nicht aufspringen und fliehen. Ich schluckte und versuchte, meine Stimme unter Kontrolle zu bringen, um die Frage zu beantworten.

»Kardinal Richelieu«, stammelte ich angstvoll, »ich suche Euren Rat. Im Leben seid Ihr der größte Staatsmann Frankreichs und auch Priester gewesen. Wie seid Ihr zu so großer Macht gekommen? Bitte weiht mich in das Geheimnis ein, denn ich möchte Eurem Beispiel folgen.«

»Du?« dröhnte die nebelhafte riesige Gestalt über mir und zog sich unter die gewölbte Decke zurück, als hätte ich ihn beleidigt. Er schwebte vor den Mauern hin und her, wie ein Mann, der mit großen Schritten auf und ab geht. Und jedesmal wurde die gespenstische Gestalt größer, bis sie den ganzen Raum auszufüllen schien und dahintrieb wie Gewitterwolken vor dem Losbrechen des Sturms. Ich machte mich so klein wie möglich. Und schließlich sprach der Geist.

»Mein Geheimnis, dem ich auf der Spur war, bleibt für immer verborgen...« Das Gespenst wallte noch immer unter dem Gewölbe der Gruft. Seine Gestalt schien zu verschwimmen und sich aufzulösen. »Das Geheimnis der Macht ist mit Karl dem Großen zu Grabe getragen worden. Ich habe nur den ersten Schlüssel gefunden. Ich hatte ihn sorgfältig verborgen...«

Die Erscheinung zuckte nur noch schwach vor den Mauern, wie eine erlöschende Flamme. Ich sprang auf und wollte sie unter allen Umständen am Verschwinden hindern. Worauf spielte der Kardinal an? Was war das für ein Geheimnis, das mit Karl dem Großen zu Grabe getragen worden war? Über den tosenden Sturm hinweg, der das Gespenst vor meinen Augen verschlang, schrie ich, so laut ich konnte:

»Sire, ruhmreicher Priester! Bitte! Sagt mir, wo ich den Schlüssel finde, von dem Ihr redet!«

Die Erscheinung verschwand, aber ich hörte noch die Stimme wie ein Echo in langen dunklen Gängen.

»François... Marie... Arouet...« Dann war alles still.

Der Wind erstarb, und die Kerzen fingen wieder an zu brennen. Ich befand mich allein in der Gruft. Ich blieb lange dort; dann machte ich mich langsam auf den Rückweg, lief über den Rasen und in mein Zimmer zurück.

Am nächsten Morgen wollte ich mir einreden, die Erlebnisse der Nacht seien nur ein Alptraum gewesen. Aber die welken Blätter und der modrige Geruch der Gruft an meinem Umhang bezeugten, daß ich das alles wirklich erlebt hatte. Der Kardinal hatte mir gesagt, er habe den ersten Schlüssel für die Lösung des Rätsels gefunden. Und aus irgendeinem Grund sollte ich diesen Schlüssel bei dem großen französischen Dichter und Theaterschriftsteller François-Marie Arouet, bekannt als Voltaire, suchen.

Voltaire war kurz zuvor aus dem selbstgewählten Exil auf seinem Landsitz in Ferney nach Paris zurückgekehrt, um, wie er erklärte, ein neues Stück auf die Bühne zu bringen. Aber die meisten glaubten, er sei gekommen, um hier zu sterben. Ich konnte mir nicht vorstellen, wie der cholerische, alte, atheistische Stückeschreiber, der über fünfzig Jahre nach Richelieus Tod geboren war, Einblick in die Geheimnisse des Kardinals haben sollte. Aber ich mußte der Sache nachgehen. Ein paar Wochen vergingen, ehe es mir gelang, eine Begegnung mit Voltaire zu arrangieren.

Ich erschien zur verabredeten Stunde in meinem Priestergewand, und man führte mich in sein Schlafzimmer. Voltaire stand nie vor Mittag auf und blieb manchmal den ganzen Tag im Bett. Seit über vierzig Jahren behauptete er, im Sterben zu liegen.

Und da lag er, in die dicken Kissen gelehnt. Er trug eine weiche rosa Bettmütze und ein langes weißes Nachtgewand. Seine Augen wirkten in dem bleichen Gesicht wie zwei schwarze Kohlen. Die dünnen Lippen und die spitze lange Nase gaben ihm das Aussehen eines Raubvogels.

Priester liefen im Zimmer auf und ab, und er wehrte sich lautstark gegen ihre geistlichen Bemühungen und Ermahnungen. Daran sollte sich bis zu seinem letzten Atemzug nichts ändern. Ich wurde verlegen, als er den Kopf hob und mein schlichtes Novizengewand musterte, da ich wußte, wie sehr er die Kirche und alle, die zu ihr gehörten, verachtete. Er hob eine verkrümmte, knorrige Hand und rief den Priestern zu:

»Bitte, laßt uns allein! Ich habe auf diesen jungen Mann gewartet. Er kommt mit einer Botschaft von Kardinal Richelieu!«

Dann lachte er mit seiner hohen, krächzenden Stimme, während die Priester mich erschrocken musterten und aus dem Zimmer eilten. Voltaire forderte mich auf, Platz zu nehmen.

»Es ist mir immer ein Rätsel gewesen«, erklärte er aufgebracht, »warum dieses aufgeblasene alte Gespenst nicht in seinem Grab bleiben kann. Als Atheist finde ich es ungemein empörend, daß ein toter Priester ständig jungen Männern erscheint und sie auffordert, mich zu besuchen. Oh, ich weiß immer, daß sie von *ihm* geschickt worden sind, denn sie haben alle diesen albernen metaphysisch verhärmten Mund und einen leeren Blick, genau wie Sie . . . In Ferney war das Hin und Her schon schwer genug zu ertragen, aber hier in Paris werde ich geradezu überschwemmt!«

Ich unterdrückte den Ärger darüber, auf diese Weise beschrieben zu werden. Es überraschte mich, daß Voltaire den Grund meines Besuchs erraten hatte, und es alarmierte mich auch, denn er machte unmißverständlich klar, daß noch andere dem Geheimnis auf der Spur waren.

»Ich wünschte, ich könnte diesem Toten einen spitzen Holzpfahl durch das Herz stoßen, um endlich Ruhe vor ihm zu haben«, schimpfte Voltaire. Er hatte sich so sehr erregt, daß er zu husten begann. Ich sah, daß er Blut spuckte, aber als ich ihm helfen wollte, wies er mich zurück.

»Man sollte alle Ärzte und Priester aufhängen!« schrie er und griff nach einem Glas Wasser. Ich reichte es ihm, und er trank einen Schluck.

»Der Kardinal möchte natürlich die Manuskripte. Er kann den

Gedanken nicht ertragen, daß sein wertvolles Tagebuch in die Hände eines alten Ketzers gefallen ist, wie ich es bin.«

»Sie haben die persönlichen Tagebücher von Kardinal Richelieu?«

»Ja. Vor vielen Jahren, als ich noch jung war, wurde ich wegen revolutionärer Machenschaften gegen die Krone ins Gefängnis geworfen, weil ich ein harmloses kleines Gedicht über das Liebesleben des Königs geschrieben hatte. Während ich dort bei lebendigem Leibe verfaulte, kam einer meiner reichen Gönner und brachte mir einige Tagebücher zum Dechiffrieren. Die Manuskripte befanden sich schon seit langem im Besitz seiner Familie, aber sie waren in einer Geheimschrift abgefaßt, und niemand konnte sie lesen. Da ich nichts Besseres zu tun hatte, dechiffrierte ich sie und erfuhr auf diese Weise sehr viel über unseren geliebten Kardinal.«

»Ich dachte, Richelieu hat seine Schriften der Sorbonne vermacht.«

»Das denken Sie.« Voltaire lachte hämisch. »Ein Priester führt keine kodierten Tagebücher, wenn er nicht etwas zu verbergen hat. Ich wußte sehr wohl, was die Priester damals beschäftigte: Gedanken an Masturbation und unzüchtige Abenteuer. Ich steckte meinen Kopf in die Tagebücher wie ein Pferd das Maul in den Futtersack. Aber ich fand nicht die erwarteten Geständnisse, sondern lediglich die Aufzeichnungen eines Gelehrten. Größeren Unsinn habe ich nie mehr im Leben gelesen.«

Voltaire begann so furchtbar zu husten und zu keuchen, daß ich schon glaubte, ich müßte einen der Priester rufen, denn ich durfte damals noch nicht die Sterbesakramente erteilen. Er schien wirklich in den letzten Zügen zu liegen. Aber nach einer Weile bedeutete er mir, ihm seine wollenen Umschlagtücher zu reichen. Er legte sie sich um, wickelte sich wie eine alte Großmutter eines davon um den Kopf und saß zitternd und klappernd im Bett.

»Was haben Sie in den Tagebüchern gefunden, und wo sind sie jetzt?« fragte ich mit angehaltenem Atem.

»Ich habe sie noch. Mein Gönner starb, ohne Erben zu hinterlassen, noch während ich im Gefängnis saß. Aufgrund des historischen Wertes lassen sie sich sicher für sehr viel Geld verkaufen. Aber wenn Sie mich fragen, dann enthalten sie nur abergläubischen Quatsch. Es geht darin nur um Zauberei und Magie.«

»Hatten Sie nicht gesagt, es sei das Werk eines Gelehrten?«

»Nun ja, Priester sind eben nicht zu objektiver Wissenschaftlichkeit fähig. Verstehen Sie, Kardinal Richelieu widmete sein Leben dem Studium der Macht, wenn er nicht gerade ein Heer gegen irgendein Land in Europa führte. Seine geheimen Arbeiten kreisen um – nun ja, haben Sie vielleicht schon vom Montglane-Schachspiel gehört?«

»Das Schachspiel Karls des Großen?« fragte ich und versuchte, ruhig zu wirken, obwohl mir das Herz bis zum Hals schlug. Ich beugte mich über das Bett und verschlang jedes seiner Worte. Ich versuchte, so freundlich und behutsam wie möglich, ihn zum Sprechen zu ermuntern, um keinen neuen Anfall auszulösen. Ich hatte sehr wohl vom Montglane-Schachspiel gehört, aber es war seit Jahrhunderten verschollen. Soweit ich gehört hatte, besaß es einen unermeßlichen Wert.

»Ich dachte, das sei lediglich eine Legende«, sagte ich leise.

»Richelieu war anderer Meinung«, erwiderte der Philosoph. »Seine Tagebücher enthalten auf zwölfhundert Seiten die Ergebnisse seiner Forschungen nach dem Ursprung und der Bedeutung dieses Schachspiels. Er reiste nach Aachen. Er ließ sogar in Montglane danach suchen, weil er glaubte, es sei dort vergraben – aber vergeblich. Nun ja, der Kardinal glaubte, dieses Schachspiel enthalte den Schlüssel zu einem Geheimnis, einem Geheimnis, das älter ist als das Schachspiel, das vielleicht so alt ist wie die menschliche Zivilisation. Er vertrat die Ansicht, mit diesem Geheimnis lasse sich das Werden und Vergehen der Kulturen erklären.«

»Was für ein Geheimnis könnte das sein?« fragte ich, und es gelang mir nicht, meine Erregung zu verbergen.

»Ich werde Ihnen sagen, was der Kardinal glaubte«, erwiderte Voltaire, »obwohl er starb, ehe er das Rätsel gelöst hatte. Sie können damit anfangen, was Sie wollen, aber nachher lassen Sie mich in Ruhe. Kardinal Richelieu glaubte, das Montglane-Schachspiel enthalte eine Formel, diese Formel sei in den Figuren des Schachspiels verborgen und sie enthalte das Geheimnis der Macht über die Welt . . .«

Talleyrand schwieg und blickte in dem schwachen Licht auf Valentine und Mireille, die aneinandergeschmiegt unter den Decken lagen.

»Onkel Maurice«, sagte Mireille und schlug die Augen auf, »Ihr habt die Geschichte nicht zu Ende erzählt. Was ist das für eine Formel, die Kardinal Richelieu sein Leben lang gesucht hat? Was glaubte er, sei in den Figuren des Schachspiels verborgen?«

»Das Rätsel werden wir gemeinsam lösen, meine Täubchen. Ich habe die Tagebücher nie zu Gesicht bekommen. Voltaire starb kurz darauf. Jemand, der den Wert der Tagebücher des Kardinals sehr wohl kannte, hat Voltaires gesamte Bibliothek erworben. Die betreffende Person weiß um die Formel der Macht.

Die Person, von der ich spreche, hat versucht, sowohl mich als auch Mirabeau, der das Enteignungsgesetz verteidigt hat, zu bestechen. Das war ein Versuch, herauszufinden, ob man das Montglane-Schachspiel durch Personen in hoher politischer Stellung und mit niedrigen moralischen Maßstäben konfiszieren lassen könne.«

»Und habt Ihr den Bestechungsversuch zurückgewiesen, Onkel Maurice?« fragte Valentine und setzte sich mit einem Ruck auf.

»Mein Preis war für die betreffende Person zu hoch.« Talleyrand lachte. »Ich wollte das Schachspiel selbst haben. Und das will ich immer noch.«

Die Kerzen flackerten und warfen lange Schatten auf Valentine. Talleyrand sah sie an und lächelte nachdenklich. »Ihre Äbtissin hat einen großen Fehler begangen«, sagte er langsam, »denn ich ahne, was sie getan hat. Sie hat das Schachspiel aus dem Kloster weggebracht. Oh, sehen Sie mich nicht so an. Es ist wohl kein Zufall, daß Ihre Äbtissin die weite Reise nach Rußland angetreten hat, wie Ihr Onkel mir berichtet hat. Die Person, die Voltaires Bibliothek erworben hat, die Person, die Mirabeau und mich bestechen wollte, die Person, die in den letzten vierzig Jahren das Schachspiel in die Hand bekommen wollte, ist keine andere als Katharina die Große, die Zarin aller Reußen.«

NEW YORK

März 1973

Es klopfte an die Tür. Ich hatte eine Hand in die Hüfte gestemmt und stand mitten im Zimmer. Drei Monate waren seit Silvester vergangen. Ich hatte die Begegnung mit der Wahrsagerin und die merkwürdigen Umstände beinahe vergessen.

Es klopfte heftiger. Ich entschloß mich noch zu einem Tupfer Preußischblau. Dann stellte ich den Pinsel in die Dose mit Leinöl zurück und verließ das große Bild, an dem ich arbeitete. Ich hatte die Fenster zum Lüften geöffnet, aber mein Klient Con Edison schien direkt vor dem Haus *ordure* (das französische Wort für Müll) zu verbrennen. Es stank, und die Fensterbretter waren schwarz vom Ruß.

Ich wollte keine Besucher empfangen und ging mißmutig zum Flur. Ich wunderte mich, daß der Pförtner die Person, die inzwischen an meine Wohnungstür hämmerte, nicht über das Haustelefon angekündigt hatte. Es wäre seine Pflicht gewesen. Hinter mir lag eine schwere Woche. Ich hatte mich bemüht, meine Arbeit für Con Edison zum Abschluß zu bringen, und mußte mich mit der Hausverwaltung herumschlagen. Außerdem verhandelte ich mit mehreren Firmen über die Einlagerung meiner persönlichen Dinge. Die Abreise nach Algerien stand unmittelbar bevor.

Mein Visum war vor ein paar Tagen erteilt worden. Ich hatte mich telefonisch von meinen Freunden verabschiedet, denn wenn ich außer Landes war, würde ich sie mindestens ein Jahr nicht wiedersehen. Einen Freund versuchte ich noch immer zu erreichen, obwohl ich wußte, daß er ein so geheimnisvolles und undurchsichtiges Leben führte wie die Sphinx. Ich ahnte nicht, wie dringend ich binnen kurzem seine Hilfe brauchen würde, als die dramatischen Ereignisse über mich hereinzustürzen begannen.

Im Flur warf ich einen Blick in den Wandspiegel. Meine Haare waren mit Farbspritzern übersät, und auf meiner Nase entdeckte ich einen hellroten Fleck. Ich wischte ihn mit dem Handrücken ab und rieb dann die Hände an der Leinenhose und dem weiten Arbeitskittel trocken, den ich trug. Dann öffnete ich die Tür.

Boswell, der Pförtner, stand mit erhobener Faust vor mir. Wie immer trug er seine marineblaue Uniform mit den lächerlichen Epauletten, die er sich zweifellos selbst zugelegt hatte. Er sah mich über seine lange, schmale Nase hinweg mißbilligend an.

»Entschuldigen Sie, Miß Velis« – er holte kurz Luft – »aber ein hellblauer Corniche blockiert wieder einmal die Auffahrt. Wie Sie wissen, müssen Besucher die Auffahrt für Warenlieferungen freihalten –«

»Warum haben Sie mich nicht über das Haustelefon benachrichtigt?« unterbrach ich ihn ärgerlich. Ich wußte leider nur allzugut, wem der Wagen gehörte.

»Das Haustelefon ist in dieser Woche außer Betrieb, Miß Velis.«

»Na und? Weshalb haben Sie es nicht reparieren lassen, Boswell?«

»Miß Velis, ich bin der Pförtner. Der Pförtner ist für Reparaturen nicht verantwortlich. Das ist die Aufgabe des Hausmeisters. Der Pförtner empfängt die Besucher und achtet darauf, daß die Auffahrt –«

»Schon gut, schon gut. Sie soll heraufkommen.« Es gab in New York nur einen Menschen mit einem hellblauen Corniche, den ich kannte, und das war Lily Rad. Da heute Sonntag war, würde Saul sie chauffieren. Er konnte mit dem Wagen um den Block fahren, während sie mir hier oben auf die Nerven fiel. Aber Boswell sah mich noch immer vorwurfsvoll an.

»Da ist auch noch die Sache mit dem kleinen Tier, Miß Velis. Ihr Besuch besteht darauf, das Tier ins Haus zu bringen, obwohl ich mehrmals darauf hingewiesen habe –«

Aber es war zu spät. In diesem Moment stürmte ein flauschiges Knäuel aus dem Fahrstuhl und raste durch den Flur. Es sauste schnurgerade auf meine Wohnung zu, jagte wie der Blitz zwischen Boswell und mir hindurch und verschwand im Flur. Es war so groß wie ein Staubwedel und stieß durchdringende hohe Laute aus.

»Gut, Boswell«, sagte ich und zuckte mit den Schultern, »tun wir so, als hätten wir beide nichts gesehen. Der Hund wird keinen Ärger machen, und sobald ich ihn gefunden habe, sorge ich dafür, daß er verschwindet.«

In diesem Augenblick stampfte Lily um die Ecke. Sie trug ein Zobelcape, an dem viele lange buschige Zobelschwänze hingen. Die blonden Haare hatte sie zu drei oder vier langen Pferdeschwänzen zusammengebunden, die nach allen Richtungen von ihrem Kopf abstanden, so daß man auf den ersten Blick nicht sah, wo das Cape anfing und die Haare aufhörten. Boswell seufzte und schloß die Augen.

Für Lily war Boswell Luft. Sie drückte mir flüchtig einen Kuß auf die Wange und drängte sich zwischen uns hindurch in meine Wohnung. Eine Frau wie Lily konnte sich nicht ohne weiteres irgendwo durchdrängen, aber sie wußte ihre Fülle mit einem gewissen Stil zu tragen. Während sie vorbeirauschte, warf sie mit ihrer rauchigen, dunklen Stimme hin: »Sag deinem Pförtner, er soll sich nicht weiter aufregen. Saul fährt um den Block, solange ich hier bin.«

Ich sah Boswell nach, der kopfschüttelnd zum Fahrstuhl zurückging. Dann schloß ich die Wohnungstür, ging in mein Wohnzimmer zurück und richtete mich wieder einmal auf einen verpatzten Sonntagnachmittag ein. Und das hatte ich der Person zu verdanken, die ich am wenigsten leiden konnte: Lily Rad. Ich schwor mir, sie diesmal schnell wieder loszuwerden.

Meine Wohnung bestand aus einem einzigen großen, hohen Raum und einem Bad, das man von dem sehr langen Flur aus betrat. In dem großen Raum gab es drei Türen. Die eine gehörte zur Kochnische, die andere zum Einbauschrank und hinter der dritten verbarg sich ein Klappbett, das in der Wand verschwand. Hohe Bäume und üppig wachsende exotische Pflanzen machten aus dem Raum ein dschungelartiges Labyrinth. Überall lagen marokkanische Sitzkissen und Bücherstapel herum. Und dann hatte ich aus den Trödelläden der Third Avenue alle möglichen und unmöglichen Dinge zusammengetragen, zum Beispiel handbemalte indische Pergamentlampen, mexikanische Majolikakrüge, buntbemalte französische Keramikvögel und eine Menge Prager Kristall. An den Wänden hingen halbfertige und noch nicht richtig ausgetrocknete Ölgemälde, alte gerahmte Fotos und viele alte Spiegel. Von der Decke hingen Mobiles herab, Äolsharfen und ein lackierter Papierfisch. Das einzige Möbelstück war ein Ebenholzflügel vor dem Fenster.

Lily jagte durch das Labyrinth wie ein wildgewordener Elefant. Auf der Suche nach ihrem Hund schob sie alles zur Seite, was ihr in den Weg kam. Nachlässig warf sie das Zobelcape auf den Boden, und ich sah zu meinem Erstaunen, daß sie darunter praktisch nackt war. Lily hatte die Figur einer Maillol-Skulptur mit zarten Knöcheln und wohlgeformten Beinen, die oben in einer wogenden, gallertartigen Fleischmasse endeten. Über diese Fülle hatte sie ein dünnes, enganliegendes dunkelrotes Seidenkleid gezogen, das dort endete, wo die Schenkel anfingen.

Lily hob ein Kissen hoch und zog darunter das weiche, flauschige Knäuel hervor, das sie überallhin begleitete. Sie hob das Hündchen hoch und gurrte mit ihrer rauchigen Stimme:

»Da ist ja mein Carioca, mein kleiner Schatz ... Hat er sich doch vor seiner Mami versteckt ... Das schlimme Hundi-Wundi ...« Mir wurde speiübel.

»Ein Glas Wein?« fragte ich höflich, als Lily Carioca auf den Boden setzte. Er rannte sofort wieder im Zimmer herum und kläffte enervierend. Ich floh in die Kochnische und holte eine Flasche Wein aus dem Kühlschrank.

»Ach, vermutlich hast du diesen schrecklichen Chardonnay von Llewellyn«, sagte Lily beim Anblick der Flasche. »Er hat jahrelang nach einem geeigneten Opfer gesucht, um ihn zu verschenken.«

Sie nahm das Glas, das ich ihr reichte, und leerte es in einem Zug. Dann schlenderte sie zwischen den Bäumen hin und her und blieb schließlich vor dem Bild stehen, an dem ich gearbeitet hatte, als sie mir durch ihr Auftauchen meinen Sonntag ruinierte.

»Ach, kennst du den?« fragte sie plötzlich und wies auf den Mann, den ich gemalt hatte – ein ganz in Weiß gekleideter Radfahrer, der über ein Skelett fuhr. »Oder hast du den Typ da unten nur als Modell genommen?«

»Was für ein Typ?« fragte ich, setzte mich auf den Klavierstuhl und sah Lily an. Ihre Lippen und Fingernägel leuchteten in glänzendem Rot. In Verbindung mit der blassen Haut verlieh ihr das die Aura einer lüsternen Opern-Kundrie, die einen unschuldigen Parsifal betört oder dafür sorgt, daß der Fliegende Holländer zur ewigen Ruhelosigkeit verdammt ist. Aber dann dachte ich, Caissa, die Muse des Schachs, war nicht weniger erbarmungslos als die Muse der

Dichtung. Musen hatten es so an sich, alle zu töten, die ihnen verfielen.

»Der Mann auf dem Fahrrad«, sagte Lily, »war genauso gekleidet – mit Kapuze und Schal. Ich habe ihn eigentlich nur von hinten gesehen. Wir hätten ihn beinahe überfahren. Er mußte auf den Gehweg ausweichen.«

»Ach wirklich?« fragte ich überrascht. »Für mich ist es eine reine Phantasiegestalt.«

»Das Bild ist erschreckend«, meinte Lily, »wie ein Mann, der in den Tod fährt. Es war auch irgendwie unheimlich, wie der Mann um das Haus herumgefahren ist, als lauerte er jemandem auf . . .«

»Was sagst du da?« In meinem Unterbewußtsein meldete sich eine Stimme: *Und ich sah, und siehe, ein fahles Pferd. Und der darauf saß, des Name hieß Tod.* Wo hatte ich das gehört?

Carioca kläffte nicht mehr, sondern gab leise, knurrende Laute von sich. Der winzige Hund scharrte in einem meiner Orchideentöpfe und beförderte die Kiefernrindenschnipsel auf den Boden. Ich ging zu ihm, nahm ihn hoch, setzte ihn in den eingebauten Schrank und machte die Tür zu.

»Wie kannst du es wagen, meinen Hund in deinen Schrank zu sperren?!« rief Lily empört.

»In diesem Haus sind Hunde nur erlaubt, wenn sie in einer geschlossenen Kiste sitzen«, erklärte ich, »und ich habe keine geeignete Kiste. Also sag mir, mit welchen guten Nachrichten kommst du? Ich habe dich seit Monaten nicht gesehen.« Gott sei Dank, dachte ich.

»Harry gibt ein Abschiedsessen für dich«, sagte sie, setzte sich auf den Klavierstuhl, goß sich das Glas noch einmal voll und trank gierig. »Er sagt, du kannst dir den Tag aussuchen. Er will höchstpersönlich kochen.«

Carioca kratzte mit seinen kleinen Pfoten an der Schranktür, aber ich überhörte es.

»Welche Ehre!« sagte ich. »Wie wäre es mit Mittwoch? Ich fliege vermutlich am nächsten Wochenende.«

»Gut«, sagte Lily. Jetzt hörte man dumpfes Poltern aus dem Schrank, Carioca warf sich mit seinem sehnigen Körperchen offensichtlich gegen die Schranktür. Lily rutschte unruhig auf dem Klavierstuhl hin und her. »Darf ich meinen Hund aus dem Schrank holen? Bitte...«

»Willst du gehen?« fragte ich hoffnungsvoll.

Ich nahm die Pinsel aus der Blechdose und ging zum Spülbekken, um sie auszuwaschen, als sei Lily bereits nicht mehr da. Sie schwieg einen Augenblick. Dann sagte sie: »Ich frage mich gerade, ob du heute nachmittag etwas vorhast.«

»Meine Pläne scheinen sich heute nicht verwirklichen zu lassen«, rief ich aus der Kochnische, während ich flüssige Seife in das heiße Wasser gab, auf dem sich sofort Schaum bildete.

»Sag mal, hast du Solarin schon einmal spielen sehen?« fragte sie mit einem schwachen Lächeln und sah mich mit ihren großen grauen Augen an.

Ich ließ die Pinsel in das Wasser gleiten und warf ihr einen verständnislosen Blick zu. Das klang verdächtig nach einer Einladung zu einem Schachturnier. Aber Lily ging prinzipiell nie als Zuschauerin zu einem Schachturnier.

»Wer ist Solarin?«

Lily sah mich entgeistert an, als hätte ich sie gerade gefragt, wer die Königin von England sei. »Ich habe vergessen, daß du keine Zeitungen liest«, entgegnete sie dann, »alle reden darüber. Es ist das politische Ereignis des Jahrzehnts! Man hält ihn für den besten Schachspieler seit Capablanca. Er ist ein Genie. Und man hat ihn zum ersten Mal seit drei Jahren wieder aus Rußland herausgelassen...«

»Ich dachte immer, Bobby Fischer sei der beste Schachspieler der Welt«, erwiderte ich und wusch die Pinsel im heißen Wasser aus. »Was sollte denn der ganze Aufruhr in Reykjavík im letzten Sommer?«

»Na ja, du hast wenigstens von Island gehört«, sagte Lily, stand auf, kam zur Küchentür und lehnte sich dagegen. »Also Fischer hat seitdem nicht mehr gespielt. Wenn man den Gerüchten glauben kann, wird er seinen Titel nicht verteidigen und nicht mehr in der Öffentlichkeit spielen. Die Russen sind sehr gespannt. Schach ist ihr Nationalsport, und sie kämpfen mit allen Mitteln, um an die Spitze zu kommen. Wenn Fischer seinen Titel nicht verteidigt, gibt es außerhalb Rußlands buchstäblich keinen Herausforderer.«

»Das heißt also, dem besten Russen ist der Titel so gut wie sicher«, sagte ich. »Und du meinst, dieser...«

»Solarin.«

»Du glaubst, Solarin ist der Favorit?«

»Vielleicht. Vielleicht auch nicht«, erwiderte Lily und näherte sich langsam dem eigentlichen Thema. »Das ist ja das Erstaunliche daran. Alle halten ihn für den besten, aber das russische Politbüro steht nicht hinter ihm. Und das ist ein absolutes Muß für jeden russischen Spieler. Es sieht ganz so aus, als hätten ihn die Russen in den letzten Jahren nicht spielen *lassen*!«

»Warum nicht?« Ich legte die Pinsel auf das Ablaufbrett und trocknete mir die Hände an einem Handtuch ab. »Wenn sie so scharf darauf sind, den Titel zu gewinnen...«

»Er ist offensichtlich kein Produkt der Sowjets«, erklärte Lily, holte die Weinflasche aus dem Kühlschrank und füllte sich das Glas noch einmal. »Bei einem Turnier in Spanien vor drei Jahren ist etwas Unsauberes passiert. Solarin mußte mitten in der Nacht abreisen. Mütterchen Rußland rief. Zuerst erklärte man, er sei krank geworden, dann hieß es, er habe einen Nervenzusammenbruch gehabt. Alle möglichen Geschichten kursierten und dann – Schweigen. Seitdem hat man nichts mehr von ihm gehört, bis diese Woche.«

»Was war diese Woche?«

»In dieser Woche erschien Solarin einfach so in New York. Er ist buchstäblich umringt von einem Trupp KGB-Leute. Solarin erscheint also im Manhattan-Schachclub und erklärt, er möchte am Hermanold Invitational teilnehmen. Das ist aus mehreren Gründen einfach unmöglich. Ein Invitational bedeutet, man muß zur Teilnahme aufgefordert werden. Solarin war nicht eingeladen. Zweitens handelt es sich um ein Invitational der Zone fünf. Zone fünf ist die USA im Gegensatz zur Zone vier – das ist die UdSSR. Du kannst dir die Aufregung vorstellen, als sich herausstellte, wer er war.«

»Weshalb hat man ihm die Teilnahme nicht einfach verweigert?«

»Daß ich nicht lache!« rief Lily höhnisch. »Du mußt wissen, John Hermanold ist der Veranstalter des Turniers, und er war einmal Theaterproduzent. Seit der Fischer-Sensation in Island ist

Schach im Kommen. Damit ist jetzt Geld zu verdienen. Hermanold würde einen Mord begehen, um einen Namen wie Solarin auf der Teilnehmerliste zu haben.«

»Ich verstehe nicht, wie Solarin aus Rußland herausgekommen ist, wenn die Sowjets nicht wollen, daß er spielt.«

»Kleines, das ist die große Frage«, sagte Lily gönnerhaft. »Die KGB-Leibwächter weisen darauf hin, daß er mit dem Segen der Regierung hier ist. Also, es ist ein spannendes Rätsel. Deshalb dachte ich, daß du heute vielleicht hingehen möchtest...« Lily schwieg.

»Wohin?« fragte ich mit zuckersüßer Stimme, obwohl ich sehr wohl wußte, worauf sie hinauswollte. Lily hatte in allen Interviews immer erklärt, daß ihr Konkurrenten absolut gleichgültig seien. »Ich spiele nicht gegen einen Gegner«, hatte man sie zitiert, »ich spiele, um zu spielen.«

»Solarin spielt heute nachmittag«, sagte sie zögernd. »Es ist sein erstes öffentliches Spiel seit Spanien. Alle Karten sind zu horrenden Preisen verkauft. Das Spiel fängt in einer Stunde an, aber ich glaube, ich kann uns Plätze verschaffen –«

»Nein danke«, unterbrach ich sie, »ich verzichte. Ich finde es langweilig, beim Schachspielen zuzusehen. Warum gehst du nicht allein?«

Lily griff nach ihrem Weinglas und saß plötzlich ganz steif auf dem Klavierstuhl. Dann sagte sie gepreßt, aber doch ruhig: »Du weißt doch, daß ich das nicht kann.«

Ich war sicher, daß Lily zum ersten Mal in ihrem Leben jemanden um einen Gefallen bitten mußte. Wenn ich sie zu dem Spiel begleitete, konnte sie so tun, als erweise sie einer Freundin einen Gefallen. Wenn sie allein erschien und einen Zuschauerplatz wollte, dann hätten die Schachklatschspalten eine Sensation. Solarin mochte vielleicht Schlagzeilen machen, aber in New Yorker Schachkreisen würde Lily Rads Anwesenheit bei dem Spiel die Gemüter möglicherweise noch mehr erregen. Sie gehörte zu den Spitzenspielerinnen in den Vereinigten Staaten, und ganz bestimmt war sie im wahrsten Sinne des Wortes die auffallendste Erscheinung in der Schachwelt.

Mit zusammengepreßten Lippen sagte sie: »Ich spiele in der nächsten Woche gegen den Gewinner von heute.«

»Ach so! Jetzt verstehe ich«, sagte ich. »Solarin ist vermutlich der

Sieger, und da du noch nie gegen ihn gespielt hast und bestimmt auch keine Artikel über seine Technik gelesen hast...«

Ich ging zur Schranktür und öffnete sie. Carioca streckte vorsichtig den Kopf heraus. Dann sprang er auf meinen Fuß und begann, mit einem losen Faden meiner Espadrilles zu kämpfen. Ich sah ihm einen Augenblick lang zu, hob ihn dann mit der Fußspitze hoch und beförderte ihn mit einem Schlenker auf einen Stapel Kissen in der Ecke. Er wälzte sich vor Vergnügen und begann sofort, mit seinen spitzen, kleinen Zähnen Federn herauszuziehen.

»Ich verstehe nicht, weshalb er so an dir hängt«, sagte Lily.

»Bei Hunden geht es immer nur um die Frage, wer Herr im Haus ist«, erwiderte ich. Lily schwieg.

Wir beobachteten Carioca, der die Kissen untersuchte, als sei dort ein Schatz vergraben. Ich verstand zwar wenig von Schach, aber ich wußte sehr genau, wann ich im Vorteil war. Der nächste Zug war nicht meine Sache.

»Du *mußt* mich begleiten«, sagte Lily schließlich.

»Ich glaube, das ist die falsche Formulierung«, erwiderte ich.

Lily stand auf und kam herüber. Sie sah mir fest in die Augen. »Du kannst dir nicht vorstellen, wie wichtig das Turnier für mich ist«, sagte sie. »Hermanold hat die Schachrichter bewogen, zuzustimmen, daß dieses Turnier für die internationale Plazierung zählt, indem er jeden GM und IM der Zone fünf eingeladen hat. Mit einer guten Plazierung und Punktezahl wäre ich in die großen Meisterschaften gekommen. Vielleicht hätte ich das Turnier sogar gewonnen – wenn Solarin nicht aufgetaucht wäre.«

Die Feinheiten der Plazierung von Schachspielern waren ein Mysterium, das wußte ich. Noch geheimnisvoller war die Zuerkennung der Titel wie Großmeister (GM) und Internationaler Meister (IM). Man hätte annehmen sollen, daß bei einem so mathematischen Spiel wie Schach die Richtlinien der Spielerhierarchie etwas klarer sind, aber alles funktioniert wie bei einem guten alten Herrenclub. Ich hatte Verständnis für Lilys Gereiztheit, aber trotzdem wunderte mich etwas.

»Was macht es schon, wenn du bei dem Turnier Zweite wirst?« fragte ich. »Du bleibst trotzdem die Spitzenspielerin der Vereinigten Staaten —«

»Spitzenspielerin! Ja, du sagst es, ich bin eine Frau!« Lily sah mich an, als wolle sie vor mir ausspucken. Mir fiel ein, daß es zu ihren Grundsätzen gehörte, nie gegen eine Frau zu spielen. Schach ist ein von Männern beherrschtes Spiel, und wenn man gewinnen will, muß man Männer schlagen. Lily wartete bereits seit über einem Jahr auf den IM-Titel, der ihr bereits zustand, wie sie glaubte. Und jetzt verstand ich: Das Turnier war für sie wichtig, denn man würde ihr den Titel nicht länger vorenthalten können, wenn sie einen Gegner besiegte, der in der Plazierung über ihr stand.

»Du hast eben keine Ahnung«, sagte Lily, »es ist ein K.-o.-Turnier. In seinem zweiten Spiel muß ich gegen Solarin antreten, vorausgesetzt, wir gewinnen beide unser erstes Spiel, und daran zweifelt niemand. Wenn ich gegen ihn spiele und verliere, scheide ich aus dem Turnier aus.«

»Und du glaubst nicht, daß du ihn besiegst?« fragte ich. Dieser Solarin mochte ein großer Könner sein, aber es verblüffte mich, daß Lily eine mögliche Niederlage in Betracht zog.

»Ich weiß es nicht«, erwiderte sie aufrichtig. »Mein Schachtrainer glaubt, ich verliere. Er sagt, Solarin kann mich nach seiner Pfeife tanzen lassen und mir die Hosen runterziehen. Du ahnst nicht, was es heißt, im Schach zu verlieren. Ich will nicht verlieren.« Sie biß die Zähne zusammen und ballte die Hände zu Fäusten.

»Müssen sie dich nicht am Anfang gegen Leute deiner Klasse spielen lassen?« fragte ich, denn ich glaubte so etwas einmal gehört zu haben.

»In den USA gibt es nur ein paar Dutzend Spieler, die bei über zweitausendvierhundert Punkten stehen«, sagte Lily düster, »und offenbar nehmen nicht alle an diesem Turnier teil. Solarin stand zwar zum Schluß bei über zweitausendfünfhundert Punkten, aber es sind nur fünf Spieler anwesend, die zwischen mir und ihm stehen. Und weil ich so früh gegen ihn antreten muß, habe ich keine Chance, mich in anderen Spielen vorzubereiten.«

Nun war die Katze aus dem Sack. Der ehemalige Theaterproduzent wollte mit dem Turnier soviel öffentliches Aufsehen erregen wie möglich und hatte Lily ursprünglich aus Gründen der Publicity eingeladen. Der Mann wollte Eintrittskarten verkaufen, und Lily galt als die Josephine Baker des Schachs. Ihr fehlten nur noch der Ozelot und die Bananen. Nun da er in Solarin einen noch größeren Trumpf hatte, brauchte er Lily nicht mehr und konnte sie opfern. Er ließ sie bereits im zweiten Spiel gegen Solarin antreten, um sie wegzuwischen. Dem Mann war es völlig gleichgültig, daß dieses Turnier Lily den langersehnten Titel einbringen konnte. Plötzlich fand ich, daß die Schachwelt sich nur wenig von der Welt der vereidigten Wirtschaftsprüfer unterschied.

»Okay, ich habe verstanden«, sagte ich und ging zum Flur.

»Wohin willst du?« fragte Lily erschrocken.

»Ich werde jetzt duschen«, rief ich über die Schulter zurück.

»Duschen?« rief sie leicht hysterisch. »Wozu denn das?«

»Ich muß duschen und mich umziehen, wenn wir in einer Stunde bei dem Schachturnier sein wollen.«

Lily starrte mich stumm an, dann überwand sie ihre Ungeduld und lächelte.

Ich fand es verrückt, Mitte März mit offenem Verdeck zu fahren, wenn die Wolken Schnee verhießen und die Temperatur unter den Gefrierpunkt gesunken war. Lily fror in ihrem Pelzcape natürlich nicht. Carioca war vollauf damit beschäftigt, mit den Zobelschwänzen zu kämpfen und sie auf dem Wagenboden zu verteilen. Ich hatte nur einen schwarzen Wollmantel an, und mir war schrecklich kalt.

»Hast du kein Verdeck?« fragte ich mit klappernden Zähnen.

»Laß dir doch von Harry einen Pelzmantel machen. Das ist sein Metier, und er betet dich an.«

»Das hilft mir jetzt wenig«, erwiderte ich. »Aber erklär mir bitte, weshalb das Spiel praktisch unter Ausschluß der Öffentlichkeit im Metropolitan Club stattfindet. Ich dachte, der Veranstalter möchte für Solarins erstes Spiel im Westen seit Jahren so viele Zuschauer wie möglich.«

»Du hast ein Herz für Veranstalter«, sagte Lily, »aber Solarin spielt heute gegen Fiske. Ein öffentliches Spiel anstelle einer ruhigen Veranstaltung im kleinen Kreis hätte ein Fehlschlag werden können. Fiske ist nicht nur ein bißchen verrückt...«

»Wer ist Fiske?«

»Anthony Fiske«, erklärte sie und zog den Pelz enger um sich, »ist wirklich ein großer Spieler, ein englischer GM, aber er gehört zur

Zone fünf, weil er in Boston lebte, als er noch an Wettkämpfen teilnahm. Es überrascht mich, daß er sich zu dem Spiel bereit erklärt hat, denn er ist seit vielen Jahren bei keinem Turnier mehr in Erscheinung getreten. Bei seinem letzten Spiel bestand er darauf, daß alle Zuschauer den Saal verließen. Er glaubte, der Raum sei voller Abhörgeräte, und sprach von geheimnisvollen Schwingungen, die seine Gehirnwellen beeinträchtigten. Alle Schachspieler befinden sich am Rande des Wahnsinns, aber keine Angst, ich werde nicht verrückt. Das passiert nur Männern.«

Dein Vater ist da anderer Meinung, dachte ich, schwieg aber.

Der hellblaue Rolls Corniche fuhr vor dem Metropolitan Club in der Sechzehnten Straße direkt hinter der Fifth Avenue vor. Saul ließ uns aussteigen. Lily übergab ihm Carioca und stürmte durch den überdachten Zugang an der Seite des gepflasterten Vorplatzes zum Clubgebäude. Saul hatte während der Fahrt nichts gesagt, aber jetzt zwinkerte er mir zu. Ich hob die Schultern und folgte Lily.

Der Metropolitan Club ist ein düsteres Überbleibsel des alten New York. Es ist ein privater Herrenclub, in dem sich seit dem letzten Jahrhundert nichts verändert zu haben scheint. Der ausgebleichte rote Teppich in der Eingangshalle hätte eine gründliche Reinigung nötig gehabt, und das dunkle gedrechselte Holz am Empfang hätte wieder einmal poliert werden müssen. Aber das große Foyer machte die mangelnde Gepflegtheit der Empfangshalle wett.

Dieser riesige, neun Meter hohe Saal mit klassizistischen Stuckverzierungen und vergoldeten Blattranken an der Decke lag direkt hinter der Halle. In der Mitte hing ein großer Leuchter; an zwei Seiten gab es Ränge mit Balkonen, deren kunstvoll gearbeitete Geländer an einen venezianischen Innenhof denken ließen. An der dritten Wand befanden sich deckenhohe goldkrakelierte Spiegel, in denen sich die anderen beiden Wände spiegelten. Die vierte Seite war von der Eingangshalle durch hohe Wandschirme abgetrennt, die mit rotem Samt bezogen waren. Auf dem schwarzweißen Marmorboden im Schachbrettmuster befanden sich zahllose kleine Tische und Ledersessel. Am anderen Ende des Raums stand ein schwarzer Flügel vor einem lackierten chinesischen Wandschirm.

Während ich das alles auf mich wirken ließ, erschien Lily plötzlich direkt über mir. Sie hatte das Pelzcape über den Arm gelegt und wies zu der breiten Marmortreppe, die in einem großen Bogen vom Foyer zum ersten Rang hinaufführte, wo sie stand.

Ich lief hinauf, und Lily führte mich in ein kleines Speisezimmer. Der moosgrüne Raum hatte große Glasfenster, durch die man auf die Fifth Avenue und den Park sah. Mehrere Arbeiter waren dabei, mit Leder bespannte Kartentische und mit grünem Filz bespannte Spieltische wegzuräumen. Sie sahen uns erstaunt an, während sie die Tische an einer Wand in der Nähe der Tür zusammenstellten.

»Hier findet das Spiel statt«, erklärte mir Lily, »aber ich weiß nicht, wer bereits da ist. Es ist noch eine halbe Stunde Zeit.« Als einer der Arbeiter vorbeiging, fragte sie: »Wissen Sie, wo John Hermanold ist?«

»Vielleicht im Speisesaal«, antwortete der Mann achselzuckend. »Sie können ihn oben ausrufen lassen.« Er musterte sie wenig schmeichelhaft von oben bis unten. Lily quoll buchstäblich aus ihrem Kleid, und ich war froh, mich für ein konservatives graues Flanellkostüm entschieden zu haben. Ich wollte den Mantel ablegen, aber der Arbeiter sagte:

»Damen sind im Spielzimmer nicht erlaubt«, und an Lily gewandt fügte er hinzu, »auch nicht im Speisesaal. Am besten Sie gehen hinunter und lassen Mr. Hermanold vom Empfang ausrufen.«

»Ich werde diesen Hund von Hermanold umbringen«, murmelte Lily mit zusammengebissenen Zähnen. »Mein Gott, ein privater Herrenclub!« Sie stürmte aus dem Raum, um Hermanold zu suchen. Ich blieb trotz der feindseligen Blicke der Arbeiter in dem Raum und setzte mich auf einen Stuhl. Ich hatte keine Lust, bei der sicher denkwürdigen Begegnung von Hermanold und Lily anwesend zu sein.

Durch die schmutzigen Fensterscheiben blickte ich auf den Central Park hinaus. Draußen hingen ein paar Fahnen schlaff an den Masten. Im schwachen winterlichen Licht schienen die Farben noch mehr zu verblassen.

»Entschuldigen Sie«, hörte ich plötzlich eine arrogante Stimme hinter mir. Als ich mich umdrehte, sah ich einen großen, gutaussehenden Mann über fünfzig mit dunklem Haar und silbergrauen Schläfen. Er trug einen marineblauen Blazer mit einem gestickten Wappen, eine graue Hose und einen weißen Rollkragenpullover. Er roch förmlich nach Andover und Yale.

»Niemand darf vor Beginn des Turniers diesen Raum betreten«, erklärte er energisch. »Wenn Sie eine Eintrittskarte haben, können Sie so lange unten warten. Wenn nicht, dann müssen Sie leider den Club verlassen.« Sein anfänglicher Charme blätterte ab.

»Ich ziehe es vor, hierzubleiben«, sagte ich entschlossen. »Ich warte auf jemanden, der mir meine Eintrittskarte bringt —«

»Das geht nicht«, fiel mir der Mann ins Wort. Er faßte mich sogar am Ellbogen. »Ich trage dem Club gegenüber die Verantwortung, daß wir uns an die Bestimmungen halten. Außerdem gibt es Sicherheitsbestimmungen . . .«

Ich blieb sitzen. »Ich habe meiner Freundin Lily Rad versprochen, hier auf sie zu warten«, sagte ich. »Sie sucht —«

»Lily Rad!« rief er und ließ meinen Arm los, als habe er sich verbrannt. Ich lehnte mich mit einem zuckersüßen Lächeln zurück. »Lily Rad ist hier?« Ich lächelte noch immer und nickte.

»Darf ich mich vorstellen, Miß, eh . . .«

»Velis«, sagte ich, »Katherine Velis.«

»Miß Velis, ich bin John Hermanold«, sagte er. »Ich bin der Veranstalter des Turniers.« Er griff nach meiner Hand und schüttelte sie herzlich. »Sie können sich nicht vorstellen, welche Ehre es ist, Lily bei diesem Spiel unter den Zuschauern zu haben. Wissen Sie vielleicht, wo ich sie finden kann?«

»Sie hat sich auf die Suche nach Ihnen gemacht«, erwiderte ich. »Die Arbeiter haben uns gesagt, Sie seien im Speisesaal. Vermutlich ist sie hinaufgegangen.«

»In den Speisesaal«, wiederholte Hermanold und schien sich das Schlimmste auszumalen. »Ich werde versuchen, sie zu finden. Dann holen wir Sie, und ich lade Sie unten zu einem Drink ein.« Er eilte aus dem Raum.

Nachdem Hermanold soviel Aufhebens um mich gemacht hatte, liefen die Arbeiter respektvoll an mir vorbei. Ich beobachtete, wie sie den Stapel Spieltische aus dem Raum trugen und Stuhlreihen aufstellten, wobei sie einen Mittelgang freiließen. Dann knieten sie sich seltsamerweise auf den Boden und begannen, den Raum mit einem Maßband zu vermessen. Sie schienen alle Gegenstände im Raum nach einem unsichtbaren Plan zurechtzurücken.

Ich sah ihnen so neugierig zu, daß ich einen Mann, der geräuschlos hereingekommen war, erst bemerkte, als er an meinem Stuhl vorbeiging. Er war groß, schlank und hatte lange hellblonde Haare, die lockig über den Kragen fielen. Er trug eine graue Hose und ein weites Leinenhemd mit offenem Kragen, der den muskulösen Hals und die kräftigen Knochen eines Tänzers freigab. Er ging schnell zu den Arbeitern hinüber und sprach leise mit ihnen. Auch die Männer, die mit dem Maßband beschäftigt waren, standen sofort auf und kamen zu ihm. Er deutete auf etwas, und sie beeilten sich sofort, seinen Wunsch zu erfüllen.

Eine große Tafel wurde mehrmals verschoben, dann trugen sie den Richtertisch etwas weiter von der Spielfläche weg. Den Schachtisch rückten sie so lange hin und her, bis er offenbar genau in der Mitte zwischen beiden Wänden stand. Mir fiel auf, daß die Arbeiter trotz all der merkwürdigen Wünsche und Vorkehrungen nicht unwillig wurden. Sie behandelten den Mann mit großem Respekt und vermieden, ihn anzusehen, wenn sie seine Anweisungen entgegennahmen. Dann bemerkte ich, daß er mich nicht nur entdeckt hatte, sondern sich bei den Männern nach mir erkundigte. Er deutete in meine Richtung, drehte sich schließlich um und sah mich an. Der Mann wirkte auf mich sofort vertraut und gleichzeitig fremd.

Die hohen Wangenknochen, die schmale gebogene Nase und die kräftigen Kiefer bildeten kantige Flächen. Er hatte blasse grünlichgraue Augen – eine Farbe, die an Quecksilber denken ließ. Der Mann sah wie eine majestätische, steinerne Renaissancestatue aus. Und wie Stein hatte er auch etwas Kaltes und Undurchdringliches an sich. Er schlug mich in Bann, so wie eine Schlange einen Vogel hypnotisiert. Ich war überhaupt nicht darauf vorbereitet, als er plötzlich die Arbeiter allein ließ und quer durch den Raum zu mir kam.

Neben meinem Stuhl angelangt, ergriff er meine Hände und zog mich hoch. Mit einer Hand unter dem Ellbogen führte er mich zur Tür, ehe ich überhaupt begriffen hatte, was geschah, und flüsterte mir ins Ohr: »Was tun Sie hier? Sie hätten nicht kommen dürfen.« Ich hörte den leichten Anklang eines Akzents. Sein Verhalten schockierte mich, denn schließlich war ich für ihn eine Fremde. Ich blieb wie angewurzelt stehen.

»Wer sind Sie?« fragte ich.

»Es ist jetzt nicht wichtig, wer *ich* bin«, sagte er leise. Er sah mir mit seinen blaßgrünen Augen forschend ins Gesicht, als versuche er, sich an etwas zu erinnern. »Es ist wichtig, daß ich weiß, wer *Sie* sind. Sie haben einen schweren Fehler gemacht, hierherzukommen. Sie sind in großer Gefahr. Ich spüre überall Gefahr, auch jetzt.«

Wo hatte ich diese Worte schon einmal gehört?

»Was reden Sie da?« sagte ich. »Ich bin zu dem Schachturnier gekommen. Ich bin in Begleitung von Lily Rad. John Hermanold hat mir gesagt, daß ich —«

»Ja, ja«, sagte er ungeduldig, »das weiß ich. Aber Sie müssen auf der Stelle gehen. Bitte verlangen Sie von mir keine Erklärung. Verlassen Sie den Club so schnell wie möglich . . . und tun Sie, was ich Ihnen gesagt habe.«

»Das ist ja lächerlich!« erwiderte ich laut. Er warf einen Blick über die Schulter nach den Arbeitern und sah mich dann wieder an. »Ich werde nicht gehen, wenn Sie mir nicht erklären, was das bedeuten soll. Ich habe keine Ahnung, wer Sie sind. Ich habe Sie noch nie in meinem Leben gesehen. Mit welchem Recht —«

»Doch, das haben Sie«, unterbrach er ruhig, legte seine Hand sehr behutsam auf meine Schulter und sah mir in die Augen. »Und Sie werden mich wiedersehen. Aber jetzt müssen Sie auf der Stelle gehen.«

Dann war er verschwunden. Er hatte sich auf dem Absatz umgedreht und verließ den Raum so geräuschlos, wie er gekommen war. Ich blieb einen Augenblick stehen, bis ich bemerkte, daß ich zitterte. Ich warf einen Blick auf die Arbeiter, die immer noch dabei waren, Stühle zurechtzurücken, und denen nichts Ungewöhnliches aufgefallen zu sein schien. Ich ging durch die Tür und zum Balkon und grübelte über diese seltsame Begegnung nach. Dann fiel es mir ein: Er erinnerte mich an die Wahrsagerin.

Lily und Hermanold winkten mir von unten zu. Sie standen auf dem schwarzweißen Marmor und wirkten wie zwei seltsam gekleidete Schachfiguren auf einem chaotischen Schachbrett, denn andere Gäste liefen um sie herum.

»Kommen Sie herunter«, rief Hermanold, »ich möchte Sie zu dem versprochenen Drink einladen.«

Ich ging an der Brüstung entlang zu der mit einem roten Teppich belegten Marmortreppe und hinunter zum Foyer. Ich wollte unbedingt mit Lily unter vier Augen sprechen und ihr erzählen, was geschehen war.

»Was möchten Sie trinken?« fragte Hermanold, als ich an ihren Tisch trat. Er zog einen Stuhl zurück und ließ mich Platz nehmen. Lily saß bereits. »Wir sollten Champagner trinken. Es kommt nicht jeden Tag vor, daß Lily bei einem Turnier anwesend ist, wenn sie nicht spielt!«

»Das ist kein alltägliches Spiel«, erwiderte Lily gereizt und ließ den Pelz über die Stuhllehne fallen. Hermanold bestellte Champagner und begann, sich ausgiebig selbst zu beweihräuchern.

»Das Turnier läuft glänzend. Jedes einzelne Spiel ist bereits völlig ausverkauft. Die teuren Ankündigungen und die Publicity zahlen sich aus. Aber selbst ich hätte nicht ahnen können, welche Stars diesmal teilnehmen. Zuerst erklärt sich Fiske wieder zu einem Spiel bereit, und dann die Bombensensation: Solarin in New York! Und natürlich Sie«, fügte er hinzu und tätschelte Lily das Knie. Ich wollte ihn unterbrechen und mich nach dem Fremden erkundigen, aber ich kam nicht zu Wort.

»Wirklich schade, daß ich für das Spiel heute nicht den großen Saal im Manhattan haben konnte«, sagte Hermanold, als der Champagner gebracht wurde. »Er wäre bis auf den letzten Platz besetzt. Aber ich habe meine Bedenken mit Fiske, wissen Sie. Die Ärzte stehen bereit – für alle Fälle ... Ich dachte mir, es sei das beste, ihn an den Anfang zu stellen. Dann ist er sofort ausgeschaltet. Er würde das Turnier ohnehin nicht durchstehen, und außerdem zieht sein Auftreten allein die Presse schon an.«

»Das klingt ja wirklich aufregend«, warf Lily ein, »man hat die Möglichkeit, bei einem Spiel zwei Großmeister und einen Nervenzusammenbruch zu erleben.« Hermanold sah sie nervös an und schenkte uns ein. Er wußte nicht, ob sie ihn auf den Arm nahm. Ich wußte es. Seine Bemerkung, Fiske gleich am Anfang auszuschalten, hatte ihre Wirkung nicht verfehlt.

»Vielleicht bleibe ich nicht«, fuhr sie lächelnd fort und trank einen Schluck Champagner. »Ich wollte ohnehin gehen, sobald Kat einen Platz hat ...«

»Oh, Sie müssen bleiben!« rief Hermanold und sah sie erschrocken an. »Ich meine, ich fände es wirklich schade für Sie, wenn Sie dieses Spiel nicht erleben. Es ist das Spiel des Jahrhunderts.«

»Und die Reporter, die Sie angerufen haben, wären enttäuscht, wenn sie mich nicht hier finden, wie Sie ihnen versprochen haben, nicht wahr, lieber John?« Sie trank ihren Champagner, während Hermanold rosarot anlief.

Jetzt hatte ich meine Chance und fragte: »War der Mann, den ich oben gesehen habe, Fiske?«

»Im Spielzimmer?« fragte Hermanold beunruhigt. »Ich hoffe nicht. Er soll sich vor dem Spiel ausruhen.«

»Wer es auch war, er hat sich merkwürdig verhalten«, sagte ich. »Er kam herein und gab den Arbeitern Anweisung, alles hin und her zu schieben . . .«

»Ach du liebe Zeit!« stöhnte Hermanold. »Das muß Fiske gewesen sein. Als ich das letzte Mal mit ihm zu tun hatte, bestand er darauf, daß jedesmal wenn eine Figur geschlagen wurde, ein Zuschauer oder ein Stuhl aus dem Saal geschafft werden mußte. ›Das stellt mein Gefühl von Ordnung und Balance wieder her‹, sagte er. Außerdem haßt er Frauen. Er will nicht, daß Frauen unter den Zuschauern sind, wenn er spielt . . .« Hermanold tätschelte Lilys Hand, aber sie zog sie weg.

»Vielleicht hat er mich deshalb aufgefordert zu gehen«, bemerkte ich.

»Er hat Sie aufgefordert zu gehen?« wiederholte Hermanold. »Also dazu ist er wirklich nicht berechtigt. Ich werde vor dem Spiel noch mit ihm sprechen. Er muß begreifen, daß es nicht so weitergehen kann wie früher, als er noch ein Star war. Er hat seit fünfzehn Jahren an keinem großen Turnier mehr teilgenommen.«

»Fünfzehn Jahre?« fragte ich. »Dann muß er als Zwölfjähriger aufgehört haben zu spielen. Der Mann, den ich gesehen habe, ist noch jung.«

»Wirklich?« fragte Hermanold verwirrt. »Wer kann das gewesen sein?«

»Ein großer schlanker Mann und sehr blaß. Er sieht gut aus, wirkt aber kalt . . .«

»Oh, das war Alexej!« Hermanold lachte.

»Alexej?«

»Alexander Solarin«, sagte Lily. »Kleines, das ist der, den du unter allen Umständen sehen wolltest, die ›große Sensation‹...«

»Erzählen Sie mir mehr von ihm«, forderte ich Hermanold auf.

»Das kann ich leider nicht«, antwortete er, »ich wußte nicht einmal, wie er aussieht, bis er vor mir stand und an diesem Turnier teilnehmen wollte. Der Mann ist ein Rätsel. Er will keinen Menschen sehen und erlaubt auch nicht, daß man ihn fotografiert. Wir müssen sicherstellen, daß keiner der Zuschauer eine Kamera bei sich hat. Auf mein Drängen erklärte er sich zu einem Interview bereit. Was nützt es uns schließlich, daß er spielt, wenn wir die Öffentlichkeit nicht darüber informieren dürfen?«

Lily warf ihm einen bösen Blick zu und stöhnte. »Danke für den Champagner, John«, sagte sie und zog sich den Pelz über die Schultern.

Ich stand ebenfalls auf und ging mit Lily durch das Foyer die Treppe hinauf. »Ich wollte es nicht vor Hermanold sagen«, flüsterte ich ihr zu, »aber dieser Solarin... Irgend etwas geht hier nicht mit rechten Dingen zu.«

»Das weiß ich schon lange«, erwiderte Lily, »in der Schachwelt triffst du nur Leute, die entweder Widerlinge oder Schwachköpfe oder beides sind. Solarin ist da sicher keine Ausnahme. Sie wollen bei einem Spiel keine Frauen dabeihaben –«

»Das meine ich nicht«, unterbrach ich sie. »Solarin hat mich nicht zum Gehen aufgefordert, weil ich eine Frau bin, sondern weil ich in Gefahr bin, wie er behauptet!« Wir standen am Geländer, und ich hatte sie am Arm gepackt. Unten im Foyer drängten sich jetzt die Zuschauer.

»Was hat er gesagt?« fragte Lily. »Red doch keinen Unsinn. Gefahr? Bei einem Schachspiel? Da besteht nur die Gefahr, daß man einschläft. Fiske liebt es, seinen Gegner in die Enge zu treiben, und das ist schrecklich langweilig.«

»Ich sage dir doch, er hat mich gewarnt! Er sagt, ich sei in Gefahr«, wiederholte ich und zog sie zur Wand, damit die Leute an uns vorbeigehen konnten. Leise fügte ich hinzu: »Erinnerst du dich an die Wahrsagerin, die du Harry als Silvesterattraktion vorgeschlagen hast?«

»O nein!« rief Lily. »Nun sag mir nicht, du glaubst an übersinnliche Kräfte?« Sie lächelte.

Die Zuschauer schoben sich nun durch den Gang und an uns vorbei in das Spielzimmer. Wir schlossen uns der Menge an, und Lily entschied sich für zwei Plätze ganz vorne an der Seite. Dort hatten wir einen guten Blick, fielen aber nicht besonders auf, soweit das bei Lilys Aufzug überhaupt möglich war. Als wir saßen, beugte ich mich zu ihr und flüsterte: »Solarin benutzte bei seiner Warnung beinahe dieselben Worte wie die Wahrsagerin. Hat Harry dir nicht erzählt, was sie mir prophezeit hat?«

»Ich kenne die Frau nicht«, sagte Lily, zog ein kleines Steckschach aus der Tasche ihres Pelzcapes, legte es auf die Oberschenkel und stellte die Figuren auf. »Ein Freund hat sie mir empfohlen, aber ich glaube nicht an solchen Unsinn. Deshalb bin ich auch nicht gekommen.«

Die Zuschauer nahmen um uns herum ihre Plätze ein; Lily wurde von vielen angestarrt. Eine Gruppe Reporter betrat den Raum, einem hing eine Kamera um den Hals. Als sie Lily entdeckten, eilten sie in unsere Richtung. Sie beugte sich über ihr Schachbrett und flüsterte mir zu: »Wenn uns jemand fragt, dann sind wir mitten in einem wichtigen Gespräch über Schach.«

John Hermanold betrat den Raum. Er eilte den Reportern nach und erreichte den Mann mit der Kamera, kurz bevor die Gruppe bei uns war.

»Entschuldigen Sie, aber ich muß Ihnen die Kamera abnehmen«, sagte er zu dem Reporter. »Großmeister Solarin wünscht, daß bei dem Spiel nicht fotografiert wird. Außerdem möchte ich Sie alle bitten, jetzt Ihre Plätze einzunehmen, damit wir anfangen können. Es wird später Gelegenheit zu Interviews geben.«

Der Reporter überließ Hermanold ärgerlich die Kamera und ging dann mit seinen Kollegen zu den Presseplätzen.

Im Raum wurde nur noch geflüstert. Die Schiedsrichter erschienen und nahmen an ihrem Tisch Platz. Ihnen folgte kurz darauf der Mann, von dem ich wußte, daß es Solarin war, und ein älterer grauhaariger Mann, den ich für Fiske hielt.

Fiske wirkte nervös und schien unter großer Spannung zu stehen. Ein Auge zuckte leicht, und er strich sich immer wieder über den grauen Schnurrbart, als wolle er eine Fliege verscheuchen. Er hatte seine dünnen, leicht fettigen Haare zurückgekämmt, aber die Strähnen fielen ihm ständig über die Stirn ins Gesicht. Er trug eine dunkelbraune Samtjacke, die einmal bessere Tage gesehen hatte. Die weite Hose war zerknittert. Er tat mir leid. Er schien völlig fehl am Platz und mutlos zu sein.

Neben ihm wirkte Solarin wie die Statue eines Diskuswerfers. Er überragte Fiske mindestens um einen Kopf, trat höflich beiseite, zog einen Stuhl für Fiske zurück und half ihm Platz zu nehmen.

»Raffiniert«, zischte Lily, »er versucht, Fiskes Vertrauen zu gewinnen. Er will Oberwasser haben, noch ehe das Spiel beginnt.«

»Findest du nicht, daß du etwas zu streng mit ihm bist?« fragte ich laut, aber mehrere Leute in der Reihe hinter uns bedeuteten mir zu schweigen.

Ein Junge brachte die Schachfiguren herein und stellte sie auf – die weißen vor Solarin. Lily erklärte, die Auslosung der Farben habe bereits am Tag zuvor stattgefunden. Wieder ermahnte uns ärgerliches Zischen zu schweigen.

Während einer der Schiedsrichter die Regeln vorlas, schweifte Solarins Blick über die Zuschauer. Er wandte mir das Profil zu, und ich hatte Gelegenheit, ihn genau zu betrachten. Er wirkte offener und entspannter als zuvor. Man spürte deutlich, er war jetzt in seinem Element, und er sah jung und konzentriert aus, wie ein Sportler vor dem Wettkampf. Aber dann fiel sein Blick auf Lily und mich. Sein Gesicht wurde starr, und seine Augen durchbohrten mich.

»Oh«, flüsterte Lily, »jetzt verstehe ich, was du mit eiskalt meinst. Ich bin froh, diesen Blick gesehen zu haben, ehe ich gegen ihn antrete.«

Solarin sah mich an, als könne er nicht glauben, daß ich noch immer anwesend sei. Er schien aufstehen und mich aus dem Raum zerren zu wollen. Ich hatte plötzlich das bedrückende Gefühl, mit meinem Bleiben einen großen Fehler begangen zu haben. Die Figuren standen auf dem Schachbrett, und seine Uhr fing an zu ticken, so daß er schließlich die Augen auf das Schachbrett richtete. Er rückte mit dem Bauern des Königs vor. Ich bemerkte, daß Lily auf ihrem kleinen Schachbrett denselben Zug machte. Ein Junge stand neben der Tafel und notierte mit Kreide den Zug.

Das Spiel verlief eine Weile ereignislos. Solarin und Fiske schlugen je einen Bauern und einen Springer. Solarin rückte mit dem Läufer des Königs vor. Ein paar Zuschauer tuschelten miteinander, einige standen auf, um draußen eine Tasse Kaffee zu trinken.

»Das sieht nach *Giuoco Piano* aus«, murmelte Lily und seufzte, »das kann ein sehr langes Spiel werden. Bei Turnieren wird diese Art Verteidigung nie gespielt. Das ist ein alter Zopf. Mein Gott, das steht sogar in der Göttinger Handschrift.« Für jemanden, der nie ein Wort über Schach las, war Lily eine wahre Quelle der Schachtheorie.

»Auf diese Weise kann Schwarz seine Figuren entwickeln, aber es geht langsam, so langsam. Solarin macht es Fiske leicht. Er läßt ihm ein paar Züge, ehe er ihn wegwischt. Du kannst mich rufen, wenn in der nächsten Stunde etwas geschieht.«

»Woher soll *ich* wissen, ob etwas geschieht?« wisperte ich.

In diesem Augenblick machte Fiske einen Zug und stoppte seine Uhr. Die Menge murmelte, und ein paar Leute, die schon im Begriff waren zu gehen, blieben stehen und blickten auf die Tafel. Ich hob gerade noch rechtzeitig den Kopf, um Solarins Lächeln zu sehen. Es war ein seltsames Lächeln.

»Was ist geschehen?« fragte ich Lily.

»Fiske ist unternehmungslustiger, als ich dachte. Anstatt den Läufer zu ziehen, hat er sich für die ›doppelte Springerverteidigung‹ entschlossen. Die Russen lieben das. Es ist sehr viel gefährlicher. Mich überrascht das. Er wählt diese Strategie bei einem Gegner wie Solarin, der dafür bekannt ist . . .« Sie biß sich auf die Lippen. Schließlich befaßte sich Lily nie mit der Spieltechnik anderer Spieler. O nein!

Solarin zog nun seinen Springer und Fiske den Bauern seiner Königin. Solarin schlug den Bauern. Fiske schlug Solarins Bauer mit seinem Springer, damit war das Spiel wieder ausgeglichen – das dachte ich. Mir schien, Fiske war im Vorteil. Seine Figuren standen in der Brettmitte und Solarins alle am Rand. Aber Solarin nahm sich jetzt Fiskes Läufer mit seinem Springer. Eine Welle der Erregung brandete durch den Raum. Die Leute, die hinausgegangen waren, kamen eilig mit den Kaffeetassen in der Hand zurück und starrten auf die Tafel, als der Junge den Zug notierte.

»*Fegatello!*« rief Lily, und diesmal zischte niemand. »Ich kann es nicht glauben.«

»Was bedeutet *Fegatello*?« Beim Schach schien es mehr rätselhafte Fachausdrücke zu geben als in der Computertechnik.

»Es bedeutet ›gebratene Leber‹. Und Fiskes Leber wird gebraten, wenn er mit seinem König den Springer schlägt.« Sie kaute auf ihrem Finger und starrte auf das Schachspiel auf ihrem Schoß, als werde dort gespielt. »Er wird natürlich etwas verlieren. Seine Dame und der Turm sind eingekreist. Er kommt mit keiner anderen Figur an den Springer heran.«

Ich fand Solarins Zug unlogisch. Setzte er einen Springer im Austausch für einen Läufer aufs Spiel, nur um zu erreichen, daß der König ein Feld vorrückte?

»Wenn Fiske mit dem König zieht, kann er ihn nicht länger schützen«, erklärte Lily, als könne sie meine Gedanken lesen. »Der König wird dann zur Brettmitte getrieben und kann für den Rest des Spiels strampeln. Er sollte besser mit der Dame ziehen und auf den Turm verzichten.«

Aber Fiske schlug mit seinem König den Springer. Solarin rückte mit seiner Dame vor, und das bedeutete ›Schach‹. Fiske schützte seinen König durch Bauern, und Solarin zog mit der Dame weiter und bedrohte den schwarzen Springer. Das Spiel kam in Schwung, aber ich konnte die Logik der Züge nicht mehr verfolgen. Auch Lily schien verwirrt.

»Da stimmt etwas nicht«, flüsterte sie mir zu, »das ist nicht Fiskes Stil.«

Es geschah etwas Merkwürdiges. Ich beobachtete Fiske, und mir fiel auf, daß er den Kopf nicht vom Brett hob, wenn er einen Zug gemacht hatte. Seine Nervosität nahm sichtlich zu. Er schwitzte, wie die großen dunklen Flecken unter den Armen seiner braunen Samtjacke verrieten. Er schien krank zu sein, und obwohl Solarin am Zug war, starrte er auf das Schachbrett, als liege dort seine ganze Hoffnung.

Solarins Uhr tickte jetzt, aber auch er beobachtete Fiske. Er schien das Spiel vergessen zu haben, so intensiv musterte er seinen Gegner. Nach sehr langer Zeit hob Fiske den Kopf und sah Solarin an, wich seinem Blick jedoch sofort aus und starrte wieder auf das Brett. Solarin kniff die Augen zusammen. Er griff nach einer Figur und schob sie vorwärts.

Ich achtete nicht länger auf die Züge, sondern beobachtete die beiden Männer. Ich versuchte herauszufinden, was zwischen den beiden eigentlich vorging. Lily saß mit offenem Mund neben mir und grübelte über dem Schachbrett auf ihrem Schoß. Plötzlich stand Solarin auf und schob den Stuhl zurück. Hinter uns wurde es unruhig, weil die Leute aufgeregt miteinander flüsterten. Solarin drückte auf einen Knopf und hielt damit beide Uhren an. Dann beugte er sich über Fiske und sagte etwas zu ihm. Ein Schiedsrichter lief schnell zu den Spielern. Er tauschte mit Solarin ein paar Worte. Der Schiedsrichter schüttelte den Kopf. Fiske saß regungslos am Tisch und starrte auf das Schachbrett. Die Hände hatte er im Schoß gefaltet. Solarin sagte wieder etwas zu ihm. Der Schiedsrichter ging zu seinem Platz zurück und sprach mit seinen Kollegen. Die Richter nickten alle, und der vorsitzende Richter erhob sich.

»Meine Damen und Herren«, sagte er, »Großmeister Fiske fühlt sich nicht wohl. Großmeister Solarin hat freundlicherweise die Uhr gestoppt und einer kurzen Unterbrechung zugestimmt, damit Mr. Fiske sich an der frischen Luft erholen kann. Mr. Fiske, würden Sie bitte ihren nächsten Zug für das Schiedsgericht versiegeln. Wir setzen das Spiel in dreißig Minuten fort.«

Fiske notierte seinen Zug mit zitternden Händen und schob das Blatt Papier in einen Umschlag. Er versiegelte den Umschlag und reichte ihn dem Schiedsrichter. Solarin verließ schnell den Raum, ehe die Reporter sich auf ihn stürzen konnten, und lief hinunter zum Foyer. Im Raum herrschte große Aufregung. Überall standen Gruppen zusammen, tuschelten und flüsterten miteinander. Ich sah Lily an.

»Was ist geschehen? Was ist hier los?«

»Das ist unglaublich«, sagte sie, »Solarin kann die Uhren nicht anhalten. Das dürfen nur die Richter. Es ist absolut gegen die Regeln. Sie hätten das Spiel abbrechen müssen. Der Richter stoppt die Uhren, wenn alle sich auf eine Unterbrechung einigen. Aber auch das hätte erst geschehen dürfen, nachdem Fiske seinen nächsten Zug versiegelt hatte.«

»Also hat Fiske durch Solarin Zeit gewonnen, die nicht gerechnet wird«, sagte ich. »Warum hat Solarin das getan?«

Lily sah mich an, und ihre grauen Augen wirkten beinahe farblos.

Ihre Gedanken schienen sie selbst zu überraschen. »Solarin wußte, daß Fiske so nicht spielt«, sagte sie. Lily schwieg einen Augenblick, dann rekonstruierte sie noch einmal die Vorgänge. »Solarin bot Fiske einen Austausch der Damen an. Das wäre im Rahmen des Spiels nicht nötig gewesen. Es sah beinahe so aus, als wolle er Fiske auf die Probe stellen. Es ist allgemein bekannt, daß Fiske höchst ungern auf seine Dame verzichtet.«

»Ist Fiske auf den Austausch eingegangen?« fragte ich.

»Nein«, sagte Lily nachdenklich, »das hat er nicht getan. Er hat seine Dame genommen und wieder zurückgestellt. Er versuchte zu tun, als sei es *j'adoube*.«

»Was ist *j'adoube*?«

»Ich berühre, ich rücke zurecht. Es ist durchaus möglich, im Verlauf eines Spiels eine Figur zurechtzurücken.«

»Also, worin liegt dann der Verstoß?« fragte ich.

»Nun ja«, sagte Lily, »wenn man das tut, muß man *j'adoube* sagen, aber *ehe* man die Figur anfaßt und nicht, nachdem man sie bereits bewegt hat.«

»Vielleicht hat er nicht daran gedacht ...«

»Er ist Großmeister«, erwiderte Lily und sah mich an. »Er hat daran gedacht.«

Lily starrte auf ihr kleines Schachspiel. Ich wollte sie nicht stören, aber inzwischen hatten alle den Raum verlassen, und wir waren allein. Ich blieb neben ihr sitzen und versuchte, mit meinen rudimentären Schachkenntnissen herauszufinden, was das alles bedeuten mochte.

»Willst du wissen, was ich glaube?« fragte Lily schließlich. »Ich glaube, Großmeister Fiske betrügt. Er ist an einen Sender angeschlossen.«

Wenn ich damals gewußt hätte, daß Lily den Nagel auf den Kopf getroffen hatte, wären die folgenden Ereignisse vielleicht noch beeinflußbar gewesen. Aber wie hätte ich zu diesem Zeitpunkt ahnen können, was wirklich geschah, als Solarin nur drei Meter von mir entfernt seinen Gegner über das Schachbrett hinweg ansah?

Solarin blickte auf das Schachbrett, als es ihm plötzlich auffiel. Zuerst sah er es nur aus dem Augenwinkel. Aber beim dritten Mal entging es ihm nicht, und er sah den Zusammenhang mit dem Zug. Fiske faltete jedesmal die Hände im Schoß, wenn Solarin seine Uhr anhielt und Fiskes Uhr lief. Beim nächsten Zug beobachtete Solarin Fiskes Hände, und von da an ließ er den Ring nicht mehr aus den Augen.

Fiske stand mit einem Sender in Verbindung, daran zweifelte er nicht mehr. Solarin spielte gegen einen unsichtbaren Gegner. Dieser Jemand saß nicht im Raum; Fiske war nur eine Marionette. Solarin warf einen Blick auf seinen KGB-Mann, der in der letzten Reihe saß. Er mußte sich schnell entscheiden: Ging er auf das Falschspiel ein, konnte er das Spiel verlieren und mußte ausscheiden. Aber Solarin wollte unter allen Umständen herausfinden, wer hinter Fiske stand und warum.

Solarin begann, ein gefährliches Schach zu spielen, um an Fiskes Reaktionen eine mögliche Strategie ablesen zu können. Damit geriet Fiske in Bedrängnis. Dann kam Solarin auf die Idee, den Austausch der Damen zu erzwingen, der nichts mit dem bisherigen Spielverlauf zu tun hatte. Er zog seine Dame in die entsprechende Position und bot sie ohne Rücksicht auf die Folgen zum Austausch an. Er wollte Fiske zwingen, selbst zu spielen oder einzugestehen, daß er betrog. Da verlor Fiske die Nerven.

Im ersten Augenblick hatte es den Anschein, als werde Fiske den Austausch der Damen akzeptieren und Solarins Dame schlagen. Dann konnte Solarin sich an die Richter wenden und das Spiel abbrechen. Er würde nicht gegen einen Automaten spielen oder gegen einen anonymen Sender, mit dem Fiske in Verbindung stand. Aber Fiske überlegte es sich anders und sagte statt dessen *j'adoube*. Solarin sprang auf und beugte sich zu Fiske hinüber.

»Was zum Teufel machen Sie denn?« flüsterte er. »Wir unterbrechen das Spiel, bis Sie wieder bei Verstand sind. Ist Ihnen klar, daß der KGB dort hinten sitzt? Wenn die ein Wort davon erfahren, dann ist es um Sie geschehen.«

Solarin rief mit einer Geste den Richter und hielt mit der anderen Hand die Uhren an. Er erklärte dem Richter, Fiske fühle sich nicht wohl und werde seinen nächsten Zug versiegeln.

»Und ich hoffe, es ist dann eine Dame, Sir«, murmelte er, wieder über Fiske gebeugt. Fiske hob den Kopf nicht. Er drehte den Ring am Finger, als sitze er zu fest. Solarin verließ eilig den Raum.

Draußen näherte sich ihm der KGB-Mann mit einem fragenden Blick. Es war ein kleiner, blasser Mann mit buschigen Augenbrauen. Er hieß Gogol.

»Trinken Sie einen Sliwowitz«, sagte Solarin, »und überlassen Sie mir das.«

»Was ist geschehen?« fragte Gogol. »Weshalb wollte er ein *j'adoube*? Es war ein Verstoß gegen die Regeln. Sie durften die Uhren nicht anhalten. Das hätte Ihre Disqualifikation bedeuten können.«

»Fiske steht mit einem Sender in Verbindung. Ich muß herausfinden, wer es ist und warum das geschieht. Tun Sie, als wüßten Sie nichts. Ich werde allein damit fertig.«

»Aber Brodski ist hier«, sagte Gogol leise. Brodski stand in der Hierarchie des Geheimdienstes weit oben und natürlich auch weit über Solarins Leibwächter.

»Laden Sie ihn zu einem Sliwowitz ein«, erwiderte Solarin ärgerlich, »halten Sie ihn mir in der nächsten halben Stunde vom Leib. Ich möchte, daß Sie sich auf alle Fälle heraushalten. Sie unternehmen nichts, Gogol, verstanden?«

Der Leibwächter sah Solarin ängstlich an, aber dann ging er gehorsam zur Treppe und ins Foyer hinunter. Solarin begleitete ihn bis zum Treppenabsatz. Dort zog er sich in eine Nische zurück und wartete darauf, daß Fiske das Spielzimmer verließ.

Fiske ging schnell am Geländer entlang, die Treppe hinunter und eilte dann durch das Foyer. Er drehte sich nicht um, und deshalb entging ihm, daß Solarin ihn von oben beobachtete. Fiske verließ das Gebäude und überquerte den Vorplatz. Am anderen Ende des Platzes, diagonal zum Clubeingang, befand sich die Tür des kleineren Kanadischen Clubs. Fiske trat ein und lief die Stufen hinauf.

Solarin folgte ihm. Er stieß die Glastür des Kanadischen Clubs gerade noch rechtzeitig auf, um zu sehen, wie sich die Tür zur Herrentoilette hinter Fiske schloß. Solarin wartete einen Augenblick, ehe er leise die wenigen Stufen zur Toilettentür hinaufging. Er trat ein und blieb mit angehaltenem Atem stehen. Fiske stand schwankend und mit geschlossenen Augen vor einem Urinal am anderen Ende. Plötzlich sank er auf die Knie. Er schluchzte leise, ein Krampf schüttelte ihn, und er mußte sich übergeben. Danach lehnte er den Kopf erschöpft an das Porzellan.

Solarin sah aus den Augenwinkeln, wie Fiske erschrocken den Kopf hob, als er das Geräusch des Wasserhahns hörte. Solarin stand am Waschbecken und ließ das kalte Wasser laufen. Fiske war Engländer. Es war eine Demütigung für ihn, daß jemand beobachtete, wie er sich übergeben mußte.

»Das wird Ihnen helfen«, sagte Solarin, ohne sich von der Stelle zu rühren.

Fiske sah sich verwirrt um, denn er wußte nicht, ob Solarin ihn angesprochen hatte. Aber da sie in der Toilette allein waren, stand er zögernd auf und ging langsam auf Solarin zu, der Wasser über ein Papierhandtuch laufen ließ. Das Papier roch nach feuchtem Hafermehl.

Solarin drehte sich um und betupfte Fiskes Stirn und Schläfen. »Wenn Sie die Handgelenke in das kalte Wasser halten, kühlt das Ihr Blut«, erklärte er und knöpfte Fiske die Manschetten auf. Er warf das Papierhandtuch in den Papierkorb. Fiske hielt schweigend die Handgelenke in das inzwischen mit Wasser gefüllte Becken. Solarin fiel auf, daß er vermied, sich die Finger naß zu machen.

Solarin schrieb mit einem Kugelschreiber etwas auf ein trockenes Papierhandtuch. Fiske, die Handgelenke noch immer im Wasser, sah ihn fragend an, und Solarin zeigte ihm das Geschriebene: »Ist es eine Einweg- oder eine Zweiwegübertragung?«

Fiske hob den Kopf und wurde rot. Solarin ließ ihn nicht aus den Augen, dann schrieb er zur Klarstellung auf das Papier: »Können sie uns hören?«

Fiske holte tief Luft und schloß die Augen. Dann schüttelte er den Kopf. Er nahm die Handgelenke aus dem Waschbecken und griff nach dem Papierhandtuch, aber Solarin gab ihm ein frisches.

»Das hier nicht«, sagte er und setzte das Papier mit den zwei Fragen mit einem goldenen Feuerzeug in Brand. Er ließ es fast völlig verbrennen, dann warf er es in eine Toilette und drückte auf die Spülung. »Sind Sie sicher?« fragte er, als er wieder zum Waschbecken zurückkehrte. »Es ist sehr wichtig.«

»Ja«, erwiderte Fiske sichtlich verlegen, »man ... hat mir die Funktionsweise erklärt.«

»Gut, dann können wir miteinander reden.« Solarin hielt noch immer das goldene Feuerzeug in der Hand. »In welchem Ohr sitzt es, im rechten oder linken?« Fiske klopfte auf das linke Ohr. Solarin nickte. Er schraubte die Unterseite des Feuerzeugs ab und zog einen kleinen Gegenstand heraus. Es war eine winzige Pinzette.

»Neigen Sie den Kopf und halten Sie ihn völlig still. Ich möchte Ihnen nicht das Trommelfell beschädigen.«

Fiske tat, wie befohlen. Er schien beinahe erleichtert, sich Solarin zu überlassen, ohne sich zu fragen, wieso ein Schachgroßmeister die Fähigkeit besaß, ihm einen Geheimsender aus dem Ohr zu entfernen. Solarin beugte sich über Fiskes Ohr und zog mit der Pinzette einen winzigen Gegenstand heraus. Er war nicht viel größer als ein Stecknadelkopf.

»Aha«, murmelte Solarin, »sie sind nicht so klein wie unsere. Nun sagen Sie mir, mein lieber Fiske, wer hat Ihnen das eingesetzt? Wer steht dahinter?« Er ließ den kleinen Sender auf seine Handfläche fallen.

Fiske setzte sich abrupt auf und sah Solarin an. Ihm schien erst jetzt klarzuwerden, wer Solarin eigentlich war – nicht nur ein Schachspieler, sondern ein Russe. Er hatte einen KGB-Leibwächter, der das unmißverständlich unterstrich.

»Sie müssen es mir sagen. Das verstehen Sie doch?« Solarin richtete seinen Blick auf Fiskes Ring. Er griff nach seiner Hand und betrachtete ihn genau. Aus Fiskes Augen sprach nackte Angst.

Es war ein übergroßer Siegelring mit einem Wappen aus einem goldähnlichen Metall. Das Wappen war eingesetzt. Solarin drückte leicht darauf, und ein leises surrendes Klicken ertönte, das selbst auf die kurze Entfernung kaum hörbar war. Fiske konnte auf diese Weise nach einem Code den letzten Zug übermitteln, und seine Helfershelfer funkten ihm den nächsten Zug über den Sender im Ohr.

»Hat man Sie davor gewarnt, den Ring vom Finger zu ziehen?« fragte Solarin. »Er ist groß genug für eine Sprengkapsel.«

»Eine Sprengkapsel!« rief Fiske.

»Die Explosion könnte stark genug sein, um beinahe den ganzen Raum hier in die Luft zu jagen«, erwiderte Solarin lächelnd, »zumindest den Teil, in dem wir uns befinden. Sie sind ein Agent der Iren? Die sind sehr gut im Entwickeln von winzigen Bomben. Haben Sie schon einmal etwas von Buchstabenbomben gehört? Ich muß es ja wissen, denn die meisten ihrer Agenten sind in Rußland ausgebildet worden.« Fiskes Gesicht war plötzlich grün, aber Solarin sprach weiter: »Ich habe keine Ahnung, was Ihre Freunde beabsichtigen, mein lieber Fiske. Aber wenn ein Agent *meine* Regierung verrät, so wie Sie die Leute verraten haben, für die Sie arbeiten, wird er schnell und gründlich zum Schweigen gebracht.«

»Aber . . . ich bin doch kein Agent!« rief Fiske.

Solarin sah ihn prüfend an und lächelte dann. »Ja, ich glaube Ihnen. Mein Gott, aber da waren ziemliche Pfuscher am Werk.« Fiske rieb sich nervös die Hände, und Solarin dachte nach.

»Hören Sie zu, Fiske«, sagte er, »Sie haben sich auf ein gefährliches Spiel eingelassen. Wir können hier jeden Augenblick gestört werden, und dann wären wir beide in Lebensgefahr. Mit den Leuten, die Sie zu dieser Sache überredet haben, ist nicht zu spaßen. Verstehen Sie mich? Sie müssen mir alles sagen, und zwar schnell. Nur dann kann ich Ihnen helfen.« Fiske blickte unbehaglich zu Boden, als wolle er gleich anfangen zu weinen. Solarin legte dem älteren Mann freundlich die Hand auf die Schulter.

»Jemand, der dieses Spiel gewinnen möchte, hat Kontakt mit Ihnen aufgenommen. Sie müssen mir sagen, wer es ist und warum man das getan hat.«

»Der Institutsleiter . . .« Fiskes Stimme zitterte. »Vor vielen Jahren . . . wurde ich krank und konnte nicht mehr Schach spielen. Die englische Regierung verschaffte mir an einer Universität eine Stelle als Mathematikdozent. Es handelte sich um eine Art Stipendium der Regierung. Vor einem Monat erschien der Leiter des Instituts bei mir und forderte mich auf, mit ein paar Leuten zu sprechen. Ich weiß nicht, wer diese Leute waren. Sie erklärten mir, es sei im Interesse der nationalen Sicherheit, daß ich an diesem Turnier teilnehme. Es wäre keine Anstrengung für mich damit verbunden . . .« Fiske lachte bitter und sah sich gehetzt im Raum um. Er drehte heftig den Ring am Finger.

»Es sollte keine Anstrengung für Sie damit verbunden sein«, wiederholte Solarin ruhig, »denn nicht Sie würden spielen. Sie würden nur den Anweisungen eines anderen folgen. Ist es so?«

Fiske nickte, und die Tränen standen ihm in den Augen. Er mußte mehrmals schlucken, ehe er weitersprechen konnte. Es sah aus, als werde er im nächsten Augenblick zusammenbrechen.

»Ich habe ihnen gesagt, ich könnte das nicht. Sie sollten sich einen anderen suchen«, stieß er heftig hervor. »Ich flehte sie an, mir das Spiel zu ersparen. Aber sie hatten keinen anderen. Ich war ihnen ausgeliefert. Sie konnten mir jederzeit meine Stellung nehmen. Das haben sie mir gesagt ...« Er rang nach Luft, und Solarin erschrak. Fiske konnte nicht mehr klar denken. Er zerrte an dem Ring, als wäre er glühend heiß.

»Sie haben nicht auf mich gehört. Sie haben gesagt, sie müßten unter allen Umständen die Formel haben. Sie sagten –«

»Die Formel!« wiederholte Solarin und umklammerte Fiskes Schulter. »Die *Formel*?«

»Ja! Ja! Sie wollen diese verdammte Formel.«

Fiske schrie beinahe. Solarin versuchte, den alten Mann zu beruhigen. »Was für eine Formel?« fragte er vorsichtig. »Kommen Sie, mein lieber Fiske. Warum interessieren diese Leute sich für die Formel? Und wieso glauben sie, die Formel zu bekommen, wenn Sie bei diesem Turnier spielen?«

»Sie sollen ihnen diese Formel liefern«, erwiderte Fiske leise und ließ den Kopf hängen. Ihm liefen die Tränen über die Wangen.

»Ich?« Solarin sah Fiske an und blickte dann schnell zur Tür. Er glaubte, im Gang Schritte zu hören.

»Wir müssen uns beeilen«, flüsterte er. »Woher wußten sie, daß ich an diesem Turnier teilnehme? Das wußte niemand!«

»*Sie* wußten es«, sagte Fiske und krümmte sich. »O Gott, warum ich? Ich habe ihnen gesagt, ich kann das nicht! Ich habe ihnen gesagt, ich würde es nicht schaffen!« Er zerrte wieder an dem Ring.

»Fassen Sie den Ring nicht an«, sagte Solarin ernst. Er packte Fiske am Handgelenk und verdrehte ihm die Hand. Fiske verzog das Gesicht. »*Was* für eine Formel?«

»Die Formel, die Sie in Spanien hatten«, rief Fiske. »Die Formel, um die Sie gewettet haben. Sie haben damals erklärt, Sie würden demjenigen, gegen den Sie verlieren, die Formel geben! Das haben Sie gesagt. Ich muß gewinnen, damit Sie mir die Formel geben.«

Solarin sah Fiske ungläubig an. Dann ließ er seine Hand los und trat zurück. Er begann zu lachen.

»Das haben Sie gesagt«, wiederholte Fiske tonlos und zog an dem Ring.

»O nein!« rief Solarin. Er legte den Kopf zurück und lachte, bis ihm die Tränen kamen. »Mein lieber Fiske«, stieß er schließlich immer noch lachend hervor, »nicht *diese* Formel! Diese Idioten haben den falschen Schluß gezogen. *Sie* haben sich von Dummköpfen zum ›Bauern‹ machen lassen! Kommen Sie, wir ... Was machen Sie da?!«

Ihm war entgangen, daß Fiske völlig außer sich den Ring schließlich über den Knöchel gezogen hatte. Er streifte ihn mit einem heftigen Ruck vom Finger und warf ihn in das leere Waschbecken. Dabei stieß er immer wieder hervor: »Nein, ich will das nicht! Ich will das nicht!«

Solarin sah fassungslos, wie der Ring in das Becken fiel. Er sprang zur Tür und begann zu zählen. Eins. Zwei. Er stieß die Tür auf und rannte hindurch. Drei. Vier. Er nahm die Stufen alle auf einmal und sauste wie der Blitz zur Eingangstür. Fünf. Sechs. Sieben. Er ließ sich mit ganzer Wucht gegen die Glastür fallen, lief weiter und machte etwa sechs Schritte. Acht. Neun. Dann machte er einen letzten Satz und landete auf allen vieren auf den Pflastersteinen. Zehn. Solarin legte die Arme über den Kopf und hielt sich die Ohren zu. Er wartete. Aber es erfolgte keine Explosion.

Er hob vorsichtig den Kopf und sah vor sich vier Schuhe. Er hob den Kopf etwas höher und sah zwei der Schiedsrichter, die sich erstaunt über ihn beugten.

»Großmeister Solarin«, rief einer der Männer, »haben Sie sich verletzt?«

»Nein, es geht schon wieder«, sagte Solarin, stand so würdevoll wie möglich auf und klopfte sich den Staub von Hose und Jacke. »Großmeister Fiske ist es in der Toilette übel geworden. Ich wollte einen Arzt rufen. Ich bin gefallen. Auf dem Pflaster rutscht man leicht aus.« Dabei dachte er fieberhaft über den Ring nach. Sollte er sich geirrt haben? Vielleicht konnte man ihn ohne weiteres vom Finger ziehen. Aber wie sollte er das wissen ...

»Wir gehen besser hinein und sehen nach, ob wir etwas tun können«, sagte der Richter. »Warum ist er in die Herrentoilette des Kanadischen Clubs gegangen? Warum nicht in die Toilette des Metropolitan? Oder sofort zu unserem Notarzt?«

»Er ist sehr stolz«, erwiderte Solarin, »zweifellos wollte er nicht, daß jemand sieht, wie er sich übergibt.« Die beiden Männer hatten Solarin noch nicht gefragt, weshalb er ebenfalls die abgelegene Herrentoilette benutzt hatte – allein mit seinem Gegner.

»Geht es ihm sehr schlecht?« fragte der andere Richter, als sie zum Clubeingang gingen.

»Er hat Magenbeschwerden«, erwiderte Solarin. Es schien wenig vernünftig, in die Toilette zurückzukehren, aber es blieb ihm kaum eine andere Wahl.

Die drei Männer eilten die Stufen hinauf. Der eine Richter öffnete die Tür zur Herrentoilette und wich entsetzt zurück.

Leichenblaß flüsterte er: »Gehen Sie nicht hinein!« Solarin eilte an ihm vorbei. An einer der Trennwände hing Fiske an seiner Krawatte. Sein Gesicht war schwarz. An dem hängenden Kopf konnte man erkennen, daß das Genick gebrochen war.

»Selbstmord!« erklärte der Richter, der die Tür geöffnet hatte.

»Er ist nicht der erste Schachmeister, der das getan hat«, erwiderte der andere Richter. Er schwieg verlegen, als Solarin sich umdrehte und ihn wütend ansah.

»Wir holen jetzt lieber den Arzt«, erklärte der erste Richter schnell.

Solarin ging zum Waschbecken, in das Fiske den Ring geworfen hatte. Er lag nicht mehr dort. »Ja, holen wir einen Arzt«, sagte er.

Ich jedoch wußte von all dem nichts. Ich saß im Foyer und wartete auf Lily, die unsere dritte Runde Kaffee holte. Wenn ich damals und nicht erst später geahnt hätte, was hinter den Kulissen geschah, hätten die folgenden Ereignisse vielleicht vermieden werden können.

Inzwischen dauerte die Unterbrechung bereits fünfundvierzig Minuten, und der viele Kaffee drückte mir auf die Blase. Ich fragte mich, was das alles zu bedeuten habe.

Lily erschien und lächelte verschwörerisch.

»Stell dir vor«, flüsterte sie, »ich habe an der Bar Hermanold gesprochen. Er sah zehn Jahre älter aus und redete aufgeregt mit dem Notarzt! Wenn wir den Kaffee getrunken haben, können wir gehen. Heute wird nicht mehr gespielt. Man wird es in ein paar Minuten bekanntgeben.«

»Ist Fiske wirklich krank geworden? Vielleicht hat er deshalb so seltsam gespielt.«

»Er ist nicht krank. Die Krankheit kann ihm nichts mehr anhaben...«

»Hat er aufgegeben?«

»Gewissermaßen. Er hat sich kurz nach der Unterbrechung in der Herrentoilette erhängt.«

»Erhängt!« rief ich, und Lily bedeutete mir, leise zu sein, da sich mehrere Leute nach uns umsahen. »Das kann doch nicht dein Ernst sein!«

»Hermanold meint, Fiske sei der Belastung nicht mehr gewachsen gewesen. Der Arzt ist anderer Meinung. Der Arzt sagt, es sei praktisch unmöglich für einen siebzig Kilo schweren Mann, sich an einer ein Meter achtzig hohen Zwischenwand das Genick zu brechen.«

»Könnten wir den Kaffee stehenlassen und sofort gehen?« Ich mußte an Solarins grüne Augen denken, und mir wurde übel. Ich brauchte frische Luft.

»Gut«, sagte Lily betont laut, »aber beeilen wir uns. Ich möchte keine Sekunde von diesem aufregenden Spiel versäumen.« Als wir durch das Foyer eilten, sprangen zwei Reporter auf.

»Oh, Miß Rad«, sagte der eine und trat auf uns zu. »Wissen Sie vielleicht, was los ist? Wird heute noch weitergespielt?«

»Nein, es sei denn, sie ersetzen Fiske durch einen dressierten Affen.«

»Sie halten also nicht viel von seinen Zügen?« fragte der andere Reporter und machte sich schnell Notizen.

»Was er macht, interessiert mich nicht«, erwiderte Lily überheblich, »mich interessiert nur, wie ich spiele. Und was das Spiel hier betrifft«, fügte sie hinzu und bahnte sich, mit den Reportern im Schlepptau, energisch einen Weg zum Ausgang, »habe ich genug gesehen, um zu wissen, wie es ausgeht.«

Wir traten durch die Doppeltür hinaus auf den Vorplatz und eilten zur Straße.

»Wo zum Teufel ist Saul?« schimpfte Lily. »Der Wagen soll vor der Auffahrt stehen, das weiß er doch.«

Ich warf einen Blick die Straße entlang und entdeckte Lilys großen blaßblauen Corniche am Ende des Blocks auf der anderen Seite. Ich zeigte ihr den Wagen.

»O wie schön! Das hat mir gerade noch gefehlt: Wieder eine Strafe wegen Falschparken«, stöhnte sie. »Komm, nichts wie weg hier, ehe da drinnen die Hölle losbricht.« Sie faßte mich am Arm, und wir liefen durch den bitterkalten Wind die Straße entlang. Als wir an der Kreuzung angelangt waren, sah ich, daß niemand im Wagen saß. Von Saul keine Spur.

Wir überquerten rasch die Straße und hielten nach Saul Ausschau. Im Wagen steckte noch der Zündschlüssel. Carioca war auch nirgends zu sehen.

»Ich kann es nicht glauben!«

Lily kochte vor Wut. »In all den Jahren hat Saul den Wagen noch nie einfach unbeaufsichtigt stehenlassen. Wo kann er nur sein? Und wo ist mein Hund?«

Ich hörte ein Scharren und Kratzen. Ich öffnete die Wagentür und griff unter den Sitz. Eine kleine Zunge leckte mir stürmisch die Hand. Ich zog Carioca aus dem Versteck und richtete mich auf. Dabei sah ich etwas, das mir das Blut gerinnen ließ. Im Fahrersitz war ein Loch.

»Da!« sagte ich zu Lily. »Was ist das für ein Loch?«

Als Lily sich vorbeugte, um das Loch genauer zu betrachten, hörten wir einen Aufprall, unter dem der Wagen leicht erzitterte. Ich warf einen Blick über die Schulter, aber es war niemand in der Nähe. Ich ließ Carioca auf den Sitz fallen und richtete mich auf. Dann ging ich um den Wagen herum und betrachtete die dem Metropolitan Club zugewandte Seite. Ich entdeckte ein zweites Loch, das vor ein paar Sekunden noch nicht dort gewesen war. Ich berührte es. Das Blech war warm.

Ich hob den Kopf und blickte zu den Fenstern des Metropolitan Clubs. Eine der Glastüren über der amerikanischen Fahne stand offen. Der Vorhang wehte durch die Tür, aber ich sah niemanden. Es war eine der Türen des Spielzimmers, und zwar diejenige hinter dem Schiedsrichtertisch.

»Mein Gott«, flüsterte ich Lily zu, »jemand schießt auf den Wagen!«

»Ist das dein Ernst?« fragte sie. Ich zeigte ihr das Einschußloch.

Dann folgte sie meinem Blick zu der offenen Balkontür. Auf der Straße war weit und breit kein Mensch zu sehen, und nach dem Schuß war auch kein Wagen vorbeigefahren. Es blieben demnach kaum noch andere Möglichkeiten.

»Solarin!« rief Lily und packte mich am Arm. »Er hat dich gewarnt und dir gesagt, du sollst den Club auf der Stelle verlassen! Dieser Schweinehund will uns umbringen!«

»Er hat mich gewarnt und gesagt, ich sei in Gefahr, wenn ich im Club *bleibe*«, erwiderte ich. »Und jetzt habe ich den Club verlassen. Außerdem, wenn uns jemand erschießen will, dann würde er uns aus dieser Entfernung mühelos treffen.«

»Er will mir Angst einjagen, damit ich meine Teilnahme zurückziehe!« erklärte Lily. »Zuerst entführt er meinen Chauffeur, dann schießt er auf meinen Wagen. Aber so leicht lasse ich mich nicht einschüchtern!«

»Ich schon! Komm, nichts wie weg hier.«

Da Lily, so schnell ihre Körperfülle es erlaubte, zum Fahrersitz eilte, schien sie meine Meinung zu teilen. Sie startete den Motor und gab Gas. Der Wagen schoß mit quietschenden Reifen auf die Fifth Avenue. Carioca überschlug sich auf dem Sitz.

»Ich habe Hunger!« rief Lily durch den pfeifenden Fahrtwind.

»*Jetzt* willst du etwas essen?« schrie ich zurück. »Bist du verrückt? Ich finde, wir sollten zuerst zur Polizei.«

»Auf keinen Fall!« rief sie entschlossen. »Wenn Harry etwas davon erfährt, läßt er mich einsperren, und dann kann ich nicht am Turnier teilnehmen. Wir beide essen jetzt etwas und werden dabei der Sache auf den Grund gehen. Aber ich kann erst denken, wenn ich etwas im Magen habe.«

»Wenn du nicht zur Polizei willst, dann laß uns in mein Apartment fahren.«

»Du hast doch nichts Vernünftiges zu essen, und in deiner Küche kann man auch nicht kochen. Ich brauche Fleisch, um meine Gehirnzellen in Gang zu bringen.«

»Fahr zu meinem Apartment. Ganz in der Nähe gibt es ein Steakhouse – in der Third Avenue. Aber eines sage ich dir, nach dem Essen gehe ich zur Polizei.«

Lily hielt schließlich vor The Palm, einem Restaurant in der Second Avenue. Sie wühlte in ihrer großen Schultertasche, holte das kleine Schachspiel heraus und setzte statt dessen Carioca in die Tasche. Er steckte den kleinen Kopf über den Rand und wollte sofort wieder herausklettern.

»Hunde dürfen nicht in das Restaurant«, erklärte Lily.

»Und was soll ich damit?« fragte ich mit dem Schachspiel in der Hand, das sie mir zugeworfen hatte.

»Nimm es mit«, erwiderte sie, »du bist ein Computergenie, und ich bin Schachexpertin. Strategisches Denken ist unser täglich Brot. Ich zweifle nicht daran, daß wir hinter das Geheimnis kommen, wenn wir zusammen darüber nachdenken. Aber zuerst brauchst du ein paar Schachlektionen.«

Lily drückte Cariocas Kopf in die Tasche zurück und schloß den Reißverschluß. »Hast du schon einmal den Satz gehört: ›Die Bauern sind die Seele des Schachs‹?«

»Mmm, kommt mir bekannt vor, aber ich weiß nicht in welchem Zusammenhang. Wer hat das gesagt?«

»André Philidor, der Vater des modernen Schachs. Er schrieb etwa zur Zeit der Französischen Revolution ein berühmtes Buch über Schach, in dem er erklärte, bei forciertem Einsatz seien die Bauern ebenso mächtig wie die anderen Figuren. Daran hatte bis zu diesem Zeitpunkt niemand gedacht. Man opferte die Bauern, um sie beiseite zu räumen, damit sie den eigentlichen Zügen nicht mehr im Weg standen.«

»Willst du damit sagen, wir sind zwei Bauern, die jemand aus dem Weg räumen will?« Ich fand diese Vorstellung beunruhigend, aber auch interessant.

»Nein«, erwiderte Lily. Sie stieg aus und hängte sich die Tasche über die Schulter. »Ich will sagen, es ist an der Zeit, daß wir uns zusammentun. Zuerst müssen wir herausfinden, was für ein Spiel das ist, in dem wir mitspielen.«

ST. PETERSBURG

Herbst 1791

Die Troika glitt über das weite, tiefverschneite Land. Die drei Pferde stießen weiße Dampfwolken aus den Nüstern. Hinter Riga lag der Schnee so hoch auf den Straßen, daß sie die dunkle Kutsche gegen diesen breiten, offenen Schlitten austauschen mußten, den drei nebeneinander gespannte Pferde zogen, an deren Geschirr zahllose silberne Glöckchen läuteten. An den geschwungenen Seiten der Troika prangte in massivem Gold das kaiserliche Wappen.

Es waren nur noch fünfzehn Werst bis Petersburg. An den Bäumen hingen noch hellbraune, dürre Blätter, und Bauern arbeiteten auf den von Eis überzogenen Feldern, obwohl die Strohdächer der steinernen Hütten bereits dicke Schneehauben trugen.

Die Äbtissin lehnte sich bequem unter den Pelzen zurück und betrachtete das vorübergleitende offene Land. Nach dem europäischen Julianischen Kalender war es bereits der 4. November. Damit waren genau ein Jahr und sieben Monate vergangen – sie wagte kaum daran zu denken –, seit sie beschlossen hatte, das Montglane-Schachspiel aus dem tausendjährigen Versteck zu holen.

Aber hier in Rußland schrieb man nach dem Gregorianischen Kalender erst den 23. Oktober. Rußland ist in vieler Hinsicht rückständig, dachte die Äbtissin. Dieses Land hat einen eigenen Kalender, eine eigene Religion und eine eigene Kultur. Die Bauern, die sie von der Straße aus sah, hatten seit vielen Jahrhunderten weder ihre Tracht noch ihre Sitten geändert. Die faltigen Gesichter mit den schwarzen Augen, die sie im Vorbeifahren musterten, verrieten unwissende Menschen, die noch immer in primitivem Aberglauben und barbarischen Ritualen gefangen waren. Die knorrigen Hände umklammerten die gleichen Spitzhacken und bearbeiteten damit denselben gefrorenen Boden wie ihre Vorfahren vor tausend Jahren. Trotz der Ukasse, die noch auf die Tage von Peter I. zurückgingen, schnitten sie sich weder das dichte Haar noch die schwarzen Bärte, die sie in ihre Schafspelzwämse steckten.

Im flachen schneeweißen Land tauchten in der Ferne vor ihnen die Stadttore von St. Petersburg auf. Der Kutscher in der weißen, goldbestickten Uniform der kaiserlichen Wache stand breitbeinig auf seinem Platz hinter den Pferden und trieb das Dreigespann mit knallender Peitsche an. Als sie in die Stadt einfuhren, sah die Äbtissin den glitzernden Schnee auf den Kuppeln und die hohen Kirchtürme am anderen Ufer der Newa. Kinder liefen Schlittschuh auf dem zugefrorenen Fluß, und selbst zu dieser Jahreszeit hatten die Straßenhändler ihre bunten Stände am Ufer aufgeschlagen. Straßenköter bellten den vorbeigleitenden Schlitten an, und kleine Kinder mit schmutzigen Gesichtern rannten nebenher und bettelten um ein paar Münzen. Der Kutscher trieb die Pferde noch schneller vorwärts.

Als sie den Fluß überquerten, griff die Äbtissin in ihre Reisetasche und tastete nach dem bestickten Tuch, das sie mitgebracht hatte. Sie stieß auf ihren Rosenkranz und betete ein kurzes Ave-Maria. Die Last der schweren Verantwortung bedrückte sie. Sie und nur sie trug die Verantwortung, diese große Macht den richtigen Händen anzuvertrauen. Händen, die sie vor den Ehrgeizigen und Machthungrigen schützen sollten. Die Äbtissin wußte, das war ihre Mission. Für diese Aufgabe war sie von Geburt an ausersehen. Sie hatte ihr Leben lang darauf gewartet.

Heute, nach beinahe fünfzig Jahren, würde die Äbtissin ihre Freundin aus der Kindheit wiedersehen, der sie sich vor so vielen Jahren anvertraut hatte. Sie dachte an diesen Tag zurück und an das junge Mädchen, das in seinem Wesen Valentine so sehr glich. Das kleine, blasse, zarte und kränkelnde Kind hatte durch Willenskraft Krankheit und Verzweiflung besiegt und sich eine glückliche und gesunde Kindheit erobert – die kleine Sophie von Anhalt-Zerbst war ihre Freundin gewesen, die sie in all den vielen Jahren nicht vergessen und der sie beinahe jeden Monat geschrieben und die Geheimnisse ihres Lebens anvertraut hatte. Ihre Wege hatten sich zwar getrennt, aber die Äbtissin sah Sophie noch immer als das kleine Mädchen vor sich, das auf dem Hof ihres Elternhauses in Pommern Schmetterlingen nachlief.

Als die Troika sich dem Winterpalais näherte, lief der Äbtissin plötzlich ein kalter Schauer über den Rücken. Eine Wolke verdeckte die Sonne. Sie fragte sich, was für ein Mensch ihre Freundin und Gönnerin inzwischen wohl sein mochte, denn sie war nicht mehr die kleine Sophie aus Pommern. Jetzt kannte man sie in ganz Europa als Katharina die Große, die Zarin aller Reußen.

Katharina die Große, die Zarin aller Reußen, saß an ihrem Ankleidetisch und blickte in den Spiegel. Sie war zweiundsechzig Jahre alt, klein und viel zu dick. Sie hatte eine hohe, intelligente Stirn und kräftige Kieferknochen. Ihre eisblauen Augen, die normalerweise vor Lebenskraft sprühten, waren an diesem Morgen stumpf, grau und von den vielen Tränen rotgerändert. Seit zwei Monaten hatte sie sich in ihre Gemächer zurückgezogen und empfing nicht einmal ihre Familie. Außerhalb ihrer Gemächer trauerte der gesamte Hof. Vor zwei Wochen, am 12. Oktober, hatte ein schwarzgekleideter Bote aus Jassy die Nachricht überbracht, daß Graf Potemkin gestorben war.

Potemkin hatte sie auf den russischen Zarenthron gesetzt und ihr die Quaste vom Knauf seines Schwerts überreicht; mit diesem Zeichen seiner Ergebenheit und Treue führte sie hoch zu Roß das rebellische Heer an und stürzte ihren Mann, den Zaren. Potemkin war ihr Liebhaber, Ministerpräsident, Oberbefehlshaber und Vertrauter gewesen. Sie sagte immer: »Er war mein wahrer Gemahl.« Potemkin hatte ihr Reich um ein Drittel vergrößert, und es reichte jetzt bis zum Kaspischen und zum Schwarzen Meer. Und nun war er wie ein Hund auf der Straße nach Nikolajew gestorben.

Er war tot, weil er zuviel Fasane und Rebhühner gegessen, weil er sich mit Schinken und gepökeltem Rindfleisch vollgestopft hatte, weil er zuviel Kwaß, Bier und Beerenwein getrunken hatte. Er war tot, weil er die dicken adligen Damen befriedigt hatte, die ihm wie Soldatenweiber folgten und auf Brosamen von seiner Tafel warteten. Er hatte fünfzig Millionen Rubel an prächtige Paläste, kostbare Juwelen und französischen Champagner verschwendet – aber er hatte Katharina die Große auch zur mächtigsten Frau der Welt gemacht.

Ihre Hofdamen umschwirrten sie wie Schmetterlinge, puderten ihr die Haare und schnürten ihr die Schuhe. Katharina erhob sich, und sie legten ihr den grauen Samtumhang um die Schultern, den sie immer bei offiziellen Anlässen trug. Er war mit Orden überladen – das St.-Katharina-Kreuz, das St.-Wladimir-Kreuz, das St.-Alexander-Nemski-Kreuz; die Bänder des St.-Andreas- und St.-Gregor-Ordens kreuzten sich über ihrem Busen, und an ihnen baumelten die schweren goldenen Auszeichnungen.

Heute würde sie zum ersten Mal seit zehn Tagen wieder vor dem Hof erscheinen. Ihre Leibgarde empfing sie. Katharina schritt zwischen den Reihen der Soldaten durch die langen Gänge des Winterpalastes. Sie kam an den Fenstern vorbei, von denen aus sie vor vielen Jahren ihre Schiffe auf der Newa beobachtet hatte, die den Angriff der schwedischen Flotte auf St. Petersburg zurückschlagen sollten. Katharina warf im Vorbeigehen einen nachdenklichen Blick aus den Fenstern.

Der Hof erwartete ihren Auftritt. Diese giftige Brut, die sich Diplomaten und Höflinge nannten, konspirierte gegen sie und plante ihren Sturz. Ihr eigener Sohn Paul wollte sie ermorden. Aber Katharina wußte, in wenigen Stunden traf in Petersburg der einzige Mensch ein, der sie vielleicht retten konnte. Es war eine Frau, und sie hielt in ihren Händen die Macht, die Katharina mit dem Tod Potemkins verloren hatte. Diese Frau war Helene de Roque, die Äbtissin des Klosters von Montglane.

Katharina zog sich nach der Audienz, auf den Arm ihres derzeitigen Liebhabers Plato Zubow gestützt, müde in ihre Privatgemächer zurück. Dort erwartete sie die Äbtissin in Gesellschaft von Platos Bruder Valerian. Beim Anblick der Zarin erhob sich die Äbtissin und ging ihr entgegen, um sie zu umarmen.

Die Äbtissin war für ihr Alter noch sehr rüstig und schlank. Sie strahlte beim Anblick ihrer Freundin. Nach der Umarmung warf sie einen Blick auf Plato Zubow. Er trug einen himmelblauen Umhang und eine hautenge Reithose und war mit so vielen Orden behängt, daß man fürchten mußte, er werde unter ihrer Last zusammenbrechen. Plato war jung und hübsch. Es war eindeutig, welche Rolle er am Hof spielte. Während Katharina mit der Äbtissin sprach, streichelte sie seinen Arm.

»Helene«, sagte sie seufzend, »wie oft habe ich mich nach dir gesehnt. Ich kann es kaum glauben, daß du endlich gekommen bist.

Aber Gott hat meinen Herzenswunsch erhört und mir die Freundin meiner Kindheit geschickt.«

Sie bot der Äbtissin Platz in einem großen, bequemen Sessel an und setzte sich ihr gegenüber. Plato und Valerian nahmen hinter den beiden Frauen Aufstellung.

»Das muß gefeiert werden. Aber vielleicht weißt du, daß ich in Trauer bin und zur Feier deiner Ankunft kein Fest geben kann. Ich schlage vor, wir speisen heute abend in meinen Privatgemächern. Dort können wir lachen und uns freuen. Wir werden uns für einen Augenblick wieder wie junge Mädchen fühlen. Valerian, hast du wie befohlen den Wein geöffnet?«

Valerian nickte und ging zur Kredenz hinüber.

»Meine Liebe, du mußt diesen Bordeaux kosten. Er gehört zu meinen Schätzen. Denis Diderot hat ihn vor vielen Jahren aus Bordeaux mitgebracht. Für mich ist er so wertvoll wie ein kostbares Juwel.«

Valerian schenkte den dunkelroten Wein in kleine Kristallgläser. Die beiden Frauen tranken.

»Ausgezeichnet«, sagte die Äbtissin und lächelte Katharina an. »Aber kein Wein läßt sich mit dem Lebenselixier vergleichen, das unser Wiedersehen für meine alten Knochen bedeutet, mein Figchen.«

Plato und Valerian warfen sich einen verblüfften Blick zu. Platos besondere Stellung hatte ihn so kühn gemacht, sie im Bett ›Geliebte meines Herzens‹ zu nennen. Aber in der Öffentlichkeit blieb er immer bei ›Eure Majestät‹, und diese Anrede galt auch für ihre Kinder. Seltsamerweise schien die Zarin nicht den geringsten Anstoß daran zu nehmen, daß diese Äbtissin aus Frankreich sie mit ›Figchen‹, dem Kosenamen aus ihrer Kindheit, anredete.

»Du mußt mir aber jetzt erzählen, warum du noch so lange in Frankreich geblieben bist«, sagte Katharina. »Nachdem du das Kloster geschlossen hattest, hoffte ich, du würdest sofort nach Rußland kommen. An meinem Hof haben sich viele deiner Landsleute eingefunden, seit euer König auf der Flucht aus Frankreich in Varennes gefangengenommen wurde und ihn sein Volk ins Gefängnis geworfen hat. Frankreich ist eine Hydra mit zwölfhundert Köpfen, ein Staat, in dem die Anarchie herrscht. Diese Nation von Schuhmachern hat die Ordnung der Natur auf den Kopf gestellt!«

Es überraschte die Äbtissin, daß eine so aufgeklärte und liberale Herrscherin so etwas sagte. Man konnte nicht leugnen, Frankreich war gefährlich. Aber zählten nicht auch Voltaire und ein Diderot, zwei Befürworter der Gleichheit der Klassen und Gegner territorialer Kriege, zu den Freunden der Zarin?

»Ich konnte nicht sofort kommen«, erwiderte die Äbtissin. »Ich hatte noch einige Aufgaben zu erledigen –« Sie warf einen fragenden Blick auf Plato Zubow, der hinter dem Sessel der Zarin stand und ihr den Nacken streichelte. »Ich kann über diese Dinge nur unter vier Augen mit dir sprechen.«

Katharina sah die Äbtissin schweigend an, dann sagte sie gleichgültig: »Valerian und Plato Alexandrowitsch, ihr könnt jetzt gehen.«

»Aber meine geliebte Hoheit...« wandte Plato Zubow erschrocken ein, und es klang beinahe wie kindliches Gejammer.

»Du mußt nicht um meine Sicherheit fürchten, mein Täubchen«, sagte Katharina und tätschelte ihm die Hand, die noch immer auf ihrer Schulter lag, »Helene und ich kennen uns beinahe seit sechzig Jahren. Uns wird nichts geschehen, wenn wir ein paar Minuten alleine sind.«

»Ist er nicht hübsch?« fragte Katharina die Äbtissin, als die beiden jungen Männer den Raum verlassen hatten. »Ich weiß, du hast einen anderen Weg gewählt, meine Liebe. Aber ich hoffe, du wirst mich verstehen, wenn ich dir sage, in seinen Armen ist mir wie einem kleinen Vogel, der sich nach einem langen, kalten Winter die Flügel in der Sonne wärmt. Nichts läßt die Säfte in einem alten Baum besser steigen als die zärtliche Zuwendung eines jungen Gärtners.«

Die Äbtissin schwieg. Sie fragte sich nicht zum ersten Mal, ob ihr ursprünglicher Plan wirklich klug sei. Trotz des freundschaftlichen und regelmäßigen Briefwechsels hatte sie ihre Jugendfreundin seit vielen Jahren nicht mehr gesehen. Beruhten die Gerüchte auf Wahrheit? Konnte sie dieser alten, der Sinnenlust verfallenen und machtgierigen Frau die Aufgabe anvertrauen, die die Zukunft bringen würde?

»Habe ich dich so schockiert, daß du die Sprache verloren hast?« fragte Katharina lachend.

»Meine liebe Sophie«, erwiderte die Äbtissin, »ich glaube, es macht dir Freude, andere zu schockieren. Weißt du noch, wie du dich als vierjähriges Mädchen am Hof des preußischen Königs geweigert hast, den Saum von König Friedrich Wilhelms Rock zu küssen?«

»Ich habe ihm gesagt, sein Schneider habe den Rock zu kurz gemacht!« Katharina lachte, bis ihr die Tränen kamen. »Meine Mutter war wütend auf mich. Der König sagte zu ihr, ich sei entschieden zu keck.«

Die Äbtissin lächelte ihre Freundin liebevoll an.

»Weißt du noch, als der Kanonikus von Braunschweig sich unsere Hände ansah und uns die Zukunft voraussagte?« fragte sie leise. »Er fand in deiner Hand drei Kronen.«

»Ich weiß es noch sehr genau«, erwiderte die Zarin, »seit diesem Tag habe ich nie mehr daran gezweifelt, daß ich eines Tages über ein großes Reich herrschen würde. Ich glaube immer an Prophezeiungen, wenn sie mit meinen Wünschen übereinstimmen.« Sie lächelte, aber diesmal erwiderte die Äbtissin das Lächeln nicht.

»Und weißt du noch, was er in meiner Hand gefunden hat?« fragte die Äbtissin.

Katharina schwieg einen Augenblick. »Ich weiß es noch so genau, als wäre es gestern gewesen«, erwiderte sie dann. »Aus diesem Grund konnte ich deine Ankunft kaum erwarten. Du kannst dir nicht vorstellen, wie ich dich herbeigesehnt habe . . .« Sie zögerte und fragte schließlich: »Hast du sie?«

Die Äbtissin griff in die Falten ihres Ordensgewands. Sie hatte sich um die Hüfte eine große, flache Ledertasche geschnallt. Behutsam nahm sie die schwere goldene, mit Juwelen geschmückte Figur heraus. Es war eine Frau in langen Gewändern, die in einem kleinen Pavillon mit geöffneten Vorhängen saß. Sie reichte die Figur Katharina, die sie staunend und ungläubig in den Händen hielt und langsam von allen Seiten betrachtete.

»Die schwarze Dame«, flüsterte die Äbtissin und ließ Katharina dabei nicht aus den Augen. Die Hände der Zarin schlossen sich um die goldene Schachfigur. Dann drückte sie die Finger an die Brust und sah die Äbtissin an.

»Und die anderen?« fragte sie. Der Klang ihrer Stimme machte die Äbtissin vorsichtig.

»Sie sind gut versteckt. Es kann ihnen nichts geschehen«, erwiderte sie.

»Meine geliebte Helene, wir müssen sie sofort hierherholen! Du kennst die Macht, die in diesem Schachspiel verborgen ist. In den Händen eines gütigen Monarchen gibt es nichts, das mit Hilfe dieser Figuren nicht erreicht werden kann –«

»Du weißt«, unterbrach sie die Äbtissin, »daß ich vierzig Jahre lang auf deine dringenden Bitten, nach dem Montglane-Schachspiel zu suchen und es aus seinem Versteck im Kloster zu holen, nicht eingegangen bin. Ich werde dir jetzt sagen, warum nicht. Ich kannte das Versteck schon immer –« Die Äbtissin hob die Hand, als Katharina sie erregt unterbrechen wollte. »Ich kannte auch die Gefahr, die es bedeutete, das Schachspiel wieder ans Tageslicht zu holen. Nur eine Heilige dürfte man dieser Versuchung aussetzen. Und du bist keine Heilige, mein liebes Figchen.«

»Was willst du damit sagen?« rief die Zarin. »Ich habe eine gespaltene Nation geeint und mein unwissendes Volk aufgeklärt. Ich habe die Pest besiegt, Krankenhäuser und Schulen gebaut, die einander bekriegenden Parteien aufgelöst, die Rußland zerstückelt und zur leichten Beute seiner Feinde gemacht hätten. Willst du damit sagen, ich sei eine Tyrannin?«

»Ich habe dabei nur an dein Wohl gedacht«, erwiderte die Äbtissin ruhig. »Diese Figuren besitzen die Macht, auch den kühlsten Kopf zu verdrehen. Vergiß nicht, das Montglane-Schachspiel hat beinahe zur Spaltung des Frankenreichs geführt. Nach dem Tod Karls des Großen ist unter seinen Söhnen ein Krieg darum entbrannt.«

»Das waren territoriale Streitigkeiten«, erwiderte Katharina verdrießlich, »ich sehe keinen Zusammenhang zwischen diesen beiden Dingen.«

»Nur der katholischen Kirche in Mitteleuropa ist es gelungen, diese dunkle Macht so lange als Geheimnis zu hüten. Aber als mich die Nachricht erreichte, daß Frankreich das Enteignungsgesetz verabschiedet hatte, um den Besitz der Kirche zu konfiszieren, wußte ich, daß sich meine schlimmsten Befürchtungen bewahrheiten würden. Als ich erfuhr, daß französische Soldaten sich nach Montglane in Marsch gesetzt hatten, gab es keinen Zweifel mehr. Warum das Kloster von Montglane? Wir sind weit von Paris entfernt. Das Kloster liegt mitten in den Bergen. Es gibt sehr viel reichere Klöster, die in der Nähe der Hauptstadt liegen und einfacher zu plündern sind.

Doch nein. Sie wollten das Schachspiel. Ich habe viel Zeit damit verbracht, alles genauestens zu planen. Ich habe das Schachspiel aus dem Versteck geholt und über ganz Europa verteilt, so daß es viele Jahre in Anspruch nehmen wird, um es wieder zusammenzustellen –«

»Verteilt!« rief die Zarin. Sie sprang auf und lief wie ein Raubtier im Käfig hin und her. Die Schachfigur hielt sie immer noch an ihre Brust gedrückt. »Wie konntest du das tun? Warum bist du nicht zu mir gekommen? Du hättest mich um Hilfe bitten sollen!«

»Ich sage dir doch, das konnte ich nicht!« erwiderte die Äbtissin, und ihre Stimme klang spröde und erschöpft nach der langen, beschwerlichen Reise. »Ich habe erfahren, daß es andere gab, die von dem Versteck des Schachspiels wußten. Jemand – vielleicht sogar eine ausländische Macht – hatte Angehörige der Nationalversammlung bestochen, damit das Enteignungsgesetz verabschiedet wurde, und dann deren Aufmerksamkeit auf das Kloster Montglane gelenkt. Ist es ein Zufall, daß zwei der Männer, die diese unbekannte Macht zu bestechen versuchte, der große, wortgewaltige Mirabeau und der Bischof von Autun sind? Der eine hat das Gesetz verfaßt, und der andere hat es mit größter Leidenschaft verteidigt. Als Mirabeau im April dieses Jahres erkrankte, wich der Bischof von Autun nicht vom Bett des sterbenden Mannes, bis er seinen letzten Atemzug getan hatte. Zweifellos wollte er die Briefe zurück, die sie beide belasten würden.«

»Wieso weißt du das alles?« murmelte Katharina. Sie drehte der Äbtissin den Rücken zu, trat an ein Fenster und blickte zu dem dunkler werdenden Himmel hinauf. Schneewolken ballten sich am Horizont.

»Ich habe ihre Briefe«, erwiderte die Äbtissin. Beide Frauen schwiegen. Dann sagte die Äbtissin leise: »Du hast mich gefragt, weshalb ich noch so lange in Frankreich geblieben bin. Nun weißt du es. Ich mußte herausfinden, wer mich zum Handeln gezwungen hat. Wer mich gezwungen hat, das Montglane-Schachspiel aus dem tausendjährigen Versteck zu holen. Wer der Feind war, der mich verfolgt hat wie ein Jäger das Wild, bis ich den Schutz der Kirche verlassen mußte, um in einem anderen Land einen sicheren Platz für diesen Schatz zu finden.«

»Und kennst du nun den Namen, den du gesucht hast?« fragte Katharina vorsichtig. Sie drehte sich um und sah die Äbtissin quer durch den großen Raum an.

»Ja«, erwiderte die Äbtissin ruhig. »Mein liebes Figchen, du bist es gewesen.«

»Wenn du alles weißt«, sagte die große Zarin, als sie und die Äbtissin am nächsten Morgen den verschneiten Weg zur Eremitage gingen, »verstehe ich nicht, weshalb du trotzdem nach Petersburg gekommen bist.«

Ein Trupp der kaiserlichen Garde marschierte im Abstand von zwanzig Schritten rechts und links neben ihnen. Der Schnee knirschte unter ihren hohen Kosakenstiefeln, aber sie waren weit genug entfernt, daß die beiden Frauen unbesorgt miteinander reden konnten.

»Obwohl alles dagegen spricht, vertraue ich dir«, erwiderte die Äbtissin und zwinkerte ihrer Freundin zu. »Ich weiß, du fürchtest den Zusammenbruch der französischen Regierung und die Anarchie, die dann ausbrechen würde. Du wolltest sicherstellen, daß das Montglane-Schachspiel nicht in die falschen Hände gerät, und du hast vermutet, ich würde die Maßnahmen nicht billigen, zu denen du bereit bist. Aber sag mir, Figchen, wie wolltest du den französischen Soldaten den Schatz abnehmen, nachdem sie ihn im Kloster ausgegraben hatten? Denn du wolltest doch sicher keine russischen Truppen in Frankreich einmarschieren lassen...«

»Ich hatte eine Einheit meiner Soldaten in den Bergen stationiert. Sie sollten die französischen Soldaten auf dem Paß überfallen.« Katharina lächelte. »Natürlich trugen sie keine Uniform.«

»Ich verstehe«, sagte die Äbtissin. »Und was hat dich zu so außergewöhnlichen Schritten veranlaßt?«

»Ich sehe, ich muß mein Wissen wohl mit dir teilen«, erwiderte die Zarin. »Wie du weißt, habe ich nach Voltaires Tod seine Bibliothek erworben. Unter seinen Schriften befand sich ein geheimes Tagebuch von Kardinal Richelieu, in dem er seine Forschungen nach der Geschichte des Montglane-Schachspiels verschlüsselt niedergeschrieben hat. Voltaire gelang es, den Code zu entziffern, und so konnte ich lesen, was Richelieu herausgefunden hat. Das Tagebuch liegt hinter Schloß und Riegel in der Eremitage, und wir sind auf dem Weg dorthin, denn ich möchte es dir zeigen.«

»Und worin liegt die Bedeutung des Tagebuchs?« fragte die Äbtissin, verwundert darüber, daß ihre Freundin es bisher nie erwähnt hatte.

»Richelieu verfolgte die Spuren des Schachspiels bis zu den Mauren, die es Karl dem Großen als Geschenk überreichen ließen, und noch weiter in die Vergangenheit zurück. Wie dir bekannt ist, hat Karl der Große in Spanien und Afrika gegen die Mauren gekämpft. Aber einmal verteidigte er Cordoba und Barcelona gegen die christlichen Basken, die den Sitz der maurischen Macht zu erobern drohten. Die Basken waren zwar Christen, aber sie hatten jahrhundertelang versucht, das Frankenreich zu vernichten, um die Oberherrschaft im westlichen Europa zu erlangen. Vor allen Dingen wollten sie die Kontrolle über die Atlantikküste und das Gebirge, in dem sie herrschten.«

»Die Pyrenäen«, sagte die Äbtissin.

»Ja«, erwiderte die Zarin, »für sie war es das Zaubergebirge. Du weißt, in diesen Bergen war das Zentrum des geheimnisvollen Kults, den man seit Christi Geburt kennt. Die Kelten kamen von dort und wurden nach Norden getrieben. Sie siedelten sich in der Bretagne an und schließlich auf den Britischen Inseln. Merlin, der Zauberer, kam aus diesem Gebirge und der Geheimkult der Druiden, wie wir ihn heute nennen.«

»Das wußte ich nicht alles«, sagte die Äbtissin und blickte nachdenklich auf den verschneiten Weg. Sie hatte die schmalen Lippen zusammengepreßt, und das faltige Gesicht erinnerte an das Steinfragment eines alten Grabmals.

»Das kannst du alles in dem Tagebuch lesen. Wir sind bald da«, sagte Katharina. »Richelieu behauptet, die Mauren seien bis zu den Pyrenäen vorgedrungen. Dort sind sie auf das schreckliche Geheimnis gestoßen, das seit vielen Jahrhunderten erst von den Kelten und dann den Basken gehütet worden war. Die maurischen Eroberer erfanden einen Code, um dieses Wissen festzuhalten. Das heißt, sie legten den Schlüssel zu dem Geheimnis in die goldenen und silbernen Figuren des Montglane-Schachspiels. Als die Mauren erkannten, daß sie die Macht auf der Iberischen Halbinsel verlieren würden, übergaben sie das Schachspiel Karl dem Großen, denn sie verehrten ihn als den größten Herrscher in der Geschichte der Zivilisation, und sie waren überzeugt, nur er könne das Geheimnis hüten.«

»Und du glaubst diese Geschichte?« fragte die Äbtissin, als sie sich der prächtigen Eremitage näherten.

»Bilde dir selbst ein Urteil«, erwiderte Katharina. »Ich weiß, das Geheimnis ist älter als die Mauren, älter als die Basken, ja sogar älter als die Druiden. Ich möchte dir eine Frage stellen. Hast du schon einmal von dem Geheimbund von Männern gehört, die sich manchmal Freimaurer nennen?«

Die Äbtissin wurde blaß. Sie blieb vor der Tür stehen. »Was sagst du da?« fragte sie schwach und griff nach dem Arm ihrer Freundin.

»Aha«, sagte Katharina, »dann weißt du, daß es stimmt. Ich werde dir meine Geschichte erzählen.«

DIE GESCHICHTE DER ZARIN

Ich verließ als vierzehnjähriges Mädchen meine Heimat in Pommern, wo du und ich zusammen aufgewachsen sind. Dein Vater hatte damals gerade seinen Besitz in unserer Nachbarschaft verkauft und war in seine Heimat nach Frankreich zurückgekehrt. Ich werde nie vergessen, meine liebe Helene, wie traurig ich war, nicht mit dir den Triumph feiern zu können, von dem wir beide so lange geträumt hatten. Ich spreche von der aufregenden Nachricht, daß ich vielleicht bald zur Nachfolgerin einer Herrscherin erwählt würde.

Ich sollte an den Hof der Zarin Elisabeth Petrowna nach Moskau reisen. Elisabeth, eine Tochter Peters des Großen, war durch einen politischen Handstreich an die Macht gekommen. Sie hatte alle ihre Gegner ins Gefängnis geworfen. Da sie nicht verheiratet und bereits zu alt war, um noch Kinder zu bekommen, entschied sie, daß ihr unbedeutender Neffe, Großherzog Peter, ihr Nachfolger sein sollte und ich seine Braut.

Auf dem Weg nach Rußland unterbrachen meine Mutter und ich die Reise am Hof von Friedrich II. in Berlin. Friedrich, der junge König von Preußen, den Voltaire bereits als »den Großen« feierte, wollte mich, seine Kandidatin für die Verbindung von Preußen und

Rußland durch eine Heirat, für sich einnehmen. Er hatte sich für mich und nicht für seine Schwester entschieden, da er diese nicht für solche Zwecke opfern wollte.

Damals war der preußische Hof so glanzvoll, wie er später spartanisch werden sollte. Nach meiner Ankunft gab sich der König alle erdenkliche Mühe, mich zu bezaubern und alle meine Wünsche zu erfüllen. Ich mußte Kleider seiner königlichen Schwestern tragen und jeden Abend beim Essen neben ihm sitzen. Er unterhielt mich mit Geschichten von der Oper und dem Ballett. Ich war zwar noch ein Kind, aber ich ließ mich nicht täuschen. Ich wußte, er wollte mich nur als Bauer in einem größeren Spiel benutzen. Und dieses Spiel spielte er auf dem Schachbrett Europa.

Nach einiger Zeit erfuhr ich, daß am Preußischen Hof ein Mann weilte, der erst vor kurzem nach Berlin zurückgekehrt war, nachdem er zehn Jahre am Hof in Rußland gelebt hatte. Er war Friedrichs Hofmathematiker und hieß Leonhard Euler. Ich besaß die Kühnheit, ihn um ein persönliches Gespräch zu bitten, denn ich dachte, er würde mir vielleicht seine Ansichten über das Land mitteilen, in das ich so bald reisen sollte. Ich ahnte nicht, daß diese Begegnung eines Tages meinem Leben eine andere Richtung geben sollte.

Die erste Begegnung mit Euler fand in einem kleinen Vorzimmer in dem großen Schloß in Berlin statt. Dieser einfache Mann mit dem hervorragenden Verstand wartete dort auf das Kind, das bald Zarin sein würde. Wir müssen ein seltsames Paar gewesen sein. Er stand allein in dem Raum. Er war groß, wirkte zerbrechlich und hatte einen langen, flaschenartigen Hals, dunkle Augen und eine lange Nase. Er schien zu schielen, aber das eine Auge war bei der Beobachtung der Sonne erblindet, denn Euler war auch Astronom.

»Ich bin es nicht gewohnt zu reden«, erklärte er. »Ich komme aus einem Land, in dem man gehängt wird, wenn man den Mund aufmacht.« Das war meine erste Lektion über Rußland, und ich kann dir versichern, in späteren Jahren ist sie mir sehr nützlich gewesen. Euler erzählte mir, daß die Zarin Elisabeth Petrowna fünfzehntausend Kleider und fünfundzwanzigtausend Paar Schuhe besaß. Wenn ihre Minister auch nur im geringsten anderer Meinung waren als sie, warf sie ihnen ihre Schuhe an den Kopf und ließ sie je nach Laune hängen. Sie hatte zahllose Liebhaber, aber ihre Trinkgewohnheiten waren noch exzessiver als ihr ausschweifendes Liebesleben. Sie duldete keine andere Meinung.

Dr. Euler und ich verbrachten viel Zeit miteinander, nachdem er seine anfängliche Zurückhaltung überwunden hatte. Wir mochten uns, und er gestand mir, es wäre ihm eine Freude, wenn ich am Hof in Berlin bleiben würde und er mich in Mathematik unterrichten könnte, denn auf diesem Gebiet zeigte ich eine vielversprechende Begabung. Natürlich war das unmöglich.

Euler vertraute mir sogar an, daß er nicht viel von König Friedrich, seinem Gönner, hielt. Es gab einen guten Grund dafür – außer dem Umstand, daß mathematisches Denken nicht zu Friedrichs Stärken zählte. Am letzten Tag meines Aufenthalts in Berlin nannte mir Euler diesen Grund.

»Meine kleine Freundin«, sagte er, als ich an diesem schicksalsschweren Morgen in sein Arbeitszimmer kam, um mich von ihm zu verabschieden. Ich sehe ihn noch vor mir, wie er eine Linse mit seinem Seidenschal polierte. Das tat er immer, wenn er über ein Problem nachdachte. »Ich muß Euch vor Eurer Abreise noch etwas sagen. Ich habe Euch in den letzten Tagen aufmerksam beobachtet, und ich glaube, ich kann Euch das anvertrauen, was ich sagen möchte. Es wird uns beide jedoch in große Gefahr bringen, wenn Ihr meine Gedanken unvorsichtig ausplaudert.«

Ich versprach dem Mathematiker, daß ich all das, was er mir anvertrauen würde, mit meinem Leben schützen werde. Zu meiner Überraschung erwiderte er, das sei in der Tat vielleicht notwendig.

»Ihr seid jung, Ihr habt keine Macht, und Ihr seid eine Frau«, sagte Euler. »Aus diesen Gründen hat Euch Friedrich als sein Werkzeug in dem riesigen, dunklen russischen Reich auserkoren. Vielleicht ist Euch nicht bewußt, daß dieses große Land seit zwanzig Jahren ausschließlich von Frauen regiert wird: zuerst Katharina die Erste, die Witwe von Peter dem Großen, dann Anna Iwanowna, Iwans Tochter, Anna von Mecklenburg, Regentin für ihren Sohn Iwan den Sechsten, und jetzt Elisabeth Petrowna, Peters Tochter. Solltet Ihr diese Tradition fortsetzen, dann geratet Ihr in große Gefahr.«

Ich hörte dem alten Herrn höflich zu, aber ich fragte mich, ob die Sonne ihm vielleicht nicht nur das eine Auge geblendet hatte.

»Es gibt einen Geheimbund von Männern, die es als ihre Lebensaufgabe betrachten, den Lauf der Zivilisation zu ändern«, begann Euler seine eigentliche Geschichte. Wir saßen in seinem Arbeitszimmer inmitten von Teleskopen, Mikroskopen und staubigen Büchern, die neben dicken Bündeln von Schriften und Abhandlungen aller Art verstreut auf den vielen Mahagonitischen lagen. »Diese Männer«, fuhr er fort, »behaupten, Wissenschaftler zu sein. Aber in Wirklichkeit sind es Esoteriker. Ich will Euch berichten, was ich über sie weiß, denn das kann einmal von großer Bedeutung für Euch werden.

Im Jahre 1271 zog Prinz Eduard von England, der Sohn Heinrichs III., ins Heilige Land, um in den Kreuzzügen zu kämpfen. Er landete in Akkon, einer uralten Stadt in der Nähe von Jerusalem. Wir wissen wenig darüber, was er dort tat. Er kämpfte in mehreren Schlachten und traf sich mit den Anführern der moslemischen Mauren. Im folgenden Jahr wurde Eduard nach England zurückgerufen, denn sein Vater war gestorben. Nach seiner Rückkehr wurde er König Eduard I., und wir kennen aus den Büchern den Rest der Geschichte. Aber es ist nicht bekannt, daß er etwas nach England mitgebracht hatte.«

»Und was war das?« wollte ich wissen.

»Er war in ein großes Geheimnis eingeweiht worden, ein Geheimnis, das bis zum Beginn der Zivilisation zurückreicht«, erwiderte Euler. »Aber ich greife meiner Geschichte vor.

Nach seiner Rückkehr gründete Eduard einen Bund von Männern, mit denen er vermutlich sein Geheimnis teilte. Wir wissen wenig über sie, aber wir können ihr Tun bis zu einem gewissen Maß verfolgen. So ist uns bekannt, daß sich der Bund nach Unterwerfung der Schotten bis nach Schottland ausbreitete. Als die Jakobiten zu Beginn unseres Jahrhunderts aus Schottland flohen, brachten sie den Bund und seine Lehren mit nach Frankreich. Montesquieu, der große französische Staatsphilosoph und Schriftsteller, war während eines Aufenthalts in England in den Orden aufgenommen worden, und mit seiner Hilfe wurde 1734 in Paris die Loge der Wissenschaften gegründet. Vier Jahre später wurde unser Friedrich der Große in Braunschweig in den Geheimbund aufgenommen. Im selben Jahr erließ Papst Clemens XII. eine Bulle zur Unterdrückung des Ordens, der sich inzwischen in Italien, Preußen, Österreich, in den Niederlanden und auch in Frankreich ausgebreitet hatte. Aber der Geheimbund war bereits so stark, daß das Parlament des katholischen Frankreich sich weigerte, dem Befehl des Papstes zu gehorchen.«

»Warum erzählen Sie mir das alles?« fragte ich Euler. »Selbst wenn ich die Absichten dieser Männer verstehen würde, was hat das alles mit mir zu tun? Und was könnte ich dagegen tun? Ich bin noch ein Kind.«

»Nach allem, was ich über die Ziele dieser Männer weiß«, erwiderte Euler leise, »kann ich sagen, wenn sie nicht vernichtet werden, dann werden sie vielleicht die Welt vernichten. Heute seid Ihr noch ein Kind, aber bald werdet Ihr die Gemahlin des nächsten Zaren von Rußland sein, des ersten männlichen Herrschers seit zwei Jahrzehnten. Hört mir genau zu und prägt es Euch gut ein.« Er nahm mich beim Arm.

»Manchmal nennen sich diese Männer Freimaurer, manchmal Rosenkreuzer. Welchen Namen sie auch wählen, eines haben sie gemeinsam: Ihr Ursprung liegt in Nordafrika. Als Prinz Eduard diesen Geheimbund in der westlichen Welt gründete, nannten sie sich Orden der Architekten Afrikas. Sie halten sich für die Nachkommen der Bauherren der alten Kulturen, die die ägyptischen Pyramiden errichteten, die Hängenden Gärten der Semiramis, die Tore und den Turm von Babel. Sie kannten die Geheimnisse der Alten. Aber ich glaube, sie waren die Architekten von etwas anderem. Etwas, das aus neuerer Zeit stammt und vielleicht mächtiger ist als alles . . .«

Euler machte eine Pause und sah mich mit einem Blick an, den ich nie vergessen werde. Er verfolgt mich nach beinahe fünfzig Jahren immer noch, als sei es gerade eben gewesen. Ich sehe Euler mit erschreckender Deutlichkeit in meinen Träumen, und ich fühle seinen Atem an meinem Hals wie damals, als er sich vorbeugte und flüsterte:

»Ich glaube, sie waren auch die Schöpfer des Montglane-Schachspiels, und sie halten sich deshalb für seine rechtmäßigen Erben.«

Als Katharina ihre Geschichte beendet hatte, blieben sie und die Äbtissin noch lange schweigend in der großen Bibliothek der Eremitage sitzen, in der das geheime Tagebuch aufbewahrt wurde, dessen Code Voltaire entziffert hatte. Sie saßen an einem riesigen Tisch, und um sie herum füllten Bücher die hohen Wände. Katharina beobachtete die Äbtissin wie die Katze eine Maus. Die Äbtissin blickte durch die breiten Fenster auf den verschneiten Rasen. Dort wartete die kaiserliche Garde. Die Männer stampften mit den Stiefeln im Schnee und bliesen sich die Finger warm.

»Mein verstorbener Gemahl«, fügte Katharina leise hinzu, »hat Friedrich den Großen von Preußen verehrt. Peter trug am Hof von Petersburg eine preußische Uniform. In unserer Hochzeitsnacht stellte er preußische Zinnsoldaten auf unser Bett, und ich mußte mit den Truppen exerzieren. Als Friedrich die Freimaurer nach Preußen holte, trat Peter ihnen bei und gelobte bei seinem Leben, sie zu unterstützen.«

»Und deshalb«, erwiderte die Äbtissin, »hast du deinen Mann gestürzt, ins Gefängnis geworfen und ermorden lassen.«

»Er war ein gefährlicher Verrückter«, sagte Katharina, »aber ich hatte mit seinem Tod nichts zu tun. 1768, sechs Jahre später, gründete Friedrich in Schlesien die Großloge der Afrikanischen Bauherren. König Gustav von Schweden trat dem Orden bei, und trotz Maria Theresias Bemühungen, diese gefährliche Brut aus Österreich zu vertreiben, ließ sich ihr Sohn Joseph II. von ihnen einweihen. Als ich über die Ereignisse informiert wurde, holte ich meinen Freund Leonhard Euler so schnell wie möglich nach Rußland zurück.

Der alte Mathematiker war inzwischen völlig blind. Aber er hatte die innere Klarheit nicht verloren. Als Voltaire starb, beschwor mich Euler, seine Bibliothek zu erwerben, denn in ihr befanden sich wichtige Schriften, die Friedrich der Große unbedingt haben wollte. Als es mir gelang, die Bibliothek nach Petersburg zu bringen, fand ich das hier.«

Die Zarin nahm aus Voltaires Manuskripten ein altes Pergament. Sie reichte es der Äbtissin, die es vorsichtig entfaltete. Es war ein Schreiben von Friedrich, dem Prinzregenten von Preußen, an Voltaire und stammte aus dem Jahr, in dem Friedrich von den Freimaurern aufgenommen wurde:

> Monsieur, es gibt nichts, das ich so sehr besitzen möchte, wie alle Ihre Schriften ... Wenn es unter Ihren Manuskripten einige gibt, die Sie vor den Augen der Öffentlichkeit fernhalten

wollen, dann verspreche ich Ihnen, daß ich für völlige Geheimhaltung Sorge tragen werde . . .

Die Äbtissin hob den Kopf. Ihre Augen blickten versonnen ins Leere. Langsam faltete sie den Brief und reichte ihn Katharina, die ihn wieder zwischen den Manuskripten Voltaires verbarg.

»Geht daraus nicht deutlich hervor, daß er auf das von Voltaire entzifferte Tagebuch Richelieus anspielt?« fragte Katharina. »Er wollte das Tagebuch, sowie er dem Geheimbund beigetreten war. Jetzt wirst du mir vielleicht glauben . . .«

Katharina griff nach dem letzten der in Leder gebundenen Tagebücher und blätterte in den Seiten, bis sie fast das Ende erreichte. Dann las sie die Worte vor, die sich die Äbtissin bereits eingeprägt hatte. Es waren Worte, die der seit langem verstorbene Kardinal Richelieu wohlüberlegt in einem Code niedergeschrieben hatte, den nur er entschlüsseln konnte:

> Denn ich habe schließlich herausgefunden, daß das Geheimnis, das man im alten Babylonien entdeckt hatte, das Geheimnis, das in das persische und das indische Reich gebracht wurde und das nur wenigen Auserwählten und Eingeweihten bekannt war, in der Tat das Geheimnis des Montglane-Schachspiels ist.
> Dieses Geheimnis durfte wie der heilige Name Gottes nie schriftlich niedergelegt werden. Das Geheimnis besaß solche Macht, daß es den Untergang von Kulturen und den Sturz von Königen herbeiführte. Es durfte nur von Mund zu Mund an die Eingeweihten der heiligen Orden weitergereicht werden, an Männer, die besondere Gelübde abgelegt und die Prüfungen bestanden hatten. So schrecklich war dieses Wissen, daß es nur den Ranghöchsten der Elite anvertraut werden konnte.
> Ich bin der Ansicht, daß dieses Geheimnis schließlich zu einer Formel wurde. Und diese Formel ist die Ursache für den Untergang von Königreichen in allen Jahrhunderten gewesen – Königreiche, die uns heute nur noch in Legenden bekannt sind. Die Mauren waren zwar in das geheime Wissen eingeweiht, und sie fürchteten es, aber trotzdem schrieben sie die Formel in das Montglane-Schachspiel. Sie versahen die Felder des

Schachbretts und die Schachfiguren mit den heiligen Symbolen. Den Schlüssel behielten sie, so daß nur wahre Meister des Spiels die Macht freisetzen können.

Dies habe ich dem Studium der alten Schriften entnommen, die ich in Chalon, Soissons und Tours entdeckt und übersetzt habe. Möge Gott sich unserer Seelen erbarmen.

> Ecce Signum,
> Armand-Jean du Plessis,
> Herzog von Richelieu & Vikar
> von Lucon, Poitou & Paris,
> Kardinal von Rom
> Ministerpräsident von Frankreich
> Anno Domini 1642

»Aus seinen Memoiren«, sagte Katharina zu der schweigenden Äbtissin, als sie zu Ende gelesen hatte, »erfahren wir, daß der ›Eiserne Kardinal‹ bald danach beabsichtigte, das Kloster von Montglane zu besuchen. Aber wie du weißt, starb er im Dezember dieses Jahres, nachdem er den Aufstand im Roussillon niedergeschlagen hatte. Können wir auch nur einen Augenblick lang daran zweifeln, daß er von der Existenz der Geheimbünde wußte und daß er das Montglane-Schachspiel in seinen Besitz bringen wollte, ehe es in andere Hände fiel? All sein Tun zielte auf Macht. Warum sollte er sich im Alter geändert haben?«

»Mein liebes Figchen«, sagte die Äbtissin mit einem schwachen Lächeln, das nichts von dem inneren Sturm verriet, den diese Worte bei ihr ausgelöst hatten, »das ist ein gutes Argument. Aber all diese Männer sind tot. Zu ihren Lebzeiten haben sie vielleicht das Schachspiel gesucht, aber sie haben es nicht gefunden. Du wirst mir doch nicht einreden wollen, daß du die Geister toter Männer fürchtest?«

»Geister können wieder auferstehen!« erklärte Katharina mit Nachdruck. »Vor fünfzehn Jahren haben die britischen Kolonien in Amerika das Joch des Empire abgeworfen. Welche Männer haben das bewirkt? Männer wie Washington, Jefferson, Franklin – alles Freimaurer! Zur Zeit liegt der König von Frankreich im Gefängnis. Die Krone wird er vermutlich ebenso verlieren wie seinen Kopf.

Welche Männer haben das bewirkt? Lafayette, Condorcet, Danton, Desmoulins, Brissot, Sieyès und die Brüder des Königs, einschließlich des Herzogs von Orleans – alles Freimaurer!«

»Ein Zufall –«, wollte die Äbtissin widersprechen, aber Katharina ließ sie nicht zu Worte kommen.

»War es ein Zufall, daß von den Männern, die ich dafür gewinnen wollte, das Enteignungsgesetz in Frankreich zu verabschieden, kein anderer als Mirabeau auf meine Bedingungen einging – und er ist ein Freimaurer! Natürlich konnte er nicht wissen, daß ich ihm den Schatz abnehmen wollte, als er mein Bestechungsgeld annahm.«

»Der Bischof von Autun hat es abgelehnt«, sagte die Äbtissin lächelnd und sah ihre Freundin über die dicken Lederbände hinweg an. »Welchen Grund nannte er?«

»Er verlangte eine unerhörte Summe von mir!« erwiderte die Zarin wütend und erhob sich. »Dieser Mann wußte mehr, als er bereit war zu sagen. Du weißt sicher, daß sie diesen Talleyrand in der Nationalversammlung ›die Angorakatze‹ nennen! Er schnurrt, aber er hat Krallen. Ich traue ihm nicht.«

»Du vertraust einem Mann, den du bestechen kannst, aber du mißtraust dem, bei dem es dir nicht gelingt?« fragte die Äbtissin und zog den Umhang enger um sich. Sie stand auf und sah ihre Freundin auf der anderen Seite des Tisches lange und traurig an, dann drehte sie sich um, als wolle sie gehen.

»Wohin willst du?« rief die Zarin erschrocken. »Verstehst du nicht, weshalb ich das alles unternommen habe? Ich biete dir meinen Schutz an. Ich herrsche allein über das größte Land der Erde. Ich lege meine Macht in deine Hände . . .«

»Sophie«, sagte die Äbtissin ruhig, »ich danke dir für dein Angebot, aber ich fürchte diese Männer weniger als du. Ich bin bereit zu glauben, daß sie Esoteriker, vielleicht sogar Revolutionäre sind, wie du behauptest. Ist dir nie der Gedanke gekommen, daß diese Geheimbünde, mit denen du dich so ausführlich beschäftigt hast, ein Ziel im Auge haben könnten, das du nicht bedacht hast?«

»Was meinst du?« fragte die Zarin. »Ihre Handlungen zeigen deutlich, daß sie die Monarchien stürzen wollen. Welch anderes Ziel sollten sie haben, als über die ganze Welt zu herrschen?«

»Vielleicht wollen sie die Welt befreien.« Die Äbtissin lächelte.

»Im Augenblick liegen mir nicht genug Informationen vor, um zu entscheiden, ob sie das eine oder das andere wollen, aber deine Worte zeigen mir, daß du gezwungen bist, das Schicksal zu erfüllen, das dir in die Wiege gelegt worden ist – die drei Kronen in deiner Hand. Ich aber muß meinem eigenen Schicksal folgen.«

Die Äbtissin hob die Hand und streckte sie mit der Handfläche nach oben ihrer Freundin über den Tisch hinweg entgegen. Nahe der Handwurzel kreuzten sich die Lebenslinie und die Schicksalslinie und bildeten eine Acht. Katharina betrachtete die Hand schweigend, dann fuhr sie langsam mit der Fingerspitze die Linien nach.

»Du möchtest mir deinen Schutz gewähren«, sagte die Äbtissin leise. »Aber mich schützt eine größere Macht, als du sie besitzt.«

»Ich wußte es!« rief Katharina heiser und schob die Hand der Freundin beiseite. »All das Gerede von hohen Zielen und hehren Absichten bedeutet doch nur: Du hast einen Pakt mit einem anderen geschlossen, ohne zuvor mit mir zu sprechen! Wer ist es, dem du dein Vertrauen fälschlicherweise schenkst? Nenne mir den Namen, ich verlange es!«

»Gern.« Die Äbtissin lächelte. »ER ist es, der mir dieses Zeichen in die Hand gelegt hat. Und in diesem Zeichen herrsche ich unumschränkt. Du bist zwar Zarin alle Reußen, mein liebes Figchen. Aber bitte, vergiß nicht, wer ich im Grund bin und wer mich auserwählt hat. Denke immer daran: Gott ist der größte Schachmeister.«

NEW YORK

März 1973

Auf das Schachturnier folgte ein Montag. Ich erwachte zerschlagen in meinem Bett, stand auf und ließ es in der Wand verschwinden. Dann duschte ich, um mich wieder einmal für einen Tag bei Con Edison vorzubereiten.

Ich trocknete mich mit dem Bademantel ab, lief barfuß in den Flur und suchte unter meinem gesammelten Kunstgewerbe das Telefon. Nach dem Essen mit Lily im Palm Restaurant hatte ich wirklich den Eindruck, wir seien zwei Bauern in einem Spiel und ich wollte ein paar schlagkräftigere Figuren auf meine Seite des Bretts bringen. Ich wußte genau, wo ich ansetzen mußte.

Lily und ich waren uns beim Essen in dem Punkt einig, daß Solarins Warnung irgendwie mit den unheimlichen Ereignissen dieses Tages in Verbindung stand. Aber sonst vertraten wir andere Ansichten. Lily behauptete steif und fest, Solarin stehe hinter allem.

»Erstens, Fiske stirbt unter mysteriösen Umständen«, faßte sie zusammen, während wir in dem überfüllten Restaurant saßen. »Wer sagt uns, daß Solarin ihn nicht umgebracht hat? Dann verschwindet Saul und läßt meinen Wagen und meinen Hund am Straßenrand stehen. Man muß Saul entführt haben, er hätte sonst niemals seinen Posten verlassen.«

»Stimmt«, sagte ich und schloß die Augen, als ich sah, wie Lily ein riesiges, noch blutiges Steak verschlang. Ich wußte, Saul würde nicht wagen, Lily je wieder unter die Augen zu treten, wenn ihm nicht etwas sehr Außergewöhnliches zugestoßen war. Lily machte sich jetzt daran, einen Berg Salat zu vertilgen und ein halbes Dutzend Brotscheiben, während wir unser Gespräch fortsetzten.

»Dann schießt jemand auf uns«, sagte sie mit vollem Mund, »und wir sind uns beide im klaren darüber, daß der Schuß aus der offenen Glastür des Spielzimmers abgegeben wurde.«

»Es waren zwei Kugeln«, korrigierte ich sie, »vielleicht hat jemand auf Saul geschossen, und er ist aus Angst auf und davon, ehe wir eintrafen.«

»Aber das Wichtigste ist«, sagte Lily und kaute unbeeindruckt weiter an ihrem Brot, »daß ich nicht nur Methode und Mittel, sondern auch das Motiv erkannt habe!«

»Was du nicht sagst!«

»Ich weiß, warum Solarin diese abscheulichen Dinge tut. Ich habe es soeben zwischen Steak und Salat begriffen.«

»Und das wäre?« fragte ich. Ich hörte Carioca mit Lilys Sachen in der Schultertasche »spielen« und wußte, es war nur eine Frage der Zeit, wann unsere Tischnachbarn das Knurren und Scharren ebenfalls hören würden.

»Erinnerst du dich an den Skandal in Spanien?« erwiderte sie.

Ich mußte mich kurz besinnen.

»Du meinst die Sache vor ein paar Jahren, als man Solarin nach Rußland zurückgerufen hat?« Sie nickte, und ich fügte hinzu: »Das hast du mir erzählt.«

»Es ging um eine Formel«, erklärte Lily. »Du mußt wissen, Solarin ist ziemlich früh aus dem Schachwettkampf ausgeschieden. Er spielte nur hin und wieder auf Turnieren. Er gilt als Großmeister, aber er hat außerdem Physik studiert, und von Physik lebt er. Auf dem Turnier in Spanien wettete Solarin mit einem anderen Spieler und versprach ihm eine Geheimformel, wenn der Betreffende ihn schlagen würde.«

»Was für eine Formel?«

»Ich weiß nicht. Aber als die Zeitungen von dieser Wette berichteten, bekamen die Russen es mit der Angst zu tun. Solarin verschwand über Nacht, und man hat seitdem bis eben vor kurzem nichts mehr von ihm gehört.«

»Eine Formel aus der Physik?« fragte ich.

»Vielleicht ein Plan für eine Geheimwaffe. Das würde alles erklären, nicht wahr?« Ich verstand nicht, weshalb das alles erklären sollte, aber ich ließ Lily weiterreden.

»Aus Angst, daß Solarin auf diesem Turnier wieder denselben Trick anwendet, schlägt der KGB zu, beseitigt Fiske, und dann versuchen sie, mich abzuschrecken. Wenn Fiske oder ich gegen Solarin gewonnen hätten, wäre er vielleicht bereit gewesen, uns die Formel zu geben!« Lily war begeistert von ihrer Erkenntnis, mit der sich ihrer Meinung nach alles erklären ließ. Mich konnte sie damit allerdings nicht überzeugen.

»Gut, das ist eine großartige Theorie«, erwiderte ich, »aber es gibt noch ein paar offene Fragen. Was ist zum Beispiel mit Saul geschehen? Warum haben die Russen Solarin aus dem Land gelassen, wenn sie befürchten mußten, er könne wieder zu einem solchen Trick greifen – vorausgesetzt, es war wirklich ein Trick. Und warum in aller Welt sollte Solarin den Plan für eine Geheimwaffe dir oder diesem tattrigen alten Fiske – Friede seiner Seele – in die Hand drücken?«

»Na ja, gut, alles ist noch nicht klar«, räumte sie ein. »Aber es ist ein Anfang.«

»Sherlock Holmes hat einmal gesagt. ›Es ist ein großer Fehler, Theorien zu entwickeln, bevor man Fakten hat‹«, sagte ich. »Ich schlage vor, wir stellen beide ein paar Nachforschungen über Solarin an. Aber ich glaube immer noch, wir sollten zur Polizei gehen. Schließlich können wir zwei Einschußlöcher vorweisen.«

»Auf keinen Fall!« rief Lily aufgebracht. »Ich werde doch vor der Polizei nicht eingestehen, daß ich dieses Rätsel nicht selbst lösen kann! Strategisches Denken ist meine zweite Natur.«

Nach vielen erregten Worten und einem geteilten Eis mit heißen Himbeeren einigten wir uns schließlich darauf, daß wir in den nächsten Tagen getrennt Nachforschungen über Solarins Hintergrund und Vorgehensweise anstellen würden.

Lilys Schachtrainer war selbst einmal Großmeister gewesen. Lily mußte zwar vor ihrem Spiel am Dienstag noch fleißig trainieren, aber sie glaubte, ihr Lehrer werde einiges über Solarin wissen; sie würde versuchen, es während des Trainings in Erfahrung zu bringen. Außerdem wollte sie herausfinden, was mit Saul geschehen war. Wenn man ihn nicht entführt hatte (es hätte Lilys Sinn für Dramatik mißfallen, wenn es nicht der Fall sein sollte), würde sie früher oder später aus seinem Mund hören, warum er einfach seinen Posten verlassen hatte.

Ich hatte eigene Pläne, die ich nicht unbedingt jetzt schon mit Lily Rad besprechen wollte.

Einer meiner Freunde in Manhattan führte ein noch mysteriöseres

Leben als Solarin. Er stand in keinem Telefonbuch, und er hatte keine Postanschrift. Er gehörte zu den lebenden Legenden der Datenverarbeitung, war zwar noch nicht dreißig, hatte aber bereits einige wesentliche Arbeiten über dieses Thema geschrieben. Er war mein Mentor im Computergeschäft gewesen, als ich vor drei Jahren nach New York gekommen war, und er hatte mir in der Vergangenheit mehrmals aus kniffligen Situationen herausgeholfen. Wenn er sich zu seinem Namen bekannte und ihn benutzte, dann hieß er Dr. Ladislaus Nim.

Nim war nicht nur ein Meister im Bereich der Datenverarbeitung, sondern auch ein Schachexperte. Er hatte gegen Reschewski und Fischer gespielt und sich behauptet. Was ihn jedoch vor allem auszeichnete, war sein umfassendes Wissen über alles, was mit Schach zu tun hatte. Und deshalb wollte ich ihn jetzt ausfindig machen. Er hatte alle Weltklassespiele der Schachgeschichte im Kopf. Er war eine wandelnde Enzyklopädie mit den biographischen Daten der Großmeister. Wenn er beschloß, einmal nett zu sein, konnte er stundenlang Anekdoten über die Geschichte des Schachs erzählen. Ich wußte, er würde die Fäden des Knäuels entwirren können, das ich in der Hand zu halten schien. Aber erst mußte ich ihn finden.

Nim finden wollen und ihn finden war natürlich zweierlei. Der KGB und der CIA wirkten im Vergleich zu seinem telefonischen Nachrichtendienst wie geschwätzige Waschweiber. Wenn man anrief, wollte man dort nicht einmal zugeben, daß man seinen Namen kannte, und ich rief jetzt schon seit Wochen an.

Ursprünglich hatte ich mich ja nur von Nim verabschieden wollen. Jetzt lagen dringendere Gründe vor, ihn zu erreichen, und das nicht nur, weil ich den Pakt mit Lily Rad geschlossen hatte. Inzwischen war ich überzeugt, daß alle diese scheinbar zusammenhanglosen Ereignisse – Fiskes Tod, Solarins Warnung, Sauls Verschwinden – in einem Zusammenhang standen: Sie standen in Zusammenhang mit mir.

Um Mitternacht, nachdem ich mich von Lily im Palm Restaurant verabschiedet hatte, war ich nämlich nicht direkt nach Hause gefahren, sondern hatte ein Taxi zum Fifth Avenue Hotel genommen. Ich hatte mich über eine halbe Stunde mit dem Chef der Hotelbar unterhalten, um völlige Klarheit zu gewinnen. Der Mann arbeitete seit fünfzehn Jahren dort und wiederholte immer wieder, in all der Zeit sei nie eine Wahrsagerin bei ihnen engagiert gewesen, auch nicht an Silvester. Die Frau, die wußte, daß ich dort erwartet wurde, die Harry veranlaßte, mich im Pan-Am-Rechenzentrum anzurufen, die mir in Versform die Zukunft voraussagte, die mich mit denselben Worten warnte wie drei Monate später Solarin – diese Frau, die sogar, wie ich mich erinnerte, das Datum meines Geburtstages kannte, gab es einfach nicht. Es hatte sie nie gegeben. Natürlich hatte es sie gegeben. Drei Augenzeugen würden es mir jederzeit bestätigen. Aber inzwischen zweifelte ich allmählich an der Zuverlässigkeit meiner eigenen Augen.

Deshalb suchte ich am Montag morgen mit tropfnassen Haaren mein Telefon und probierte noch einmal, Nim zu erreichen. Diesmal erwartete mich eine Überraschung.

Als ich die Nummer seines Auftragsdienstes wählte, meldete sich die New York Telefone Company mit einer Nachricht auf Band, daß die Nummer sich geändert und jetzt eine Brooklyner Vorwahl hatte. Ich wählte die Nummer und wunderte mich, daß Nim den Auftragsdienst gewechselt hatte, denn schließlich gehörte ich zu den drei Auserwählten auf der Welt, denen die Ehre zuteil wurde, seine Telefonnummer zu kennen. Offenbar konnte man nicht vorsichtig genug sein.

Die zweite Überraschung erlebte ich, als sich der neue Auftragsdienst meldete.

»Rockaway Greens Hall«, meldete sich die Frau am anderen Ende der Leitung.

»Ich versuche, Dr. Nim zu erreichen«, sagte ich.

»Ich bedaure, wir haben hier niemanden mit diesem Namen«, erwiderte sie zuckersüß. Das klang noch sehr freundlich im Vergleich zu den bösartigen Behauptungen, die ich normalerweise von Nims Auftragsdienst zu hören bekam. Aber mich erwartete noch eine weitere Überraschung.

»Dr. Nim. Dr. Ladislaus Nim«, wiederholte ich klar und deutlich. »Ich habe diese Nummer von der Telefonauskunft in Manhattan.«

»Ist . . . ist das ein Mann?« fragte die Frau hörbar entsetzt.

»Ja«, erwiderte ich etwas ungeduldig, »darf ich vielleicht eine Nachricht hinterlassen? Es ist sehr wichtig, daß ich ihn erreiche.«

»Madam«, sagte die Frau mit unüberhörbarer Kälte, »dies hier ist ein Karmelitinnenkloster! Jemand hat Ihnen einen bösen Streich gespielt!« Und damit legte sie auf.

Ich wußte, Nim lebte zurückgezogen, aber das war einfach absurd. In einem Wutanfall beschloß ich, ihn aufzustöbern, koste es, was es wolle. Ich würde ohnehin bereits zu spät zur Arbeit kommen. Ich holte meinen Fön und fönte mir die Haare. Dabei lief ich auf und ab und dachte darüber nach, was zu tun war. Plötzlich hatte ich eine Idee.

Nim hatte vor ein paar Jahren ein großes Computerprogramm für die New Yorker Börse ausgearbeitet und installiert. Natürlich würden ihn die Leute an den Computern dort kennen. Vielleicht erschien er von Zeit zu Zeit bei ihnen, um sich davon zu überzeugen, daß alles funktionierte. Ich rief den Leiter dort an.

»Dr. Nim?« wiederholte er. »Nie von ihm gehört. Sind Sie sicher, daß er hier gearbeitet hat? Ich bin seit drei Jahren hier, aber ich habe den Namen noch nicht gehört.«

»Gut«, sagte ich enerviert, »jetzt reicht es mir. Ich möchte den Präsidenten sprechen. Wie heißt er?«

»Die . . . New . . . Yorker . . . Börse . . . hat . . . keinen . . . Präsidenten!« informierte er mich indigniert. Mist!

»Also, was haben Sie dann?« schrie ich in den Hörer. »Jemand muß doch für den Laden verantwortlich sein.«

»Wir haben einen Vorsitzenden«, erklärte er verächtlich und nannte den Namen.

»Gut, dann verbinden Sie mich bitte mit ihm.«

»Okay, Lady«, sagte er, »aber ich hoffe, Sie wissen, was Sie tun.«

Das wußte ich. Die Sekretärin des Vorsitzenden war betont höflich, aber ich erkannte an der Art, wie sie auf meine Fragen reagierte, daß ich auf der richtigen Spur war.

»Dr. Nim?« fragte sie mit der typischen Stimme einer älteren Dame. »Nein . . . nein, ich glaube, ich kenne den Namen nicht. Der Vorsitzende ist im Augenblick außer Landes. Wollen Sie vielleicht bei mir eine Nachricht hinterlassen?«

»Sehr gern«, erwiderte ich. Mehr konnte ich nicht erwarten, denn ich kannte schließlich meinen mysteriösen Mann. »Sollten Sie etwas von einem gewissen Dr. Nim hören, dann sagen Sie ihm bitte, daß

Miß Velis seinen Anruf im Rockaway-Greens-Kloster erwartet. Und wenn ich bis heute abend nichts von ihm höre, sehe ich mich gezwungen, die Gelübde abzulegen.«

Ich gab der verwirrten Sekretärin meine Telefonnummer und legte auf. Geschieht Nim recht, dachte ich, wenn diese Nachricht ein paar hochkarätigen Herren an der Börse in die Hände fiel, bevor sie ihn erreichte. Sollte er sehen, wie er ihnen das einleuchtend erklärte.

Nachdem ich diese schwierige Aufgabe soweit wie möglich gelöst hatte, zog ich für meinen Tag bei Con Edison einen tomatenroten Hosenanzug an. Laut fluchend suchte ich auf dem Boden des eingebauten Schranks ein Paar Schuhe. Carioca hatte die Hälfte zerbissen und den Rest durcheinandergeworfen. Schließlich fand ich ein halbwegs passendes Paar, warf mir den Mantel über und eilte zum Frühstück im französischen Bistro um die Ecke.

Ich hatte meine erste Tasse Kaffee getrunken und ein halbes Brötchen gegessen, als ich ihn sah. Ich betrachtete durch die großen Fensterscheiben gedankenverloren die blaugrüne, geschwungene Fassade der UNO, als plötzlich etwas meinen Blick auf sich zog. Draußen vor dem Bistro ging ein Mann in einem weißen Jogginganzug mit Kapuze und einem Schal, der die untere Gesichtshälfte verdeckte, vorüber. Er schob ein Fahrrad.

Ich erstarrte, das Glas mit Orangensaft in der Hand. Der Mann stieg langsam die steile Wendeltreppe neben der Mauer hinunter, die zu dem Platz gegenüber der UNO führte. Ich warf ein paar Münzen auf den Tisch, nahm Mantel und Aktenmappe und raste durch die Glastür hinaus.

Die Treppenstufen waren trotz Salzstreuung vereist und spiegelglatt. Ich schob einen Arm durch den Mantelärmel und kämpfte mit der Aktenmappe, während ich die Treppe hinunterschoß. Der Mann mit dem Fahrrad verschwand gerade um die Ecke. Als ich das gleiche Manöver mit dem anderen Arm versuchte, verfing sich die Spitze meines hohen Absatzes im Eis. Der Absatz brach ab, ich fiel über zwei Stufen und landete auf den Knien. Über mir sah ich die in die Mauer gehauenen Worte Jesajas:

> Sie sollen ihre Schwerter zu Pflugscharen schmieden und ihre Speere zu Sicheln. Ein Volk soll nicht das Schwert gegen ein

anderes Volk heben. Auch sollen sie nicht mehr lernen, Krieg zu führen.

Mein Gott! Ich stand mühsam auf und klopfte das Eis von den Knien. Jesaja mußte noch viel über die Menschen und die Völker lernen. In den vergangenen fünftausend Jahren hatte es keinen einzigen Tag gegeben, an dem auf diesem Planeten nicht Krieg geführt worden wäre. Auf dem Platz versammelten sich Atomwaffengegner. Ich mußte mich durch sie hindurchkämpfen, während sie mir ihre kleinen Tafeln mit dem Friedenszeichen entgegenstreckten.

Ich humpelte und schlitterte auf dem abgebrochenen Absatz um die Ecke. Der Mann war inzwischen eine Straße weiter. Er saß auf dem Fahrrad und fuhr langsam zur Kreuzung vor dem UNO-Platz. Dort wartete er an der Ampel auf Grün.

Ich rannte den Gehweg entlang. Meine Augen tränten in der Kälte. Ich versuchte immer noch, meinen Mantel zuzuknöpfen, während der stürmische Wind mich beutelte. Ich lief noch schneller, aber als ich die Kreuzung erreichte, sprang die Ampel auf Rot, und die Autos fuhren los. Ich ließ die Gestalt, die sich langsam entfernte, nicht aus den Augen.

Der Mann war wieder vom Fahrrad gestiegen und schob es die Treppen hinauf zum UNO-Platz. Gefangen! Der Skulpturenpark hatte keinen zweiten Ausgang. Also konnte ich mir Zeit lassen! Während ich noch an der Ampel stand und mich etwas beruhigte, wurde mir plötzlich bewußt, was ich eigentlich tat.

Gestern war ich mitten in New York beinahe Zeugin eines Mordes geworden, und dicht neben mir war eine Kugel eingeschlagen; heute verfolgte ich einen unbekannten Mann, nur weil er so aussah wie der Mann mit dem Fahrrad auf meinem Ölbild. Aber wie konnte er der Gestalt auf dem Bild so ähnlich sein? Ich grübelte darüber nach, fand aber keine Antwort. Ich blickte jedoch vorsichtig nach links und rechts, ehe ich die Straße überquerte.

Ich ging durch das schmiedeeiserne Tor des UNO-Platzes und lief die Stufen hinauf. Auf der anderen Seite des weißen Betonpflasters saß eine alte, schwarz gekleidete Frau auf einer Steinbank und fütterte die Tauben. Sie hatte ein schwarzes Tuch um den Kopf gebunden, beugte sich vor und warf den Vögeln Körner zu, die gurrend um sie herumflatterten. Vor ihr stand der Mann mit dem Fahrrad.

Ich blieb stehen und beobachtete die beiden. Ich wußte nicht, was ich tun sollte. Sie sprachen miteinander. Die alte Frau richtete sich auf und blickte in meine Richtung. Dann sagte sie etwas zu dem Mann. Er nickte kurz, ohne sich umzudrehen, wendete mit einer Hand das Fahrrad und lief schnell die entfernt liegenden Stufen zum Fluß hinunter. Ich zögerte nicht lange und folgte ihm. Die Tauben flatterten auf, nahmen mir die Sicht. Ich lief in Richtung der Stufen und hielt mir die Arme vor das Gesicht, um mich vor dem wilden Geflatter zu schützen.

Unten, direkt am Fluß, stand die riesige Bronzestatue eines Bauern – ein Geschenk der Russen. Der Bauer schmiedete aus seinem Schwert eine Pflugschar. Vor mir lag der eisige East River. Am anderen Ufer, in Queens, sah ich die große Coca-Cola-Reklame, die von Rauchwolken aus den umstehenden Schornsteinen eingenebelt wurde. Zu meiner Linken befand sich der Park. Die große, von Bäumen umstandene Rasenfläche war mit Schnee bedeckt. Ein Kiesweg, der durch kleinere, kunstvoll geschnittene Bäume vom Rasen abgetrennt wurde, führte am Flußufer entlang. Es war kein Mensch zu sehen.

Wohin war der Mann verschwunden? Der Park hatte keinen zweiten Ausgang. Ich drehte mich langsam um und ging die Stufen zum Platz hinauf. Auch die alte Frau war nicht mehr da, aber ich sah gerade noch, wie jemand durch den Besuchereingang des UNO-Gebäudes verschwand. In den Fahrradständern stand sein Fahrrad. Wie war er unbemerkt an mir vorbeigegangen? fragte ich mich, als ich in das Gebäude eilte. Die Halle war leer. Nur ein Wachmann stand vor dem ovalen Empfang und unterhielt sich mit einer jungen Empfangsdame.

»Entschuldigen Sie bitte«, sagte ich, »ist hier gerade ein Mann in einem weißen Angzhinzug hereingekommen?«

»Ich habe nichts gesehen«, erwiderte der Wachmann unfreundlich; offenbar ärgerte ihn die Störung.

»Wohin würde jemand gehen, wenn er sich verstecken will?« fragte ich. Jetzt hatte ich ihre ungeteilte Aufmerksamkeit. Sie musterten mich, als sei ich eine potentielle Terroristin. Ich erklärte schnell: »Ich meine, wohin geht man, wenn man allein und ungestört sein will?«

»Die Delegierten gehen in den Meditationsraum«, erwiderte der Wachmann, »dort ist es ruhig. Er ist dort drüben.« Der Mann deutete auf eine Tür schräg gegenüber. Neben der Tür befand sich ein blaugrünes Buntglasfenster von Chagall. Ich bedankte mich mit einem Nicken und überquerte den rosa und grauen Marmorboden im Schachbrettmuster. Ich betrat den Meditationsraum. Hinter mir fiel die Tür geräuschlos ins Schloß.

Es war ein dunkler Raum, der an eine Gruft erinnerte. In der Nähe des Eingangs standen mehrere Reihen niedriger Bänkchen. Über eines wäre ich in dem Dämmerlicht beinahe gestolpert. In der Mitte befand sich ein sargähnlicher Steinquader, dessen Oberseite ein winziger Scheinwerfer anstrahlte. In dem kühlen Raum herrschte völlige Stille. Ich spürte, wie sich meine Pupillen weiteten und an die Dunkelheit anpaßten.

Ich setzte mich auf eines der niedrigen Bänkchen vor dem Stein. Das Holz knarrte. Die Aktenmappe stellte ich neben mich auf den Boden. Dann betrachtete ich den Stein. Er war in Raummitte aufgehängt und schien frei in der Luft zu schweben. Er vibrierte geheimnisvoll, und es ging eine beruhigende, beinahe hypnotische Wirkung von ihm aus.

Als sich die Tür hinter mir geräuschlos öffnete, ein schmaler Lichtstreif in den Raum fiel und die Tür sich ebenso geräuschlos wieder schloß, drehte ich mich wie in Zeitlupe um.

»Schreien Sie nicht«, flüsterte hinter mir eine Stimme. »Ich tue Ihnen nichts, aber Sie müssen still sein.«

Mir schlug das Herz bis zum Hals, als ich die Stimme erkannte. Ich sprang auf und fuhr herum.

Vor mir im Dämmerlicht stand Solarin. In seinen grünen Augen spiegelte sich zweimal der Steinquader. Ich war so heftig aufgesprungen, daß mir das Blut aus dem Kopf wich. Ich suchte hinter mir mit den Händen Halt und lehnte mich schließlich gegen den Stein. Solarin sah mich ruhig an. Er trug wie am Vortag die graue Hose, darüber eine dunkle Lederjacke, die seine Haut noch blasser wirken ließ.

»Setzen Sie sich«, sagte er leise. »Setzen Sie sich neben mich. Ich habe nur wenig Zeit.« Ich setzte mich schweigend neben ihn.

»Ich habe gestern versucht, Sie zu warnen. Sie wollten nicht auf mich hören. Jetzt wissen Sie, daß ich Ihnen die Wahrheit sage. Sie und Lily Rad dürfen nicht mehr bei diesem Turnier erscheinen, wenn Sie nicht auch so enden wollen wie Fiske.«

»Sie glauben also nicht, daß es Selbstmord war?« flüsterte ich.

»Seien Sie nicht dumm. Ein Profi hat ihm das Genick gebrochen. Ich habe ihn als letzter lebend gesehen. Er war gesund und munter. Zwei Minuten später war er tot.«

»Vielleicht haben Sie ihn umgebracht«, erwiderte ich. Solarin lächelte. Er lächelte so bezaubernd, daß sich sein Gesicht völlig veränderte. Er beugte sich vor und legte mir beide Hände auf die Schultern. Ich spürte augenblicklich eine angenehme Wärme, die von seinen Fingern auf mich überging.

»Wenn wir zusammen gesehen werden, bringe ich mich in große Gefahr. Also hören Sie mir bitte genau zu. Nicht ich habe auf den Wagen Ihrer Freundin geschossen. Und es ist kein Zufall, daß ihr Chauffeur verschwunden ist.«

Ich sah ihn staunend an. Lily und ich wollten keinem Menschen etwas erzählen. Wie konnte Solarin es wissen, wenn er es nicht selbst getan hatte?

»Sie wissen, was mit Saul geschehen ist? Sie wissen, wer geschossen hat?«

Solarin sah mich schweigend an. Seine Hände lagen noch immer auf meinen Schultern. Sie drückten etwas fester, als er mich wieder freundlich anlächelte. Wenn er lächelte, sah er unglaublich jung aus.

»Sie haben sich nicht in Ihnen geirrt«, sagte er ruhig, »Sie sind es wirklich.«

»Wer hat sich nicht geirrt? Sie wissen etwas und sagen es mir nicht«, erwiderte ich gereizt. »Sie warnen mich, aber Sie sagen mir nicht warum. Kennen Sie die Wahrsagerin?«

Solarin nahm sofort die Hände von meinen Schultern, und sein Gesicht verschwand wieder hinter einer undurchdringlichen Maske. Ich wußte, ich setzte alles aufs Spiel, aber ich konnte nicht schweigen.

»Sie kennen diese Frau«, sagte ich. »Und wer ist der Mann auf dem Fahrrad? Sie müssen ihn auch gesehen haben, wenn Sie mir gefolgt sind! Warum verfolgen Sie mich und warnen mich, hüllen sich aber sonst in Schweigen? Was wollen Sie? Was hat all das mit mir zu tun?« Ich mußte Luft holen. Ich durchbohrte Solarin mit meinen Blicken. Er sah mich unverwandt an.

»Ich weiß nicht, wieviel ich Ihnen sagen soll«, erwiderte er sehr sanft, und zum ersten Mal hörte ich den slawischen Akzent unter dem korrekten und knapp formulierten Englisch. »Alles, was ich Ihnen sage, könnte Sie nur noch mehr gefährden. Ich muß Sie bitten, mir zu vertrauen, denn ich habe sehr viel riskiert, um mit Ihnen zu sprechen.«

Zu meiner großen Überraschung hob er die Hand und fuhr mir so behutsam über die Haare, als sei ich ein Kind. »Gehen Sie nicht mehr zu diesem Schachturnier. Trauen Sie keinem Menschen. Sie haben mächtige Freunde auf Ihrer Seite, aber Sie wissen nicht, was das für ein Spiel ist, in dem Sie eine Rolle spielen . . .«

»Ich spiele kein Spiel.«

»O doch, das tun Sie«, erwiderte er und sah mich unendlich zärtlich an, als wolle er mich in die Arme nehmen. »Sie spielen Schach. Aber keine Angst, ich bin Meister in diesem Spiel. Und ich stehe auf Ihrer Seite.«

Er stand auf und ging zur Tür. Ich folgte ihm völlig verwirrt. Als wir die Tür erreichten, drückte sich Solarin mit dem Rücken gegen die Wand und lauschte, als rechne er damit, daß jemand hereinkommen werde. Dann sah er mich an.

Er schob eine Hand in die Jacke und bedeutete mir mit einer Kopfbewegung, vor ihm hinauszugehen. Ich sah, daß er unter der Jacke einen Revolver in der Hand hielt. Ich schluckte und verließ den Raum, ohne mich noch einmal umzusehen.

Durch die Glaswände der Eingangshalle fielen die hellen Sonnenstrahlen der Wintersonne. Ich eilte zum Ausgang. Ich zog den Mantel enger um mich, überquerte den weiten, vereisten Vorplatz und eilte die Stufen zum East River Drive hinunter.

Ich kämpfte gegen den eisigen Wind an und hatte bereits den Delegierteneingang erreicht, als ich wie angewurzelt stehenblieb. Meine Aktenmappe! Ich hatte meine Aktenmappe im Meditationsraum vergessen! In der Tasche lagen nicht nur die aus der Bibliothek entliehenen Bücher, sondern auch meine Notizen über die Ereignisse des Vortags.

Grandios. Etwas Besseres konnte mir nicht geschehen, als daß Solarin diese Unterlagen fand und den Eindruck gewann, daß ich mich mit seiner Vergangenheit sehr viel ausführlicher beschäftigen wollte, als er ahnte. Ich verfluchte meine Gedankenlosigkeit, machte auf dem abgebrochenen Absatz kehrt und lief zurück.

Die Dame am Empfang in der Eingangshalle war ganz von einem Besucher in Anspruch genommen. Der Wachmann war nicht zu sehen. Ich redete mir ein, meine Angst, allein in den Meditationsraum zurückzugehen, sei unbegründet. Die Eingangshalle war menschenleer – auch auf der Treppe war niemand zu sehen – kein Mensch!

Ich ging mutig durch die Halle. Als ich das Chagall-Fenster erreicht hatte, warf ich vorsichtig einen Blick über die Schulter und öffnete die Tür.

Es dauerte einen Augenblick, bis meine Augen sich an das Dämmerlicht gewöhnt hatten. Aber ich sah sofort, daß sich etwas verändert hatte. Solarin war nicht mehr da, meine Aktenmappe auch nicht. Auf dem Steinquader lag mit dem Gesicht nach oben eine Gestalt. Die Angst schnürte mir die Kehle zu. Der große, ausgestreckte Körper trug eine Chauffeuruniform. Mir erstarrte das Blut in den Adern. Ich holte tief Luft und ließ die Tür hinter mir ins Schloß fallen.

Ich trat an den Steinquader und betrachtete das weiße, wächserne Gesicht, das von dem Scheinwerfer angestrahlt wurde. Ja, es war Saul, und er war mausetot. Mir wurde übel, und ich zitterte vor Angst. Ich hatte noch nie eine Leiche gesehen. Die Tränen schossen mir in die Augen.

Aber mein erster Schluchzer wurde von der beklemmenden Erkenntnis erstickt: Saul war nicht auf den Steinquader geklettert und hatte einfach aufgehört zu atmen. Jemand hatte ihn dort hingelegt, und dieser Jemand war in den letzten fünf Minuten in diesem Raum gewesen!

Ich rannte hinaus in die Eingangshalle. Die Empfangsdame erklärte dem Besucher immer noch etwas. Ich dachte kurz daran, sie auf den Toten aufmerksam zu machen, überlegte es mir aber anders. Ich hätte in Schwierigkeiten geraten können, wenn ich versucht hätte zu erklären, daß der Chauffeur meiner Freundin zufälligerweise hier ermordet worden war und ich ebenso zufällig auf die Leiche gestoßen war. Wie sollte ich erklären, daß ich zufällig am Vortag bei einem ebenso mysteriösen Mord in der Nähe gewesen war und nicht nur ich, sondern auch meine Freundin, deren Vater diesen Chauffeur beschäftigte? Außerdem hatten wir die beiden Einschüsse im Wagen nicht der Polizei gemeldet.

Ich entschloß mich für den Rückzug und rutschte buchstäblich die Stufen hinunter zur Straße. Ich wußte, ich sollte sofort zur Polizei gehen, aber ich hatte Angst. Man hatte Saul nur wenige Augenblicke später umgebracht, nachdem ich den Meditationsraum verlassen hatte. Fiske war nur wenige Minuten nach der Unterbrechung des Schachspiels getötet worden. In beiden Fällen befanden sich die Opfer an einem öffentlichen Ort und in unmittelbarer Nähe anderer Menschen. In beiden Fällen war Solarin anwesend, und Solarin besaß einen Revolver ...

Also gut, wir spielten ein Spiel. Wenn es so war, dann würde ich die Regeln selbst herausfinden. Ich empfand nicht nur Angst und Verwirrung, als ich gegen den Wind ankämpfte, um mein warmes und sicheres Büro zu erreichen. Ich spürte Entschlossenheit. Ich mußte die geheimnisvollen Nebel durchdringen, die dieses Spiel umgaben. Ich mußte die Regeln und die Spieler kennenlernen. Und das sehr schnell, denn die Züge wurden für meinen Geschmack viel zu gefährlich. Wie konnte ich ahnen, daß dreißig Straßen weiter ein Schachzug dicht bevorstand, der mein Leben völlig ändern sollte ...

Bis zum Mittag war ich ein nervöses Wrack. Ich versuchte immer wieder vergeblich, Nim zu erreichen. Ich sah Sauls Leiche vor mir auf dem Stein liegen und dachte darüber nach, was das alles bedeuten sollte und welche Zusammenhänge bestanden.

Ich wagte nicht, mein Büro bei Con Ed zu verlassen. Von hier konnte ich den Eingang der UNO sehen. Ich hörte alle Nachrichtensendungen und wartete darauf, daß ein Polizeiwagen vor dem UNO-Gebäude vorfahren würde, weil man die Leiche entdeckt hatte. Aber nichts geschah.

Ich versuchte, Lily zu erreichen, aber sie war nicht zu Hause. In Harrys Büro erklärte man mir, Harry sei nach Buffalo gefahren, um eine Lieferung beschädigter Pelze in Augenschein zu nehmen.

Er würde erst spätabends zurückkommen. Ich dachte daran, mit einem anonymen Anruf die Polizei auf Sauls Leiche aufmerksam zu machen. Aber sie würden den armen Saul schnell genug finden. Eine Leiche konnte nicht lange in der UNO liegen, ohne daß es jemandem auffiel.

Kurz nach zwölf ließ ich mir von meiner Sekretärin Sandwiches holen. Das Telefon klingelte. Es war mein Chef Lisle. Er klang unangenehm fröhlich.

»Wir haben Ihre Tickets und alle Reiseunterlagen, Velis«, sagte er. »Unser Büro in Paris erwartet Sie am kommenden Montag. Sie übernachten dort und fliegen am nächsten Morgen nach Algier weiter. Ich lasse die Tickets und die Unterlagen heute nachmittag durch einen Boten in Ihr Apartment bringen. Ist Ihnen das recht?« Ich murmelte, es sei mir recht.

»Sie scheinen sich nicht zu freuen, Velis. Sind Ihnen inzwischen Bedenken gekommen hinsichtlich Ihrer Reise in den Schwarzen Kontinent?«

»Keineswegs«, erwiderte ich so überzeugend wie möglich. »Ich kann eine Abwechslung gebrauchen. New York geht mir allmählich auf die Nerven.«

»Dann ist ja alles bestens. *Bon voyage,* Velis. Vergessen Sie nicht, ich hatte Sie gewarnt.«

Er legte auf. Kurz darauf erschien meine Sekretärin mit den Sandwiches und einem Glas Milch. Ich schloß die Tür und versuchte zu essen, aber ich brachte nur ein paar Bissen herunter. Ich konnte mich auch nicht auf meine Bücher über Rohöl konzentrieren. Ich saß einfach da und starrte auf meinen Schreibtisch.

Gegen drei Uhr klopfte die Sekretärin an die Tür und kam mit meiner Aktenmappe herein.

»Ein Mann hat sie unten beim Empfang abgegeben«, sagte sie. »Zusammen mit einem Brief.« Mit zitternden Händen nahm ich den Brief und wartete, bis sie die Tür hinter sich geschlossen hatte. Ich suchte nach einem Brieföffner, schlitzte den Umschlag auf und zerrte das darin liegende Blatt Papier heraus.

»Ich habe einige Ihrer Notizen an mich genommen«, stand darauf. »Bitte gehen Sie nicht allein in Ihr Apartment.« Keine Unterschrift, aber den Ton kannte ich. Ich schob das Papier in die Jackentasche und öffnete die Aktenmappe. Es fehlte nichts, abgesehen von meinen Notizen über Solarin – natürlich!

Um halb sieben war ich immer noch im Büro, obwohl das Haus beinahe menschenleer war. Meine Sekretärin saß im Vorzimmer und tippte. Damit ich nicht allein war, hatte ich ihr so viel Arbeit gegeben, daß sie Überstunden machen mußte. Aber ich wußte immer noch nicht, wie ich in mein Apartment kommen sollte. Es lag so nahe, daß es unsinnig gewesen wäre, ein Taxi zu rufen.

Draußen im Gang hörte ich die Putzkolonne. Ich leerte gerade den Aschenbecher in den Papierkorb, als das Telefon klingelte. Vor Aufregung hätte ich den Apparat beinahe fallen lassen.

»Du arbeitest wirklich sehr lang...« hörte ich eine vertraute Stimme. Ich wäre vor Erleichterung beinahe in Tränen ausgebrochen.

»Schwester Nim«, sagte ich und versuchte, meine Stimme unter Kontrolle zu bringen. »Ich fürchte, Sie rufen zu spät an. Ich habe gerade meine Sachen gepackt, um der Welt adieu zu sagen. Ich gehöre ab heute zu den Bräuten Christi.«

»Mein Gott, das wäre sehr bedauerlich und reine Verschwendung«, flötete Nim ungerührt.

»Woher weißt du, daß ich zu dieser Stunde noch hier bin?« fragte ich.

»Wo sonst könnte jemand, der wie du von blinder Arbeitswut besessen ist, an einem kalten Winterabend sein?« erwiderte er. »Du mußt inzwischen die Notration der Welt an Rohöl verbrannt haben... Wie geht es dir, Kleines? Ich habe gehört, du hast versucht, mich zu erreichen.«

»Ich habe leider große Probleme«, gestand ich.

»Natürlich. Du hast immer Probleme«, erklärte Nim ungerührt. »Das ist eine deiner charmanten Seiten. Jemand wie ich findet das Leben langweilig, weil mir immer nur Berechenbares widerfährt.«

Ich dachte an die Sekretärin im Vorzimmer und flüsterte: »Das Wasser steht mir bis zum Hals. In den letzten beiden Tagen sind praktisch vor meinen Augen zwei Menschen ermordet worden! Man hat mich gewarnt und mir gesagt, es hat alles etwas mit meiner Anwesenheit bei Schachspielen zu tun –«

»Was?« rief Nim. »Was machst du denn? Hältst du ein Handtuch über den Hörer? Ich kann kaum etwas verstehen. Man hat dich gewarnt? Sprich lauter.«

»Eine Wahrsagerin hat mir prophezeit, ich würde in Gefahr geraten«, erzählte ich, »und jetzt bin ich in Gefahr. Diese Morde –«

»Meine liebe Kat«, sagte Nim lachend, »eine Wahrsagerin?«

»Nicht nur sie hat mich gewarnt«, fauchte ich und grub meine Fingernägel in die Handfläche. »Hast du schon einmal etwas von Alexander Solarin gehört?« Nim schwieg einen Augenblick.

»Der Schachspieler?« fragte er schließlich.

»Er hat mir auch gesagt...« begann ich mit kläglicher Stimme, denn mir wurde bewußt, daß alles, was ich zu sagen hatte, so unwahrscheinlich klang, daß kein Mensch mir glauben würde.

»Wie kommt es, daß du Alexander Solarin kennst?« wollte Nim wissen.

»Ich war gestern auf dem Schachturnier. Er kam zu mir und sagte, ich sei in Gefahr. Er sagte das ziemlich nachdrücklich.«

»Vielleicht hat er dich verwechselt«, meinte Nim. Es klang, als denke er nach.

»Möglicherweise«, sagte ich, »aber heute morgen in der UNO hat er mir klar –«

»Einen Augenblick«, unterbrach mich Nim, »ich glaube, ich verstehe das Problem. Wahrsagerinnen und russische Schachspieler verfolgen dich und flüstern dir geheimnisvolle Warnungen ins Ohr. Tote tauchen vor dir auf... Sag mal, was hast du heute gegessen?«

»Hm, ein Sandwich und ein Glas Milch.«

»Verfolgungswahn, hervorgerufen durch Unterernährung«, rief Nim fröhlich. »Pack deine sieben Sachen. Ich hole dich in fünf Minuten mit dem Wagen ab. Wir essen etwas Vernünftiges, dann werden diese Fantasien schnell verschwinden.«

»Es sind keine Fantasien«, sagte ich, aber ich war erleichtert, daß Nim mich abholen wollte, denn dann würde ich wenigstens sicher nach Hause kommen.

»Das kann ich besser beurteilen«, erwiderte er. »Von hier, wo ich stehe, siehst du viel zu dünn aus. Aber dein roter Hosenanzug ist sehr attraktiv.«

Ich sah mich verwirrt im Büro um, dann blickte ich auf die Straße vor dem UNO-Gebäude. Die Straßenbeleuchtung brannte, aber der Gehweg lag fast völlig im Dunkeln. Dann entdeckte ich eine Gestalt in der Telefonzelle neben der Bushaltestelle. Der Mensch dort hob den Arm.

»Übrigens, Kleines«, hörte ich Nims Stimme durch das Telefon, »ich finde, wenn du dich in Gefahr glaubst, dann solltest du nach Einbruch der Dunkelheit nicht hinter hellerleuchtetem Fenster auf und ab tanzen. Das ist natürlich nur ein Ratschlag.« Er legte auf.

Nims dunkelgrüner Morgan hielt vor dem Eingang von Con Edison. Ich lief hinaus, riß die Wagentür auf und saß im nächsten Moment auf dem Beifahrersitz. Der Wagen hatte Trittbretter und einen Boden aus Holzdielen. Man sah durch die Ritzen auf die Straße.

Nim trug verwaschene Jeans, eine teure italienische Fliegerlederjacke und um den Hals einen weißen Seidenschal mit Fransen. Seine kupferroten Haare wurden vom Fahrtwind zerzaust, als er anfuhr. Ich fragte mich wieder einmal, warum so viele meiner Freunde im Winter mit offenem Verdeck fuhren.

»Also, wir fahren erst bei dir vorbei, damit du dir etwas Warmes anziehen kannst«, sagte Nim. »Wenn du möchtest, gehe ich mit einem Minensuchgerät voraus.« Infolge einer genetischen Laune hatten Nims Augen verschiedene Farben – das eine war braun, das andere blau. Ich hatte bei ihm immer den Eindruck, als sehe er mich an und durch mich hindurch. Das irritierte mich sehr.

Wir hielten vor meinem Apartmenthaus. Nim stieg aus, begrüßte Boswell und drückte ihm einen Zwanzigdollarschein in die Hand.

»Es wird nicht lange dauern«, sagte er. »Könnten Sie vielleicht meinen Wagen im Auge behalten, während wir oben sind? Er ist eine Art Erbstück.«

»Aber gewiß, Sir«, erwiderte Boswell höflich. Es fehlte nur noch, daß er mir den Wagenschlag aufhielt und beim Aussteigen half. Erstaunlich, was Geld alles bewirkte – selbst bei Boswell.

Ich ließ mir meine Post geben. Der Umschlag von Fulbright Cone mit meinen Tickets war abgegeben worden. Dann fuhren Nim und ich mit dem Fahrstuhl nach oben.

Nim besah sich meine Wohnungstür und erklärte, ein Minensuchgerät sei nicht nötig. Wenn jemand in der Wohnung gewesen sei, dann mit einem Schlüssel. Wie die meisten Apartments in New York hatte meine mit Eisen verstärkte Tür ein Sicherheitsschloß und zwei Schließriegel.

Nim ging durch den Flur voraus ins Zimmer.

»Ich finde, eine Putzfrau einmal im Monat würde hier Wunder wirken«, sagte er. »Für die Spurensicherung bei Verbrechen mag es zwar von Vorteil sein, aber sonst sehe ich keinen Grund dafür, daß du soviel Staub und Erinnerungsstücke aufbewahrst.« Er blies eine dicke Staubschicht von einem Bücherstapel, nahm ein Buch in die Hand und blätterte darin.

Ich suchte währenddessen in meinem Schrank nach etwas Geeignetem und entschied mich schließlich für ein dicke khakifarbene Cordhose und einen naturfarbenen irischen Wollpullover. Als ich zum Umziehen in Richtung Bad verschwand, saß Nim bereits am Flügel und klimperte auf den Tasten herum.

»Spielst du auf dem Ding?« rief er mir nach. »Mir fällt auf, daß die Tasten sauber sind.«

»Ich habe als Hauptfach Musik studiert«, rief ich aus dem Bad.

»Musiker sind die besten Computerexperten. Sie sind noch besser als Ingenieure und Physiker.« Ich wußte, Nim hatte sein Examen in Physik und Maschinenbau gemacht. Ich hörte nichts mehr von ihm. Als ich in Strümpfen zurückkam, stand er mitten im Zimmer und betrachtete mein Ölbild mit dem Mann auf dem Fahrrad, das ich umgedreht an die Wand gestellt hatte.

»Vorsicht«, sagte ich, »die Farben sind noch nicht richtig trokken.«

»Ist das von dir?« fragte er, ohne den Blick von dem Bild zu wenden.

»Das hat alle Probleme ausgelöst«, erklärte ich. »Ich habe es gemalt, dann habe ich den Mann gesehen, der haargenau wie der Mann auf dem Bild aussieht. Deshalb bin ich ihm gefolgt...«

»*Was* hast du gemacht?« Nim sah mich mit großen Augen an.

Ich setzte mich auf den Klavierstuhl und begann, ihm die ganze Geschichte zu erzählen, angefangen bei Lilys Besuch mit Carioca. War es wirklich erst gestern gewesen? Diesmal unterbrach mich Nim nicht. Während ich sprach, warf er von Zeit zu Zeit einen Blick auf das Bild. Dann sah er mich wieder an. Ich schloß, indem ich ihm von der Wahrsagerin erzählte und meiner Fahrt zum Fifth Avenue Hotel, wo ich herausgefunden hatte, daß es diese Frau überhaupt nicht gab. Als ich schwieg, war Nim in Gedanken versunken. Ich ging zu dem eingebauten Schrank, nahm ein Paar alte Reitstiefel heraus und eine Matrosenjacke. Dann zog ich die Stiefel an.

»Wenn du nichts dagegen hast«, sagte Nim, »möchte ich mir das Bild ein paar Tage ausleihen.« Er hob es hoch und hielt es vorsichtig am Keilrahmen fest. »Ach, und hast du das Gedicht der Wahrsagerin noch?«

»Es muß hier irgendwo liegen«, erwiderte ich mit einer Geste auf das allgemeine Chaos.

»Laß es uns suchen«, meinte er freundlich.

Ich seufzte und begann erst einmal, in den Taschen meiner Mäntel zu wühlen. Es dauerte etwa zehn Minuten, aber schließlich fand ich die Papierserviette, auf die Llewellyn in Großbuchstaben die Prophezeiung der Wahrsagerin geschrieben hatte.

Nim steckte die Serviette in seine Jackentasche. Er nahm das Ölbild und legte mir den Arm um die Schulter. Dann gingen wir zur Tür.

»Mach dir keine Sorgen um das Bild«, sagte er im Flur. »Ich bringe es nächste Woche zurück.«

»Du kannst es meinetwegen auch behalten«, erwiderte ich. »Am Freitag bin ich vorläufig zum letzten Mal hier. Deshalb wollte ich dich eigentlich erreichen. Ich verlasse am Wochenende das Land – für ein Jahr. Ein Auftrag meiner Firma . . .«

»Sind das diese Korinthenkacker?« fragte Nim. »Wohin schicken sie dich?«

»Nach Algerien«, sagte ich und wollte die Wohnungstür öffnen.

Nim blieb wie angewurzelt stehen und sah mich an. Dann begann er zu lachen. »Liebe junge Frau«, sagte er schließlich, »es gelingt Ihnen immer wieder, mich in Erstaunen zu versetzen. Du überschüttest mich beinahe eine Stunde lang mit Geschichten von Morden, Geheimnissen und Drohungen, aber es gelingt dir, mir das Wichtigste zu verschweigen.«

Ich war völlig verwirrt. »Algerien?« wiederholte ich. »Was hat das alles mit Algerien zu tun?«

»Sag mal«, fragte Nim, legte mir die Hand unter das Kinn und hob meinen Kopf. »Hast du schon einmal etwas vom Montglane-Schachspiel gehört?«

Mir stockte der Atem, und ich schüttelte stumm den Kopf.

Er lachte. »Gut, dann fangen wir damit an, ich werde es dir erzählen. Es ist eine lange Geschichte...«

Im Stadttunnel herrschte so gut wie kein Verkehr. Es ging bereits auf acht Uhr zu. Das ohrenbetäubende Heulen von Nims Wagen wurde von den Tunnelwänden zurückgeworfen.

»Ich dachte, wir gehen essen?« schrie ich über den Lärm hinweg.

»Das tun wir auch«, erwiderte Nim geheimnisvoll. »Wir fahren zu mir nach Long Island. Ich versuche mich als Bauer. Aber jetzt im Winter gibt es nichts zu tun.«

»Du hast eine Farm auf Long Island?« fragte ich. Seltsam, ich hatte mir nie vorstellen können, daß Nim tatsächlich irgendwo wohnte. Er tauchte auf und verschwand wie ein Geist.

»Ja, in der Tat«, erwiderte er und sah mich mit seinen verschiedenfarbigen Augen an. »Das wirst du vielleicht bald als einzig lebender Mensch bezeugen können. Wie du weißt, schütze ich mein Privatleben vor dem Zugriff der Welt. Ich werde für uns kochen. Du kannst bei mir schlafen.«

»Moment mal...«

»Mit Logik und Vernunft hast du offenbar wenig im Sinn«, sagte Nim. »Vorhin hast du erklärt, du seist in Gefahr. Du hast in den letzten achtundvierzig Stunden erlebt, wie zwei Männer ermordet worden sind, und man hat dir gesagt, daß du irgendwie in die Sache verwickelt bist. Du willst doch nicht allen Ernstes die Nacht allein in deinem Apartment verbringen?«

»Ich muß morgen ins Büro«, erwiderte ich.

»Kommt nicht in Frage«, erklärte Nim energisch. »Du läßt dich erst wieder in New York blicken, wenn wir der Sache auf den Grund gekommen sind.«

Die Straße entfernte sich etwas von der Küste. Im milchigen Mondlicht sah ich auf beiden Seiten sorgfältig geschnittene hohe Hecken, hinter denen sich herrschaftliche Anwesen verbargen. Hin und wieder konnte ich kurz einen Blick auf große Herrenhäuser werfen, die inmitten schneeweißer Rasenflächen lagen. So etwas hatte ich in der Nähe von New York noch nicht gesehen. »Was weißt du eigentlich über Solarin?« fragte ich unvermittelt.

»Über ihn weiß ich nur, was ich in Schachzeitschriften gelesen habe«, erwiderte Nim. »Alexander Solarin ist sechsundzwanzig Jahre alt, Bürger der Union der Sozialistischen Sowjetrepubliken. Er ist auf der Krim als Waise in einem staatlichen Heim aufgewachsen. Als Neun- oder Zehnjähriger hat er einen Heimleiter beim Schach vernichtend geschlagen. Offenbar haben ihm Fischer am Schwarzen Meer das Schachspielen beigebracht, als er vier war. Man hat ihn sofort in den Palast der jungen Pioniere gesteckt.«

Der Palast der jungen Pioniere war das einzige moderne Institut der Welt, das es sich zur Aufgabe setzte, Schachmeister hervorzubringen. In Rußland ist Schach nicht nur ein Nationalsport, sondern ein verlängerter Arm der Weltpolitik und gilt als das intellektuellste aller Spiele. Die Russen glauben, daß sie ihre lange Vormachtstellung ihrer intellektuellen Überlegenheit verdanken.

»Wenn Solarin im Palast der jungen Pioniere war, bedeutet das, er wurde politisch stark gestützt?« fragte ich.

»Das hätte es bedeuten müssen«, erwiderte Nim. Der Wagen näherte sich wieder der Küste. Auf dem Asphalt lag eine dicke Sandschicht. Die Straße endete in einer breiten Auffahrt vor einem großen schmiedeeisernen Tor. Nim drückte ein paar Knöpfe an seinem Armaturenbrett, und die beiden Torflügel öffneten sich. Wir fuhren in ein Walddickicht mit dicken Schneemützen. Ich kam mir vor wie bei der Schneekönigin im ›Nußknacker‹.

»Aber«, erzählte Nim weiter, »Solarin lehnte es ab, favorisierte Spieler gewinnen zu lassen. Bei russischen Turnieren ist das eine strikte Regel der politischen Etikette. Es wird allgemein kritisiert, aber die Russen halten daran fest.«

Auf der Zufahrt zum Haus war der Schnee nicht geräumt. Hier war seit längerer Zeit kein Wagen gefahren. Die Äste hoher Bäume wölbten sich über den Weg wie Bögen in einem Dom und versperrten die Sicht auf den Garten. Schließlich erreichten wir ein Rondell mit einem Springbrunnen in der Mitte. Das Haus ragte dunkel vor uns auf. Es hatte hohe Giebel, und auf den Dächern sah ich jede Menge Schornsteine.

»So«, sagte Nim, half mir beim Aussteigen und nahm mir das Bild ab. Mühsam stapften wir durch den Schnee zur Haustür. Nim schloß auf.

Wir betraten eine riesengroße Eingangshalle. Nim drückte auf einen Lichtschalter. Ein großer Kristalleuchter strahlte auf. Die Fußböden im Parterre bestanden aus glänzend polierten Schieferplatten, die wie Marmor schimmerten. Im Haus war es so kalt, daß ich meinen Atem sehen konnte. An den Rändern der Schieferplatten hatten sich feine Eiskristalle gebildet. Nim führte mich durch eine Reihe dunkler Räume in eine Küche an der Rückseite dieses märchenhaften Hauses. An den Wänden und von der Decke hingen noch die alten Gaslampen. Nim stellte das Bild ab und entzündete die Wandlampen – alte Kutschenlampen –, die alles in ein gemütliches, warmes Licht tauchten.

Die riesige Küche war etwa neun mal fünfzehn Meter groß. An der Rückseite führten Glastüren auf eine verschneite Rasenfläche. Dahinter schlugen die Wellen ans Ufer, und man sah im silbernen Mondlicht die hoch aufspritzende Gischt. An einer Seite befanden sich große, vermutlich mit Holz zu heizende Herde, auf denen man für hundert Leute kochen konnte. Die Wand gegenüber nahm ein gigantischer Kamin ein. Davor stand ein runder Eichentisch, an dem acht oder zehn Leute bequem sitzen konnten. Einkerbungen und Risse auf der gescheuerten Tischplatte ließen auf ein hohes Alter schließen. Überall im Raum standen bequeme Sessel und weichgepolsterte Sofas, die mit buntgeblümten Chintz bezogen waren.

Nim ging zu dem Holzstoß neben dem Kamin, häufte dünnes Anmachholz auf die Feuerböcke, zündete es an und legte dann dicke Holzscheite darauf. Nach wenigen Minuten begann das knisternde Feuer den Raum mit freundlicher Wärme zu erfüllen. Ich zog die Stiefel aus und machte es mir auf einem der Sofas bequem, während Nim eine Flasche Sherry entkorkte. Er reichte mir ein Glas, schenkte sich selbst ein und setzte sich neben mich. Ich schlüpfte aus dem Mantel, dann stieß er mit mir an.

»Auf das Montglane-Schachspiel und die vielen Abenteuer, die es dir bescheren wird«, sagte er lächelnd und trank.

»Mmm, köstlich«, sagte ich und überging geflissentlich diese Anspielung, denn er hatte mir zwar eine spannende Geschichte erzählt und sehr viel mehr als Llewellyn, aber ich fand es albern, Karl den

Großen, Magie und die Weltgeschichte mit mir in Zusammenhang zu bringen.

»Es ist ein Amontillado«, erwiderte er und drehte das Glas im flakkernden Licht. »Man hat Menschen bei lebendigem Leib für weniger guten Sherry eingemauert.«

»Ich hoffe, du hast mir dieses Schicksal nicht zugedacht«, sagte ich. »Bitte vergiß nicht, ich muß morgen wirklich wieder im Büro sein.«

»Ich bin für die Schönheit und für die Wahrheit gestorben«, deklamierte Nim. »Beinahe jeder glaubt, er sei bereit für etwas zu sterben, aber ich habe niemanden getroffen, der sein Leben für einen langweiligen Arbeitstag im Büro von Con Edison aufs Spiel setzt!«

»Jetzt willst du mir angst machen.«

»Aber nein«, sagte Nim, zog die Lederjacke aus und legte den Seidenschal ab. Er trug einen leuchtendroten Pullover, der zur Farbe seiner Haare überraschend gut paßte. Nim streckte die Beine aus. »Wenn mich ein geheimnisvoller Fremder in einem menschenleeren Raum bei den Vereinten Nationen ansprechen würde, könnte ich das nicht auf die leichte Schulter nehmen – besonders wenn seine Warnungen wiederholt durch das frühzeitige Ableben von harmlosen Mitmenschen unterstrichen werden.«

»Warum hat Solarin mich angesprochen?« fragte ich.

»Ich hatte gehofft, *du* würdest mir diese Frage beantworten«, sagte Nim, trank seinen Sherry und starrte nachdenklich ins Feuer.

»Was ist das für eine geheime Formel, um die er in Spanien gewettet hat?« fragte ich.

»Eine Finte«, sagte Nim. »Solarin hat bekanntermaßen eine Schwäche für mathematische Spiele. Er hat eine neue Formel für die Springer-Tour entwickelt und erklärt, er werde sie dem geben, der ihn besiegt. Weißt du, was eine Springer-Tour ist?« fragte er, als er meine Verwirrung sah. Ich schüttelte den Kopf.

»Es ist ein mathematisches Puzzle. Man zieht den Springer auf jedes Feld, ohne daß er zweimal auf demselben Feld landet. Dabei zieht man ihn der Regel nach ein Feld geradeaus und ein Feld in diagonaler Richtung oder umgekehrt. Seit Jahrhunderten haben Mathematiker versucht, eine Formel zu entwickeln, nach der man das schafft. Euler hatte eine Formel und auch Benjamin Franklin. Eine

›geschlossene‹ Tour bedeutet, man endet auf dem Feld, auf dem man begonnen hat.«

Nim stand auf und ging zu den Herden. Er griff nach Töpfen und Pfannen, entzündete die Gasbrenner und erzählte weiter.

»Italienische Journalisten glaubten damals in Spanien, Solarin habe in seiner Springer-Tour noch eine andere Formel versteckt. Solarin liebt vielschichtige Spiele, und da sie wußten, daß er Physiker ist, zogen sie verständlicherweise Schlußfolgerungen, die Schlagzeilen machten.«

»Ja, er ist Physiker«, sinnierte ich und schob mir einen Sessel vor den Kamin. Die Flasche Amontillado nahm ich mit. »Wenn seine Formel nicht so wichtig war, warum haben die Russen ihn dann so schnell nach Rußland zurückgeholt?«

»Genau das hat man damals auch gefragt«, antwortete Nim. »Aber Solarins Spezialgebiet ist Akustik – ein schwieriges, unpopuläres Fach, das überhaupt nichts mit der nationalen Verteidigung zu tun hat. Hier in den USA kann man es nur an wenigen Colleges als Hauptfach studieren. Vielleicht entwirft er in Rußland Konzertsäle, falls sie dort so etwas überhaupt noch bauen.«

Nim stellte einen Topf auf den Herd, verschwand in der Vorratskammer und kam mit einem Berg Gemüse und Fleisch zurück.

»Ich habe auf der Zufahrt keine Wagenspuren bemerkt«, sagte ich, »und es hat seit Tagen nicht geschneit. Woher kommen also die exotischen Pilze und der frische Spinat?«

Nim lächelte mich zufrieden an, als hätte ich eine wichtige Prüfung bestanden. »Du hast die richtigen detektivischen Fähigkeiten. Du wirst sie brauchen«, murmelte er und begann, den Spinat zu waschen. »Der Hausmeister erledigt das Einkaufen für mich. Er benutzt nur den Seiteneingang.«

Er packte ein frisches Roggenbrot aus und öffnete eine Dose Forellenpaste. Er bestrich damit eine dicke Scheibe Brot, bestreute sie mit frischem Dill und reichte sie mir. Ich hatte nicht richtig gefrühstückt und das Mittagessen kaum angerührt. Das Brot schmeckte köstlich. Das Essen noch köstlicher. Es gab geschnetzeltes Kalbfleisch in Orangensauce, frischen Spinat mit Pinienkernen und dicke, saftige Fleischtomaten, die Nim garte und mit einer Zitronen-Apfel-Sauce servierte. Die großen, leicht angebratenen Austernpilze gab es als Zwischengang. Auf das Hauptgericht folgte ein gemischter Salat mit Löwenzahn und gerösteten Haselnüssen.

Nachdem Nim abgeräumt hatte, brachte er eine Kanne Kaffee und servierte ihn mit einem Schuß Tuaca. Wir setzten uns in die weichen Sessel vor dem Kamin. Das Feuer war inzwischen heruntergebrannt, und die rote Glut verströmte wohltuende Wärme. Nim zog jetzt die Papierserviette mit der Prophezeiung der Wahrsagerin aus seiner Lederjacke und betrachtete sehr lange Llewellyns Druckbuchstaben. Dann reichte er mir den Text und stand auf, um frisches Holz auf die Glut zu legen.

»Was ist an diesen Sätzen ungewöhnlich?« fragte er. Ich las sie noch einmal, wußte aber keine Antwort.

»Du weißt natürlich, daß der vierte Tag im vierten Monat mein Geburtstag ist«, sagte ich. Nim nickte nur. »Die Wahrsagerin beschwor mich, es keinem Menschen zu sagen«, fügte ich hinzu.

»Wie üblich hältst du dein Wort, koste es, was es wolle«, sagte er trocken und legte noch mehr Holzscheite nach. Dann ging er zu einem Tisch in der Ecke, nahm ein Blatt Papier und einen Kugelschreiber und setzte sich wieder neben mich.

»Sieh mal«, sagte er. Er schrieb den Text in sauberen Druckbuchstaben, diesmal aber in Verszeilen. Er sah dann so aus:

Ja, diese Linien sind ein Schachbrett, sind ein Code.
Aber so ist es auch mit dem vierten Tag im vierten Mond.
Dann riskier wie sie den Zug und sei bereit.
Oh, ein weiteres Patt darf nicht sein, sonst wird keiner verschont.
Urteile im Spiel, ob als Metapher, ob in Wirklichkeit.
Brennt die eiskalte Schlacht, und Schwarz ist bedroht.
Ewig währt der arge Zwist, der sie entzweit.
Kampf um das Geheimste, die Dreiunddreißigunddrei, bis zum Tod.
Versiegelt ewig schweigt sonst der Mund, und das Wagnis lohnt.

»Was siehst du hier?« fragte Nim und musterte mich so intensiv wie ich seine Version des Gedichts. Ich wußte nicht so recht, worauf er eigentlich hinauswollte.

»Sieh dir den Aufbau des Gedichts an«, sagte er etwas ungeduldig. »Du kannst doch mathematisch denken, versuch das jetzt anzuwenden.«

Ich sah mir das Gedicht wieder an, und plötzlich entdeckte ich es. »Das Reimschema ist ungewöhnlich«, antwortete ich stolz.

Nim zog die Augenbrauen hoch und riß mir das Papier aus der Hand. Er blickte auf das Gedicht und begann zu lachen. »Stimmt«, sagte er und gab mir das Blatt zurück. »Es war mir entgangen. Also los, nimm den Stift und schreib das Reimschema auf.«

Ich tat es.

»Code-Mond-bereit (A-B-C), verschont-Wirklichkeit-bedroht (B-C-A), entzweit-Tod-lohnt (C-A-B).«

»Aha, das ist also das Reimschema«, sagte Nim und schrieb es noch einmal darunter. »Jetzt mußt du Nummern statt Buchstaben einsetzen und sie addieren.« Ich schrieb die Nummern neben die Buchstaben, und dann sah es folgendermaßen aus:

ABC	123
BCA	231
CAB	312
	666

»666... Moment mal, wie heißt es in der Offenbarung des Johannes: ›Wer Verstand hat, der deute die Zahl des Tieres; denn es ist die Zahl eines Menschen, und seine Zahl ist sechshundertsechsundsechzig.‹«

»Richtig, das ›Tier mit den zwei Hörnern‹ der Apokalypse«, bestätigte Nim, »und wenn du deine Zahlen horizontal addierst, ergibt das auch 666. Und das, Kleines, ist das sogenannte ›magische Quadrat‹. Ebenfalls ein mathematisches Spiel. In einigen Springer-Touren, die Benjamin Franklin erarbeitete, waren magische Quadrate verborgen. Du bist für solche Dinge wirklich begabt. Du hast eins entdeckt, das sogar mir entgangen war.«

»Du hattest es nicht gesehen?« fragte ich, sehr zufrieden mit mir. »Aber was sollte ich denn deiner Meinung nach finden?« Ich betrachtete das Blatt Papier, als wollte ich ein unsichtbares Kaninchen im Vexierbild einer Kinderzeitschrift finden, und hoffte, es werde mir vielleicht rechts entgegenspringen oder wenn ich das Blatt verkehrt herum hielte.

»Trenn mit einer Linie die beiden letzten Zeilen von den ersten sieben«, sagte Nim, und als ich das getan hatte, fügte er hinzu: Jetzt betrachtest du dir den ersten Buchstaben jeder Zeile.«

Meine Augen glitten langsam von oben nach unten über das Blatt. Als sie unten anlangten, überlief mich trotz des warmen und fröhlich flackernden Feuers ein kalter Schauer.

»Was ist los?« fragte Nim und sah mich merkwürdig an. Ich starrte sprachlos auf das Blatt. Dann griff ich zum Kugelschreiber und schrieb das Wort, das ich sah.

»J-A-D-O-U-B-E/K-V«, stand dort, als sei es an mich gerichtet.

»Stimmt«, sagte Nim. »*J'adoube*, ein französischer Schachbegriff, der bedeutet: Ich berühre, ich rücke zurecht. Das sagt ein Spieler, wenn er während des Spiels eine seiner Figuren zurechtrücken will. Die beiden Buchstaben ›K.V.‹ sind deine Initialen. Das weist darauf hin, daß dir die Wahrsagerin eine Nachricht zukommen lassen wollte. Vielleicht möchte sie auch Kontakt zu dir aufnehmen. Sag mal... Um Himmels willen, du siehst ja aus, als hättest du ein Gespenst gesehen!« rief er plötzlich.

»Das kannst du nicht wissen«, antwortete ich schwach. »*J'adoube*... das war das letzte Wort, das Fiske bei dem Spiel gesprochen hat, und dann wurde er umgebracht.«

Kein Wunder, daß ich Alpträume hatte. Ich folgte dem Mann auf dem Fahrrad eine lange gewundene Straße zu einem steilen Hügel hinauf. Die Häuser standen so eng zusammen, daß ich den Himmel nicht sehen konnte. Es wurde dunkler, während wir immer weiter in das Labyrinth schmaler, gepflasterter Gassen eindrangen. Wenn ich eine Kreuzung erreichte, sah ich immer gerade noch sein Fahrrad, das um die nächste Ecke bog. In einer Sackgasse holte ich ihn ein. Er wartete auf mich wie eine Spinne auf die Fliege. Der Mann drehte sich um, zog den Schal vom Gesicht, und darunter kam ein weißer Totenkopf mit leeren Augenhöhlen zum Vorschein. Der Totenkopf verwandelte sich vor meinen Augen, bekam Fleisch und Haut und wurde allmählich zum lachenden Gesicht der Wahrsagerin.

Ich erwachte schweißgebadet und schob die Bettdecke zurück.

Zitternd setzte ich mich auf. Im Kamin in der Ecke lag noch etwas Glut. Durch das Fenster sah ich unter mir den verschneiten Rasen. In der Mitte befand sich das Marmorbecken eines Springbrunnens und dahinter ein großes Schwimmbecken. Am Rand des Rasens schien das winterliche Meer zu beginnen, das im ersten Licht des Morgens perlgrau schimmerte.

Ich konnte mich nicht mehr an alles erinnern, was am Abend zuvor geschehen war. Nim hatte mir zuviel Tuaca eingeschenkt. Ich hatte Kopfschmerzen. Ich stand auf, wankte ins Bad und ließ heißes Wasser in die Wanne laufen. Ich fand Badesalz mit der Aufschrift »Nelken und Veilchen«. Es roch abscheulich, aber ich streute es ins Wasser, und es bildete sich eine dünne Schaumschicht. Als ich im heißen Wasser saß, fiel mir langsam und bruchstückweise unser Gespräch ein, und bald überfiel mich wieder die Angst.

Vor der Zimmertür fand ich ein Bündel Kleider: einen Norwegerpullover und gefütterte gelbe Gummistiefel. Ich zog Pullover und Stiefel über meine Sachen. Als ich die Treppe hinunterging, begrüßte mich köstlicher Frühstücksduft.

Nim stand mit dem Rücken zu mir am Herd. Er trug ein kariertes Hemd, Jeans und ebenfalls gelbe Gummistiefel.

»Wo finde ich ein Telefon, um im Büro anzurufen?« fragte ich.

»Hier gibt es kein Telefon«, antwortete er. »Aber Carlos, mein Hausmeister, war heute morgen hier, um mir beim Aufräumen zu helfen. Ich habe ihm aufgetragen, bei Con Edison anzurufen und zu sagen, daß du heute nicht ins Büro kommst. Wir fahren heute nachmittag zurück, und ich zeige dir, wie du dein Apartment sichern kannst. Aber jetzt wollen wir erst einmal essen, und anschließend gehen wir zu den Vögeln. Ich habe ein Vogelhaus.«

Nim machte Rühreier mit kanadischem Schinken und Bratkartoffeln. Außerdem gab es den besten Kaffee an der ganzen Ostküste. Nach dem Frühstück – wir redeten nur wenig – gingen wir durch die Glastür hinaus, und Nim zeigte mir sein Anwesen.

Das Gelände zog sich etwa hundert Meter am Ufer entlang bis zu einer Landspitze. Zwei dichte Hecken trennten es von den Nachbargrundstücken. In dem ovalen Becken mit dem Springbrunnen und dem größeren, dem Schwimmbecken, befand sich noch etwas Wasser. Fässer schwammen darauf, um das Eis zu brechen.

Neben dem Haus stand ein riesiges, weißgestrichenes Vogelhaus mit einer maurischen Kuppel aus Maschendraht. Schnee lag auf den Zweigen der kleinen Bäume, die dort wuchsen. Vögel aller Arten saßen auf den Ästen, und große Pfauen zogen die Schleppe ihrer wundervollen Federn durch den Schnee. Wenn sie ihren durchdringenden Schrei ausstießen, klang es, als würde man jemanden erdolchen. Das Gekreisch zerrte an meinen ohnehin strapazierten Nerven.

Nim öffnete die Maschendrahttür, führte mich unter die offene Kuppel und zeigte mir die verschiedenen Vogelarten, während wir durch das verschneite Labyrinth der Bäume schlenderten.

»Vögel sind oft intelligenter als Menschen«, erklärte er. »Ich halte in einem getrennten Gehege auch Falken. Carlos füttert sie zweimal täglich mit Fleisch. Der Wanderfalke ist mein Favorit. Wie bei vielen anderen Arten auch übernimmt das Weibchen die Jagd.« Er wies auf einen kleinen gefleckten Vogel, der auf einem Baum an der Rückseite des Vogelhauses saß.

»Wirklich? Das wußte ich nicht«, sagte ich, als wir näher gingen. Der Vogel hatte große schwarze Augen. Ich hatte das Gefühl, daß er uns kritisch musterte.

»Ich fand schon immer«, bemerkte Nim, »daß *du* den Killerinstinkt hast.«

»Ich? Du machst wohl Witze.«

»Er ist nur noch nicht richtig zum Zug gekommen«, fügte er hinzu, »aber ich habe vor, ihn zu entwickeln. Ich bin der Meinung, er liegt schon viel zu lange brach in dir.«

»Aber man versucht doch, mich umzubringen«, erinnerte ich ihn.

»Es ist wie bei einem Spiel«, sagte Nim. »Du entscheidest dich, auf eine Drohung entweder defensiv oder aggressiv zu reagieren. Warum wählst du nicht letzteres und bedrohst deinen Gegner?«

»Ich weiß nicht, wer mein Gegner ist!« rief ich gequält.

»Aber natürlich«, erwiderte Nim geheimnisvoll, »du hast es von Anfang an gewußt. Soll ich es dir beweisen?«

»Bitte.« Ich wurde wieder unruhig, und mir war nicht nach Reden zumute. Wir verließen das Vogelhaus. Er verschloß die Tür und nahm meine Hand, als wir zum Haus zurückgingen.

Er nahm mir den Mantel ab, ließ mich auf einem Sofa vor dem Kamin Platz nehmen und zog mir sogar die Stiefel aus. Dann ging er zu der Wand, wo mein Bild von dem Mann auf dem Fahrrad stand. Er brachte es herüber und stellte es vor mich auf einen Sessel.

»Nachdem du gestern abend ins Bett gegangen bist«, begann Nim, »habe ich mir das Bild sehr lange angesehen. Ich hatte ein Déjà-vu-Erlebnis, und es ließ mich nicht mehr los. Du weißt ja, wenn mich ein Problem beschäftigt, muß ich ihm auf den Grund gehen. Heute morgen habe ich es gelöst.«

Er ging zu der Anrichte aus Eichenholz neben den Herden und öffnete eine Schublade. Er nahm ein paar Schachteln mit Spielkarten heraus und setzte sich neben mich auf das Sofa. Er öffnete die Schachteln, suchte jeweils einen Joker und warf ihn auf den Tisch. Ich betrachtete stumm die Karten.

Ein Joker war ein Narr mit einer Narrenkappe auf einem Fahrrad. Der Joker hatte dieselbe Haltung und das Fahrrad dieselbe Stellung wie der Mann und das Rad auf meinem Bild. Hinter ihm stand ein Grabstein mit der Inschrift »Ruhe in Frieden«. Der zweite Joker war ebenfalls ein Narr, doch die Karte war in der Mitte geteilt, und in der unteren Hälfte befand er sich noch einmal spiegelbildlich. Er glich ebenfalls meinem Mann, der über ein Skelett fuhr. Der dritte Joker stammte aus einem Tarotspiel. Er war fröhlich dabei, in einen Abgrund zu fallen.

Ich sah Nim an, und er lächelte.

»Der Joker in den Kartenspielen wird nach alter Tradition mit dem Tod in Verbindung gebracht«, erklärte er. »Aber er ist auch ein Symbol für die Wiedergeburt und die Unschuld der Menschen vor dem Sündenfall. Ich sehe ihn auch als eine Art Gralsritter. Er muß naiv und ein reiner Tor sein, um das Glück zu finden, das er sucht. Immerhin besteht seine Aufgabe darin, die Menschheit zu retten.«

»Ach?« murmelte ich. Die Ähnlichkeit der Karten mit der Gestalt auf meinem Bild machte mich beklommen. Nachdem ich die Karten vor mir sah, schien der Mann auf meinem Bild sogar eine Narrenkappe zu tragen und die gleichen, seltsam runden Augen zu haben.

»Du fragst, wer dein Gegner ist«, erklärte Nim ernst. »Ich glaube, wie auf den Karten und auf dem Bild ist der Mann mit dem Fahrrad sowohl dein Gegner als auch dein Verbündeter.«

»Du denkst doch wohl nicht an einen wirklichen Menschen?« fragte ich.

Nim nickte langsam und ließ mich nicht aus den Augen, als er sagte: »Du hast ihn doch gesehen, oder?«

»Aber das war nur ein Zufall!«

»Vielleicht«, stimmte er mir zu, »aber Zufälle können viele Ursachen haben. Es kann zum Beispiel ein Köder von jemandem gewesen sein, der das Bild kennt – oder auch eine andere Art Zufall«, fügte er lächelnd hinzu.

»O nein!« stöhnte ich, denn ich wußte genau, was jetzt kommen würde. »Du weißt doch, daß ich an Vorsehung, überirdische Kräfte und all den metaphysischen Hokuspokus nicht glaube.«

»Wirklich nicht?« fragte Nim noch immer lächelnd. »Aber es würde dir doch schwerfallen, eine Erklärung dafür zu finden, daß du ein Bild malst, bevor du dein Modell gesehen hast. Ich fürchte, ich muß dir etwas gestehen. Ich glaube, du spielst wie deine Freunde Llewellyn, Solarin und die Wahrsagerin eine wichtige Rolle in dem Geheimnis um das Montglane-Schachspiel. Wie sonst läßt sich erklären, daß du mit dieser Sache zu tun hast? Könnte es sein, daß du auf irgendeine Weise vom Schicksal dazu ausersehen, vielleicht sogar auserwählt bist, eine Schlüsselrolle –«

»Hör auf!« unterbrach ich ihn. »Ich werde keinesfalls nach diesem mysteriösen Schachspiel suchen! Man will mich umbringen beziehungsweise in Morde verwickeln. Kapierst du das nicht?« Ich schrie beinahe.

»Ich ›kapiere‹ es sehr wohl, wie du es so reizend ausdrückst«, erwiderte Nim, »aber du hast das Wesentliche nicht begriffen: Angriff ist die beste Verteidigung.«

»Kommt nicht in Frage«, erklärte ich. »Du willst mich offenbar reinlegen. Du möchtest dieses Schachspiel und brauchst einen Dummen, der es dir beschafft. Ich stecke schon hier in New York bis zum Hals in dieser Sache drin. Ich denke nicht daran, ein krummes Ding in einem fremden Land zu drehen, wo ich keinen Menschen kenne, der mir helfen kann. Vielleicht langweilst du dich und suchst ein Abenteuer, aber was wird aus mir, wenn ich dort in Schwierigkeiten gerate? Du hast doch nicht einmal eine Telefonnummer, unter der ich dich anrufen kann. Sollen mir vielleicht die Karmelitinnen zu Hilfe kommen, wenn das nächste Mal auf mich geschossen wird?«

»Nun werde nicht hysterisch«, beruhigte mich Nim und war wie immer ganz die Stimme der Vernunft, »ich habe in allen Kontinenten gute Kontakte. Aber das kannst du nicht wissen, weil du viel zu sehr damit beschäftigt bist, das Eigentliche nicht zu begreifen. Du erinnerst mich an die drei Affen, die aus Angst vor dem Bösen nichts sehen, nichts hören und nichts reden wollen.«

»Es gibt in Algerien kein amerikanisches Konsulat«, fauchte ich. »Hast du vielleicht Kontakte zur russischen Botschaft, wo man mir mit Freuden aus der Patsche helfen würde?« Das konnte sogar sein, denn Nim war teils russischer und teils griechischer Abstammung.

»Also, ich habe tatsächlich Kontakte zu mehreren Botschaften in Algerien«, erklärte er mit einem verdächtigen Grinsen. »Aber darüber sprechen wir später. Du mußt dich damit abfinden, daß du in dieses kleine Abenteuer hineinverwickelt bist, ob es dir paßt oder nicht. Aus der Suche nach dem Heiligen Gral ist eine Massenbewegung geworden. Dir bleibt keine andere Wahl: Du mußt die erste am Ziel sein.«

»Dann kannst du mich auch gleich Parzival nennen«, brummte ich. »Ich hätte nicht so dumm sein sollen, damit zu dir zu kommen. Deine ganze Hilfe besteht darin, mir noch größere Probleme aufzuladen, die mein ursprüngliches Problem harmlos erscheinen lassen.«

Nim stand auf, zog mich hoch und lächelte mich verschwörerisch an. Er legte mir die Hände auf die Schulter und sagte:

»*J'adoube.*«

PARIS

2. September 1792

Niemand ahnte, was dieser Tag bringen würde.

Germaine de Staël wußte es nicht, als sie sich in der Botschaft verabschiedete. Denn heute, am 2. September, wollte sie unter diplomatischem Schutz aus Frankreich fliehen.

Jacques-Louis wußte es nicht, als er sich eiligst für die außerordentliche Sitzung der Nationalversammlung ankleidete, denn heute, am 2. September, standen die feindlichen Truppen bereits 180 Kilometer vor Paris. Die Preußen drohten, die Hauptstadt niederzubrennen.

Maurice Talleyrand wußte es nicht, als er mit seinem Diener Courtiade im Arbeitszimmer die wertvollen ledergebundenen Bände aus den Bücherschränken nahm. Heute, am 2. September, wollte er die unbezahlbare Bibliothek in Vorbereitung seiner unmittelbar bevorstehenden Flucht über die französische Grenze schmuggeln.

Valentine und Mireille wußten es nicht, als sie in dem herbstlichen Garten hinter Davids Atelier auf und ab gingen. In dem Brief, den sie gerade erhalten hatten, stand, daß die ersten Figuren des Montglane-Schachspiels in Gefahr waren. Die beiden ahnten nicht, daß dieser Brief sie in das Zentrum des Orkans führen würde, der sich heute über Frankreich erheben sollte.

Denn niemand wußte, daß genau in fünf Stunden – also am 2. September um zwei Uhr nachmittags – die Schreckensherrschaft der Revolution anbrechen würde.

NEUN UHR MORGENS

Valentine tauchte ihre Finger in das Wasser des kleinen Springbrunnens hinter Davids Atelier. Ein großer Goldfisch knabberte an ihren Fingerspitzen. Nicht weit von dieser Stelle hatten sie und Mireille die beiden aus Montglane mitgebrachten Schachfiguren begraben. Jetzt würden vielleicht noch andere dazukommen.

Mireille stand neben ihr und las den Brief. Um sie herum schimmerten violette und goldgelbe Chrysanthemen im grünen Blattwerk. Die ersten gelben Blätter schwebten auf das Wasser und verliehen dem Tag trotz der drückenden spätsommerlichen Hitze eine herbstliche Atmosphäre.

»Es gibt nur eine Erklärung für den Brief«, sagte Mireille und las ihn noch einmal vor:

> Meine geliebten Schwestern in Christo,
> wie Euch vielleicht bekannt ist, hat man das Kloster von Caen geschlossen. Infolge der großen Unruhen in Frankreich hat unsere Vorsteherin, Mlle. Alexandrine de Forbin, es für notwendig erachtet, zu ihrer Familie nach Flandern zurückzukehren. Unsere Schwester Marie-Charlotte Corday, an die Ihr Euch vielleicht ebenfalls noch erinnert, ist in Caen geblieben, um mögliche unerwartete Aufgaben zu übernehmen.
> Da wir uns nicht kennen, möchte ich mich Euch vorstellen: Ich bin Schwester Claude, eine Benediktinerin des ehemaligen Klosters in Caen. Ich war die persönliche Sekretärin von Schwester Alexandrine, die mich vor ihrer Abreise nach Flandern vor einigen Monaten zu Hause in Épernay aufgesucht hat. Damals bat sie mich, Schwester Valentine ihre Botschaft persönlich zu überbringen, falls ich in nächster Zeit in Paris sein würde.
> Nun bin ich hier eingetroffen und befinde mich im Augenblick im Quartier Cordeliers. Bitte kommt heute pünktlich um zwei Uhr nachmittags zum Tor der Abbaye, da ich nicht weiß, wie lange ich noch hier sein werde. Ich glaube, Ihr versteht die Dringlichkeit dieser Bitte.
>   Eure Schwester in Christo
>   Claude von der Abbaye-aux-Dames, Caen

»Sie kommt aus Épernay«, sagte Mireille, als sie zu Ende gelesen hatte. »Diese Stadt liegt östlich von hier an der Marne. Sie behauptet, Alexandrine de Forbin hat sie auf dem Weg nach Flandern besucht. Weißt du, was zwischen Épernay und der flämischen Grenze liegt?«

Valentine schüttelte den Kopf und sah Mireille mit großen Augen an.

»Longwy und Verdun – und das halbe preußische Heer. Vielleicht bringt uns die liebe Schwester Claude etwas Wertvolleres als gute Nachrichten von Alexandrine de Forbin. Vielleicht bringt sie uns das, was Alexandrine für zu wertvoll und deshalb zu gefährlich hielt, um es durch die kämpfenden Armeen über die flämische Grenze zu schaffen.«

»Die Schachfiguren!« rief Valentine. »In dem Brief steht, Charlotte Corday ist in Caen geblieben! Vielleicht dient Caen als Treffpunkt an der Nordgrenze.« Sie dachte darüber nach. »Aber wenn es so ist«, fügte sie verwirrt hinzu, »weshalb versucht Alexandrine, Frankreich im Osten zu verlassen?«

»Ich weiß es nicht«, sagte Mireille und löste das Band aus ihren roten Haaren. Sie beugte sich über den Wasserstrahl und kühlte sich das Gesicht. »Wir werden es nicht erfahren, wenn wir Schwester Claude nicht zur genannten Zeit treffen. Aber warum ist sie im Quartier Cordeliers, dem gefährlichsten Viertel der Stadt? Du weißt doch, L'Abbaye ist kein Kloster mehr, sondern inzwischen ein Gefängnis.«

»Ich habe keine Angst, allein hinzugehen«, erwiderte Valentine. »Ich habe der Äbtissin versprochen, diese Aufgabe verantwortungsvoll zu übernehmen. Jetzt ist die Zeit gekommen, mich zu bewähren. Aber du mußt hierbleiben. Onkel Jacques Louis hat uns verboten, das Haus in seiner Abwesenheit zu verlassen.«

»Dann müssen wir unseren Ausflug sehr klug planen«, erwiderte Mireille, »denn ich werde dich niemals allein nach Cordeliers gehen lassen. Darauf kannst du Gift nehmen!«

ZEHN UHR VORMITTAGS

Germaine de Staëls Kutsche fuhr durch das Tor der schwedischen Botschaft. Auf dem Wagendach türmten sich Truhen und Perückenschachteln, die zwei Diener in Livree nicht aus den Augen ließen. Germaine wurde von ihren Zofen begleitet; sie trug die offizielle Robe einer Botschafterin mit den farbigen Bändern und Epauletten. Die sechs Schimmel bahnten sich durch das Menschengewimmel auf den Straßen von Paris einen Weg zum Stadttor. Ihre prächtigen Kokarden leuchteten in den schwedischen Farben, und an den Wagenschlägen prangte das königlich schwedische Wappen. Die Vorhänge hinter den Fenstern waren geschlossen.

Germaine überließ sich in der Dunkelheit der Kutsche ihren Gedanken und blickte nicht aus dem Fenster, bis die Kutsche noch vor Erreichen der Stadttore plötzlich anhielt. Eine Zofe beugte sich vor und schob ein Fenster hoch.

Draußen standen zerlumpte Frauen. Sie hielten drohend Rechen und Hacken in den Händen, als seien es Waffen. Ein paar starrten Germaine mit offenen Mündern an. Germaine lehnte sich aus dem Fenster. Einer ihrer runden, dicken Arme lag auf dem Rahmen.

»Was geht hier vor?« rief sie mit ihrer vollen, herrischen Stimme. »Laßt meine Kutsche sofort passieren!«

»Niemand darf die Stadt verlassen!« schrie eine Frau aus der Menge. »Wir bewachen das Tor! Tod dem Adel!« Die umstehenden Frauen nahmen den Schrei auf. Immer mehr Menschen drängten sich um den Wagen. Das Geschrei des Pöbels machte Germaine beinahe taub.

»Ich bin die schwedische Botschafterin!« rief sie. »Ich reise in einer offiziellen Mission in die Schweiz! Ich befehle euch, laßt mich passieren!«

»Ha! Sie befiehlt!« rief eine Frau am Fenster und spuckte Germaine unter dem Jubel der Menge ins Gesicht.

Germaine zog ein Spitzentaschentuch aus dem Mieder und wischte sich den Speichel ab. Sie warf das Taschentuch aus dem Fenster und rief: »Das ist das Taschentuch der Tochter von Jacques Nekker, dem Finanzminister, den ihr geliebt und verehrt habt. Nun ist es besudelt vom Speichel des Volks! ... Tiere«, murmelte sie zu ihren

Zofen gewandt, die sich zitternd in die andere Ecke der Kutsche drückten. »Wir werden sehen, wer hier Herr der Lage ist.«

Aber die Frauen hatten die Pferde bereits ausgeschirrt, die Kutsche gewendet und zogen sie jetzt durch die Straßen. Die aufgebrachte Menschenmenge wuchs von Minute zu Minute. Sie drängten sich um den Wagen und zogen und schoben ihn wie ein Heer Ameisen ein Stück Brotrinde.

Germaine klammerte sich kochend vor Zorn an die Tür, fluchte und drohte der Menge, aber ihre Stimme ging im Geschrei und Gebrüll des Pöbels unter. Nach einer Ewigkeit erreichte die Kutsche ein großes, imposantes, von Wachen geschütztes Gebäude. Als Germaine sah, wohin man sie gebracht hatte, wurde ihr eiskalt. Es war das Hôtel de Ville, das Hauptquartier der Pariser Kommune.

Die Pariser Kommune war gefährlicher als der Pöbel, der ihre Kutsche bedrängte. Hier saßen nur Verrückte. Sogar die Mitglieder der Nationalversammlung fürchteten sie. Sie verhafteten, verurteilten und richteten Angehörige des Adels mit einer Geschwindigkeit hin, die nichts mehr mit den Gedanken der Freiheit zu tun hatte. Für sie war Germaine de Staël nur ein weiterer adliger Hals, den die Guillotine durchtrennen würde.

Man riß den Wagenschlag auf. Schmutzige Hände zerrten Germaine auf die Straße. Aufrecht und mit eisigen Blicken schritt sie durch die Menge. Hinter ihr zitterten Zofen und Kutscher, die man aus der Kutsche holte und mit Besen- und Schaufelstielen vorwärts trieb. Man schleppte Germaine die steilen Stufen zum Eingang des Hôtel de Ville hinauf. Sie hielt entsetzt den Atem an, als plötzlich ein Mann auf sie zusprang und ihr mit einer Spitzhacke das Botschafterinnenkleid aufriß. Im selben Augenblick trat ein Wachmann vor und schob die Spitzhacke mit dem Schwert beiseite. Er packte Germaine am Arm und führte sie schnell in den dunklen Eingang des Hôtel de Ville.

ELF UHR MORGENS

David kam außer Atem in der Nationalversammlung an. Der riesige Saal war bis zum Bersten gefüllt mit Männern, die laut aufeinander einschrien. Der Sprecher stand auf dem Podium und versuchte, sich mit lauter Stimme Gehör zu schaffen. David bahnte sich einen Weg zu seinem Platz. Er konnte die Worte des Redners kaum verstehen.

»Am dreiundzwanzigsten August ist die Festung Longwy von den feindlichen Truppen gestürmt worden! Der Herzog von Braunschweig, Kommandant des preußischen Heeres, hat ein Ultimatum gestellt: Er fordert, daß wir den König freilassen und ihm alle königlichen Machtbefugnisse zurückgeben, oder seine Truppen werden Paris dem Erdboden gleichmachen!«

Der aufbrandende Lärm glich einer Welle, die über dem Redner zusammenschlug und seine Worte verschluckte. Jedesmal, wenn die Welle etwas abflaute, versuchte der Mann weiterzusprechen.

Die Nationalversammlung konnte ihre ohnehin geringe Macht über Frankreich nur ausüben, solange der König im Gefängnis saß. Aber das Manifest des Herzogs von Braunschweig hatte die Freilassung Ludwigs XVI. verlangt und lieferte den Vorwand für den Einmarsch preußischer Truppen in Frankreich. Unbezahlter Sold und Massendesertion schwächten die Moral der französischen Truppen, und die erst vor kurzem an die Macht gekommene Regierung stand in Gefahr, über Nacht gestürzt zu werden. Hinzu kam, daß jeder Abgeordnete die anderen des Hochverrats und geheimer Abkommen mit dem Feind verdächtigte, der praktisch vor den Toren stand. Das ist, dachte David, als er beobachtete, wie der Sekretär sich um Ordnung bemühte, die Geburtsstunde der Anarchie.

»Bürger!« rief der Sekretär. »Ich habe schlimme Nachrichten! Die Festung Verdun ist heute morgen von den Preußen erobert worden! Wir müssen zu den Waffen greifen – «

In der Nationalversammlung brach Hysterie aus. Chaos und Panik erfaßte die Abgeordneten, die wie Ratten in der Falle wild durcheinanderliefen. Verdun war die letzte Bastion zwischen dem Feind und Paris! Die Preußen konnten bereits an diesem Abend vor den Stadttoren stehen.

Die Worte des Sekretärs gingen im allgemeinen Lärm unter. David sah, wie der Mann den Mund öffnete und schloß, hörte aber im Gewirr der Stimmen kein Wort.

Die Nationalversammlung hatte sich in eine aufgewühlte Masse Verrückter verwandelt. Die Jakobiner warfen Papierknäuel und Äpfel auf die Gemäßigten im Parkett. Die Girondisten mit ihren Spitzenmanschetten, die einmal als liberal gegolten hatten, hoben blaß vor Angst die Köpfe. Man wußte, sie waren die republikanischen Royalisten, die die drei Stände unterstützten – den Adel, den Klerus und die Bürgerlichen. Nach der Veröffentlichung des Braunschweiger Ultimatums war ihr Leben sogar hier in der Nationalversammlung in größter Gefahr – und das wußten sie. Alle, die für die Wiedereinsetzung des Königs eintraten, würden möglicherweise tot sein, noch ehe die Preußen die Stadttore von Paris erreichten.

Der Sekretär trat zur Seite, und Danton betrat das Podium. Danton war der Held der Nationalversammlung. Er hatte einen großen Kopf und einen massigen Körper. Das gebrochene Nasenbein und die entstellte Lippe stammten vom Tritt eines Stiers, den er als Kind überlebt hatte. Er hob die Hand und verlangte Ruhe.

»Bürger! Es ist für den Minister eines freien Staates eine große Genugtuung zu verkünden, daß das Land gerettet ist! Alle sind bewegt, alle sind begeistert, alle brennen darauf, sich in den Kampf zu stürzen...«

Auf den Rängen und in den Gängen der Nationalversammlung standen heftig gestikulierend Männer in Gruppen zusammen. Nach und nach verstummten sie alle und lauschten auf die Worte des großen Führers. Danton appelierte an sie; er forderte sie auf, nicht schwach zu werden, beschwor sie, sich gegen die Flut zu stemmen, die gegen Paris anbrandete. Er entfachte ihre Leidenschaft und verlangte, daß sie die Grenzen Frankreichs verteidigten, die Verteidigungsanlagen schützten und die Stadttore mit Lanzen und Spießen eigenhändig bewachten. Das Feuer seiner Rede wirkte bei seinen Zuhörern wie ein Zündfunke. Bald hörte man Beifall und Jubel aus den Reihen der Männer.

»Wir schlagen nicht Alarm, weil Gefahr droht, sondern befehlen den Angriff gegen die Feinde Frankreichs... Wir müssen alles wagen, immer wieder und wieder alles wagen – und Frankreich ist gerettet!«

Die Nationalversammlung tobte. Tumult entstand, als die Männer im Parkett Papier in die Luft warfen und schrien: »*L'audace! L'audace!*«

Während das Gebrüll durch den Saal hallte, wanderte Davids Blick zum Rang und blieb an einem blassen jungen Mann mit unbewegtem Gesicht haften.

David sah, daß er stumm und ungerührt von Dantons Rede auf seinem Platz sitzen blieb. Während er diesen Mann beobachtete, wurde David bewußt, daß nur noch eines sein Land retten konnte, das in zahllose verfeindete Fraktionen gespalten, wirtschaftlich zugrunde gerichtet und von einem Dutzend feindlicher Mächte jenseits der Grenzen bedroht wurde: Frankreich brauchte nicht das Pathos eines Danton oder eines Marat, Frankreich brauchte einen Führer – einen Mann, der seine Kräfte in der Stille sammelte, bis seine Fähigkeiten gebraucht wurden, einen Mann, der die natürlichen, ehrwürdigen Ideale des großen Jean-Jacques Rousseau wiederbeleben konnte, auf die diese Revolution sich gründete. Der Mann, der dort im Rang saß, war dieser Führer. Er hieß Maximilien Robespierre.

EIN UHR MITTAGS

Germaine de Staël saß auf einer harten Holzbank im Gebäude der Pariser Kommune. Sie saß dort schon über zwei Stunden. Überall um sie herum standen stumm und beklommen Männer in Gruppen zusammen. Ein paar Männer saßen neben ihr auf der Bank, andere hatten sich auf den Boden gesetzt. Durch die offenen Türen dieses improvisierten Wartesaals sah Germaine geschäftige Gestalten, die Papiere stempelten. Von Zeit zu Zeit erschien jemand und rief einen Namen. Der Aufgerufene wurde dann blaß, andere klopften ihm auf die Schulter und flüsterten ihm »Mut« zu. Dann verschwand der Betreffende hinter den Türen.

Germaine wußte natürlich, was dort geschah. Vor den Mitgliedern der Pariser Kommune fanden Schnellverfahren statt. Man stellte dem »Angeklagten«, dessen Vergehen vermutlich nur auf seiner Abstammung beruhte, ein paar Fragen über seine Herkunft und Loyalität zum König. Hatte der Bedauerliche nur eine Spur blaues

Blut, würde es im Morgengrauen auf die Straßen von Paris fließen. Germaine machte sich keine Illusionen, wie es um sie stand. Sie hatte nur eine Hoffnung, an die sie sich klammerte: Man würde keine schwangere Frau enthaupten.

Während sie wartete und die breiten Ordensbänder ihres Botschafterinnenkleids betastete, brach der Mann neben ihr plötzlich zusammen. Er schlug die Hände vor das Gesicht und begann zu weinen. Die anderen blickten ängstlich und nervös in seine Richtung, aber niemand versuchte, ihn zu trösten. Germaine seufzte und stand auf. Sie wollte nicht durch den weinenden Mann in ihren Gedanken gestört werden. Sie suchte nach einem Ausweg, um sich selbst zu retten.

In diesem Augenblick entdeckte sie einen jungen Mann, der sich mit einem Stapel Akten einen Weg durch die Wartenden bahnte. Die lockigen braunen Haare hatte er mit einem Band am Hinterkopf zusammengebunden, die Spitzen seines Jabots hingen schlaff herunter. Germaine wußte plötzlich, daß sie ihn kannte.

»Camille!« rief sie. »Camille Desmoulins!« Der junge Mann drehte sich um, und seine Augen wurden vor Überraschung groß.

Camille Desmoulins war das Enfant célèbre von Paris. Vor drei Jahren – noch als Jesuitenschüler – war er an einem heißen Juliabend im Café Foy auf einen Tisch gesprungen und hatte seine Mitbürger aufgefordert, die Bastille zu stürmen. Jetzt galt er als der Held der Revolution.

»Madame de Staël!« sagte Camille, drängte sich durch die Leute und nahm ihre Hand. »Was führt Sie hierher? Sie haben doch bestimmt kein Unrecht gegen diesen Staat begangen?« Er lächelte sie an. Sein freundliches Gesicht wirkte in diesem Saal voll Angst und Todesschrecken so fehl am Platz. Germaine versuchte, sein Lächeln zu erwidern.

»Die ›Bürgerinnen von Paris‹ haben mich gefangengenommen«, erwiderte sie und versuchte, etwas von dem diplomatischen Charme aufzubringen, der ihr in der Vergangenheit so oft geholfen hatte. »Es sieht so aus, als gilt die Frau eines Botschafters, die durch das Stadttor fahren will, als eine Feindin des Volks. Welche Ironie, nachdem wir so um die Freiheit gekämpft haben!«

Camilles Lächeln verschwand. Er warf einen unbehaglichen Blick auf den weinenden Mann hinter Germaine und führte sie zur Seite.

»Wollen Sie damit sagen, Sie haben versucht, Paris ohne Paß und Eskorte zu verlassen? O mein Gott, Madame! Sie können von Glück reden, daß man Sie nicht auf der Stelle erschossen hat!«

»Machen Sie keine Witze!« rief Germaine. »Ich besitze diplomatische Immunität. Das wäre gleichbedeutend mit einer Kriegserklärung an Schweden! Diese Leute müssen verrückt sein, wenn sie glauben, sie können mich zum Bleiben zwingen!« Aber ihre Selbstsicherheit schwand, als sie Camilles nächste Worte hörte.

»Wissen Sie denn nicht, was in diesem Augenblick gerade geschieht? Wir befinden uns im Krieg und werden bereits angegriffen ...« Er senkte die Stimme, als ihm bewußt wurde, daß diese Nachricht sich noch nicht überall verbreitet hatte und zweifellos allgemeine Panik auslösen würde. »Verdun ist gefallen«, flüsterte er.

Germaine starrte ihn fassungslos an. Plötzlich begriff sie den Ernst ihrer Lage. »Nicht möglich«, murmelte sie. Als er nachdrücklich nickte, fragte sie: »Wie weit von Paris ... Wo stehen sie jetzt?«

»Ich vermute, selbst mit ihrer gesamten Artillerie brauchen sie weniger als zehn Stunden. Man hat bereits den Befehl gegeben, auf jeden zu schießen, der sich den Stadttoren nähert. Ein Versuch, Paris jetzt zu verlassen, würde zwangsläufig zu einer Anklage wegen Hochverrat führen.« Er sah sie ernst an.

»Camille«, stieß Germaine schnell hervor, »wissen Sie, weshalb ich zu meiner Familie in die Schweiz möchte? Wenn ich mit meiner Abreise noch länger warte, werde ich nicht mehr reisen können. Ich bekomme ein Kind.«

Er sah sie ungläubig an. Aber Germaines Selbstsicherheit war zurückgekehrt. Sie nahm seine Hand und drückte sie auf ihren Leib. Durch die Falten des Stoffs hindurch spürte er, daß sie die Wahrheit sprach. Er lächelte sie wieder jungenhaft an und wurde sogar rot.

»Madame, mit etwas Glück wird es mir vielleicht gelingen, daß Sie noch heute in die Botschaft zurückkehren können. Selbst ein Gott könnte nicht durch das Stadttor fahren, ehe wir die Preußen geschlagen haben. Ich werde die Sache mit Danton besprechen.«

Germaine lächelte ihn erleichtert an. Und als Camille ihr die Hand drückte, sagte sie: »Wenn mein Sohn in Genf gesund zur Welt gekommen ist, soll er Ihren Namen tragen.«

ZWEI UHR NACHMITTAGS

Valentine und Mireille näherten sich dem Tor des Gefängnisses L'Abbaye in einer Droschke, die sie nach der Flucht aus Davids Haus gemietet hatten. Eine große Menschenmenge lief in der engen Straße zusammen. Mehrere andere Droschken waren bereits vor dem Gefängnistor angehalten worden.

Der zerlumpte Pöbel der Sansculotten fiel mit Besen und Schaufeln über die Kutschen her, hämmerte mit Fäusten und Stöcken gegen die Türen und Fenster. Das Gebrüll der wütenden Menge hallte durch die schmale Gefängnisgasse, während Gefängniswachen auf den Wagendächern versuchten, die Menge zurückzudrängen.

Der Kutscher von Valentines und Mireilles Droschke beugte sich vom Kutschbock zu ihnen hinunter und sagte:

»Näher kann ich nicht heranfahren, sonst geraten wir in den Stau, und ich kann nicht mehr wenden. Außerdem gefällt mir dieser Haufen nicht.«

In diesem Augenblick entdeckte Valentine in der Menge eine Nonne im Benediktinerhabit der Abbaye-aux-Dames von Caen. Valentine winkte aus dem Droschkenfenster, und die ältere Nonne erwiderte den Gruß, aber sie konnte sich in der Menschenmasse nicht von der Stelle rühren, die sich jetzt Kopf an Kopf in der schmalen *allée* zwischen den hohen Mauern drängte.

»Nein, Valentine!« rief Mireille, als ihre Cousine den Wagenschlag öffnete und auf die Straße sprang.

»Bitte, Monsieur«, flehte Mireille den Kutscher beim Aussteigen an, »können Sie hier warten? Meine Cousine ist gleich wieder da.« Sie schickte ein Stoßgebet zum Himmel, daß es so sein möge, und ließ Valentine nicht aus den Augen, die im Menschengetümmel verschwand und sich zu Schwester Claude hindurchkämpfte.

»Mademoiselle«, erwiderte der Kutscher, »ich muß die Droschke sofort wenden. Wir sind hier in Gefahr. In den Wagen, die man dort festhält, sitzen Gefangene.«

»Wir wollen hier eine Freundin treffen«, erklärte Mireille, »und kommen sofort mit ihr zurück. Monsieur, ich flehe Sie an, warten Sie auf uns.«

»Diese Gefangenen«, sagte der Kutscher mit einem Blick über die

Menge, »sind Priester, die sich weigern, dem Staat die Treue zu schwören. Ich fürchte um ihr Leben, aber auch um unser Leben. Holen Sie Ihre Cousine, ich wende inzwischen die Droschke. Beeilen Sie sich!«

Der alte Mann sprang vom Kutschbock, nahm das Pferd am Halfter und zog es herum, um so die Droschke auf der schmalen Straße zu wenden. Mireille stürzte sich mit klopfendem Herzen in die Menge.

Valentine konnte sie in dem Getümmel nicht mehr sehen. Sie kämpfte sich verzweifelt durch die dicht an dicht stehenden Leiber und spürte, wie von allen Seiten Händen an ihr zerrten und zogen. Panik erfaßte sie, als die ungewaschenen und verwahrlosten Menschen sie immer enger umschlossen.

Im Gewühl der Beine, Arme und Waffen sah sie plötzlich einen Augenblick lang Valentine dicht vor Schwester Claude. Sie streckte die Hand nach der Nonne aus. Doch da schloß sich die Mauer der Menschen wieder vor ihr.

»Valentine!« schrie Mireille. Aber ihre Stimme ging im allgemeinen Gebrüll unter, und sie wurde zusammen mit den anderen gegen das halbe Dutzend Droschken geschoben, die vor dem Gefängnistor eingekeilt waren und in denen die verhafteten Priester saßen.

Mireille versuchte verzweifelt, in die Richtung von Valentine und Schwester Claude zu gelangen, aber es war, als kämpfe sie gegen eine Sturmflut, die sie unerbittlich gegen die Kutschen vor den Gefängnismauern trieb, bis sie schließlich gegen ein Wagenrad prallte. Sie klammerte sich mit all ihrer Kraft daran fest und richtete sich langsam mit dem Rücken zur Droschke auf, als plötzlich die Tür aufgerissen wurde. Im Strudel der Arme und Beine um sie herum konnte sie dem Sog nur standhalten, indem sie entschlossen das Wagenrad umklammerte.

Die Priester wurden aus dem Wagen und auf die Straße gezerrt. Ein leichenblasser junger Priester sah Mireille eine Sekunde lang mit weit aufgerissenen Augen an, dann verschwand er in der Menge. Ihm folgte ein älterer Geistlicher. Er sprang aus der offenen Tür und hieb mit einem Gehstock auf die Menge ein. Dabei schrie er verzweifelt nach den Wachen, aber diese hatten sich inzwischen ebenfalls in brutale Bestien verwandelt. Sie schlugen sich auf die Seite der Menge, sprangen vom Wagendach, packten den armen Priester an seiner Soutane und rissen sie in Fetzen. Der Mann fiel zu Boden und wurde auf den Pflastersteinen zu Tode getrampelt.

Einen Priester nach dem anderen zerrte der Mob aus den Wagen. Sie liefen wie aufgeschreckte Mäuse durcheinander, während man von allen Seiten mit Schaufeln und Hacken auf sie einschlug. Beinahe wahnsinnig vor Angst schrie Mireille immer wieder: »Valentine!«, während um sie herum das Grauen tobte. Plötzlich wurde sie wieder in die Menschenmenge gezerrt und dann brutal gegen die Gefängnismauer gedrückt.

Sie prallte gegen die Steine und fiel auf das Pflaster. Sie streckte schützend die Hand vor und spürte beim Aufschlagen etwas Warmes und Weiches. Bäuchlings auf dem Boden liegend, hob sie benommen den Kopf und strich sich die roten Haare aus dem Gesicht. Vor sich sah sie die geweiteten Augen von Schwester Claude, die zerschmettert am Fuß der Gefängnismauer lag. Aus einer klaffenden Wunde an der Stirn lief Blut über das Gesicht der alten Frau. Man hatte ihr die Haube vom Kopf gerissen. Die Augen starrten ins Leere. Mireille zuckte zurück und schrie, so laut sie konnte, aber ihrer Kehle entrang sich kein Laut. Die warme, feuchte Stelle, auf der ihre Hand gelegen hatte, war ein großes blutiges Loch, denn man hatte Schwester Claude den Arm aus dem Leib gerissen.

Zitternd vor Entsetzen kroch Mireille rückwärts, weg von der verstümmelten Schwester, und wischte sich fieberhaft die blutige Hand an ihrem Kleid ab. Valentine! Wo war Valentine? Mireille richtete den Oberkörper auf und wollte sich an der Mauer hochziehen, als sie plötzlich ein Stöhnen hörte und begriff, daß Claude den Mund geöffnet hatte. Die Nonne war nicht tot!

Mireille beugte sich über sie und packte Claude bei den Schultern. Das Blut schoß aus der klaffenden Wunde.

»Valentine!« schrie Mireille. »Wo ist Valentine? Was ist aus Valentine geworden?«

Die alte Nonne bewegte tonlos die bleichen Lippen und verdrehte die Augen. Mireille beugte sich über sie, bis ihre Haare die Lippen der Nonne berührten.

»Drinnen«, flüsterte Claude, »man hat sie hineingeschleppt.« Dann sank sie bewußtlos zusammen.

»Mein Gott, ist das wahr?!« stöhnte Mireille, aber Claude antwortete nicht mehr.

Mireille versuchte aufzustehen. Die Menge um sie herum schrie nach Blut. Überall sausten Hacken und Stöcke durch die Luft. Das Geschrei der Tötenden und der Sterbenden verschmolz miteinander, und Mireille wurde beinahe schwarz vor Augen.

Erschöpft und von Schmerz und Verzweiflung übermannt, versuchte sie sich einen Weg durch die Menge zu der Droschke zu bahnen, mit der sie gekommen waren. Sie mußte David finden. Nur David konnte ihnen jetzt noch helfen.

Die Leute wichen vor etwas zurück, das ihnen entgegenkam. Mireille drückte sich flach an die Gefängnismauer und tastete sich an ihr entlang. Dann sah sie, was es war: Der Pöbel zog die Droschke, mit der sie gekommen waren, durch die schmale Gasse. In den Kutschbock hatte man einen Spieß gerammt, auf dem der abgeschlagene Kopf des Kutschers steckte – die silbernen Haare blutig verschmiert, das alte Gesicht vor Entsetzen verzerrt. Mireille biß sich in den Arm, um nicht zu schreien. Sie stand wie erstarrt in der tobenden und schreienden Menge. Sie wußte, sie konnte nicht zurück, um David zu suchen. Sie mußte so schnell wie möglich in das Gefängnis. Mireille wußte mit erschreckender Gewißheit, wenn es ihr nicht sofort gelang, Valentine zu finden, dann war es zu spät.

DREI UHR NACHMITTAGS

Jacques-Louis David ging durch eine Dampfwolke, denn Frauen schütteten eimerweise Wasser auf das glühendheiße Pflaster, um es abzukühlen. Er betrat das Café de la Régence.

Im Club schlug ihm eine noch dickere Wolke aus Pfeifen- und Zigarettenrauch entgegen. Seine Augen brannten, und das bis zum Nabel offene Leinenhemd klebte ihm an der Haut, während er sich einen Weg durch den drückendheißen Raum bahnte und Kellnern auswich, die mit beladenen Tabletts über dem Kopf zu den vollbesetzten Tischen eilten. An den Tischen spielten Männer Karten, Domino oder Schach. Das Café de la Régence war der älteste und berühmteste Spielclub Frankreichs.

Auf seinem Weg zum Hinterzimmer sah David plötzlich Maximilien Robespierre. Sein scharfgeschnittenes Gesicht erinnerte ihn an eine Elfenbeinschnitzerei, während er bewegungslos seine Schachfiguren studierte. Das Kinn ruhte auf einem Finger, das doppeltgebundene Seidentuch und die Brokatweste waren immer noch faltenlos. Er schien den Lärm und die Hitze überhaupt nicht wahrzunehmen. Die kühle, gelassene Haltung verriet, daß er wie üblich an dem, was um ihn herum geschah, keinen Anteil hatte, sondern lediglich als Beobachter oder als Richter anwesend war.

David kannte den alten Mann nicht, der Robespierre gegenübersaß. Er trug einen altmodischen blaßblauen Rock, eine mit Bändern besetzte Hose, weiße Kniestrümpfe und Pumps im Stil von Louis XV. Der alte Herr machte gerade einen Zug, ohne dabei die Schachfigur anzusehen. Seine wäßrigen blauen Augen richteten sich auf David, der an ihren Tisch trat.

»Entschuldigen Sie bitte, wenn ich Ihr Spiel störe«, sagte David, »ich möchte Monsieur Robespierre um eine Gunst bitten, die keinen Aufschub duldet.«

»Schon gut«, sagte der alte Mann. Robespierre blickte unverwandt und stumm auf das Schachbrett. »Mein Freund hat das Spiel ohnehin verloren. Matt in fünf Zügen, mein lieber Maximilien. Geben Sie auf. Die Unterbrechung Ihres Freundes kommt im richtigen Moment.«

»Ich sehe es nicht«, erwiderte Robespierre, »aber wenn es um Schach geht, sind Ihre Augen besser als meine.« Er lehnte sich mit einem Seufzer zurück und sah David an. »Monsieur Philidor ist der beste Schachspieler in Europa. Es ist mir eine Ehre, gegen ihn zu verlieren, wenn ich nur die Gelegenheit habe, an seinem Tisch zu spielen.«

»Sie sind also der berühmte Philidor!« rief David und drückte dem alten Mann herzlich die Hand. »Sie sind ein großer Komponist, Monsieur. Als Kind habe ich eine Neuaufführung von *Le Soldat Magicien* gesehen. Ich werde den Abend nie vergessen. Erlauben Sie mir, daß ich mich vorstelle. Ich bin Jacques-Louis David.«

»Der Maler!« sagte Philidor und erhob sich. »Ich bewundere Ihr Werk wie alle Bürger Frankreichs. Aber ich fürchte, Sie sind der einzige Mensch in diesem Land, der sich an mich erinnert, obwohl meine Musik einmal in der Comédie Française und in der Opéra Comique erklungen ist. Ich muß jetzt wie ein dressierter Affe in aller Öffentlichkeit Schach spielen, um mich und meine Familie zu ernähren. Robespierre war so freundlich, mir einen Paß ausstellen zu lassen, damit ich nach England reisen kann, dort wird man mich für diese Art Spektakel sehr viel besser bezahlen.«

»Genau denselben Gefallen möchte auch ich von ihm erbitten«, sagte David, als Robespierre nicht länger auf das Schachbrett blickte, sondern sich ebenfalls erhob. »Die politische Lage in Paris ist inzwischen sehr gefährlich. Und diese höllische Hitze trägt wenig dazu bei, die Gemüter unserer Pariser Mitbürger zu beruhigen. Die explosive Atmosphäre hat mich bewogen, um eine Gunst zu bitten – obwohl ich natürlich nicht für mich bitte.«

»Bürger erbitten eine Gunst immer für andere«, unterbrach ihn Robespierre kühl.

»Ich bitte für meine jungen Schützlinge«, erklärte David förmlich, »denn Sie werden mir sicher beipflichten, Maximilien, Frankreich ist für junge Frauen kein sicherer Ort.«

»Wenn Ihnen so sehr an ihrem Wohlergehen liegt«, erwiderte Robespierre ungerührt und sah David mit glitzernden grünen Augen durchdringend an, »dann würden Sie nicht zulassen, daß sie sich am Arm eines Kavaliers wie des Bischofs von Autun zeigen.«

»Da bin ich anderer Ansicht«, mischte sich Philidor ein. »Ich gehöre zu den großen Bewunderern von Maurice Talleyrand. Ich prophezeie Ihnen, man wird ihn eines Tages für den größten Staatsmann in der Geschichte Frankreichs halten.«

»Eine schöne Prophezeiung«, sagte Robespierre wegwerfend. »Wie gut, daß Sie nicht Ihren Lebensunterhalt mit Prophezeiungen verdienen müssen. Maurice Talleyrand versucht seit Wochen jeden erdenklichen Beamten in Frankreich zu bestechen, damit er nach England reisen kann, wo er vorgeben kann, Diplomat zu sein. Er möchte nur seinen Kopf retten. Mein lieber David, der gesamte Adel Frankreichs will noch vor dem Eintreffen der Preußen fliehen. Ich werde sehen, was ich auf der Komiteeversammlung heute abend für Ihre Schützlinge tun kann, aber ich verspreche nichts. Ihre Bitte kommt etwas spät.«

David bedankte sich herzlich bei ihm, und Philidor bot an, den

Maler hinauszubegleiten. Als der berühmte Schachmeister und der Maler sich durch den vollbesetzten Raum zum Ausgang schoben, sagte Philidor: »Sie müssen verstehen, Maximilien Robespierre ist anders als Sie und ich. Er ist Junggeselle und ahnt nicht, welche Verantwortung es bedeutet, Kinder großzuziehen. Wie alt sind Ihre Schützlinge, David? Und wie lange sind sie schon bei Ihnen?«

»Erst seit kurzem«, erwiderte David, »davor waren sie Novizinnen im Kloster von Montglane...«

»Haben Sie Montglane gesagt?« fragte Philidor und senkte die Stimme, als sie den Ausgang erreichten. »Mein lieber David, als Schachspieler weiß ich sehr viel über die Geschichte des Klosters von Montglane. Das kann ich Ihnen versichern. Sie haben doch bestimmt auch davon gehört, daß –«

»Ja, ja«, fiel ihm David gereizt ins Wort, »eine Menge mystischer Hokuspokus. Das Montglane-Schachspiel gibt es nicht. Es überrascht mich, daß Sie an so etwas glauben.«

»Glauben?« wiederholte Philidor und nahm Davids Arm, als sie auf das glühendheiße Pflaster traten. »Mein Freund, ich weiß, daß es dieses Schachspiel gibt. Und ich weiß noch sehr viel mehr. Vor über vierzig Jahren, also noch vor Ihrer Geburt, weilte ich als Gast am Hof Friedrichs des Großen von Preußen. Und dort machte ich die Bekanntschaft von zwei genialen Männern, die ich nie vergessen werde. Von dem einen werden Sie gehört haben. Ich meine den großen Mathematiker Leonhard Euler. Der andere, auf seine Weise ebenfalls ein großer Mann, war der alte Vater von Friedrichs jungem Hofmusiker. Aber leider ist das Erbe dieses Genies völlig in Vergessenheit geraten. Man hört in Europa nichts mehr von ihm, obwohl ich in meinem Leben nie mehr eine solch wunderbare Musik gehört habe wie die seine. Er hieß Johann Sebastian Bach.«

»Ich kenne diesen Namen nicht«, gestand David, »aber was haben Euler und dieser Musiker mit dem legendären Schachspiel zu tun?«

»Ich werde es Ihnen erzählen«, sagte Philidor lächelnd, »aber nur, wenn Sie mir erlauben, die Bekanntschaft Ihrer jungen Schützlinge zu machen. Vielleicht lösen wir so ein Geheimnis, das ich schon mein ganzes Leben lang versuche zu enträtseln!«

David hatte nichts dagegen einzuwenden, und so begleitete ihn der große Schachmeister durch die verdächtig ruhigen Straßen entlang der Seine und über den Pont Royal zu seinem Atelier.

Nicht der leiseste Windhauch wehte, kein Blatt regte sich. Die Hitze stieg in Wellen von den Pflastersteinen auf, und auch das bleierne Wasser der Seine floß geräuschlos, während sie am Ufer entlanggingen. Die beiden ahnten nicht, daß nur zwanzig Straßen weiter, im Herzen von Cordeliers, eine blutdürstige Menschenmenge versuchte, die Tore des Gefängnisses L'Abbaye zu zertrümmern. Und in diesem Gefängnis befand sich Valentine.

In der warmen Stille des späten Nachmittags begann Philidor auf dem Weg zu Davids Atelier seine Geschichte ...

DIE GESCHICHTE DES SCHACHMEISTERS

Als Neunzehnjähriger verließ ich Frankreich und reiste nach Holland, um eine junge Pianistin, eine Art Wunderkind, die dort spielen sollte, auf der Oboe zu begleiten. Als ich in Holland eintraf, mußte ich leider erfahren, daß das Mädchen wenige Tage zuvor an Pocken gestorben war. Ich befand mich in einem fremden Land ohne Geld und ohne die Hoffnung, etwas zu verdienen. Um mich durchzubringen, ging ich in Cafés und spielte Schach.

Ich hatte schon als Vierzehnjähriger angefangen, bei dem berühmten Sire de Legal, Frankreichs, ja vielleicht sogar Europas bestem Spieler, Schach zu lernen. Als Achtzehnjähriger konnte ich ihn besiegen, wenn er auf einen Springer verzichtete. Ich sollte bald entdecken, daß kein Schachspieler, dem ich begegnete, gegen mich eine Chance hatte. In Den Haag spielte ich während der Schlacht von Fontenoy mitten im Schlachtgetümmel gegen den Prinzen von Waldeck.

Ich reiste durch England und spielte im Slaughter's Coffee House in London gegen die besten Schachspieler, die sie aufbieten konnten, darunter Sir Abraham Janssen und Philip Stamma. Ich habe sie alle besiegt. Stamma, ein Syrer mit möglicherweise maurischen Vorfahren, hatte mehrere Bücher über Schach veröffentlicht. Er zeigte sie mir, ebenso Werke von La Bourdonnais und Maréchal Saxe. Stamma war der Ansicht, daß ich mit meinen einzigartigen Schachkenntnissen ebenfalls ein Buch schreiben sollte.

Mein Buch, das einige Jahre später erschien, trägt den Titel *Analyse du Jeu des Echecs*. Ich vertrat darin die Theorie: Die Bauern sind die Seele des Schachs. Ich erläuterte, daß die Bauern nicht nur da sind, um geopfert zu werden, sondern daß man sie strategisch und in der richtigen Stellung gegen den Gegner einsetzen kann. Das Buch löste eine Revolution in der Schachwelt aus.

Der deutsche Mathematiker Euler wurde auf mich aufmerksam. Er las in Diderots französischem *Dictionnaire* von meinem Spiel mit verbundenen Augen und überredete Friedrich den Großen, mich an seinen Hof einzuladen.

Friedrich der Große hielt hof in Potsdam in einem riesigen, kahlen Saal, in dem all die Wunderwerke der Kunst fehlten, die man an anderen europäischen Höfen findet. Friedrich war ein Soldat und zog die Gesellschaft von Militärs der von Höflingen, Künstlern und Frauen vor. Es hieß, er schlafe auf einer harten Holzpritsche und habe seine Hunde immer um sich.

Am Abend meines Eintreffens war auch der Kapellmeister Bach aus Leipzig mit seinem Sohn Wilhelm erschienen. Er war nach Berlin gekommen, um seinen anderen Sohn zu besuchen, Carl Philipp Emanuel Bach, der bei König Friedrich als Cembalist der Hofkapelle angestellt war. Der König selbst hatte acht Takte als Thema einer Fuge vorgegeben und forderte den alten Bach zu Improvisationen darüber auf. Man erzählte mir, daß der alte Bach sich auf solche Dinge verstand. Er hatte bereits Fugen komponiert, in denen in den Harmonien sein Name und der Name Christi in mathematischer Verschlüsselung verborgen sind. Er hat sehr komplexe inverse Kontrapunkte erfunden, in denen die Harmonie ein Spiegelbild der Melodie ist.

Euler äußerte den Vorschlag, der alte Kapellmeister möge eine Variation versuchen, deren Struktur »das Unendliche« widerspiegele – das heißt Gott in all seinen Manifestationen. Dem König schien das zu gefallen, aber er war überzeugt, daß Bach Bedenken äußern werde. Ich kann Ihnen als Komponist aus eigener Erfahrung sagen, es ist keine leichte Aufgabe, die Musik eines anderen zu entwickeln. Ich habe einmal eine Oper nach Themen von Jean-Jacques Rousseau komponiert, einem Philosophen ohne musikalisches Ohr. Aber ein solches geheimes Rätsel in der Musik zu verbergen – es schien unmöglich.

Zu meiner Überraschung eilte der kleine, gedrungene Kapellmeister zum Flügel. Auf seinem riesigen Kopf trug er eine große, schlechtsitzende Perücke. Die buschigen, ergrauenden Augenbrauen glichen Adlerschwingen. Er hatte eine markante Nase, und die tiefen Unmutsfalten in dem strengen Gesicht ließen auf ein streitsüchtiges Wesen schließen. Euler flüsterte mir zu, der alte Bach halte nicht viel von einer »befohlenen Vorstellung« und werde sich zweifellos auf Kosten des Königs einen Spaß erlauben.

Der alte Mann beugte den Kopf über die Tasten und begann, eine schöne und fesselnde Melodie zu spielen, die ins Unendliche aufzusteigen schien wie ein Vogel in den Himmel. Es war eine Art Fuge, und während ich den geheimnisvollen Tonfolgen lauschte, begriff ich mit einem Schlag, was diesem Mann gelungen war. Ohne daß ich genau verstand wie, begann jede Stimme in einer harmonischen Tonart, endete jedoch in der nächst höheren Tonart, bis er nach sechs Wiederholungen des königlichen Themas wieder in der Tonart endete, in der er begonnen hatte. Aber es gelang mir nicht, den Übergang beziehungsweise die Stelle, an der er stattfand, wahrzunehmen. Es war Zauberei, wie die Verwandlung von Blei in Gold. Der Aufbau deutete an, daß die Musik endlos höher in die Unendlichkeit aufsteigen würde, bis die Töne wie Sphärenklänge nur noch von den Engeln gehört werden konnten.

»Wunderbar!« murmelte der König, als Bach langsam sein Spiel beendete. Er nickte einigen Generälen und Soldaten zu, die auf Holzstühlen in dem spartanisch eingerichteten Saal saßen.

»Wie nennt man diese Struktur?« fragte ich Bach.

»Ich nenne Sie *Ricercar*«, antwortete der alte Mann immer noch verdrießlich, als habe ihn die Schönheit seiner Musik nicht berührt. »Auf italienisch bedeutet es ›suchen‹. Es ist eine sehr alte Musikform und nicht mehr in Mode.« Bei diesen Worten blickte er bitter auf seinen Sohn Carl Philipp, der dafür bekannt war, »beliebte« Musik zu komponieren.

Bach griff nach den Noten des Königs und schrieb in weit auseinanderstehenden Buchstaben *Ricercar* darüber. Aus jedem Buchstaben machte er dann ein lateinisches Wort, und am Ende stand zu lesen: »Regis Iussu Cantio Et Reliqua Canonica Arte Resoluta.« Frei übersetzt bedeutet das: ein Lied des Königs, durch die Kunst des Kanons verwandelt. Der Kanon ist eine musikalische Form, in der jeder Teil einen Takt nach dem vorausgegangenen einsetzt, jedoch die gesamte Melodie wiederholt. Dadurch entsteht der Eindruck, das Lied gehe ewig weiter.

Dann schrieb Bach zwei lateinische Sätze an den Rand der Partitur. Übersetzt lauten sie:

Wenn die Noten aufsteigen, wächst des Königs Glück.
Wenn die Modulation sinkt, dann schwindet des Königs Ruhm.

Euler und ich beglückwünschten den alten Komponisten zu dem genialen Musikstück. Von mir erwartete man nun, daß ich mit verbundenen Augen gleichzeitig gegen den König, Dr. Euler und gegen Wilhelm, den Sohn des Kapellmeisters, spielte. Der alte Bach spielte kein Schach, sah dem Spiel aber mit Vergnügen zu. Zum Schluß hatte ich alle drei Spiele gewonnen, und Euler nahm mich beiseite und sagte:

»Ich habe ein Geschenk für Sie. Ich habe eine neue Springer-Tour, eine mathematische Formel, erfunden. Ich glaube, es ist die beste Formel für die Tour eines Springers auf dem Schachbrett. Aber wenn Sie einverstanden sind, werde ich die Kopie der Formel dem alten Komponisten schenken. Er liebt mathematische Spiele und wird sich darüber freuen.«

Bach nahm das Geschenk mit einem eigentümlichen Lächeln entgegen und dankte uns aufrichtig. »Ich schlage vor, wir treffen uns morgen früh im Haus meines Sohnes, ehe Herr Philidor abreist«, sagte er. »Vielleicht finde ich bis dahin Zeit, für Sie beide eine kleine Überraschung vorzubereiten.« Unsere Neugier war geweckt, und wir stimmten zu, uns am verabredeten Ort und zur verabredeten Zeit einzufinden.

Am nächsten Morgen öffnete Bach uns die Tür im Haus seines Sohnes Carl Philipp Emanuel. Er führte uns in das Wohnzimmer und bot uns Tee an. Dann setzte er sich an das kleine Klavier und spielte uns eine sehr ungewöhnliche Melodie vor. Als sein Spiel endete, waren Euler und ich völlig verwirrt.

»Das ist die Überraschung!« sagte Bach mit einem Anflug von

Fröhlichkeit, die sein Gesicht von dem üblichen finsteren Blick befreite. Er sah, daß Euler und ich völlig ratlos waren.

»Sie müssen sich die Partitur ansehen«, forderte uns Bach auf. Wir erhoben uns beide und traten zum Klavier. Auf dem Notenhalter befand sich nichts anderes als die Springer-Tour, die Euler ihm am Abend zuvor geschenkt hatte. Es war ein Blatt mit einem großen gezeichneten Schachbrett. In jedem Quadrat stand eine Nummer. Bach hatte sehr geschickt die Nummern mit einem Netz feiner Linien verbunden, die für ihn eine Bedeutung hatten, mir aber nichts sagten. Aber Euler war Mathematiker, und sein Kopf arbeitete schneller.

»Sie haben die Nummern in Oktaven und Akkorde verwandelt!« rief er. »Sie müssen mir zeigen, wie Sie das gemacht haben. Mathematik in Musik verwandeln – das ist reine Zauberei!«

»Aber Mathematik *ist* Musik«, erwiderte Bach, »und Musik ist Mathematik. Ob Sie nun glauben, das Wort ›Musik‹ kommt von ›Musa‹, die Musen, oder von ›muta‹, was soviel wie Mund des Orakels bedeutet, es bleibt sich gleich. Wenn Sie meinen, ›Mathematik‹ kommt von ›mathanein‹, was Lernen bedeutet, oder von ›matrix‹, der Leib oder die Mutter aller Dinge – es ist nicht wichtig ...«

»Sie haben die Sprachwurzeln der Worte studiert?« fragte Euler.

»Worte besitzen die Macht, zu erschaffen und zu töten«, erklärte Bach schlicht. »Der Große Baumeister, der uns alle erschaffen hat, hat auch Worte geschaffen. Ja, Er hat sie sogar als erstes geschaffen, wenn wir Johannes im Neuen Testament glauben.«

»Was haben Sie gesagt? Der Große Baumeister?« fragte Euler und wurde blaß.

»Für mich ist Gott der Große Baumeister, denn das erste, was er geschaffen hat, waren Töne«, erwiderte Bach, »»Am Anfang war das Wort‹, erinnern Sie sich? Wer weiß, vielleicht war es nicht nur ein Wort. Vielleicht war es Musik. Vielleicht sang Gott einen selbstkomponierten endlosen Kanon, und auf die Weise entstand das Universum.«

Euler war noch blasser geworden. Er starrte mit seinem einen sehenden Auge auf die Springer-Tour auf dem Notenhalter. Seine Finger fuhren über das endlose Diagramm winziger Nummern auf den Schachfeldern, und er schien in Gedanken versunken zu sein. Nach einer Weile fragte er den alten Bach:

»Wo haben Sie das alles gelernt? Ihre Worte beschreiben ein dunkles und gefährliches Geheimnis, das nur Eingeweihten bekannt ist.«

»Ich habe mich selbst eingeweiht«, erwiderte Bach ruhig. »O ja, ich weiß, es gibt Geheimbünde von Männern, die ihr Leben damit verbringen, die Geheimnisse des Universums zu enträtseln, aber ich bin in keiner dieser Gesellschaften Mitglied. Ich suche die Wahrheit auf meine Weise.«

Nach diesen Worten nahm er Eulers Schachplan vom Klavier. Mit einer Gänsefeder schrieb er zwei Worte darüber: *Quaerendo invenietis*. Suche und du wirst finden. Dann reichte er die Springer-Tour mir.

»Ich muß gestehen, ich verstehe nicht . . .« sagte ich verwirrt.

»Herr Philidor«, sagte Bach. »Sie sind sowohl Schachmeister wie Dr. Euler als auch Komponist wie ich. Sie vereinen in einer Person zwei wertvolle Fähigkeiten.«

»In welcher Hinsicht wertvoll?« fragte ich höflich. »Vom finanziellen Standpunkt sind für mich beide Fähigkeiten bisher nicht von großem Wert gewesen!« Ich lächelte ihn an.

»Manchmal fällt es schwer, nicht zu vergessen«, sagte Bach leise lachend, »daß im Universum größere Kräfte am Werk sind als Geld. Ein Beispiel – haben Sie schon einmal etwas vom Montglane-Schachspiel gehört?«

Ich drehte mich um, denn Euler hatte plötzlich erschrocken tief Luft geholt.

»Wie Sie sehen«, sagte Bach, »ist dieser Name unserem Freund, dem Herrn Doktor, nicht unbekannt. Vielleicht kann ich Ihnen auch etwas dazu erzählen.«

Ich hörte fasziniert zu, als Bach mir von dem geheimnisvollen Schachspiel erzählte, das einmal Karl dem Großen gehört hatte und dem man eine große Macht zuschrieb. Zum Abschluß sagte er:

»Meine Herren, ich habe Sie heute zu einem Experiment hierhergebeten. Mein ganzes Leben lang habe ich die der Musik eigentümliche Macht studiert. Musik besitzt eine eigene Kraft, die nur wenige leugnen. Sie kann ein wildes Tier beruhigen oder einen friedfertigen Mann in die Schlacht treiben. Im Laufe der Zeit habe ich durch eigene Experimente das Geheimnis dieser Macht ergründet. Sehen Sie,

Musik hat eine eigene Logik. Sie gleicht der mathematischen Logik, aber sie unterscheidet sich auch in gewisser Weise von ihr, denn Musik spricht nicht nur unseren Verstand an, sondern *ändert* unsere Gedanken auf unmerkliche Weise.«

»Wie meinen Sie das?« fragte ich. Aber ich wußte, Bach hatte in mir, in meinem Wesen etwas angerührt, das ich selbst nicht ganz definieren konnte. Es war etwas, das ich schon seit vielen Jahren kannte. Es lag tief in mir vergraben, und ich spürte es nur, wenn ich eine schöne faszinierende Melodie hörte oder Schach spielte.

»Ich meine«, antwortete Bach, »das Universum ist wie ein mathematisches Spiel in einem gewaltigen Maßstab. Musik ist eine der reinsten Formen der Mathematik. Jede mathematische Formel kann in Musik verwandelt werden, so wie ich es mit Dr. Eulers Springer-Tour getan habe.« Er sah Euler an, und der andere nickte, als teilten sie beide ein Geheimnis, in das ich noch nicht eingeweiht war.

»Und Musik«, fuhr Bach fort, »kann, mit erstaunlichen Ergebnissen, wie ich hinzufügen möchte, in Mathematik verwandelt werden. Der Baumeister des Universums hat es so angelegt. Musik besitzt die Kraft, ein Universum zu erschaffen oder eine Kultur zu zerstören. Wenn Sie mir nicht glauben, dann rate ich Ihnen, die Bibel zu lesen.«

Euler schwieg. »Ja«, sagte er schließlich, »es gibt in der Bibel auch noch andere Baumeister, deren Geschichten sehr aufschlußreich sind, nicht wahr?«

»Mein Freund«, sagte Bach und sah mich lächelnd an, »wie gesagt: Wer sucht, der wird finden. Wer den inneren Aufbau der Musik versteht, wird die Macht des Montglane-Schachspiels verstehen, denn das eine ist auch das andere.«

David hatte der Geschichte aufmerksam zugehört. Inzwischen näherten sie sich dem schmiedeeisernen Tor seines Hofs. Er sah Philidor kopfschüttelnd an.

»Aber was soll das alles bedeuten?« fragte er. »Was haben Musik und Mathematik mit dem Montglane-Schachspiel zu tun? Was hat all das mit Macht zu tun – sei es nun auf der Erde oder im Himmel? Ihre Geschichte bestätigt nur meine Auffassung, daß dieses legendäre Schachspiel etwas für Mystiker und Narren ist. Es fällt mir schwer, solche Bezeichnungen mit Euler in Verbindung zu bringen, aber Ihre Geschichte weist darauf hin, daß auch er diesen Fantasien zum Opfer gefallen ist.«

Philidor blieb unter dem dunklen Kastanienbaum stehen, dessen untere Äste weit über das Tor und in Davids Hof ragten. »Ich habe mich seit vielen Jahren mit diesem Thema beschäftigt«, flüsterte der Komponist. »Schließlich entschloß ich mich, die Bibel zu lesen, wie Euler und Bach mir nahegelegt hatten, obwohl ich mich nie für Bibelauslegung interessiert hatte. Bach starb ein paar Jahre nach unserer Begegnung, und Euler reiste nach Rußland. Ich sollte also die beiden Männer nicht wiedersehen, um mit ihnen darüber zu sprechen, was ich herausgefunden hatte.«

»Und das wäre?« fragte David, zog den Schlüssel aus der Tasche und schloß das Tor auf.

»Die beiden hatten mir geraten, mich mit den Baumeistern zu beschäftigen. Und das tat ich auch. In der Bibel werden nur zwei wichtige Baumeister erwähnt. Der eine ist der Baumeister des Universums, das heißt, Gott. Der andere ist der Baumeister des Turms zu Babel. Das Wort ›Bab-El‹ bedeutet, wie ich herausgefunden habe ›Gottes Tor‹. Die Babylonier waren ein sehr stolzes Volk. Sie schufen die erste große Kultur. Ihre hängenden Gärten waren den schönsten Werken der Natur ebenbürtig. Und sie wollten einen Turm bauen, der bis in den Himmel, bis zur Sonne reichte. Ich zweifelte nicht daran, daß Bach und Euler darauf anspielten.«

»Der Baumeister«, fuhr Philidor fort, als sie durch das Tor traten, »hieß Nimrod und war der größte Baumeister seiner Zeit. Er baute einen so hohen Turm, wie ihn noch kein Mensch gesehen hatte. Aber der Turm wurde nie vollendet. Wissen Sie warum?«

»Soweit ich weiß, hat Gott ihn zerstört«, erwiderte David.

»Aber wie hat Er ihn zerstört?« fragte Philidor. »Er schleuderte keine Blitze, Er strafte die Menschen nicht mit einer Flut oder einer Seuche, wie Er es sonst tat! Ich werde es Ihnen sagen, wie Gott Nimrods Werk vernichtet hat. Gott ließ die Arbeiter, die bis dahin nur eine Sprache gekannt hatten, plötzlich viele Sprachen sprechen. Er zerstörte die Sprache. Er zerstörte das Wort!«

Die beiden Männer gingen über den Hof. David sah plötzlich einen Diener aus dem Haus rennen. »Was soll ich daraus schließen?« fragte er mit einem zynischen Lächeln. »Zerstört Gott auf diese

Weise eine Kultur? Läßt Er die Menschen verstummen? Wird Er unsere Sprache verwirren? Wenn es so ist, müssen wir Franzosen uns keine Sorgen machen. Wir lieben unsere Sprache und schätzen sie höher als Gold!«

»Wenn Ihre Schützlinge wirklich aus dem Kloster von Montglane kommen, werden sie vielleicht in der Lage sein, mir bei der Lösung des Rätsels zu helfen«, erwiderte Philidor, »denn ich glaube, diese Macht – die Macht der Musik in der Sprache, der Mathematik in der Musik, das Geheimnis des Wortes, mit dem Gott die Welt erschuf und Babylon vernichtete – ist das Geheimnis, das sich im Montglane-Schachspiel verbirgt.«

Davids Diener stand inzwischen atemlos und aufgeregt in respektvoller Entfernung.

»Was gibt es, Pierre?« fragte David überrascht.

»Die jungen Damen«, begann Pierre bekümmert, »sie sind verschwunden, Monsieur.«

»Wie?!« rief David. »Was soll das heißen?«

»Seit ungefähr zwei Uhr, Monsieur. Sie haben heute morgen einen Brief erhalten und gingen in den Garten, um ihn zu lesen. Wir wollten sie zum Mittagessen holen, aber sie waren nicht mehr da! Vielleicht ... es gibt im Grunde keine andere Erklärung ... wir glauben, sie sind über die Gartenmauer geklettert. Sie sind bis jetzt nicht wieder zurückgekommen.«

VIER UHR NACHMITTAGS

Selbst das Jubeln und Grölen der Menge vor dem Abbaye konnte die ohrenbetäubenden Schreie hinter den Gefängnismauern nicht übertönen. Mireille sollte diese Schreie ihr ganzes Leben lang nicht mehr vergessen.

Die Menschen hatten schon lange aufgehört, gegen das Gefängnistor zu hämmern, und belagerten nun das Gefängnis. Einige saßen auf den Dächern der Droschken, an denen noch das Blut der massakrierten Priester klebte. Auf der Straße lagen die zerstückelten und zu Tode getrampelten Opfer.

Drinnen hatten vor beinahe einer Stunde die Prozesse begonnen.

Ein paar der kräftigeren Männer schoben ihre Mitstreiter auf die hohen Mauern des Gefängnishofs. Dort schlugen sie die Eisenspitzen aus den Steinen, um sie als Waffe zu benutzen. Dann sprangen sie in den Hof hinunter.

Ein Mann kletterte auf die Schultern eines anderen und schrie: »Öffnet das Tor, Bürger! Heute muß ein Tag der Gerechtigkeit sein!«

Die Menge jubelte, als der Riegel innen zurückgeschoben wurde und die massiven Holzflügel sich öffneten. Die Leute stürmten durch das Tor in den Gefängnishof.

Aber Soldaten mit Musketen trieben die Menge zurück auf die Straße, und das Tor wurde wieder geschlossen. Mireille und die anderen warteten jetzt auf die Berichte der Männer, die auf der Mauer saßen, die farcenhaften Prozesse verfolgten und denen die Hinrichtungen schilderten, die wie Mireille unten warteten.

Mireille hatte ebenfalls an das Gefängnistor gehämmert und wie die Männer versucht, auf die Mauer zu klettern, aber ohne Erfolg. Nun wartete sie erschöpft neben dem Tor und hoffte, es werde sich – wenn auch nur kurz – noch einmal öffnen, damit sie hindurchkonnte.

Ihr Wunsch ging schließlich in Erfüllung. Um vier Uhr sah Mireille plötzlich eine offene Kutsche auf der Straße. Das Pferd wich vorsichtig den überall herumliegenden Leichen aus. Die Frauen auf den eroberten Gefängniswagen jubelten, als sie den Mann in der Kutsche sahen. Auf der Straße wurde es wieder lebendig. Die Männer sprangen von der Mauer, und die zerlumpten Weiber umringten die Kutsche. Mireille sprang auf. Es war David.

»Onkel! Onkel!« rief sie und drängte sich durch die Menge, während ihr die Tränen über das Gesicht liefen. Als David sie entdeckte, wurde sein Gesicht ernst. Er verließ die Kutsche und eilte auf sie zu, um sie zu umarmen.

»Mireille!« sagte er, während die Umstehenden sich um sie drängten, David auf die Schulter klopften und ihn mit Jubel und Beifall begrüßten. »Was ist geschehen? Wo ist Valentine?« fragte er voll Entsetzen, als er sie in den Armen hielt und Mireille hemmungslos schluchzte.

»Sie ist im Gefängnis«, stieß Mireille hervor. »Wir wollten hier eine Freundin treffen ... wir ... ich weiß nicht, was geschehen ist, Onkel. Vielleicht ist es zu spät.«

»Komm schnell«, sagte David, legte ihr den Arm um die Schulter und bahnte sich einen Weg durch das Gedränge. Er nickte einigen Männern zu, die er kannte, und drückte ihnen die Hand, und sie wichen zurück, um ihm Platz zu machen.

»Öffnet das Tor!« rief ein Mann auf der Mauer in den Hof. »Bürger David ist hier! Der Maler David steht draußen!«

Es dauerte nicht lange, bis einer der schweren Torflügel sich öffnete. Die Menge schob und drängte vorwärts, und sie wurden mit etlichen anderen durch das Tor gestoßen. Dann schloß man es wieder mit Gewalt.

Der Gefängnishof war in Blut getaucht. Auf einer kleinen Grasfläche, dem ehemaligen Klostergarten, hielt man einen Priester fest. Sein Kopf lag rückwärts auf einem Holzblock. Ein Soldat in einer blutigen Uniform versuchte ungeschickt, dem Priester mit dem Säbel den Kopf abzuschlagen. Der Priester war noch nicht tot. Nach jedem vergeblichen Versuch richtete er sich wieder auf, Blut schoß aus den Wunden an seinem Hals. Sein Mund stand offen in einem stummen Schrei.

Überall im Hof liefen Leute umher und stiegen über die mißhandelten Leiber, die in grauenhaft verzerrten Stellungen am Boden lagen. Man konnte unmöglich sagen, wie viele Menschen bereits abgeschlachtet worden waren.

Mireille klammerte sich an David. Sie wollte schreien und rang nach Luft. Aber er packte sie fest an den Schultern und flüsterte heftig: »Reiß dich zusammen, oder wir sind verloren. Wir müssen sie sofort finden.«

Mireille kämpfte um ihre Selbstbeherrschung, während David sich verstört im Hof umsah. Die sensible Malerhand zitterte, als er einen Mann in seiner Nähe am Ärmel zog. Der Mann trug eine zerfetzte Uniform, aber er gehörte nicht zur Gefängniswache. Sein Mund schien mit Blut verschmiert, obwohl er nicht sichtbar verwundet war.

»Wer hat hier das Kommando?« fragte David. Der Soldat lachte und wies auf einen langen Holztisch in der Nähe des Gefängniseingangs, an dem mehrere Männer saßen. Um den Tisch stand ein Kreis von Zuschauern.

David half Mireille über den Hof, während man drei Priester die Treppe herunterschleppte und vor dem Tisch auf die Erde warf. Die Menge verhöhnte die Geistlichen, und die Soldaten mußten sie mit ihren Bajonetten in Schach halten. Dann zerrten die Soldaten die Angeklagten auf die Beine und hielten sie fest.

Die fünf Männer am Tisch sprachen nacheinander zu den Priestern. Ein Mann blätterte in seinen Akten vor sich, notierte etwas und schüttelte den Kopf.

Man drehte die Priester herum und führte sie zur Mitte des Hofs. Ihre Gesichter wurden blaß vor Entsetzen, als sie sahen, welches Schicksal sie erwartete. Die Zuschauer im Hof brüllten vor Begeisterung, als sie sahen, daß man neue Opfer zur Hinrichtung führte. David drückte Mireille an sich und schob sich zu dem Tisch, an dem die Richter saßen, die von den johlenden Zuschauern der bevorstehenden Hinrichtung verdeckt wurden.

David erreichte den Tisch, als die Männer auf der Mauer der Menge draußen das Todesurteil zubrüllten.

»Tod für Vater Ambrose von Saint-Sulpice!« Jubel und Beifall brandete auf.

»Ich bin Jacques-Louis David«, rief er dem vor ihm sitzenden Richter zu, um den Lärm zu übertönen, der zwischen den Gefängnismauern hallte, »ich bin Mitglied des Revolutionstribunals. Danton schickt mich –«

»Wir kennen Sie gut, Jacques-Louis David«, sagte ein Mann am anderen Ende des Tischs. David drehte sich nach ihm um und erschrak.

Mireille blickte über den Tisch zu dem Richter, und ihr gefror das Blut in den Adern. Ein solches Gesicht kannte sie nur aus ihren Alpträumen – ein Gesicht, wie sie es vor sich sah, wenn sie an die Warnung der Äbtissin dachte. Dieses Gesicht war die Ausgeburt des Bösen.

Der Mann war ekelerregend. Seine Haut war übersät mit Narben und Eiterbeulen. Er hatte sich einen schmutzigen Lappen um die Stirn gewickelt, von dem eine bräunliche Brühe tropfte; sie rann ihm über den Hals und verklebte seine fettigen Haare. Und als er David höhnisch ansah, dachte Mireille: Durch die offenen Geschwüre, die seine Haut überziehen, muß der Eiter des Bösen hervorquellen, das in ihm wütet. Der Mann war der Teufel in Menschengestalt.

»Ah, Sie sind es«, flüsterte David. »Ich dachte, Sie sind ...«

»Krank?« fragte der Mann. »Ja, das schon, aber ich bin nie zu krank, um meinem Land zu dienen, Bürger.«

David näherte sich dem abstoßenden Mann, obwohl er sich davor zu fürchten schien, ihm zu nahe zu kommen. Er zog Mireille mit sich und flüsterte ihr ins Ohr. »Du darfst nichts sagen. Wir sind in Gefahr.«

Am Tischende angelangt, beugte sich David vor und sagte: »Ich komme auf Dantons Wunsch, um bei dem Tribunal zu helfen.«

»Wir brauchen keine Hilfe, Bürger«, erklärte der andere giftig. »Dieses Gefängnis ist erst der Anfang. In jedem Gefängnis gibt es Staatsfeinde. Wenn die Urteile vollstreckt sind, werden wir uns das nächste Gefängnis vornehmen. Es gibt keinen Mangel an Freiwilligen, wenn es darum geht, der Gerechtigkeit zu dienen. Sagen Sie dem Bürger Danton, daß ich hier bin. Die Sache ist in den besten Händen.«

»Gut«, sagte David und streckte zögernd die Hand aus, um dem widerlichen Mann auf die Schulter zu klopfen. In diesem Augenblick stieß die Menge hinter ihm wieder einen Schrei aus. »Ich weiß, Sie sind ein ehrbarer Bürger und Mitglied der Nationalversammlung. Aber ich habe noch ein Problem. Sie können mir sicher helfen.«

David drückte Mireille die Hand. Sie rührte sich nicht und hielt den Atem an.

»Meine Nichte ist zufällig heute nachmittag hier am Gefängnis vorbeigekommen. Im allgemeinen Durcheinander ist sie hereingebracht worden. Wir glauben ... Ich hoffe, es ist ihr nichts geschehen, denn sie ist ein junges Mädchen und versteht nichts von Politik. Ich muß darum bitten, daß ich sie im Gefängnis suchen darf.«

»Ihre Nichte?« fragte der Mann und sah David verschlagen an. Er griff in einen Wassereimer, der neben ihm stand, und zog einen nassen Lappen heraus. Er nahm den anderen Lappen von der Stirn und warf ihn in den Eimer. Dann legte er sich das tropfende, schmutzige Tuch um die Stirn und verknotete es. Wasser lief ihm über das Gesicht und die offenen Geschwüre. Mireille roch den verfaulenden Gestank des Todes an diesem Mann deutlicher als den Geruch von Blut und Angst im Gefängnishof. Sie fühlte, wie ihre Kräfte sie verließen, und glaubte, das Bewußtsein zu verlieren, als hinter ihr erneut ein jubelnder Schrei der Menge ertönte. Sie versuchte, nicht daran zu denken, was das jedesmal bedeuten mußte.

»Sie brauchen sich nicht die Mühe zu machen, nach ihr zu suchen«, sagte der Mann, »sie erscheint als nächstes vor dem Tribunal. Ich weiß, wer Ihre Schützlinge sind, David - auch wer sie ist«, fügte er mit einem Nicken in Richtung Mireille hinzu, ohne sie anzusehen. »Sie gehören zum Adel, das Blut der de Rémy fließt in ihnen. Sie kommen vom Kloster Montglane. Wir haben Ihre ›Nichte‹ bereits im Gefängnis verhört.«

»Nein!« schrie Mireille und riß sich von David los. »Valentine! Was habt ihr mit Valentine gemacht?« Sie wollte den schrecklichen Mann am Arm packen, aber David riß sie zurück.

»Sei nicht verrückt!« zischte er ihr zu. Der Richter hob die Hand. Am Eingang kam es zu einem Handgemenge, und zwei Gefangene wurden die Treppe hinuntergestoßen. Mireille riß sich erneut los, rannte um den Tisch herum und zur Treppe, als sie Valentines blonde Haare erblickte. Ihre Cousine rollte zusammen mit einem jungen Priester die Stufen herunter. Der Priester erhob sich und half ihr beim Aufstehen.

»Valentine, Valentine«, rief Mireille und sah voll Entsetzen ihr blutiges Gesicht und die aufgeplatzten Lippen. Sie schloß ihre Cousine in die Arme.

»Die Figuren«, flüsterte Valentine und sah sich verstört im Hof um. »Claude hat mir gesagt, wo die Figuren sind. Es sind sechs...«

»Mach dir deshalb keine Gedanken«, sagte Mireille und wiegte Valentine in ihren Armen. »Unser Onkel ist hier. Wir sorgen dafür, daß du hier herauskommst...«

»Nein!« rief Valentine. »Sie werden mich umbringen, Mireille. Sie wissen von den Figuren... denke an den Geist! De Rémy, de Rémy«, stammelte sie benommen, den Namen der Familie wiederholend. Mireille versuchte, sie zu beruhigen.

In diesem Augenblick packte ein Soldat Mireille und hielt sie fest, obwohl sie sich heftig wehrte. In panischer Angst blickte sie zu David hinüber, der immer noch auf den abstoßenden Richter einredete. Mireille versuchte, den Soldaten in die Hand zu beißen, als zwei Männer dazutraten, Valentine ergriffen und vor das Tribunal zerrten. Einen Augenblick lang sah sie blaß und angstvoll zu Mireille hinüber. Dann lächelte sie, und ihr Lächeln war wie ein heller Sonnenstrahl, der durch eine dunkle Wolke bricht.

Die Stimmen der Männer am Tisch trafen Mireille wie eine Peitsche, deren Knallen von den Gefängnismauern widerhallte.

»Tod!«

Sie kämpfte verzweifelt gegen den Soldaten. Sie schrie und rief nach David, der weinend über den Tisch gesunken war. Zwei Männer schleppten Valentine langsam wie in Zeitlupe über den gepflasterten Hof zu dem␣grasbewachsenen Platz in␣der Mitte, Mireille schlug wie eine Wildkatze um sich. Ein Schlag traf sie in die Seite, und sie fiel mit dem Soldaten auf die Erde. Der junge Priester, der mit Valentine die Treppe hinuntergestürzt war, kam ihr zu Hilfe und warf sich auf den Soldaten. Während die beiden Männer miteinander rangen, befreite sich Mireille und rannte zu dem Tisch, wo David immer noch schluchzte. Sie packte den Richter an seinem schmutzigen Hemd und schrie ihm ins Gesicht:

»Nehmt den Befehl zurück!«

Mit einem Blick über die Schulter sah sie, daß zwei dicke, kräftige Männer mit aufgerollten Hemdsärmeln Valentine auf der Erde festhielten. Es gab keine Zeit zu verlieren. »Laßt sie frei!« schrie sie.

»Das werde ich tun«, sagte der Mann, »aber nur, wenn du mir sagst, was mir deine Cousine nicht verraten hat. Wo ist das Montglane-Schachspiel versteckt? Ich weiß, mit wem deine kleine Freundin gesprochen hat, bevor sie verhaftet wurde. Also . . .«

»Wenn ich es Ihnen sage«, stieß Mireille hastig hervor und warf wieder einen Blick auf Valentine, »werden Sie dann meine Cousine freilasssen?«

»Ich muß die Figuren haben!« rief er und sah sie mit wilden, kalten Augen an. Das sind die Augen eines Verrückten, durchzuckte es Mireille. Innerlich schrak sie vor ihm zurück, aber sie erwiderte ruhig seinen Blick.

»Wenn Sie sie freilassen, werde ich Ihnen sagen, wo die Figuren sind.«

»Sag es!« schrie er.

Mireille spürte den stinkenden Atem auf ihrem Gesicht, als er sich vorbeugte. David neben ihr stöhnte, aber sie beachtete ihn nicht. Sie holte tief Luft, bat Valentine um Vergebung und sagte langsam. »Sie sind im Garten hinter dem Atelier unseres Onkels vergraben.«

»Aha!« rief er. In seinen Augen brannte ein unmenschliches Feuer, als er aufsprang und über den Tisch hinweg drohend zu Mireille sagte: »Du wirst mich doch wohl nicht belügen! Denn wenn du es tust, werde ich dich bis in den fernsten Winkel der Welt verfolgen. Ich muß diese Figuren haben!«

»Monsieur, was denken Sie«, rief Mireille, »ich habe die Wahrheit gesagt.«

»Dann glaube ich dir«, erklärte er. Er hob die Hand, blickte über den Hof, wo die beiden Männer Valentine noch immer auf die Erde drückten und seinen Befehl erwarteten. Mireille blicke auf das schreckliche, unbeschreiblich entstellte Gesicht und wußte, sie würde es nie, nie mehr vergessen.

»Wer sind Sie?« fragte sie ihn. Der Haß in seinen Augen ließ sie erstarren.

»Ich bin der Zorn des Volkes«, flüsterte er. »Der Adel wird fallen, der Klerus wird fallen, und die Bourgeoisie wird fallen. Wir werden sie unter unseren Füßen zertrampeln. Ich spucke auf euch alle, denn das Leid, das ihr verursacht habt, muß auf euch zurückfallen. Und wenn der Himmel einstürzt, ich werde das Montglane-Schachspiel bekommen! Es wird mir gehören! Wenn ich es dort nicht finde, wo du sagst, werde ich dich verfolgen - und du wirst für deine Lüge bezahlen!«

Seine giftige Stimme widerhallte in Mireilles Ohren.

»Fortfahren mit der Hinrichtung!« rief er, und die Menge stimmte sofort in lauten Jubel ein. »Tod! Das Urteil lautet: TOD!«

»Nein!« schrie Mireille. Ein Soldat wollte sie festhalten, aber sie riß sich los. In wilder Panik rannte sie über den Hof. Durch ein Meer brüllender Gesichter sah sie, wie die blitzende Doppelaxt sich über Valentines hingestreckten Körper hob.

Mireille stürmte durch die Menge, die sich um das grausige Schauspiel versammelt hatte, um die Hinrichtung aus nächster Nähe zu sehen. Mit einem Sprung warf sie sich über Valentine, gerade als die Axt fiel.

NEW YORK

März 1973

Am Mittwoch saß ich am späten Nachmittag in einem Taxi und fuhr quer durch die Stadt, um mich mit Lily Rad im Gotham Book Mart, einer Buchhandlung, die ich nicht kannte, zu treffen.

Am Dienstag nachmittag hatte Nim mich zurückgebracht und mir gezeigt, wie ich meine Apartmenttür so sichern konnte, daß ich sofort wußte, ob jemand in meiner Abwesenheit in der Wohnung gewesen war. Als Vorbereitung auf die Reise nach Algier hatte er mir auch eine Telefonnummer gegeben, mit der ich jederzeit sein Computerzentrum anwählen konnte. (Ein beachtliches Zugeständnis für einen Mann, der selbst wenig von Telefonen hielt!)

Nim kannte in Algerien eine Frau namens Minnie Renselaas, die Witwe des verstorbenen holländischen Konsuls in Algerien. Die Frau war offenbar wohlhabend, besaß gute Verbindungen und konnte mir helfen, alles in Erfahrung zu bringen, was ich wissen mußte. Mit dieser Information in der Hand erklärte ich mich widerwillig bereit, Llewellyn anzubieten, die Figuren des Montglane-Schachspiel für ihn ausfindig zu machen. Es war mir nicht wohl dabei, denn es war eine Lüge. Aber nur wenn ich das verdammte Schachspiel fand, davon hatte Nim mich überzeugt, würde ich wieder Ruhe haben, von einem längeren Leben ganz zu schweigen.

Aber seit drei Tagen machte ich mir weniger Gedanken um mein Leben oder um das (möglicherweise nicht existierende) Schachspiel. Ich machte mir Gedanken um Saul. In den Zeitungen war sein Mord nicht gemeldet worden.

In der Dienstagsausgabe gab es drei Artikel über die UNO, aber sie beschäftigten sich alle mit dem Hunger auf der Welt oder dem Vietnamkrieg. Nicht der geringste Hinweis auf eine Leiche, die man auf einem Steinblock gefunden hatte. Wer weiß, vielleicht wurde der Meditationsraum von der Putzkolonne nie betreten. Aber es war schon sehr merkwürdig. Obwohl eine kurze Meldung über Fiskes Tod und die Verschiebung des Schachturniers um eine Woche erschien, wurde mit keinem Satz erwähnt, daß Fiske eines unnatürlichen Todes gestorben war.

Am Mittwoch, also heute, wollte Harry das Abschiedsessen für mich geben. Ich hatte seit Sonntag nicht mehr mit Lily gesprochen, aber ich war sicher, daß die Familie inzwischen von Sauls Tod wußte – schließlich war er seit fünfundzwanzig Jahren ihr Chauffeur. Ich fürchtete den Abend. Wie sollte es mir gelingen, ihm zu verschweigen, was ich wußte?

Mein Taxi bog von der Sixth Avenue ab, und ich sah, wie die Ladenbesitzer gerade die eisernen Gitter herunterließen, um ihre Schaufenster vor Diebstählen zu schützen. In den Geschäften nahmen Angestellte die kostbaren Edelsteine aus den Schaufenstern. Ja natürlich, ich befand mich im Zentrum des Diamantenviertels. Als ich ausstieg, sah ich Männer in Gruppen auf dem Gehweg beisammenstehen. Sie trugen schwarze Anzüge und hohe Filzhüte mit gerader Krempe. Einige der graumelierten Bärte waren so lang, daß sie den Männern bis auf die Brust reichten.

Bis zum Gotham Book Mart mußte ich noch ein Stück zu Fuß zwischen den Männern hindurchgehen. Die Buchhandlung befand sich in einem Haus mit einer kleinen, teppichbelegten, viktorianisch anmutenden Eingangshalle mit einer Treppe zum zweiten Stock. Zu meiner Linken führten zwei Stufen hinunter zum Laden.

Lily stand im hintersten Raum. Sie trug einen leuchtendroten Fuchspelzmantel und gestrickte Wollstrümpfe. Sie unterhielt sich sehr angeregt mit einem runzligen alten Herrn, der nur halb so groß war wie sie. Er trug den gleichen schwarzen Anzug und Hut wie die Männer auf der Straße, aber er hatte keinen Bart. Eine goldene Brille mit dicken Gläsern ließ seine Augen groß und eindringlich erscheinen. Er und Lily gaben ein merkwürdiges Paar ab.

Als Lily mich sah, legte sie dem alten Herrn die Hand auf den Arm und sagte etwas zu ihm. Er hob den Kopf und musterte mich.

»Kat, ich möchte dir Mordecai vorstellen«, sagte sie, »er ist ein alter Freund von mir und weiß sehr viel über Schach. Ich dachte, wir können ihm ein paar Fragen zu unserem kleinen Problem stellen.«

Damit spielte sie wohl auf Solarin an. Aber ich hatte in den letzten

Tagen nicht wenig über Solarin erfahren und hätte es vorgezogen, mit Lily ein paar Worte unter vier Augen über Saul zu sprechen, ehe ich mich in den Löwenkäfig ihrer Familie begab.

»Mordecai ist ein Großmeister, aber er spielt nicht mehr«, erklärte Lily. »Er bereitet mich auf die Turniere vor. Er ist berühmt und hat Bücher über Schach geschrieben.«

»Du schmeichelst mir«, sagte Mordecai bescheiden und lächelte mich an. »In Wirklichkeit habe ich mein Geld als Diamantenhändler verdient. Schach ist mein Steckenpferd.«

»Kat war am Sonntag mit mir bei dem Turnier«, erklärte Lily.

»Ah!« rief Mordecai und musterte mich noch eindringlicher durch die dicken Brillengläser. »Ich verstehe. Sie waren also Augenzeugin der Ereignisse. Meine Damen, ich schlage vor, wir trinken zusammen eine Tasse Tee. Nicht weit von hier ist eine Teestube. Dort können wir miteinander reden.«

»Ja... ich möchte aber nicht zu spät zum Essen kommen, Lilys Vater wäre sehr enttäuscht.«

»Ich bestehe darauf«, erklärte Mordecai charmant und entschlossen. Er nahm meinen Arm und ging mit mir in Richtung Ausgang. »Ich habe heute abend auch dringende Verpflichtungen, aber ich würde es bestimmt sehr bedauern, nicht zu hören, wie Sie über den mysteriösen Tod von Großmeister Fiske denken. Ich kannte ihn gut. Ich hoffe, Ihre Ansichten sind nicht soweit hergeholt wie die meiner... Freundin Lily.«

Auf der Straße waren inzwischen fast alle Diamantenhändler verschwunden. Die Geschäfte lagen im Dunkeln.

»Lily hat mir erzählt, daß Sie Computerexpertin sind«, sagte Mordecai.

»Interessieren Sie sich für Computer?« fragte ich.

»Nicht direkt. Mich beeindruckt, was man mit ihnen tun kann. Man könnte sagen, ich interessiere mich mehr für Formeln.« Er kicherte fröhlich, und sein Gesicht strahlte. »Hat Lily Ihnen gesagt, daß ich Mathematiker war?« Er warf Lily, die hinter uns ging, einen Blick über die Schulter zu, aber sie schüttelte den Kopf und holte auf. »Ich habe ein Semester bei Professor Einstein in Zürich studiert. Er war so klug, daß wir alle kein Wort von dem verstanden, was er sagte! Manchmal verlor er den Faden und verließ einfach den Saal, aber niemand lachte. Wir hatten alle große Achtung vor ihm.«

Er schwieg und nahm nun auch Lilys Arm, als wir die Einbahnstraße überquerten.

»In Zürich war ich einmal krank«, erzählte er weiter, »und Einstein besuchte mich. Er saß auf meinem Bett, und wir sprachen über Mozart. Er liebte Mozart. Sie müssen wissen, Professor Einstein war ein ausgezeichneter Geiger.« Mordecai lächelte mich wieder an, und Lily drückte seinen Arm.

»Mordecai hatte ein interessantes Leben«, bemerkte sie. Mir fiel auf, daß Lily sich in seiner Gegenwart von ihrer besten Seite zeigte. Ich hatte sie noch nie so zurückhaltend erlebt.

»Aber ich wollte dann doch nicht Mathematiker werden«, sagte Mordecai. »Man sagt, man muß dazu berufen sein, und zwar noch mehr als zum Priester. Ich entschloß mich, Kaufmann zu werden. Trotzdem interessiere ich mich immer noch für alles was mit Mathematik zu tun hat. Da wären wir.«

Er zog Lily und mich durch eine Doppeltür, und wir standen vor einer Treppe. Als wir hinaufgingen, sagte Mordecai: »Ja, ich habe Computer immer für das achte Weltwunder gehalten!« Dann kicherte er wieder, und ich überlegte, ob Mordecai mir gegenüber nur zufällig von seinem Interesse an Formeln gesprochen hatte. Im Hinterkopf hörte ich die Worte: »Am vierten Tag im vierten Monat kommt die Acht.«

Die kleine Teestube befand sich im Zwischenstock über einer riesigen Passage mit kleinen Juwelierläden. Die Geschäfte unten waren geschlossen, aber hier oben saßen viele der alten Männer, die ich vorhin auf der Straße gesehen hatte. Sie hatten die Hüte abgenommen, trugen aber noch kleine Käppis. Wie Mordecai hatten manche lange Schläfenlocken, die das Gesicht umrahmten.

Wir fanden einen freien Tisch, und Lily bot an, sie werde Tee holen, damit wir miteinander reden konnten. Mordecai zog einen Stuhl zurück und ließ mich Platz nehmen. Dann ging er um den Tisch herum und setzte sich mir gegenüber.

»Diese Schläfenlocken nennt man *payess*«, erklärte er. »Das ist eine religiöse Tradition. Juden sollen ihre Bärte und Ohrlocken nicht schneiden, denn im Leviticus heißt es: ›Ihr sollt nicht die Locken Eurer Köpfe und auch nicht die Ränder der Bärte beschneiden.‹« Mordecai lächelte wieder.

»Aber Sie tragen keinen Bart«, sagte ich.

»Nein«, sagte Mordecai bedauernd. »An anderer Stelle steht in der Bibel: ›Mein Bruder Esau ist behaart, aber ich bin glatt.‹ Ich hätte gern einen Bart, denn ich finde, das würde mich sehr attraktiv machen...« Er zwinkerte mir zu. »Aber mir wächst nur der sprichwörtliche Flaum.«

Lily erschien mit einem Tablett und drei dampfenden Bechern mit Tee, die sie auf den Tisch stellte, während Mordecai fortfuhr zu erzählen.

»In früheren Zeiten ernteten die Juden die Ränder ihrer Felder nicht, so wie sie die Bärte nicht beschneiden, denn dann konnten die Alten im Dorf die Ähren einsammeln und auch die vorüberkommenden Wanderer. Ja, wissen Sie, Wanderer standen bei uns Juden immer in hohem Ansehen. Mit der Idee des Wanderns verbindet sich etwas Mystisches. Meine Freundin Lily hat mir erzählt, daß Sie in Kürze eine Reise antreten...«

»Ja«, sagte ich, aber ich war mir nicht im klaren darüber, was er davon halten würde, wenn ich ihm sagte, ich werde ein Jahr in einem arabischen Land verbringen.

»Nehmen Sie Sahne zum Tee?« fragte Mordecai. Ich nickte und wollte aufstehen, aber er sprang auf. »Sie erlauben«, sagte er höflich.

Als er gegangen war, sah ich Lily an.

»Solange wir allein sind«, flüsterte ich, »also... wie nimmt deine Familie die Sache mit Saul auf?«

»Oh, wir alle sind wütend auf ihn«, erklärte sie und verteilte die Teelöffel. »Harry am meisten. Er schimpft ununterbrochen und flucht, Saul sei ein undankbarer Hund.«

»Wie bitte?!« rief ich. »Saul kann doch nichts dafür, daß er umgelegt worden ist, oder?«

»Was redest du da?« fragte Lily und sah mich verwundert an.

»Ihr glaubt doch nicht im Ernst, daß Saul seinen Mord selbst inszeniert hat?«

»Mord?« Lily bekam große Augen. »Nun ja, ich weiß, ich habe mich von meiner Fantasie mitreißen lassen, als ich sagte, er sei entführt worden und so. Aber stell dir vor, er ist zu Hause erschienen und hat gekündigt! Fristlos – einfach so, nach fünfundzwanzig Jahren. Dann ist er verschwunden!«

»Und ich sage dir, er ist tot«, widersprach ich, »ich habe die Leiche gesehen. Er lag am Montag morgen auf einem Stein im UNO-Meditationszimmer. Jemand hat ihn ermordet!«

Lily fiel der Unterkiefer herunter. Mit dem Löffel in der Hand starrte sie mich fassungslos an.

»Die ganze Sache ist wirklich unheimlich«, fuhr ich fort.

Lily bedeutete mir zu schweigen und blickte an mir vorbei. Mordecai kam mit ein paar Tütchen Kaffeesahne.

»Gold suchen wäre einfacher gewesen, als das hier zu finden«, sagte er und setzte sich zwischen Lily und mich. »Es gibt heutzutage keine freundliche Bedienung mehr.« Dann sah er uns beide prüfend an. »Nanu, was ist denn passiert? Ihr seht beide aus, als hättet ihr ein Gespenst gesehen.«

»So etwas Ähnliches«, murmelte Lily. Sie war inzwischen so weiß wie ein Bettlaken. »Wie es scheint, ist der . . . Chauffeur meines Vaters . . . gestorben.«

»Oh, das tut mir leid«, sagte Mordecai. »Er war doch sehr lange in deiner Familie beschäftigt, nicht wahr?«

»Ja, schon als ich noch nicht auf der Welt war.« Sie starrte ausdruckslos vor sich hin und schien mit ihren Gedanken weit weg zu sein.

»Er war also nicht mehr jung? Hoffentlich hat er keine Familie zurückgelassen, für die gesorgt werden muß.« Mordecai sah Lily mit einem seltsamen Ausdruck an.

»Du kannst es ihm sagen. Sag ihm, was du mir erzählt hast«, murmelte Lily.

»Ich weiß wirklich nicht –«

»Er weiß von Fiske. Erzähl ihm das mit Saul.«

Mordecai sah mich höflich an. »Das klingt nach einer Tragödie«, sagte er leichthin. »Meine Freundin Lily ist der Ansicht, daß Großmeister Fiske keines natürlichen Todes gestorben ist. Sind Sie vielleicht derselben Ansicht?« Er trank einen Schluck Tee.

»Mordecai«, begann Lily, »Kat hat mir erzählt, daß Saul ermordet worden ist.«

Mordecai legte den Löffel auf den Tisch, ohne den Kopf zu heben. Er seufzte. »Ah! Ich hatte befürchtet, daß du mir genau das sagen würdest.«

Er sah mich mit großen, bekümmerten Augen durch die dicken Brillengläser an. »Ist es wahr?«

Ich sagte zu Lily: »Hör mal, ich weiß wirklich nicht –«

Aber Mordecai unterbrach mich höflich.

»Wie kommt es, daß Sie als erste davon wissen?« fragte er mich. »Wo doch Lily und ihre Familie offenbar noch nichts davon erfahren haben.«

»Weil ich in der Nähe war«, sagte ich.

Lily wollte etwas sagen, aber Mordecai ließ sie nicht zu Worte kommen.

»Meine Damen, meine Damen«, sagte er und wandte sich dann an mich: »Vielleicht könnten Sie das Ganze von Anfang an erzählen – wenn Sie so freundlich wären.«

Also erzählte ich ihm die Geschichte, die ich Nim erzählt hatte, noch einmal: Solarins Warnung vor dem Schachspiel, Fiskes Tod, Sauls mysteriöses Verschwinden, die Einschüsse in Lilys Wagen und schließlich Sauls Leiche in der UNO. Natürlich ließ ich ein paar Einzelheiten aus, zum Beispiel die Wahrsagerin, den Mann auf dem Fahrrad und Nims Bericht über das Montglane-Schachspiel, denn ich hatte ihm geschworen, mit niemandem darüber zu sprechen. Und das andere war so verrückt, daß man es nicht wiederholen konnte.

»Sie haben alles sehr gut erklärt«, sagte er, als ich schloß. »Ich glaube, wir können mit Sicherheit annehmen, daß zwischen dem Tod von Fiske und dem von Saul ein Zusammenhang besteht. Jetzt müssen wir herausfinden, welche Ereignisse oder Personen den Zusammenhang bilden, und das Muster herausarbeiten.«

»Solarin!« rief Lily. »Alles weist auf ihn. Er ist eindeutig das Bindeglied.«

»Mein liebes Kind, warum Solarin?« fragte Mordecai. »Was für ein Motiv sollte er haben?«

»Er wollte jeden umlegen, der ihn möglicherweise besiegen würde, damit er niemandem die Formel der Geheimwaffe geben muß.«

»Solarin ist kein Waffenexperte«, unterbrach ich sie. »Er hat sein Examen in Akustik gemacht.«

Mordecai warf mir einen seltsamen Blick zu. Dann sagte er: »Ja, das stimmt. Ach übrigens, ich kenne Alexander Solarin. Das habe ich dir noch gar nicht erzählt, Lily.« Lily blickte stumm auf ihre im Schoß gefalteten Hände. Es schmerzte sie sichtlich, daß es ein Geheimnis gab, in das ihr verehrter Meister sie nicht eingeweiht hatte.

»Es ist schon viele Jahre her. Ich habe damals noch als Diamantenhändler gearbeitet. Ich war auf der Börse in Amsterdam gewesen und besuchte auf dem Rückweg einen Freund in Rußland. Man machte mich mit einem ungefähr sechzehnjährigen Jungen bekannt. Er kam zum Schachunterricht in das Haus meines Freundes –«

»Aber Solarin hat den Palast der jungen Pioniere besucht«, unterbrach ich ihn.

»Ja«, bestätigte Mordecai und sah mich wieder mit diesem seltsamen Blick an. Es war inzwischen nur allzu deutlich, daß ich meine Hausaufgaben gemacht hatte, also schwieg ich. »In Rußland spielt jeder gegen jeden Schach. Die Leute haben sonst nichts zu tun. Also setzte ich mich hin und spielte gegen Alexander Solarin. Ich war so dumm zu glauben, ich könnte ihm etwas beibringen. Natürlich hat er mich geschlagen. Dieser Junge war der beste Schachspieler, gegen den ich in meinem Leben gespielt habe. Meine Liebe«, sagte er zu Lily, »möglicherweise hättest du oder Großmeister Fiske ein Spiel gegen ihn gewonnen, aber es ist nicht wahrscheinlich.«

Wir schwiegen alle. Der Himmel draußen war inzwischen schwarz geworden, und die Teestube hatte sich geleert. Mordecai warf einen Blick auf seine Taschenuhr, griff nach seinem Becher und trank den Tee aus.

»Also?« fragte er fröhlich und unterbrach damit das Schweigen. »Gibt es ein anderes Motiv für jemanden, um so vielen Menschen den Tod zu wünschen?«

Lily und ich schüttelten völlig ratlos den Kopf.

»Keine Lösungen?« fragte er, stand auf und griff nach seinem Hut. »Ich komme bereits zu spät zu meiner Verabredung zum Essen und Sie auch. Ich werde über das Problem nachdenken, wenn ich Zeit dazu habe, aber ich möchte doch meine erste Analyse der Situation kurz umreißen. Sie gibt vielleicht Stoff zum Nachdenken. Ich würde sagen, der Tod von Großmeister Fiske hat mit Solarin wenig zu tun und noch weniger mit Schach.«

»Ja aber –«, unterbrach ich ihn. Doch Mordecai sprach weiter.

»Ist es nicht merkwürdig, daß man das Schachturnier um eine Woche verschoben hat ›als Zeichen der Trauer um den tragischen Tod von Großmeister Fiske‹, die Presse jedoch mit keinem Wort erwähnt, daß es bei seinem Tod nicht mit rechten Dingen zugegangen sein kann? Ist es nicht seltsam, daß Sie Sauls Leiche vor zwei Tagen in einem öffentlichen Gebäude wie der UNO gesehen haben und in den Medien ist nichts davon berichtet worden? Wie erklären Sie sich das?«

»Spurensicherung!« rief Lily.

»Vielleicht, vielleicht aber auch Spuren verwischen«, sagte Mordecai, »aber du und deine Freundin Kat, ihr habt der Polizei jedenfalls wenig bei der Aufklärung der Fälle geholfen. Kann mir eine von euch beiden helfen zu verstehen, weshalb ihr nicht zur Polizei gegangen seid, nachdem jemand auf euren Wagen geschossen hatte? Warum meldet Kat nicht, daß sie eine Leiche gesehen hat, die sich danach in Luft auflöst?«

Lily und ich begannen, gleichzeitig zu reden. »Aber ich habe doch schon gesagt, warum ich . . .«, murmelte sie. »Ich habe befürchtet . . .«, stotterte ich.

»Bitte«, sagte Mordecai und hob die Hand, »dieses Gestammel würde auf die Polizei vermutlich noch hilfloser wirken als auf mich. Und der Umstand, daß deine Freundin Kat jedesmal in der Nähe war, macht die Sache noch verdächtiger.«

»Worauf wollen Sie hinaus?« fragte ich und hörte Nims Worte: »Vielleicht, Kleines, glaubt jemand, daß *du* etwas weißt.«

»Ich meine«, sagte Mordecai, »obwohl *Sie* vielleicht nichts mit diesen Ereignissen zu tun haben, haben *die Ereignisse* etwas mit Ihnen zu tun.« Nach diesen Worten küßte er Lily auf die Stirn. Mir reichte er förmlich die Hand, und dann kam das Merkwürdigste. Er zwinkerte mir zu! Dann eilte er die Stufen hinunter und verschwand in der Dunkelheit.

PARIS

3. September 1792

Nur eine Kerze brannte in dem kleinen Kerzenhalter in der Eingangshalle von Dantons Haus. Genau um Mitternacht zog jemand in einem langen schwarzen Umhang am Klingelzug. Der Pförtner schlurfte durch die Halle und spähte durch den Türspalt. Der Mann auf den Stufen trug einen weichen, breitkrempigen Hut, der das Gesicht verdeckte.

»Mein Gott, Louis«, sagte der Mann, »mach auf. Ich bin's, Camille.« Der Riegel wurde sofort aufgeschoben, und der Pförtner riß die Tür auf.

»Man kann nicht vorsichtig genug sein, Monsieur«, entschuldigte sich der alte Mann.

»Schon gut, ich verstehe«, sagte Camille Desmoulins ernst und trat über die Schwelle. Er nahm den Hut ab und fuhr sich mit der Hand durch die dichten, lockigen Haare. »Ich komme gerade vom Gefängnis La Force. Weißt du, was geschehen ist –« Desmoulins blieb wie angewurzelt stehen, als er sah, daß sich in der dunklen Halle etwas bewegte. »Wer ist da?« rief er erschrocken.

Die große, blasse und trotz der Hitze makellos gekleidete Gestalt erhob sich schweigend, trat aus dem Dunkel und streckte Desmoulins die Hand entgegen.

»Mein lieber Camille«, sagte Talleyrand, »ich hoffe, ich habe Sie nicht erschreckt. Ich warte auf Dantons Rückkehr von der Komiteesitzung.«

»Maurice!« rief Desmoulins und schüttelte ihm die Hand, während der Pförtner sich zurückzog. »Was führt Sie so spät in unser Haus?« Als Dantons Sekretär lebte Desmoulins schon seit Jahren im Haus seines Herrn.

»Danton hat freundlicherweise eingewilligt, mir einen Paß ausstellen zu lassen, damit ich Frankreich verlassen kann«, erklärte Talleyrand ruhig. »Ich möchte nach England zurückkehren und meine Verhandlungen wieder aufnehmen. Wie Sie wissen, lehnen die Briten es ab, unsere neue Regierung anzuerkennen.«

»Ich würde mir an Ihrer Stelle nicht die Mühe machen, auf ihn zu warten«, sagte Camille. »Haben Sie gehört, was heute in Paris geschehen ist?«

Talleyrand schüttelte langsam den Kopf. »Ich habe gehört, die Preußen seien auf dem Rückzug. Soviel ich weiß, marschieren sie in ihre Heimat zurück, denn die Soldaten haben alle Durchfall.« Er lachte. »Keine Armee kann drei Tage lang marschieren und dabei den Wein der Champagne trinken!«

»Richtig, die Preußen sind geschlagen«, sagte Desmoulins, ohne in das Lachen einzustimmen. »Aber ich spreche von dem Gemetzel.« Talleyrands Gesicht entnahm er, daß der andere nichts darüber gehört hatte. »Es fing heute nachmittag im Gefängnis L'Abbaye an. Jetzt sind sie im La Force und dem La Conciergerie. Über fünfhundert Menschen sind nach vorsichtigen Schätzungen bereits tot. Man hat die Leute massenweise abgeschlachtet. Es ist sogar zu Kannibalismus gekommen, und die Nationalversammlung ist machtlos –«

»Davon weiß ich nichts!« rief Talleyrand. »Und was wird dagegen unternommen?«

»Danton ist immer noch im La Force. Das Komitee hat in jedem Gefängnis improvisierte Gerichte eingesetzt, in dem Versuch, die Flut zu dämmen. Man hat sich darauf geeinigt, den Richtern und Henkern sechs Franc am Tag zu bezahlen und die Mahlzeiten zu stellen. Die einzige Hoffnung bestand darin, den Anschein zu erwecken, es sei alles unter Kontrolle. Maurice, in Paris herrscht Anarchie. Man spricht von Schreckensherrschaft.«

»Unmöglich!« rief Talleyrand. »Wenn diese Nachricht ins Ausland dringt, dann können wir die Hoffnung auf Wiederaufnahme diplomatischer Beziehungen mit England aufgeben. Wir können froh sein, wenn uns England nicht wie Preußen den Krieg erklärt. Noch ein Grund mehr, sofort abzureisen.«

»Ohne Paß wird Ihnen das nicht gelingen«, sagte Desmoulins und legte ihm die Hand auf den Arm. »Heute nachmittag hat man Madame de Staël verhaftet, weil sie versuchte, das Land im Schutz diplomatischer Immunität zu verlassen. Zum Glück war ich zur Stelle, um ihren Kopf vor der Guillotine zu retten. Man hatte sie in die Pariser Kommune gebracht.« Talleyrands Gesicht zeigte, daß er den Ernst der Lage begriff. Desmoulins fuhr fort:

»Keine Angst, sie ist inzwischen wieder in der Botschaft und in Sicherheit. Und Sie sollten ebenfalls zu Hause sein. Das ist keine Nacht, in der der Adel oder der Klerus auf den Straßen sein darf. Sie sind in doppelter Gefahr, mein Freund.«

»Ich verstehe«, sagte Talleyrand ruhig, »ja, ich verstehe.«

Talleyrand kehrte gegen ein Uhr morgens zu Fuß nach Hause zurück. Er nahm den beschwerlichen Weg durch die dunklen Straßen von Paris, denn eine Droschke hätte das Risiko erhöht, daß man auf ihn aufmerksam wurde. Unterwegs begegnete er Gruppen von Theaterbesuchern und den letzten Spielern aus den Casinos. Er hörte ihr Lachen, als die offenen Wagen mit den Nachtschwärmern an ihm vorüberrollten.

Sie tanzen am Rand des Abgrunds, dachte Maurice. Es war nur noch eine Frage der Zeit. Er sah bereits das dunkle Chaos, in dem sein Land versank. Er mußte weg, und zwar schnell!

Er erschrak, als er sich dem großen Tor seines Hauses näherte, denn er sah flackerndes Licht aus dem Innenhof dringen. Er hatte strengste Anweisungen gegeben, alle Fensterläden und Vorhänge zu schließen. Nicht der geringste Lichtschein sollte darauf hinweisen, daß er sich im Haus befand. In diesen Zeiten war es gefährlich, zu Hause zu sein. Als er den Schlüssel ins Schloß steckte, öffnete sich der schwere Torflügel einen Spalt. Courtiade, sein Kammerdiener, stand vor ihm. Das Licht stammte von einer kleinen Kerze, die er in der Hand hielt.

»Um Himmels willen, Courtiade«, flüsterte Talleyrand. »Ich habe dir doch gesagt, es darf kein Licht brennen. Ich bin zu Tode erschrocken.«

»Entschuldigen Sie, Monseigneur«, sagte Courtiade, der seinen Herrn immer mit dem bischöflichen Titel ansprach, »ich hoffe, meine Befugnisse nicht überschritten zu haben, indem ich noch eine Anweisung nicht befolgt habe.«

»Was hast du getan?« fragte Talleyrand und trat durch das Tor. Der Diener schloß hinter ihm ab.

»Sie haben einen Gast, Monseigneur. Ich habe mir erlaubt, die Person einzulassen, die auf Sie wartet.«

»Die Lage ist ernst.« Talleyrand ergriff den Kammerdiener beim Arm. »Der Pöbel hat Madame de Staël heute morgen festgehalten und in die Kommune gebracht. Es hat sie beinahe das Leben gekostet! Niemand darf erfahren, daß ich Paris verlassen will. Wen hast du eingelassen?«

»Mademoiselle Mireille, Monseigneur«, erwiderte der Kammerdiener. »Sie ist erst vor kurzem und allein gekommen.«

»Mireille? Allein – mitten in der Nacht?« Talleyrand eilte mit Courtiade über den Hof.

»Monseigneur, sie hatte einen Handkoffer bei sich. Das Kleid, das sie trägt, ist zerfetzt. Sie konnte kaum sprechen. Ihr Kleid ist mit – Blut befleckt. Mit sehr viel Blut.«

»Mein Gott«, murmelte Talleyrand und hinkte, so schnell er konnte, durch den Garten. Als sie die große, dunkle Halle erreichten, deutete Courtiade zum Arbeitszimmer. Talleyrand lief eilig durch den Gang und öffnete die breite Tür. Überall standen halbgepackte Kisten mit Büchern. In der Mitte des Raums lag Mireille auf dem pfirsichfarbenen Samtsofa. Das blasse Gesicht wirkte blutlos im schwachen Schein der Kerze, die Courtiade neben sie gestellt hatte.

Talleyrand ging mit einiger Mühe vor ihr auf die Knie, ergriff ihre schlaffe Hand und rieb sie heftig mit seinen beiden Händen.

»Soll ich das Riechsalz bringen, Sire?« fragte Courtiade besorgt.

»Ja, ja«, stieß sein Herr atemlos hervor, ohne Mireille aus den Augen zu lassen. Vor Angst wurde ihm kalt ums Herz. »Danton ist nicht mit den Pässen erschienen. Und jetzt das . . .«

Talleyrand blickte zu Courtiade auf, der immer noch die Kerze in der Hand hielt. »Bring das Riechsalz, Courtiade. Wenn sie wieder bei Bewußtsein ist, mußt du David benachrichtigen. Wir müssen dieser Sache schnellstens auf den Grund gehen.«

Talleyrand betrachtete Mireille, und in seinem Kopf überschlugen sich die fürchterlichsten Gedanken. Er nahm die Kerze vom Tisch und hielt sie dichter an die bewußtlose Gestalt. Im roten Haar klebte Blut. Das Gesicht war mit Schmutz und Blut verschmiert. Sanft schob er ihr die Haare aus dem Gesicht, beugte sich über sie und küßte sie auf die Stirn. Als er sie wieder ansah, regte sich etwas in ihm. Merkwürdig, dachte er, sie ist immer die Ernste und Vernünftige gewesen.

Courtiade erschien mit dem Riechsalz. Talleyrand hob behutsam Mireilles Kopf und hielt ihr die geöffnete Flasche unter die Nase, bis sie zu husten begann.

Sie schlug die Augen auf und starrte die beiden Männer entsetzt an. Plötzlich begriff sie, wo sie war, und setzte sich auf. Sie umklammerte in panischer Angst Talleyrands Arm. »Wie lange war ich bewußtlos?« rief sie. »Ihr habt niemandem gesagt, daß ich hier bin?« Das vor Angst verzerrte Gesicht war leichenblaß.

»Nein, nein, Kleines«, sagte Talleyrand beruhigend. »Sie sind noch nicht lange hier. Wenn es Ihnen etwas bessergeht, macht Courtiade Ihnen einen heißen Cognac, um Ihre Nerven zu beruhigen, und dann benachrichtigen wir Ihren Onkel.«

»Nein!« Mireille schrie beinahe. »Niemand darf erfahren, daß ich hier bin! Ihr dürft es keinem Menschen erzählen, am allerwenigsten meinem Onkel! Dort werden sie mich zuerst suchen. Mein Leben ist in größter Gefahr. Schwört, daß Ihr es niemandem sagt!« Sie versuchte aufzustehen, aber Talleyrand und Courtiade hielten sie erschrocken fest.

»Wo ist mein Koffer?« rief sie.

»Hier«, sagte Talleyrand und klopfte auf das Leder, »hier neben dem Sofa. Mireille, Sie müssen sich beruhigen. Legen Sie sich zurück und ruhen Sie sich aus, bis Sie sprechen können. Es ist Nacht. Möchten Sie nicht, daß ich wenigstens Valentine benachrichtigen lasse, um ihr zu sagen, daß Sie in Sicherheit sind?«

Bei der Erwähnung von Valentine nahm ihr Gesicht einen Ausdruck von solcher Trauer, von solchem Entsetzen an, daß es Talleyrand vor Angst die Kehle zuschnürte.

»Nein«, hauchte er, »es kann nicht sein. Nicht Valentine. Sagen Sie mir, daß Valentine nichts geschehen ist. Sagen Sie es!«

Er hatte Mireille bei den Schultern gepackt und schüttelte sie. Langsam richteten sich ihre Augen auf ihn. Was er in ihren Tiefen sah, traf ihn bis in die Wurzeln seines Wesens.

»Bitte«, flehte er, »bitte sagen Sie, daß ihr nichts geschehen ist. Sie müssen mir sagen, daß ihr nichts geschehen ist!« Mireilles Augen blieben trocken, während Talleyrand sie wie besinnungslos schüttelte. Er schien nicht mehr zu wissen, was er tat. Courtiade legte ihm behutsam die Hand auf die Schulter.

»Sire«, sagte er leise, »Sire...« Aber Talleyrand starrte Mireille mit aufgerissenen Augen an, als habe er den Verstand verloren.

»Es ist nicht wahr«, flüsterte er, und jedes Wort hinterließ einen bitteren Geschmack in seinem Mund. Mireille sah ihn stumm an. Langsam lockerte er den Griff. Er ließ die Hände sinken. Sein Gesicht war völlig ausdruckslos. Der Schmerz hatte ihn betäubt.

Er stand auf und ging schwerfällig zum Kamin, wo er mit dem Rücken zu ihr stehenblieb. Er öffnete das Glas vor dem Zifferblatt der kostbaren vergoldeten Uhr, die auf dem Kaminsims stand, und steckte den goldenen Schlüssel in das kleine Loch. Dann begann er, langsam und sorgfältig die Uhr aufzuziehen. Mireille hörte das Tikken in der Dunkelheit.

Die Sonne war noch nicht aufgegangen, aber das erste blasse Licht drang durch die Seidenvorhänge in Talleyrands Schlafzimmer.

Er war in dieser Schreckensnacht kaum zur Ruhe gekommen. Er konnte es nicht glauben, daß Valentine tot war. Er hatte das Gefühl, man habe ihm das Herz aus dem Leib gerissen. Er besaß keine Familie, hatte in seinem ganzen Leben nie etwas für einen anderen Menschen empfunden. Vielleicht ist es besser so, dachte er bitter. Wer nicht liebt, weiß auch nicht, was Verlust ist.

Er sah Valentines silberblonde Haare im Schein des Kamins vor sich, als sie sich vorbeugte, seinen Fuß küßte und ihm mit den zarten Fingern über das Gesicht strich. Er dachte an die lustigen Dinge, die sie gesagt hatte, und daran, welch große Freude es ihr bereitete, ihn zu schockieren. Wie konnte sie tot sein? Wie war das möglich?

Mireille vermochte nicht über die Umstände des Todes ihrer Cousine zu sprechen. Courtiade hatte ihr ein heißes Bad gemacht und sie überredet, einen heißen, gewürzten Cognac zu trinken, in den er Laudanum getropft hatte, damit sie schlafen würde. Talleyrand überließ ihr sein großes Bett mit dem blaßblauen Seidenbaldachin – der Farbe von Valentines Augen.

Er hatte so gut wie nicht geschlafen, sondern wach auf der hellblauen Chaiselongue neben dem Bett gelegen. Immer wieder fiel Mireille in einen schweren Schlaf, erwachte aber sofort wieder mit aufgerissenen Augen und rief verzweifelt nach Valentine. Dann tröstete und beruhigte er sie, bis sie wieder einschlief, und ging zurück zu seinem improvisierten Nachtlager mit den Decken, die Courtiade gebracht hatte.

In der Nacht hatte Mireille einmal gerufen: »Valentine, ich begleite dich! Ich werde dich niemals allein nach Cordeliers gehen lassen.« Ein eiskalter Schauer überlief ihn bei diesen Worten. Mein Gott, war es möglich, daß Valentine im Abbaye umgekommen war? Er wagte nicht, sich mehr vorzustellen. Mireille mußte ihm die Wahrheit erzählen, sobald sie wieder bei Kräften war – trotz der Pein, die es verursachen würde.

Plötzlich hörte er leichte Schritte.

»Mireille?« flüsterte Talleyrand, aber es kam keine Antwort. Er griff hinüber und zog den Bettvorhang beiseite. Sie war nicht mehr da.

Er zog den seidenen Morgenmantel an und ging zum Ankleidezimmer. Aber als er an der Glastür vorbeikam, entdeckte er durch die dünnen Seidenvorhänge die Konturen einer Gestalt. Er öffnete den Vorhang zur Terrasse und erstarrte.

Mireille stand mit dem Rücken zu ihm auf der Terrasse und blickte über den Garten und die Obstbäume hinter der Mauer. Sie war völlig nackt. Ihre Haut schimmerte seidig im ersten Licht des Tages. So hatte er sie an dem Vormittag gesehen, als sie beide in Davids Atelier auf dem Podest standen – Valentine und Mireille. Der Schock der Erinnerung war so heftig und schmerzlich, daß er glaubte, von einem Speer durchbohrt zu werden. Aber gleichzeitig spürte er etwas anderes. Es drang langsam durch den dumpfen, unerträglichen Schmerz in sein Bewußtsein. Und als es ihm klar wurde, war es schrecklicher als alles, was er sich vorzustellen vermochte. In diesem Augenblick empfand er Lust. Leidenschaft. Er wollte Mireille auf der Terrasse hier im frischen Tau des Morgens an sich pressen, sich mit ihr vereinigen, sie auf den Boden werfen, ihr in die Lippen beißen und in ihren Körper dringen, um seinen Schmerz in dem dunklen, unergründlichen Brunnen ihres Wesens mit ihr zu teilen. Als diese Gedanken in ihm aufstiegen, spürte Mireille seine Anwesenheit, drehte sich um und sah ihn an. Sie wurde rot. Er versuchte, seine Verlegenheit zu überspielen.

»Mireille«, sagte er, zog schnell seinen Morgenmantel aus und trat auf die Terrasse, um ihn ihr über die Schultern zu legen. »Sie erkälten sich. In dieser Jahreszeit ist es nachts sehr feucht.« Seine Worte klangen auch für ihn albern. Aber schlimmer, als seine Finger ihre Schultern streiften, während er ihr den Morgenmantel überlegte, traf ihn ein Schlag, wie er es noch nie erlebt hatte. Er mußte sich beherrschen, um nicht zusammenzufahren. Mireille sah ihn mit ihren unergründlichen grünen Augen an. Er blickte schnell zur Seite. Sie durfte nicht ahnen, was er dachte. Es war unmöglich. Er versuchte fieberhaft, an etwas zu denken, das die Gefühle verdrängen würde, die ihn so plötzlich und so heftig überfluteten.

»Maurice«, sagte sie, hob die Hand und strich ihm eine Locke aus der Stirn. »Ich möchte jetzt über Valentine sprechen. Darf ich von Valentine sprechen?« Der sanfte morgendliche Wind wehte ihre roten Haare an seine Brust. Er spürte sie durch das dünne Nachthemd wie sengende Flammen. Er stand so dicht vor ihr, daß ihm der süße Duft ihrer Haut in die Nase stieg. Er schloß die Augen und kämpfte um Selbstbeherrschung. Er wagte nicht, sie anzublicken, denn er fürchtete sich vor dem, was er sehen mochte. Die Qual in seinem Innern überwältigte ihn. Wie konnte er ein solches Ungeheuer sein?

Er zwang sich, die Augen zu öffnen und sie anzusehen. Er zwang sich zu einem Lächeln, obwohl seine Lippen sich zuckend verzerrten.

»Du nennst mich Maurice«, sagte er, »nicht ›Onkel Maurice‹.« Sie war unglaublich schön. Die Lippen öffneten sich halb wie dunkle Rosenblätter... Er zwang seine Gedanken in eine andere Richtung. Valentine. Sie wollte über Valentine sprechen. Behutsam, aber entschlossen legte er ihr die Hände auf die Schultern. Er spürte ihre Haut durch die Seide seines Morgenmantels. Er sah die klopfende blaue Ader an dem langen weißen Hals. Und etwas tiefer sah er den Schatten zwischen ihren jungen Brüsten....

»Valentine hat dich sehr, sehr geliebt«, sagte Mireille mit erstickter Stimme. »Ich kannte ihre Gedanken und Gefühle. Ich weiß, sie wollte das mit dir erleben, was Männer mit Frauen tun. Weißt du, wovon ich spreche?« Sie sah ihn wieder an. Ihre Lippen waren ihm so nahe, ihr Körper so... Er glaubte, nicht richtig gehört zu haben.

»Ich – ich weiß nicht –, ich meine, natürlich weiß ich . . .«, stammelte er und sah sie entgeistert an. »Aber ich hätte nie gedacht . . .« Er verwünschte sich, weil er ein solcher Narr war. Was um alles in der Welt hatte sie gesagt?

»Mireille«, erklärte er energisch und hoffte, es werde gütig und väterlich klingen. Schließlich war dieses Mädchen, das vor ihm stand, so jung, daß es seine Tochter hätte sein können. Sie war fast noch ein Kind. »Mireille«, wiederholte er und suchte nach einer Möglichkeit, das Gespräch wieder in sichere Bahnen zu lenken.

Aber sie hob die Hände zu seinem Gesicht, und ihre Finger glitten durch seine Haare. Sie zog seinen Mund auf ihre Lippen. Mein Gott, dachte er, ich muß verrückt geworden sein. Das darf nicht geschehen.

»Mireille«, sagte er noch einmal, und seine Lippen streiften ihre Lippen, »ich kann nicht . . . wir können nicht . . .« Er spürte, wie die Schutzwälle in ihm brachen, als er seine Lippen auf ihren Mund preßte, und die Glut in seinen Lenden pochte. Nein! Er durfte nicht. Das nicht. Nicht jetzt . . .

»Vergiß nicht«, flüsterte Mireille an seiner Brust, als sie ihn durch das dünne Seidenhemd berührte, »ich habe sie auch geliebt.« Er stöhnte und zog den Morgenmantel von ihren Schultern, als er das Gesicht in ihrem warmen Körper vergrub.

Maurice Talleyrand hatte mit vielen Frauen geschlafen – es waren so viele, daß er sie nicht mehr zählen konnte. Aber als er in dem weichen, zerwühlten Bett lag und Mireilles lange Beine sich um seine schlangen, konnte er sich an keine einzige dieser Frauen erinnern. Er wußte, was er empfunden hatte, würde sich nie wiederholen. Es war eine Ekstase gewesen, wie sie nur wenige Menschen erlebten. Aber jetzt empfand er nur noch Schmerz und Schuld.

Schuld – denn nachdem sie in einer Umarmung von nie gekannter Leidenschaft zusammen auf das Bett gesunken waren, hatte er ›Valentine‹ gestöhnt und im selben Augenblick den Höhepunkt erreicht. Und Mireille hatte geflüstert: »Ja.«

Er sah sie an. Mireille blickte mit ihren unbeschreiblich geheimnisvollen grünen Augen zu ihm auf. Dann lächelte sie.

»Ich wußte nicht, wie es sein würde«, sagte sie.

»Und hat es dir gefallen?« fragte er und fuhr ihr sanft mit einer Hand durch die Haare.

»Ja, es hat mir gefallen«, sagte sie noch immer lächelnd. Dann begriff sie, was ihn bekümmerte.

»Tut mir leid«, flüsterte er, »ich wollte das nicht. Aber du bist so unbeschreiblich schön, und ich begehrte dich so sehr.« Er küßte ihre langen Haare und dann ihre Lippen.

»Es soll dir nicht leid tun«, erwiderte Mireille, richtete sich auf und sah ihn ernst an. »Es gab mir in diesem Augenblick das Gefühl, sie sei noch am Leben und alles sei nur ein Alptraum gewesen. Wenn Valentine noch leben würde, dann hätte sie mit dir geschlafen. Es sollte dir also nicht leid tun, daß du ihren Namen gerufen hast.« Mireille hatte seine Gedanken gelesen. Er begegnete ihrem Blick und lächelte.

»Mireille, du mußt etwas für mich tun«, begann er nach einer Weile. »Ich weiß, es ist qualvoll für dich, aber du mußt mir von Valentine erzählen. Du mußt mir alles erzählen. Wir müssen deinen Onkel benachrichtigen. In der Nacht hast du im Schlaf davon gesprochen, du wolltest in das Gefängnis L'Abbaye gehen –«

»Du kannst meinem Onkel nicht sagen, wo ich bin«, unterbrach ihn Mireille und wandte sich abrupt ab.

»Wir müssen Valentine doch wenigstens richtig begraben«, erwiderte er.

»Ich weiß nicht einmal«, sagte Mireille erstickt, »ob wir ihren Leichnam finden. Nur wenn du schwörst, mir zu helfen, werde ich dir erzählen, wie Valentine gestorben ist – und warum.«

Talleyrand sah sie irritiert an. »Was meinst du mit ›warum‹?« fragte er. »Ich nehme an, ihr seid in die Unruhen am Abbaye geraten. Sicher weil –«

»Sie ist«, sagte Mireille langsam, »deshalb gestorben.« Sie verließ das Bett und lief durch das Zimmer zu ihrem kleinen Koffer, den Courtiade neben die Tür des Ankleidezimmers gestellt hatte. Sie hob ihn vorsichtig auf, brachte ihn zum Bett und legte ihn darauf. Dann öffnete sie den Deckel und bedeutete Talleyrand hineinzublicken. Er sah acht mit Erde und Gras verklebte Figuren des Montglane-Schachspiels.

Talleyrand griff in den Koffer und nahm eine Figur heraus. Er hielt sie in beiden Händen und stellte sie dann neben Mireille auf die

Bettdecke. Es war ein großer goldener Elefant – beinahe so groß wie seine Hand. Der Sitz auf dem Rücken war dicht mit geschliffenen Rubinen und schwarzen Saphiren besetzt. Der Elefant hielt den goldenen Rüssel und die goldenen Stoßzähne zum Kampf erhoben.

»Der Aufin«, flüsterte er. »Diese Figur nennen wir heute den Läufer. Er ist der Ratgeber des Königs und der Dame.«

Nacheinander nahm er die Figuren aus dem Koffer und setzte sie auf das Bett. Ein silbernes und ein goldenes Kamel, einen zweiten goldenen Elefanten, einen feurigen arabischen Hengst, der sich auf die Hinterbeine aufrichtete und mit den Vorderhufen in die Luft schlug, und drei Krieger mit unterschiedlichen Waffen. Jeder der kleinen Fußsoldaten war so lang wie ein Finger und mit Amethysten und Turmalinen, Smaragden und Jaspisen besetzt.

Talleyrand griff langsam nach dem Hengst und drehte ihn in den Händen. Er entfernte die Erde vom Sockel und entdeckte ein in das dunkle Gold geritztes Symbol. Er betrachtete es genau. Dann zeigte er es Mireille. Es war ein Kreis mit einem Pfeilschaft in einer Seite.

»Mars, der rote Planet«, sagte er, »der Gott des Krieges und der Zerstörung. ›Und ein anderes Pferd kam hervor, ein feuerrotes, und dem, der darauf saß, wurde die Macht gegeben, den Frieden von der Erde hinwegzunehmen und zu bewirken, daß sie einander hinschlachten sollten; und es wurde ihm ein großes Schwert gegeben.‹«

Aber Mireille schien ihn nicht zu hören. Sie starrte auf das Symbol am Sockel des Hengstes und schien sich in Trance zu befinden. Dann sah er, daß sie die Lippen bewegte. Er beugte sich vor, um sie zu verstehen. »Und das Schwert trug den Namen Sar«, flüsterte sie. Dann schloß sie die Augen.

Talleyrand hörte schweigend und regungslos eine Stunde zu, während Mireille nackt in den zerwühlten Laken saß und ihm alles berichtete. Sie erzählte die Geschichte der Äbtissin, so gut sie sich daran erinnern konnte, und davon, wie die Nonnen das Schachspiel aus dem Versteck geholt hatten und daß die Figuren über ganz Europa verteilt worden waren. Sie sagte ihm, daß sie und Valentine sich bereit gehalten hatten, jeder Nonne zu helfen, die ihre Hilfe brauchte. Dann berichtete sie von Schwester Claude und wie Valentine entschlossen, in die *allée* geeilt war, um sie vor dem Gefängnis zu treffen.

Als Mireille den Punkt in ihrer Geschichte erreichte, als das Tribunal Valentine zum Tod verurteilt hatte und David verzweifelt über dem Tisch zusammengebrochen war, unterbrach sie Talleyrand. Mireille strömten die Tränen über das Gesicht, ihre Augen waren geschwollen, und die Stimme versagte ihr den Dienst.

»Das heißt also, Valentine ist nicht vom Pöbel umgebracht worden?« schrie er.

»Man hat sie zum Tod verurteilt! Dieser grauenhafte Mann«, schluchzte Mireille, »ich werde sein Gesicht nie vergessen. Diese schreckliche Grimasse! Er genoß die Macht, die er über Leben und Tod hatte. Soll er doch an den eiternden Schwären verfaulen, die seinen Leib bedecken...«

»Was sagst du?« Talleyrand packte sie am Arm und schüttelte sie. »Wie heißt der Mann? Du mußt dich an seinen Namen erinnern!«

»Ich habe ihn nach seinem Namen gefragt«, erwiderte Mireille und sah ihn verzweifelt durch die Tränen an, »aber er hat ihn mir nicht genannt. Er sagte nur: ›Ich bin der Zorn des Volkes!‹«

»Marat!« rief Talleyrand. »Ich hätte es wissen müssen! Aber ich kann es nicht glauben –«

»Marat!« wiederholte Mireille. »Nun kenne ich den Namen, und ich werde ihn nie vergessen. Er drohte, mich zu verfolgen, wenn er die Figuren nicht an dem Platz finden würde, den ich ihm genannt habe. Aber von jetzt an werde *ich* ihn verfolgen.«

»Mein liebes Kind«, sagte Talleyrand, »du hast die Figuren aus dem Versteck geholt. Marat wird Himmel und Hölle in Bewegung setzen, um dich zu finden. Aber wie konntest du aus dem Gefängnishof fliehen?«

»Onkel Jacques-Louis...«, berichtete Mireille stockend, »er stand neben diesem Teufel, als er den Befehl zur Hinrichtung gab. Mein Onkel stürzte sich in ohnmächtiger Wut auf ihn, und ich warf mich über Valentine. Aber sie rissen mich weg, als ... als ...« Mireille konnte nicht weitersprechen. »... dann hörte ich meinen Onkel rufen: ›Flieh, Mireille. FLIEH!‹ Ich rannte blindlings zum Gefängnistor, das plötzlich wieder offenstand. Ich weiß nicht mehr, wie ich hinausgekommen bin. Es ist alles wie ein grauenhafter Traum. Es wurde geschossen, und um mich herum schrie und tobte die Menge. Plötzlich befand ich mich wieder in der *allée*. Ich rannte um mein Leben. Ich mußte so schnell wie möglich in Davids Garten.«

»Du bist so mutig und so tapfer«, murmelte Talleyrand. »Ich weiß nicht, ob ich die Kraft gehabt hätte, zu tun, was du getan hast.«

»Valentine ist wegen der Figuren tot«, schluchzte Mireille und versuchte, sich wieder zu beruhigen. »Ich konnte nicht zulassen, daß sie diesem Marat in die Hände fielen! Ich mußte sie ausgraben, bevor er das Gefängnis verlassen konnte. Ich nahm ein paar Sachen aus meinem Zimmer, den kleinen Koffer und floh . . .«

»Aber das muß doch schon gegen sechs Uhr abends gewesen sein. Wo warst du, bevor du hierhergekommen bist? Das muß doch nach Mitternacht gewesen sein?«

»Im Garten meines Onkels waren nur zwei Figuren vergraben«, erwiderte Mireille, »die Valentine und ich aus Montglane mitgebracht hatten: der goldene Elefant und das silberne Kamel. Die anderen sechs hat Schwester Claude aus einem anderen Kloster gebracht. Schwester Claude war erst am Vortag in Paris eingetroffen, wie ich aus ihrem Brief wußte. Ihr blieb nicht viel Zeit, die Figuren zu verstecken. Es war zu gefährlich, sie zu unserem Treffpunkt mitzunehmen. Aber Schwester Claude starb und konnte nur Valentine sagen, wo die Figuren sich befanden.«

»Aber du hast sie!« Talleyrand ließ die Hände über die edelsteinbesetzten Figuren gleiten. Er glaubte zu spüren, wie sie Wärme ausstrahlten. »Du hast erzählt, im Gefängnis waren Soldaten und das Tribunal und viele andere. Wie konnte dir Valentine das Versteck verraten?«

»Ihre letzten Worte waren: ›Denke an den Geist.‹ Und dann rief sie mehrmals ihren Familiennamen.«

»Geist?« fragte Talleyrand verwirrt.

»Ich wußte sofort, was sie damit meinte. Sie bezog sich auf deine Geschichte über den Geist von Kardinal Richelieu.«

»Bist du sicher? Natürlich, denn die Figuren sind ja hier. Aber ich kann mir nicht vorstellen, wie du sie mit diesem Hinweis gefunden hast.«

»Du hast uns gesagt, du warst Priester in St.-Rémy, bevor du an der Sorbonne studiert hast, wo dir in der Gruft Kardinal Richelieus

Geist erschienen ist. Valentines Familienname ist de Rémy, wie du weißt. Aber mir fiel auch ein, daß Valentines Urgroßvater, Géricauld de Rémy, in der Kirche dort begraben ist, und zwar nicht weit vom Grab des Kardinals entfernt! Valentine wollte mir sagen, daß die Figuren dort versteckt waren.

Als es dunkel wurde, lief ich zu der Kirche. Am Grab von Valentines Urgroßvater brannte eine Kerze. Beim Schein dieser Kerze durchsuchte ich die Gruft. Es dauerte eine Ewigkeit, bis ich eine lose Steinplatte entdeckte. Sie war zum Teil vom Taufbecken verdeckt. Als ich sie hochhob, fand ich die Figuren in der lockeren Erde darunter. Dann rannte ich, so schnell ich konnte, hierher in die Rue de Beaune...« Mireille schwieg, atemlos von ihrem Bericht.

»Maurice«, sagte sie und legte den Kopf an seine Brust. Er spürte ihren rasenden Puls. »Ich glaube, Valentine hat noch aus einem anderen Grund den Geist erwähnt. Sie wollte mir sagen, ich soll mich an dich um Hilfe wenden. Ich soll dir vertrauen!«

»Aber wie kann ich dir helfen, Liebste?« fragte Talleyrand. »Ich bin selbst ein Gefangener in Frankreich, solange ich keinen Paß habe. Diese Schachfiguren bringen uns beide in allergrößte Gefahr!«

»Nicht mehr, wenn wir das Geheimnis kennen – das Geheimnis der Macht, das in ihnen liegt. Wenn wir es kennen, dann haben wir gewonnen, nicht wahr?«

Sie sah ihn ernst und entschlossen an. Talleyrand mußte lächeln. Er beugte sich vor und drückte seine Lippen auf ihre nackten Schultern. Unwillkürlich spürte er die Leidenschaft wieder in sich aufsteigen. In diesem Augenblick klopfte es leise an die Tür.

»Monseigneur«, sagte Courtiade durch die geschlossene Tür, »ich möchte nicht stören, aber im Hof ist ein Bote.«

»Ich bin nicht zu Hause«, erwiderte Talleyrand, »das weißt du doch.«

»Aber Monseigneur«, sagte der Kammerdiener, »es ist ein Bote von Monsieur Danton. Er bringt die Pässe.«

Um neun Uhr an diesem Abend kniete Courtiade auf dem Boden im Arbeitszimmer – die Jacke der Livree hing über einem Stuhl, die Ärmel des gestärkten Hemds hatte er zurückgerollt. Er hämmerte den letzten versteckten Zwischenboden in die Bücherkisten, die überall im Raum herumstanden. Mireille und Talleyrand saßen zwischen Bücherstapeln und tranken Cognac.

»Courtiade«, sagte Talleyrand, »du wirst morgen mit diesen Bücherkisten nach London reisen. Wenn du dort ankommst, erkundigst du dich nach den Grundstücksmaklern von Madame del Staël. Von ihnen erhältst du die Schlüssel, zu dem Haus, das wir dort gemietet haben. Was auch immer geschieht, laß die Kisten nicht aus den Augen. Sie bleiben unausgepackt stehen, bis Mademoiselle und ich eintreffen.«

»Ich habe doch gesagt«, erklärte Mireille entschieden, »ich kann dich nicht nach London begleiten. Ich möchte nur, daß die Figuren nicht in Frankreich bleiben.«

»Mein liebes Kind«, sagte Talleyrand und strich ihr zärtlich über die Haare, »wir haben das alles bereits besprochen. Ich bestehe darauf, daß du meinen Paß benutzt. Ich werde mir einen anderen beschaffen. Du darfst dich nicht länger in Paris aufhalten.«

»Meine erste Aufgabe war, sicherzustellen, daß die Figuren nicht in die Hände dieses Teufels und möglicherweise in die Hände anderer fallen, die sie mißbrauchen«, sagte Mireille. »Valentine hätte dasselbe getan. Vielleicht kommen noch andere nach Paris und brauchen Hilfe. Ich muß hierbleiben, um ihnen zu helfen.«

»Du bist eine mutige junge Frau«, sagte er. »Trotzdem werde ich nicht zulassen, daß du allein in Paris bleibst. In das Haus deines Onkels kannst du nicht zurück. Wir müssen beide entscheiden, was wir mit den Figuren tun, wenn wir in London sind –«

»Du verstehst mich falsch«, erklärte Mireille kühl und stand auf. »Ich habe nicht gesagt, daß ich in Paris bleiben werde.« Sie nahm eine Figur aus dem Lederkoffer, der neben ihrem Sessel stand, ging zu Courtiade und reichte sie ihm. Es war der Springer, der steigende goldene Hengst, den sie am Morgen so genau betrachtet hatten. Courtiade nahm die Figur vorsichtig entgegen. Mireille spürte, wie das Feuer von ihrem Arm in seinen überging, als sie ihm die Figur reichte. Er legte sie vorsichtig in den Zwischenboden und packte sie in Stroh.

»Mademoiselle«, sagte er mit einem fröhlichem Zwinkern, »die Figur paßt genau hinein. Bei meinem Leben, die Bücher werden sicher in London ankommen.«

Mireille streckte ihm die Hand entgegen, und Couriade schüttelte sie herzlich. Danach ging sie zu Talleyrand zurück.

»Ich verstehe das alles nicht«, sagte er gereizt. »Zuerst weigerst du dich, nach London zu reisen, weil du im Paris bleiben mußt. Dann behauptest du, nicht hierbleiben zu wollen. Erkläre mir das.«

»Du wirst mit den Figuren nach London reisen«, sagte sie mit erstaunlich gebieterischer Stimme, »ich aber habe eine andere Mission. Ich werde der Äbtissin schreiben und ihr meinen Plan mitteilen. Ich habe Geld geerbt. Valentine und ich waren Waisen; ihr Besitz und ihr Titel fallen jetzt rechtmäßig mir zu. Ich werde die Äbtissin auffordern, eine andere Nonne nach Paris zu schicken, bis ich meine Aufgabe beendet habe.«

»Aber wohin willst du denn gehen? Was hast du vor?« fragte Talleyrand. »Du bist eine alleinstehende junge Frau...«

»Ich habe seit gestern ausführlich darüber nachgedacht«, erwiderte Mireille. »Ich bin so lange in Gefahr – bis ich das Geheimnis der Figuren kenne. Und es gibt nur einen Weg, dieses Geheimnis zu lüften. Ich muß an den Ort ihrer Herkunft.«

»Allmächtiger!« stöhnte Talleyrand. »Du hast mir gesagt, der maurische Statthalter von Barcelona hat sie Karl dem Großen geschenkt! Aber das war vor tausend Jahren! Ich meine, die Spur ist inzwischen verweht. Und Barcelona ist kein Vorort von Paris! Ich kann nicht erlauben, daß du mutterseelenallein durch Europa irrst!«

»Ich habe nicht vor, in Europa zu suchen.« Mireille lächelte. »Die Mauren stammen nicht aus Europa. Sie kamen aus Mauretanien, also aus der Sahara. Man muß immer an der Quelle suchen, um die Wahrheit zu finden...« Sie richtete ihre unergründlichen grünen Augen auf Talleyrand, und er sah sie in fassungslosem Staunen an.

»Ich muß nach Algerien«, sagte sie. »Denn dort beginnt die Sahara.«

NEW YORK

März 1973

Mittwoch abend. Das Essen war köstlich. Harry hatte Kartoffelpfannkuchen mit selbstgemachtem Apfelmus gemacht, das eine Spur säuerlich war und nach Orangen schmeckte. Es gab einen riesigen, saftigen Braten, den man mit der Gabel ›schneiden‹ konnte. Dann folgte ein Nudelauflauf mit einer knusprigen Kruste, außerdem eine Gemüseplatte und vier verschiedene Sorten Brot, die man in saure Sahne tunkte. Zum Nachtisch verwöhnte er uns mit dem besten Apfelstrudel, den ich je gegessen hatte – voller Rosinen und dampfend heiß.

Blanche, Llewellyn und Lily waren während des Essens ungewöhnlich schweigsam. Sie sprachen halbherzig über unwichtige Dinge. Schließlich sah Harry mich an, füllte mir das Weinglas und sagte: »Vergiß nicht, wenn du Schwierigkeiten hast, mußt du mich anrufen. Ich mach mir Sorgen um dich, Kleines, wenn niemand als ein paar Araber und diese Gojim, für die du arbeitest, in deiner Nähe ist.«

»Danke, Harry«, sagte ich, »aber vergiß nicht, ich fahre geschäftlich in ein zivilisiertes Land. Ich meine, es ist keine Expedition in den Dschungel –«

»Ha!« schnaubte Harry. »Die Araber hacken einem Dieb immer noch die Hand ab. Außerdem, auch in einem zivilisierten Land ist das Leben nicht mehr sicher. Ich möchte auch nicht, daß Lily allein durch New York fährt, aus Angst, sie wird überfallen. Vermutlich hast du gehört, daß Saul gekündigt hat? Dieser undankbare Mensch!«

Lily und ich warfen uns einen verstohlenen Blick zu. Harry geriet in Fahrt.

»Lily ist noch immer bei diesem meschuggen Schachturnier als Teilnehmerin gemeldet, und ich habe niemanden, der sie hinfährt.

Ich bin ganz krank vor Sorge, wenn sie das Haus verläßt ... Und jetzt erfahre ich, daß einer der Spieler bei dem Turnier sogar gestorben ist.«

»Mach dich nicht lächerlich«, fauchte Lily, »das ist ein sehr wichtiges Turnier. Wenn ich gewinne, kann ich auf den interzonalen Turnieren gegen die besten Schachspieler der Welt spielen. Ich werde ganz bestimmt nicht aussteigen, nur weil ein dämlicher alter Knacker sich hat umlegen lassen.«

»Umlegen lassen?!« dröhnte Harry, und sein Kopf fuhr herum. Er sah mich an, ehe ich Zeit hatte, ein ahnungsloses Gesicht zu machen. »Herrlich! Wunderbar! Genau deshalb mache ich mir Sorgen. Und was machst du? Du rennst alle fünf Minuten in die Sechsundvierzigste Straße, um mit dem zittrigen alten Dummkopf Schach zu spielen. Wie willst du denn jemals einen Mann kennenlernen?«

»Sprichst du von Mordecai?« fragte ich Harry.

Ein tödliches Schweigen senkte sich über den Tisch. Harry erstarrte zu Stein. Llewellyn schloß halb die Augen und spielte mit seiner Serviette. Blanche sah Harry mit einem unangenehmen Lächeln an. Lily starrte auf ihren Teller und klopfte mit dem Löffel auf den Tisch.

»Habe ich etwas Falsches gesagt?« fragte ich.

»Schon gut«, murmelte Harry, »mach dir deshalb keine Gedanken, Kleines.« Aber mehr sagte er nicht.

»Das ist einfach ein Thema, über das wir nicht sehr oft reden«, erklärte Blanche gespielt freundlich, »Mordecai ist Harrys Vater. Lily mag ihn sehr. Er hat ihr das Schachspielen beigebracht, als sie noch sehr klein war. Ich glaube, er hat es nur getan, um mich zu ärgern.«

»Mutter, das ist ja lächerlich«, sagte Lily, »ich hatte ihn gebeten, mir das Schachspielen beizubringen. Das weißt du ganz genau.«

»Damals hast du ja praktisch noch in den Windeln gelegen«, erwiderte Blanche, ohne mich aus den Augen zu lassen. »Er ist ein schrecklicher alter Mann. In den fünfundzwanzig Jahren, die Harry und ich verheiratet sind, hat er nicht ein einziges Mal diese Wohnung betreten. Ich bin erstaunt, daß Lily dich mit ihm bekannt gemacht hat.«

»Er ist mein Großvater«, sagte Lily trotzig.

»Du hättest vorher mit mir darüber sprechen können«, sagte Harry. Er schien so verletzt zu sein, daß ich glaubte, ihm würden die Tränen kommen.

»Es tut mir wirklich leid«, sagte ich, »es war meine Schuld ...«

»Es war nicht deine Schuld«, unterbrach mich Lily, »also halte dich bitte raus! Es geht doch darum, daß hier niemand Verständnis dafür hat, daß ich Schach spielen möchte. Ich will nicht Schauspielerin werden oder einen reichen Mann heiraten. Ich will nicht andere Leute übers Ohr hauen wie Llewellyn ...« Llewellyn hob flüchtig den Kopf und durchbohrte sie mit einem Blick; dann sah er wieder auf den Tisch.

»Ich will Schach spielen. Und das versteht niemand außer Mordecai.«

»Jedesmal, wenn der Name in diesem Haus fällt«, sagte Blanche, und zum ersten Mal klang ihre Stimme etwas schrill, »wird die Familie etwas weiter auseinandergetrieben.«

»Ich sehe nicht ein, weshalb ich mich wie eine Diebin in die Stadt schleichen muß«, sagte Lily, »nur um meinen eigenen —«

»Was heißt hier ›schleichen‹?!« brüllte Harry. »Habe ich das je von dir verlangt? Du wirst gefahren, wohin du möchtest. Niemand würde dir zumuten, irgendwohin zu schleichen!«

»Aber vielleicht wollte sie das«, bemerkte Llewellyn, »vielleicht wollte unsere liebe Lily sich mit Kat zu ihm schleichen, um mit ihm über das Spiel zu sprechen, das sie am vergangenen Sonntag zusammen besucht haben, als Fiske ermordet worden ist. Schließlich sind Mordecai und Großmeister Fiske alte Kampfgenossen – oder besser gesagt, waren es.«

Llewellyn lächelte zufrieden, als habe er für seinen Hieb gerade die richtige Stelle gefunden. Ich fragte mich, wie es ihm gelungen war, fast genau ins Schwarze zu treffen, und hoffte, ihn mit einem Trick zu täuschen.

»Ach, das ist doch absurd. Jeder weiß, daß Lily nie als Zuschauerin auf einem Turnier erscheint.«

»Was soll das Lügen?« erklärte Lily. »Vermutlich stand es in der Zeitung, daß ich dort gewesen bin. Es sind ja genug Reporter herumgelaufen.«

»Und mir sagt niemand etwas!« tobte Harry mit puterrotem Gesicht. »Was geht hier eigentlich vor?« Seine Stimme grollte wie Donner. Ich hatte ihn noch nie so wütend gesehen.

»Kat und ich waren am Sonntag bei dem Turnier. Fiske spielte gegen den Russen. Fiske starb, Kat und ich sind wieder gegangen. Das ist alles. Reg dich nicht künstlich auf.«

»Wer regt sich hier künstlich auf?« knurrte Harry. »Nachdem du es mir erklärt hast, bin ich ja zufrieden. Du hättest es nur etwas früher tun können. Ist das denn zuviel verlangt? Aber du wirst an keinem Turnier mehr teilnehmen, an dem man die Spieler umlegt.«

»Ich werde versuchen, dafür zu sorgen, daß alle mein Spiel überleben«, sagte Lily.

»Was hat denn der kluge Mordecai zu Fiskes Tod gesagt?« fragte Llewellyn, der das Thema offenbar noch nicht wechseln wollte. »Er hat doch bestimmt eine Meinung zu dem Fall. Er scheint ja zu allem eine Meinung zu haben.«

Blanche legte Llewellyn die Hand auf den Arm, als wolle sie ihm bedeuten, es sei genug.

»Mordecai glaubt, Fiske sei ermordet worden«, erwiderte Lily, schob den Stuhl zurück und stand auf. Sie warf die Serviette auf den Tisch. »Wer möchte nach dem Essen im Wohnzimmer noch einen kleinen Schluck Arsen?«

Sie ging hinaus. Es herrschte einen Augenblick verlegenes Schweigen. Dann klopfte mir Harry auf die Schulter.

»Tut mir leid, Kleines. Es ist dein Abschiedsessen, und wir keifen uns an wie die Hyänen. Komm, trinken wir einen Cognac und reden wir über etwas Erfreulicheres.«

Damit war ich einverstanden, und wir gingen alle ins Wohnzimmer. Nach ein paar Minuten klagte Blanche über Kopfschmerzen und verabschiedete sich. Llewellyn nahm mich beiseite und sagte: »Erinnerst du dich an meinen Vorschlag – ich meine die Sache mit Algier?« Ich nickte, und er fügte hinzu: »Komm, wir gehen kurz ins Arbeitszimmer und reden darüber.«

Ich folgte ihm durch den rückwärtigen Flur in das Arbeitszimmer, das mit schweren braunen Möbeln eingerichtet war. Llewellyn schloß die Tür hinter uns.

»Willst du es tun?« fragte er.

»Na ja, ich weiß, wie wichtig es für dich ist«, erwiderte ich, »und ich habe darüber nachgedacht. Also, ich werde versuchen, die Figuren für dich zu finden. Aber ich werde mich auf keine illegalen Dinge einlassen.«

»Wenn ich dir das Geld überweise, kannst du sie dann für mich kaufen? Ich meine, ich könnte dir die Adresse von jemandem geben, der . . . sie herausbringt.«

»Du willst sagen, schmuggelt.«

»Weshalb es so drastisch ausdrücken?«

»Ich möchte dir eine Frage stellen, Llewellyn«, sagte ich. »Wenn du jemanden hast, der weiß, wo die Figuren sind, und du hast jemanden, der für sie bezahlt, und du hast jemanden, der sie aus dem Land schmuggelt, wozu brauchst du dann mich?«

Llewellyn schwieg einen Augenblick. Er dachte offensichtlich über die Antwort nach. Schließlich sagte er: »Ich will ehrlich sein. Wir haben es bereits versucht. Aber der Eigentümer will nicht an meine Leute verkaufen. Er lehnt es sogar ab, sich mit ihnen zu treffen.«

»Weshalb sollte er dann das Geschäft mit mir machen?« fragte ich ihn.

Llewellyn lächelte seltsam und erwiderte: »Der Eigentümer ist eine Frau. Und wir haben Grund zu der Annahme, daß sie dieses Geschäft nur mit einer Frau machen wird.«

Llewellyn hatte sich sehr unklar ausgedrückt, aber ich fand es klüger, nicht weiter in ihn zu dringen, denn meine Motive sollten nicht zufällig im Gespräch erkennbar werden.

Wir gingen ins Wohnzimmer zurück. Lily saß mit Carioca im Schloß auf dem Sofa. Harry stand neben einem abscheulichen chinesischen Lacksekretär am anderen Ende des Raums und telefonierte. Obwohl er mir den Rücken zudrehte, erkannte ich an seiner gespannten Haltung sofort, daß etwas geschehen war. Ich warf einen Blick zu Lily, aber sie hob nur die Schultern. Carioca stellte die Ohren, als er Llewellyn sah, und fing an zu knurren. Llewellyn verabschiedete sich schnell mit einem Kuß auf meine Wange und verschwand.

»Das war die Polizei«, sagte Harry, legte auf und wandte sich um. Er war zutiefst erschüttert, ließ die Schultern hängen und schien im nächsten Augenblick in Tränen auszubrechen. »Man hat eine Leiche aus dem East River gefischt. Sie wollen, daß ich sie identifiziere. Der Tote« – er mußte schlucken – »hat Sauls Brieftasche und seinen Führerschein in der Brusttasche. Ich muß sofort hin.«

Mir wurde schwach in den Beinen. Also hatte Mordecai recht gehabt. Jemand versuchte, die Spuren zu verwischen. Aber wie war Sauls Leiche in den East River gekommen? Ich wagte nicht, Lily anzusehen. Wir schwiegen beide, aber Harry schien das nicht aufzufallen.

»Mein Gott«, sagte er, »ich wußte am Sonntag abend, daß etwas nicht stimmte. Als Saul hier ankam, ging er in sein Zimmer und sprach mit keinem Menschen. Er erschien auch nicht zum Essen. Glaubt ihr, es war Selbstmord? Ich hätte darauf bestehen müssen, mit ihm zu reden ... Ich mache mir wirklich Vorwürfe.«

»Du weißt doch noch nicht, ob der Mann, den sie gefunden haben, wirklich Saul ist«, sagte Lily. Sie sah mich beschwörend an, aber ich konnte nicht erraten, ob sie mich beschwören wollte, es Harry zu sagen oder den Mund zu halten.

»Soll ich dich begleiten?« fragte ich.

»Nein, Kleines«, erwiderte Harry mit einem tiefen Seufzer, »hoffen wir, daß Lily recht hat und es sich um einen Irrtum handelt. Aber wenn es Saul ist, wird es eine Weile dauern. Ich möchte die ... ich möchte dafür sorgen, daß er überführt wird ...«

Harry gab mir einen Abschiedskuß, entschuldigte sich noch einmal für den traurigen Abend und ging.

»Mir ist ganz übel«, stöhnte Lily, als er gegangen war. »Harry hat Saul wie einen Sohn geliebt.«

»Ich glaube, wir sollten ihm die Wahrheit sagen ...«

»Sei doch nicht so verflucht edel«, schimpfte Lily. »Wie sollen wir ihm erklären, daß du Sauls Leiche vor zwei Tagen in der UNO gesehen, aber vergessen hast, es beim Essen vorhin auch nur zu erwähnen? Denk daran, was Mordecai gesagt hat.«

»Mordecai schien zu ahnen, daß diese Morde geheimgehalten werden. Ich glaube, ich sollte mit ihm darüber sprechen.«

Ich bat Lily um seine Telefonnummer. Sie warf mir Carioca in den Schoß und ging zum Sekretär, um sich ein Blatt Papier zu holen.

»Es ist nicht zu fassen, was für einen Scheiß Lulu hier abládt«, sagte sie, als sie vor dem scheußlichen rotgoldenen Sekretär stand. Lily nannte Llewellyn immer ›Lulu‹, wenn sie sich über ihn ärgerte. »Die Schubladen klemmen, und diese häßlichen runden Messinggriffe sind einfach unmöglich.« Sie schrieb Mordecais Telefonnummer auf einen Notizblock und reichte mir das Blatt.

»Wann fliegst du?« fragte sie.

»Nach Algerien? Am Samstag. Aber wir werden kaum noch Zeit haben, länger miteinander zu reden.«

Ich stand auf und gab Lily Carioca zurück. Sie hielt ihn hoch und rieb ihre Nase gegen seine, während er versuchte, sich aus ihrem Griff zu befreien.

»Vor Samstag kann ich dich ohnehin nicht mehr sehen. Ich werde in Klausur sein und mit Mordecai Schach spielen, bis das Turnier in der nächsten Woche weitergeht. Aber wenn wir etwas Neues über den Mord an Fiske oder Saul erfahren, wie können wir dich erreichen?«

»Ich weiß nicht. Ihr könntet ein Telegramm an mein Büro schikken. Sie werden mir alle Post zustellen.«

Wir einigten uns darauf. Ich ging hinunter, und der Pförtner rief mir ein Taxi. Als ich durch die rabenschwarze Nacht fuhr, dachte ich noch einmal über alles nach, was bislang geschehen war. Aber mein Kopf war ein einziges wirres Knäuel, und in meinem Bauch saß bleischwer die nackte Angst. In stummer Verzweiflung wartete ich, bis der Wagen vor meinem Apartmenthaus vorfuhr.

Ich drückte dem Taxifahrer ein paar Scheine in die Hand, rannte, so schnell ich konnte, zum Eingang und durch die Halle. Ich drückte aufgeregt auf den Fahrstuhlknopf und spürte plötzlich, wie mir jemand auf die Schulter klopfte. Vor Schreck wäre ich beinahe in Ohnmacht gefallen.

Es war der Nachtpförtner mit meiner Post.

»Entschuldigen Sie, daß ich Sie erschreckt habe, Miß Velis«, sagte er. »Ich wollte Ihnen nur noch die Post geben. Wie ich höre, verlassen Sie uns am Wochenende?«

»Ja, ich habe der Verwaltung die Adresse meines Büros gegeben. Ab Freitag können Sie alle Post dorthin schicken.«

»Sehr gut«, sagte er und wünschte mir eine gute Nacht.

Ich fuhr nicht sofort in mein Apartment, sondern bis hinauf auf das Dach. Nur die Hausbewohner kannten den Notausgang, der zu der riesigen, mit Steinplatten belegten Terrasse führte, von der man einen großartigen Blick über ganz Manhattan hatte. So weit ich sehen konnte, glitzerte unter mir das Lichtermeer der Stadt, die ich so bald verlassen würde. Die Luft war sauber und frisch. In der Ferne sah ich das Empire State Building und das Chrysler-Hochhaus.

Ich blieb etwa zehn Minuten dort oben, bis ich glaubte, meinen Magen und meine Nerven wieder unter Kontrolle zu haben. Dann fuhr ich mit dem Fahrstuhl hinunter zu meiner Wohnung.

Das Haar, das ich auf die Türklinke gelegt hatte, lag noch dort. Also war in meiner Abwesenheit niemand in der Wohnung gewesen. Aber als ich aufschloß und in den Flur trat, wußte ich sofort, etwas stimmte nicht. Ich hatte das Flurlicht noch nicht eingeschaltet und bemerkte einen schwachen Lichtschein aus dem Zimmer. Bei mir brannte nie Licht, wenn ich nicht zu Hause war.

Ich schaltete das Flurlicht ein, holte tief Luft und ging langsam durch den Flur. Auf dem Flügel stand eine kleine kegelförmige Lampe, mit der ich die Noten auf dem Notenständer beleuchten konnte. Man hatte sie so gerichtet, daß sie den großen Spiegel über dem Flügel anstrahlte. Ich sah sofort, warum: Am Spiegel war eine Mitteilung befestigt.

Ich lief um den großen Flügel herum und stand schließlich vor der Mitteilung. Ich spürte wieder den mittlerweile schon vertrauten kalten Schauer, der mir über den Rücken lief, als ich die Worte las:

Ich habe Sie gewarnt und
werde es wieder tun. Vergessen
Sie nicht: Stecken Sie nicht den Kopf
in den Sand, wenn Sie sich in Gefahr befinden –
in Algerien gibt es viel Sand. Warum nicht ins Schwarze
treffen ...

Ich blieb lange unbeweglich stehen und starrte auf die Nachricht. Auch ohne den gezeichneten kleinen Springer darunter hätte ich die Handschrift erkannt. Die Nachricht stammte von Solarin. Wie war es ihm gelungen, in mein Apartment zu kommen, ohne das Haar von der Klinke zu wischen? Konnte er an einer Hochhausfassade bis ins elfte Stockwerk klettern und durch das Fenster steigen, ohne die Scheibe zu zerbrechen?

Ich grübelte vergeblich über eine vernünftige Lösung nach. Was wollte Solarin von mir? Warum nahm er das Risiko auf sich, in meine Wohnung einzudringen, nur um mir diese verrückte Nachricht zukommen zu lassen? Er hatte schon zweimal alles daran gesetzt, um mit mir zu sprechen und mich zu warnen. Und kurz darauf war jedesmal ein Mord geschehen. Aber was hatte das alles mit mir zu tun? Und wenn ich in Gefahr war, was sollte ich seiner Meinung nach tun?

Ich ging in den Flur zurück, verschloß die Tür sorgfältig und legte die Kette vor. Dann lief ich langsam durch die ganze Wohnung und vergewisserte mich, daß ich wirklich allein war. Ich warf die Post auf den Boden, klappte mein Bett herunter, setzte mich darauf und zog Schuhe und Strümpfe aus. Plötzlich sah ich es.

Die Nachricht hing noch immer von der kleinen Lampe angestrahlt am Spiegel. Das Licht war aber nicht auf die Mitte des Papiers gerichtet, sondern auf den einen Rand. Mit den Strümpfen in der Hand stand ich auf und lief noch hinüber. Der Lichtstrahl war bewußt auf eine Seite gerichtet – die linke Seite –, so daß jeweils das erste Wort in der Zeile angestrahlt wurde. Und die ersten Worte von oben nach unten gelesen ergaben einen Satz: Ich werde Sie in Algerien treffen.

Um zwei Uhr morgens lag ich noch immer hellwach im Bett und starrte an die Decke. Ich konnte die Augen nicht schließen. Mein Gehirn arbeitete wie ein Computer. Etwas stimmte nicht, etwas fehlte noch. Zu einem Puzzle gehören viele Teile, aber ich schien sie nicht richtig zusammensetzen zu können. Ich zweifelte aber nicht daran, daß sie zusammenpaßten. Immer wieder spulte ich alles von vorne ab.

Die Wahrsagerin hatte mich gewarnt und erklärt, ich sei in Gefahr. Solarin hatte mich gewarnt und erklärt, ich sie in Gefahr. Die Wahrsagerin hatte mit ihrer Prophezeiung eine verschlüsselte Nachricht übermittelt. Solarin hatte in seiner Nachricht eine verschlüsselte Mitteilung gemacht. Gab es einen Zusammenhang zwischen der Wahrsagerin und Solarin?

Etwas hatte ich verdrängt, weil es keinen Sinn ergab. Die verschlüsselte Botschaft der Wahrsagerin lautete: »*J'adoube* KV.« Nim hatte erklärt, es habe den Anschein, als wolle sie Kontakt zu mir aufnehmen. Aber warum hatte ich dann nichts mehr von ihr gehört? Silvester lag drei Monate zurück, und sie war seitdem wie von der Bildfläche verschwunden.

Ich entschloß mich aufzustehen und machte Licht. Da ich nicht schlafen konnte, würde es mir vielleicht wenigstens gelingen, das verdammte Geheimnis zu lösen. Ich ging zum Schrank und suchte, bis ich die Papierserviette und das zusammengefaltete Blatt Papier gefunden hatte, auf dem Nim den Text zu Zeilen geordnet hatte. Dann schleppte ich mich zur Kochnische und goß mir einen großen Brandy ein. Schließlich sank ich auf einen Berg Kissen mitten im Zimmer.

Ich nahm einen Bleistift aus einer Dose in der Nähe und begann, Buchstaben zu zählen und einzukreisen, wie Nim es mir gezeigt hatte. Wenn die verrückte Frau unbedingt mit mir in Verbindung treten wollte, dann hatte sie es vielleicht schon getan. Vielleicht stand noch etwas verschlüsselt in dem Text, das mir bis jetzt entgangen war.

Da der erste Buchstabe jeder Zeile eine Botschaft ergeben hatte, versuchte ich es nach demselben Prinzip mit dem letzten Buchstaben jeder Zeile. Leider ergab das nur: ›edtttttd‹.

Das erschien mir metaphorisch wenig bedeutsam. Also versuchte ich es mit allen ersten Buchstaben der zweiten Worte, der dritten Worte jeder Zeile, und so weiter. Das führte zu Ergebnissen wie ›dsreidwue‹ und ›liwwsedds‹. Ich kochte bald vor Ungeduld und Wut. Ich versuchte es mit dem ersten Buchstaben der ersten Zeile und dem zweiten Buchstaben der zweiten Zeile usw., und das führte zu ›jbniithdl‹. Nichts schien zu funktionieren. Ich trank noch ein Glas Brandy und machte etwa in der Art eine Stunde weiter.

Es war beinahe halb vier am Morgen, als ich auf die Idee kam, es mit ungeraden und geraden Zahlen zu versuchen. Als ich die ungeraden Buchstaben jeder Zeile notierte, traf ich endlich ins Schwarze, das heißt, ich fand so etwas wie ein Wort: ›JEREMIASH‹. Es war nicht nur ein Wort, sondern ein Name. Ich suchte unter meinen Büchern, bis ich endlich eine Bibel fand. Ich schlug das Inhaltsverzeichnis auf und fand dort unter ›Altes Testament‹: ›Der Prophet Jeremias‹. Aber mein Wort lautete: ›Jeremias-H‹. Was sollte das ›H‹ bedeuten? Ich dachte einen Augenblick nach, dann kam ich darauf, daß ›H‹ der achte Buchstabe im Alphabet ist. Was nun?

Ein Blick auf den Text zeigte mir, daß in der achten Zeile stand: »Kampf um das Geheimste, die Dreiunddreißigunddrei, bis zum Tod.« Natürlich klang das nach einem Hinweis auf Kapitel und Vers.

Ich schlug also Jeremias 33,3 nach. Geschafft!

> Rufe mich an, so will ich dir antworten und dir Großes, Unfaßbares kundtun, Dinge, die du nicht weißt.

Ich hatte mich nicht geirrt. In dem Text steckte noch eine verborgene Botschaft. Leider konnte ich mit dieser Botschaft wenig anfangen. Wenn die komische Alte mir ›Großes und Unfaßbares‹ kundtun wollte, warum tat sie es nicht?

Immerhin war es ermutigend, daß jemand wie ich, der es nie gelungen war, ein Kreuzworträtsel der *New York Times* zu lösen, plötzlich Prophezeiungen enträtselte, die auf einer Papierserviette standen. Andererseits frustrierte und ärgerte mich das alles. Mit jeder tieferen Schicht, die ich entschleierte, schien eine neue Bedeutung sichtbar zu werden, das heißt, ich fand Worte, die eine Botschaft enthielten, aber die Botschaften führten ins Leere oder vielmehr zu neuen Botschaften.

Ich seufzte, starrte auf das verdammte Gedicht, leerte mein Glas und beschloß, es noch einmal zu versuchen. Was es auch sein mochte, es mußte in dem Gedicht verborgen sein.

Um fünf Uhr morgens kam ich endlich auf die Idee, daß ich vielleicht nicht mehr nach Buchstabenkombinationen suchen sollte. Möglicherweise stand die Botschaft in Worten in dem Text wie auf Solarins Nachricht. Und als mir dieser Gedanke kam – vielleicht half auch das dritte Glas Brandy –, fiel mein Blick auf den ersten Satz der Prophezeiung.

> Ja, diese Linien sind ein Schachbrett, sind ein Code . . .

Bei diesen Worten hatte die Wahrsagerin auf die Linien in meiner

Hand geblickt. Mein Gehirn qualmte. Gut, also die Linien – die ›Linien‹ in dem Gedicht waren die ›Verse‹. Waren die Verszeilen an sich der Code?

Ich nahm mir das Gedicht noch einmal vor und schwor, es sollte das letzte Mal sein. Wo steckte der Code? Inzwischen war ich der Ansicht, ich müsse die geheimnisvollen Anspielungen wörtlich nehmen. Die Wahrsagerin hatte gesagt, die Verse seien ein Code wie das Reimschema auch, das addiert die »666« ergab, die Zahl des Tiers in der Apokalypse.

Man kann kaum behaupten, es sei ein Geistesblitz gewesen, nachdem ich mich fünf Stunden mit diesem verrückten Text beschäftigt hatte. Aber genau dieses Gefühl hatte ich plötzlich. Ich wußte mit einer Sicherheit, die ganz im Gegensatz zu meiner Übermüdung und der von Alkohol vernebelten Vernunft stand: Das ist die Antwort.

Das Reimschema ergab addiert nicht nur die Zahl 666. Es war auch der Code zu der verschlüsselten Botschaft.

Das Blatt mit dem Gedicht war inzwischen mit Notizen übersät; ich nahm ein neues Blatt, schrieb das Gedicht noch einmal ab und das Reimschema 1-2-3, 2-3-1, 3-1-2 daneben. Ich wählte in jeder Zeile das zur Zahl korrespondierende Wort. Die Botschaft lautete: JA-SO-WIE-EIN-SPIEL-BRENNT-DER-KAMPF-EWIG.

Und mit der unerschütterlichen Sicherheit, die mir mein alkoholisierter Brummschädel gab, wußte ich genau, was das bedeutete: Hatte mir Solarin nicht gesagt, wir spielten ein Schachspiel? Aber die Wahrsagerin hatte mich bereits vor drei Monaten gewarnt.

J'adoube. Ich berühre dich, ich rücke dich zurecht, Katharine Velis. Rufe mich an, so will ich dir antworten und dir Großes, Unfaßbares kundtun, Dinge, die du nicht weißt. Denn es ist ein Kampf um Leben und Tod, und du bist in dem Spiel ein Bauer. Eine Figur auf dem Schachbrett des Lebens . . .

Ich lächelte, streckte die Beine aus und griff nach dem Telefon. Ich konnte Nim jetzt zwar nicht erreichen, aber seinem Computer eine Nachricht hinterlassen. Nim war ein Meister im Entschlüsseln, vielleicht sogar der kompetenteste Mann der Welt. Er hatte Vorträge über dieses Thema gehalten und Bücher darüber geschrieben. Kein Wunder, daß er mir die Papierserviette aus der Hand riß, als er das Reimschema sah. Er hatte sofort vermutet, es sei ein Code. Aber der

Kerl hatte geschwiegen, damit ich selbst dahinterkommen sollte. Ich wählte die Nummer und hinterließ als Abschiedsnachricht:

Ein Bauer rückt nach Algier vor.

Draußen wurde es langsam hell, und ich beschloß, zu Bett zu gehen. Ich wollte endlich aufhören zu denken, und mein Gehirn war mit diesem Vorsatz einverstanden. Ich gab dem Stapel Briefe auf dem Boden einen Tritt und entdeckte dabei einen Umschlag ohne Briefmarke und Adresse. Er mußte also überbracht worden sein. Die verschlungene, schwungvolle Handschrift, in der mein Name dort stand, kannte ich nicht. Ich riß ihn auf und zog eine große weiße Karte heraus, auf der stand:

Meine liebe Katherine,
ich habe mich über unsere kurze Begegnung gefreut. Ich werde nicht in der Lage sein, Sie vor Ihrer Abreise noch einmal zu sehen, denn ich verlasse die Stadt für ein paar Wochen.
Nach unserem Gespräch habe ich beschlossen, Lily zu Ihnen nach Algier zu schicken. Zwei Köpfe sind besser, wenn es darum geht, Probleme zu lösen. Finden Sie nicht auch?
Übrigens, ich habe vergessen Sie danach zu fragen ... Wie fanden Sie Ihre Begegnung mit meiner Freundin, der Wahrsagerin? Sie läßt Sie grüßen. Also dann: Willkommen beim Spiel.

Mit herzlichen Grüßen
Mordecai Rad

ALGIER

April 1973

Es war eine dieser lavendelblauen Abenddämmerungen, in denen der Frühling aufstrahlt. Sogar der Himmel schien zu singen, als das Flugzeug über der Mittelmeerküste kreiste. Unter mir lag Algier.

»Al-Djezair Beida«, nennen sie es. Die weiße Insel. Es wirkt, als sei es taufrisch wie eine Märchenstadt, wie ein Wunder aus dem Meer aufgestiegen. Die sieben legendären Hügel sind mit weißen Häusern überzogen, die malerisch ineinander übergehen. Das war die weiße Stadt, die den Weg in den dunklen Kontinent erhellte. Dort unten, hinter der glänzenden Fassade lagen die verstreuten Figuren, die ein Geheimnis bargen, zu dessen Lösung ich um die halbe Welt gereist war. Als das Flugzeug über dem Meer tiefer ging, hatte ich das Gefühl, nicht in Algier zu landen, sondern auf dem ersten Feld des Bretts: Dieses Feld würde mich in das Zentrum des Spiels bringen.

»Ihre Papiere sind in Ordnung«, sagte der Beamte an der Paßkontrolle ruhig. »Sie können zum Zoll gehen.«

Ich murmelte ein ›Danke‹, nahm meine Papiere und ging durch den schmalen Gang in Richtung auf die Tafel mit der Aufschrift ›Douanier‹. Schon von weitem sah ich mein Gepäck auf einem bereits angehaltenen Transportband. Aber als ich dort hingehen wollte, kam ein Beamter auf mich zu.

»*Pardon, madame*«, sagte er höflich und so leise, daß niemand es hören konnte, »würden Sie mir bitte folgen?« Er deutete auf eine Tür mit einer Milchglasscheibe, vor der ein Posten mit einer Maschinenpistole an der Hüfte stand. Ich spürte einen Kloß im Hals.

»Auf keinen Fall!« erwiderte ich betont laut. Ich wollte an ihm vorbei zu meinem Gepäck.

»Ich muß leider darauf bestehen«, sagte der Mann und legte mir die Hand auf den Arm. Mich erfaßte Panik.

»Wo liegt das Problem?« fragte ich und entzog ihm meinen Arm.

»*Pas de problème*«, erwiderte er ruhig, ohne mich aus den Augen zu lassen. »Der *chef de la sécurité* möchte Ihnen ein paar Fragen stellen. Das ist alles. Es wird nicht lange dauern. Um ihr Gepäck müssen Sie sich keine Gedanken machen. Ich werde persönlich darauf aufpassen.«

Ich machte mir keine Gedanken um mein Gepäck. Ich wollte die hellerleuchtete Abfertigungshalle nicht verlassen und in ein dubioses Büro gehen, vor dem ein Posten mit einer Maschinenpistole stand. Aber es blieb mir keine andere Wahl. Der Beamte begleitete mich zu der Tür. Der Posten trat beiseite und ließ mich eintreten.

Ich befand mich in einem winzigen Raum, in dem kaum ein Metallschreibtisch und zwei Stühle Platz fanden. Der Mann hinter dem Tisch erhob sich zur Begrüßung, als ich eintrat. Er war etwa dreißig Jahre alt, muskulös, schlank, gebräunt und sah gut aus. Er kam so geschmeidig wie eine Katze um den Tisch herum. Mit den dichten, aus der Stirn zurückgekämmten Haaren, der olivfarbenen Haut, der wohlgeformten Nase und den vollen Lippen hätte er ein italienischer Gigolo oder ein französischer Filmstar sein können.

»Danke, Achmet«, sagte er mit seidiger Stimme zu dem bewaffneten Posten, der hinter mir immer noch die Tür aufhielt. Achmet trat zurück und schloß leise die Tür.

»Mademoiselle Velis, vermute ich«, sagte mein Gegenüber und bedeutete mir, vor seinem Schreibtisch Platz zu nehmen. »Ich habe Sie erwartet.«

»Wie bitte?« fragte ich, blieb stehen und sah ihn durchdringend an.

»Entschuldigen Sie, ich möchte Sie nicht erschrecken.« Er lächelte. »In meinem Amt werden alle Visa überprüft, die ausgestellt werden sollen. Es gibt wenig Frauen, die ein Visum aus geschäftlichen Gründen beantragen. Vermutlich sind Sie sogar die erste. Ich muß gestehen, ich war neugierig darauf, diese Frau kennenzulernen.«

»Gut, nun haben Sie ja Ihre Neugier befriedigt«, sagte ich und wandte mich zur Tür.

»Mademoiselle«, rief er, um meiner Flucht zuvorzukommen, »bitte nehmen Sie doch Platz. Ich bin kein Ungeheuer und werde

Sie nicht fressen. Ich bin der Chef der Sicherheitspolizei. Man nennt mich Scharrif.« Er zeigte mir seine blendendweißen Zähne in Verbindung mit einem strahlenden Lächeln, als ich mich umdrehte und zögernd auf den Stuhl vor dem Schreibtisch setzte. »Erlauben Sie mir die Bemerkung, daß mir Ihre Safarikleidung äußerst gut gefällt. Sie ist nicht nur schick, sondern sehr passend für ein Land mit dreitausend Kilometern Wüste. Haben Sie während Ihres Aufenthalts vor, einmal in die Sahara zu fahren, Mademoiselle?« fragte er beiläufig und setzte sich hinter den Schreibtisch.

»Ich fahre dorthin, wo mein Auftraggeber mich hinschickt«, erwiderte ich.

»Ach ja, Ihr Auftraggeber«, fuhr er aalglatt fort, »Dr. Kader – Emile Kamel Kader, der Erdölminister. Ein alter Freund. Bitte grüßen Sie ihn sehr herzlich von mir. Wenn ich mich richtig erinnere, hat er Ihr Visum befürwortet. Darf ich bitte Ihren Paß sehen?« Er streckte die Hand bereits danach aus.

»Es ist lediglich eine Formalität. Wir kontrollieren nach dem Zufallsprinzip bei jedem Flug Leute gründlicher, als es bei der normalen Abfertigung der Fall ist. Vermutlich wird es Ihnen bei den nächsten zwanzig oder hundert Flügen nicht mehr geschehen...«

»In meinem Land«, erklärte ich, »werden Reisende an den Flughäfen nur in ein Büro gebeten, wenn man sie verdächtigt, etwas zu schmuggeln.« Ich versuchte es mit Angriff, denn die glatten Worte und sein Filmstargebiß konnten mich nicht täuschen. Man hatte von allen Fluggästen nur mich zu dieser Überprüfung beordert. Und ich hatte von fern die Gesichter der Beamten gesehen, die miteinander tuschelten. Sie waren natürlich nicht nur neugierig, weil ich als Frau in Geschäften in ein islamisches Land kam.

»Ach«, sagte er, »Sie glauben, ich halte Sie für eine Schmugglerin? Zu meinem Pech schreibt das Gesetz vor, daß nur Beamtinnen eine Reisende nach Konterbande durchsuchen dürfen! Nein, ich möchte nur Ihren Paß sehen – zumindest im Augenblick.«

Er studierte meinen Paß mit großem Interesse. »Ich hätte Ihr Alter nie erraten. Sie sehen kaum älter als achtzehn aus. Aber Ihrem Paß entnehme ich, daß Sie gerade vierundzwanzig geworden sind. Ach, wie interessant – wußten Sie, daß Ihr Geburtstag, der vierte April, im Islam ein heiliger Tag ist?«

In diesem Moment fielen mir die Worte der Wahrsagerin ein. Sie hatte mir gesagt, ich solle niemandem mein Geburtsdatum verraten. Aber was war mit Ausweisen und dem Führerschein?

»Ich wollte Sie nicht beunruhigen«, sagte er und sah mich merkwürdig an.

»Schon gut«, erwiderte ich so locker wie möglich, »wenn Sie also mit dem Paß fertig sind ...«

»Vielleicht möchten Sie noch mehr darüber wissen«, fuhr er unbeirrt und so geschmeidig wie eine Katze fort und griff im nächsten Augenblick nach meiner Umhängetasche, die ich auf den Tisch gelegt hatte. Auch das war sicher nur eine ›Formalität‹. Mir wurde es immer unbehaglicher. »Sie sind in Gefahr«, hörte ich eine Stimme in mir, »trauen Sie niemandem, denn es steht geschrieben. Am vierten Tag im vierten Monat – kommt die Acht.«

»Der vierte April«, sagte Scharrif wie zu sich selbst, während er Lippenstifte, einen Kamm und eine Bürste aus der Tasche nahm und nacheinander sorgfältig auf den Tisch legte, als seien es Beweisstücke für einen Mordprozeß, »ist für uns ›der Tag des Heilens‹. Wir haben zwei Arten, die Zeit zu messen. das islamische Jahr, das ist ein Mondjahr, und das Sonnenjahr, das nach dem westlichen Kalender am einundzwanzigsten März beginnt.«

»Zu Beginn des Sonnenjahres«, sprach er weiter und brachte Notizbücher, Kugelschreiber und Füllhalter zum Vorschein, die er in Reihen sortierte, »müssen wir nach dem Gebot des Propheten in der ersten Woche zehnmal am Tag Sprüche aus dem Koran rezitieren. In der zweiten Woche müssen wir sieben Tage jedesmal nach dem Aufstehen auf eine Schale mit Wasser hauchen und das Wasser dann trinken. Dann – am achten Tag« – Scharrif sah mich plötzlich an, als erwarte er, mich bei irgend etwas zu ertappen. Er lächelte unbestimmt, und ich erwiderte sein Lächeln – wie ich hoffte – ebenso unbestimmt. »Das heißt, wenn die von Mohammed vorgeschriebenen Rituale durchgeführt worden sind, dann wird am achten Tag der zweiten Woche dieses Zaubermonats der Mensch von all seinen Krankheiten geheilt – gleichgültig, woran er leidet. Und das ist der vierte April. Man glaubt, daß Menschen, die an diesem Tag geboren worden sind, die Kraft besitzen, andere zu heilen – beinahe, als seien sie ... Aber natürlich, Sie kommen aus dem Westen und interessieren sich wohl kaum für diesen Aberglauben.«

Bildete ich es mir ein, oder beobachtete er mich wirklich wie die Katze eine Maus? Ich wollte gerade eine gleichgültige Miene aufsetzen, als er einen leisen Schrei ausstieß, bei dem ich erstarrte.

»Aha!« rief er und schob mir mit einer geschickten Handbewegung etwas über den Tisch. »Wie ich sehe, interessieren Sie sich für Schach!«

Es war Lilys kleines Steckschachspiel, das seit dem Turnier vergessen in meiner Umhängetasche lag. Jetzt nahm Scharrif alle Bücher heraus, die mir Nim mit der eindringlichen Aufforderung gegeben hatte, sie so schnell wie möglich zu lesen, in die ich aber noch keinen Blick geworfen hatte, und stapelte sie auf dem Tisch. Dabei sah er sich die Titel sehr genau an.

»Schach – mathematische Spiele. – Ah! Die Fibonacci-Zahlen!« rief er mit einem triumphierenden Lächeln, als habe er mich überführt. Er klopfte auf das langweilige Buch, das Nim geschrieben hatte. »Sie interessieren sich demnach für Mathematik?« fragte er und sah mich durchdringend an.

»Eigentlich nicht«, erwiderte ich, stand auf und begann, meine Siebensachen wieder in die Tasche zu räumen, während Scharrif mir ein Stück nach dem anderen über den Tisch reichte. Es war kaum zu glauben, daß jemand wie ich soviel nutzloses Zeug um die halbe Welt geschleppt hatte. Aber so war es nun einmal.

»Was wissen Sie über die Fibonacci-Zahlen?« fragte er, als ich mich in das Einpacken vertiefte.

»Man benutzt sie für Börsenspekulationen«, murmelte ich. »Die Vertreter der Eliottschen Wellentheorie sagen mit ihnen die Hochs und Tiefs an der Börse voraus – ein gewisser R. N. Eliott hat diese Theorie in den dreißiger Jahren aufgestellt –«

»Dann ist ihnen der Autor also nicht bekannt?« unterbrach mich Scharrif. Ich spürte, wie meine Haut bläulichgrün wurde. Meine Hand lag wie erstarrt auf den Büchern, als ich den Kopf hob.

»Ich meine Leonardo Fibonacci«, sagte Scharrif und sah mich ernst an, »ein Italiener, der im zwölften Jahrhundert in Pisa geboren, aber hier aufgewachsen ist – hier in Algier. Er war ein hervorragender Gelehrter und Vertreter der Mathematik des berühmten Mauren

Al-Chwarismi, dem der Algorithmus seinen Namen verdankt, Fibonacci brachte die arabischen Zahlen nach Europa, wo sie die römischen Zahlen ablösten ...«

Schade! Ich hätte wissen sollen, daß Nim mir kein Buch zur reinen Unterhaltung gab, selbst wenn es von ihm geschrieben war. Jetzt hätte ich liebend gern gewußt, was in dem Buch stand, ehe Scharrif sein kleines Verhör durchführte. Mir dämmerte etwas, aber ich konnte wieder einmal den Code der Signale nicht entziffern, die ich hörte.

Hatte Nim mich nicht gedrängt, mich mit den magischen Quadraten zu beschäftigen? Hatte Solarin nicht eine Formel für die Springer-Tour entwickelt? Brauchte man für die Botschaften der Wahrsagerin nicht einen solchen Zahlenschlüssel? Weshalb war ich also ein solcher Holzkopf, daß ich nicht zwei und zwei zusammenzählen konnte?

Mir fiel ein, daß ein Maure das Montglane-Schachspiel Karl dem Großen geschenkt hatte. Ich war kein mathematisches Genie, beschäftigte mich aber lange genug mit Computern, um zu wissen, daß Europa den Mauren, die im achten Jahrhundert Sevilla erobert hatten, beinahe alle wichtigen mathematischen Erkenntnisse verdankte. Die Suche nach dem legendären Schachspiel hatte offensichtlich etwas mit Mathematik zu tun – aber was? Scharrif hatte mir mehr erzählt, als ich ihm, aber ich konnte mit seinen Informationen nichts anfangen. Ich nahm ihm das letzte Buch aus der Hand und legte es in die Ledertasche.

»Da Sie sich ein Jahr in Algerien aufhalten wollen«, sagte er, »werden wir vielleicht Gelegenheit haben, einmal zusammen Schach zu spielen. Ich war einmal Anwärter auf den Titel des persischen Jugendmeisters ...«

»Vergessen Sie bitte nicht, ich bin nicht zum Schachspielen hier«, sagte ich über die Schulter und öffnete die Tür.

Achmet, offenbar Scharrifs Leibwächter, sah zuerst mich verblüfft an und dann seinen Herrn, der aufgesprungen war. Ich schlug die Tür so heftig hinter mir zu, daß das Glas klirrte.

Ohne einen Blick zurück eilte ich zum Zoll. Als ich für den Zöllner die Koffer öffnete, bemerkte ich an seinem mangelnden Interesse und der verräterischen Unordnung, daß er den Inhalt bereits kannte. Er klappte die Deckel zu und machte mit Kreide ein Zeichen darauf.

Der Flughafen war inzwischen menschenleer. Glücklicherweise

war der Wechselschalter noch offen. Nachdem ich etwas Geld umgetauscht hatte, rief ich einen Gepäckträger und ging hinaus, um ein Taxi zu suchen. Schwere, samtige Luft schlug mir entgegen. Betäubender Jasminduft durchdrang alles.

»Zum Hotel El-Riadh«, sagte ich dem Fahrer beim Einsteigen. Als der Wagen in Richtung Algier fuhr, entging mir nicht, daß uns ›unauffällig‹, aber hartnäckig ein schwarzer Wagen folgte.

»Bedaure, Madame«, erklärte der Empfangschef, »ich habe keine Zimmerbestellung auf Ihren Namen. Und leider sind wir ausgebucht.« Er lächelte, sah mich achselzuckend an und drehte mir den Rücken zu, um sich mit irgendwelchen Papieren zu beschäftigen. Das hatte mir gerade noch gefehlt. So spät am Abend in diesem abgelegenen Hotel. Kein Taxi weit und breit. Ich könnte ja Scharrifs Leute bitten, mich in ein Hotel oder wenigstens in die Stadt zu bringen, dachte ich bitter.

»Es muß ein Irrtum vorliegen«, sagte ich laut und vernehmlich. »Meine Reservierung wurde vor einer Woche von Ihnen bestätigt.«

»Das war sicher ein anderes Hotel«, erwiderte er höflich, aber bestimmt und sah mich mit der offenbar landesüblichen, undurchdringlichen lächelnden Maske an. Mich packte die Wut. Er sollte wagen, mir noch einmal den Rücken zuzuwenden!

Dann dachte ich: Vielleicht ist das nur eine Lektion für ein unbedarfte Ausländerin. Vielleicht ist es nur der Auftakt zur Bestechung im arabischen Stil. Vielleicht mußte man hier um alles handeln – nicht nur um hochdotierte Beraterverträge. Warum nicht diese Theorie einfach überprüfen? Ich holte einen Fünfzigdinarschein aus der Tasche und legte ihn auf das polierte Holz.

»Wären Sie so freundlich, mein Gepäck hinter die Theke zu stellen? Ich bin mit Scharrif, dem *chef de la sécurité* hier verabredet – bitte sagen Sie ihm, wenn er kommt, daß ich in der Hotelhalle sitze.« So ganz gelogen ist es nicht, dachte ich. Scharrif konnte jederzeit hier auftauchen, da seine Leute mir bis zur Hotelauffahrt gefolgt waren. Außerdem würde der Empfangschef wohl kaum einen Mann wie Scharrif anrufen, um sich nach seinen Plänen für diesen Abend zu erkundigen.

»Oh, entschuldigen Sie, Madame«, rief der Empfangschef und

fuhr mit dem Finger über das Zimmerverzeichnis, nachdem er geschickt das Geld eingestrichen hatte. »Ich sehe gerade, wir haben in der Tat eine Reservierung auf Ihren Namen.« Er machte eine Eintragung und schenkte mir wieder sein Sphinxlächeln. »Soll der Hausdiener das Gepäck auf Ihr Zimmer bringen?«

»Das wäre sehr freundlich«, sagte ich und drückte dem Hausdiener, der plötzlich neben mir stand, ein Trinkgeld in die Hand. »Ich werde mich inzwischen hier umsehen. Lassen Sie mir bitte den Zimmerschlüssel in die Hotelhalle bringen.«

»Sehr wohl, Madame«, sagte der Empfangschef und verneigte sich.

Ich hängte mir meine Tasche über die Schulter und schlenderte in die Hotelhalle. Am Eingang und in der Rezeption wirkte das Hotel niedrig und modern, aber als ich um die Ecke bog, lag vor mir ein riesiger Raum wie ein Atrium. Weißverputzte, fantasievoll gekurvte, fünfzehn Meter hohe Wände trugen eine Kuppeldecke. Sie war an manchen Stellen durchbrochen, so daß man vereinzelt die Sterne am Himmel sah.

Auf der anderen Seite dieser märchenhaften Halle befand sich etwa in neun Meter Höhe eine Terrasse, die im Raum zu schweben schien. Über die Terrassenbrüstung ergoß sich scheinbar aus dem Nichts ein Wasserfall. Aus der Rückwand hervorspringende Steinblöcke sorgten dafür, daß die Wasserwand immer wieder von sprudelndem Geplätscher unterbrochen wurde. Das Wasser sammelte sich schäumend in einem großen Becken, das in den glänzenden Marmorboden der Halle eingelassen war.

An beiden Seiten wanden sich wie kühne Himmelsleitern geschwungene Treppen zur Terasse hinauf. Ich durchquerte die Halle und stieg auf der linken Treppe nach oben. Die Zweige wildwachsender blühender Bäume ragten durch Aussparungen in den Wänden.

Schimmernde farbige Marmorböden waren in märchenhaften Mustern gelegt. Überall in der Halle standen gemütliche Sitzgruppen mit Kupfertischen und lederbezogenen Ottomanen und Messingsamowaren für Tee auf persischen Teppichen oder Fellen. Obwohl die Halle durch die riesigen Glasscheiben, hinter denen man das Meer sah, noch größer wirkte, hatte man ein Gefühl von Geborgenheit.

Ich setzte mich auf eine der weichen Ottomanen und bestellte das einheimische frischgebraute Bier, das mir der Kellner empfahl. Die

Fenster standen alle offen, und die feuchte, warme Brise wirkte angenehm und erfrischend. Ich hörte das leise Klatschen der Wellen, und allmählich beruhigten sich meine Gedanken. Zum ersten Mal seit ich New York verlassen hatte, entspannte ich mich.

Der Kellner servierte mir mein Bier und brachte auch meinen Zimmerschlüssel.

»Madame, Ihr Zimmer liegt direkt am Garten«, erklärte er und deutete in die Dunkelheit hinter der Terrasse. Die schmale Mondsichel verbreitete nicht viel Licht, und ich konnte nur ahnen, was dort war. »Sie gehen durch den Irrgarten bis zum Daturastrauch, dessen Blüten stark duften. Die Nummer vierundvierzig liegt direkt dahinter. Das Zimmer hat einen eigenen Eingang.«

Das Bier schmeckte nach Blüten, aber nicht süß, sondern nur aromatisch mit einem leichten Nachgeschmack von Holz. Ich bestellte mir bald darauf noch ein Glas. Während ich trank, dachte ich an Scharrifs merkwürdiges Verhör. Dann beschloß ich, alles Grübeln aufzugeben, bis ich mehr Zeit für das Thema hatte, auf das Nim, wie ich jetzt wußte, mich wohlweislich vorbereiten wollte. Meine Gedanken richteten sich statt dessen auf meine eigentliche Aufgabe. Wie sollte ich vorgehen, wenn ich am nächsten Morgen im Ministerium erschien? Ich dachte an die Probleme, auf die Fulbright Cone gestoßen waren, als sie sich um den Abschluß des Vertrags bemüht hatten. Es war eine merkwürdige Geschichte, die mir in unserem Büro in Paris erzählt worden war.

Der Minister für Industrie und Energie, ein Mann namens Abdelsalaam Belaid, hatte einem Treffen in der vergangenen Woche zugestimmt. Im Rahmen einer offiziellen Zeremonie sollte der Vertrag unterzeichnet werden. Deshalb flogen mit großem Kostenaufwand sechs der Partner mit einer Kiste Dom Pérignon nach Algier. Bei ihrer Ankunft teilte man ihnen jedoch mit, Minister Belaid ›sei dienstlich im Ausland‹. Sie stimmten zögernd einem Treffen mit einem anderen Minister zu. Er hieß Emile Kamel Kader (derselbe Kader, der mein Visum befürwortet hatte, wie Scharrif nicht entgangen war).

Während sie in einem der unzähligen Vorzimmer saßen und darauf warteten, daß sie zu Kader vorgelassen wurden, kam eine Gruppe japanischer Bankiers den Gang entlang, die fröhlich plaudernd im Fahrstuhl verschwand. Bei ihnen befand sich kein geringerer als der bewußte Minister Belaid, der sich angeblich im Ausland aufhielt.

Die Partner von Fulbright Cone waren eine solche Behandlung nicht gewohnt – erst recht nicht, wenn sechs von ihnen erschienen –, und angesichts dieser Unverfrorenheit verschlug es ihnen die Sprache. Sie beschlossen, sich bei Emile Kamel Kader zu beschweren, sobald sie vorgelassen wurden. Aber als er sie schließlich bitten ließ, hüpfte Kader in Tennisshorts und Polohemd mit einem Schläger in der Hand im Büro hin und her.

»Bedaure sehr«, eröffnete er ihnen, »aber heute ist Montag. Und montags spiele ich immer Tennis mit einem alten Studienfreund. Ich kann ihn nicht versetzen.« Damit verschwand er, und die sechs Partner von Fulbright Cone hatten das Nachsehen.

Ich versuchte, mir die Begegnung mit diesen Ministern vorzustellen, die Partner meiner illustren Firma an der Nase herumführten. Vermutlich gehörte das auch zu den Manifestationen arabischer Verhandlungsmethoden. Aber wie sollte ich erreichen, daß der Vertrag unterschrieben wurde, wenn es sechs Partnern nicht gelungen war? Denn das war nun eine meiner ersten Aufgaben.

Seufzend stand ich auf und ging mit dem Bierglas in der Hand auf die Terrasse hinaus. Ich warf einen Blick über die Parkanlage zwischen Hotel und Strand. Wie der Kellner gesagt hatte, war es ein Irrgarten. Weiße Kiespfade wanden sich durch exotische Kakteen, Sträucher, Sukkulenten, tropische Büsche und Wüstenpflanzen.

Am anderen Ende, nahe am Strand, befand sich eine Marmorterrasse mit einem riesigen Swimmingpool. Das von Unterwasserscheinwerfern beleuchtete Wasser glänzte wie ein märchenhafter Türkis. Zwischen Pool und Strand stand eine gewundene weiße Mauer mit seltsam geformten Bogenöffnungen, hinter denen man Ausschnitte des weißen Sandstrands und den weißen Schaum der klatschenden Wellen sah. Am Ende der Mauer erhob sich ein hoher, gemauerter Turm mit einer Zwiebelkuppel – wie die Türme, von denen der Muezzin die Gläubigen zum Gebet ruft.

Mein Blick wanderte wieder zum Garten zurück – und da sah ich es! Es war nur ein Aufblitzen im Licht des Pools: die Speichen eines Fahrrads, das sofort hinter dunklen Büschen verschwand.

Ich stand oben auf der Treppe und erstarrte. Meine Augen glitten über den Garten, den Swimmingpool und den Strand dahinter, und ich lauschte angestrengt. Aber ich sah und hörte nichts. Plötzlich berührte mich jemand am Arm. Ich erschrak zu Tode.

»Entschuldigen Sie, Madame«, sagte mein Kellner und sah mich merkwürdig an. »Der Empfangschef läßt Ihnen mitteilen, daß heute nachmittag Post für Sie eingetroffen ist. Er hat es Ihnen versehentlich nicht gesagt.« Er reichte mir die Zeitung mit einem braunen Streifband und einen Umschlag, der ein Telegramm zu enthalten schien. »Ich wünsche Ihnen einen angenehmen Abend«, sagte der Kellner und verschwand.

Ich ließ den Blick noch einmal über den Garten schweifen. Vielleicht hatte ich mich doch getäuscht. Außerdem gab es bestimmt auch in Algerien Leute, die mit dem Fahrrad fuhren.

Ich ging mit der Post und dem Bier zu meinem Platz zurück. Ich öffnete das Telegramm: »Lesen Sie Ihre Zeitung. Abschnitt G5.« Keine Unterschrift. Aber als ich die Zeitung aus dem Streifband zog, ahnte ich bereits, wer der Absender war. Es handelte sich um die Sonntagsausgabe der *New York Times*. Wie konnte sie mir so schnell nachgeschickt worden sein?

Ich blätterte zum Abschnitt G 5, der Sportseite, und fand einen Artikel über das Schachturnier:

SCHACHTURNIER ABGESAGT
GM-SELBSTMORD WIRD ANGEZWEIFELT

Der Selbstmord von Großmeister Antony Fiske in der letzten Woche, der in New Yorker Schachkreisen Verwunderung erregte, hat nun zu einer Untersuchung durch die New Yorker Mordkommission geführt. Aus einer heute veröffentlichten Erklärung der gerichtsmedizinischen Untersuchungskommission geht hervor, daß der 67jährige englische GM sich unmöglich selbst das Leben genommen haben kann. Todesursache war ein ›gebrochener Halswirbel infolge eines Drucks, der gleichzeitig auf die Vertebra prominens (C_7) und unter dem Kinn ausgeübt wurde‹. Es ist unmöglich, einen solchen Bruch selbst herbeizuführen, denn man müßte dazu ›hinter seinem eigenen Rücken stehen und sich den Hals brechen‹, wie der Turnierarzt Dr. Osgood erklärte, der als erster Fiske untersucht und den Selbstmord angezweifelt hat.

Dem russischen GM Alexander Solarin, der gegen Fiske spielte, fiel auf, daß sich sein Gegner ›seltsam verhielt‹. Die sowjetische Botschaft hat für ihren GM diplomatische Immunität beantragt; dieser lehnte jedoch ab und erregte damit nicht zum ersten Mal großes Aufsehen (siehe auch Leitartikel, Seite A6). Solarin hat Fiske als letzter lebend gesehen und eine Aussage vor der Polizei gemacht.

Der Turnierveranstalter John Hermanold hat in einer Presseerklärung seine Entscheidung erläutert, das Turnier abzusagen. Er behauptete heute, GM Fiske sei seit langem drogenabhängig gewesen, und erklärte, Informanten aus der Drogenszene könnten möglicherweise Hinweise auf den unerklärlichen Mord geben.

Um die Untersuchung zu erleichtern, haben die Turnierveranstalter der Polizei die Namen und Adressen der 63 Personen – darunter auch die der Richter und Spieler – übergeben, die an der geschlossenen Veranstaltung am Sonntag im Metropolitan Club teilgenommen haben.

(Siehe auch die nächste Sonntagsausgabe der *Times* mit dem ausführlichen Bericht: ›Antony Fiske, das Leben eines GM‹.)

Die Katze war also aus dem Sack, und die New Yorker Kriminalpolizei hatte die Ermittlungen aufgenommen.

Wie schön, daß mein Name jetzt bei der richtigen Adresse in Manhattan gelandet war – der Kripo! Aber mit Schadenfreude dachte ich daran, daß sie mich aus Nordafrika einfliegen lassen mußten, um von mir etwas zu erfahren. Ich fragte mich, ob Lily wohl einem Verhör entgangen war. Solarin hatten sie erwischt. Um mehr über seine Aussagen zu erfahren, blätterte ich zur Seite A6.

Zu meiner Überraschung fand ich dort ein zweispaltiges ›Exklusiv-Interview‹ unter der provozierenden Überschrift: ›Sowjets dementieren Beteiligung an dem Mord an englischem GM‹. Ich überflog die Absätze, in denen Solarin unter anderem als ›charismatisch‹ und ›mysteriös‹ bezeichnet wurde und in dem man seine Schachkarriere bis zu der überstürzten Ausreise aus Spanien zusammenfaßte. Doch das Interview enthielt mehr Informationen, als ich erwartet hatte.

Erstens, das sowjetische Dementi kam nicht von Solarin. Mir war auch nicht bekannt, daß Solarin wenige Minuten vor dem Mord allein mit Fiske in der Herrentoilette gewesen war. Aber die Sowjets wußten es und schäumten nun. Sie verlangten diplomatische Immunität und hämmerten mit dem bewußten Schuh auf den Tisch.

Solarin lehnte die Immunität ab (er kannte offenbar die Prozedur) und betonte seinen Wunsch, mit den New Yorker Behörden bei der Aufklärung des Falls zusammenzuarbeiten. Als man ihn zu Fiskes angeblicher Drogenabhängigkeit fragte, mußte ich über seine Äußerung lachen: »Hat John (Hermanold) vielleicht Insider-Informationen? Im Obduktionsbericht werden keine chronischen Rückstände im Leichnam erwähnt.« Damit sagte er zwischen den Zeilen, Hermanold sei entweder ein Lügner oder ein Dealer.

Aber als ich seinen Bericht über den Mord las, staunte ich. Nach eigener Aussage konnte außer ihm unmöglich jemand in die Toilette gekommen sein, um Fiske umzubringen. Dazu war weder Zeit noch Gelegenheit gewesen, denn Solarin und die Richter versperrten dem Mörder den einzig möglichen Fluchtweg. Jetzt bedauerte ich, daß ich vor meiner Abreise keine näheren Einzelheiten über den Tatort kannte. Wenn ich Nim erreichte, ließ sich das vielleicht nachholen. Er konnte in den Club fahren und sich für mich dort umsehen.

Ich wurde müde. Meine innere Uhr meldete, es sei vier Uhr nachmittags New Yorker Zeit, und ich hatte seit vierundzwanzig Stunden so gut wie kein Auge zugetan. Ich nahm den Zimmerschlüssel und meine Post vom Tablett, ging hinaus auf die Terrasse und hinunter in den Garten. Ich fand mühelos die wunderbar duftende Datura mit den dunklen Blättern. Die trompetenförmigen wächsernen Blüten erinnerten an hängende Osterglocken. Sie öffneten sich im Mondlicht und verströmten einen durchdringenden, sinnlichen Duft.

Ich ging die wenigen Stufen zu meinem Zimmer hinauf und schloß die Tür auf. Die Lampen brannten. Es war ein großer Raum mit einem Fußboden aus Tonziegeln, weiß verputzten Wänden und einer großen Glastür mit Blick auf das Meer. Auf dem Bett lag eine dicke wollene Bettdecke, die wie ein Lammfell aussah, und davor ein kleiner Teppich aus demselben Material. Sonst standen kaum Möbel im Raum.

Im Bad befanden sich eine große Badewanne, ein Waschbecken, eine Toilette und ein Bidet. Keine Dusche. Ich ließ Wasser in die Wanne laufen, aber aus dem Hahn kam nur eine kalte rostrote Brühe. Auch nach einigen Minuten änderte sich an der Farbe und Wassertemperatur nichts. Fantastisch. Eiskalter Rost war bestimmt ein besonderes Badevergnügen!

Ich ließ das Wasser laufen, ging ins Zimmer und zurück und öffnete den Schrank. Meine Kleider waren ausgepackt und ordentlich aufgehängt. Die Koffer lagen darunter auf dem Schrankboden. Offenbar machte es den Leuten hier Spaß, die Sachen anderer zu durchwühlen. Aber ich hatte nichts zu verbergen, was sich in einem Koffer verstauen ließ.

Ich griff zum Telefonhörer, wählte die Hotelzentrale und gab dem Mann die Nummer von Nims Rechenzentrum in New York. Er erklärte, er werde zurückrufen, sobald die Verbindung hergestellt sei. Ich zog mich aus und ging ins Bad zurück. In der Wanne stand eine rostige Pfütze. Seufzend stieg ich die unappetitliche Brühe und setzte mich heroisch hinein.

Das Telefon klingelte, als ich mir gerade die billige Seife abwusch. Ich hüllte mich in das fadenscheinige Badetuch und eilte ins Zimmer zum Telefon.

»Ich bin untröstlich, Madame«, informierte mich der Mann von der Zentrale, »keine Antwort unter Ihrer Nummer.«

»Wie ist das möglich?« fragte ich, »in New York ist jetzt Nachmittag, und das ist eine Geschäftsnummer.« Außerdem würde Nims Computer vierundzwanzig Stunden am Tag Anrufe entgegennehmen.

»Nein, Madame, wir bekommen keine Verbindung zum Fernamt in New York.«

»Das Fernamt? New York antwortet nicht?« Man konnte doch New York in den letzten Tagen nicht ausradiert haben! »Das kann nicht Ihr Ernst sein. In New York leben zehn Millionen Menschen!«

»Vielleicht hat die Zentrale schon geschlossen, Madame«, erwiderte er ungerührt, »oder es ist noch zu früh, oder man hat dort jetzt Essenspause.«

Bienvenue en Algérie, dachte ich und bedankte mich bei dem Mann für seine Mühe. Ich legte auf und schaltete das Licht aus. Dann ging ich zu der großen Glastür und öffnete sie, um den Märchenduft der Datura ins Zimmer strömen zu lassen.

Ich blickte zu den Sternen über dem Meer auf. Sie sahen fern und kalt aus, und plötzlich fühlte ich mich einsam. Wie weit weg waren die Menschen und alles, was ich kannte! Ohne es überhaupt gemerkt zu haben, befand ich mich in einer anderen Welt.

Schließlich ging ich zum Bett, legte mich unter das klamme Leinentuch und schlief mit dem Blick auf die Sterne ein, die über Afrikas Küste funkelten.

Ich hörte ein Geräusch und schlug die Augen auf. Es war alles dunkel. Ich glaubte, geträumt zu haben. Das Leuchtzifferblatt des Weckers neben dem Bett zeigte zwanzig nach zwölf. Aber in meinem Apartment in New York gab es keinen Wecker. Langsam fiel mir ein, wo ich war; ich drehte mich um und wollte wieder einschlafen, als ich das Geräusch noch einmal hörte – diesmal direkt vor meiner offenen Glastür: das langsame, metallische Klicken eines Fahrrads.

Im Mondlicht entdeckte ich hinter einem Baum die Umrisse eines Mannes. Seine Hand lag auf der Lenkstange eines Fahrrads. Ich hatte mich also nicht getäuscht – es war keine Einbildung gewesen!

Mein Herz schlug langsam und laut, als ich geräuschlos aus dem Bett rollte und in der Dunkelheit zur Tür kroch, um sie zuzuschlagen. Es gab allerdings zwei Probleme: Erstens wußte ich nicht, wie man die Tür verriegelte, und zweitens war ich splitterfasernackt. Mist! Jetzt war es zu spät, im Zimmer herumzurennen und etwas zum Anziehen zu suchen. Ich erreichte die Wand, preßte mich dagegen und versuchte, den Griff der Tür zu finden, um sie schnell zu verschließen.

In diesem Augenblick hörte ich draußen Schritte auf dem Kies; die dunkle Gestalt kam näher und lehnte das Fahrrad draußen gegen die Wand.

»Ich wußte nicht, daß Sie nackt schlafen«, flüsterte der Mann. Der weiche slawische Akzent war unüberhörbar. Es war Solarin! Ich wurde über und über rot. Dieser Mistkerl!

Mein Gott, er kam herein! Mit einem leisen Aufschrei floh ich zum Bett, packte das Laken und hüllte mich damit ein.

»Was, zum Teufel, machen Sie hier?« schrie ich, als er die Tür schloß.

»Haben Sie meine Nachricht nicht erhalten?« fragte er, zog den Vorhang zu und kam in der Dunkelheit auf mich zu.

»Ist Ihnen klar, wie spät es ist?« stammelte ich. »Wie sind Sie hierhergekommen? Sie waren doch noch vor ein paar Tagen in New York.«

»Sie auch«, antwortete Solarin und machte das Licht an. Er musterte mich eingehend mit einem unverschämten Grinsen und setzte sich unaufgefordert auf das Bett, als sei er hier zu Hause. »Aber jetzt sind wir beide hier. Allein. An diesem reizenden Platz am Meer. Sehr romantisch, finden Sie nicht auch?« Seine silbergrünen Augen funkelten.

»Romantisch!« fauchte ich und drapierte das Laken etwas würdevoller um mich. »Kommen Sie nicht in meine Nähe! Jedesmal, wenn ich Sie sehe, wird jemand umgebracht...«

»Leise«, sagte er, »die Wände könnten Ohren haben. Ziehen Sie sich an. Und dann gehen wir irgendwohin, wo wir reden können.«

»Sie sind wohl verrückt«, erklärte ich. »Ich werde dieses Zimmer nicht verlassen und ganz bestimmt nicht mit Ihnen! Und noch ein –« Aber er stand auf, griff schnell nach einem Zipfel des Bettlakens, als wolle er mich auswickeln, und sah mich mit einem trockenen Lächeln an.

»Ziehen Sie etwas an, oder ich werde Sie persönlich anziehen«, sagte er.

Ich spürte, wie ich rot wurde. Ich stand auf, ging so würdevoll wie möglich zum Kleiderschrank und nahm mir etwas zum Anziehen heraus. Dann verschwand ich schnell im Bad. Ich kochte vor Wut und schlug die Badezimmertür hinter mir zu. Dieser Kerl glaubte, er könne einfach aus dem Nichts auftauchen, mich aus dem Schlaf aufschrecken und dann so einschüchtern, daß... Wenn er nur nicht so gut aussehen würde.

Aber was wollte er? Warum verfolgte er mich um die halbe Welt? Und warum tauchte er mit diesem Fahrrad auf?

Ich zog Jeans an, einen weiten roten Kaschmirpullover und die alten ausgefransten Espadrilles. Als ich aus dem Bad kam, saß Solarin auf dem Bett und spielte auf Lilys Steckbrett Schach. Er hatte es vermutlich gefunden, als er meine Sachen inspizierte. Er hob den Kopf und lächelte mich an.

»Wer gewinnt?« fragte ich.

»Ich«, erwiderte er ernst. »Ich gewinne immer.« Er stand auf, blickte noch einmal auf das Spiel, ging dann zum Schrank, holte eine Jacke heraus und half mir beim Anziehen.

»Das steht Ihnen gut«, sagte er, »nicht so gut wie der Aufzug vorhin, aber für einen mitternächtlichen Spaziergang am Strand ist es besser geeignet.«

»Sie glauben doch nicht im Ernst, daß ich mit Ihnen am menschenleeren Strand spazierengehe?«

»Es ist nicht weit«, sagte er, ohne auf meinen Protest zu achten, »wir gehen am Strand entlang zu einem Cabaret. Es gibt dort Minztee und Bauchtanz. Es wird Ihnen gefallen, meine Liebe. In Algerien mögen die Frauen zwar Schleier tragen, aber die Bauchtänzerinnen sind Männer!«

Ich schüttelte den Kopf und folgte ihm durch die Tür, die er hinter uns abschloß – mit meinem Schlüssel, den er an sich genommen hatte. Er steckte ihn in seine Tasche.

Der Mond stand inzwischen hoch am Himmel. Wir liefen am schmalen, schimmernden Strand entlang und sahen die glitzernde Lichterkette der Küste, die in einer Kurve zur Stadt führte.

»Haben Sie die Zeitung gelesen, die ich Ihnen geschickt habe?« fragte er.

»Sie haben mir die Zeitung geschickt? Aber warum?«

»Sie sollten erfahren, daß man jetzt weiß, daß Fiske ermordet worden ist, wie ich es Ihnen gesagt habe.«

»Fiskes Tod hat nichts mit mir zu tun«, erwiderte ich und schüttelte den Sand aus meinen Schuhen.

»Ich sage Ihnen noch einmal, daß der Mord sehr viel mit Ihnen zu tun hat. Glauben Sie, ich bin zehntausend Kilometer gereist, nur um einen Blick in Ihr Schlafzimmer zu werfen?« fragte er etwas ungeduldig. »Ich habe Ihnen gesagt, daß Sie in Gefahr sind. Mein Englisch ist nicht perfekt, aber ich spreche es offenbar besser, als Sie es verstehen.«

»Der einzige Mensch, von dem mir Gefahr droht, sind Sie«, konterte ich. »Woher soll ich wissen, daß nicht Sie Fiske umgebracht haben? Vielleicht erinnern Sie sich – als wir uns das letzte Mal begegnet sind, haben Sie meine Aktenmappe gestohlen und es mir überlassen, die Leiche des Chauffeurs meiner Freunde zu entdecken. Wie soll ich wissen, daß Sie nicht auch Saul umgebracht haben? Und jetzt soll ich wohl den Kopf dafür hinhalten?«

»Ich *habe* Saul umgebracht«, sagte Solarin ruhig. Als ich wie versteinert stehenblieb, sah er mich neugierig an. »Wer sonst hätte es tun können?«

Mir gefror das Blut in den Adern. Ich lief mitten in der Nacht mit einem Mörder einen einsamen Strand entlang.

»Sie sollten sich bei mir dafür bedanken«, sagte Solarin, »daß ich Ihre Aktenmappe an mich genommen habe. Die hätte Sie nämlich belasten können, und für mich war es verdammt schwierig, Ihnen die Tasche zurückzubringen.«

Seine arrogante Art machte mich wütend. Ich sah Sauls bleiches Gesicht auf dem Steinquader und wußte jetzt, daß Solarin ihn getötet hatte.

»Ach, vielen Dank auch«, rief ich zornig, »was, zum Teufel, soll das heißen, Sie haben Saul umgebracht? Wieso schleppen Sie mich hierher und erzählen mir, daß Sie einen unschuldigen Mann ermordet haben?«

»Schreien Sie nicht so«, sagte Solarin mit eiskaltem Blick und packte mich am Arm. »Wäre es ihnen lieber gewesen, er hätte mich umgebracht?«

»Saul?« fragte ich und schnaubte, wie ich hoffte, verächtlich. Ich schüttelte seine Hand ab, drehte mich um und wollte zurück zum Hotel. Solarin packte mich und zog mich zurück.

»Es ist wirklich eine Strafe, auf Sie aufzupassen«, sagte er.

»Vielen Dank, ich brauche keinen Aufpasser«, erwiderte ich, »schon gar nicht, wenn er ein Mörder ist. Also gehen Sie und sagen Sie den Leuten, die Sie geschickt haben –«

»Hören Sie zu«, unterbrach Solarin heftig. Er packte mich an den Schultern und schüttelte mich wütend. Er blickte zum Mond hinauf, holte tief Luft und zählte zweifellos bis zehn.

»Hören Sie zu«, sagte er etwas ruhiger. »Und wenn ich Ihnen sage, daß Saul Fiske umgebracht hat? Ich bin der einzige, der das weiß. Deshalb hat Saul mich verfolgt. Hören Sie mir jetzt zu?«

Seine Augen richteten sich fragend auf mich. Aber ich konnte keinen Gedanken fassen. Ich war völlig durcheinander. Saul ein Mörder? Ich schloß die Augen und versuchte zu denken, aber ohne Erfolg.

»Also gut, reden Sie«, lenkte ich ein. Solarin lächelte mich an, und wieder einmal mußte ich mir widerwillig eingestehen, daß mich seine Augen faszinierten.

»Dann müssen wir weitergehen«, sagte er, ließ aber eine Hand auf meiner Schulter liegen. »Ich kann weder denken noch sprechen oder Schach spielen, wenn ich mich nicht bewege.« Wir schwiegen eine Weile, während er sich offenbar konzentrierte.

»Ich glaube, es ist besser, ich fange von vorne an«, begann Solarin schließlich. Ich nickte nur.

»Erstens müssen Sie wissen, daß ich an dem Schachturnier, auf dem Sie mich gesehen haben, kein Interesse hatte. Es diente als eine Art Tarnung, die sich meine Regierung ausgedacht hatte, damit ich nach New York kommen konnte, weil ich dort dringende Geschäfte zu erledigen hatte.«

»Was für Geschäfte?« fragte ich.

»Darüber sprechen wir später.« Solarin bückte sich plötzlich und hob eine kleine dunkle Muschel auf, die halb im Sand vergraben lag.

»Überall gibt es Leben«, sagte er nachdenklich und reichte mir die Muschel. »Auch auf dem Meeresgrund. Überall vernichtet der Mensch das Leben durch seine Dummheit.«

»Diese Muschel ist nicht gestorben, weil man ihr das Genick gebrochen hat«, bemerkte ich. »Sind Sie eine Art professioneller Killer? Wie können Sie mit einem Menschen fünf Minuten in einem Raum sein und ihn umlegen?« Ich warf die Muschel in hohem Bogen ins Meer zurück.

»Als ich bei dem Spiel bemerkte, daß Fiske betrog«, erzählte er mit etwas angespannter Stimme, »wollte ich wissen, wer ihn dazu gebracht hatte und warum.«

Also hatte Lily in diesem Punkt recht gehabt, dachte ich. Aber ich schwieg.

»Ich vermutete, daß andere dahinterstanden. Deshalb unterbrach ich das Spiel und folgte ihm in die Toilette. Er gestand den Betrug und noch mehr. Er sagte mir, wer ihn dazu gezwungen hatte und warum.«

»Wer ist es?«

»Er hat es nur ungefähr gesagt, denn er wußte es selbst nicht genau. Aber er berichtete, daß die Männer, die ihn erpreßt hatten, wußten, daß ich auf dem Turnier spielen würde. Und das konnte nur ein einziger Mann wissen, nämlich der Mann, mit dem meine Regierung verhandelt hatte. Der Turnierveranstalter...«

»Hermanold!« rief ich.

Solarin nickte und fuhr fort: »Fiske erzählte mir, daß Hermanold oder seine Hintermänner eine Formel wollten. Ich hatte im Spaß bei einem Spiel in Spanien um eine Formel gewettet und erklärt, jeder, der mich schlage, werde von mir eine geheime Formel bekommen – und diese Idioten dachten, das Angebot gelte immer noch. Sie beschlossen, Fiske gegen mich aufzustellen und dafür zu sorgen, daß er nicht verlieren konnte. Ich vermute, Hermanold hatte mit Fiske die Herrentoilette im Kanadischen Club als Treffpunkt ausgemacht, wenn etwas nicht wie geplant verlief, weil sie dort niemand zusammen sehen würde...«

»Aber Hermanold hatte nicht vor, sich mit Fiske dort zu treffen...«, murmelte ich. Langsam ordnete sich das Puzzle, aber das ganze Bild sah ich immer noch nicht. »Sie wollen sagen, Hermanold hatte dafür gesorgt, daß ein anderer sich dort mit Fiske treffen würde – jemand, dessen An- oder Abwesenheit beim Spiel niemandem auffiel.«

»Richtig«, bestätigte Solarin. »Allerdings rechneten sie nicht damit, daß ich Fiske dorthin folgen würde. Ich war ihm dicht auf den Fersen, als er in der Herrentoilette verschwand. Sein Mörder wartete draußen im Gang und muß jedes Wort unseres Gesprächs gehört haben. Es war zu spät, um Fiske nur zu drohen. Die Sache war geplatzt. Fiske mußte sofort ausgeschaltet werden.«

»Eine äußerst brutale Lösung«, bemerkte ich, blickte auf die dunklen Wellen und dachte darüber nach. Es war möglich – zumindest strategisch. Und ich wußte inzwischen ein paar Dinge, von denen Solarin nichts ahnte. Hermanold hatte zum Beispiel nicht mit Lilys Erscheinen gerechnet. Aber als Lily und ich im Club auftauchten, bestand er darauf, daß sie blieb. Er war ganz aufgeregt, als sie drohte zu gehen (mit ihrem Wagen und dem Chauffeur). Für seine Reaktion gab es demnach mehr als eine Erklärung, wenn er Saul eine besondere Aufgabe zugedacht hatte. Aber warum Saul? Vielleicht verstand Saul mehr von Schach, als ich geahnt hatte. Vielleicht saß er draußen im Wagen und bediente den Sender! Wenn ich es mir genau überlegte: Wie gut hatte ich Harrys Chauffeur wirklich gekannt?

Solarin berichtete mir nun die Einzelheiten – wie er auf den Ring aufmerksam wurde, den Fiske trug; wie er ihm zur Herrentoilette folgte; wie er von Fiskes Kontakten in England erfuhr und dem Grund der ganzen Aktion; wie er aus der Toilette floh, als Fiske den Ring abstreifte, weil er glaubte, Fiske habe damit eine Bombe gezündet. Solarin wußte, Hermanold stand zwar hinter Fiskes Teilnahme an diesem Turnier, aber er konnte ihn nicht ermordet und den Ring aus dem Waschbecken genommen haben, denn Hermanold hatte den Metropolitan Club nicht verlassen. Das konnte ich wie viele andere auch bezeugen.

»Saul saß nicht im Wagen, als Lily und ich zurückkamen«, erzählte ich zögernd. »Er könnte es getan haben, aber ich habe keine Ahnung, aus welchem Grund ... So wie Sie die Sache schildern, hätte er außerdem keine Möglichkeit gehabt, den Kanadischen Club zu verlassen und zum Wagen zurückzukehren, da Sie und die Richter ihm den Fluchtweg versperrten. Das würde erklären, daß Lily und ich ihn nicht dort gefunden haben.« Es erklärt noch mehr, dachte ich, es erklärt die Schüsse auf den Wagen!

Wenn Solarin die Wahrheit sagte und Hermanold Saul angeheuert hatte, um Fiske umzulegen, dann mußte er verhindern, daß Lily und ich in den Club zurückkehrten, um den Chauffeur zu suchen! Wenn er oben im Spielzimmer stand und sah, wie wir am Wagen standen und zögerten, mußte er sich etwas einfallen lassen, um uns Angst einzujagen!

»Also ist Hermanold mit einem Revolver in das leere Spielzimmer zurückgegangen und hat auf uns geschossen!« rief ich. Solarin sah mich verblüfft an, da er nicht verstand, wie ich zu dieser Schlußfolgerung gekommen war.

»Das würde auch erklären, weshalb Hermanold der Presse mitgeteilt hat, Fiske sei drogenabhängig gewesen«, fügte ich hinzu. »Damit wollte er die Aufmerksamkeit von sich auf einen fiktiven Drogendealer lenken!«

Solarin lachte. »Ich kenne einen Mann namens Brodski. Er würde Sie auf der Stelle engagieren«, sagte er. »Sie denken wie eine ausgebildete Spionin. Und da Sie jetzt alles wissen, was ich weiß, schlage ich vor, wir genehmigen uns einen Drink.«

Am Ende des langen Strands sah ich ein großes Zelt mit bunten Lichtern.

»Nicht so schnell«, sagte ich und hielt ihn am Arm fest. »Nehmen wir an, Saul hat Fiske wirklich umgebracht, dann bleiben aber trotzdem noch einige Fragen offen. Was ist das für eine Formel, um die Sie in Spanien gewettet haben und hinter der diese Leute her sind? Was für Geschäfte haben Sie nach New York geführt? Und wieso tauchte Saul plötzlich in der UNO auf?«

Das rot und weiß gestreifte Zelt hatte etwa einen zehn Meter hohen Mast in der Mitte. Zwei große Palmen in Messingkübeln standen rechts und links neben dem Eingang. Unter einem Leinwandvordach lag ein langer blau und gold gemusterter Läufer auf dem Sand. Wir näherten uns dem Eingang.

»Ich habe mich geschäftlich mit einer Kontaktperson bei der UNO getroffen«, erwiderte Solarin, »und ich ahnte nicht, daß Saul mich verfolgte – bis Sie auftauchten.«

»Dann waren Sie der Mann auf dem Fahrrad!« rief ich. »Aber Sie hatten doch einen weißen –«

»Ich habe mich mit meiner Kontaktperson getroffen«, unterbrach er mich. »Sie hat gesehen, daß Sie mir folgen, und Saul war direkt hinter Ihnen . . .« (Also war die alte Frau bei den Tauben seine ›Kontaktperson‹!) »Wir haben die Tauben aufgescheucht und sind in Deckung gegangen«, fuhr Solarin fort. »Ich hielt mich hinter der Treppe versteckt, bis Sie an mir vorüber waren. Dann habe ich Saul verfolgt. Er verschwand gerade im UNO-Gebäude, aber ich konnte nicht sehen, wohin er ging. Im Fahrstuhl habe ich den Jogginganzug ausgezogen, denn ich trug meine anderen Sachen darunter. Als ich aus dem Fahrstuhl stieg, sah ich Sie in den Meditationsraum gehen. Ich hatte keine Ahnung, daß Saul bereits dort war – und alles hörte, was wir miteinander gesprochen haben.«

»Im Meditationsraum?« rief ich. Wir standen jetzt dicht vor dem Zelt.

»Meine Liebe«, sagte Solarin und strich mir über die Haare, wie Nim es manchmal tat, »Sie sind sehr naiv. Sie haben meine Warnung nicht verstanden, aber Saul sehr wohl. Als Sie weg waren, kam er aus einer dunklen Ecke hervor und griff mich an. Da wußte ich, er hatte genug gehört, und dadurch war nun auch Ihr Leben in allergrößter Gefahr. Ich nahm die Aktenmappe an mich, damit seine Leute nichts von Ihrer Anwesenheit erfahren würden. Meine Kontaktperson hatte in meinem Hotel hinterlassen, wie und wo ich Ihnen die Aktenmappe zurückgeben konnte.«

»Aber woher wußten Sie...«, begann ich.

Solarin lächelte und fuhr mir noch einmal durch die Haare. Der Empfangschef kam uns entgegen und begrüßte uns. Solarin drückte ihm einen Hundertdinarschein in die Hand. Der Mann und ich waren sprachlos. In einem Land, in dem fünfzig Cent als gutes Trinkgeld galten, würden wir mit Sicherheit den besten Tisch bekommen, dachte ich, als wir dem Mann durch den Eingang in das große Zelt folgten.

Man hatte Strohmatten auf den Sandboden gelegt und darüber große persische Teppiche. Die Zuschauer saßen an niedrigen runden Tischen auf bunten Sitzkissen mit vielen winzigen Spiegeln. Palmen in Kübeln und fantasievolle Gebilde aus Straußen- und Pfauenfedern, die im sanften Licht schillerten, trennten die Sitzgruppen voneinander und boten den Gästen eine gewisse Intimität. Durchbrochene Messinglampen hingen vom Zeltdach herab und warfen seltsame tanzende Lichtflecken, die von den Spiegeln der Sitzkissen reflektiert und verstärkt wurden. Man hatte das Gefühl, ein Kaleidoskop zu betreten.

In der Zeltmitte befand sich eine große, runde, von Scheinwerfern angestrahlte Bühne. Dort spielten Musiker eine wilde, leidenschaftliche Musik, wie ich sie noch nie gehört hatte. Sie hatten lange, ovale Messingtrommeln, große Sackpfeifen aus Tierhäuten, an denen noch das Fell hing, Flöten, Klarinetten und zahllose Glöckchen. Die Musiker bewegten sich beim Spielen in seltsamen Kreisbewegungen.

Man führte Solarin und mich zu einem Kupfertisch direkt an der Bühne. Wir setzten uns auf die weichen Sitzkissen. Die laute Musik machte weitere Fragen unmöglich. Also dachte ich, während er schreiend bei einem Kellner etwas zu trinken bestellte.

Was war das für eine Formel, die Hermanold wollte? Wer war die Frau bei den Tauben, und wieso wußte sie, wo Solarin mich finden und mir die Aktenmappe zurückgeben konnte? Was für Geschäfte hatte Solarin in New York? Ich hatte Sauls Leiche auf dem Stein gesehen. Wie war sie in den East River gekommen? Und schließlich: Was hatte das alles mit mir zu tun?

Unsere Drinks wurden serviert, als die Musiker gerade eine Pause machten. Der Kellner brachte zwei große Schwenkgläser mit gewärmtem Amaretto und eine Teekanne mit einer langen Tülle. Er goß den Tee in winzige Gläser auf kleinen Untertassen, die er weit von sich weg hielt. Der dampfende Tee lief in einem dünnen Strahl und in hohem Bogen aus der Kanne und in die Gläser, ohne daß ein Tropfen danebenging. Als der Kellner gegangen war, prostete Solarin mir mit seinem Glas Minztee zu.

»Auf das Spiel«, sagte er mit einem geheimnisvollen Lächeln.

Ich erstarrte. »Ich weiß nicht, wovon Sie reden«, log ich und dachte an Nims Rat, jeden Angriff mit einem Gegenangriff abzuwehren. Was wußte Solarin über das verdammte Spiel?

»Natürlich, meine Liebe«, sagte er leise, griff nach meinem Schwenkglas und setzte es mir an die Lippen. »Denn sonst säßen wir nicht zusammen hier bei einem Drink.«

Der goldgelbe Likör schmeckte gut. Ein paar Tropfen liefen mir über das Kinn. Solarin lächelte und wischte sie mit einem Finger ab. Dann stellte er das Glas wieder auf den Tisch. Er sah mich nicht an, aber sein Kopf war mir so nahe, daß ich jedes seiner geflüsterten Worte verstand.

»Es ist das gefährlichste aller Spiele«, murmelte er leise, »und jeder von uns wurde für die Rolle ausgewählt, die er spielt . . .«

»Was soll das heißen, ausgewählt?« fragte ich, aber noch ehe er antworten konnte, kehrten die Musiker unter lautem Schlag der Zymbeln und Kesseltrommeln auf die Bühne zurück.

Ihnen folgten Tänzer, die an Kosaken erinnerten. Sie trugen blaßblaue Samtjacken über weiten Hosen, die in die hohen Stiefel gestopft waren und sich unter den Knien bauschten. Um die Taille trugen sie dicke, geflochtene Kordeln mit Quasten, die von ihren Hüften baumelten und wippten, während sie zu einem langsamen, exotischen Rhythmus tanzten. Die eindringliche, beschwörende Musik der Klarinetten und Rohrflöten ähnelte der Melodie eines Schlangenbeschwörers, die eine Kobra aus dem Korb aufsteigen und sich wie in Trance hin und her wiegen läßt.

»Gefällt es Ihnen?« flüsterte Solarin mir ins Ohr. Ich nickte.

»Es ist die Musik der Kabylen«, erklärte er, während die Melodie uns in ihren Bann zog. »Sie stammt aus dem Atlas, dem hohen Gebirge, das sich durch Algerien und Marokko zieht. Sehen Sie, der Tänzer in der Mitte hat blonde Haare und blaue Augen, eine Nase wie ein Falke. Das energische Kinn erinnert an die Köpfe auf römischen Münzen. Das sind die Kennzeichen der Kabylen. Man kann sie nicht mit den Beduinen vergleichen . . .«

Eine ältere Frau unter den Zuschauern hatte sich erhoben; sie stieg auf die Bühne und tanzte zur großen Belustigung der Gäste, die sie mit aufreizenden Rufen anfeuerten, die wohl in jeder Sprache dasselbe bedeuten. In ihrem langen grauen Kleid und einem dünnen, aber undurchsichtigen Schleier wirkte sie würdevoll. Aber sie tanzte leichtfüßig und mit einer Sinnlichkeit, die sofort auf die Tänzer übersprang. Sie umkreisten sie, schwangen die Hüften rhythmisch in ihre Richtung, so daß die Quasten der Gürtel sie wie eine zärtliche Berührung flüchtig streiften.

Die Erregung übertrug sich auf die Zuschauer. Die Spannung stieg, als die unbekannte Frau verführerisch auf den Star der Truppe zutanzte, aus den Falten ihres Gewands ein paar Geldscheine hervorzog und sie dem Mann unter die Kordel schob. Unter dem Jubel der Zuschauer verdrehte der Tänzer die Augen und hob lachend den Kopf zur Decke.

Die Leute waren aufgesprungen und klatschten begeistert zum Rhythmus der Musik, als die Frau sich im Kreis drehend dem Rand der Bühne näherte. Als sie vorne stand und die Scheinwerfer sie von rückwärts anstrahlten, hob sie die Hände zu einem letzten Fingerschnalzen, drehte sich in unsere Richtung, hob den Schleier und – ich erstarrte.

Ich warf einen schnellen Blick auf Solarin, der mich nicht aus den Augen ließ. Ich sprang auf, als die Frau, nur noch eine dunkle Silhouette vor dem gleißenden Licht, im nächsten Moment die Bühne verließ und im abgedunkelten Zelt unter dem Klatschen der Zuschauer hinter Palmen und Federbüschen verschwand.

Solarins Hand umklammerte meinen Arm wie eine stählerne Fessel. Er stand neben mir und preßte seinen Körper fest an mich.

»Lassen Sie los«, zischte ich mit zusammengebissenen Zähnen, denn ein paar Leute sahen in unsere Richtung. »Lassen Sie los!« wiederholte ich heftig. »Wissen Sie, wer das ist?«

»Wissen Sie es?« zischte er mir ins Ohr. »Lenken Sie nicht die Aufmerksamkeit auf uns!« Als ich mich weiterhin wehrte, schlossen sich seine Arme in einer tödlichen Umarmung, die auf Umstehende leidenschaftlich wirken mochte, um mich.

»Sie bringen uns in Gefahr«, flüsterte er. Ich spürte seinen nach Minze und Mandeln duftenden Atem auf meinem Gesicht. »Wie damals, als Sie zum Schachturnier gekommen sind – wie damals, als Sie mir zur UNO gefolgt sind. Sie haben keine Ahnung, welches Risiko sie eingeht, indem sie hierherkommt, damit Sie sie sehen. Und Sie wissen nicht, wie unvorsichtig Sie mit dem Leben anderer Menschen spielen.«

»Nein, das weiß ich nicht!« Ich schrie es, denn seine Umarmung tat mir weh. Die Tänzer wirbelten immer noch zu der ekstatischen Musik, die uns in rhythmischen Wellen überflutete, über die Bühne. »Aber das war die Wahrsagerin, und ich werde Sie finden!«

»Die Wahrsagerin?« fragte Solarin und sah mich erstaunt an, ohne mich loszulassen. Seine Augen waren so dunkelgrün wie das nachtdunkle Meer. Jeder, der uns sah, hätte uns für ein Liebespaar gehalten.

»Ich weiß nicht, ob sie die Zukunft voraussagt«, sagte er. »Aber mit Sicherheit kennt sie die Zukunft. Sie hat mich nach New York gerufen. Sie hat mir aufgetragen, Ihnen nach Algier zu folgen. Ihre Wahl ist auf Sie gefallen – «

»Wahl?!« rief ich. »Was will sie von mir? Ich kenne diese Fau nicht!«

Solarin löste plötzlich die Umarmung. Unter dem betäubenden rhythmischen Klangteppich der exotischen Musik griff er nach meinem Handgelenk. Er hob die Hand und drückte seine Lippen auf die weiche Stelle unterhalb der Handfläche, wo das Blut dicht unter der Haut pulsiert. Eine Sekunde lang spürte ich heißes Blut durch meine Adern fließen. Dann hob er den Kopf und sah mir in die Augen. Mir wurde schwach in den Knien, als ich seinen Blick erwiderte.

»Sieh her«, flüsterte er, und ich sah, wie sein Zeigefinger eine Linie am Rand meiner Handfläche nachzog. Ich senkte langsam den Kopf, denn ich wollte in diesem Moment meine Augen nicht von ihm lösen.

»Sieh her«, flüsterte er noch einmal, als ich auf mein Handgelenk starrte. Dort, wo der Puls der großen blauen Arterie klopfte, schlangen sich zwei Linien wie Schlangen umeinander und bildeten eine Acht.

»Du bist auserwählt, das Geheimnis der Formel zu lösen«, sagte er leise, und seine Lippen bewegten sich dabei kaum.

Die Formel! Ich hielt den Atem an, während er mir tief in die Augen sah. »Was für eine Formel?« hörte ich mich flüstern.

»Die Formel der Acht...«, begann er, aber plötzlich spannte sich sein Körper, sein Gesicht erstarrte zu einer Maske, und er warf einen schnellen Blick über meine Schulter. Seine Augen richteten sich auf etwas in meinem Rücken. Er ließ mein Handgelenk los und trat zurück, als ich den Kopf drehte.

Der archaische Rhythmus der Musik dröhnte. Die Tänzer wirbelten immer temperamentvoller und leidenschaftlicher über die Bühne. Uns gegenüber auf der anderen Seite entdeckte ich im Schatten der Rampenlichter eine Gestalt. Als ein Scheinwerfer, der die Tänzer in ihren Drehungen verfolgte, diese Gestalt streifte, wußte ich, wer es war: Scharrif!

Er nickte mir höflich zu, und dann wanderte das Licht weiter. Ich drehte mich nach Solarin um. Wo er eben noch gestanden hatte, bewegte sich nur langsam ein Palmwedel.

PARIS

4. September 1792

Kurz nach Mitternacht verließ Mireille im Schutz der Dunkelheit zu Pferd Talleyrands Haus.

Auf dem Weg zum Bois de Boulogne begegneten ihr nur wenige Leute in den schmalen Seitenstraßen, die sie benutzte. Aber auch weiter draußen auf dem Land und noch weit entfernt von den Barrikaden waren die Straßen trotz Vollmond so gut wie menschenleer. Inzwischen hatten fast alle in Paris von dem Blutbad in den Gefängnissen erfahren, dessen Ende nicht abzusehen war, und blieben ängstlich in der relativen Sicherheit ihrer Häuser.

Mireille mußte zwar nach Süden, nach Lyon, um ihr Ziel, den Hafen von Marseille, zu erreichen, aber sie ritt aus einem bestimmten Grund nach Westen in Richtung Versailles. Denn dort befand sich das Kloster von St-Cyr. Madame de Maintenon, die Mätresse von Ludwig XIV., hatte die Klosterschule im vorigen Jahrhundert zur Erziehung adliger Töchter gegründet. Die Äbtissin von Montglane hatte vor ihrer Abreise nach Rußland in St-Cyr Station gemacht.

Vielleicht würde die Leiterin Mireille Schutz gewähren – ihr helfen, Kontakt zur Äbtissin von Montglane aufzunehmen und aus Frankreich zu fliehen. Die Autorität der Äbtissin von Montglane war Mireilles einziger Paß in die Freiheit. Sie betete, daß er ein Wunder bewirken möge.

Die Barrikaden am Bois waren aus Steinen, Erde und zerbrochenem Mobiliar errichtet worden. Auf dem Platz davor drängten sich die Menschen mit Ochsenkarren, Kutschen und Tieren, um so schnell wie möglich zu fliehen, wenn die Tore sich öffneten. Bevor Mireille das Gewimmel erreichte, saß sie ab und hielt sich im Schutz des Pferdes. Sie hatte sich mit Hilfe alter Kleidungsstücke von Dienstboten, die Courtiade ihr gegeben hatte, als Mann verkleidet, die Haare zu einem Zopf gebunden und wie eine Männerperücke recht und schlecht gepudert. Sie wollte nicht, daß man ihre Tarnung im flackernden Licht der Fackeln sofort durchschaute.

Mireille nahm das Pferd bei den Zügeln und mischte sich unter die Menge. Im Fackelschein sah sie, daß Soldaten die Barrikade öffneten, um jemanden hereinzulassen.

Die Menge geriet in Bewegung, denn alle wollten sehen, wer es gewagt hatte, durch die Nacht in Richtung Paris zu fahren. Es war inzwischen bekannt, daß in den Wäldern überall Patrouillen selbsternannter Kontrolleure den Reisenden auflauerten. Man nannte sie die »Nachttöpfe«, nach den seltsamen Wagen, in denen sie die Straße abfuhren und überwachten. Sie handelten ohne amtlichen Auftrag, aber sie nahmen sich als die neuen Bürger Frankreichs sehr wichtig – sie hielten Reisende an, überfielen die Kutschen wie Heuschrecken, ließen sich Pässe und Papiere zeigen, und wenn ihr Verhör sie nicht zufriedenstellte, verhafteten sie ihre Opfer im Namen der »Bürger« oder machten kurzen Prozeß mit ihnen und knüpften sie als Abschreckung für andere am nächsten Baum auf.

Als der Durchgang frei war, rollte eine Kolonne staubiger Kutschen und Kabrioletts hindurch. Die Menschen umringten sie, um von den erschöpften Reisenden Neuigkeiten zu erfahren. Mireille führte ihr Pferd zu einer Postkutsche, die in der Nähe angehalten hatte. Der Wagenschlag wurde geöffnet, und die Reisenden stiegen aus.

Ein junger Soldat in der roten und dunkelblauen Armeeuniform sprang als erster heraus und half dem Kutscher, Kisten und Truhen vom Wagendach zu heben.

Mireille stand nahe genug, um zu sehen, daß dieser junge Mann ungewöhnlich schön war. Die langen kastanienbraunen Haare fielen ihm offen auf die Schultern. Er hatte große blaßgraue Augen und lange, dichte Wimpern, die die durchsichtige Blässe seiner Haut betonten. Die schmale römische Nase war etwas nach unten gebogen. Die schöngeformten Lippen verzogen sich verächtlich, als er einen kurzen Blick auf die Menge warf und dann den Kopf abwandte.

Mireille sah, daß er jemandem half, aus der Postkutsche zu steigen – es war ein bildschönes Mädchen, das kaum älter als fünfzehn Jahre sein konnte. Sie sah dem Soldaten sehr ähnlich, sie waren zweifelsohne Bruder und Schwester. Dafür sprach auch die rührende Zärtlichkeit, mit der er ihr beim Heruntersteigen half. Sie sind ein romantisch aussehendes Paar, dachte Mireille – wie der Held und die Heldin in einem Märchen ...

Alle Reisenden, die gerade eingetroffen waren, wirkten verängstigt und völlig erschöpft, während sie sich den Staub von den Kleidern klopften. Aber am meisten mitgenommen war das Mädchen in Mireilles Nähe. Sie war leichenblaß und zitterte, als werde sie im nächsten Moment ohnmächtig. Der Soldat versuchte, sie durch die Menge zu führen, als ein alter Mann, der neben Mireille stand, seinen Arm ergriff.

»Wie sieht es auf der Straße nach Versailles aus, mein Freund?« fragte er.

»Ich würde an Ihrer Stelle heute nacht nicht versuchen, nach Versailles zu fahren«, erwiderte der Soldat höflich, aber laut genug, daß alle Umstehenden es hörten. »Die Nachttöpfe sind in Scharen unterwegs, und meine Schwester ist am Ende ihrer Kräfte. Die Fahrt hat beinahe acht Stunden gedauert, denn wir sind unzählige Male angehalten worden, seit wir St-Cyr verlassen haben ...«

»St-Cyr!« rief Mireille. »Ihr kommt von St-Cyr? Aber das ist mein Ziel!« Der Soldat und seine Schwester sahen Mireille an, und das Mädchen bekam große Augen.

»Aber – aber Sie sind eine Dame!« flüsterte sie und blickte verwirrt auf Mireilles Aufzug. »Sie haben sich als Mann verkleidet!«

Der Soldat sah Mireille prüfend, aber anerkennend an. »Sie wollen also nach St-Cyr?« fragte er. »Hoffen wir, daß Sie nicht ins Kloster eintreten wollen!«

»Kommen Sie aus der Klosterschule?« fragte Mireille. »Ich muß unbedingt noch heute nacht dorthin. Es ist von großer Wichtigkeit. Sie müssen mir sagen, wie die Lage aussieht.«

»Hier können wir nicht bleiben«, erwiderte der Soldat, »meiner Schwester geht es nicht gut.« Er nahm eine große Tasche auf die Schulter und bahnte sich einen Weg durch die Menge.

Mireille folgte ihnen mit dem Pferd am Zügel. Als die drei am Rand des Platzes angelangt waren, richtete das Mädchen die dunklen Augen auf Mireille.

»Sie müssen einen schwerwiegenden Grund haben, wenn Sie St-Cyr noch heute nacht erreichen wollen«, sagte sie. »Die Straße ist gefährlich, und es ist mutig von Ihnen, in solchen Zeiten allein zu reisen.«

»Auch wenn Sie ein so gutes Pferd haben«, ergänzte der Soldat und schlug dem Tier auf die Flanke, »und verkleidet sind. Wenn ich keinen Urlaub genommen hätte, um Maria-Anna nach Hause zu begleiten, als die Klosterschule geschlossen wurde –«

»Man hat St-Cyr geschlossen?« rief Mireille. »Dann habe ich wirklich keine Hoffnung mehr!« Maria-Anna legte ihr tröstend die Hand auf den Arm.

»Hatten Sie Freunde in St-Cyr?« fragte sie besorgt. »Oder Familienangehörige? Vielleicht kenne ich sie . . .«

»Ich wollte dort Schutz suchen«, begann Mireille unsicher, denn sie fragte sich, wieviel sie den Fremden anvertrauen durfte. Aber es blieb ihr keine andere Wahl. Wenn die Schule geschlossen war, mußte sie ihren Plan aufgeben und einen anderen Ausweg suchen. In einer so verzweifelten Lage mußte sie diesen Leuten vertrauen.

»Ich kenne zwar die Leiterin dort nicht«, erzählte sie, »ich hatte aber gehofft, sie könnte mir helfen, Kontakt zu meiner früheren Äbtissin aufzunehmen. Sie heißt Madame de Roque.«

»Madame de Roque!« rief das Mädchen, und ihre zarten Hände schlossen sich fest um Mireilles Arm. »Die Äbtissin von Montglane!« Sie warf ihrem Bruder einen Blick zu, der die Tasche auf die Erde stellte und Mireille musterte, als er sagte:

»Sie kommen also aus Montglane – vom Kloster?« Als Mireille nickte, blickte er sich vorsichtig um und fügte hinzu: »Unsere Mutter kennt die Äbtissin von Montglane – sie sind seit langem eng befreundet. Madame de Roque riet meiner Mutter vor acht Jahren, Maria-Anna auf die Klosterschule von St-Cyr zu schicken.«

»Ja«, flüsterte das Mädchen, »und ich kenne die Äbtissin ebenfalls gut. Vor zwei Jahren hat sie St-Cyr besucht und sich mehrmals vertraulich mit mir unterhalten. Aber eine Frage . . . gehören Sie, Mademoiselle, zu denen, die bis zuletzt . . . im Kloster von Montglane waren? Wenn es so ist, dann werden Sie meine Frage verstehen . . .« Sie sah wieder ihren Bruder an.

Mireille spürte das Klopfen ihres Herzens in den Ohren. War es nur Zufall, daß sie die beiden getroffen hatte, die ihre Äbtissin kannten? Durfte sie zu hoffen wagen, daß sie in das Geheimnis eingeweiht waren? Nein, diese Schlußfolgerung war zu gefährlich. Aber das Mädchen schien Mireilles Befürchtungen zu spüren.

»Ich sehe Ihnen an«, sagte Maria-Anna, »daß Sie es vorziehen, über diese Dinge nicht hier im Freien zu sprechen. Sie haben natürlich recht. Aber ein ausführliches Gespräch könnte für uns alle von Nutzen sein. Verstehen Sie, Ihre Äbtissin hat mich vor ihrer Abreise mit einer besonderen Mission betraut. Vielleicht wissen Sie, was ich damit meine. Ich schlage vor, Sie begleiten uns zu dem Gasthaus in der Nähe. Dort hat uns mein Bruder für die Nacht Unterkunft besorgt, und wir können ungestört miteinander reden...«

Das Blut klopfte Mireille noch immer heftig in den Schläfen, und tausend Gedanken durchzuckten sie. Selbst wenn sie diesen Fremden vertraute und mit ihnen ging, war sie immer noch in Paris gefangen. Und Marat ließ inzwischen vielleicht jeden Winkel nach ihr durchsuchen. Andererseits war nicht sicher, daß es ihr gelingen würde, ohne Hilfe aus Paris zu entkommen. Und wohin sollte sie sich wenden, wenn das Kloster geschlossen war?

»Meine Schwester hat recht«, sagte der Soldat, der Mireille nicht aus den Augen ließ. »Hier können wir nicht bleiben, Mademoiselle, ich biete Ihnen unseren Schutz an.«

Mireille staunte erneut, wie ungewöhnlich hübsch der junge Mann mit den langen Haaren und den großen, traurigen Augen aussah. Er war schlank und nur wenig größer als sie, aber er vermittelte den Eindruck von Kraft und Sicherheit; sie beschloß, ihm zu vertrauen.

»Also gut«, erwiderte sie lächelnd, »ich komme mit Ihnen in das Gasthaus. Dort werden wir miteinander sprechen.«

Bei diesen Worten strahlte das Mädchen und drückte ihrem Bruder den Arm. Die beiden sahen sich liebevoll an. Der Soldat nahm die Tasche wieder auf die Schulter und führte das Pferd am Zügel, während seine Schwester ihren Arm unter Mireilles Arm schob.

»Sie werden es nicht bedauern, Mademoiselle«, sagte das Mädchen. »Erlauben Sie mir, daß ich mich vorstelle. Ich heiße Maria-Anna, aber meine Familie nennt mich Elisa, und das ist mein Bruder Napoleon – aus der Familie Buonaparte.«

Im Gasthaus saßen die drei jungen Leute in ihrem Zimmer auf harten

Holzstühlen um einen ungehobelten Tisch. Auf dem Tisch brannte nur eine Kerze. Ein trockenes schwarzes Brot und ein Krug Bier war alles, was sie zum Abendessen hatten.

»Wir kommen aus Korsika«, erzählte Napoleon, »es ist eine Insel, die sich dem Joch der Tyrannei nicht ohne weiteres beugt. Livius hat vor beinahe zweitausend Jahren gesagt, wir Korsen seien so schroff wie unser Land und so unzähmbar wie wilde Tiere. Vor noch nicht vierzig Jahren verjagte unser Führer Pasquale di Paoli die Genuesen von der Insel und befreite Korsika. Er ließ von Jean-Jacques Rousseau eine Verfassung ausarbeiten. Die Freiheit währte jedoch nicht lange, denn 1768 kaufte Frankreich die Insel von Genua und landete im folgenden Frühjahr mit einem Heer von dreißigtausend Mann. Der Sitz der Freiheit versank in einem Meer von Blut. Ich erzähle Ihnen das, denn diese Geschichte – und die Rolle, die unsere Familie darin spielt – brachte uns in Kontakt mit der Äbtissin von Montglane.«

Mireille hatte sich schon über den historischen Exkurs gewundert, aber jetzt hörte sie aufmerksam zu. Sie brach ein Stück Brot ab und kaute es schweigend.

»Unsere Eltern kämpften an der Seite von Paoli, um die Franzosen zurückzuschlagen«, fuhr Napoleon fort. »Meine Mutter ist eine große Heldin der Revolution. Sie ritt ohne Sattel bei Nacht durch die wilden korsischen Berge, während ihr die Kugeln der Franzosen um die Ohren schwirrten, um meinem Vater und den Soldaten, die bei Il Corte – dem Adlerhorst – kämpften, Munition und Nachschub zu bringen. Sie war damals im siebten Monat schwanger mit mir! Sie sagt immer, ich sei geboren, um Soldat zu sein. Aber als ich zur Welt kam, lag mein Land im Sterben.«

»Ihre Mutter ist eine sehr tapfere Frau«, murmelte Mireille und versuchte, sich diese wilde Revolutionärin als enge Freundin ihrer Äbtissin vorzustellen.

»Sie haben Ähnlichkeit mit ihr«, sagte Napoleon lächelnd. »Aber hören Sie weiter. Nachdem der Aufstand sich als erfolglos erwies und Paoli in die Verbannung nach England ging, wählte der alte korsische Adel meinen Vater als Repräsentanten unserer Insel in der Versammlung der Generalstände in Versailles. Das war 1789 – in diesem Jahr lernte unsere Mutter Letizia in Versailles die Äbtissin von Montglane kennen. Ich werde nie vergessen, wie elegant unsere Mutter aussah, wie alle meine Kameraden ihre Schönheit bewunderten, als sie uns auf der Rückreise von Versailles in Autun besuchte...«

»Autun!« rief Mireille und warf beinahe den Bierkrug um. »Waren Sie in Autun, als Monseigneur Talleyrand auch dort war? Damals, als er Bischof wurde?«

»Nein, das war nach meiner Zeit, denn ich wechselte kurze Zeit später zur Militärschule in Brienne über«, erwiderte Napoleon. »Aber er ist ein großer Staatsmann, dem ich eines Tages zu begegnen hoffe. Ich habe oft die Schrift gelesen, die er zusammen mit Thomas Paine verfaßt hat: die Erklärung der Menschenrechte – eines der besten Werke der Französischen Revolution...«

»Erzähl weiter«, murrte Elisa und gab ihrem Bruder einen Stoß in die Rippen, »Mademoiselle und ich wollen ganz bestimmt nicht die ganze Nacht nur über Politik reden.«

»Also gut«, sagte Napoleon und sah seine Schwester nachsichtig lächelnd an. »Wir kennen die genauen Umstände der Begegnung unserer Mutter mit der Äbtissin nicht. Wir wissen nur, sie fand in St-Cyr statt und muß auf die Äbtissin Eindruck gemacht haben, denn seit dieser Zeit hat sie unsere Familie nie im Stich gelassen.«

»Wir sind arm, Mademoiselle«, erklärte Elisa. »Auch als mein Vater noch lebte, rann ihm das Geld wie Wasser durch die Finger. Die Äbtissin von Montglane hat meine Ausbildung vom ersten Tag an bezahlt, als ich in die Klosterschule in St-Cyr kam – das war vor acht Jahren.«

»Ein starkes Band muß die Äbtissin und Ihre Mutter verbinden«, sagte Mireille.

»Mehr als ein Band«, erwiderte Elisa, »es verging keine Woche, in der meine Mutter und sie sich nicht verständigten. Das hat sich erst geändert, seit die Äbtissin Frankreich verlassen hat. Sie werden es vermutlich besser verstehen, wenn ich Ihnen von der Aufgabe berichte, mit der mich die Äbtissin betraut hat.«

Zehn Jahre sind vergangen, dachte Mireille, zehn Jahre, seit sich diese beiden Frauen von so unterschiedlicher Herkunft und Lebensweise kennengelernt haben. Die eine lebt auf einer wilden, unzugänglichen Insel, kämpft an der Seite ihres Mannes in den Bergen –

die andere lebt als eine Frau Gottes im Kloster, ist adliger Abstammung und sehr gebildet. Was mochte der Grund dafür sein, der die Äbtissin veranlaßt hatte, dem Mädchen, das Mireille gegenübersaß, ein Geheimnis anzuvertrauen? Immerhin konnte Elisa nicht viel älter als zwölf oder dreizehn gewesen sein, als die Äbtissin sie zum letzten Mal gesehen hatte.

Elisa erzählte weiter.

»Die Äbtissin hat mir eine Nachricht für meine Mutter anvertraut, die ein so schwerwiegendes Geheimnis enthält, daß Madame de Roque sie nicht durch einen Brief mitteilen wollte. Ich soll sie meiner Mutter Wort für Wort wiederholen, wenn ich sie sehe. Natürlich ahnte weder die Äbtissin noch ich, daß das zwei Jahre dauern würde. Wer konnte wissen, daß die Revolution in unser Leben einbrechen und Reisen beinahe unmöglich machen würde? Es bedrückt mich, daß ich die Nachricht noch nicht übermittelt habe, denn vielleicht ist sie von großer Wichtigkeit. Die Äbtissin sagte, gewisse Leute versuchten, ihr einen geheimen Schatz zu entreißen. Von diesem Schatz wissen nur wenige, und er war in Montglane versteckt!« Elisa flüsterte jetzt, obwohl sie ganz allein im Zimmer waren. Mireille versuchte, keine Reaktion zu zeigen, aber ihr Herz pochte so laut, daß sie glaubte, ihre neuen Freunde würden es schlagen hören.

»Madame de Roque ist nach St-Cyr, also in die unmittelbare Nähe von Paris gekommen«, fuhr Elisa fort, »um herauszufinden, wer versuchte, den Schatz zu stehlen. Sie sagte, um ihn zu schützen, habe sie den Schatz von den Nonnen aus dem Kloster bringen lassen.«

»Und was für ein Schatz ist das?« fragte Mireille mit heiserer Stimme. »Hat die Äbtissin es Ihnen gesagt?«

»Nein«, antwortete Napoleon für seine Schwester und sah Mireille durchdringend an. »Aber Sie kennen die vielen Legenden, die um die Klöster in den baskischen Bergen kreisen. Und es geht dabei immer um etwas Heiliges, das dort verborgen sein soll. Chrétien de Troyes spricht davon, daß sich der Heilige Gral in Monsalvat befindet – auch das ist in den Pyrenäen –«

»Mademoiselle«, unterbrach ihn Elisa, »deshalb wollte ich mit Ihnen sprechen. Als Sie uns sagten, Sie kommen aus Montglane, dachte ich, daß Sie vielleicht Genaueres wissen.«

»Wie lautet die Nachricht der Äbtissin an Ihre Mutter?«

»Am letzten Tag ihres Aufenthalts in St-Cyr«, antwortete Elisa und beugte sich über den Tisch, so daß der Kerzenschein ihr Gesicht umgab, »rief mich die Äbtissin zu sich. Sie sagte: ›Elisa, ich vertraue dir eine geheime Mission an, denn ich weiß, du bist das achte Kind von Carlo Buonaparte und Letizia Ramolino. Vier deiner Geschwister sind früh gestorben. Du bist das erste Mädchen, das überlebt hat. Und deshalb hast du für mich eine ganz besondere Bedeutung. Du trägst den Namen der großen Herrscherin Elissa, die einige ›die Rote‹ nannten. Sie hat eine große Stadt gegründet und ihr den Namen Q'ar gegeben. Diese Stadt gewann später Weltruhm. Du mußt zu deiner Mutter reisen und ihr berichten, daß die Äbtissin von Montglane sagt: ›Elissa, die Rote, ist wiederauferstanden – die Acht kehrt zurück.‹ Das ist meine Nachricht, Letizia Ramolino wird wissen, was sie bedeutet. Und sie wird wissen, was sie tun muß!‹

Elisa schwieg und sah Mireille erwartungsvoll an. Auch Napoleon wartete gespannt auf ihre Reaktion, aber Mireille verstand die Nachricht nicht. Was für ein Geheimnis mochte es sein, das die Äbtissin der Mutter dieser Geschwister in Zusammenhang mit den legendären Schachfiguren übermittelte? Ihr dämmerte etwas, aber sie konnte es nicht richtig fassen.

»Wer war diese Elissa von Q'ar?« fragte sie verwirrt. »Ich kenne weder den Namen noch die Stadt, die sie gegründet hat.«

»Aber ich«, erwiderte Napoleon und lehnte sich zurück. Er zog ein offensichtlich viel gelesenes Buch aus der Tasche. »Unsere Mutter sagte immer: ›Lest euren Plutarch, lest euren Livius‹«, erklärte er lächelnd. »Ich habe es nicht dabei belassen, sondern auch Virgil gelesen und die geheimnisvolle Elissa in der Äneis gefunden – die Römer und Griechen nannten sie allerdings Dido. Sie kam aus Tyros, dem alten Phönizien, mußte aber fliehen, als ihr Bruder, der König von Tyros, ihren Mann ermordete. Sie landete an der Küste Nordafrikas und gründete die Stadt Q'ar, die sie nach dem Namen der Göttin Kar nannte, die sie beschützt hatte. Wir kennen diese Stadt als Karthago.«

»Karthago!« rief Mireille. Ihre Gedanken überschlugen sich, denn plötzlich begriff sie den Zusammenhang. Karthago, das jetzt Tunis hieß, lag nur etwa achthundert Kilometer von Algier entfernt! Und Tripolis, Tunis, Algerien und Marokko hatten fünftausend Jahre unter der Herrschaft der Berber gestanden, der Vorfahren der Mauren. Es konnte kein Zufall sein, daß die Nachricht der Äbtissin so direkt auf das Land verwies, in das sie reisen wollte.

»Ich sehe, daß Sie etwas damit anfangen können«, unterbrach Napoleon ihre Gedanken, »vielleicht sagen Sie es uns.«

Mireille biß sich auf die Lippen und starrte in die Flamme. Die Geschwister vertrauten ihr, aber sie hatte ihnen bis jetzt nichts verraten. Wenn sie das Spiel gewinnen wollte, brauchte sie jedoch Verbündete. Was konnte es schon schaden, wenn sie den beiden einiges von dem erzählte, was sie wußte?

»Es hat einen Schatz in Montglane gegeben«, sagte Mireille schließlich. »Ich weiß es, weil ich geholfen habe, ihn auszugraben.« Die Geschwister warfen sich einen Blick zu und sahen dann wieder Mireille an.

»Dieser Schatz besitzt einen unermeßlichen Wert, aber mit ihm verbindet sich auch eine große Gefahr«, fuhr sie fort. »Vor etwa tausend Jahren brachten ihn acht Mauren, deren Vorfahren von der nordafrikanischen Küste kamen, von der Sie gesprochen haben, nach Montglane. Ich will dort hinreisen, um das Geheimnis zu enträtseln, das sich mit diesem Schatz verbindet...«

»Dann müssen Sie uns nach Korsika begleiten!« rief Elisa und beugte sich aufgeregt über den Tisch. »Unsere Insel liegt etwa auf halbem Weg! Wir bieten Ihnen auf der Reise den Schutz meines Bruders, und wenn wir dort sind, die Gastfreundschaft unserer Familie.«

Sie hat recht, dachte Mireille, in Korsika befinde ich mich zwar noch auf französischem Boden, bin aber weit entfernt von Marat, der hier in Paris alles daran setzt, mich zu finden.

Aber noch etwas wurde ihr bewußt. Sie starrte in die Flamme. Der Docht schwamm inzwischen nur noch in einem Wachsrest; Mireille fühlte, wie ein dunkles Licht in ihr aufflammte. Sie hörte wieder Talleyrands geflüsterte Worte, als sie auf dem zerwühlten Bett saßen und er den Hengst des Montglane-Schachspiels in der Hand hielt: »Und ein anderes Pferd kam hervor, ein feuerrotes... und dem, der darauf saß, wurde die Macht gegeben, den Frieden von der Erde hinwegzunehmen und zu bewirken, daß sie einander hinschlachten sollten... und es wurde ihm ein großes Schwert gegeben...«

»Und der Name des Schwerts ist Rache«, sagte Mireille laut.

»Das Schwert?« fragte Napoleon. »Was für ein Schwert?«
»Das Schwert der Vergeltung«, erwiderte sie.

Als das Licht langsam erlosch, sah Mireille wieder die Inschrift vor sich, die sie in all den Jahren ihrer Kindheit Tag für Tag über dem Portal des Klosters gesehen hatte:

> Fluch dem, der diese Mauern schleift.
> Nur die Hand Gottes steht über dem König.

»Vielleicht haben wir nicht nur einen Schatz im Kloster von Montglane ausgegraben«, sagte sie leise. Trotz der warmen Nacht umschloß eisige Kälte ihr Herz, als lege sich eine kalte Hand darum. »Vielleicht«, sagte sie, »haben wir auch einen alten Fluch zum Leben erweckt.«

KORSIKA

Oktober 1792

Als sie anlegten, sprang Napoleon sofort an Land und half, das Schiff am Landesteg zu vertäuen. Im Hafen von Ajaccio herrschte geschäftiges Treiben. Viele Kriegsschiffe ankerten dicht vor der Hafeneinfahrt. Französische Soldaten sprangen über die Taue und kamen eilig an Bord. Mireille und Elisa beobachteten sie verwundert.

Die französische Regierung hatte Korsika den Befehl erteilt, die Nachbarinsel Sardinien anzugreifen. Die Männer entluden die Vorräte, die das Schiff an Bord hatte; Mireille hörte, wie die französischen Soldaten sich mit Männern der korsischen Nationalgarde darüber stritten, ob dieser Angriff, der unmittelbar bevorzustehen schien, gerechtfertigt sei.

Dann hörte Mireille plötzlich unten an Land einen Freudenschrei. Als sie zum Kai hinunterblickte, sah sie, wie Napoleon durch die Menschenmenge auf eine kleine, schlanke Frau zueilte, die an jeder Hand ein Kind hielt. Bei ihr angelangt, nahm er sie stürmisch in die Arme. Mireille sah flüchtig kastanienbraune Haare leuchten, weiße Hände, die Napoleon wie Tauben umflatterten, während die zwei Kinder um Mutter und Sohn herumsprangen.

»Unsere Mutter Letizia«, flüsterte Elisa und sah Mireille lächelnd an. »Und meine Schwester Maria-Carolina. Sie ist zehn. Neben ihr der kleine Girolamo. Als ich vor acht Jahren Korsika verließ, war er noch ein Baby. Napoleon war schon immer Mutters Liebling. Kommen Sie, ich werde Sie mit meiner Mutter bekannt machen.« Sie verließen das Schiff und betraten den von Menschen belagerten Hafen.

Letizia Ramolino Buonaparte entdeckte Mireille und Elisa schon von weitem. Ihre blassen Augen, die so durchsichtig waren wie blaues Eis, richteten sich prüfend auf die beiden. Das ruhige Gesicht wirkte gelassen. Alles an ihr schien sanft, aber trotzdem ging von ihr etwas so Gebieterisches aus, daß Mireille glaubte, selbst das Geschrei und Durcheinander der Menschen im Hafen müßten sich ihr unterordnen.

»Madame Mère«, sagte Elisa und umarmte ihre Mutter, »ich stelle Euch unsere neue Freundin vor. Sie kommt von Madame de Roque – der Äbtissin von Montglane.«

Letizia sah Mireille lange wortlos an. Dann streckte sie die Hand aus.

»Ja«, sagte sie leise, »ich habe Sie erwartet.«

»Mich erwartet?« fragte Mireille überrascht.

»Sie haben eine Nachricht für mich – nicht wahr? Eine wichtige Nachricht.«

»Madame Mère, *wir* haben eine Nachricht!« rief Elisa und zog sie am Ärmel. Letizia sah ihre Tochter an, die sie mit fünfzehn bereits überragte. »Ich habe die Äbtissin in St-Cyr kennengelernt, und sie trug mir auf, Euch das zu sagen...« Elisa flüsterte ihrer Mutter die Nachricht ins Ohr.

Noch während sie zuhörte, wurde das Gesicht dieser hoheitsvollen Frau aschgrau. Ihre Lippen begannen zu zittern; sie wich einen Schritt zurück und legte haltsuchend die Hand auf Napoleons Arm.

»Mutter, was ist?« rief er, nahm ihre Hand und sah sie bestürzt an.

»Madame«, beschwor Mireille sie, »sagen Sie, was diese Nachricht für uns bedeutet. Meine Zukunft – mein Leben hängen davon ab. Ich bin auf dem Weg nach Algerien und nur hier, weil ich durch Zufall Ihre Kinder getroffen habe. Diese Nachricht kann vielleicht...« Aber Mireille konnte nicht weitersprechen. Wieder überkam sie der Brechreiz, der sie auf der ganzen Schiffsreise gequält hatte. Letizia nahm ihre Hand, und Napoleon trat rasch an ihre Seite und stützte sie, damit sie nicht fiel.

»Entschuldigen Sie«, stieß Mireille mühsam hervor, während kalter Schweiß auf ihre Stirn trat, »ich fürchte, ich muß mich hinlegen – ich kann nicht länger stehen.«

Letizia schien über die Ablenkung eher erleichtert zu sein. Sie legte Mireille behutsam die Hand auf die Stirn und fühlte ihren Puls. Dann befahl sie den beiden kleinen Kindern mit beinahe militärischer Strenge, ihr zu folgen, und wies Napoleon an, Mireille den steilen Hügel zu ihrem Wagen hinaufzutragen. Dort angekommen, hatte Letizia ihre Haltung soweit wiedergefunden, daß sie auf die Nachricht zurückkam.

»Mademoiselle«, sagte sie leise und vergewisserte sich mit einem vorsichtigen Blick, daß sie nicht belauscht wurden, »ich rechne mit dieser Nachricht seit dreißig Jahren, aber nun traf sie mich doch unvorbereitet. Ich habe meinen Kindern zu ihrem eigenen Schutz zwar gesagt, daß ich Ihre Äbtissin erst seit zehn Jahren kenne, aber in Wirklichkeit kannten wir uns schon, als ich noch ein Mädchen etwa in Elisas Alter war. Meine Mutter war die engste Vertraute von Madame de Roque. Ich werde alle Ihre Fragen beantworten. Aber wir müssen zuerst Kontakt zu Ihrer Äbtissin aufnehmen, um herauszufinden, welche Rolle Sie in ihren Plänen spielen.«

»So lange kann ich nicht warten!« rief Mireille stöhnend. »Ich muß nach Algerien!«

»Wie auch immer«, erklärte Letizia, stieg auf den Wagen, bedeutete ihren Kindern, sich ebenfalls zu setzen, und griff nach der Peitsche. »Sie sind ohnehin nicht in der Lage zu reisen. Und wenn Sie es versuchen, gefährden Sie vielleicht andere noch mehr als sich selbst, denn Sie verstehen das Spiel nicht, das Sie spielen, und Sie kennen den Einsatz nicht.«

»Ich komme aus Montglane«, erwiderte Mireille heftig, »ich habe die Figuren in meiner Hand gehalten.« Letizia fuhr herum und starrte sie an. Napoleon und Elisa hörten mit angehaltenem Atem zu.

»Sie wissen nichts!« rief Letizia erregt, »Elissa von Karthago setzte sich ebenfalls über die Warnungen hinweg. Sie starb im Feuer – als Opfer auf einem Scheiterhaufen wie der legendäre Vogel, auf den die Phönizier ihre Abstammung zurückführen.«

»Aber Mutter«, widersprach Elisa und half Maria-Carolina, auf den Wagen zu klettern, »wie es heißt, hat sie den Scheiterhaufen selbst bestiegen, als Äneas sie verließ.«

»Vielleicht«, sagte Letizia rätselhaft. »Vielleicht hatte sie aber auch einen anderen Grund.«

»Der Phönix!« flüsterte Mireille und bemerkte kaum, wie Elisa und Carolina sich neben sie setzten. Napoleon saß neben seiner Mutter auf dem Kutschbock. »Und erhob sich Königin Elissa auch aus der Asche – wie der legendäre Wüstenvogel?«

»Nein«, rief Elisa, »denn Äneas sah ihren Schatten später im Hades.«

Letizia richtete ihre blauen Augen immer noch unverwandt auf Mireille, als denke sie über etwas nach. Als sie schließlich sprach, lief Mireille ein Schauer über den Rücken.

»Aber jetzt ist sie zurückgekehrt – wie die Figuren des Montglane-Schachspiels. Und wir haben allen Grund zu zittern, denn das ist das Ende, das prophezeit worden ist.«

Sie drehte sich um, knallte leicht mit der Peitsche, und das Pferd setzte sich langsam in Bewegung.

Das kleine, einstöckige, weiß gestrichene Haus von Letizia Buonaparte stand in einer schmalen Straße in den Hügeln über Ajaccio. Zwei Olivenbäume wuchsen vor dem Haus, und trotz des Nebels summten Bienen um die dichten, spätblühenden Rosmarinbüsche, die die Haustür halb verdeckten.

Während der Fahrt hatten alle geschwiegen. Beim Aussteigen erhielt Maria-Carolina die Aufgabe, Mireille auf ihr Zimmer zu führen, während die anderen bei der Vorbereitung des Abendessens halfen. Mireille trug noch immer Courtiades Hemd, das ihr viel zu weit war, und einen zu kurzen Rock von Elisa; die Haare waren von der Reise verklebt, die Haut von der ständigen Übelkeit verschwitzt. Deshalb war sie sehr erleichtert, als die zehnjährige Carolina mit zwei Kupferkrügen voll heißem Wasser zum Waschen erschien.

Anschließend brachte die Kleine ihr dicke Wollsachen, die Mireille sogar paßten. Langsam fühlte sie sich wieder etwas besser. Beim Abendessen erwartete sie ein reich mit einheimischen Spezialitäten gedeckter Tisch: Bruccio, ein sahniger Ziegenkäse, kleine Fladen aus Maismehl, Brot mit Eßkastanien, eingemachte Kirschen, die auf der Insel wild wuchsen, Salbeihonig, kleine Tintenfische und Kraken, Wildkaninchen in Letizias Spezialsauce und – erst seit kurzem in Korsika angepflanzt – Kartoffeln.

Nach dem Essen wurden die Kinder zu Bett gebracht. Dann füllte Letizia für die ›Erwachsenen‹ kleine Becher mit Apfelschnaps, und sie setzten sich um das glühende Kohlebecken.

»Zunächst«, begann Letizia, »möchte ich mich für mein Verhalten am Hafen entschuldigen, Mademoiselle. Meine Kinder haben mir berichtet, wie Sie unerschrocken und allein mitten in der Nacht Paris verlassen haben, während dort die Schreckensherrschaft wütete. Ich habe Napoleon und Elisa aufgefordert, mit anzuhören, was ich sagen möchte. Sie sollen erfahren, was ich von meinen Kindern erwarte, das heißt, Sie als Mitglied unserer Familie anzusehen, wie ich es auch tue. Was die Zukunft uns auch bringen mag, ich erwarte von ihnen, daß sie Ihnen, Mademoiselle, zu Hilfe kommen, als seien Sie ihre Schwester.«

»Madame«, sagte Mireille und wärmte den Apfelschnaps über der Kohlepfanne, »ich bin aus einem bestimmten Grund nach Korsika gekommen: Ich möchte aus Ihrem Mund die Bedeutung der Nachricht meiner Äbtissin erfahren. Die Ereignisse haben mir meine Mission aufgezwungen. Die letzte meiner Familie ist wegen des Montglane-Schachspiels gestorben, und ich habe geschworen, jeden Tropfen meines Bluts, jeden Atemzug und jede Stunde, die ich auf dieser Erde weile, darauf zu verwenden, das dunkle Geheimnis zu enträtseln, das sich mit diesen Schachfiguren verbindet.«

Letizia sah Mireille lange an. Ihr junges Gesicht stand in so großem Gegensatz zu ihren ernsten Worten, und bei dem Gedanken an das, wozu sie sich entschlossen hatte, gab es Letizia einen Stich im Herzen. Sie hoffte, die Äbtissin von Montglane würde ihre Entscheidung billigen.

»Ich werde Ihnen erzählen, was Sie erfahren möchten«, sagte sie schließlich. »Ich habe in meinem ganzen Leben nie über das gesprochen, was ich jetzt sagen werde. Haben Sie Geduld, denn es ist keine einfache Geschichte. Wenn Sie alles gehört haben, werden Sie die schreckliche Last ermessen können, die seit vielen Jahren auf meinen Schultern ruht – und die ich Ihnen übergebe.«

MADAME MÈRES GESCHICHTE

Als ich acht war, befreite Pasquale di Paoli die Insel Korsika von den Genuesen. Nach dem Tod meines Vaters heiratete meine Mutter einen Schweizer namens Franz Fesch. Um diese Ehe schließen zu können, mußte er seinem calvinistischen Glauben abschwören und Katholik werden. Seine Familie verstieß ihn daraufhin, so daß er völlig mittellos war. Dieser Umstand führte dazu, daß die Äbtissin von Montglane in unser Leben trat.

Nur wenige wissen, daß Helene de Roque einer alten adligen Familie aus Savoyen entstammt; ihre Familie hat Besitztümer in vielen Ländern, und sie selbst ist weit gereist. Ich lernte sie 1764 kennen. Sie war damals noch nicht vierzig, aber bereits Äbtissin des Klosters von Montglane. Sie kannte die Familie Fesch und stand bei diesen durch und durch bürgerlichen Leuten in sehr hohem Ansehen. Sie war über den Familienzwist informiert und machte es sich zur Aufgabe, zwischen meinem Stiefvater und seiner Familie zu vermitteln, um die alten Familienbande wiederherzustellen – ihr Tun schien damals völlig selbstlos zu sein.

Mein Stiefvater Franz Fesch war ein großer, schlanker Mann mit einem sympathischen, markanten Gesicht. Als echter Schweizer sprach er leise, äußerte selten seine Meinung und traute so gut wie niemandem. Er war natürlich sehr dankbar, als Madame de Roque eine Versöhnung mit seiner Familie erreichte, und lud sie in unser Haus nach Korsika ein. Wir konnten nicht ahnen, daß dies von Anfang an ihr Ziel gewesen war.

Ich werde den Tag nie vergessen, an dem sie in unserem alten Haus eintraf, das beinahe zweieinhalbtausend Meter hoch in den korsischen Bergen lag. Um es zu erreichen, mußte man ein sehr wildes Gebiet mit tückischen Steilhängen und tiefen Schluchten durchqueren, außerdem die undurchdringliche Macchia, die an manchen Stellen meterhohe Wände bildet. Aber der beschwerliche Weg hatte die Äbtissin nicht abhalten können. Nach den Förmlichkeiten kam sie sofort auf das Thema zu sprechen, das ihr am Herzen lag.

»Ich bin nicht nur aufgrund Ihrer freundlichen Einladung gekommen, Franz Fesch«, begann sie, »sondern wegen einer dringenden Angelegenheit. Es gibt da einen Mann – einen Schweizer wie Sie selbst, der wie Sie Katholik geworden ist. Ich fürchte ihn sehr, denn er läßt mich beobachten. Ich glaube, er möchte hinter ein Geheimnis kommen, das ich hüte – ein Geheimnis, das vielleicht tausend Jahre in die Vergangenheit zurückreicht. All sein Tun deutet darauf hin: Er beschäftigt sich mit Musik, schreibt sogar an einem Wörterbuch der Musik und komponiert mit dem berühmten André Philidor eine Oper. Er ist mit den Philosophen Grimm und Diderot befreundet, die beide von Katharina der Großen in Rußland gefördert werden. Dieser Mann steht sogar mit Voltaire im Briefwechsel, den er verachtet! Inzwischen ist er zu alt, um noch zu reisen, und deshalb bedient er sich eines Spions, der unterwegs nach Korsika ist. Ich bitte um Ihren Beistand: Handeln Sie in meinem Sinn, so wie ich es für Sie getan habe.«

»Wer ist dieser Schweizer?« fragte Fesch sehr interessiert. »Vielleicht kenne ich ihn.«

»Sie kennen seinen Namen, auch wenn Sie ihn kaum persönlich kennen werden«, erwiderte die Äbtissin. »Es ist Jean-Jacques Rousseau.«

»Rousseau! Unmöglich!« rief meine Mutter Angela-Maria. »Er ist ein großer Mann! Auf seiner Theorie der natürlichen Tugend basiert die korsische Revolution! Paoli hat ihn gewonnen, unsere Verfassung zu schreiben, und es war Rousseau, der gesagt hat: ›Der Mensch ist frei geboren, aber überall liegt er in Ketten.‹«

»Es ist eine Sache, von den Prinzipien der Freiheit und der Tugend zu reden«, erwiderte die Äbtissin trocken, »und eine andere, danach zu handeln. Dieser Mann sagt, alle Bücher seien ein Werkzeug des Bösen – und doch schreibt er selbst in einem Zug sechshundert Seiten. Er sagt, die Mütter sollten sich um das leibliche und die Väter um das geistige Wohl ihrer Kinder kümmern – und doch legt er sein eigenes Kind auf die Stufen eines Waisenhauses! Es wird mehr als eine Revolution im Namen der ›Tugenden‹ geben, die er verkündet – und doch sucht er ein Machtinstrument, das alle Menschen in Ketten schlägt, mit Ausnahme dessen, der es besitzt!«

»Sie möchten wissen, worum es mir geht«, fuhr die Äbtissin lächelnd fort. »Ich kenne die Schweizer, Monsieur. Ich bin zum Teil selbst Schweizerin. Ich werde es Ihnen ohne Umschweife sagen. Ich brauche Informationen und Ihre Mithilfe. Ich weiß, daß Sie mir weder das eine noch andere geben, wenn ich Ihnen nicht von dem Geheimnis erzähle, das im Kloster von Montglane begraben ist.«

Dann erzählte uns die Äbtissin eine lange und märchenhafte Geschichte von einem legendären Schachspiel, das einmal Karl dem Großen gehörte und seit tausend Jahren innerhalb der Klostermauern versteckt sein soll. Ich sage »versteckt sein soll«, denn kein lebender Mensch hatte es gesehen, obwohl viele sich darum bemüht haben, das Versteck und das Geheimnis seiner angeblichen Macht herauszufinden. Die Äbtissin fürchtete wie alle ihre Vorgängerinnen, daß der Schatz während ihrer Amtszeit ausgegraben werden müsse, denn damit wäre sie dafür verantwortlich gewesen, daß die Büchse der Pandora geöffnet wurde. Deshalb war sie mißtrauisch gegen alle, die ihr zu nahe rückten, so wie ein Schachspieler mißtrauisch keine der Figuren – auch nicht die der eigenen Farbe – aus den Augen läßt, die ihn in die Enge treiben könnten, und rechtzeitig Gegenangriffe plant. Aus diesem Grund war sie nach Korsika gekommen.

»Ich kann mir vorstellen, was Rousseau hier sucht«, sagte die Äbtissin, »denn diese Insel hat eine lange und geheimnisvolle Geschichte. Wie ich erzählt habe, übergaben die Mauren von Barcelona das Schachspiel Karl dem Großen. Im Jahr 809 – fünf Jahre vor Karls Tod – landete eine Gruppe von Mauren in Korsika.«

»Im Islam gibt es beinahe ebensoviel Sekten wie im Christentum«, fuhr sie bitter lächelnd fort. »Schon kurz nach Mohammeds Tod begannen Glaubenskriege innerhalb seiner Familie, die zur Zersplitterung führten. Die Sekte, die sich in Korsika niederließ, gehörte zu den Schiiten, Mystikern, die eine Geheimlehre vertraten, die auch einen kommenden Erlöser verhieß. Sie sind die Gründer eines mystischen Kults mit einer Loge, geheimen Einweihungsritualen und einem Großmeister – die Rituale der Freimaurer lehnen sich daran an. Die Schiiten unterwarfen Karthago und Tripolis und gründeten dort mächtige Dynastien.«

»Ich erzähle das alles«, erklärte die Äbtissin, »weil diese grausame und skrupellose, politisch motivierte Schiitensekte, die in Korsika landete, um das Montglane-Schachspiel wußte. Ihre Anhänger hatten die alten Schriften der Ägypter, Babylonier und Sumerer studiert, in denen von geheimnisvollen Mysterien die Rede ist. Und sie glaubten, das Schachspiel enthalte den Schlüssel dazu. Deshalb wollten sie es in ihre Hände bekommen.

In den kommenden kriegerischen Jahrhunderten schlugen die Versuche der Geheimsekte, das Versteck des Schachspiels ausfindig zu machen, immer wieder fehl. Schließlich wurden die Mauren aus ihren Festungen in Italien und Spanien vertrieben. Aufgespalten in viele Parteien, waren sie seitdem keine große geschichtliche Kraft mehr.«

Während der Erzählung der Äbtissin verhielt sich meine Mutter ungewöhnlich still. Normalerweise war sie geradeheraus und offen, aber jetzt wirkte sie zurückhaltend und verschlossen. Fesch und mir fiel das auf, und er sagte, vermutlich, um sie zum Reden zu bringen:

»Meine Familie und ich haben Ihrer Geschichte wie gebannt zugehört. Aber es ist wohl nur natürlich, daß wir uns fragen, welchem Geheimnis Monsieur Rousseau hier auf der Spur ist – und weshalb Sie uns als Vertraute gewählt haben, um seine Bemühungen zu vereiteln.«

»Rousseau ist zwar zu krank, um zu reisen«, erwiderte die Äbtissin, »aber er wird bestimmt seinen Spitzel beauftragen, auch einen Schweizer aufzusuchen, der hier wohnt. Und was das Geheimnis anbelangt – vielleicht kann Ihre Frau Angela-Maria uns mehr darüber sagen. Die Wurzeln ihrer Familie reichen sehr weit zurück; wenn ich mich nicht irre, lebten ihre Vorfahren schon vor den Mauren auf Korsika...«

Blitzartig wußte ich, weshalb die Äbtissin gekommen war! Das gütige, zarte Gesicht meiner Mutter wurde dunkelrot, als sie zuerst Fesch und dann mir einen kurzen Blick zuwarf. Sie bewegte die Hände unruhig im Schoß und wußte nicht ein noch aus.

»Ich möchte Sie nicht bedrängen, Madame Fesch«, sagte die Äbtissin ruhig, »aber ich hatte gehofft, das korsische Ehrgefühl verlange, daß Sie meine Hilfe mit einer Gunst erwidern. Ich gestehe, ich habe Sie in diese Lage gebracht, indem ich unaufgefordert meine Dienste anbot. Aber ich hoffe doch, daß mein Einsatz nicht umsonst gewesen ist.« Fesch war verwirrt, aber ich wußte, worum es ging. Ich war Korsin und kannte die Legenden der Familie meiner Mutter, der Pietra-Santas, die seit Urzeiten auf dieser Insel gelebt hatten.

»Mutter«, sagte ich, »es sind doch nur Mythen, wie du mir gegenüber immer betont hast. Warum willst du sie nicht Madame de Roque erzählen, nachdem sie soviel für uns getan hat?« Fesch legte seine Hand auf die Hand meiner Mutter und drückte sie als Zeichen seiner Zustimmung.

»Madame de Roque«, begann meine Mutter mit zitternder Stimme, »ich bin Ihnen zu Dank verpflichtet, und wir sind Leute, die erwiesene Hilfe anerkennen. Aber Ihre Geschichte macht mir angst. Der Aberglaube liegt uns im Blut. Die meisten Familien auf dieser

Insel stammen von den Etruskern, den Lombarden oder den Sizilianern ab, aber meine Vorfahren waren die ersten Siedler. Wir gehören zu den Phöniziern, einem uralten Volk, das von der östlichen Mittelmeerküste kommt. Wir haben Korsika eintausendsechshundert Jahre vor Christi Geburt besiedelt.«

Die Äbtissin nickte langsam, während meine Mutter weitersprach.

»Die Phönizier waren Kaufleute, Händler, und man nannte sie in alter Zeit ›das Seevolk‹. Die Griechen nannten sie Phoinikes, das bedeutet ›blutrot‹. Vielleicht läßt sich der Name darauf zurückführen, daß sie mit Hilfe von Schnecken Stoffe dunkelrot färbten; vielleicht besteht aber auch ein Zusammenhang mit dem legendären Feuervogel oder der Palme, denn beide nennt man Phoinix: ›rot wie Feuer‹. Andere glauben, die Phönizier kamen vom Roten Meer und verdanken den Namen ihrer Heimat. Aber all das ist nicht richtig. Die Farbe unserer Haare führte zu diesem Namen. Und alle späteren Stämme der Phönizier, wie zum Beispiel die Venezianer, waren für flammendrote Haare bekannt.

Die Griechen nannten sie Phoinikes, sie selbst nannten sich Kanaanäer. Aus der Bibel wissen wir, daß sie viele Götter verehrt haben, und zwar die Götter Babylons: den Gott Bel – sie nannten ihn Baal –, Ischtar – daraus wurde bei ihnen Astarte – und Melkart, den die Griechen Kar nannten, was soviel wie ›Schicksal‹ bedeutet. Bei meinem Volk hieß er Moloch.«

»Moloch«, flüsterte die Äbtissin. »Auch die Hebräer verehrten diesen heidnischen Gott. Kinder wurden den Flammen geopfert, um den Gott zu besänftigen ...«

»Ja«, sagte meine Mutter, »und noch Schlimmeres. In alter Zeit glaubten die meisten Völker, nur die Götter seien berechtigt, Rache zu üben. Aber die Phönizier nahmen dieses Recht für sich in Anspruch. In den von ihnen gegründeten Siedlungen auf Korsika, Sardinien, Sizilien und in Städten wie Marseille und Venedig gilt Verrat nur als Mittel zum Zweck, und Vergeltung bedeutet Gerechtigkeit. Selbst in unserer Zeit bedrohen ihre Nachkommen das Mittelmeer. Das sind die wahren Nachkommen der Phönizier: Männer, die das Meer von Inselfestungen aus beherrschen. Sie verehren den Gott der Diebe. Sie leben von Raub und Betrug und sterben durch die Vendetta!«

»Ja«, ergänzte die Äbtissin erregt, »der Maure hat Karl dem Großen gesagt: Das Schachspiel vollzieht Sar – die Rache! Was ist es? Was für ein dunkles Geheimnis kann es sein, das die Mauren, vielleicht sogar die Phönizier kannten? Welche Macht steckt in den Schachfiguren? Vielleicht wußte man es einmal, aber ohne den verborgenen Schlüssel ist das Geheimnis auf immer verloren...«

»Ich bin nicht sicher«, erwiderte meine Mutter, »aber nach dem, was ich von Ihnen gehört habe, glaube ich etwas zu verstehen. Sie sagen, acht Mauren haben Karl dem Großen das Schachspiel gebracht und wollten sich nicht davon trennen. Sie begleiteten es sogar nach Montglane, wo sie angeblich geheime Rituale vollzogen. Ich weiß, was für ein Ritual das gewesen sein kann. Meine Vorfahren, die Phönizier, kannten Einweihungsriten, gleich denen, die Sie beschrieben haben. Sie verehrten einen heiligen Stein, manchmal war es eine Stele oder ein Monolith. Sie glaubten, aus dem Stein spreche die Stimme Gottes, und in jedem phönizischen Heiligtum befand sich ein Massebe wie der Schwarze Stein der Kaaba in Mekka, wie der Stein im Felsendom von Jerusalem.

In unseren Legenden gibt es die Geschichte einer Frau namens Elissa aus Tyros. Als ihr Bruder, der König, ihren Mann ermordete, entwendete sie die heiligen Steine und floh an die Küste Nordafrikas. Ihr Bruder verfolgte sie, denn sie hatte seine Götter geraubt. In unserer Version der Geschichte opferte sie sich und stieg auf einen Scheiterhaufen, um die Götter zu versöhnen und ihr Volk zu retten. Aber sie prophezeite, sie werde an dem Tag, an dem die Steine anfingen zu singen, wie ein Phönix aus der Asche steigen. Und das sei für die Erde der Tag der Vergeltung.«

Die Äbtissin schwieg noch lange, nachdem meine Mutter ihre Erzählung beendet hatte, und weder mein Stiefvater noch ich wollten ihre Gedanken stören. Schließlich sagte die Äbtissin:

»Ich denke an das Mysterium des Orpheus, dessen Gesang die Felsen und Steine rührte. Sein Gesang war so wunderbar, daß selbst die Dünen der Wüste blutrote Tränen vergossen. Vielleicht sind es nur Mythen, aber ich spüre, daß der Tag der Vergeltung nahe ist. Wenn das Montglane-Schachspiel wieder ans Licht kommt, möge der Himmel uns alle schützen; denn ich glaube, die Schachfiguren enthalten den Schlüssel, um die stummen Lippen der Natur zu öffnen und die Stimmen der Götter zu entfesseln.«

Letizia blickte sich in dem kleinen Eßzimmer um. Die Kohlen in der Kohlenpfanne waren zu Asche verglüht. Ihre Kinder sahen sie schweigend an; nur Mireille wirkte erregt.

»Hat die Äbtissin gesagt, wie das Schachspiel das ihrer Meinung nach bewirken werde?« fragte sie.

Letizia schüttelte den Kopf. »Nein, aber andere Vorhersagen erfüllten sich. Im Herbst nach ihrem Besuch erschien der Kundschafter Rousseaus, ein junger Schotte namens James Boswell. Unter dem Vorwand, ein Buch über die Geschichte Korsikas zu schreiben, freundete er sich mit Paoli an, und die beiden Männer saßen jeden Abend beim Essen zusammen. Die Äbtissin hatte uns gebeten, ihr über sein Vorgehen zu berichten und alle Leute mit phönizischen Wurzeln zu warnen, damit sie ihm die alten Geschichten nicht erzählten. Aber die Warnung war eigentlich überflüssig. Wir sind von Natur aus verschwiegen und reden nicht einfach mit Fremden, wenn wir nicht wie ich im Falle der Äbtissin in ihrer Schuld stehen. Wie erwartet nahm Boswell auch den Kontakt zu Franz Fesch auf, aber der kühle Empfang durch meinen Stiefvater entmutigte ihn. Boswell bezeichnete Fesch scherzhaft als einen ›typischen Schweizer‹. Als sein Buch *The History of Corsica and Life of Pasquale Paoli* später veröffentlicht wurde, konnte man sich vorstellen, daß er wohl wenig erfahren hatte, was Rousseaus Fragen beantwortete. Rousseau ist natürlich inzwischen tot . . .«

»Aber das Montglane-Schachspiel ist wieder ans Licht gekommen«, sagte Mireille, stand auf und sah Letizia in die Augen. »Ihre Geschichte erklärt zwar die Nachricht der Äbtissin und Ihre Freundschaft, aber sonst wenig. Erwarten Sie von mir, Madame, daß ich mich mit der Geschichte von singenden Steinen und rachsüchtigen Phöniziern zufriedengebe?

Ich habe zwar rote Haare wie Elissa von Q'ar, aber ich habe auch ein Gehirn im Kopf! Die Äbtissin von Montglane ist ebensowenig eine Mystikerin wie ich und würde sich mit dieser Geschichte nicht zufriedengeben. Außerdem beinhaltet die Nachricht mehr als das, was Sie erklärt haben. Die Äbtissin hat Ihrer Tochter gesagt, Sie, Madame, würden auch wissen, was zu tun ist! Was meint Madame de Roque damit? Und in welchem Zusammenhang steht das mit der Formel?«

Bei diesen Worten wurde Letizia leichenblaß und legte die Hand auf die Brust. Elisa und Napoleon saßen wie erstarrt auf ihren Stühlen. Napoleon flüsterte: »Welche Formel?«

»Die Formel, von der Voltaire wußte, von der Kardinal Richelieu wußte, von der zweifellos auch Rousseau wußte und von der höchst wahrscheinlich Ihre Mutter ebenfalls weiß!« rief Mireille immer lauter. Ihre grünen Augen glühten wie dunkle Smaragde, als sie Letizia ansah, die noch immer völlig benommen am Tisch saß.

Mireille lief um den Tisch, nahm Letizia bei den Armen und zog sie hoch. Napoleon und Elisa sprangen ebenfalls auf, aber Mireille bedeutete ihnen mit einer Geste, sich zurückzuhalten.

»Antworten Sie mir, Madame! Die Figuren haben bereits bewirkt, daß zwei Frauen vor meinen Augen getötet worden sind. Ich habe den abscheulichen und teuflischen Mann gesehen, der das Schachspiel sucht, der mich verfolgt und mich für mein Wissen sofort umbringen würde. Pandoras Büchse ist geöffnet, und der Tod geht um. Ich habe es mit eigenen Augen gesehen, so wie ich das Montglane-Schachspiel gesehen habe – und die Symbole auf den Figuren! Ich bin überzeugt, es gibt eine Formel. Sagen Sie mir, was erwartet die Äbtissin nun von Ihnen? Was sollen Sie tun?« Sie schüttelte Letizia beinahe. Mireille sah Valentine vor sich – Valentine, die wegen der Schachfiguren geköpft worden war –, und ihr Gesicht verzerrte sich in ohnmächtigem Zorn . . .

Letizias Lippen zitterten. Die unbezwingliche Frau, die niemals eine Träne vergossen hatte, weinte. Napoleon legte schützend den Arm um seine Mutter und Elisa nahm sanft Mireilles Hand.

»Mutter«, sagte Napoleon, »Ihr müßt es ihr sagen. Sagt ihr, was sie wissen möchte. Mein Gott! Ihr habt hundert bewaffnete französische Soldaten in Schach gehalten! Was kann so schrecklich sein, daß Ihr nicht darüber sprechen möchtet?«

Letizia versuchte zu sprechen. Tränen liefen ihr über die zusammengepreßten Lippen.

»Ich habe geschworen – wir alle haben geschworen –, nie darüber zu sprechen«, stieß sie heftig schluchzend hervor, »Helene – die Äbtissin wußte, daß es eine Formel gibt, noch ehe sie das Schachspiel gesehen hatte. Sie hat mir gesagt, wenn sie das Schachspiel nach tausend Jahren wieder ans Licht bringen muß, werde sie die Formel niederschreiben – die Symbole auf den Figuren und auf dem Schachbrett aufzeichnen und jemanden damit zu mir schicken!«

»Zu Ihnen?« fragte Mireille. »Warum zu Ihnen? Sie waren doch damals noch ein Kind.«

»Ja, ein Kind«, wiederholte Letizia und lächelte wehmütig mit tränenüberströmtem Gesicht, »ein vierzehnjähriges Mädchen, das bald heiraten sollte. Ein Mädchen, das dreizehn Kinder auf die Welt bringen sollte, von denen fünf starben. Ich bin immer noch ein Kind, denn ich habe die Gefahr nicht verstanden, die sich mit dem Versprechen verband, das ich der Äbtissin gegeben habe.«

»Sagen Sie . . ., sagen Sie mir, was haben Sie Madame de Roque versprochen?« fragte Mireille leise.

»Ich habe mein ganzes Leben die alten Schriften studiert und Helene versprochen, wenn sie das Schachspiel aus dem Versteck geholt hat, werde ich zum Volk meiner Mutter nach Nordafrika gehen – zu dem alten Mufti der Wüste – und die geheime Formel entziffern.«

»Kennen Sie dort Leute, die Ihnen helfen können?« fragte Mireille aufgeregt. »Aber Madame, Nordafrika ist mein Ziel. Überlassen Sie mir diese Aufgabe. Es ist mein größter Wunsch! Ich weiß, ich bin krank, aber ich bin jung und werde mich bald wieder erholen . . .«

»Erst müssen wir Kontakt mit der Äbtissin aufnehmen«, erwiderte Letizia und fand langsam wieder ihre gewohnte Haltung. »Außerdem dauert es länger als einen Abend, um alles zu lernen, was ich in vierzig Jahren gelernt habe! Sie sind zwar kräftig, aber nicht in der Lage zu reisen. Ich habe genug Erfahrung, um Ihnen zu sagen, daß Ihre ›Krankheit‹ sechs oder sieben Monate dauern wird – und das ist die richtige Zeit, um zu lernen, was –«

»Sechs oder sieben Monate!« rief Mireille. »Unmöglich! Ich kann nicht so lange auf Korsika bleiben!«

»Ich fürchte, das müssen Sie«, sagte Letizia mütterlich lächelnd, »verstehen Sie, Sie sind nicht krank. Sie bekommen ein Kind.«

LONDON

November 1792

Tausend Kilometer nördlich von Korsika saß der Vater des Kindes, Charles-Maurice de Talleyrand-Périgord, am vereisten Ufer der Themse und – angelte.

Auf dem spärlichen Gras unter ihm lagen von Ölzeug geschützt ein paar Wolldecken. Er hatte die Hosenbeine bis über die Knie umgeschlagen und mit Seidenband gebunden. Schuhe und Strümpfe standen ordentlich neben ihm. Er trug ein dickes Lederwams, mit Pelz besetzte Stiefel und auf dem Kopf einen breitkrempigen Hut, der verhinderte, daß ihm der Schnee in den Kragen fiel.

Hinter ihm stand unter den verschneiten Ästen einer großen Eiche Courtiade mit einem Korb Fische an einem Arm und der ordentlich gefalteten Samtjacke seines Herrn über der anderen. In dem Korb lagen die vergilbten Seiten einer zwei Monate alten französischen Zeitung, um das Blut der Fische aufzusaugen. Die Zeitung hatte bis zu diesem Morgen an der Wand von Talleyrands Arbeitszimmer gehangen.

Courtiade wußte, was in der Zeitung stand, und war erleichtert, als sein Herr sie plötzlich von der Wand gerissen und in den Korb gelegt hatte. Dann hatte er erklärt, er werde angeln gehen. Seit dem Eintreffen der Zeitung aus Frankreich und der Nachricht, die sie enthielt, war sein Herr bedrückend schweigsam gewesen. Sie hatten sie beide laut gelesen:

WEGEN HOCHVERRATS GESUCHT

> Taillerand, der ehemalige Bischof von Autun, ist emigriert... Jedermann versuche, von Verwandten oder Freunden, die ihn aufgenommen haben könnten, Informationen über ihn zu erhalten. Seine Beschreibung ... schmales Gesicht, blaue Augen,

etwas nach oben weisende Nase. Taillerand-Périgord hinkt – entweder mit dem rechten oder linken Fuß ...

Courtiades Augen folgten den dunklen Umrissen der Lastkähne, die den grauen Fluß aufwärts oder abwärts fuhren. Vom Ufer losgebrochene Eisschollen tanzten auf den Wellen und wurden von der Strömung schnell erfaßt und mitgerissen. Talleyrands Angelschnur verschwand im Schilf zwischen den Rissen des brüchigen Eises. Wie so vieles, war auch der Winter zur Unzeit gekommen.

Vor kaum zwei Monaten, am 23. September, war Talleyrand in London eingetroffen und in das kleine Haus in der Woodstock Street gezogen, das Courtiade für seine Ankunft hergerichtet hatte. Er war keineswegs zu früh gekommen, denn einen Tag zuvor hatte der Konvent den ›Stahlschrank‹ des Königs in den Tuilerien geöffnet. Man fand die Briefe von Mirabeau und LaPorte, aus denen hervorging, wie viele Bestechungsgelder aus Rußland, Spanien und der Türkei – selbst von Ludwig XVI. – in die Hände der patriotischen Abgeordneten der Nationalversammlung geflossen waren.

Mirabeau hat Glück, er ist tot, dachte Talleyrand, als er die Angelschnur einholte und Courtiade bedeutete, ihm einen neuen Köder zu bringen. Am Begräbnis des großen Staatsmannes hatten dreihunderttausend Menschen teilgenommen. Jetzt hatte man über seine Büste in der Nationalversammlung ein Tuch geworfen und seine Asche aus dem Panthéon entfernt. Um den König stand es schlechter. Sein Leben hing nur noch an einem seidenen Faden. Er saß mit seiner Familie im Turm der Tempelritter – und dieser mächtige Freimaurerorden forderte lautstark, den König vor Gericht zu stellen.

Talleyrand hatte man in Abwesenheit den Prozeß gemacht und ihn für schuldig befunden. Zwar lag dem Gericht nichts von seiner Hand Geschriebenes vor, das gegen ihn sprach, aber LaPortes beschlagnahmte Briefe ließen erkennen, daß sein Freund, der Bischof, als ehemaliger Präsident der Nationalversammlung, bereit sei, den Interessen des Königs zu dienen – für eine bestimmte Summe.

Talleyrand stieß den Angelhaken durch das Stück Speck, das Courtiade ihm reichte, und warf die Leine mit einem Seufzer wieder in das Wasser der Themse. Es war ihm zwar gelungen, Frankreich legal mit einem Paß und in einer diplomatischen Mission zu verlassen, aber das nützte ihm jetzt alles nichts mehr. In seinem Land galt er als Verbrecher und wurde gesucht. Damit verschlossen sich ihm die Türen des britischen Adels. Auch die Emigranten in England haßten ihn, weil er seine Klasse verraten hatte, indem er die Revolution unterstützte. Am schlimmsten traf es ihn, daß er hier keine Mittel besaß. Selbst seine Mätressen, auf deren finanzielle Unterstützung er früher rechnen konnte, lebten verarmt in London und verkauften Strohhüte oder schrieben Romane.

Das Leben sah trostlos aus. Die achtunddreißig Jahre seines Lebens versanken spurlos im Strudel des Lebens wie der Köder, den er gerade in das dunkle Wasser geworfen hatte. Aber er hielt die Angel noch in der Hand. Zwar sprach Talleyrand selten darüber, aber er vergaß nie, daß Karl der Kahle zu seinen Vorfahren gehörte, ein Enkel von Karl dem Großen. Adalbert von Périgord hatte Hugo Capet auf den Thron von Frankreich gesetzt, Taillefer der Eisenfresser war der Held der Schlacht von Hastings gewesen, und Hélie de Talleyrand hatte Papst Johannes XXII. die Tiara aufgesetzt. Maurice entstammte der langen Reihe von Königmachern, deren Motto lautete: *Reque Dieu* – Wir dienen nur Gott. Wenn das Leben düster aussah, dann warfen die Talleyrands von Périgord eher den Fehdehandschuh als das Handtuch.

Talleyrand holte die Leine ein, entfernte den Köder und warf ihn in Courtiades Korb. Der Kammerdiener half ihm beim Aufstehen.

»Courtiade«, sagte Talleyrand und reichte ihm die Angel, »du weißt, in Kürze werde ich neununddreißig.«

»Gewiß«, erwiderte der Kammerdiener, »möchten Monseigneur, daß ich eine Feier vorbereite?«

Talleyrand legte den Kopf zurück und lachte. »Am Ende des Monats werde ich das Haus in der Woodstock Street aufgeben und ein bescheideneres Haus in Kensington beziehen. Ohne Einkünfte werde ich am Jahresende meine Bibliothek verkaufen müssen...«

»Vielleicht haben Monseigneur etwas außer acht gelassen«, erwiderte Courtiade höflich, half Talleyrand beim Ausziehen des Wamses und hielt ihm dann die Samtjacke, »und zwar etwas, das das Schicksal Ihnen zur Verfügung stellt, um mit solchen schwierigen Situationen fertig zu werden. Ich denke an die Gegenstände, die zur Zeit hinter den Büchern in Monseigneurs Bibliothek in der Woodstock Street aufbewahrt werden.«

»Es ist kein Tag vergangen, Courtiade«, erwiderte Talleyrand, »an dem mich dieser Gedanke nicht beschäftigt hätte. Ich glaube allerdings nicht, daß sie verkauft werden dürfen.«

»Wenn ich mir die Frage erlauben darf«, sagte Courtiade, legte Talleyrands Kleidungsstücke zusammen und griff nach den Lackschuhen, »haben Monseigneur in letzter Zeit etwas von Mademoiselle Mireille gehört?«

»Nein«, gestand er, »aber sie ist eine tapfere Frau, und sie ist auf dem richtigen Weg. Ich will damit sagen, der Schatz, der sich jetzt in meinem Besitz befindet, ist vielleicht von größerem Wert als sein Gewicht in Gold. Warum haben so viele alles daran gesetzt, ihn zu finden? Das Zeitalter der Illusion ist in Frankreich vorüber. Der König ist gewogen und wie alle Könige als zu leicht befunden worden. Sein Prozeß wäre eine reine Formsache. Aber Anarchie kann nicht einmal die schwächste Herrschaft ersetzen. Frankreich braucht jetzt einen Führer, keinen Herrscher. Und wenn er kommt, werde ich ihn als erster erkennen.«

»Monseigneur meinen damit einen Mann, der Gottes Willen dient und den Frieden in unserem Land wiederherstellt«, sagte Courtiade und bückte sich, um Eis auf die Fische im Korb zu legen.

»Nein, Courtiade.« Talleyrand seufzte. »Wenn Gott Frieden auf Erden wünschte, dann hätten wir zweifellos inzwischen Frieden. Ich zitiere einen Retter, der einmal gesagt hat: ›Ich bringe nicht den Frieden, sondern das Schwert.‹ Der Mann, von dem ich spreche, wird den Wert des Montglane-Schachspiels erkennen, der sich in dem einen Wort MACHT zusammenfassen läßt. Und das werde ich dem Mann bieten, der eines Tages in nicht allzu ferner Zukunft Frankreichs Führer sein wird.«

Als Talleyrand und Courtiade am vereisten Ufer der Themse entlang den Rückweg antraten, stellte der Kammerdiener zögernd eine Frage, die ihn seit Eintreffen der französischen Zeitung beschäftigt hatte, die jetzt durchweicht im Korb lag.

»Wie beabsichtigen Monseigneur einen solchen Mann zu finden, wenn die Anklage auf Hochverrat Sie daran hindert, nach Frankreich zurückzukehren?«

Talleyrand lächelte und legte seinem Kammerdiener in einer Geste ungewohnter Vertrautheit die Hand auf die Schulter. »Mein lieber Courtiade«, sagte er, »Hochverrat ist lediglich eine Sache des Datums.«

PARIS

Dezember 1792

Es war der 11. Dezember, und das Ereignis des Tages der Prozeß gegen Ludwig XVI., König von Frankreich. Die Anklage lautete: Hochverrat.

Der Jakobiner-Club war bereits voll besetzt, als Jacques-Louis David durch die Türen trat. Ihm folgten die letzten Nachzügler vom ersten Prozeßtag. Einige schlugen ihm freundschaftlich auf die Schulter, und er hörte im Vorübergehen ihre Bemerkungen – so zum Beispiel, daß die Damen in den Logen während der Verhandlung Likör getrunken hatten, Händler Eis im Saal verkauften, die Mätressen des Herzogs von Orleans hinter ihren Spitzenfächern kicherten und lachten und daß der König, als man ihm die Briefe aus seinem Stahlschrank vorlegte, behauptete, er habe sie nie gesehen – und damit seine Unterschrift leugnete –, und sich auf sein schlechtes Gedächtnis berief, als man die Anklage wegen mehrfachen Hochverrats erhob. Er war ein Schauspieler, darin waren sich alle Jakobiner einig. Die meisten hatten ihr Urteil bereits gesprochen, noch ehe sie durch die hohen Eichentüren des Jakobiner-Clubs traten.

David lief über den Marmorboden des ehemaligen Klosters, in dem jetzt die Jakobiner tagten, als ihm jemand die Hand auf den Arm legte. Er drehte sich um und blickte in die kaltglänzenden grünen Augen von Maximilien Robespierre.

Er war makellos gekleidet wie immer; er trug einen silbergrauen Anzug mit Stehkragen und eine sorgfältig gepuderte Perücke. Robespierre sah etwas blasser als bei der letzten Begegnung mit David und vielleicht noch etwas ernster aus. Er nickte David zu, griff in seine Jacke und zog eine Dose mit Pastillen heraus. Er nahm eine heraus und bot David an, sich zu bedienen.

»Mein lieber David«, sagte er, »wir haben Sie seit vielen Monaten nicht mehr gesehen. Wie ich höre, arbeiten Sie an einem Bild über das Ballspiel. Sie sind ein ernsthafter Künstler, aber Sie dürfen sich wirklich nicht so lange in Ihrem Atelier einschließen – die Revolution braucht Sie.«

Auf diese subtile Weise gab ihm Robespierre zu verstehen, daß es für einen Revolutionär nicht länger sicher sei, sich von dem Geschehen fernzuhalten. Es ließe sich als mangelndes Interesse deuten.

»Ich habe natürlich gehört, welch trauriges Schicksal Ihre Schutzbefohlene in der Abbaye ereilt hat«, fügte er hinzu. »Erlauben Sie mir, Ihnen, wenn auch etwas spät, mein tief empfundenes Mitgefühl zum Ausdruck zu bringen. Sie wissen vermutlich, daß die Girondisten Marat vor dem gesamten Nationalkonvent zur Rechenschaft gezogen haben. Als man seine Bestrafung forderte, erhob er sich, zog eine Pistole und setzte sie sich an die Schläfe, als wolle er sich erschießen! Ein abstoßendes Schauspiel, aber es hat ihm das Leben gerettet. Der König täte gut daran, seinem Beispiel zu folgen.«

»Sie glauben, der Konvent wird seinen Tod beschließen?« fragte David und wechselte schnell das Thema, denn er wollte mit Robespierre nicht über Valentine sprechen, deren schreckliches Ende ihn in all diesen Monaten verfolgt hatte.

»Ein lebender König ist ein gefährlicher König«, antwortete Robespierre. »Ich bin zwar kein Befürworter von Königsmord, aber aus seinen Briefen geht eindeutig hervor, daß er Hochverrat gegen den Staat begangen hat – wie Ihr Freund Talleyrand übrigens auch! Sie sehen jetzt, daß meine Vorhersagen sich als richtig erwiesen haben.«

»Danton hat mich benachrichtigen lassen und mir mitgeteilt, meine Anwesenheit sei heute erforderlich«, sagte David. »Es scheint um die Frage zu gehen, ob man über das Schicksal des Königs in einem Volksentscheid abstimmen lassen möchte.«

»Ja, deshalb treffen wir uns heute«, bestätigte Robespierre, »die Girondisten befürworten es. Aber ich fürchte, wenn wir zulassen, daß die Wahlberechtigten aus der Provinz ihre Stimmen abgeben, führt das zu einem Erdrutsch und zur Rückkehr der Monarchie. Übrigens, da wir von Girondisten sprechen. Ich möchte Sie mit dem jungen Engländer bekannt machen, der gerade auf uns zukommt. Er ist ein Freund von André Chénier, dem Dichter. Ich habe ihn heute abend in den Club eingeladen, damit seine romantischen Illusionen von der Revolution vielleicht verfliegen, wenn er den linken Flügel in Aktion sieht!«

David sah einen großen, schlaksigen jungen Mann näher kommen. Er hatte eine blasse Haut, dünne glatte Haare, die er aus der Stirn kämmte, und er ging leicht vorgebeugt. Er trug einen schlechtsitzenden Gehrock, der aussah, als habe er ihn beim Lumpensammler erworben. Anstelle einer Schleife hatte er ein schmuddeliges schwarzes Tuch um den Hals geknotet. Aber er hatte leuchtende und klare Augen. Eine große lange Nase bildete das Gegengewicht zu dem schwachen Kinn. Die Schwielen an den jungen Händen verrieten, daß er auf dem Land aufgewachsen war und für sich selbst sorgen mußte.

»Das ist der junge William Wordsworth, ein Dichter«, sagte Robespierre, als der junge Mann bei ihnen angelangt war. David streckte ihm die Hand entgegen. »Er ist nun schon seit über einem Monat in Paris –, aber dies ist sein erster Besuch im Jakobiner-Club. Ich mache Sie mit dem Bürger Jacques-Louis David bekannt, einem ehemaligen Präsidenten der Nationalversammlung.«

»Monsieur David!« rief Wordsworth und drückte Davids Hand herzlich. »Ich hatte die große Ehre, eines Ihrer Bilder in London zu sehen, als ich von Cambridge kam – ›Der Tod des Sokrates‹. Sie sind eine Quelle der Inspiration für jemanden wie mich, dessen größter Wunsch es ist, die Geschichte, die gerade gemacht wird, aufzuzeichnen.«

»Sie sind Schriftsteller?« fragte David. »Dann sind Sie, wie Robespierre zustimmen wird, im richtigen Augenblick hierhergekommen, um Zeuge eines großen Ereignisses zu werden – des Sturzes der französischen Monarchie.«

»William Blake, der mystische englische Dichter, hat im letzten Jahr ein Gedicht veröffentlicht: *The French Revolution*, in dem er wie in der Bibel visionär den Sturz der Könige voraussagt. Vielleicht kennen Sie das Gedicht?«

»Ich widme mich mehr Herodot, Plutarch und Livius«, erwiderte David lächelnd, »dort finde ich adäquate Themen für meine Bilder, da ich weder Mystiker noch Poet bin.«

»Merkwürdig«, sagte Wordsworth, »denn in England glauben wir, die Freimaurer stehen hinter der Französischen Revolution, und sie muß man doch bestimmt zu den Mystikern rechnen.«

»Das ist richtig, die meisten von uns gehören zu diesem Orden«, antwortete Robespierre. »Und Talleyrand hat den Jakobiner-Club ursprünglich als einen Orden der Freimaurer gegründet. Aber hier in Frankreich sind die Freimaurer wohl kaum Mystiker – «

»Einige schon«, unterbrach ihn David. »Marat zum Beispiel.«

»Marat?« fragte Robespierre und zog die Augenbrauen hoch. »Sie scherzen wohl. Wie kommen Sie auf diese Idee?«

»Offen gestanden, ich bin heute nicht nur gekommen, weil Danton mich gerufen hat«, antwortete David zögernd. »Ich wollte auch Sie treffen, denn vielleicht können Sie mir helfen. Sie sprachen über das – Schicksal –, das meinen Schützling im Gefängnis L'Abbaye ereilt hat. Sie wissen, daß ihr Tod kein Zufall war. Marat hat sie verhört und hinrichten lassen, weil er glaubte, daß sie etwas über... Haben Sie schon einmal vom Montglane-Schachspiel gehört?«

Robespierre wurde bei dieser Frage blaß. Der junge Wordsworth blickte verwirrt vom einen zum anderen.

»Wissen Sie, wovon Sie sprechen?« fragte Robespierre mit zitternder Stimme. »Natürlich – das erklärt, weshalb der Bischof von Autun die beiden Damen seit ihrem Eintreffen in Paris nicht aus den Augen ließ! Wenn Sie doch nur früher mit mir darüber gesprochen hätten – dann wäre er mir nicht durch die Finger geschlüpft!«

»Ich habe die Geschichte nie geglaubt, Maximilien«, sagte David, »ich dachte, es sei nur Aberglaube, eine Legende. Marat glaubt daran. Und Mireille, die das Leben ihrer Cousine retten wollte, bestätigte ihm, daß es den geheimnisvollen Schatz wirklich gibt und daß Valentine einen Teil davon besaß und in meinem Garten vergraben hatte. Aber als Marat am nächsten Tag mit einer Abordnung erschien, um danach zu suchen...«

»Ja? Ja?« fragte Robespierre erregt und umklammerte mit eisernem Griff Davids Arm. Wordsworth ließ sich kein Wort entgehen.

»... war Mireille verschwunden«, flüsterte David, »und in der Nähe des Springbrunnens im Garten war die Erde aufgewühlt.«

»Wo ist sie jetzt?« Robespierre schrie beinahe. »Sie muß verhört werden. Sofort!«

»Deshalb wollte ich Sie ja um Hilfe bitten«, sagte David. »Ich habe inzwischen die Hoffnung aufgegeben, daß sie zurückkommen wird. Aber ich dachte, bei Ihren Beziehungen könnten Sie vielleicht in Erfahrung bringen, wo sie sich aufhält und – was mit ihr geschehen ist.«

»Wir werden sie finden, und wenn wir ganz Frankreich nach ihr durchsuchen müssen«, versicherte ihm Robespierre. »Sie müssen mir eine ausführliche Beschreibung geben.«

»Ich habe etwas Besseres«, erwiderte David, »ich habe ein Bild von ihr in meinem Atelier.«

KORSIKA

Januar 1793

Ende Januar wurde Mireille mitten in der Nacht von Letizia Buonaparte aus dem Schlaf gerissen. Sie lag mit Elisa in dem kleinen Zimmer, das die beiden in dem Haus auf den Hügeln über Ajaccio teilten. Mireille war seit drei Monaten auf Korsika und hatte von Letizia viel, aber noch nicht alles gelernt, was sie wissen mußte.

»Zieht euch schnell an«, flüsterte Letizia den beiden zu, die sich verschlafen die Augen rieben. Maria-Carolina und Girolamo standen bereits angekleidet neben ihrer Mutter im Zimmer.

»Was ist los?« rief Elisa.

»Wir müssen fliehen«, erwiderte Letizia ruhig und gefaßt. »Paolis Soldaten sind hiergewesen. Der König von Frankreich ist tot.«

»Nein!« rief Mireille und setzte sich erschrocken auf.

»Man hat ihn vor zehn Tagen in Paris hingerichtet«, erklärte Letizia und holte Kleider aus dem Schrank, damit die beiden sich schneller anziehen konnten, »und Paoli hat hier auf Korsika Truppen zusammengezogen. Er will sich mit Sardinien und Spanien verbünden, um die französische Regierung zu stürzen.«

»Aber, Mutter«, fragte Elisa, die das warme Bett nicht verlassen wollte, »was hat das alles mit uns zu tun?«

»Deine Brüder Napoleon und Lucciano haben in der korsischen Nationalversammmlung gegen Paoli gesprochen«, erwiderte Letizia mit einem bitteren Lächeln. »Paoli hat die Vendetta Traversa über sie verhängt.«

»Was ist das?« fragte Mireille, verließ das Bett und zog an, was Letizia ihr reichte.

»Die Familienrache!« flüsterte Elisa. »In Korsika ist es Brauch, sich an der ganzen Familie zu rächen, wenn einem ein Unrecht zugefügt worden ist! Aber wo sind meine Brüder?«

»Lucciano verbirgt sich bei meinem Bruder, dem Kardinal Fesch«, erwiderte Letizia und reichte Elisa ihre Kleider. »Napoleon ist von der Insel geflohen. Kommt, wir haben nicht genug Pferde, um heute nacht noch bis Bocognano zu kommen, auch wenn die Kinder zu zweit aufsitzen. Wir müssen Pferde stehlen und noch vor Tagesanbruch dort sein.« Sie verließ mit den beiden kleinen Kindern das Zimmer. Als sie in der Dunkelheit ängstlich zu weinen anfingen, hörte Mireille Letizia sagen: »Was fällt euch ein zu weinen? Ich weine schließlich auch nicht!«

»Was ist in Bocognano?« fragte Mireille Elisa, als sie eilig das Zimmer verließen.

»Dort lebt meine Großmutter, Angela-Maria di Pietra-Santa«, erwiderte Elisa, »und das bedeutet, die Lage ist sehr ernst.«

Mireille holte tief Luft. Endlich! Endlich würde sie die alte Frau sehen, von der sie soviel gehört hatte, die Freundin der Äbtissin von Montglane...

Elisa legte Mireille den Arm um die Schulter, als sie durch die dunkle Nacht liefen.

»Angela-Maria hat ihr Leben in Korsika verbracht. Mit ihren Brüdern, Vettern und Enkeln könnte sie ein Heer aufstellen, das die Häfte der Insel vernichten würde. Deshalb flieht Mutter zu ihr. Und das bedeutet, sie erkennt die Familienrache an!«

Das Dorf Bocognano war eine von Mauern umgebene Festung hoch oben in den zerklüfteten und unzugänglichen Bergen, etwa zweieinhalbtausend Meter über dem Meeresspiegel. Der Morgen dämmerte schon, als sie hintereinander über die letzte Brücke ritten. Nebelfetzen trieben über den Wildbach unter ihnen. Als sie die letzte Anhöhe erreicht hatten, lag vor ihnen im Osten das perlgraue Mittelmeer, die kleinen Inseln Pianosa, Formica, Elba und Monte Cristo schienen im Himmel zu schweben.

Angela-Maria freute sich nicht, sie zu sehen.

»Aha!« rief die kleine, zwerghafte Frau, stemmte die Hände in die Hüfte und trat vor das Steinhaus, um die müden Reiter zu begrüßen. »Die Söhne von Carlo Buonaparte sind wieder einmal in Schwierigkeiten! Ich hätte mir denken können, daß es eines Tages soweit kommen muß.«

Wenn Letizia staunte, daß ihre Mutter den Grund ihres Kommens bereits kannte, dann zeigte sie es nicht. Ruhig und gelassen, ohne erkennbare Gefühlsregung sprang sie vom Pferd, umarmte ihre knorrige und zornige Mutter und gab ihr auf beide Wangen einen Kuß.

»Schon gut, schon gut«, fuhr die alte Frau sie an, »genug mit dem Getue. Die Kinder müssen von den Pferden. Sie sind ja so dürr wie Bohnenstangen! Gibst du ihnen denn nichts zu essen?« Sie eilte zu den Kleinen und zog sie an den Füßen vom Pferd. Als sie Mireille erreichte, blieb sie stehen und sah zu, wie Mireille absaß. Dann trat sie zu ihr, faßte sie am Kinn und drehte Mireilles Gesicht unsanft hin und her, damit sie es genau betrachten konnte.

»Das ist sie also, von der du mir erzählt hast«, rief sie ihrer Tochter über die Schulter zu. »Sie bekommt ein Kind, ja? Und sie kommt aus Montglane!«

Mireille war bereits im fünften Monat und wieder gesund, wie Letizia vorausgesagt hatte.

»Sie muß die Insel verlassen, Mutter«, erwiderte Letizia. »Wir können sie nicht länger beschützen, obwohl ich weiß, daß die Äbtissin es wünschen würde.«

»Wieviel hat sie gelernt?« fragte die alte Frau.

»Soviel, wie ich ihr in der kurzen Zeit beibringen konnte«, sagte Letizia und sah Mireille mit ihren blaßblauen Augen kurz an. »Aber das ist noch nicht genug.«

»Stehen wir nicht hier herum, damit alle Welt hört, was wir zu reden haben!« rief die alte Frau. Sie wandte sich wieder Mireille zu und drückte sie mit ihren alten, sehnigen Armen an sich. »Und Sie, junge Dame, kommen mit mir. Vielleicht wird Helene de Roque mich für das, was ich vorhabe, verfluchen – aber dann sollte sie auch ihre Briefe schneller beantworten! Ich habe in den drei Monaten, seit Sie hier sind, nichts von ihr gehört.

»Heute«, fuhr sie flüsternd fort und führte Mireille zum Haus, »wartet im Schutz der Dunkelheit ein Schiff auf Sie, das Sie zu einem Freund von mir bringt. Dort sind Sie sicher, bis die Traversa vorbei ist.«

»Aber Madame«, sagte Mireille, »Ihre Tochter hat mir noch nicht alles beigebracht. Wenn ich mich verstecken muß, bis dieser Kampf vorüber ist, wird das meine Mission noch mehr verzögern. Ich darf nicht länger warten.«

»Wer sagt denn, daß Sie warten müssen?« Sie tätschelte Mireille den Bauch und lächelte. »Außerdem müssen Sie dorthin, wohin ich Sie schicke, und ich denke, Sie werden damit einverstanden sein. Der Freund, von dem ich gesprochen habe, ist auf Ihr Kommen vorbereitet, obwohl er Sie nicht so früh erwartet. Sein Name ist Schahin – ein hübscher Name. Auf arabisch heißt das der ›Wanderfalke‹. Er wird Ihre Ausbildung in Algerien fortsetzen.«

ALGIER

April 1973

Die Küstenstraße wand sich in langgestreckten Kurven über dem Meer entlang. Bei jeder Biegung bot sich mir ein noch atemberaubenderer Blick auf die Brandung tief unten. Blühende Polster von Fettpflanzen und Flechten hingen an den Steilwänden und wurden von der Gischt besprüht. Das Eiskraut blühte leuchtend rot und goldgelb. Die strahligen Blüten bildeten ein Spitzenmuster auf den salzverkrusteten Steinen. Das Meer schimmerte metallisch grün – wie Solarins Augen...

Das Gewirr von Gedanken, die mich seit der Nacht zuvor bestürmten, lenkte mich von der grandiosen Aussicht ab. Ich versuchte, sie zu ordnen, während das Taxi auf der Küstenstraße in Richtung Algier fuhr.

Jedesmal, wenn ich zwei und zwei addierte, kam ich auf acht. Überall gab es nur noch die Acht. Zuerst hatte die Wahrsagerin mich im Zusammenhang mit meinem Geburtstag darauf hingewiesen, dann Mordecai und Scharrif. Solarin hatte sie wie ein magisches Zentrum beschworen. Er erklärte, die Acht sei nicht nur eine Linie auf meiner Hand, sondern es gebe auch eine Formel der Acht –, was immer das bedeuten mochte. Das waren seine letzten Worte gewesen, als er in der Nacht verschwand und es Scharrif überließ, mich nach Hause zu bringen – ohne Schlüssel für das Hotelzimmer, denn den hatte er eingesteckt.

Scharrif fragte natürlich neugierig, wer mein gutaussehender Begleiter im Cabaret gewesen und warum er so schnell verschwunden sei. Ich erwiderte, es sei für eine harmlose Frau wie mich äußerst schmeichelhaft, wenige Stunden nach ihrer Ankunft auf einem neuen Kontinent nicht nur einen, sondern gleich zwei Verehrer zu haben – und überließ es ihm, mich im Streifenwagen ins Hotel bringen zu lassen.

Mein Schlüssel lag an der Rezeption für mich bereit. Solarins Fahrrad stand nicht mehr vor meinem Zimmer. Da mir eine friedliche Nacht nicht vergönnt zu sein schien, beschloß ich, die wenigen Stunden zu ein paar dringenden Recherchen zu nutzen.

Ich wußte jetzt, daß es eine Formel gab, und zwar nicht nur für die Springer-Tour. Wie Lily vermutet hatte, handelte es sich um eine andere Art Formel – und Solarin selbst hatte sie nicht enträtselt. Und diese Formel hatte ganz bestimmt etwas mit dem Montglane-Schachspiel zu tun.

Nim wollte mich warnen und vorbereiten. Er hatte mir viele Bücher über mathematische Formeln und Spiele mit auf die Reise gegeben. Ich beschloß, mit dem Buch zu beginnen, das Scharrif offenbar am meisten interessiert hatte. Der Autor war Nim, und in dem Buch ging es um die Fibonacci-Zahlen. Ich las fast bis zum Morgengrauen. Meine Entschlossenheit machte sich bezahlt, obwohl ich nicht genau wußte, in welcher Beziehung. Die Fibonacci-Zahlen wurden offenbar nicht nur für Börsenprognosen benutzt. Und darum geht es dabei:

Leonardo Fibonacci war der Erfinder einer Zahlenreihe, in der die ersten beiden Zahlen 1 sind und jede folgende Zahl die Summe der beiden vorhergehenden bildet. Also: 1, 1, 2, 3, 5, 8, 13 ...

Fibonacci war eine Art Mystiker; er hatte bei arabischen Gelehrten studiert, für die alle Zahlen magische Eigenschaften besitzen. Er entdeckte, daß die Formel, die die Verhältnisse zwischen benachbarten Gliedern seiner Zahlenreihe beschreibt – nämlich die Hälfte der Wurzel aus fünf minus eins ($\frac{1}{2}(\sqrt{5}-1)$) –, auch die Struktur aller Dinge in der Natur beschreibt, die eine Spirale bilden.

Wie Nim ausführte, erkannten die Botaniker bald, daß jede Pflanze, deren Blütenblätter oder Stiele spiralig sind, mit Fibonacci-Zahlen beschrieben werden kann. Biologen wissen, daß Nautilusse und alle spiralenförmigen Lebewesen im Meer diesem Schema entsprechen. Astronomen behaupten, daß die Beziehungen der Planeten im Sonnensystem – auch die Form der Milchstraße – mit den Fibonacci-Zahlen beschreibbar sind. Aber mir fiel etwas anderes auf, noch ehe Nim in seinem Buch darauf hinwies. Ich kam nicht darauf, weil ich etwas von Mathematik verstehe, sondern weil ich Musik studiert habe. Diese kleine Formel war nicht von Leonardo Fibonacci entdeckt worden, sondern wird dem zweitausend Jahre früher geborenen Pythagoras zugeschrieben und bestimmt den goldenen Abschnitt beim Goldenen Schnitt.

Einfach ausgedrückt, bezeichnet der Goldene Schnitt die Teilung einer Strecke in zwei Teile, deren größerer – der goldene Abschnitt – sich zum kleineren verhält wie die ganze Strecke zum größeren Teil.

Dieses Verhältnis haben sich alle alten Kulturen in der Architektur, der Malerei und der Musik zunutze gemacht. Platon und Aristoteles betrachteten es als den vollkommenen Maßstab, um zu entscheiden, ob etwas ästhetisch schön sei oder nicht. Aber für Pythagoras hatte der Goldene Schnitt noch sehr viel mehr bedeutet.

Pythagoras war in seinen mystischen Erkenntnissen so weit gekommen, daß ein Fibonacci daneben wie ein Anfänger wirkte. Die Griechen nannten ihn ›Pythagoras von Samos‹, weil er aus politischen Gründen von der Insel Samos nach Kroton in Unteritalien geflohen war. Aber wie seine Zeitgenossen berichten, wurde er in Tyros geboren, einer Stadt im alten Phönizien – dem heutigen Libanon. Er unternahm ausgedehnte Reisen, lebte einundzwanzig Jahre in Ägypten und zwölf Jahre in Mesopotamien. Als er schließlich nach Kroton kam, war er bereits über fünfzig. Dort gründete er eine mystische Gesellschaft, die nur dürftig als Schule getarnt war. Hier lernten seine Schüler die Geheimnisse, die er von seinen Reisen mitgebracht hatte. Diese Geheimnisse kreisten um zwei Dinge: Mathematik und Musik.

Pythagoras fand heraus, daß die Oktave die Grundlage der westlichen Tonleiter ist, denn eine halbierte Saite bringt denselben Ton acht Töne höher hervor als eine Saite, die doppelt so lang ist. Die Frequenz der Schwingung einer Saite ist umgekehrt proportional zu ihrer Länge. Zu seinen Geheimnissen gehörte die Erkenntnis, daß eine musikalische Fünfte Note (fünf diatonische Noten oder der goldene Abschnitt einer Oktave) in aufsteigender Folge zwölfmal wiederholt, acht Oktaven höher zur selben Note zurückkehren sollte. Aber statt dessen ist sie um eine Achtelnote verschoben, das heißt, auch die aufsteigende Tonleiter bildet eine Spirale.

Laut Pythagoras ist der Kosmos nach Zahlen mit göttlichen Eigenschaften konstruiert. Die geheimnisvollen Zahlenverhältnisse tauchen überall in der Natur auf, darunter – so behauptet Pythagoras – auch in der unhörbaren Sphärenmusik, die durch die Drehung der Planeten hervorgerufen wird, wenn sie sich durch die schwarze Leere bewegen. »Im Klang der Saiten gibt es eine Geometrie«, sagte er. »In den Zwischenräumen der Sphären ertönt Musik.«

Was hatte das mit dem Montglane-Schachspiel zu tun? Ich wußte, zu einem Schachspiel gehören pro Farbe acht Bauern und acht andere Figuren; das Schachbrett hat vierundsechzig Felder – acht im Quadrat. Das war eine Formel – gut. Solarin hatte von der Formel der Acht gesprochen. Wo konnte man sie besser tarnen als in einem Schachspiel, das nur aus Achten besteht? Wie der Goldene Schnitt, wie die Fibonacci-Zahlen, wie die aufsteigende Spirale – das Montglane-Schachspiel barg mehr als die Summe seiner Teile.

Ich zog im fahrenden Taxi ein Blatt Papier aus meiner Mappe und zeichnete eine Acht. Dann drehte ich das Blatt um neunzig Grad und hatte das Symbol der Unendlichkeit vor mir. Während ich auf das Zeichen vor mir starrte, hörte ich in meinem Kopf wieder die Botschaft der Wahrsagerin: Ja, so wie ein Spiel brennt der Kampf ewig.

Aber ehe ich mich in die Kampffront einreihte, hatte ich ein größeres Problem: Wenn ich in Algerien bleiben wollte, mußte ich einen Job haben – einen so glänzenden Job, daß ich mein Geschick selbst in die Hand nehmen konnte. Mein besonderer Freund Scharrif hatte mir einen Vorgeschmack von nordafrikanischer Gastfreundschaft vermittelt. Ich mußte sicher sein, daß ich ihm bei einem künftigen Gerangel ebenbürtig war. Denn wie sollte ich dem Montglane-Schachspiel hinterherjagen, wenn mir ab Ende der Woche mein Chef Pétard im Nacken saß?

Ich brauchte Bewegungsfreiheit, und nur ein Mensch konnte sie mir verschaffen: Emile Kamel Kader. Deshalb befand ich mich auf dem Weg nach Algier, um in einem der zahllosen Vorzimmer zu sitzen und zu warten. Ich wollte versuchen, mit diesem Mann zu sprechen. Er hatte mein Visum unterschrieben, aber die Partner von Fulbright Cone unverrichteter Dinge nach Hause geschickt, weil er Tennis spielen wollte. Er sollte die Rechnung für einen hochdotierten Beratervertrag bezahlen, aber natürlich mußte man ihn zunächst dazu bringen, den Vertrag zu unterschreiben. Außerdem hatte ich das Gefühl, seine Unterstützung werde für das Bestehen der Abenteuer, die vor mir lagen, unerläßlich sein – obwohl ich zu diesem Zeitpunkt nicht ahnen konnte in welchem Ausmaß.

Mein Taxi erreichte Algier am Hafen. Direkt am Meer, in der weiten offenen Bucht zog sich eine hohe Arkade mit weißen Bögen vor den Regierungsgebäuden entlang. Wir hielten vor dem Ministerium für Industrie und Energie.

Als ich die riesige, dunkle und kalte Marmorhalle betrat, mußten sich meine Augen erst langsam an das Dämmerlicht gewöhnen. Männer standen in Gruppen zusammen; einige trugen korrekte Anzüge, andere weite, lange weiße Gewänder oder schwarze Dschellabas – diese traditionellen Kapuzengewänder, die Schutz bieten gegen die drastischen Wetterveränderungen in der Wüste. Ein paar trugen rot und weiß karierte Tücher um den Kopf. Alle Augen richteten sich fassungslos auf mich, und bald begriff ich, warum. Ich schien weit und breit die einzige Frau in Hosen zu sein.

In der Eingangshalle entdeckte ich keine Informationstafel oder einen Empfang. Vor jedem Lift standen Männer Schlange, und ich hatte nicht die Absicht, mit diesen Typen, die mich offen anstarrten, in einem Aufzug zu fahren, wenn ich nicht einmal wußte, in welche Abteilung ich mußte. Deshalb ging ich zu der breiten weißen Marmortreppe, die nach oben führte. Aber ein dicker Mann im Anzug holte mich sofort ein.

»Kann ich Ihnen helfen?« fragte er und stellte sich zwischen mich und die Treppe.

»Ich bin mit Monsieur Kader verabredet«, erwiderte ich und versuchte, an ihm vorbeizukommen, »mit Emile Kamel Kader. Er erwartet mich.«

»Der Erdölminister?« fragte der Mann und sah mich ungläubig an. Dann nickte er zu meinem Entsetzen langsam und erklärte höflich: »Madame, ich werde Sie selbstverständlich zu ihm bringen.«

Ein Schlag ins Wasser! Wohl oder übel mußte ich ihm zu den Fahrstühlen folgen. Er legte eine Hand unter meinen Ellbogen und bahnte mir einen Weg durch die Menge, als sei ich die Königinmutter persönlich. Ich versuchte nicht daran zu denken, was geschehen würde, wenn der Mann feststellte, daß mich der Minister gar nicht erwartete.

Während wir in einem Lift nach oben fuhren, den nur wir beide benutzten, fiel mir glühendheiß ein, daß mein Französisch keineswegs sehr überzeugend war. Nun ja, ich mußte mir eben eine Strategie zurechtlegen, während ich die nächsten Stunden in den Vorzimmern saß, was *de rigueur* war, wie Pétard mir erzählt hatte.

Im obersten Stockwerk umlagerte eine Schar Wüstenbewohner in weißen Gewändern den Empfang. Ein kleiner Mann mit Turban saß hinter dem Empfangstisch und untersuchte die Taschen der Herren nach Waffen. Er saß wie hinter einer Theke; aus einem tragbaren Radio neben ihm plärrte Musik, während er einen gelangweilten Blick in die dargebotenen Taschen warf und mit einer Handbewegung die Inspektion beendete. Die Leute, die er kontrollierte, waren sehr eindrucksvoll. Ihre Gewänder sahen zwar wie Bettücher aus, aber die goldenen, edelsteinbesetzten Ringe an ihren Händen hätten einen Louis Tiffany in Ohnmacht sinken lassen.

Mein Begleiter zog mich durch die Menge, sich immer wieder höflich nach links und rechts entschuldigend. Er sagte etwas auf arabisch zu dem Mann am Empfang, der sofort hinter seiner Theke hervorkam und an uns vorbei einen langen Gang entlanglief. Am Ende des Gangs sprach er mit einem Soldaten, der eine Maschinenpistole über der Schulter trug. Die beiden drehten sich um und starrten mich an. Der Soldat verschwand um die Ecke. Es dauerte nicht lange, da erschien der Soldat wieder und gab mir ein Zeichen. Mein Begleiter nickte und sah mich an.

»Der Herr Minister wird Sie jetzt empfangen«, sagte er.

Ich drückte meine Aktentasche an mich und schritt durch den Gang.

Am Ende angekommen, bedeutete mir der Soldat, ich solle ihm folgen. Er bog um die Ecke, und vor uns lag wieder ein langer Gang, der auf eine mindestens vier Meter hohe Doppeltür führte.

Dort angekommen, salutierte der Soldat und wartete darauf, daß ich eintrat. Ich holte tief Luft und öffnete die Türen. Ich stand in einer riesengroßen Halle mit dunkelgrauem Marmorboden, in dessen Mitte ein Stern aus rosa Marmor eingelassen war. Die offenen Türen am anderen Ende führten in ein gewaltiges Büro, dessen schwarzer Teppichboden mit großen rosa Chrysanthemen gemustert war. An der hinteren Wand des Büros befand sich eine geschwungene Front von Sprossenglastüren. Sie standen alle offen, und die

Gardinen wehten in der leichten Brise. Hohe Dattelpalmen vor dem Gebäude verdeckten teilweise den Blick auf das Meer.

Am schmiedeeisernen Geländer des Balkons stand ein großer, schlanker Mann mit sandfarbenem Haar und blickte auf das Meer. Als ich eintrat, drehte er sich um.

»Mademoiselle«, sagte er freundlich, ging an seinem Schreibtisch vorbei und begrüßte mich mit ausgestreckter Hand. »Erlauben Sie, daß ich mich Ihnen vorstelle. Ich bin Emile Kamel Kader, Erdölminister. Ich freue mich, Sie endlich kennenzulernen.«

Er sprach englisch, und ich atmete auf.

»Mein Englisch überrascht Sie«, sagte er lächelnd, aber nicht mit dem ›offiziellen‹ Lächeln, das ich von den Einheimischen gewohnt war. Es war das liebenswürdigste Lächeln, das ich je gesehen hatte. Er hielt immer noch meine Hand – etwas zu lange.

»Ich bin in England aufgewachsen und habe in Cambridge studiert. Aber hier im Ministerium sprechen alle etwas Englisch. Englisch ist schließlich die Sprache des Öls.«

Er sprach mit warmer, voller und samtiger Stimme. Alles an ihm ließ mich unwillkürlich an Honig denken: bernsteinfarbene Augen, gewellte aschblonde Haare und ein goldbrauner Teint. Beim Lächeln, das seine zweite Natur zu sein schien, zeigten sich viele Fältchen um die Augen – ein Zeichen dafür, daß er oft und zu lange in der Sonne war. Ich dachte an das Tennismatch und erwiderte das Lächeln.

»Bitte nehmen Sie Platz«, sagte er und wies auf einen schöngeschnitzten Rosenholzstuhl. Er ging zum Schreibtisch, drückte auf die Sprechanlage und sagte etwas auf arabisch. »Ich lasse uns Tee bringen«, erklärte er. »Sie wohnen im El-Riadh, wie ich höre. Sie verwenden für Ihre Gerichte dort fast nur Konserven. Das Essen ist so gut wie ungenießbar, aber das Hotel ist hübsch. Nach unserem Gespräch möchte ich Sie zum Essen einladen, wenn Sie keine anderen Pläne haben. Dann werden Sie auch etwas von der Stadt sehen.«

Der herzliche Empfang verwirrte mich. Vermutlich sah er es mir an, denn er fügte hinzu: »Sie wundern sich vermutlich, daß man Sie so schnell in mein Büro geführt hat.«

»Ich muß gestehen, man hatte mich darauf vorbereitet, daß es etwas länger dauern werde.«

»Sehen Sie, Mademoiselle... darf ich Sie Katherine nennen?... Gut, sagen Sie Kamel zu mir, das ist mein Vorname. In unserer Kultur ist es sehr unhöflich, einer Frau etwas abzuschlagen. Es gilt als unmännlich. Wenn eine Frau sagt, sie hat eine Verabredung mit einem Minister, dann läßt man sie nicht in Vorzimmern warten, sondern bittet sie sofort herein!« Er lachte mit seiner wundervollen Stimme. »Nachdem Sie jetzt das Erfolgsrezept kennen, können Sie sich sogar einen Mord leisten.« Kamels Profil mit der langen römischen Nase und der hohen Stirn hätte von einer Münze stammen können. Das kam mir bekannt vor.

»Sind Sie Kabyle?« fragte ich unvermittelt.

»Ja!« Er fühlte sich offenbar sehr geschmeichelt. »Woher wissen Sie das?«

»Nur eine Vermutung«, erwiderte ich.

»Sehr gut geraten. In den Ministerien sind viele Kabylen. Wir stellen zwar weniger als fünfzehn Prozent der algerischen Bevölkerung, aber wir Kabylen bekleiden achtzig Prozent der hohen offiziellen Stellen. Die goldenen Augen verraten uns immer. Wir haben sie, weil wir auf das Geld sehen.« Er lachte.

Der Minister war so gut gelaunt, daß ich fand, es sei an der Zeit, ein sehr schwieriges Thema anzuschneiden, obwohl ich nicht genau wußte wie. Immerhin hatte er die Partner meiner Firma aus seinem Büro hinauskomplimentiert, weil sie seine Tennispläne störten. Was würde mich davor bewahren, ausgewiesen zu werden? Aber ich befand mich im Allerheiligsten – diese Chance würde sich vermutlich nicht so bald wieder bieten. Ich beschloß, den Vorteil zu nutzen.

»Hören Sie, ich muß mit Ihnen über etwas sprechen, ehe mein Kollege am Ende der Woche hier eintrifft«, fing ich an.

»Ihr Kollege?« fragte er und setzte sich hinter den Schreibtisch. Bildete ich mir nur ein, daß er plötzlich vorsichtig wirkte?

»Um genau zu sein, mein Vorgesetzter«, erwiderte ich. »Meine Firma hat beschlossen, daß dieser Herr an Ort und Stelle sein muß, um alles zu beaufsichtigen, denn wir haben noch keinen unterschriebenen Vertrag. Offen gesagt, setze ich mich über die Anweisungen hinweg, indem ich heute hierhergekommen bin. Aber ich habe den Vertrag gelesen«, fügte ich schnell hinzu, zog eine Kopie aus meiner Aktentasche und legte sie auf den Schreibtisch, »und sehe eigentlich nichts darin, was soviel Umsicht verlangen würde.«

Kamel warf einen Blick auf den Vertrag und sah mich dann an. Er faltete die Hände wie zum Gebet und senkte den Kopf, als denke er nach. Ich zweifelte nicht daran, daß ich zu weit gegangen war. Schließlich sagte er:

»Sie setzen sich also über Bestimmungen hinweg? Interessant. Ich würde gerne wissen, warum.«

»Dies ist ein ›Rahmenvertrag‹ über die Arbeit eines Beraters«, erklärte ich mit einer Geste auf die Papiere, die immer noch unberührt auf dem Schreibtisch lagen. »Er sieht vor, daß ich Analysen der Rohölvorräte vornehme – ungeförderter und geförderter. Dazu brauche ich einen Computer, mehr nicht – und einen unterschriebenen Vertrag. Ein Vorgesetzter würde mich vermutlich nur ablenken.«

»Ich verstehe«, sagte Kamel, aber er lächelte immer noch nicht. »Sie geben mir eine Erklärung, ohne meine Frage zu beantworten. Ich stelle Ihnen eine andere Frage: Wissen Sie etwas über die Fibonacci-Zahlen?«

Mit Mühe gelang es mir, einen Ausruf zu unterdrücken. »Nicht sehr viel«, gestand ich. »Man benutzt sie für Börsenprognosen. Könnten Sie mir sagen, weshalb Sie sich für ein so – sagen wir wissenschaftliches Thema interessieren?«

»Gern«, sagte Kamel und drückte einen Knopf. Kurz darauf brachte ein Angestellter eine Ledermappe, reichte sie Kamel und verschwand wieder.

»Die algerische Regierung«, sagte er, holte ein Dokument aus der Tasche und reichte es mir, »glaubt, daß unsere Rohölvorkommen begrenzt sind. Es ist noch Öl vorhanden für etwa acht Jahre. Vielleicht finden wir in der Wüste noch mehr Öl, vielleicht aber auch nicht. Zur Zeit ist Rohöl unser wichtigster Exportartikel, mit dem unser Land alle Importe bezahlt – auch Nahrungsmittel. Wie Sie sehen werden, gibt es hier wenig landwirtschaftlich nutzbares Land. Wir importieren deshalb Milch, Fleisch, Getreide, Holz, sogar Sand.«

»Sie importieren Sand?« fragte ich und hob den Kopf von dem Dokument, in dem ich zu lesen begonnen hatte. »Algerien hat Hunderttausende Quadratkilometer Wüste.«

»Industriell nutzbarer Sand für die Produktion. Der Sand in der Sahara eignet sich nicht für industrielle Zwecke. Also leben wir völlig vom Rohöl. Wir haben keine großen Vorräte, aber wir haben große Mengen Gas, und zwar soviel, daß wir in Zukunft vielleicht zu den größten Gasexporteuren der Welt gehören werden – wenn wir eine Transportmöglichkeit finden.«

»Was hat das mit meinem Auftrag zu tun?« fragte ich und überflog die Seiten des Dokuments. Es war zwar französisch abgefaßt, aber nichts wies auf Rohöl oder *gaz naturel* hin.

»Algerien ist Mitglied des OPEC-Kartells. Jedes Mitgliedsland führt zur Zeit eigene Verhandlungen und setzt die Rohölpreise selbst und zu unterschiedlichen Bedingungen für die einzelnen Länder fest. In den meisten Fällen wird dabei subjektiv und schlecht verhandelt. Als Gastgeberland der OPEC wollen wir allen Mitgliedern ein gemeinsames Handeln bezüglich des Rohölpreises vorschlagen. Das dient zwei Zielen. Erstens führt es zu einer dramatischen Erhöhung des Ölpreises pro Barrel bei gleichbleibenden Förderkosten. Zweitens können wir dieses Geld in die technischen Entwicklungen reinvestieren, so wie es die Israeli mit den westlichen Geldern getan haben.«

»Sie meinen in Waffen?«

»Nein«, erwiderte Kamel lächelnd. »Es stimmt natürlich, wir scheinen in diesem Bereich alle sehr viel Geld auszugeben. Ich spreche jedoch von der wirtschaftlichen Entwicklung. Wir können Wasser in die Wüste bringen. Wissen Sie, Landbewässerung ist die Wurzel jeder Zivilisation.«

»Aber in diesem Dokument finde ich nichts, was ich mit Ihren Worten in Verbindung bringen könnte«, sagte ich.

In diesem Augenblick kam der Tee. Ein Diener mit weißen Handschuhen rollte ihn auf einem Servierwagen herein. Er goß den mir schon vertrauten Minztee in hohem Bogen in winzige Gläser. Der dampfende Strahl zischte beim Aufprall auf dem Glasboden.

»Traditionell wird der Minztee folgendermaßen zubereitet«, erklärte Kamel. »Die zerstoßenen Blätter der grünen Minze werden mit kochendem Wasser übergossen, das soviel Zucker enthält, wie das Wasser aufnehmen kann. Die einen betrachten den Tee als Heilmittel, die anderen als Aphrodisiakum.« Er lachte, als wir die Gläser hoben, uns zunickten und den starkduftenden Tee tranken.

»Vielleicht können wir unser Gespräch jetzt fortsetzen«, sagte ich, sobald sich die Tür hinter dem Diener geschlossen hatte. »Sie haben einen nicht ratifizierten Vertrag mit meiner Firma, der besagt, daß Sie eine Berechnung der Ölvorräte wünschen. Sie haben mir hier ein Dokument gegeben, in dem steht, Sie wünschten eine Analyse der Importe von Sand und anderen Rohstoffen. Sie möchten eine Art Trendprognose, sonst hätten Sie nicht das Gespräch auf die Fibonacci-Zahlen gebracht. Warum so viele Geschichten?«

»Es gibt nur eine Geschichte«, entgegnete Kamel, stellte das Teeglas auf den Tisch und sah mich durchdringend an. »Minister Belaid und ich haben uns Ihr Resümee sehr genau angesehen. Wir waren uns darin einig, daß Sie eine gute Wahl für diese Aufgabe sind – aus Ihrer Personalakte geht hervor, daß Sie auch bereit sind, sich über Regeln hinwegzusetzen.« Er lächelte wieder unwiderstehlich und sagte: »Sie müssen wissen, meine liebe Katherine, ich habe das Visum für Ihren Vorgesetzten, Monsieur Pétard, heute morgen bereits abgelehnt.«

Er zog meine Kopie des Vertrags über den Schreibtisch, holte einen Füllfederhalter aus der Brusttasche und unterzeichnete schwungvoll auf der letzten Seite. »Jetzt haben Sie einen Vertrag, der Ihre Mission hier erklärt«, sagte er und reichte ihn mir. Ich betrachtete einen Augenblick die Unterschrift und lächelte dann. Kamel erwiderte das Lächeln.

»Gut, Boß«, sagte ich, »kann mir jetzt jemand vielleicht erklären, was ich eigentlich tun soll?«

»Wir möchten – unter allergrößter Geheimhaltung«, erwiderte er leise, »eine Computerprognose.«

»Und was soll diese Prognose beinhalten?« fragte ich und nahm den Vertrag an mich. Ich hätte gern Pétards Gesicht gesehen, wenn er ihn in Paris auf seinem Schreibtisch sah – nachdem es sechs Partnern nicht gelungen war, diese Unterschrift zu erhalten.

»Wir möchten eine Voraussage, was wirtschaftlich gesehen in der Welt geschehen wird, wenn wir die Rohöllieferungen einstellen.«

Die Hügel von Algier sind steiler als die in Rom oder San Francisco. Es gibt Stellen, an denen man kaum stehen kann. Mir war schwindlig, als wir schließlich das Restaurant erreicht hatten. Wir saßen in einem kleinen Speisesaal im ersten Stockwerk eines Hauses an einem großen Platz. Das Restaurant hieß El-Baçour. Kamel erklärte, das bedeute ›Der Kamelsattel‹. In dem winzigen Eingang und unten an der Bar hatte ich die harten ledernen Kamelsättel bemerkt, die mit reichen Blatt- und Blumenmustern verziert waren.

Auf den Tischen im Speisesaal lagen blütenweiße gestärkte Tischtücher, und vor den offenen Fenstern wehten weiße Spitzenvorhänge in der sanften Brise. Draußen schlugen die Zweige der Akazien gegen die offenen Fensterscheiben.

Wir setzten uns an einen Tisch in einer Fensternische, und Kamel bestellte als Vorspeise Pastilla – knusprige mit Zucker und Zimt bestreute Pastetchen, gefüllt mit einer pikanten Mischung aus zerkleinertem Taubenfleisch, Eiern, Rosinen, gerösteten Mandeln und exotischen Gewürzen. Während wir uns langsam durch die am Mittelmeer traditionellen fünf Gänge eines Mittagessens hindurcharbeiteten und den herben einheimischen Wein wie Wasser tranken, unterhielt mich Kamel mit Geschichten über Nordafrika.

Ich hatte keine Ahnung von der unglaublich langen Geschichte dieses Landes, in dem ich nun einige Zeit zu Hause sein würde. Zuerst besiedelten die Tuaregs, die Kabylen und die Mauren – Stämme der alten Berber – die Küste; ihnen folgten Minoer und Phönizier, die hier ihre Festungen bauten. Dann kamen die Römer, später die Spanier, die das maurische Land eroberten, nachdem sie sich von den Mauren befreit hatten. Und schließlich das osmanische Reich, das dreihundert Jahre lang die Küste vor den Seeräubern schützte. Ab 1830 stand das Land unter französischer Herrschaft, bis – zehn Jahre vor meinem Eintreffen – die algerische Revolution die Unabhängigkeit von der Kolonialmacht Frankreich erzwang.

Außerdem hatte es zahllose Dynastien von Deis und Beis gegeben mit exotisch klingenden Namen und noch exotischeren Gewohnheiten. Harems und Enthauptungen schienen damals an der Tagesordnung gewesen zu sein. Unter der jetzigen Moslemregierung hatte sich alles etwas gemäßigt. Mir fiel zwar auf, daß Kamel zum Safranreis und den Tournedos den Rotwein nicht verschmäht hatte und beim Salat sich mehr als ein Glas Weißwein genehmigte, aber trotzdem behauptete er, ein Anhänger des Islam zu sein.

»Salaam«, sagte ich, als man den sirupartigen schwarzen Kaffee und das Dessert brachte, »bedeutet doch Frieden, nicht wahr?«

»Gewissermaßen«, sagte Kamel. Er schnitt den Rahad Lachum – eine gelatineartige, mit Puderzucker bestreute Masse, die nach Ambrosia, Jasmin und Mandeln schmeckte – in Würfel. »Es ist dasselbe Wort wie ›Schalom‹ im Hebräischen: Friede sei mit dir. Im Arabischen wird das ›Salaam‹ von einer tiefen Verbeugung begleitet, wobei der Kopf den Boden berührt. Das symbolisiert die völlige Unterwerfung unter den Willen Allahs.« Er reichte mir mit einem Lächeln einen Würfel Rahad Lachum. »Manchmal bedeutet die Unterwerfung unter den Willen Allahs Frieden – manchmal nicht.«

»Sehr viel öfter nicht«, sagte ich. Aber Kamel sah mich ernst an.

»Vergessen Sie nicht, daß von allen großen Propheten der Geschichte – Moses, Buddha, Johannes der Täufer, Zarathustra, Christus – Mohammed als einziger in den Krieg gezogen ist. Er ritt an der Spitze von 40 000 Mann nach Mekka und hat Mekka zurückgewonnen!«

»Denken Sie an Johanna von Orleans«, warf ich lächelnd ein.

»Sie ist keine Religionsgründerin«, erwiderte er, »allerdings besaß sie den richtigen Geist. Aber der Dschihad ist nicht das, was man im Westen glaubt. Haben Sie schon einmal den Koran gelesen?« Als ich den Kopf schüttelte, sagte er: »Ich lasse Ihnen eine gute englische Ausgabe schicken. Ich könnte mir denken, der Koran wird Sie interessieren, und er ist anders, als Sie ihn sich vermutlich vorstellen.«

Kamel zeichnete die Rechnung ab, und wir gingen hinaus. »Nun zu der Tour durch Algier, die ich Ihnen versprochen habe«, sagte er. »Ich möchte Ihnen als erstes die Poste Centrale zeigen.«

Wir fuhren zu dem großen Hauptpostamt am Hafen. Unterwegs sagte er: »Alle Telefonleitungen gehen über die Poste Centrale. Das ist auch eines der Systeme, die wir von den Franzosen übernommen haben: Alles läuft ins Zentrum, und nichts kann wieder hinaus – wie die Straßen. Die Auslandsgespräche werden per Hand vermittelt. Sie werden Ihre Freude daran haben, wenn Sie das sehen. Denn Sie werden mit diesem archaischen Telefonsystem viel zu tun haben, wenn Sie Ihre Computerprognose ausarbeiten, für die ich vorhin Ihren Vertrag unterschrieben habe. Die meisten Ihrer Daten werden über Telefon kommen.«

Ich konnte mir nicht so recht vorstellen, daß ich für die von ihm beschriebene Arbeit das Telefon brauchen würde, aber wir wollten in der Öffentlichkeit nicht darüber sprechen, und deshalb sagte ich nur: »Ja, es ist mir gestern abend nicht gelungen, ein Auslandsgespräch zu führen.«

Wir gingen die Stufen zur Hauptpost hinauf. Wie alle anderen Amtsgebäude war es groß, hatte dunkle Marmorböden und hohe Decken, von denen imposante Leuchter hingen wie in einer Bank aus den zwanziger Jahren. Überall hingen große, gerahmte Fotos von Houari Boumédienne, dem Präsidenten von Algerien. Er hatte ein langes, schmales Gesicht, große traurige Augen und außerdem einen dichten viktorianischen Bart.

Alle Gebäude, die ich bisher gesehen hatte, waren unglaublich weiträumig – die Post ebenfalls. Algier ist zwar eine große Stadt, aber es schien nie genug Menschen zu geben, um die Räume zu füllen – auch nicht auf den Straßen. Nach New York beeindruckte mich das sehr. Als wir durch die Halle gingen, hallte das Echo der Absätze von den Wänden wider. Die Leute unterhielten sich nur flüsternd wie in einer öffentlichen Bibliothek.

In der hinteren Ecke des großen Raums stand ein winziger Schaltschrank – nicht größer als ein Küchentisch. Er schien noch von Alexander Graham Bell zu stammen. Dahinter saß eine etwa vierzigjährige Frau mit einem schmalen Gesicht. Sie hatte die mit Henna gefärbten Haare zu einer Hochfrisur getürmt, ihre Lippen glühten blutrot – eine Lippenstiftfarbe, die es seit dem Zweiten Weltkrieg nicht mehr gab –, und auch das geblümte Voilekleid war nicht gerade der letzte Schrei. Neben ihr stand eine große, aufgeklappte Schachtel Pralinen.

»Wenn das nicht der Herr Minister ist!« rief die Frau, zog einen Stöpsel und stand auf, um Kamel zu begrüßen. Sie streckte beide Hände aus, und Kamel ergriff sie. »Ich habe Ihre Pralinen bekommen«, sagte sie mit einer Kopfbewegung zu der Schachtel. »Aus der Schweiz! Bei Ihnen muß es natürlich immer das Beste sein.« Ihre tiefe, rauhe Stimme klang wie die einer Chanteuse in einem Kellerlokal am Montmartre. Sie hatte etwas sehr Direktes und Unverblümtes an sich, und ich mochte sie sofort. Sie sprach ein Französisch wie die Matrosen in Marseille, die Harrys Dienstmädchen Valerie so gut nachahmen konnte.

»Therese, ich möchte Sie mit Mademoiselle Katherine Velis bekannt machen«, sagte Kamel. »Mademoiselle arbeitet an einer äußerst wichtigen Computersache für das Ministerium – genauer gesagt für die OPEC. Ich dachte mir, es sei für Katherine gut, Sie persönlich kennenzulernen.«

»Ah, OPEC!« rief Therese, machte große Augen und hob den Finger. »Sehr groß. Sehr wichtig. Die Kleine muß sehr klug sein!« Dabei sah sie mich an. »Wissen Sie, die OPEC wird bald für große Aufregung sorgen. Sie werden noch an mich denken!«

»Therese weiß alles«, sagte Kamel lachend, »sie hört alle Auslandsgespräche mit. Sie weiß mehr als die Regierung.«

»Aber natürlich«, erwiderte sie, »wer würde denn die ganze Sache schaukeln, wenn ich nicht da wäre?«

»Therese ist eine *pied noir*«, erklärte mir Kamel.

»Das bedeutet ›Schwarzfuß‹«, sagte sie auf englisch, sprach aber dann sofort wieder französisch. »Ich bin mit den Füßen in Afrika geboren worden, aber ich gehöre nicht zu den Arabern. Meine Familie kommt aus dem Libanon.«

Ich würde mich wohl nie im Wirrwarr der Völker zurechtfinden, die man hier in Algerien unterschied – die Leute schienen das allerdings sehr ernst zu nehmen.

»Miss Velis hatte gestern gewisse Schwierigkeiten, ein Auslandsgespräch zu führen«, sagte Kamel zu Therese.

»Um wieviel Uhr?« wollte sie wissen.

»Gegen elf Uhr abends«, antwortete ich. »Ich wollte vom El-Riadh in New York anrufen.«

»Aber ich war hier!« rief Therese. Dann schüttelte sie den Kopf und sagte: »Die Typen in den Hotelzentralen sind furchtbar faul. Sie unterbrechen Gespräche. Manchmal muß man acht Stunden auf eine Verbindung warten. Nächstes Mal lassen Sie es mich wissen, und ich werde mich selbst darum kümmern. Wollen Sie heute abend telefonieren? Sagen Sie mir wann, das genügt.«

»Ich möchte einem Computer in New York eine Nachricht übermitteln, um jemanden wissen zu lassen, daß ich hier gut angekommen bin. Der Computer zeichnet Stimmen auf. Man spricht die Nachricht, dann wird sie digital aufgezeichnet.«

»Sehr modern«, sagte Therese. »Wenn Sie wollen, kann ich das für Sie auch auf englisch erledigen.«

Ich war damit einverstanden und schrieb ihr den Text für Nim auf. Ich teilte ihm mit, ich sei gut angekommen und werde bald in die Berge fahren.

Er wußte, was das bedeutete: Ich würde mich mit Llewellyns Antiquitätenhändler treffen.

»Ausgezeichnet«, sagte Therese und faltete das Blatt. »Ich werde es sofort erledigen. Da wir uns jetzt kennen, haben Ihre Anrufe absolute Priorität. Besuchen Sie mich doch wieder einmal.«

Als Kamel und ich die Post verließen, bemerkte er: »Therese ist die wichtigste Person in Algerien. Sie kann eine politische Karriere machen oder beenden, indem sie einfach eine Verbindung unterbricht, wenn sie jemanden nicht mag. Ich glaube, Therese mag Sie. Wer weiß, vielleicht macht Therese Sie zur Präsidentin!«

Er lachte.

Wir gingen zu Fuß am Ufer entlang, um ins Ministerium zurückzukommen. Auf dem Weg sagte Kamel ganz nebenbei: »Ihrer Nachricht habe ich entnommen, daß Sie beabsichtigen, in die Berge zu fahren. Haben Sie ein bestimmtes Ziel im Auge?«

»Ich möchte nur einen Freund treffen«, erwiderte ich ausweichend, »und ein wenig das Land kennenlernen.«

»Ich frage, weil die Berge die Heimat der Kabylen sind. Ich bin dort aufgewachsen und kenne die Gegend gut. Wenn Sie wollen, könnte ich Sie abholen lassen oder Sie selbst dort hinfahren.« Kamels Angebot klang so harmlos wie sein Vorschlag, mir Algier zu zeigen, aber mir entging ein gewisser Unterton dabei nicht.

»Ich dachte, Sie sind in England aufgewachsen?«

»Ich bin mit fünfzehn nach England ins Internat gekommen. Davor lief ich barfuß durch die Berge der Kabylei wie eine wilde Ziege. Sie sollten wirklich einen Führer haben. Es ist eine wunderbare Landschaft, aber man kann sich leicht verirren. Die Straßenkarten von Algerien sind nicht so zuverlässig, wie sie sein sollten.«

Er machte mir die Sache schmackhaft, und ich dachte, es sei vielleicht unhöflich, sein Angebot abzulehnen. »Vermutlich wäre es das beste, ich würde mit Ihnen dort hinfahren«, sagte ich. »Wissen Sie, als ich gestern abend vom Flughafen ins Hotel gefahren bin, wurde ich von der *sécurité* verfolgt, von einem Mann namens Scharrif. Glauben Sie, das hat etwas zu bedeuten?«

Kamel blieb wie angewurzelt stehen. Vor uns im Hafen schaukelten die riesigen Dampfer auf den Wellen.

»Woher wissen Sie, daß es Scharrif war?« fragte er.

»Ich habe ihn kennengelernt. Er ... ließ mich am Flughafen in sein Büro führen, als ich durch den Zoll gehen wollte. Er stellte mir einige Fragen, war sehr charmant, und dann durfte ich gehen. Aber er ließ mich verfolgen –«

»Was für Fragen?« unterbrach mich Kamel. Sein Gesicht war plötzlich aschgrau. Ich versuchte, mich an alles zu erinnern, und berichtete es Kamel.

Als ich fertig war, schwieg er. Er schien nachzudenken. Schließlich sagte er: »Ich würde es begrüßen, wenn Sie mit niemandem darüber sprechen. Ich werde der Sache nachgehen, aber seien Sie unbesorgt, vermutlich ist es nur eine Verwechslung ...«

Vor dem Eingang des Ministeriums sagte Kamel: »Sollte Scharrif Sie aus irgendeinem Grund noch einmal ansprechen, sagen Sie ihm, daß Sie mich über alles informiert haben.« Er legte mir die Hand auf die Schulter: »Und sagen Sie ihm, daß ich mit Ihnen in die Kabylei fahren werde.«

SHARA

Februar 1793

Die Glut überzog sich langsam mit Asche, als Schahin sich vorbeugte und einen goldenen Ring in das ersterbende Feuer hielt. Er war schweigsam und lächelte selten. Mireille hatte in dem Monat, in dem sie nun schon zusammen waren, wenig über ihn erfahren. Sie konzentrierte sich auf das Überleben. Mireille wußte nur, ihr Ziel waren die Ahaggar – die Lavaberge, die Heimat der Kel Djanet Tuareg –, und sie würden dort sein, noch ehe das Kind auf die Welt kam. Über andere Themen sprach Schahin nur zögernd und reagierte im allgemeinen auf alle ihre Fragen mit: »Du wirst schon sehen.«

Deshalb überraschte es sie, daß er seinen Mundschutz abnahm und zu sprechen anfing, während sie beobachteten, wie der goldene Ring in der Glut die Hitze aufnahm.

»Du bist eine *thajib*, wie wir sagen«, erklärte Schahin, »eine Frau, die nur einmal mit einem Mann zusammengewesen ist –, und doch bekommst du ein Kind. Vielleicht ist dir aufgefallen, wie die Leute in Ghardaia dich angesehen haben, als wir dort Rast machten. Bei uns gibt es eine Geschichte. Siebentausend Jahre vor der Hegira kam eine Frau aus dem Osten. Sie legte die vielen tausend Meilen durch die Salzwüste allein zurück, bis sie das Land der Kel Rela Tuareg erreichte. Ihr Volk hatte sie verstoßen, denn sie bekam ein Kind.

Die Haare der Frau hatten die Farbe der Wüste – wie deine Haare. Ihr Name war Daia, und das bedeutet ›Quelle‹. Sie fand Schutz in einer Höhle. Und als ihr Kind geboren wurde, begann aus dem Felsen der Höhle Wasser zu fließen. Es fließt noch heute dort in Kar Daia – in der Höhle von Daia, der Göttin der Brunnen.«

Also trug der Ort Ghardaia, wo sie Kamele und Vorräte bekommen hatte, den Namen der geheimnisvollen Göttin Kar – wie Karthago, dachte Mireille. War die Geschichte von Daia auch die Geschichte von Dido? War es ein und derselbe Mythos? »Warum erzählst du mir das?« fragte Mireille und streichelte Charlot, den Wanderfalken, der auf ihrem Arm saß, während sie ins Feuer starrte.

»Es steht geschrieben«, sagte er, »daß eines Tages ein Nabi, ein Prophet, kommen wird vom Bahr-al-Asrak – dem Azurmeer – ein Kalim, ein Mann, der mit den Geistern spricht, der dem Tarikat, dem mystischen Weg des Wissens, folgt. Und er wird ein Saar sein, ein Mann mit heller Haut, blauen Augen und rotem Haar. Mein Volk glaubt daran, und deshalb haben sie dich so angestarrt.«

»Aber ich bin kein Mann«, sagte Mireille und hob den Kopf, »ich habe grüne Augen – keine blauen.«

»Von dir rede ich nicht«, erwiderte Schahin und beugte sich über das Feuer. Er zog sein *busaadi* – ein langes, dünnes Messer – hervor und holte den glühenden Ring aus der Glut. »Wir warten auf deinen Sohn – er wird unter den Augen der Göttin geboren werden –, so wie es prophezeit ist.«

Mireille fragte Schahin nicht, woher er wußte, daß ihr Ungeborenes ein Junge sein würde. Ihr gingen tausend Gedanken durch den Kopf, während sie Schahin dabei beobachtete, wie er einen Lederriemen durch den glühenden Ring zog. Nach beinahe sechs Monaten spürte sie die Bewegungen in ihrem dicken Leib. Was würde aus dem Kind werden, wenn es in dieser endlosen, gefährlichen Wildnis geboren wurde – so weit entfernt von den Menschen ihrer Heimat? Warum glaubte Schahin, das Kind werde diese uralte Prophezeiung erfüllen? Warum hatte er ihr die Geschichte von Daia erzählt? Und was hatte Daia mit dem Geheimnis zu tun, das sie hierhergeführt hatte? Sie drängte diese Fragen zurück, als er ihr den heißen Ring gab.

»Berühre ihn damit kurz, aber fest am Schnabel – hier«, befahl er und gab ihr den immer noch glühenden Ring mit dem Lederband. »Er spürt kaum etwas, aber er wird es nicht vergessen ...« Mireille sah den Falken mit der Haube über dem Kopf an, der vertrauensvoll auf ihrem Arm saß und seine Krallen in das dicke Armpolster geschlagen hatte. Der Schnabel war unbedeckt, und sie hielt den Ring dicht daran. Aber dann zögerte sie.

»Ich kann es nicht«, erklärte sie und senkte den Ring, dessen rötlicher Schein in der kalten Nacht leuchtete.

»Du mußt«, sagte Schahin energisch. »Woher willst du die Kraft nehmen, einen Mann zu töten –, wenn du nicht Kraft genug hast, einem Vogel dein Zeichen aufzudrücken?«

»Einen Mann töten?« fragte sie. »Niemals!« Aber bei diesen Worten lächelte Schahin nur dunkel; seine Augen funkelten goldbraun im schwachen Licht. Die Beduinen haben recht, dachte Mireille, wenn sie sagen, an einem Lächeln ist etwas Schreckliches.

»Rede mir nicht ein, daß du diesen Mann nicht töten wirst«, sagte Schahin leise. »Du weißt, von wem ich spreche – im Schlaf rufst du jede Nacht seinen Namen. Ich rieche die Rache an dir, so wie ich Wasser dem Geruch nach finde. Deshalb bist du hier. Du lebst nur für deine Rache.«

»Nein«, widersprach Mirelle, aber sie spürte das Blut hinter den Augenlidern klopfen, als ihre Finger sich fester um den Ring unter dem schützenden Leder schlossen. »Ich bin hier, um ein Geheimnis zu lüften. Du weißt das. Aber du erzählst mir Geschichten von einer rothaarigen Frau, die seit vielen tausend Jahren tot ist . . .«

»Ich habe nicht gesagt, daß sie tot ist«, erwiderte Schahin mit ausdruckslosem Gesicht. »Sie lebt wie der singende Sand der Wüste, wie die alten Mysterien, und sie spricht. Die Götter konnten ihren Tod nicht mit ansehen – sie haben sie in einen lebenden Stein verwandelt. Seit achttausend Jahren wartet sie auf das Werkzeug ihrer Rache – auf dich und deinen Sohn –, so wie es vorausgesagt worden ist.«

An dem Tag, an dem die Felsen und Steine anfangen zu singen, werde ich mich wie ein Phönix aus der Asche erheben . . . und der Wüstensand wird blutrote Tränen vergießen . . . und dies wird für die Erde der Tag der Vergeltung sein . . .

Mireille hörte Letizias Stimme und die Antwort der Äbtissin: Das Montglane-Schachspiel enthält den Schlüssel, um die schweigenden Lippen der Natur zu öffnen – um die Stimmen der Götter zu entfesseln . . .

Der Ring in ihrer Hand glühte. Sie sprach leise auf den Falken ein, holte tief Luft und drückte das heiße Gold auf seinen Schnabel. Der Vogel zuckte zusammen, zitterte, bewegte sich jedoch nicht, als der durchdringende Geruch nach verbrannter Hornhaut aufstieg. Mireille würgte es, als sie den Ring in den Sand warf. Sie streichelte das Gefieder des Falken. Auf seinem Schnabel sah sie eine vollkommen geformte Acht.

Schahin legte seine große Hand auf ihre Schulter, während sie den Falken streichelte. Er berührte sie zum ersten Mal und sah ihr jetzt in die Augen.

»Als sie zu uns in die Wüste kam«, sagte er, »nannten wir sie Daia. Aber jetzt lebt sie im Tassili, und dorthin bringe ich dich. Sie ist über sechs Meter hoch und steht über dem Tal von Djabbaren, über den Riesen der Erde – über die sie herrscht. Wir nennen sie die Weiße Göttin.«

Sie zogen viele Tage durch die Dünen und rasteten nur, wenn sie kleines Wild sahen. Dann warfen sie einen der Falken in die Luft, um sie zu jagen. Das war ihre einzige frische Nahrung und die salzigschmeckende Milch der Kamele ihr einziges Getränk.

Am Mittag des achtzehnten Tages, als Mireille auf einer Düne angekommen war und das Kamel im weichen Sand rutschte, sah sie zum ersten Mal von weitem die *Saubaah*, die wilden spiralförmigen Windsäulen, die durch die Wüste rasten. In etwa zehn Kilometer Entfernung stiegen rotgelbe Sandsäulen etwa dreihundert Meter in den Himmel und lösten sich dort in eine riesige rote Wolke auf, die den Himmel bedeckte und die Mittagssonne verdunkelte. Der Sand unter ihnen wurde dreißig Meter hoch in die Luft geschleudert – ein kochender, farbiger Strudel aus Steinen, Sand und Pflanzen.

Ihr zeltartiger Sonnenschutz flatterte über dem Kamelsattel wie die geblähten Segel eines Schiffs, das das Meer der Wüste durchquerte. Mireille hörte nur das Klatschen der Plane, während sich in der Ferne die Wüste lautlos zerfetzte.

Dann hörte sie den Ton – ein tiefes, leises und angsterregendes Dröhnen wie ein geheimnisvoller orientalischer Gong. Die Kamele wurden unruhig, scheuten und zerrten an den Leinen. Der Sand unter ihnen gab nach.

Schahin sprang von seinem Kamel, packte die Zügel und zog es vorwärts, während das Kamel nach allen Seiten ausschlug.

»Sie fürchten den singenden Sand«, rief er Mireille zu und nahm ihre Zügel, während sie hinunterkletterte und ihm half, den Sonnenschutz zusammenzulegen. Schahin verband den Kamelen die Augen; sie bäumten sich auf und stießen heisere, kehlige Rufe aus. Schahin fesselte sie mit einem *takil* an den Vorderbeinen über dem Knie und zwang sie, sich in den Sand zu legen, während Mireille ihnen das Zaumzeug abnahm. Der heiße Wind blies heftiger, und der singende Sand wurde lauter.

»Der Sturm ist noch fünfzehn Kilometer entfernt«, schrie Schahin, »aber er ist sehr schnell. In zwanzig oder dreißig Minuten fällt er über uns her!«

Er schlug Zeltpfosten in den Boden und zurrte Planen über ihre Habe, während die verängstigten Kamele brüllten, da sie mit den gefesselten Vorderbeinen keinen Halt im treibenden Sand fanden. Mireille durchschnitt die *sibaks*, die seidenen Fesseln der Falken, packte die Vögel und schob sie in einen Sack, den sie unter dem flatternden Zelt verstaute. Dann krochen sie und Schahin in das Zelt, das schon halb unter schwerem, steinigem Sand begraben war.

Im Zelt band Schahin Mireille Tücher um Kopf und Gesicht. Selbst hier unter der Plane spürte sie die spitzen Sandkörner auf die Haut prallen und in Mund, Nase und Ohren dringen. Sie legte sich flach auf den Boden und versuchte, nicht zu atmen, während der Ton lauter und immer lauter wurde – und sich schließlich wie ein tosendes Meer anhörte.

»Der Schwanz der Schlange«, flüsterte Schahin und legte ihr den Arm so um die Schulter, daß sich vor ihrem Mund eine Kuhle bildete und sie atmen konnte. »Sie erhebt sich als Wächterin des Tors. Das bedeutet – wenn es Allahs Wille ist, daß wir leben –, werden wir morgen das Tassili erreichen.«

ST. PETERSBURG

März 1793

Die Äbtissin von Montglane saß in dem riesigen Salon ihrer Gemächer im kaiserlichen Palast in Petersburg. Die schweren, bestickten Vorhänge, hinter denen Türen und Fenster verschwanden, ließen kein Licht eindringen; in dem Raum hatte man dadurch das Gefühl von Sicherheit. Vor diesem Morgen hatte die Äbtissin geglaubt, sie sei in Sicherheit und auf alle Eventualitäten vorbereitet. Jetzt erkannte sie ihren Irrtum.

Um sie herum saß das halbe Dutzend Kammerfrauen, die Zarin Katharina ihr zugeteilt hatte. Sie saßen schweigend, mit gebeugtem Kopf über ihren Stickereien und beobachteten sie aus den Augenwinkeln, damit sie über jede ihrer Bewegungen Bericht erstatten konnten. Die Äbtissin bewegte die Lippen, murmelte ein Ave und ein Credo, so daß die Damen glaubten, sie sei tief im Gebet versunken.

Die Äbtissin saß an dem französischen Sekretär, schlug ihre ledergebundene Bibel auf und las verstohlen zum dritten Mal den Brief, den der französische Botschafter ihr am frühen Morgen heimlich zugesteckt hatte – seine letzte Tat vor dem Eintreffen des Schlittens, der ihn zurück nach Frankreich bringen sollte.

Der Brief stammte von Jacques-Louis David. Mireille war verschwunden – sie war während der Septembermorde aus Paris geflohen und hatte möglicherweise Frankreich verlassen. Aber Valentine, die bezaubernde Valentine war tot. Und wo waren die Schachfiguren? fragte sich die Äbtissin verzweifelt. Davon stand in dem Brief natürlich nichts.

In diesem Augenblick hörte man im Vorzimmer einen lauten Schlag, und nach einem metallischen Klirren folgte aufgeregtes Geschrei. Über allem erhob sich die laute Stimme der Zarin.

Die Äbtissin blätterte in der Bibel, um den Brief zu verdecken. Die Kammerfrauen warfen sich besorgte Blicke zu. Die Tür zu den inneren Gemächern flog auf, der schützende Vorhang wurde von der Wand gerissen und fiel unter dem Klirren der Messingringe auf den Boden.

Die Hofdamen sprangen entsetzt auf – Nähkörbe, Garne und Stoffe fielen durcheinander, als Katharina in den Raum stürmte und draußen die verstörten Wachen wieder Aufstellung nahmen.

»Hinaus! Hinaus! Hinaus!« schrie sie, lief durch den Raum und schlug dabei mit einer starren Pergamentrolle auf ihre Handfläche. Die Kammerfrauen stoben auseinander. Auf ihrer panikartigen Flucht vor dem Zorn der Zarin stießen sie im Vorzimmer mit den Wachsoldaten zusammen, und dann fielen die äußeren Türen mit lautem Knallen ins Schloß. In diesem Augenblick erreichte Katharina den Sekretär.

Die Äbtissin lächelte sie ruhig an. Die Bibel lag geschlossen vor ihr auf der Schreibplatte mit den kunstvollen Intarsien. »Meine liebe Sophie«, sagte sie freundlich, »nach so langer Zeit kommst du wieder einmal zur Morgenandacht zu mir. Ich schlage vor, wir beginnen mit der Buße . . .«

Die Zarin warf die Pergamentrolle auf die Bibel. Ihre Augen glühten vor Erregung. »*Du* beginnst mit der Buße!« schrie sie. »Wie kannst du es wagen, mir zu trotzen? Wie kannst du es wagen, mir den Gehorsam zu verweigern? Mein Wille ist in diesem Staat Gesetz! Dieser Staat gewährt dir seit über einem Jahr Schutz – obwohl meine Ratgeber und meine Vernunft sich dagegen ausgesprochen haben! Wie kannst du es wagen, dich über meinen Befehl hinwegzusetzen?!« Sie griff nach dem Pergament und entrollte es vor dem Gesicht der Äbtissin. »Unterschreibe!« schrie sie, riß eine Schreibfeder aus dem Tintenfaß und vertropfte mit bebender Hand überall auf dem Sekretär Tinte. Dann schrie sie noch einmal mit vor Zorn dunkelrot glühendem Gesicht: »Unterschreibe!!!«

»Meine liebe Sophie«, sagte die Äbtissin ruhig und nahm Katharina das Pergament aus der Hand, »ich weiß nicht, wovon du sprichst.« Sie studierte den Text, als habe sie ihn noch nie gesehen.

»Plato Zubow hat mir gesagt, daß du dich weigerst, zu unterschreiben!« schrie die Zarin, während die Äbtissin ungerührt las. Von der Feder tropfte immer noch Tinte. »Ich verlange eine Erklärung – bevor ich dich ins Gefängnis werfen lasse!«

»Wenn ich ins Gefängnis geworfen werden soll«, erwiderte die Äbtissin lächelnd, »dann verstehe ich nicht, was eine Erklärung daran ändern kann – obwohl sie für dich vielleicht von allergrößter Bedeutung sein mag.« Sie blickte wieder auf den Text.

»Was soll das heißen?« fragte die Zarin und stellte die Feder in das Tintenfaß zurück. »Du weißt genau, was dort steht – die Verweigerung der Unterschrift ist Hochverrat! Jeder französische Emigrant, der auch in Zukunft unter meinem Schutz stehen möchte, wird diesen Eid unterschreiben. Diese Nation zügelloser Verbrecher hat ihren König ermordet! Ich habe Botschafter Genet vom Hof verwiesen. Ich habe alle diplomatischen Beziehungen zu dieser Marionettenregierung abgebrochen. Ich habe die russischen Häfen für französische Schiffe gesperrt!«

»Ja, ja, ja«, erwiderte die Äbtissin etwas ungeduldig, »aber was hat all dies mit mir zu tun? Ich bin wohl kaum eine Emigrantin. Ich habe Frankreich verlassen, als die Türen noch weit offenstanden. Warum soll ich alle Beziehungen zu meinem Land lösen – und auch auf einen freundlichen Briefwechsel verzichten, der keinem schadet?«

»Durch deine Weigerung gibst du zu erkennen, daß du dich mit diesen Teufeln verbündet hast!« rief Katharina bebend. »Sie haben über die Hinrichtung eines Königs abgestimmt. Mit welchem Recht nehmen sie sich diese Freiheit? Dieser Abschaum der Straße – sie haben ihn kaltblütig ermordet wie einen gemeinen Verbrecher. Sie haben ihm die Haare abgeschnitten und ihn bis auf das Hemd ausgezogen. Sie haben ihn auf dem Schinderkarren durch die Straßen von Paris gefahren, damit der Pöbel ihn anspucken konnte! Als er vor der Guillotine sprechen wollte – seinem Volk die Sünden vergeben wollte, ehe sie ihn wie eine Kuh schlachteten –, haben sie ihm gewaltsam den Kopf auf den Block gelegt und die Trommeln schlagen lassen . . .«

»Ich weiß«, sagte die Äbtissin ruhig, »ich weiß.« Sie legte die Pergamentrolle auf den Sekretär, stand auf und sah ihre Freundin an. »Aber ich kann nicht auf meine Kontakte mit Frankreich verzichten, trotz aller Erlasse, die du vielleicht für notwendig hältst. Es gibt etwas Schlimmeres – etwas sehr viel Schlimmeres als den Tod eines Königs, vielleicht schlimmer als der Tod aller Könige.«

Katharina sah die Äbtissin erstaunt an, als diese zögernd die vor ihr liegende Bibel aufschlug, den Brief herausnahm und ihn ihr reichte.

»Einige Figuren des Montglane-Schachspiels sind wahrscheinlich verlorengegangen«, sagte sie.

Katharina die Große, die Zarin aller Reußen, saß an dem schwarzweißen Schachbrett der Äbtissin gegenüber. Sie nahm einen Springer und stellte ihn in die Mitte. Sie sah erschöpft und krank aus.

»Ich verstehe dich nicht«, sagte sie leise. »Wenn du die ganze Zeit über gewußt hast, wo die Figuren sind, warum hast du es mir nicht gesagt? Warum hast du mir nicht vertraut? Ich dachte, sie seien überall verstreut...«

»Das waren sie«, erwiderte die Äbtissin und blickte auf das Spiel, »aber in Händen, die ich glaubte unter Kontrolle zu haben. Jetzt sieht es so aus, als hätte ich mich geirrt. Außer den Figuren fehlt auch eine der Spielerinnen. Ich muß sie wiederfinden.«

»Ja, das mußt du«, stimmte ihr die Zarin zu, »und jetzt begreifst du wohl, daß du dich sofort hättest an mich wenden müssen. Meine Spione sind in jedem Land. Wenn jemand die Figuren finden kann, dann ich.«

»Hör auf«, sagte die Äbtissin, rückte mit der Dame vor und schlug einen Bauern. »Als diese junge Frau verschwand, waren acht Figuren in Paris. Sie wird nicht so töricht gewesen sein, die Figuren mitzunehmen. Aber nur sie weiß, wo sie versteckt sind, und sie vertraut niemandem, wenn sie nicht sicher sein kann, daß der Betreffende von mir geschickt wurde. Deshalb habe ich Mademoiselle Corday geschrieben. Sie war Leiterin des Klosters in Caen. Ich habe sie gebeten, nach Paris zu reisen, um die Spur der Verschwundenen aufzunehmen, ehe es zu spät ist. Wenn sie sterben sollte, dann stirbt mit ihr das Wissen, wo sich die acht Figuren befinden. Nachdem du meinen Postboten, Botschafter Genet, ausgewiesen hast, kann ich ohne deine Hilfe die Verbindung mit Frankreich nicht länger aufrechterhalten. Mein letzter Brief ist mit seinem diplomatischen Gepäck unterwegs.«

»Helene, du bist doch sehr viel klüger als ich«, sagte die Zarin und lächelte. »Ich hätte ahnen sollen, welchen Weg deine anderen Briefe genommen haben – die, die ich nicht beschlagnahmen konnte.«

»Beschlagnahmen!« rief die Äbtissin und sah, wie Katharina ihren Läufer vom Brett nahm.

»Nichts Wichtiges«, sagte die Zarin, »aber nun hast du dein Vertrauen in mich zur Genüge unter Beweis gestellt, indem du mir diesen Brief gezeigt hast, und vielleicht gehst du noch einen Schritt weiter und erlaubst mir, dir zu helfen, wie ich es dir von Anfang an angeboten habe. Obwohl ich vermute, daß nur Genets Ausweisung diesen Vertrauensbeweis bewirkt hat, bin und bleibe ich deine Freundin. Ich möchte das Montglane-Schachspiel. Ich muß es haben, bevor es in sehr viel skrupellosere Hände als meine fällt. Durch dein Kommen hast du dein Leben in meine Hand gegeben, aber bis jetzt hast du mich nicht in dein Wissen eingeweiht. Warum sollte ich deine Briefe nicht beschlagnahmen, wenn du mir nicht vertraust?«

»Wie kann ich dir soweit vertrauen?« rief die Äbtissin erregt. »Glaubst du, ich habe keine Augen im Kopf? Du hast einen Vertrag mit Preußen, deinem Feind, über eine neue Teilung Polens, deines Verbündeten, geschlossen. Tausend Feinde trachten dir nach dem Leben, auch an deinem Hof. Du mußt doch wissen, daß dein Sohn Paul auf seinem Landsitz in Gatschina Truppen in preußischen Uniformen drillt und einen Umsturz plant. Jeder Zug in deinem gefährlichen Spiel deutet darauf hin, daß du das Montglane-Schachspiel haben möchtest, um es für deine eigenen Zwecke zu nutzen, für deine – Macht! Woher soll ich wissen, daß du mich nicht ebenso verrätst wie so viele andere? Und obwohl du vielleicht auf meiner Seite stehst – wie ich gerne glauben möchte –, was würde geschehen, wenn ich das Schachspiel hierherbringe? Selbst deine Macht, liebe Sophie, reicht nicht über das Grab hinaus. Wenn du sterben solltest, dann wage ich mir nicht vorzustellen, was dein Sohn Paul tun würde!«

»Paul brauchst du nicht zu fürchten«, erwiderte die Zarin geringschätzig und schnaubte, als die Äbtissin durch eine große Rochade ihrem König Schach bot. »Seine Macht bleibt auf die lächerlichen Truppen begrenzt, die er in den albernen preußischen Uniformen marschieren läßt. Nach meinem Tod wird mein Enkel Alexander Zar, und er wird in meine Fußstapfen treten –«

Die Äbtissin legte schnell den Finger auf ihre Lippen und deutete mit dem Kopf zu einem Vorhang am anderen Ende des Raums. Die Zarin drehte den Kopf, erhob sich geräuschlos, und beide blickten unverwandt auf den Vorhang, während die Äbtissin weitersprach.

»Oh, ein interessanter Zug«, sagte sie, »und er bringt Probleme...«

Die Zarin lief schnell durch den Raum. Mit einer einzigen Handbewegung riß sie den Vorhang zur Seite. Vor ihr stand Kronprinz Paul und wurde vor Verlegenheit dunkelrot. Er sah seine Mutter mit offenem Mund an und blickte dann zu Boden.

»Mutter, ich wollte Euch gerade besuchen...«, stammelte er, wagte aber nicht, ihr in die Augen zu blicken, »ich meine, Majestät, ich wollte... die Ehrwürdige Mutter, die Äbtissin, in einer Angelegenheit –« Er fingerte nervös an den Knöpfen seines Rocks.

»Wie ich sehe, bist du so schlagfertig wie dein verstorbener Vater«, unterbrach sie ihn schneidend. »Wenn ich mir vorstelle, daß ich einen Kronprinzen geboren habe, dessen größtes Talent darin besteht, hinter Vorhängen zu stehen und zu lauschen! Geh mir aus den Augen! Dein Anblick ist mir ein Greuel!«

Sie drehte dem Kronprinzen den Rücken zu, aber die Äbtissin sah den bitteren Haß in seinem Gesicht. Katharina spielte ein gefährliches Spiel mit diesem Jungen. Er war keineswegs der Dummkopf, den sie in ihm sah.

»Ich bitte die Ehrwürdige Mutter und Eure Majestät, die äußerst ungelegene Störung durch mich zu entschuldigen«, sagte er leise. Dann verneigte er sich tief vor dem Rücken seiner Mutter, trat einen Schritt zurück und verließ ohne ein weiteres Wort den Raum.

Die Zarin schwieg, blieb aber in der Nähe der Tür stehen. Ihre Augen richteten sich starr auf das Schachbrett.

»Wieviel, glaubst du, hat er gehört?« fragte sie schließlich und las damit die Gedanken der Äbtissin.

»Wir müssen davon ausgehen, daß er alles gehört hat«, erwiderte die Äbtissin. »Wir müssen auf der Stelle handeln.«

»Was? Nur weil ein dummer Junge erfahren hat, daß er nicht Zar werden wird?« rief Katharina mit einem bitteren Lachen. »Ich bin sicher, das ahnt er schon lange.«

»Nein, nicht deshalb«, sagte die Äbtissin. »Er weiß jetzt um das Schachspiel.«

»Aber es besteht doch sicher keine Gefahr, bis wir einen Plan haben«, sagte Katharina, »und die eine Figur, die du mitgebracht hast, befindet sich in meiner Schatzkammer. Wenn du möchtest, können wir sie an einen Ort bringen, wo sie niemand vermutet. Die Arbeiter legen gerade das Fundament für den letzten Flügel des Winterpalasts. Ich glaube, seit fünfzig Jahren wird nun schon dran gebaut« – sie seufzte – »ich wage nicht an die Toten zu denken, die dort bereits begraben liegen!«

»Können wir es selbst tun?« fragte die Äbtissin.

»Bist du verrückt?« rief Katharina und nahm wieder an dem Schachtisch Platz. »Sollen wir zwei uns mitten in der Nacht hinausschleichen, um eine kleine, fünfzehn Zentimeter hohe Schachfigur zu verstecken? Ich glaube wirklich nicht, daß Grund zur Aufregung besteht.«

Helene de Roques Blick ruhte auf dem Schachbrett und dem noch nicht zu Ende gespielten Spiel. Sie hatte den Schachtisch aus Frankreich mitgebracht. Sie hob langsam die Hand und schob mit dem Arm die Figuren beiseite, von denen einige auf den weichen Astrachanteppich fielen. Sie klopfte mit den Fingerknöcheln auf die schwarzen und weißen Felder. Es klang dumpf, als liege unter der Platte eine Wattierung, als schützten die dünnen Emailleplättchen etwas, das darunterlag. Die Zarin bekam große Augen, als sie die Hand auf die Platte legte. Dann stand sie mit klopfendem Herzen auf und ging zu einer Kohlenpfanne, deren Glut zu Asche verfallen war. Sie griff nach dem schweren Eisenschürhaken, hob ihn über den Kopf und ließ ihn mit ganzer Wucht auf den Schachtisch fallen. Ein paar Platten zersprangen. Sie warf den Schürhaken zur Seite und riß mit bloßen Händen die zerbrochenen Stücke und die Wattschicht darunter heraus. Unter der Wattierung sah sie einen matten Glanz, den eine innere Flamme zum Strahlen zu bringen schien. Die Äbtissin saß blaß und mit verkniffenem Gesicht daneben.

»Das Schachbrett!« flüsterte die Zarin und starrte auf die silbernen und goldenen Felder. »Du hattest es die ganze Zeit hier. Kein Wunder, daß du geschwiegen hast. Wir müssen die Platten und die Wattierung entfernen, damit meine Augen sich an diesem Glanz weiden können. Oh, wie ich mich danach sehne, es zu sehen!«

»Ich hätte mir so etwas in meinen Träumen nicht vorstellen können«, sagte die Äbtissin, »aber als es schließlich aus dem Versteck gehoben wurde, als ich es im Dämmerlicht des Klosters glänzen sah, als ich die geschliffenen Steine und die seltsamen magischen Symbole mit den Fingerspitzen berührte, da spürte ich, wie mich eine Kraft durchströmte, die erschreckender war als alles, was ich kannte. Jetzt begreifst du, warum ich es heute nacht verstecken möchte, wo niemand es finden kann, bis die anderen Figuren wieder aufgetaucht sind. Gibt es jemandem, dem du vertraust und der uns dabei helfen kann?«

Katharina sah sie lange an, und zum ersten Mal in all den Jahren wurde ihr die eigene Einsamkeit bewußt. Eine Zarin konnte sich keine Freunde, keine Vertrauten leisten.

»Nein«, sagte sie und lächelte die Äbtissin verschmitzt und mädchenhaft an, »aber wir haben uns schon sehr viel früher auf gefährliche Abenteuer eingelassen, nicht wahr, Helene? Wir können heute gegen Mitternacht zusammen essen – und vielleicht wird uns anschließend ein ordentlicher Spaziergang durch den Park guttun...«

»Wir werden nicht nur einmal gehen müssen«, sagte die Äbtissin. »Bevor ich das Schachbrett in diesem Tisch verstecken ließ, habe ich es in vier Teile zerlegen lassen, damit es ohne zu viele Helfer transportiert werden kann. Ich habe diesen Tag vorausgesehen...« Katharina griff wieder zu dem Schürhaken und löste damit die kleinen Platten. Die Äbtissin räumte die Stücke beiseite, so daß immer mehr von dem märchenhaften Schachbrett zum Vorschein kam. Auf jedem silbernen und goldenen Feld befand sich ein geheimnisvolles Symbol. Die Ränder waren mit kostbaren, eiergroßen, glänzenden Edelsteinen in merkwürdigen Mustern besetzt.

»Lesen wir nach dem Essen«, fragte die Äbtissin und sah ihre Freundin an, »auch meine... beschlagnahmten Briefe?«

»Aber natürlich. Ich lasse sie dir bringen«, erwiderte die Zarin und konnte den Blick nicht von dem Schachbrett wenden. »Es steht nichts Interessantes darin. Sie kommen alle von einer deiner Freundinnen aus früheren Jahren – meist plaudert sie nur über das Wetter in Korsika...«

TASSILI

April 1793

Als Mireille über die letzte hohe Düne der Es-Semul El Akbar stieg, sah sie vor sich in der Ferne das Tassili – das Land der Weißen Göttin.

Das Tassili-n-Adjer oder das Plateau der Abgründe ragt aus der Wüste auf wie ein langes Band aus blauem Stein, das sich fünfhundert Kilometer durch Algerien bis in das Königreich Tripolis zieht, vorbei an den Ausläufern der Ahaggar und den grünen Oasen am Rand der südlichen Wüste. Hier auf dieser Hochebene und inmitten der tiefen Schluchten lag der Schlüssel zu dem uralten Geheimnis.

Mireille verließ mit Schahin die trostlose Wüste und folgte ihrem Führer in eine enge Talschlucht mit hohen Felswänden, die sich von Westen nach Osten zog. Die Hitze ließ ganz plötzlich nach, und zum ersten Mal seit beinahe einem Monat roch sie frisches Wasser. Sie entdeckte ein kleines Rinnsal, das sich zwischen den Steinen dahinschlängelte. An den Ufern blühte rosa Oleander; auch ein paar Dattelpalmen standen am ausgetrockneten Bachbett. Ihre fedrigen Kronen ragten weit in das schimmernde Blau des Himmels, von dem Mireille nur noch einen kleinen Ausschnitt sehen konnte.

Während ihre Kamele sich den Weg durch die enge Schlucht suchten, öffnete sich vor ihnen ein fruchtbares, breites Tal mit Wasserläufen, in dem Feigen, Pfirsich- und Aprikosenbäume wuchsen. Mireille hatte seit Wochen nichts als gebratene Eidechsen, Salamander und Bussarde gegessen. Jetzt pflückte sie sich Pfirsiche von den Bäumen, und die Kamele kauten gierig die dunkelgrünen Blätter.

Das Tal führte in viele andere Täler und gewundene Schluchten mit eigenem Klima und eigener Vegetation. Im Laufe von Millionen Jahren hatten unterirdische Flüsse sich ihren Weg durch die vielfarbigen Schichten des Gesteins gebahnt. Das Tassili war deshalb zerklüftet und geformt wie eine Unterwasserlandschaft. Der Fluß hatte

Schluchten in den Stein geschnitten, deren gezackte Wände aus rosa und weißem Stein an Korallenriffe denken ließen, und breite Täler geschaffen, in denen spiralenförmige Felsnadeln in den Himmel ragten. Die blaugrauen massiven Steilwände der Hochplateaus umgaben diese burgähnlichen Gebilde aus rotem Sandstein wie zyklopische Festungsmauern.

Mireille und Schahin begegneten keinem Menschen. Hoch oben über der Aabaraka Tafelalet erreichten sie Tamrit – das Zeltdorf. Hier säumten tausendjährige Zypressen das Bett des tiefen, eiskalten Wasserlaufs.

In Tamrit ließen sie die Kamele zurück und gingen zu Fuß weiter. Sie nahmen nur so viel Vorräte mit, wie sie tragen konnten. Vor ihnen lag der Teil des Labyrinths, wo die Felsenhänge und Abgründe so gefährlich wurden, daß sich, wie Schahin erklärte, selbst wilde Ziegen und Mufflons selten dorthin wagten.

Sie hatten mit den Leuten im Dorf vereinbart, daß die Kamele versorgt würden. Die Menschen starrten mit großen Augen auf Mireilles rote Haare, die jetzt im Sonnenuntergang wie Flammen aufleuchteten.

»Wir müssen hier übernachten«, erklärte Schahin, »das Labyrinth kann man nur bei Tag betreten. Morgen brechen wir auf. In der Mitte des Labyrinths ist der Schlüssel . . .« Er hob den Arm und deutete auf das Ende der Schlucht, wo die Felswände so steil aufragten, daß sie bereits im blauschwarzen Schatten lagen, während die Sonne hinter dem Rand versank.

»Die Weiße Göttin«, flüsterte Mireille und hob den Kopf. Die bizarren Schatten ließen den Eindruck entstehen, als ob die zerklüfteten Felsen sich bewegten. »Schahin, du glaubst doch nicht wirklich, daß dort oben eine steinerne Frau ist – ich meine eine lebende Frau?« Ein Schauer überlief sie, als auch die letzten Sonnenstrahlen verschwanden und die Luft spürbar kalt wurde.

»Ich weiß es«, erwiderte er flüsternd, als könne sie jemand hören. »Man sagt, daß sie manchmal, wenn sie allein ist, bei Sonnenuntergang eine seltsame Melodie singt. Vielleicht . . . wird sie für dich singen.«

In Sefar war die Luft kalt und klar. Hier sahen sie die ersten Felszeichnungen – aber es waren nicht die ältesten – von kleinen Teufeln, die Hörner hatten wie Ziegen. Sie stammten aus der Zeit 1500 vor Christi. Je höher sie kamen und je schwieriger der Aufstieg wurde, desto älter waren die Zeichnungen und auch geheimnisvoller, magischer und vielschichtiger.

Mireille glaubte, in der Zeit rückwärts zu gehen, während sie den steilen Pfad hinaufstieg, der in die nackten Felswände gehauen war. Hinter jeder Biegung und Wendung der Steilwände erzählten ihnen neue, auf den dunklen Fels gemalte und geritzte Bilder die Geschichte der Menschen, die durch die verschiedenen Zeitalter hindurch inmitten dieser Felsschluchten gelebt hatten – Zivilisationen, die wie Wellen durchgezogen waren und achttausend Jahre zurückreichten.

Überall Bilder – karminrot, ocker, schwarz, gelb und braun. Sie waren in die steilen Felswände geritzt, gezeichnet oder in leuchtenden Farben in dunkle Nischen oder Höhlen gemalt – Tausende und aber Tausende von Bildern, soweit das Auge reichte. Hier, mitten in der Wildnis, an Stellen gemalt, die nur ein erfahrener Bergsteiger oder – wie Schahin sagte – eine Ziege erreichen konnte, erzählten diese Bilder nicht nur die Geschichte der Menschheit, sondern die Geschichte des Lebens.

Am zweiten Tag entdeckten sie die Streitwagen der Hyksos – des Meeresvolks, das zweitausend Jahre vor Christi Ägypten und die Sahara erobert hatte. Mit ihrer hochentwickelten Kriegstechnik – Rüstungen und Streitwagen – waren sie den Kamelen der einheimischen Krieger überlegen. Die Tableaus ihrer Eroberungen lasen sich im Vorbeigehen wie ein offenes Buch. Mireille lächelte bei der Vorstellung, was ihr Onkel Jacques-Louis wohl gedacht hätte, wenn er die Werke dieser anonymen Künstler hätte sehen können, deren Namen im Dunkel der Vergangenheit versunken waren, deren Bilder jedoch Tausende von Jahren überdauert hatten.

Wenn abends die Sonne sank, mußten sie einen sicheren Schlafplatz suchen. Fand sich keine Höhle, dann hüllten sie sich in die Wolldecken, die Schahin mit Zelthaken am Felsen befestigte, damit sie im Schlaf nicht in den Abgrund stürzten.

Am dritten Tag erreichten sie die Höhlen von Tan Zoumaitok. Sie waren so dunkel und so groß, daß sie nur mit Fackeln aus trockenen

Zweigen von Büschen etwas sehen konnten. In diesen Höhlen gab es unversehrt erhaltene farbige Darstellungen von Menschen ohne Gesichter mit münzenförmigen Köpfen, die mit zweibeinigen und aufrecht gehenden Fischen sprachen. Die Stämme in alter Zeit, erklärte Schahin, hatten geglaubt, ihre Vorfahren seien als Fische aus dem Meer auf das Land gekommen. Hier fanden sie auch Darstellungen der magischen Rituale, mit denen diese Stämme die Geister der Natur besänftigten: der Spiralentanz eines Dschinn oder ekstatischen Dämons. Er umtanzte entgegen dem Uhrzeigersinn in immer kleiner werdenden Kreisen einen heiligen Stein. Mireille sah sich das Bild lange an. Schahin stand schweigend neben ihr.

Am Morgen des vierten Tags näherten sie sich dem Gipfel des Plateaus. Als sie die letzte Biegung der Schlucht umrundeten, traten die Felswände zurück, und vor ihnen lag ein breites, tiefes Tal. Auf jedem Stein, auf jedem Felsen sahen sie Farben. Es war das Tal der Riesen. Mehr als fünftausend Bilder bedeckten die Felswände von oben bis unten. Mireille verschlug es den Atem, als ihr Blick über diese unermeßliche Bildergalerie wanderte. Es waren die ältesten Darstellungen, die sie bisher gesehen hatte. Die gefärbten Linien waren so klar und deutlich, als seien diese Bilder erst gestern entstanden.

Mireille verweilte lange dort. Die Geschichten an den Wänden schlugen sie in Bann, zogen sie in eine andere, in eine primitive und geheimnisvolle Welt. Zwischen Erde und Himmel gab es nichts als Farbe und Form – die Farbe erfaßte ihr Blut wie eine Droge, als sie in der Felswand stand, und sie hatte das Gefühl, im Raum zu schweben. Und dann hörte sie einen Ton.

Zuerst dachte Mireille, es sei der Wind – ein hohes Summen wie Luft, die durch einen schmalen Flaschenhals zischt. Mireille hob den Kopf und sah etwa dreihundert Meter über sich eine hohe, vorspringende Felswand, die über die trockene, wilde Schlucht ragte. Im nackten Gestein entdeckte sie plötzlich einen schmalen Spalt. Mireille sah Schahin fragend an. Auch er blickte zu der Felswand hinauf, denn von dort kam der Ton. Er zog den Schleier vor das Gesicht und bedeutete Mireille mit einem Nicken, ihm den schmalen Pfad hinauf zu folgen.

Der Weg führte steil nach oben. Bald wurde er so steil und so schmal, daß Mireille – inzwischen schon im achten Monat schwanger – nach Atem rang und darum kämpfte, das Gleichgewicht nicht zu verlieren. Einmal glitt sie aus und stürzte auf die Knie. Einige lose Steine rollten über den Rand und stürzten ins Bodenlose. Sie schluckte mit trockener Kehle und stand langsam wieder auf. Der Pfad war so schmal, daß auch Schahin ihr nicht helfen konnte. Sie ging weiter, ohne einen Blick nach unten zu werfen. Die geheimnisvollen Töne wurden immer lauter.

Es waren drei Töne, die sich in verschiedenen Kombinationen ständig wiederholten und dabei höher und höher wurden. Je näher sie dem Spalt im Felsen kamen, desto weniger klang es wie Wind. Die schönen und klaren Töne ähnelten einer menschlichen Stimme.

Fünfzehnhundert Meter über dem Talgrund erreichten sie den Felsvorsprung. Und was von unten wie ein schmaler Riß in der Felswand ausgesehen hatte, war in Wirklichkeit eine riesige Öffnung wie der Eingang zu einer Höhle. Der sechs Meter breite und etwa fünfzehn Meter hohe »Spalt« schien zum Gipfel hinauf zu führen. Als Schahin neben ihr stand, nahm Mireille seine Hand, und gemeinsam schritten sie durch die Öffnung.

Die Töne waren plötzlich ohrenbetäubend laut, umschwirrten sie von allen Seiten, und ihr Echo wurde überall von den Felsen zurückgeworfen. Mireille hatte das Gefühl, als würden die Klänge in jede Faser ihres Körpers eindringen, während sie langsam durch den dunklen Spalt gingen. Am Ende sahen sie einen schwachen Lichtschein. Sie tasteten sich durch die Dunkelheit und schienen von den Tönen geschluckt zu werden. Endlich hatten sie es geschafft und traten ins Licht hinaus.

Sie standen nicht in einer anderen Höhle, wie Mireille vermutet hatte, sondern in einem kleinen Talkessel, über dem sich der Himmel wölbte. Sonnenschein umgab sie und ließ alles um sie herum in einem unwirklichen Weiß erstrahlen. Im Halbkreis konkaver Felswände sah sie die Riesen. Sechs Meter über ihr schwebten sie in blassen ätherischen Farben. Es waren Götter mit geschwungenen Widderhörnern auf den Köpfen, Männer in weiten Anzügen und Schläuchen vom Mund zur Brust. Ihre Köpfe verschwanden unter runden Helmen, und wo ihre Gesichter hätten sein müssen, waren nur schmale Öffnungen. Sie saßen auf Stühlen mit seltsamen Rückenlehnen, die ihre Köpfe abstützten. Vor ihnen waren Hebel und runde Scheiben wie auf Uhren oder Barometern: Sie verrichteten Dinge, die Mireille nicht kannte und verstand. In ihrer Mitte schwebte die Weiße Göttin.

Die Töne waren verstummt. Vielleicht hatte der Wind – oder die Phantasie – ihnen einen Streich gespielt. Die Gestalten glänzten im strahlend weißen Licht. Mireille blickte zur Weißen Göttin hinauf.

Hoch oben auf der Wand schwebte die seltsame und erschreckende Gestalt – sie war größer als alle anderen. Wie eine Verkörperung der Nemesis, der göttlichen Gerechtigkeit, erhob sie sich aus einer weißen Wolke. Das kantige Gesicht war mit wenigen, ungestümen Strichen nur angedeutet. Die gewundenen Hörner glichen Fragezeichen, die aus dem Stein hervorzuragen schienen. Sie öffnete den Mund zu einer lauten Klage, wie ein Mensch ohne Zunge, der verzweifelt sprechen will. Aber sie sprach nicht.

Mireille konnte den Blick nicht von der Weißen Göttin wenden; sie war wie betäubt. Die Stille war noch bedrohlicher als die Töne. Sie sah Schahin an, der bewegungslos neben ihr stand. In dem dunklen *Haik* und den dunkelblauen Schleiern schien auch er aus dem zeitlosen Felsen gehauen zu sein. Im strahlenden weißen Licht und umgeben von den kalten Felswänden packte Mireille das Entsetzen. Verwirrt hob sie langsam den Kopf und richtete den Blick noch einmal auf die Felswand. Und dann sah sie es.

Die Weiße Göttin hielt einen langen Stab in der Hand, und um diesen Stab wanden sich zwei Schlangen – sie bildeten eine Acht wie der Caduceus der Ärzte. Mireille glaubte, eine Stimme zu hören – aber die Stimme kam nicht von der Felswand, sondern sprach aus dem Innern zu ihr: Sieh noch einmal hin. Sieh genau hin. Siehst du es nicht?

Mireille betrachtete die Figuren auf der Felswand – es waren alles Männer, bis auf die Weiße Göttin. Und dann, als habe man ihr einen Schleier von den Augen gezogen, sah sie die Darstellungen anders. Es war nicht länger ein Panorama von Männern, die seltsame und unerklärliche Dinge taten – es war ein einziger Mann. Wie in lebenden Bildern sah sie die Entwicklung eines Mannes über viele Stadien hinweg – die Verwandlung vom einen in einen anderen.

Unter dem Zauberstab der Weißen Göttin bewegte sich dieser

Mann über die Wand. Er durchlief ein Stadium nach dem anderen, so wie die Menschen mit den runden Köpfen, die als Fische aus dem Meer gekommen waren. Er trug rituelle Gewänder – vielleicht als Schutz. Er bewegte Hebel – vielleicht steuerte er ein Schiff oder er zerkleinerte Chemikalien in einem Mörser. Und schließlich, nach vielen, vielen Verwandlungen war das große Werk vollbracht. Er verließ seinen Stuhl und trat neben die Weiße Göttin. Zum Lohn für seine Mühen war er nun gekrönt mit den heiligen gewundenen Hörnern des Mars – Mars, der Gott des Krieges und der Zerstörung –, er war ein Gott geworden.

»Ich verstehe«, sagte Mireille laut, das Echo ihrer Stimme hallte von Wand zu Wand und zerriß das Sonnenlicht.

In diesem Augenblick spürte sie zum ersten Mal den Schmerz. Sie krümmte sich, als der qualvolle Stich sie durchzuckte; Schahin hielt sie fest und half ihr dann, sich zu setzen. Kalter Schweiß trat Mireille auf die Stirn. Ihr Herz schlug wie rasend. Schahin löste die Tücher von seinem Gesicht und legte die Hand auf ihren Leib, als die zweite Wehe ihren Körper erbeben ließ.

»Es ist soweit«, sagte er leise.

Hoch oben auf dem Felsen über Tamrit konnte Mireille in einem Umkreis von mehr als dreißig Kilometern die Wüste überblicken. Sie hatte den weichen Stoff ihres Kaftans aufgebunden und stillte das Kind. Wie Schahin vorausgesagt hatte, war es unter den Augen der Göttin geboren worden – und es war ein Junge! Sie hatte ihn nach ihrem Falken Charlot genannt. Der Kleine war jetzt schon beinahe sechs Wochen alt.

Am Horizont sah sie rötliche Staubwolken – es waren Reiter von Bahr-al-Asrak. Wenn sie die Augen zusammenkniff, konnte sie vier Männer auf Kamelen ausmachen, die eine hohe Düne hinunterglitten wie kleine Holzstücke, die von einer hohen Welle erfaßt werden. Die Hitze über der Düne zauberte seltsame flirrende Muster, hinter denen die Gestalten verschwanden.

Sie würden erst in einem Tag Tamrit erreichen, das noch fern in den Schluchten des Tassili lag. Aber Mireille mußte nicht auf ihre Ankunft warten. Sie wußte, diese Männer suchten sie. Sie spürte es schon seit vielen Tagen. Sie drückte ihrem Sohn einen Kuß auf den kleinen Kopf und legte ihn in die Schlinge, die sie um den Hals trug.

Dann stieg sie langsam die Anhöhe hinunter. Sie wußte, der Brief würde kommen – wenn nicht heute, dann doch sehr bald; der Brief der Äbtissin von Montglane, die ihr befahl zurückzukommen.

KABYLEI

Juni 1973

Kamel und ich fuhren also in die Zauberberge, in die Kabylei. Je weiter wir in die Einsamkeit vordrangen, desto mehr verlor ich den Bezug zur Wirklichkeit.

Seit sieben Wochen fütterte ich die großen Computer von Sonatrach mit Daten über alle erdenklichen Wirtschaftszweige. Ich hatte sogar Therese gewonnen, mir zu helfen, amtliche Statistiken über die Rohölförderung und den Rohölverbrauch in anderen Ländern zu sammeln, damit ich Handelsbilanzen analysieren und miteinander vergleichen konnte. Erst das ermöglichte Aussagen darüber, wo ein Rohöllieferungsstop am schwersten zu verkraften war. Ich hatte Kamel erklärt, das alles sei kein Kinderspiel in einem Land, in dem die Hälfte aller Telefongespräche über einen Schaltschrank aus dem Ersten Weltkrieg liefen. Aber ich wollte tun, was in meinen Kräften stand. Andererseits schien ich von meinem eigentlichen Ziel, dem Montglane-Schachspiel, weiter entfernt zu sein denn je. Ich hörte nichts von Solarin oder seiner geheimnisvollen Wahrsagerin. Therese schickte alle Nachrichten, die ich mir ausdachte, an Nim, Lily und Mordecai – keine Reaktion. Ich schien unter einer totalen Informationssperre zu stehen. Und Kamel hatte mich so gut mit Arbeit eingedeckt, daß ich fast den Verdacht hatte, er wisse, was ich plante. An diesem Morgen jedoch war er plötzlich im Hotel erschienen und hatte mich zu der versprochenen Fahrt eingeladen.

»Sie sind hier in der Gegend aufgewachsen?« fragte ich und kurbelte das Fenster mit den getönten Scheiben herunter, um besser sehen zu können.

»Im Hinterland«, erwiderte Kamel. »Die meisten Dörfer liegen hoch oben in den Bergen. Man hat von dort einen herrlichen Ausblick. Hatten Sie nicht ein besonderes Ziel? Oder soll ich einfach die große Runde fahren?«

»Ach ja, ich würde gerne einen Antiquitätenhändler besuchen – ich habe es dem Freund eines Kollegen in New York versprochen. Ich möchte mir das Geschäft gerne ansehen, wenn es kein allzu großer Umweg ist«, sagte ich so unbestimmt wie möglich, da ich wirklich sehr wenig über Llewellyns Kontaktmann wußte. Das Dorf war auf der Karte nicht zu finden, aber Kamel hatte mich ja vor den ungenauen algerischen Karten gewarnt.

»Ein Antiquitätenhändler?« fragte Kamel. »Es gibt nicht viele. Alles Wertvolle ist seit langem in den Museen. Wie heißt das Geschäft?«

»Das weiß ich nicht. Das Dorf heißt Ain Kaabah«, sagte ich, »Llewellyn meinte, es sei das einzige Antiquitätengeschäft.«

»Merkwürdig«, sagte Kamel, »ich stamme aus Aiin Kaabah. Es ist ein winziges Dorf weitab von allen Straßen, aber dort gibt es kein Antiquitätengeschäft – das weiß ich ganz genau.«

Ich zog mein Adreßbuch aus der Umhängetasche und blätterte darin, bis ich Llewellyns hastig notierte Angaben fand.

»Ich habe auch keinen Straßennamen, aber das Geschäft soll im nördlichen Teil liegen. Offenbar ist es auf alte Teppiche spezialisiert. Der Besitzer heißt El-Marad.« Ich wußte nicht, ob es Einbildung war oder nicht, aber ich glaubte zu sehen, wie Kamel bleich wurde. Er biß die Zähne zusammen, und seine Stimme klang gepreßt, als er sagte:

»El-Marad . . . den kenne ich. Er ist einer der größten Händler in dieser Gegend, die für ihre Teppiche berühmt ist. Wollen Sie einen Teppich kaufen?«

»Eigentlich nicht«, erwiderte ich vorsichtig. Denn Kamel wußte offenbar mehr, als er mir sagte. »Mein Freund in New York meinte, ich solle nur einmal vorbeigehen und mich mit dem Mann unterhalten. Das muß auch nicht heute sein, wenn es zu umständlich ist.«

Kamel schwieg einige Minuten. Er schien nachzudenken, dann sagte er: »Also gut, wir fahren dorthin, denn ohne mich werden Sie es nie finden.«

Wir erreichten das Ende des Tals, und Kamel hielt den Blick starr nach vorn gerichtet, als er die Bergstraße hinauffuhr. Aber er wirkte plötzlich grimmig, und ich beschloß, den Mund zu halten, um ihn nicht noch mehr zu reizen.

Um zwei Uhr erreichten wir Beni Jenni. Mein Magen knurrte laut, denn ich hatte schrecklichen Hunger. Das winzige Gasthaus auf dem Berggipfel war alles andere als elegant. Aber dunkle italienische Zypressen vor den gelblichbraunen Mauern und die roten Ziegeldächer boten ein romantisches Bild.

Wir aßen auf einer kleinen Terrasse mit einem weißen Geländer direkt über der Felswand. Adler schwebten über dem Tal. In ihren Flügeln fingen sich goldglänzende Sonnenstrahlen, während sie durch den feinen blauen Dunst glitten, der aus dem Ouled Aissi aufstieg. Um uns herum breitete sich das steile, gefährliche Land aus. Enge Straßen wanden sich wie schmale Bänder an den Hängen hinauf und hinunter. Dörfer klebten kühn und wie alte rötliche Gesteinsbrocken an den Spitzen jedes höheren Gipfels. Es war zwar bereits Juni, doch die Luft war so kühl, daß ich meinen Pullover nicht als zu warm empfand. Über das Tal hinweg sah ich das verschneite Dschurdschura-Massiv; die dicht darüber hängenden Wolken verhießen nichts Gutes – und in diese Richtung würden wir fahren ...

Wir saßen ganz allein in der kalten Luft auf der Terrasse, tranken bitteres rotes *birrh* mit Zitrone und Eiswürfeln und – schwiegen. Es gab eine heiße Gemüsesuppe, knuspriges Weißbrot und kaltes Huhn mit Mayonnaise. Kamel schien tief in Gedanken versunken.

Ehe wir weiterfuhren, holte er aus dem Kofferraum dicke wollene Reisedecken. Offenbar machte auch er sich Gedanken über das Wetter. Die Straße wurde sofort schmal und sah gefährlich aus. Ich konnte nicht ahnen, daß dies nichts war im Vergleich zu dem, was uns bevorstand!

Von Beni Jenni bis Tikjda dauerte die Fahrt nur eine Stunde, aber es kam mir wie eine Ewigkeit vor. Zuerst kurvten wir in das Tal hinunter, überquerten einen kleinen Fluß, und dann ging es wieder hinauf zu einem, wie es aussah, niedrigen, langgestreckten Bergrücken. Aber je höher wir kamen, desto steiler wurde der Berg. Der Citroën kochte, als wir oben angekommen waren. Ich blickte hinunter – in einen sechshundert Meter tiefen Abgrund. Unsere Straße – oder das, was von ihr noch zu sehen war – zog sich als eisbedeckter Kiesweg auf dem Grat des Höhenzugs entlang und schien jeden Augenblick im Nichts zu verschwinden. Zu allem

Überfluß wand und kurvte sich die schmale, in den Felsen gehauene Fahrspur danach wie Spaghetti auf der Gabel mit fünfzehn Prozent Gefälle die Steilwand hinunter – bis nach Tikjda.

Kamel lenkte den großen, flachen Citroën auf diese unbefestigte Achterbahn; ich schloß die Augen und fing an zu beten. Als ich die Augen wieder aufschlug, rutschten wir gerade um eine Kurve. Die Straße schien mit nichts mehr eine Verbindung zu haben, sondern in den Wolken zu hängen. Tiefe Schluchten zu beiden Seiten. Verschneite Berggipfel tauchten wie Stalagmiten aus dem Talboden auf. Ein heftiger Wind heulte um die schwarzen Felswände, wirbelte Schnee über den Weg und behinderte die Sicht. Ich hätte Kamel am liebsten gebeten umzukehren, aber es gab keinen Platz zum Wenden.

Meine Beine zitterten. Ich stemmte die Füße gegen den Wagenboden, um mich auf den Schock vorzubereiten, wenn der Citroën aus der nächsten Kurve schießen und ins Nichts fliegen würde. Kamel fuhr immer langsamer, bis wir schließlich im Schrittempo vorwärts krochen.

Merkwürdigerweise wurde der Schnee immer höher, je tiefer wir ins Tal kamen. Hin und wieder sahen wir hinter einer Haarnadelkurve einen umgestürzten Heuwagen oder ein Lkw-Wrack an der Straßenseite.

»Mein Gott, es ist Juni!« stöhnte ich, als Kamel vorsichtig um eine besonders hohe Schneewehe herumsteuerte.

»Noch schneit es nicht«, sagte er ruhig, »es weht nur ein bißchen . . .«

»Was meinen Sie mit ›noch nicht‹?« fragte ich.

»Ich hoffe, die Teppiche werden Ihnen gefallen«, sagte Kamel mit einem trockenen Lächeln, »denn diese Teppiche werden Sie vielleicht mehr als Geld kosten. Selbst wenn es nicht anfängt, richtig zu schneien, selbst wenn die Straße nicht plötzlich abrutscht, selbst wenn wir Tikjda vor Einbruch der Dunkelheit erreichen, müssen wir noch immer die Brücke überqueren.«

»Vor Einbruch der Dunkelheit?« flüsterte ich und warf einen Blick auf die hübsche, aber völlig nutzlose Karte der Kabylei. »Also danach ist Tikjda nur noch fünfundvierzig Kilometer entfernt – und die Brücke ist kurz dahinter.«

»Ja«, stimmte mir Kamel zu, »aber Karten zeigen nur die horizontalen Entfernungen. Zweidimensional sieht alles sehr nah aus. Aber in Wirklichkeit kann das ganz anders sein.«

Wir erreichten Tikjda um sieben Uhr abends. Die Sonne, die gnädigerweise doch noch zum Vorschein kam, balancierte auf dem letzten Grat und wollte gerade hinter dem Rif versinken. Für die fünfundvierzig Kilometer hatten wir drei Stunden gebraucht. Kamel hatte mir Ain Kaabah auf der Karte dicht neben Tikjda eingezeichnet. Es sah aus, als könne man bequem zu Fuß dort hinlaufen. Aber auch das stellte sich als Irrtum heraus.

In Tikjda nahmen wir uns nur Zeit zum Tanken. Das Wetter sah wieder besser aus; der Himmel überzog sich zartrosa, die Luft war samtig, und in der Ferne hinter hohen Schirmtannen zog sich ein dunkelblaues Tal durch das weite Land. In seiner Mitte, etwa acht oder auch zehn Kilometer entfernt, erhob sich im Purpur und Gold der sinkenden Sonne ein riesiger, quadratischer Berg mit einem flachen Gipfel. Er stand völlig allein in dem breiten Tal.

»Ain Kaabah«, sagte Kamel mit einer Geste durch das Wagenfenster.

»Dort oben?« rief ich. »Aber ich sehe keine Straße...«

»Es gibt keine Straße – nur einen Saumpfad«, erwiderte Kamel. »Er führt ein paar Kilometer durch sumpfiges Gelände im Tal, und dann geht es hinauf. Aber zuvor müssen wir noch über die Brücke.«

Die Brücke lag nur acht Kilometer hinter Tikjda, aber unten im Tal. In der Dämmerung war die Sicht an sich schon schwierig, aber durch die Schatten, die die hohen Felswände warfen, konnte man kaum etwas sehen. Rechts von uns war es im Tal noch heller Tag, und die Sonne verwandelte den Berg Ain Kaabah in massives Gold. Direkt vor uns gähnte ein Abgrund, in dem die Straße verschwand. Als Kamel ungerührt darauf zufuhr, stockte mir der Atem, und ich dachte nur noch: Jetzt ist es vorbei! Der unbefestigte Weg führte auf einer halsbrecherischen Todesbahn geradewegs nach unten bis fast zur Talsohle. Aber etwa hundert Meter darüber spannte sich die Brücke über einen reißenden Fluß. Kamel trat auf die Bremse.

Es war eine wacklige und gebrechliche Brücke aus Holzstämmen. Sie hätte zehn, aber auch hundert Jahre alt sein können und wölbte sich hoch und so schmal über die gurgelnden Wassermassen, daß kaum ein Wagen darauf Platz hatte – möglicherweise würde der Citroën auch der letzte sein. Das Wasser riß und zerrte an den unsichtbaren Stützpfeilern.

Auch Kamel schien ein Stoßgebet zu sprechen, ehe er den schwarzen Ministerwagen behutsam zur Auffahrt lenkte. Ich spürte, wie die Brücke unter dem Gewicht nachgab.

»Sie werden es kaum glauben«, flüsterte Kamel, als könnten die Schwingungen seiner Stimme der Brücke den Rest geben, »aber im Hochsommer ist dieser Fluß ein Rinnsal, und im Flußbett liegen nur Kieselsteine.«

»Wie lange dauert hier der Hochsommer? Vermutlich eine Viertelstunde«, stieß ich mit trockenem Mund hervor, während der Wagen quietschend und knarrend weiterrollte. Etwas schlug plötzlich gegen einen Brückenpfeiler, und die ganze Konstruktion schwankte wie bei einem Erdbeben. Kamel trat auf die Bremse, und ich klammerte mich an die Armlehne, bis es aufhörte.

Als die Vorderräder des Citroëns festen Boden erreicht hatten, begann ich wieder zu atmen. Aber ich betete trotzdem, bis auch die Hinterräder die Erde berührten. Kamel trat auf die Bremse und strahlte mich an.

»Was Frauen von Männern verlangen«, sagte er. »Und das alles nur, um ein bißchen einzukaufen!«

Der Wagen war zu schwer für den sumpfigen Boden im Tal. Deshalb stiegen wir an einer Kreuzung kurz hinter der Brücke aus. Ziegenpfade zogen sich kreuz und quer durch das hohe, rauhe Gras.

»Wie schön, daß ich zufällig die richtigen Wanderschuhe anhabe«, murmelte ich mit einem wehmütigen Blick auf die dünnen Goldsandalen, die zu nichts taugten.

»Etwas Bewegung wird Ihnen guttun«, erklärte Kamel, »die Frauen der Kabylen legen die Strecke täglich mit zentnerschweren Lasten auf dem Rücken zurück.« Er lachte.

»Ich muß Ihnen wohl glauben, weil ich Ihr Lächeln mag«, sagte ich. »Es gibt keine andere Erklärung dafür, daß ich das auf mich nehme.«

»Wie kann man einen Beduinen von einem Kabylen unterscheiden?« fragte er, als wir durch das nasse Gras stapften.

Ich fragte lachend: »Ist das ein Witz?«

»Nein, ich meine es ernst. Ein Beduine zeigt beim Lachen nie die

Zähne. Es gilt als unhöflich, mehr als die Vorderzähne zu zeigen – und bedeutet Unglück. Denken Sie bei El-Marad daran.«

»Ist er kein Kabyle?« fragte ich. Wir überquerten jetzt das dunkle, flache Flußtal. Ain Kaabah ragte im letzten Sonnenlicht vor uns auf.

»Das weiß niemand«, sagte Kamel und bahnte mir den Weg. »Er kam vor vielen Jahren in die Kabylei – ich habe nie erfahren, von woher – und ließ sich in Ain Kaabah nieder. Er ist ein geheimnisvoller Mann von noch geheimnisvollerer Herkunft.«

»Sie scheinen nicht viel von ihm zu halten«, bemerkte ich.

Kamel ging schweigend weiter. »Es fällt mir schwer, einen Mann zu schätzen«, sagte er schließlich, »den ich für den Tod meines Vaters verantwortlich mache.«

»Tod?« rief ich und ging etwas schneller, um ihn einzuholen. »Was wollen Sie damit sagen?« fragte ich.

»El-Marad und mein Vater hatten ein gemeinsames Geschäft. Mein Vater fuhr zu Verhandlungen nach England. Er wurde in London auf der Straße überfallen und ermordet.«

»Also war dieser El-Marad nicht direkt daran beteiligt«, sagte ich und trat neben ihn.

»Nein«, sagte Kamel, »er bezahlte sogar meine Ausbildung mit den Gewinnen aus dem Anteil meines Vaters, damit ich in London bleiben konnte. Ich habe mich nie bei ihm dafür bedankt. El-Marad gab das Geschäft nicht auf. Er wird sehr überrascht sein, mich heute zu sehen.«

»Warum machen Sie ihn für den Tod Ihres Vaters verantwortlich?« fragte ich.

Kamel wollte nicht darüber sprechen. Jedes Wort zu diesem Thema fiel ihm offenbar schwer. »Ich weiß es nicht«, sagte er ruhig. »Vielleicht glaube ich, er hätte anstelle meines Vaters nach London fahren sollen.«

Wir schwiegen auf dem Rest des Wegs. Der Pfad nach Ain Kaabah wand sich wie eine Spirale den Berg hinauf. Man brauchte eine halbe Stunde bis zum Gipfel; auf den letzten fünfzig Metern bestand der Weg aus in Fels gehauenen, ausgetretenen Stufen.

»Wovon leben die Leute hier?« fragte ich, als wir keuchend oben waren.

»Sie knüpfen Teppiche«, erwiderte Kamel, »und handeln mit Silberschmuck. Man findet hier Halbedelsteine und Edelsteine – Karneole und Opale und auch ein paar Türkise. Alles andere wird an der Küste gekauft.«

Durch das Dorf führte eine lange, nicht asphaltierte Straße. Auf beiden Seiten standen verputzte Häuser. Wir blieben vor einem großen Haus mit einem Schilfdach stehen. Störche hatten auf dem Schornstein ein Nest gebaut und standen auf dem Dach.

»Das Haus des Webers«, sagte Kamel.

Die Sonne war inzwischen untergegangen. Eine märchenhafte zartblaue Dämmerung brach herein, aber es wurde empfindlich kühler. Ein paar Eselkarren mit Heu rollten die Straße entlang, und kleine Ziegenherden strebten den Ställen zu.

Am anderen Ende des Dorfs blieb Kamel vor einem großen Haus stehen. Er betrachtete es lange. Es war wie die anderen Häuser verputzt, aber etwa doppelt so breit mit einem Balkon auf der Vorderseite. Eine Frau stand auf dem Balkon und klopfte Teppiche. Sie hatte dunkle Haut und trug ein buntes Kleid. Neben ihr saß ein kleines Mädchen mit goldblondem Haar in einem weißen Kleidchen und einer Schürze. Man hatte der Kleinen dünne Zöpfe geflochten, die in offenen Locken endeten. Als das Mädchen uns entdeckte, lief es herunter auf die Straße und auf mich zu.

Kamel rief etwas zu der Mutter hinauf, die ihn einen Moment schweigend ansah. Als sie mich bemerkte, lächelte sie und entblößte dabei mehrere goldene Zähne. Dann verließ sie den Balkon.

»Das ist das Haus von El-Marad«, sagte Kamel. »Diese Frau ist seine Hauptfrau. Das Kind ist ein Nachkömmling. Die Frau wurde schwanger, als man glaubte, sie sei schon lange unfruchtbar. Man sieht darin ein Zeichen Allahs – das Kind ist ›auserwählt‹.«

»Wieso wissen Sie das alles, wenn Sie seit Jahren nicht mehr hier waren?« fragte ich. »Das Kind ist doch höchstens fünf.« Kamel nahm das Mädchen bei der Hand und sah es liebevoll an. Dann gingen wir zum Haus.

»Ich habe die Kleine noch nie gesehen«, gestand er. »Aber ich lasse mich über alles informieren, was in meinem Dorf geschieht. Die Geburt des Kindes war ein großes Ereignis. Ich hätte ihr etwas mitbringen sollen, schließlich ist das Mädchen kaum dafür verantwortlich, was ich ihrem Vater gegenüber empfinde.«

Ich kramte in meiner Tasche. Vielleicht hatte ich etwas, was der Kleinen gefallen würde. Eine der Plastikfiguren von Lilys Steckschachbrett fiel mir in die Hand – die weiße Dame. Das Figürchen sah wie eine winzige Puppe aus. Ich schenkte es dem Mädchen, das zu seiner Mutter rannte, um ihr das Spielzeug zu zeigen. Kamel lächelte mir zu.

Die Frau trat aus der Haustür und bat uns einzutreten. Sie hielt die Schachfigur in der Hand und sprach arabisch mit Kamel. Mich sah sie dabei mit leuchtenden Augen an. Vielleicht stellte sie ihm Fragen über mich, denn manchmal berührte sie mich leicht.

Kamel sagte etwas zu ihr, und sie verschwand.

»Ich habe sie gebeten, ihren Mann zu holen«, erklärte er. »Wir können uns in den Laden setzen und dort warten. Eine seiner Frauen wird uns Kaffee bringen.«

Der Teppichladen war ein großer Raum, der fast das ganze untere Stockwerk einnahm. Überall lagen Stapel zusammengefalteter oder zusammengerollter Teppiche, Teppiche lagen ausgebreitet einen Meter hoch übereinander, andere hingen an den Wänden und über dem Geländer des inneren Balkons. Wir setzten uns mit gekreuzten Beinen auf Schilfmatten. Zwei junge Frauen erschienen. Die eine trug auf einem runden Tablett einen Samowar mit Tassen, die andere ein Gestell für das Tablett. Sie richteten alles zurecht und schenkten uns Kaffee ein. Wenn sie mich ansahen, kicherten sie und schlugen schnell die Augen nieder. Als sie uns versorgt hatten, huschten sie davon.

»El-Marad hat drei Frauen«, erzählte mir Kamel. »Unser Glaube erlaubt vier Frauen, aber in seinem Alter wird er wohl kaum noch eine Frau nehmen. Er muß ungefähr achtzig sein.«

»Wie viele Frauen haben Sie?« fragte ich.

»Das Gesetz schreibt vor, daß ein Minister nur eine Frau haben darf«, erwiderte Kamel, »also muß ich etwas vorsichtiger sein.« Er lachte, wirkte dabei aber immer noch ernst. Der Besuch hier fiel ihm offensichtlich nicht leicht.

»Die Frauen scheinen etwas an mir komisch zu finden. Wenn sie mich ansehen, fangen sie an zu kichern«, bemerkte ich, um ihn abzulenken.

»Vielleicht haben sie noch nie eine Amerikanerin gesehen«, antwortete Kamel, »aber ganz bestimmt noch keine Frau, die eine Hose trägt. Vermutlich würden sie Ihnen gerne viele Fragen stellen, getrauen sich aber nicht.«

In diesem Augenblick teilte sich der Vorhang unter dem Balkon, und ein großer, eindrucksvoller Mann betrat den Raum. Er war über einen Meter achtzig groß, hatte eine lange, spitze, wie ein Falkenschnabel gebogene Nase, unter dichten Augenbrauen durchdringende schwarze Augen und lange schwarze Haare mit weißen Fäden. Er trug einen langen, rot-weiß gestreiften Kaftan aus feiner, weicher Wolle. Er bewegte sich energisch und wirkte eher wie ein Fünfzigjähriger. Kamel stand auf, um ihn zu begrüßen. Sie küßten sich gegenseitig auf die Wangen und berührten mit den Fingern Stirn und Brust. Kamel sagte ein paar Worte auf arabisch, und der Mann wandte sich mir zu. Seine Stimme klang heller als erwartet und sanft – fast wie ein Flüstern.

»Ich bin El-Marad«, sagte er, »jeder Freund von Kamel Kader ist in meinem Haus willkommen.« Er setzte sich mit gekreuzten Beinen mir gegenüber auf ein Sitzkissen. Mir fiel keinerlei Spannung zwischen den beiden Männern auf, die sich immerhin mehrere Jahre nicht gesehen oder gesprochen hatten. El-Marad ordnete das Gewand und sah mich neugierig an.

»Ich stelle Mademoiselle Katherine Velis vor«, sagte Kamel förmlich. »Sie kommt aus Amerika, um für die OPEC zu arbeiten.«

»OPEC«, wiederholte El-Marad und nickte mir zu. »Glücklicherweise gibt es hier in den Bergen keine Ölvorkommen, sonst müßten auch wir unser Leben ändern. Ich hoffe, Sie werden sich in unserem Land wohl fühlen. Möge sich für uns alle – wenn Allah es so will – durch Ihre Arbeit der Wohlstand mehren.«

Er hob die Hand, und die Mutter kam mit dem Mädchen herein. Sie reichte ihrem Mann die kleine Schachfigur, und er hielt sie mir hin.

»Wie ich höre, haben Sie meiner Tochter ein Geschenk gemacht«, sagte er zu mir. »Das bringt mich in Ihre Schuld. Bitte wählen Sie einen Teppich, der Ihnen gefällt.« Er machte wieder eine Handbewegung, Mutter und Kind verschwanden so stumm, wie sie gekommen waren.

»Aber ich bitte Sie«, sagte ich, »es ist nur ein Figürchen aus Plastik.« Er betrachtete es und schien meine Worte nicht zu hören. Dann hob er den Kopf, und seine Adleraugen unter den buschigen Brauen durchbohrten mich.

»Die weiße Dame!« flüsterte er und warf schnell einen Blick auf Kamel. »Wer schickt Sie?« fragte er. »Und warum haben Sie ihn mitgebracht?«

Auf diese Frage war ich nicht vorbereitet, und ich sah Kamel hilfesuchend an. Aber dann verstand ich. Er wußte, weshalb ich hier war – vielleicht war die Schachfigur für ihn eine Art Hinweis darauf, daß ich von Llewellyn kam. Wenn das so war, dann hatte ich unbewußt ins Schwarze getroffen.

»Ein Freund von mir, ein Antiquitätenhändler aus New York, hat mich gebeten, Sie zu besuchen. Kamel war so freundlich, mich herzubringen.«

El-Marad schwieg einen Augenblick, aber sein Blick lag noch immer prüfend auf mir. Er spielte mit dem Figürchen in der Hand, als sei es die Perle einer Gebetskette. Schließlich sagte er zu Kamel ein paar Worte auf arabisch. Kamel nickte und stand auf.

»Ich glaube, ich gehe etwas an die frische Luft. Mir scheint, El-Marad möchte mit Ihnen unter vier Augen sprechen.« Er lächelte mich an und gab mir so zu verstehen, daß er sich nicht über die Unhöflichkeit des alten Mannes ärgerte. Zu El-Marad sagte er: »Aber Katherine ist *dachil-ak* . . .«

»Unmöglich!« rief El-Marad und stand ebenfalls auf. »Sie ist eine Frau!«

»Was bedeutet das?« fragte ich, aber Kamel war schon gegangen, und ich war mit dem Teppichhändler allein.

»Er sagt, Sie stehen unter seinem Schutz«, erklärte El-Marad und kam zu mir zurück, als er sich vergewissert hatte, daß Kamel hinausgegangen war. »Eine Sitte der Beduinen. Ein Mann, der verfolgt wird, kann in der Wüste einen anderen um Hilfe bitten. Er muß ihn schützen, auch wenn er nicht zu seinem Stamm gehört. Es geschieht selten und nur auf Verlangen – und nie für eine Frau.«

»Vielleicht dachte Kamel, er müsse besondere Vorsichtsmaßnahmen ergreifen, wenn er mich mit Ihnen allein läßt«, sagte ich.

El-Marad sah mich verblüfft an. »Sie müssen sehr mutig sein, wenn Sie in einem solchen Augenblick spaßen«, sagte er langsam und musterte mich abschätzend. »Hat er Ihnen nicht gesagt, daß ich ihn wie meinen eigenen Sohn habe erziehen lassen?« Er blieb plötzlich stehen und sah mich durchdringend an. »Wir sind *nahnu malihin* – wir teilen das Salz. Wenn man in der Wüste mit jemandem das Salz teilt, ist das mehr wert als Gold.«

»Sie sind also Beduine?« fragte ich. »Sie kennen die Gesetze und Gebräuche der Wüste, und Sie lachen nie. Ich frage mich, ob Llewellyn Markham das weiß? Ich werde ihm schreiben und ihn wissen lassen, daß Beduinen nicht so höflich sind wie Berber.«

Als ich Llewellyns Namen aussprach, wurde El-Marad blaß. »Sie kommen also von ihm«, sagte er, »warum sind Sie nicht allein hier?«

Ich seufzte und blickte auf die Schachfigur in seiner Hand. »Warum sagen Sie mir nicht, wo sie sind?« erwiderte ich. »Sie wissen, warum ich gekommen bin.«

»Also gut«, sagte er, setzte sich, goß Kaffee in eine der kleinen Tassen und trank einen Schluck. »Wir haben die Figuren ausfindig gemacht und versucht, sie zu kaufen – ohne Erfolg. Die Frau, die sie besitzt, lehnt sogar eine Begegnung mit uns ab. Sie lebt in der Kasbah von Algier, aber sie ist sehr reich. Sie hat zwar nicht das ganze Spiel, aber es besteht Grund zu der Annahme, daß sie viele Figuren hat. Wir können das Geld aufbringen, um sie zu kaufen – wenn es Ihnen gelingt, mit ihr zu sprechen.«

»Warum tun Sie das nicht?« fragte ich und wiederholte die Frage, die ich auch Llewellyn gestellt hatte.

»Sie lebt in einem Harem«, antwortete er, »sie lebt abgeschieden von der Welt – das Wort ›Harem‹ bedeutet das ›Verbotene‹. Kein Mann außer ihrem Herrn darf zu ihr.«

»Sie könnten doch mit ihrem Mann verhandeln.«

»Er lebt nicht mehr«, erwiderte El-Marad und stellte mit einer ungeduldigen Geste die Kaffeetasse ab. »Er ist tot, und sie ist reich. Seine Söhne schützen sie, aber es sind nicht ihre Söhne. Sie wissen nichts von den Schachfiguren. Niemand weiß das.«

»Woher wissen Sie es dann?« fragte ich. »Hören Sie, ich habe mich bereit erklärt, einem Freund diesen kleinen Gefallen zu tun. Aber Sie wollen mir offenbar nicht behilflich sein. Sie nennen mir nicht einmal den Namen dieser Frau oder ihre Adresse.«

Er sah mich vorsichtig an. »Sie heißt Mochfi Mochtar«, sagte er.

»In der Kasbah gibt es keine Straßennamen oder Adressen, aber das Viertel ist nicht groß. Sie werden sie bestimmt finden. Sie wird Ihnen die Figuren verkaufen, wenn sie die geheime Nachricht hört, die Sie von mir bekommen. Damit öffnet sich jede Tür.«

»Gut«, sagte ich ungeduldig.

»Sagen Sie ihr, daß Sie am heiligen Tag des Islam geboren sind – dem Tag der Heilung. Sagen Sie ihr, daß Sie nach dem westlichen Kalender – am vierten April geboren sind ...«

Ich starrte ihn an. Mein Herz schlug heftig. Selbst Llewellyn wußte nicht, wann ich Geburtstag hatte.

»Warum soll ich ihr das sagen?« fragte ich so ruhig wie möglich.

»Karl der Große wurde am vierten April geboren«, sagte er leise. »An diesem Tag wurde auch das Schachspiel ausgegraben – ein wichtiger Tag im Zusammenhang mit den Figuren, die wir suchen. Es heißt, wem es bestimmt ist, die Figuren wieder zusammenzubringen, sie nach all den vielen Jahren zu vereinen, der wird an diesem Tag geboren. Mochfi Mochtar kennt die Legende – und sie wird sich mit Ihnen treffen.«

»Kennen Sie diese Frau?« fragte ich.

»Ich habe sie einmal gesehen, vor vielen, vielen Jahren ...«, antwortete er und schien in die Vergangenheit zu blicken. Was ist das für ein Mann? dachte ich. Er macht Geschäfte mit einer Niete wie Llewellyn; Kamel glaubt, er habe sich das Geschäft seines Vaters durch Mord angeeignet, aber er hat Kamels Studien finanziert, so daß er einer der einflußreichsten Minister im Land werden konnte. Er lebt hier fern der Welt mit seinen Frauen wie ein Einsiedler – und doch hat er Geschäftskontakte in London und New York.

»Damals war sie sehr schön«, fuhr El-Marad fort. »Sie muß inzwischen ziemlich alt sein. Ich begegnete ihr nur kurz. Natürlich wußte ich damals nicht, daß sie die Figuren besitzt und daß sie eines Tages ... Aber sie hat die gleichen Augen wie Sie, daran erinnere ich mich.« Er riß sich von seinen Erinnerungen los. »Wollen Sie noch etwas wissen?«

»Wie komme ich zu dem Geld, wenn ich die Figuren kaufen kann?« fragte ich und kam wieder auf das Geschäftliche zu sprechen.

»Wir übernehmen das«, entgegnete er schroff, »Sie können über dieses Postfach Verbindung mit mir aufnehmen.« Er gab mir einen

Zettel mit einer Nummer. In diesem Augenblick streckte eine seiner Frauen den Kopf durch den Vorhang. Hinter ihr stand Kamel.

»Ist das Geschäftliche erledigt?« fragte er lächelnd und kam herein.

»Ja«, antwortete El-Marad und half mir beim Aufstehen. »Deine Freundin kann gut feilschen. Sie hat das Recht auf *al-bascharah* und darf sich noch einen Teppich aussuchen.« Er nahm zwei zusammengerollte Kamelhaarteppiche von einem Stapel. Sie hatten wunderschöne Farben.

»Worauf habe ich das Recht?« fragte ich lächelnd.

»Das Recht auf ein Geschenk, weil Sie eine gute Nachricht bringen«, sagte Kamel und nahm die beiden Teppichrollen auf die Schulter. »Was für eine gute Nachricht haben Sie denn gebracht? Oder ist auch das ein Geheimnis?«

»Die Nachricht eines Freundes«, erwiderte El-Marad liebenswürdig. »Wenn du möchtest, schicke ich einen Jungen mit dem Esel«, fügte er hinzu. Kamel nahm das Angebot erfreut an. El-Marad begleitete uns auf die Straße hinaus, wo der Junge kurz darauf mit einem Karren erschien.

»*Al-safar zafar!*« rief El-Marad und winkte uns nach.

»Ein altes arabisches Sprichwort«, erklärte Kamel. »Es bedeutet: ›Reisen bedeutet siegen.‹ Er wünscht Ihnen alles Gute.«

»Er ist gar kein so alter Griesgram, wie ich zuerst dachte«, sagte ich. »Aber ich traue ihm nicht.«

Kamel lachte. Er wirkte jetzt sehr viel gelöster. »Sie spielen das Spiel gut«, sagte er.

Mir blieb das Herz stehen, aber ich ging weiter durch die Dunkelheit. Ich war froh, daß er mein Gesicht nicht sehen konnte. »Was meinen Sie damit?« fragte ich.

»Ich meine, Sie haben von dem gerissensten Teppichhändler in Algerien zwei Teppiche umsonst bekommen. Wenn das bekannt wird, ist sein Ruf ruiniert.«

Wir gingen schweigend weiter und hörten nur das Quietschen des Eselkarrens vor uns.

»Ich glaube, wir sollten für die Nacht das Gästehaus für Regierungsbeamte in Bouira in Anspruch nehmen«, schlug Kamel vor. »Es liegt etwa fünfzehn Kilometer von hier. Die Zimmer werden Ihnen bestimmt gefallen, und wir können morgen von dort nach Algier zurückfahren. Oder möchten Sie lieber heute nacht noch einmal durch die Berge fahren?«

»Nicht um alles in der Welt«, antwortete ich schnell. Außerdem hatten die Zimmer möglicherweise heißes Wasser zum Baden und andere Bequemlichkeiten, auf die ich in letzter Zeit hatte verzichten müssen. Das El-Riadh war zwar ein hübsches Hotel, aber der Charme war nach zwei Monaten täglichen Badens in kalter, rostiger Brühe doch sehr geschwunden.

Nachdem Kamel und ich mit den Teppichen wieder im Citroën saßen und auf der befestigten Straße nach Bouira rollten, zog ich mein kleines arabisches Wörterbuch hervor und schlug zwei Worte nach, die mir nicht aus dem Kopf gingen.

Wie ich sofort vermutet hatte, war Mochfi Mochtar kein Name. Es bedeutete: verborgen erwählt – die geheime Erwählte.

Am Montag morgen nach unserer Fahrt in die Kabylei brach die Hölle los. Es begann damit, daß Kamel schon beim Abschied am Abend zuvor in meinem Hotel eine Bombe platzen ließ: Eine OPEC-Konferenz schien bevorzustehen, auf der er die »Ergebnisse« meiner Computerstudie bekanntgeben wollte – und diese Studie gab es noch gar nicht! Therese hatte zwar inzwischen mehr als dreißig Bänder mit Daten über die Monatsproduktion der einzelnen Staaten, aber ich mußte sie noch formatieren und meine eigenen Daten ergänzen, um Prognosen zu Produktion, Verbrauch und Marktanteilen zu erhalten – und das alles noch vor Konferenzbeginn!

Andererseits wußte man bei der OPEC nie, was »bald« bedeutete. Zeitpunkt und Ort jeder Konferenz unterlagen bis zur allerletzten Minute strengster Geheimhaltung – man ging davon aus, daß diese Art Planung die Terminkalender von Terroristen mehr durcheinanderbringen würde als die der OPEC-Minister. In manchen Kreisen wurde zur Jagd auf die OPEC geblasen, und in den letzten Monaten hatte man bereits mehrere Minister umgebracht. Es war ein Beweis für die Wichtigkeit meiner Studie, daß Kamel über die bevorstehende Konferenz eine Andeutung gemacht hatte.

Zu der großen Arbeitsbelastung kam, daß mich an meinem Arbeitsplatz im Sonatrach-Datenzentrum hoch oben auf dem Haupthügel von Algier eine Nachricht in einem offiziellen Umschlag erwartete. Sie stammte vom Wohnungsbauministerium, sie hatten endlich eine Wohnung für mich. Ich konnte noch heute einziehen, das heißt, ich mußte noch heute einziehen, sonst würde sie ein anderer in Beschlag nehmen. Wohnungen waren Mangelware in Algier – ich wartete bereits zwei Monate. Ich mußte also wie der Blitz zurück zum Hotel, packen und alles in die Wohnung bringen. Wie sollte ich bei alldem noch Mochfi Mochtar in der Kasbah suchen?

In Algerien ist von sieben Uhr morgens bis sieben Uhr abends Geschäftszeit. Aber während der drei Stunden Mittagspause ist alles geschlossen. Ich beschloß, diese Zeit zu nutzen, um einen ersten Versuch zu wagen.

Wie in allen arabischen Städten ist die Kasbah das älteste Viertel, das früher zum Schutz der Bevölkerung befestigt war. Die Kasbah von Algier ist ein labyrinthähnliches Gewirr enger, gepflasterter Gassen und uralter, halbzerfallener Häuser, die sich den steilsten Hügel hinaufziehen. Das ganze Gebiet umfaßt zwar nur etwa zweieinhalbtausend Quadratmeter, aber hier finden sich auf engstem Raum zahllose Moscheen, Friedhöfe und türkische Bäder; schwindelerregende Treppen führen in allen Richtungen durch das Labyrinth. Von der einen Million Einwohner Algiers leben beinahe zwanzig Prozent in diesem kleinen Viertel. In der Kasbah kann man freiwillig oder unfreiwillig ohne jede Spur untertauchen. Es war eine ideale Umgebung für eine Frau, die sich »die geheime Erwählte« nannte.

Leider war es auch ein idealer Platz, um sich zu verirren. Das Taxi brauchte zwar nur zwanzig Minuten von meinem Büro bis zum Palais de la Casbah am oberen Tor, aber dann lief ich eine Stunde lang herum wie eine Maus im Käfig. Ich versuchte es mit unzähligen gewundenen und steilen Gassen, landete aber früher oder später immer wieder am Friedhof der Prinzessinnen. Wen ich auch nach dem hiesigen Harem fragen mochte, starrte mich nur mit großen Augen an. Andere beschimpften mich unflätig, und noch andere wurden anzüglich. Wenn ich nach Mochfi Mochtar fragte, lachten die Leute nur.

Am Ende war ich völlig erschöpft und hatte nichts erreicht. Enttäuscht beschloß ich, einen Besuch bei Therese auf dem Postamt zu machen. Es war zwar höchst unwahrscheinlich, daß die gesuchte

Dame im Telefonbuch stand – in der Kasbah hatte ich keine Telefonleitungen bemerkt –, aber Therese kannte jeden in Algier. Jeden, nur nicht die bewußte Dame.

»Wie kann jemand einen so lächerlichen Namen haben?« fragte sie mich, ließ ungerührt die Summer im Schaltschrank surren und bot mir Lutschbonbons an. »Meine Liebe, ich bin froh, daß Sie heute gekommen sind! Ich habe ein Telex für Sie...« Sie suchte in einer Mappe auf dem Regal ihrer Telefonzentrale. »Diese Araber«, murmelte sie, »bei denen geht alles nach dem Motto *bad ghedua* – ›Morgen ist auch noch ein Tag!‹. Wenn ich versucht hätte, Ihnen das ins El-Riadh zu schicken, dann hätten Sie froh sein können, wenn es im nächsten Monat bei Ihnen angekommen wäre.« Sie zog ein Telex hervor und reichte es mir strahlend. Dann flüsterte sie mir zu: »Es kommt zwar aus einem Kloster, aber ich bin sicher, es ist kodiert.«

Natürlich, denn es stammte von Schwester Maria Magdalena aus dem Kloster St. Ladislaus in New York. Die Schwester hat sich wirklich viel Zeit zu einer Antwort gelassen, dachte ich ärgerlich. Ich warf einen Blick auf den Text und stöhnte innerlich über Nims Verrücktheiten:

ERBITTE HILFE BEI NY TIMES KREUZWORTRÄTSEL STOP ALLES GELÖST BIS AUF FOLGENDE FRAGEN STOP GÄSTE STOP HÖFISCHE LIEBE IM DEUTSCHEN MITTELALTER STOP BERUF DER JÜNGER CHRISTI STOP REIM AUF WIEGE STOP GEFÄHRLICHER ZUSTAND STOP WERK VON TSCHAIKOWSKY (FRANZ.) STOP BUCHSTABEN 5-5-5-6-5-9

UM ANTWORT WIRD GEBETEN STOP
SCHWESTER MAGDALENA
KLOSTER ST. LADISLAUS NY NY

Wie schön – ein Kreuzworträtsel! Ich hasse Kreuzworträtsel, und das wußte Nim sehr gut. Er wollte mich quälen. Das hatte mir gerade noch gefehlt, eine idiotische Aufgabe vom König der Absurditäten.

Ich dankte Therese für ihre Mühe und überließ sie wieder ihren Stöpseln und Kabeln. Aber mein Dechiffrierquotient mußte sich in den letzten Monaten verbessert haben, denn schon in Thereses Telefonzentrale fielen mir die ersten Lösungsworte ein. Deutsche Liebe im Mittelalter war natürlich ›Minne‹. Und die Frage nach dem Beruf der Jünger Christi beantwortete ich mit ›Fischer‹. Ich mußte die Antworten noch auf die von ihm vorgegebene Anzahl der Buchstaben untersuchen, aber, so wie es aussah, hatte er wenigstens das Rätsel auf ein schlichtes Gemüt, wie ich es war, zugeschnitten.

Als ich gegen acht ins Hotel zurückkehrte, wartete noch eine Überraschung auf mich. In der einsetzenden Dämmerung entdeckte ich vor dem Hotel Lilys blaßblauen Corniche. Gepäckträger, Kellner und Küchenjungen standen staunend um den Rolls-Royce und fuhren andächtig mit dem Finger über das Chrom und das weiche Leder der Innenausstattung.

Ich eilte an dem Wagen vorbei und versuchte mir einzureden, nicht gesehen zu haben, was ich gesehen hatte. In mindestens zehn Telegrammen hatte ich Mordecai beschworen, Lily nicht nach Algier zu schicken. Aber der Wagen war wohl kaum ohne die Besitzerin hierhergekommen...

Als ich an der Rezeption meinen Zimmerschlüssel holen und meinen Auszug ankündigen wollte, kam der nächste Schock. An der Marmortheke des Empfangs lehnte attraktiv wie eh und je »mein Freund« Scharrif, der Chef der Geheimpolizei, und unterhielt sich mit dem Empfangschef. Er entdeckte mich, ehe ich einen schnellen Rückzug antreten konnte.

»Mademoiselle Velis!« rief er mit seinem Filmstarlächeln. »Sie kommen gerade im richtigen Moment, um uns bei einer kleinen Nachforschung behilflich zu sein. Ist Ihnen beim Hereinkommen vielleicht der Wagen eines Ihrer Landsleute aufgefallen?«

»Merkwürdig – ich dachte, es sei ein englischer Wagen«, erwiderte ich gleichgültig und nahm meinen Zimmerschlüssel entgegen.

»Mit einem New Yorker Nummernschild!« rief Scharrif mit erhobenen Augenbrauen.

»New York ist groß...«, sagte ich über die Schulter und wollte auf mein Zimmer gehen, aber Scharrif ließ nicht locker.

»Als der Zoll den Wagen heute nachmittag abfertigte, wurden die Papiere auf Ihren Namen und die Adresse hier ausgestellt. Können Sie mir das vielleicht erklären?«

Mein Gott! Ich würde Lily umbringen, wenn ich sie fand. Vermutlich hatte sie sich mit einem Trinkgeld bereits den Weg in mein Zimmer erkauft.

»Toll!« rief ich übertrieben glücklich. »Ein Geschenk von einem anonymen New Yorker. Ich brauche ein Fahrzeug – und Leihwagen sind kaum zu haben. Warum nicht ein Rolls-Royce?« Damit verschwand ich in Richtung Garten, aber Scharrif blieb mir auf den Fersen.

»Interpol überprüft das Kennzeichen für uns«, erklärte er, als er mich eingeholt hatte. »Ich kann nicht glauben, daß der Besitzer den Zoll bar bezahlt – immerhin hundert Prozent vom Kaufwert des Wagens – und ihn dann jemandem überläßt, den er nicht kennt! Außer Ihnen wohnen keine Amerikaner in diesem Hotel...«

»Und ich auch nicht mehr«, sagte ich und betrat den Kiesweg im Garten, »ich verlasse das Hotel in einer halben Stunde und zieh nach Sidi-Fredsch, wie Ihre *dschawasis* Ihnen natürlich schon berichtet haben werden.« *Dschawasis* sind die Spitzel der Geheimpolizei. Mein Vorwurf entging Scharrif nicht. Er kniff die Augen zusammen und faßte mich am Arm. Ich blieb abrupt stehen. Ich warf einen mißbilligenden Blick auf seine Hand und machte mich energisch von ihm los.

»Meine Agenten«, sagte er, auf den korrekten Begriff bedacht, »haben bereits Ihre Wohnung nach Gästen durchsucht und auch die Einreiselisten im Hafen von Algier und Oran. Wir warten noch auf die Listen der anderen Häfen. Wie Sie vermutlich wissen, haben wir Grenzen zu sieben Ländern und das Küstengebiet. Es wäre sehr viel einfacher, Sie würden uns sagen, wem dieser Wagen gehört.«

»Warum eigentlich die Aufregung?« fragte ich und ging weiter. »Wenn der Zoll bezahlt ist und die Papiere in Ordnung sind, warum soll ich einem geschenkten Gaul ins Maul schauen? Außerdem, wieso ist es für Sie wichtig zu wissen, wem der Wagen gehört? Es besteht doch kein Einfuhrverbot in einem Land, das keine Autos produziert – oder irre ich mich?«

Er war nicht schlagfertig genug, um darauf sofort zu antworten. Er konnte kaum zugeben, daß seine *dschawasis* mich auf Schritt und Tritt verfolgten und ihm jedesmal meldeten, wenn ich nieste. Ich wollte es ihm schwermachen, bis ich Lily gesprochen hatte. Das alles klang schon merkwürdig. Wenn sie nicht in meinem Zimmer war und auch kein Zimmer im Hotel genommen hatte, wo war sie dann? Meine Frage wurde postwendend beantwortet.

Am anderen Ende des Gartens befand sich der Swimmingpool mit dem malerischen Minarett und den Bögen, die Garten und Strand trennten. Von dort hörte ich nur allzu vertraute Geräusche – kleine Hundepfoten, die an einer Holztür kratzten, und das kläffende Gebell, das man nie mehr vergaß, wenn man es einmal gehört hatte.

Hinter dem Swimmingpool öffnete sich eine Tür spaltweit, und ein wildgewordener Zottelball sauste heraus. Er jagte am Pool entlang und schnurstracks auf uns zu. Selbst im hellen Tageslicht hätte man nicht sofort erkennen können, was für ein Tier Carioca war. Scharrif fiel der Unterkiefer herunter, als die Bestie ihn in Knöchelhöhe ansprang und die kleinen spitzen Zähne in das Bein unter den seidenen Socken schlug. Er stieß einen Schrei aus, hüpfte auf dem anderen Bein und versuchte, Carioca abzuschütteln. Ich packte das Wollknäuel und drückte es mit einem Arm fest an die Brust. Carioca krümmte und wand sich, aber gleichzeitig leckte er mir stürmisch das Gesicht.

»Um Himmels willen, was ist denn das?« rief Scharrif und starrte wütend auf das Angoramonster.

»Der Besitzer des Wagens«, erwiderte ich seufzend und wußte, nun half nichts mehr. »Möchten Sie die bessere Hälfte auch kennenlernen?«

Scharrif folgte mir humpelnd. Er rollte das Hosenbein hoch und untersuchte das schmerzende Bein. »Die Kreatur könnte ja tollwütig sein«, stöhnte er, als wir das Minarett erreicht hatten. »Tollwütige Tiere greifen oft grundlos Menschen an.«

»Er ist nicht tollwütig, sondern ein Menschenkenner«, erwiderte ich.

Wir stießen die angelehnte Tür auf und stiegen die dunkle Treppe des Turms hinauf. Wir kamen in einen großen Raum mit Sitzkissen an den Fenstern. Lily thronte wie ein Pascha in den Kissen, hatte die Füße hochgelegt und zwischen die Zehen Watte gesteckt und lakkierte in aller Seelenruhe ihre Fußnägel. Sie trug ein Miniminikleid, und die wuscheligen blonden Haare fielen ihr über die Augen. Sie starrte mich eisig an. Carioca verlangte lautstark, wieder losgelassen zu werden, aber ich bedeutete ihm nachdrücklich zu schweigen.

»Es wird aber auch Zeit«, fauchte Lily, »du kannst dir nicht vorstellen, was ich für Probleme hatte, bis ich hier war!« Dann entdeckte sie Scharrif hinter mir.

»Du hattest Probleme?« sagte ich. »Darf ich dir meinen Begleiter vorstellen – Scharrif, Chef der Geheimpolizei.«

Lily stöhnte.

»Wie oft soll ich dir noch sagen«, rief sie, »daß wir die Polizei nicht brauchen. Wir können das allein –«

»Er ist nicht von der Polizei«, unterbrach ich sie, »ich sagte Geheimpolizei.«

»Und was soll das bedeuten – doch wohl nur, daß niemand wissen soll, daß er ein Polizist ist. Ach verdammt! Jetzt habe ich den Lack verschmiert«, rief Lily und beugte sich über ihren Fuß. Ich warf ihr Carioca in den Schoß, und sie sah mich wieder vorwurfsvoll an.

»Wie ich sehe, kennen Sie diese Frau«, sagte Scharrif zu mir. Er stand neben mir und streckte die Hand aus. »Darf ich bitte Ihre Papiere sehen? Ihre Einreise in dieses Land ist nicht registriert. Sie haben einen teuren Wagen unter einem falschen Namen eingeführt und besitzen einen Hund, der zweifellos eine Gefahr für die Öffentlichkeit darstellt.«

»Ach, rutschen Sie mir den Buckel runter«, schimpfte Lily, schob Carioca beiseite, setzte die Füße auf den Boden und stand auf. »Ich habe genug bezahlt, um diesen Wagen in das Land zu bringen. Und woher wollen Sie wissen, daß ich illegal eingereist bin? Sie wissen ja noch nicht einmal, wer ich bin!« Sie hüpfte auf den Fersen durch das Zimmer, damit die Watte zwischen den Zehen nicht verrutschte, und zog aus einem Stapel teurer Ledertaschen einen Ausweis und Papiere hervor, die sie Scharrif unter die Nase hielt.

»Ich bin auf der Durchreise nach Tunesien«, erklärte sie. »Ich bin zufällig Schachmeisterin und habe dort ein wichtiges Turnier zu spielen.«

»Das nächste Schachturnier in Tunesien findet erst im September statt«, erwiderte Scharrif und blätterte in dem Paß. Dann sah er sie mißtrauisch an. »Sie heißen Rad – sind Sie zufällig verwandt mit dem –«

»Ja«, fauchte sie. Scharrif als Schachexperte hatte zweifellos auch von Mordecai gehört, vielleicht sogar seine Bücher gelesen.

»Ihr Visum hat keinen Einreisestempel«, bemerkte er, »ich nehme den Paß an mich und gehe der Sache auf den Grund. Mademoiselle, Sie dürfen das Hotel bis auf weiteres nicht verlassen.«

Ich wartete, bis die Tür unten ins Schloß fiel.

»Du machst dir wirklich schnell Freunde in einem fremden Land«, sagte ich, als Lily sich zu mir ans Fenster setzte. »Was willst du jetzt machen? Er hat deinen Paß mitgenommen!«

»Ich habe noch einen«, erwiderte sie mürrisch und zog die Watte zwischen den Zehen heraus. »Ich bin in England von einer englischen Mutter geboren worden. Britische Staatsbürger können eine doppelte Staatsbürgerschaft haben, wie du vielleicht weißt.«

»Warum hast du deinen blöden Wagen auf meinen Namen eingeführt? Und wie bist du ohne Paßkontrolle ins Land gekommen?«

»Ich habe in Palma ein Wasserflugzeug gechartert«, erwiderte sie, »sie haben mich hier am Strand abgesetzt. Ich habe den Wagen per Schiff vorausgeschickt und mußte einen Namen und eine Adresse angeben, um ihn importieren zu können. Mordecai hat mir aufgetragen, so unauffällig wie möglich in Algerien einzureisen.«

»Das ist dir ganz bestimmt gelungen«, sagte ich trocken. »Ich bin sicher, niemand im ganzen Land weiß, daß du hier bist – abgesehen vom Grenzschutz, der Geheimpolizei und wahrscheinlich dem Präsidenten! Und was willst du überhaupt hier? Oder hat Mordecai vergessen, dir das zu sagen?«

»Er hat mir gesagt, ich soll dich retten – und er hat mir gesagt, Solarin spiele noch in diesem Monat in Tunesien. So ein Lügner! Ich bin am Verhungern. Vielleicht kannst du mir einen Cheeseburger oder etwas Vernünftiges zu essen besorgen. Hier gibt es keinen Zimmerservice – ich habe nicht einmal ein Telefon!«

»Ich werde sehen, was ich tun kann«, erwiderte ich, »aber ich ziehe hier aus. Ich habe endlich eine Wohnung in Sidi-Fredsch. Das kannst du von hier aus in einer halben Stunde zu Fuß erreichen, wenn du am Strand in Richtung Algier gehst. Ich nehme den Wagen, um meine Sachen zu transportieren. In einer Stunde kannst du bei mir etwas zum Abendessen haben. Wenn es dunkel ist, gehst du unbemerkt zum Strand. Die Bewegung wird dir guttun.«

Lily willigte mißmutig ein – sie hatte keine andere Wahl –, und ich ging mit den Rolls-Royce-Schlüsseln in der Tasche in mein Zimmer, um zu packen. Ich war sicher, daß Kamel Lilys Einreise »legalisieren« konnte, aber zunächst hatte ich sie am Hals. Immerhin hatte ich endlich ein Auto. Außerdem hatte ich von Mordecai nichts mehr gehört. Ich mußte Lily fragen, was sie in meiner Abwesenheit von ihm erfahren hatte.

Die Wohnung in Sidi-Fredsch war phantastisch – zwei Zimmer mit gewölbten Decken und Marmorböden. Außerdem war sie volleingerichtet mit Bettzeug und allem und hatte einen Balkon mit Blick auf den Hafen und das Mittelmeer dahinter. Ich bestellte im Restaurant unter mir das Abendessen, das man mir mit Wein und Brot in die Wohnung brachte. Dann setzte ich mich auf einen Liegestuhl, um Nims Kreuzworträtsel zu lösen, während ich auf Lily wartete. Seine Nachricht sah folgendermaßen aus:

Gäste	5
Höfische Liebe im deutschen Mittelalter	5
Beruf der Jünger Christi	5
Reim auf Wiege	6
Gefährlicher Zustand	5
Werk von Tschaikowsky (franz.)	9

Ich hatte keine Lust, wieder soviel Zeit mit diesem Rätsel zuzubringen wie mit dem Text der Wahrsagerin. Lily als ›Gast‹ ließ mich an ›Panik‹ denken. Doch das war für ein Kreuzworträtsel zu zynisch, und ich schrieb brav: ›Besuch‹. Reim auf Wiege war so blödsinnig, daß ich zunächst streikte. Die höfische Liebe war natürlich die ›Minne‹. Der ›gefährliche Zustand‹ mit fünf Buchstaben war mir inzwischen als Alltag vertraut: ›Krise‹. Wunderbar! Ich kannte auch alle Werke von Tschaikowsky – er hat nicht viele mit neun Buchstaben geschrieben, aber die französischen Titel waren mir schon weniger vertraut.

Mein erster Versuch ergab: Besuch, Fischer, Minne, Krise, *Cassenoix*. Damit war ich schon fast am Ziel. Was der ›Nußknacker‹ sollte, verstand ich nicht. Aber es war schon eine Art Nachricht. Wen sollte ich also wo besuchen? Ich murmelte unentwegt ›Wiege, Wiege‹ und kam immer nur auf ›Stiege, Stiege‹. Dann erinnerte ich mich: Es gab in Algier die Escaliers de la Pêcherie – die Fischer-Stiege! Ein Blick in mein Adreßbuch verriet mir, daß Nims Freundin Minnie Renselaas, die Frau des verstorbenen holländischen Konsuls, die ich anrufen sollte, wenn ich Hilfe brauchte, dort im Haus Nr. 1 wohnte. Nach meiner Meinung brauchte ich noch keine Hilfe, aber das Wort ›Krise‹ deutete darauf hin, daß ich schnellstens Kontakt zu ihr aufnehmen sollte. Ich versuchte, mich an die Handlung des ›Nußknackers‹ zu erinnern, wußte aber nur noch, daß es um einen bösen Zauber ging. Das meinte er wohl!

Ich kannte die ›Fischer-Stiege‹ – eine endlose Steintreppe, die den Boulevard Anatole France mit der Straße Bab el-Oued verband. Die Moschee der Fischer stand in der Nähe des Tors zur Kasbah – aber ein holländisches Konsulat hatte ich dort nicht gesehen. Im Gegenteil, die Botschaften befanden sich am anderen Ende der Stadt in einer sehr vornehmen Gegend. Also ging ich zum Telefon und rief Therese an, die noch in ihrer Schaltzentrale saß.

»Natürlich kenne ich Madame Renselaas!« rief sie mit ihrer rauhen Stimme ins Telefon. Wir waren nur ein paar Kilometer voneinander entfernt und auf festem Boden, aber die Verbindung war so schlecht, als säßen wir auf dem Meeresgrund. »In Algier kennt sie jeder – eine sehr charmante Dame. Sie hat mir früher immer holländische Pralinen und diese kleinen Bonbons mit einer Blume in der Mitte gebracht. Sie war die Frau des holländischen Konsuls«, sagte sie.

»Was meinen Sie mit ›war‹?« schrie ich zurück.

»Ach, das war noch vor der Revolution! Ihr Mann ist seit zehn oder fünfzehn Jahren tot. Aber sie lebt noch hier – sagt man zumindest. Aber sie hat kein Telefon, denn sonst hätte ich die Nummer.«

»Wie kann ich sie erreichen?« schrie ich, so laut ich konnte, da die Verbindung immer schlechter wurde. Man konnte mich bestimmt im ganzen Hafen laut und deutlich hören. »Ich habe nur eine merkwürdige Adresse – Escaliers de la Pêcherie, Nr. 1, aber in der Nähe der Moschee stehen keine Häuser.«

»Nein«, rief Therese, »es gibt dort keine Nummer eins. Ist das wirklich die richtige Adresse?«

»Ich lese sie Ihnen vor«, antwortete ich, »Wahad, Escaliers de la Pêcherie.«

»Wahad!« wiederholte sie und lachte. »Ja, das heißt Nummer eins, aber es ist keine Adresse, sondern eine Person. Es ist der Touristenführer für die Kasbah. Kennen Sie den Blumenstand vor der Moschee? Fragen Sie den Blumenverkäufer nach ihm – für fünfzig Dinar führt er sie herum. Er heißt mit Spitznamen Wahad – er ist die ›Nummer eins‹, verstanden?«

Therese legte auf, noch ehe ich sie fragen konnte, wozu ich einen Touristenführer brauchte, um Minnie zu finden. In Algerien war offenbar doch vieles anders als in New York ...

Ich beschloß gerade, mich am nächsten Tag in der Mittagspause auf die Suche nach dem Touristenführer zu machen, als ich Hundepfoten auf dem Marmorboden im Gang hörte. Es klopfte an die Tür, und Lily stapfte herein. Sie und Carioca stürmten sofort in die Küche, aus der es verheißungsvoll nach dem Abendessen roch, das man inzwischen aus dem Restaurant hochgebracht hatte: gegrillter *rouget*, gedünstete Austern und Kuskus.

»Ich muß sofort etwas essen«, rief Lily mir über die Schulter zu. Als ich in die Küche trat, nahm sie bereits die Deckel von den Schüsseln und bediente sich mit den Fingern. »Wir brauchen keine Teller«, wehrte sie meine Bemühungen um ein zivilisiertes Essen ab und warf Carioca einige Happen auf den Boden, die er verschlang.

Ich seufzte und sah zu, wie Lily sich vollstopfte – das genügte, um mir den Appetit gründlich zu verderben.

»Warum hat dich Mordecai geschickt? Ich habe ihm telegrafiert, er soll dich in New York behalten ...«

Lily drehte sich um und sah mich mit ihren großen grauen Augen an, ein Stück Lammfleisch aus dem Kuskus zwischen den Fingern. »Du solltest dich freuen«, teilte sie mir mit. »Wir haben in deiner Abwesenheit das ganze Geheimnis enträtselt.«

»Ach ja«, sagte ich wenig beeindruckt, öffnete eine Flasche von dem algerischen Rotwein und schenkte uns ein, während Lily fortfuhr:

»Mordecai hat versucht, diese seltenen und sehr wertvollen Schachfiguren für ein Museum zu kaufen – Llewellyn bekam Wind davon und störte die Verhandlungen. Mordecai vermutet, daß er Saul bestochen hat, um mehr über die Sache zu erfahren. Als Saul drohte, seine Doppelrolle einzugestehen, geriet Llewellyn in Panik und ließ ihn von einem professionellen Killer umlegen!« Sie war mit dieser Erklärung offensichtlich sehr zufrieden.

»Mordecai ist entweder schlecht informiert oder versucht bewußt, dich auf eine falsche Fährte zu setzen«, erwiderte ich. »Llewellyn hat mit Sauls Tod nichts zu tun. Solarin hat es getan. Er hat es mir selbst gesagt. Solarin ist hier in Algerien.«

Lily wollte sich gerade eine Auster in den Mund stecken, ließ sie aber verblüfft in den Kuskus fallen. Sie griff nach dem Weinglas und trank gierig. »Den kannst du öfter kaufen«, murmelte sie anerkennend.

Also erzählte ich ihr die ganze Geschichte, wie ich sie mir inzwischen zusammenreimte; ich behielt nichts für mich. Ich berichtete, wie Llewellyn mich aufgefordert hatte, ihm die Figuren zu beschaffen; daß die Wahrsagerin mir in ihrer Prophezeiung eine verschlüsselte Nachricht hatte zukommen lassen; daß Mordecai mir geschrieben hatte und zugab, daß er die Wahrsagerin kannte; daß Solarin in Algier aufgetaucht war und mir berichtet hatte, daß Saul Fiske umgebracht und dann versucht habe, ihn umzubringen – und all das nur wegen der Schachfiguren. Ich erzählte ihr, daß es meines Wissens um eine Formel ging, genau wie sie vermutet hatte. Diese Formel war verschlüsselt in dem Schachspiel enthalten, nach dem sie alle suchten. Zum Abschluß berichtete ich von meinem Besuch bei dem Teppichhändler – Llewellyns Kontaktmann – und von der geheimnisvollen Mochfi Mochtar, die in der Kasbah lebte.

Lily hörte mit offenem Mund zu. »Warum hast du mir bis jetzt nichts davon gesagt?« fragte sie fassungslos.

»Das meiste habe ich erst hier erfahren«, erwiderte ich, »und jetzt erzähle ich es dir auch nur deshalb, weil du mir vermutlich helfen kannst. Offenbar findet ein Schachspiel statt, bei dem andere am Ziehen sind. Ich habe keine Ahnung, wie man Schach spielt, aber du bist Schachmeisterin. Ich muß klarsehen, wenn ich diese Figuren finden will.«

»Das kann doch nicht dein Ernst sein«, sagte Lily. »Du meinst ein Schachspiel mit Menschen als Figuren? Und wenn jemand umgebracht wird – dann ist das wie eine Figur, die man vom Brett nimmt?«

Sie ging ins Wohnzimmer. Ich folgte ihr mit dem Wein und den Gläsern. Das Essen schien sie vergessen zu haben.

»Weißt du«, sagte sie und lief im Zimmer auf und ab, »wenn wir herausfinden, wer die Figuren sind, müßte es ein leichtes sein, hinter alles zu kommen. Ein Blick auf ein Schachbrett mitten in einem Spiel genügt mir, um die vorausgegangenen Züge zu rekonstruieren. Wir können zum Beispiel mit Sicherheit annehmen, daß Saul und Fiske Bauern waren . . .«

»Du und ich auch«, sagte ich. Lilys Augen funkelten wie bei einem Jagdhund, der einem Fuchs auf der Fährte ist.

»Llewellyn und Mordecai könnten höhere Figuren sein –«

»Und auch Hermanold«, warf ich ein. »Übrigens hat er auf deinen Wagen geschossen!«

»Wir dürfen Solarin nicht vergessen«, sagte sie. »Er ist bestimmt einer der Spieler. Hör zu, wenn wir alle Ereignisse noch einmal sorgfältig durchdenken, werde ich vermutlich die Züge auf dem Schachbrett nachvollziehen können, und dann wissen wir mehr.«

»Vielleicht solltest du heute nacht hierbleiben«, schlug ich vor. »Scharrif könnte seine Leute schicken, um dich zu verhaften, wenn er den Beweis dafür hat, daß du illegal eingereist bist. Ich bringe dich dann morgen unbemerkt in die Stadt. Mein Auftraggeber Kamel kann mit seinen Beziehungen sicher erreichen, daß du nicht ins Gefängnis mußt. Und wir haben Zeit für unser Puzzle.«

Wir blieben fast die ganze Nacht auf, um die Ereignisse zu rekonstruieren, und machten Züge auf Lilys Steckbrettschachspiel – ein Streichholz ersetzte die fehlende weiße Dame. Aber Lily war enttäuscht.

»Wenn wir nur ein paar Anhaltspunkte mehr hätten«, klagte sie mit einem Blick aus dem Fenster, vor dem sich der Himmel langsam lavendelblau färbte.

»Ich weiß, wer sie uns beschaffen könnte«, sagte ich, »das heißt, wenn ich ihn erreichen kann. Er ist ein Computeras und hat auch viel Schach gespielt. Er hat in Algier eine Freundin mit guten Beziehungen – die Frau des verstorbenen holländischen Konsuls. Ich hoffe, sie heute mittag zu treffen. Du könntest mich begleiten, wenn wir die Sache mit deiner Einreise in Ordnung bringen.«

Lily war einverstanden, und wir sanken in die Betten, um noch ein wenig zu schlafen. Ich konnte natürlich nicht ahnen, daß in ein paar Stunden etwas geschehen sollte, was mich von einer unwilligen Teilnehmerin zu einer wichtigen Spielerin in diesem Spiel machen würde.

La Darse ist der Quai am Nordwestende des Hafens von Algier, wo die Fischerboote liegen. Diese lange, felsige Mole verbindet das Festland mit der kleinen Insel, der Algier seinen Namen verdankt – Al-Djezair.

Dort befand sich der Parkplatz für die Ministerien, aber Kamels Wagen war nicht zu sehen. Also stellte ich den großen blauen Corniche auf seinen Platz und steckte eine Nachricht unter den Scheibenwischer. Es war mir nicht ganz wohl dabei, als ich den hellblauen Wagen zwischen den glänzenden schwarzen Limousinen parkte. Aber es war besser, als ihn auf der Straße stehenzulassen.

Lily und ich gingen am Ufer entlang zum Boulevard Anatole France, überquerten die Avenue Ernesto Ché Guevara und erreichten die Escaliers, die zur Mosquée de la Pêcherie hinaufführte. Lily hatte erst ein Drittel der Stiege hinter sich, als sie sich auf die alten, abgetretenen Stufen setzen mußte. Der Schweiß lief ihr in Strömen über das Gesicht, obwohl es noch morgendlich kühl war.

»Willst du mich umbringen?« stieß sie keuchend hervor. »Was ist denn das für eine Stadt? Diese Straßen gehen kerzengerade nach oben. Sie sollten alles mit Planierraupen abräumen und nach einem vernünftigen Plan ganz neu anfangen.«

»Ich finde es bezaubernd«, erklärte ich und zog sie wieder auf die Beine. Carioca lag erschöpft und mit hängender Zunge neben ihr. »In der Nähe der Kasbah kann man nicht parken. Also weiter!«

Nach vielem Jammern und Klagen und etlichen Pausen kamen wir schließlich oben an. Hier verläuft die kurvenreiche Bab el-Oued zwischen der Fischer-Moschee und der Kasbah. Zu unserer Linken befand sich der Platz der Märtyrer, wo viele alte Männer auf den Parkbänken saßen. Dort befand sich auch der bewußte Blumenstand. Lily sank auf die erste leere Bank.

»Ich suche Wahad, den Touristenführer«, sagte ich zu dem mürrischen Blumenverkäufer. Er sah mich von oben bis unten an und hob nur stumm die Hand. Daraufhin kam ein kleiner, schmutziger Junge angerannt. Er war zerlumpt wie alle Straßenjungen hier. Zwischen seinen Lippen hing eine Zigarette.

»Wahad, eine Touristin«, murmelte der Blumenverkäufer. Ich glaubte, nicht recht zu hören.

»Du bist der Touristenführer?« fragte ich. Der verwahrloste kleine Kerl konnte nicht viel älter als zehn sein, aber er sah alt und verlebt aus und war völlig verlaust. Er kratzte sich, benetzte die Finger und drückte die Zigarette aus. Dann steckte er sie sich hinter das Ohr.

»Fünfzig Dinar nehme ich mindestens für die Kasbah«, erklärte er, »für hundert zeige ich Ihnen die Stadt.«

»Ich möchte keine Tour«, sagte ich und zog ihn am Ärmel etwas zur Seite. »Ich suche Mrs. Renselaas – Minnie Renselaas, die Frau des verstorbenen holländischen Konsuls. Ein Freund hat mir gesagt –«

»Ich kenne sie«, sagte er und musterte mich mit zusammengekniffenen Augen.

»Wenn du mich zu ihr bringst, zahle ich dir – fünfzig Dinar, richtig?« Ich kramte in meiner Tasche nach Geld.

»Niemand darf diese Dame besuchen, wenn sie es mir nicht sagt«, erwiderte er. »Haben Sie eine Einladung oder etwas Ähnliches?«

Eine Einladung? Ich kam mir reichlich albern vor, aber ich zog Nims Telegramm aus der Tasche und zeigte es ihm in der Hoffnung, ihn damit zu überlisten. Er betrachtete es lange, drehte und wendete es nach allen Seiten und sagte schließlich:

»Ich kann nicht lesen. Was steht da?« Also mußte ich dem verlausten Jungen erklären, daß ein Freund mir ein verschlüsseltes Telegramm geschickt hatte. Ich sagte, entschlüsselt laute die Nachricht: Besuch Minnie, Fischer-Stiege, Krise.

»Mehr nicht?« fragte er, als sei ein solches Gespräch für ihn etwas Alltägliches. »Steht da nicht noch ein Wort? Ein Geheimwort?«

»Casse-noix«, antwortete ich, »da steht noch Casse-noix.«

»Das ist nicht das richtige Wort«, erklärte er dezidiert, griff nach der Zigarette hinter dem Ohr und zündete sie wieder an.

Ich blickte hilfesuchend zu Lily auf der Parkbank.

Fieberhaft dachte ich an französische Titel der Werke von Tschaikowsky.

Sie hatten alle keine neun Buchstaben.

Wahad starrte wieder auf das Blatt Papier in seiner Hand.

»Ich kann Zahlen lesen«, sagte er plötzlich, »das da ist eine Telefonnummer.« Er deutete auf die sechs Zahlen, die Nim für sein Kreuzworträtsel angegeben hatte. Phantastisch!

»Das ist ihre Telefonnummer!« rief ich. »Wir können sie anrufen und fragen...«

»Nein«, sagte Wahad geheimnisvoll, »das ist nicht ihre Telefonnummer – es ist meine.«

»Deine!« rief ich entgeistert. Lily und der Blumenverkäufer sahen uns beide fragend an. Lily stand auf und kam herüber. »Aber ist das nicht ein Beweis...«

»Das beweist nur, jemand weiß, daß ich Sie zu der Dame bringen kann«, erklärte er mir. »Aber das tu ich nur, wenn Sie das richtige Wort kennen.«

Dieser halsstarrige kleine Kerl! Ich verfluchte wieder einmal Nim und seine Kodierungen, aber plötzlich fiel es mir ein. Es gab eine Tschaikowsky-Oper mit neun Buchstaben! Lily trat gerade zu uns, als ich Wahad am Kragen packte.

»Pique Dame!« flüsterte ich. »Pique Dame!«

Wahad verzog den Mund zu einem breiten Grinsen.

»Richtig«, sagte er, »die schwarze Dame.« Er warf den Zigarettenstummel auf den Boden, trat ihn aus und bedeutete uns, ihm in die Kasbah zu folgen.

Wahad führte uns treppauf, treppab und durch Gassen und Gäßchen, die ich allein nie gefunden hätte. Lily trottete schnaufend und brummend hinter uns her. Ich erbarmte mich Cariocas und setzte ihn in meine Umhängetasche, damit er aufhörte zu winseln. Etwa nach einer halben Stunde Umherirrens in diesem Labyrinth erreichten wir eine Sackgasse. Die hohen Mauern der Häuser standen so eng, daß kein Licht von oben hereinfiel. Wahad wartete, bis Lily uns eingeholt hatte, und plötzlich lief mir ein kalter Schauer über den Rücken. Ich hatte das Gefühl, schon einmal hiergewesen zu sein. Ich erinnerte mich: im Traum in der Nacht bei Nim, als ich schweißgebadet aufgewacht war. Ich zitterte vor Angst. Ich drehte mich um und packte Wahad an den Schultern.

»Wohin führst du uns?« flüsterte ich mit trockener Kehle.

»Folgen Sie mir«, sagte er und verschwand in einem dunklen Mauerdurchgang. Wir erreichten eine schwere Holztür, und Wahad zog an einem Seil, das neben der Tür hing. Lange Zeit geschah nichts. Plötzlich erschien das Gesicht eines Mannes hinter einem Guckloch. Er sah Wahad stumm an. Dann fiel sein Blick auf Lily und mich. Wahad murmelte etwas, und dann hörte ich deutlich, wie er flüsterte:

»Mochfi Mochtar... ich bringe ihr die Frau.«

Die Holztür öffnete sich knarrend, wir traten ein und standen in einem ummauerten Innenhof, der wie ein kleiner Park angelegt war. Der Boden war mit glasierten Kacheln in verschiedenen Mustern belegt, die sich nicht zu wiederholen schienen. Unter Bäumen und Büschen plätscherte Wasser aus kleinen Brunnen. Vögel zwitscherten und flatterten in dem von Sonnenflecken durchbrochenen Halbdunkel. An der Rückseite rankten sich um Terrassentüren blühende Kletterpflanzen. Hinter dem Glas sah ich ein luxuriös eingerichtetes Zimmer mit marokkanischen Teppichen, chinesischen Vasen und kunstvollen Gegenständen aus Leder und Holz.

Wahad verschwand durch ein Tor in unserem Rücken. Lily fuhr herum und rief: »Laß den Kerl nicht entwischen, wir finden hier nie wieder raus!«

Aber er war bereits weg. Von dem Mann, der uns eingelassen hatte, war ebenfalls nichts mehr zu sehen. Wir standen allein in dem schattigen Innenhof. In die kühle Luft mischte sich der Duft von Blüten und exotischen Gewächsen.

Plötzlich bemerkte ich eine Silhouette hinter der Glastür. Sie verschwand sofort wieder hinter dem dichten Jasmin und einem zartblauen Blütenteppich. Lily umklammerte meine Hand. Wir wichen zu einem der Brunnen unter das schützende Blätterdach eines Baums zurück und beobachteten mit angehaltenem Atem, wie sich uns eine Gestalt durch einen Bogengang näherte. Es war eine schlanke, schöne Frau; ihre weichen Haare umflossen das halb verschleierte Gesicht wie silberne Flügel. Als sie uns ansprach, klang ihre Stimme so sanft und kühl wie das Wasser, das über die Steine floß.

»Ich bin Minnie Renselaas«, sagte sie und stand wie eine Fee vor uns. Aber noch bevor sie den undurchsichtigen silbernen Schleier vor ihrem Gesicht hob, wußte ich: Das ist die Wahrsagerin.

PARIS

10. Juli 1793

Mireille stand im Schatten der Kastanienbäume vor dem Tor zu Jacques-Louis Davids Hof und blickte durch das Eisengitter. In dem langen schwarzen Haik und dem Schleier vor dem Gesicht wirkte sie wie eines der Modelle für die exotischen Bilder des Malers. Hauptsache war, daß niemand sie in diesem Aufzug erkannte. Staubig und erschöpft von der anstrengenden Reise zog sie am Klingelzug und hörte die Türglocke innen läuten.

Vor weniger als sechs Wochen hatte sie den beschwörenden und mahnenden Brief der Äbtissin erhalten, der so lange gebraucht hatte, um sie zu erreichen. Er war zuerst nach Korsika gekommen, und von dort hatte ihn die alte Großmutter Angela-Maria di Pietra-Santa unverzüglich weitergeschickt, denn sie war als einzige von Elisas und Napoleons Familie nicht von der Insel geflohen.

Der Brief befahl Mireille, sofort nach Frankreich zurückzukehren:

> Als ich die Nachricht von Deiner Abreise von Paris erhielt, fürchtete ich nicht nur um Dich, sondern auch um das Schicksal dessen, was Gott Deiner Obhut anvertraut hat – eine Verantwortung, der Du Dich entzogen hast. Ich denke mit Verzweiflung an Deine Schwestern, die vielleicht hilfesuchend in diese Stadt geflohen sind, und Du warst nicht da, um ihnen beizustehen. Du verstehst, was ich meine.
> Ich erinnere Dich daran, daß wir mächtige Gegner haben, die vor nichts zurückschrecken, um ihr Ziel zu erreichen – sie haben sich vereint, während wir von den Stürmen des Schicksals erfaßt und auseinandergetrieben wurden. Die Zeit ist gekommen, um wieder die Zügel in unsere Hände zu nehmen, das Geschick zu unseren Gunsten zu wenden und wieder zusammenzubringen, was das Schicksal getrennt hat.

Ich möchte, daß du schnellstens nach Paris zurückkehrst. Auf meine Veranlassung sucht jemand nach Dir, den Du kennst und der genaue Anweisungen für Deine gefährliche Mission hat.
Mein Herz trauert mit Dir um Deine geliebte Cousine.
Möge Gott Dir bei Deiner Aufgabe beistehen.

Der Brief trug kein Datum und keine Unterschrift. Mireille erkannte die Handschrift der Äbtissin, aber sie wußte nicht, wann der Brief geschrieben worden war. Der Vorwurf, sich der Verantwortung entzogen zu haben, traf sie zwar schwer, aber Mireille begriff die eigentliche Bedeutung hinter dem Brief der Äbtissin: Andere Schachfiguren waren bedroht, andere Nonnen in Gefahr. Dieselben bösen Kräfte, die Valentine ausgelöscht hatten, verfolgten auch sie. Mireille mußte sofort nach Frankreich zurückkehren.

Schahin erklärte sich bereit, sie bis zur Küste zu begleiten. Aber der kleine, kaum zwei Monate alte Charlot hätte die anstrengende Reise nicht überlebt. In Djanet gelobte Schahins Sippe, das Kind bis zu Mireilles Rückkehr zu versorgen. Sie sahen in Charlot den Propheten, der ihnen verheißen war. Nach einem schmerzlichen Abschied legte Mireille ihren Sohn in die Arme der Amme und machte sich auf den Rückweg.

Fünfundzwanzig Tage brauchten sie für die Durchquerung der Deban Ubari, des westlichen Teils der Libyschen Wüste. Sie umgingen die Berge und die tückischen Dünen, wählten eine Abkürzung und erreichten das Meer in Tripolis. Dort brachte sie Schahin auf einen Schoner, der nach Frankreich segelte. Diese Schiffe galten als die schnellsten auf den Meeren. Sie machten bei günstigem Wind vierzehn Knoten, und der Zweimaster benötigte von Tripolis bis nach Saint-Nazaire, an der Mündung der Loire, nur zehn Tage.

Jetzt stand Mireille also an Davids Tor und blickte durch das Gitter in den Hof, aus dem sie vor weniger als einem Jahr geflohen war. Aber es schien eine Ewigkeit vergangen zu sein, seit Valentine und sie aufgeregt und über die eigene Kühnheit erstaunt, über die Gartenmauer geklettert und in die Cordeliers gefahren waren, um Schwester Claude zu treffen. Mireille zwang sich, nicht daran zu denken, und zog noch einmal an dem Klingelzug.

Endlich erschien der alte Pierre und schlurfte zum Tor, wo Mireille schweigend im Schatten des Kastanienbaums stand.

»Madame«, brummte er, ohne sie zu erkennen, »mein Herr empfängt keinen Besuch vor dem Mittagessen – und nie ohne eine Verabredung.«

»Aber Pierre, bestimmt wird er bereit sein, mich zu empfangen«, sagte Mireille und hob ihren Schleier.

Pierres Augen weiteten sich, und seine Lippen begannen zu zittern. Er bemühte sich, so schnell wie möglich das Tor aufzuschließen, und flüsterte: »Mademoiselle, wir haben Tag für Tag für sie gebetet.« Tränen standen in seinen Augen, als er sie schließlich einließ. Mireille umarmte ihn schnell, und dann eilten sie beide über den Hof.

David saß allein in seinem Atelier und bearbeitet einen großen Holzblock – es sollte eine Plastik des Atheismus werden, die auf dem ›Fest des höchsten Wesens‹ brennen würde. Der Duft der frischen Späne, die den Boden bedeckten, lag in der Luft. Die elegante Samtjacke war über und über mit Sägemehl bestäubt. Als sich hinter ihm die Tür öffnete, drehte er sich um. Dann sprang er so heftig auf, daß der Hocker umfiel, und ließ das Schnitzmesser fallen.

»Träume ich, oder bin ich verrückt?« schrie er, eilte in einer Sägemehlwolke durch das Atelier und drücke Mireille stürmisch an sich. »Gott sei Dank, du lebst!« rief er und löste sich von ihr, um sie genauer anzusehen. »Kaum warst du weg, erschien Marat mit seinen Leuten. Sein Pöbel aus der Gosse hat meinen Garten durchwühlt wie Schweine, die nach Trüffeln suchen! Ich ahnte ja nicht, daß es diese Schachfiguren wirklich gibt! Hättet ihr mich ins Vertrauen gezogen, dann hätte ich vielleicht helfen können ...«

»Du kannst mir jetzt helfen«, sagte Mireille und sank erschöpft auf einen Stuhl. »Ist jemand hiergewesen und hat nach mir gefragt? Ich erwarte einen Boten der Äbtissin.«

»Mein liebes Kind«, erwiderte David besorgt. »In deiner Abwesenheit sind mehrere junge Frauen hiergewesen oder haben geschrieben und um ein Gespräch mit dir oder Valentine gebeten. Aber ich war halbtot vor Angst um dich. Ich habe alle diese Briefe Robespierre gegeben, da ich hoffte, er könne helfen, dich zu finden.«

»Robespierre! Mein Gott, was hast du getan?« rief Mireille.

»Er ist ein guter Freund, und ich kann ihm vertrauen«, erklärte David schnell. »Man nennt ihn ›den Unbestechlichen‹. Niemand kann ihn von seiner Pflicht abhalten. Mireille, ich habe ihm von dem Montglane-Schachspiel und dir erzählt.«

»Nein!« rief Mireille. »Niemand darf wissen, daß ich hier bin, oder auch nur erfahren, daß du mich gesehen hast! Verstehst du denn nicht – Valentine ist wegen dieser Schachfiguren ermordet worden. Auch mein Leben ist in Gefahr. Wie viele Nonnen waren hier? Wie viele Briefe hast du diesem Mann gegeben?«

David war vor Angst blaß geworden und dachte fieberhaft nach. Hatte er sich in Robespierre getäuscht? Vielleicht hatte Mireille recht... »Fünf«, sagte er leise. »Ich habe ihre Namen notiert. Das Blatt liegt in meinem Arbeitszimmer.«

»Fünf Nonnen«, flüsterte Mireille, »fünf Tote – und ich hätte sie retten können, wenn ich hiergewesen wäre.« Sie starrte fassungslos ins Leere.

»Tot?« fragte David. »Aber er hat sie nicht verhört. Er stellte immer nur fest, daß sie verschwunden waren – alle.«

»Wir können nur beten, daß es die Wahrheit ist«, sagte sie und blickte ihn an. »Onkel, diese Schachfiguren sind gefährlicher, als du dir vorstellen kannst. Wir müssen herausbekommen, was Robespierre weiß. Aber er darf nicht erfahren, daß ich hier bin. Und Marat – wo ist er? Denn wenn dieser Mann davon etwas ahnt, dann sind alle Gebete umsonst.«

»Er ist zu Hause und schwer krank«, flüsterte David. »Er ist krank, hat aber mehr Macht als je zuvor. Vor drei Monaten haben die Girondisten ihm den Prozeß gemacht, weil er Mord und Diktatur proklamiert und die Grundsätze der Revolution – Freiheit, Gleichheit, Brüderlichkeit – verrät. Aber das eingeschüchterte Gericht hat Marat freigesprochen, der Pöbel hat ihn mit Lorbeer gekrönt und unter dem Jubel der Menge durch die Straßen von Paris getragen. Man hat ihn zum Präsidenten des Jakobiner-Clubs gemacht. Jetzt sitzt er zu Hause und denunziert die Girondisten, die ihn angegriffen haben. Die meisten sind verhaftet, der Rest ist in die Provinz geflohen. Marat herrscht von seiner Badewanne aus über die Nation, und seine Waffe ist der Terror. Es scheint wahr zu sein, was man über unsere Revolution sagt: Feuer, das zerstört, kann nichts Neues aufbauen.«

»Aber es kann von einem noch größeren Feuer erfaßt werden«,

sagte Mireille. »Und dieses Feuer ist das Montglane-Schachspiel. Wenn die Figuren wieder zusammen sind, werden sie auch Marat verschlingen. Ich bin nach Paris zurückgekehrt, um diese Kraft zu entfesseln. Und ich erwarte, daß du mir dabei hilfst.«

»Aber du hörst ja nicht, was ich dir sage!« rief David. »Rache und Verrat haben unser Land entzweit. Wo soll das enden? Wenn wir an Gott glauben, dann müssen wir an die göttliche Gerechtigkeit glauben, die dafür sorgen wird, daß die Vernunft siegt.«

»Ich habe keine Zeit«, sagte Mireille, »ich kann nicht auf Gott warten.«

11. JULI 1793

Eine andere Nonne, die ebenfalls nicht warten konnte, war auf dem Weg nach Paris.

Charlotte Corday rollte mit der Postkutsche um zehn Uhr morgens in Paris ein. Sie stieg in einem kleinen Hotel ab und ging sofort zum Konventsgebäude.

Botschafter Genet hatte den Brief der Äbtissin aus Rußland geschmuggelt und in Caen übergeben. Er war lange unterwegs gewesen, aber in seiner Aussage klar und deutlich. Die im vergangenen September mit Schwester Claude nach Paris geschickten Schachfiguren waren verschwunden, und außer Claude war auch die junge Valentine während des Terrors umgekommen. Valentines Cousine war aus Paris verschwunden, und niemand wußte wohin. Charlotte nahm sofort Kontakt zu den Girondisten auf, ehemaligen Abgeordneten des Konvents, die sich in Caen vor Marats Wut versteckten. Charlotte Corday hoffte, dies Männer würden wissen, wer im Gefängnis L'Abbaye gewesen war, den Ort, wo Mireille zuletzt gesehen wurde, bevor sie spurlos verschwand.

Die Girondisten wußten nichts von einem rothaarigen Mädchen, aber ihr Führer, der gutaussehende Barbaroux, hatte Verständnis für die ehemalige Nonne, die ihre Freundin suchte. Er stellte ihr einen Paß aus mit der ausdrücklichen Genehmigung für ein Gespräch mit dem Abgeordneten Lauze Duperret, den sie in einem Vorzimmer des Konvents traf.

»Ich komme aus Caen«, begann Charlotte, als der Abgeordnete ihr gegenüber an dem polierten Tisch Platz nahm. »Ich suche eine Freundin, die während der Unruhen im vergangenen September im Gefängnis verschwunden ist. Sie war wie ich eine ehemalige Nonne, deren Kloster geschlossen wurde.«

»Charles-Jean-Marie Barbaroux erweist mir keinen großen Dienst, indem er Sie hierherschickte«, erklärte der Abgeordnete zynisch und hob eine Augenbraue. »Er wird von der Polizei gesucht – haben Sie das nicht gewußt? Will er mich auch verhaftet sehen? Ich habe genug eigene Schwierigkeiten. Das können Sie ihm bei Ihrer – hoffentlich baldigen – Rückkehr nach Caen mitteilen.« Er stand auf und wandte sich zur Tür.

»Bitte«, flehte Charlotte und streckte die Hand aus, »meine Freundin befand sich in L'Abbaye, als das Blutbad begann. Man hat ihre Leiche nicht gefunden. Wir haben Gründe zu der Annahme, daß sie geflohen ist, aber niemand weiß wohin. Sie müssen mir sagen, welcher Abgeordnete den Vorsitz bei diesen Prozessen führte.«

Duperret blieb stehen und lächelte. Es war kein angenehmes Lächeln. »Niemand ist aus dem Abbaye geflohen«, erklärte er knapp. »Ein paar Leute wurden freigesprochen – es waren so wenige, daß ich sie an meinen beiden Händen zählen kann. Wenn Sie schon so töricht waren, hierherzukommen, sind Sie vielleicht auch verrückt genug, den Mann zu befragen, der für den Terror verantwortlich ist. Aber ich empfehle es Ihnen nicht. Er heißt Marat.«

12. JULI 1793

Mireille trug ein rot-weiß gepunktetes Kleid und einen Strohhut mit bunten Bändern. Sie stieg aus Davids Kutsche und befahl dem Kutscher zu warten. Dann eilte sie auf den riesigen, bevölkerten Markt von Les Halles, einen der ältesten der Stadt.

In den zwei Tagen seit ihrer Ankunft in Paris hatte sie genug erfahren, um zu wissen, daß sie sofort handeln und nicht erst auf Anweisungen der Äbtissin warten mußte. Ihr Onkel hatte ihr nicht nur erzählt, daß fünf Nonnen – natürlich mit den Schachfiguren – spurlos verschwunden waren, sondern daß auch andere von dem Montglane-Schachspiel wußten und sich dafür interessierten. Es waren zu viele: Robespierre, Marat und André Philidor, Schachmeister und Komponist, dessen Oper sie mit Madame de Staël gesehen hatte. Philidor war laut David nach England geflohen. Er hatte ihrem Onkel von einer Begegnung mit dem großen Mathematiker Leonhard Euler und einem Komponisten namens Bach erzählt. Bach hatte Eulers Formel der Springer-Tour in Musik verwandelt. Diese Männer glaubten, das Geheimnis des Montglane-Schachspiels stehe in Zusammenhang mit Musik. Wie viele andere waren inzwischen dem Geheimnis ebenso dicht auf der Spur?

Mireille eilte an den offenen Marktständen vorbei, an den farbenfrohen Auslagen mit Gemüse, Obst, Fisch und Delikatessen, die sich nur die Reichen leisten konnten. Ihr Herz klopfte, und ihre Gedanken überschlugen sich. Sie mußte handeln, bevor ihre Feinde von ihrer Anwesenheit erfuhren. Sie glichen alle den Bauern auf einem Schachbrett, die in die Mitte eines Spiels getrieben wurden, das so unerbittlich war wie das Schicksal selbst. Die Äbtissin hatte recht, wenn sie sagte, daß es jetzt darauf ankam, die Zügel wieder in die Hand zu nehmen. Und dafür war sie, Mireille, nun verantwortlich. Denn sie wußte inzwischen mehr über das Montglane-Schachspiel als die Äbtissin – mehr als alle anderen.

Philidors Geschichte bestätigte, was Talleyrand und Letizia Buonaparte ihr erzählt hatte: Das Schachspiel enthielt eine geheime Formel. Darüber hatte die Äbtissin nie gesprochen, aber Mireille wußte es jetzt. Sie sah immer noch die Weiße Göttin mit dem Stab und der Acht in der erhobenen Hand vor sich.

Mireille stieg in das Labyrinth hinab, in die ehemaligen römischen Katakomben. Jetzt befand sich hier der unterirdische Markt mit Ständen für Kupferwaren, Bänder, Gewürze und Seide aus dem Fernen Osten. Sie kam an einem kleinen Café vorbei, dessen Tische in dem schmalen Gang standen. Dort saßen Metzger in ihren blutigen Schürzen. Die Männer aßen Kohlsuppe und spielten Domino. Mireilles Augen wurden beim Anblick des Bluts auf den nackten Armen starr. Sie schloß die Augen und eilte weiter.

Am Ende des zweiten Gangs war ein Stand mit Messern. Sie betrachtete die Auslagen und prüfte Schärfe und Stärke der Klingen, ehe sie das richtige fand – ein Küchenmesser. Es hatte eine etwa sechs Zentimeter lange Schneide und glich dem *busaadi*, mit dem sie in der Wüste gelernt hatte umzugehen. Sie bat den Händler, das Messer so zu schärfen, daß man schließlich ein Haar damit spalten konnte.

Jetzt blieb nur noch eine Frage: Wie kam sie in das Haus? Mireille sah nachdenklich zu, wie der Mann das Messer in braunes Papier wickelte. Sie zahlte zwei Franc, nahm das Päckchen unter den Arm und lief zum Ausgang zurück.

13. JULI 1793

Am Nachmittag wurde ihre Frage beantwortet. Mireille saß mit ihrem Onkel in dem kleinen Eßzimmer neben dem Atelier. Sie stritten sich. Als Abgeordneter konnte er ihr Zugang zum Haus von Marat verschaffen. Aber er weigerte sich – er hatte Angst. Pierre, der Diener, unterbrach das erregte Gespräch.

»Eine Dame steht am Tor, Sire. Sie möchte Sie sprechen. Sie möchte etwas über Mademoiselle Mireille erfahren.«

»Wer ist es?« fragte Mireille mit einem raschen Blick auf David.

»Die Dame ist so groß wie Sie, Mademoiselle«, erwiderte Pierre, »und sie hat rote Haare – sie sagt, ihr Name sei Corday.«

»Führe Madame Corday herein«, sagte Mireille zu Davids großer Überraschung.

Das ist also die Botin der Äbtissin, dachte Mireille, als Pierre gegangen war. Sie erinnerte sich an die kühle, stolze Begleiterin von Alexandrine de Forbin, die vor drei Jahren nach Montglane gekommen war, um ihnen allen zu sagen, das Schachspiel sei in Gefahr. Jetzt kam sie im Auftrag der Äbtissin, aber sie kam zu spät.

Als Pierre Charlotte Corday in das Zimmer führte, blieb sie wie angewurzelt stehen und sah Mireille entgeistert an. Sie nahm zögernd auf dem Stuhl Platz, den David ihr anbot, ohne den Blick von Mireille zu wenden. Hier sitzt die Frau, dachte Mireille, deren Nachrichten bewirkt hatten, daß das Schachspiel aus dem Versteck geholt worden war. In der Zwischenzeit hatten sie sich beide verändert, aber sie sahen sich immer noch ähnlich; sie hätten Schwestern sein können ...

»Ich komme in höchster Verzweiflung«, begann Charlotte, »niemand weiß, wo du zu finden bist, und alle Türen verschließen sich, wenn ich nach dir frage. Ich muß dich unbedingt unter vier Augen sprechen.« Sie warf einen unsicheren Blick auf David, der sofort aufstand und sich entschuldigte. Als er gegangen war, fragte sie: »Die Figuren – sind sie in Sicherheit?«

»Die Figuren«, stieß Mireille bitter hervor, »immer nur die Figuren. Ich zweifle an unserer Äbtissin – Gott hatte ihr die Seelen von fünfzig Frauen anvertraut, Frauen, die abgeschlossen von der Welt hinter Klostermauern lebten und die sich ihr mit Leib und Leben anvertraut haben. Die Äbtissin sagte uns, die Figuren seien gefährlich, aber sie hat uns nicht gesagt, daß wir wegen der Figuren verfolgt und getötet würden! Was ist das für ein Hirte, der seine Schafe zur Schlachtbank führt?«

»Ich verstehe. Der Tod deiner Cousine hat dich verbittert«, sagte Charlotte. »Aber es war ein Unfall! Sie geriet mit meiner geliebten Schwester Claude unter die aufgebrachte Menge. Du darfst deshalb nicht deinen Glauben verlieren. Die Äbtissin hat dich für eine Mission auserwählt . . .«

»Ich wähle inzwischen meine Missionen selbst!« rief Mireille heftig, und ihre grünen Augen glühten vor Leidenschaft. »Als erstes werde ich den Mann stellen, der meine Cousine ermordet hat. Es war nämlich gar kein Unfall! Außerdem sind im vergangenen Jahr noch fünf andere Nonnen verschwunden. Ich glaube, er weiß, was aus diesen Frauen geworden ist und aus den Figuren, die sie übernommen hatten. Ich habe eine Rechnung mit ihm zu begleichen.«

Charlotte hatte die Hand auf die Brust gelegt. Mit aschfahlem Gesicht starrte sie Mireille an. Ihre Stimme zitterte.

»Marat!« flüsterte sie. »Ich habe gehört, daß er es war. Aber *das* wußte ich nicht! Auch die Äbtissin ahnt nicht, daß fünf ihrer Nonnen verschwunden sind.«

»Mir scheint, die Äbtissin weiß vieles nicht«, erwiderte Mireille. »Ich möchte ihr zwar keine Vorwürfe machen, aber ich glaube, du wirst verstehen, daß gewisse Dinge sofort geschehen müssen. Stehst du auf meiner Seite – oder nicht?«

Charlotte sah Mireille über den Eßtisch hinweg an, und ihre dunkelblauen Augen verrieten den Aufruhr ihrer Gefühle. Schließlich streckte sie die Hand aus und legte sie auf Mireilles Hand. Mireille spürte, daß sie zitterte.

»Wir werden sie besiegen«, erklärte Charlotte mit Nachdruck. »Was auch immer du von mir verlangen wirst, ich stehe an deiner Seite – das ist auch der Wunsch der Äbtissin.«

»Du hast erfahren, daß Marat etwas damit zu tun hat«, sagte Mireille gepreßt. »Was weißt du noch über diesen Mann?«

»Ich habe versucht, ihn zu sprechen, als ich nach dir forschte«, erwiderte Charlotte leise. »Man hat mich an der Tür abgewiesen. Aber ich habe ihn schriftlich um ein Gespräch gebeten – heute abend.«

»Lebt er allein?« fragte Mireille aufgeregt.

»Er lebt mit seiner Schwester Albertine zusammen und mit Simonne Évrard, seiner ›natürlichen‹ Frau. Aber du willst doch nicht zu ihm gehen? Wenn man dich erkennt, wirst du verhaftet.«

»Ich werde meinen Namen nicht nennen«, sagte Mireille langsam und lächelte. »Ich werde deinen Namen angeben.«

Bei Sonnenuntergang fuhren Mireille und Charlotte in einer Mietdroschke in die *Allée*. Der Wagen hielt vor Marats Haus. Die schrägen Sonnenstrahlen fielen auf die Fensterscheiben und übergossen sie mit blutigem Rot.

»Ich muß wissen, welchen Grund du in deinem Brief für das Gespräch genannt hast«, sagte Mireille zu Charlotte.

»Ich habe geschrieben, daß ich aus Caen komme«, erwiderte Charlotte, »um ihm von den Machenschaften der Girondisten zu berichten. Ich deutete an, daß ich die Pläne für eine Verschwörung gegen die Regierung kenne.«

»Gib mir deinen Paß und deinen Ausweis«, sagte Mireille und streckte die Hand aus. »Vielleicht fragt man danach, ehe man mich in das Haus läßt.«

»Ich werde für dich beten«, flüsterte Charlotte und gab ihr die Papiere. Mireille schob sie in ihr Mieder, wo auch das Messer steckte. »Ich warte hier, bis du wieder herauskommst.«

Mireille überquerte die Straße und ging die Stufen des verwahrlosten Hauses hinauf. Vor der Tür blieb sie stehen und betrachtete die schmierige Visitenkarte, die an das Holz genagelt war. Darauf stand: JEAN-PAUL MARAT, ARZT.

Sie holte tief Luft und schlug mit dem Türklopfer gegen die Tür. Die metallischen Schläge hallten von den nackten Wänden im Haus wider. Es dauerte eine Weile, dann näherten sich schlurfende Schritte, und die Tür wurde aufgerissen.

Vor ihr stand eine große Frau mit einem knochigen und bleichen, von Falten durchfurchten Gesicht. Mit einer Hand schob sie sich eine Haarsträhne aus der Stirn. Dann wischte sie die mehligen Hände an einem Handtuch ab, das an ihrer Hüfte im Schürzenband steckte. Sie musterte Mireille von oben bis unten. Sie betrachtete mißbilligend das gerüschte und gepunktete Kleid, die Bänder am Hut und die weichen Locken, die Mireille über die Schultern fielen.

»Was wollen Sie?« fragte sie abweisend.

»Ich heiße Corday. Bürger Marat erwartet mich«, sagte Mireille.

»Er ist krank«, erwiderte die Frau und wollte ihr die Tür vor der Nase zuschlagen, aber Mireille stemmte sich dagegen und drückte sie wieder auf.

»Ich muß ihn sprechen!«

»Wer ist es, Simonne?« rief eine andere Frau, die am Ende des langen Gangs auftauchte.

»Eine Besucherin, Albertine – für deinen Bruder. Ich habe ihr gesagt, daß er krank ist...«

»Bürger Marat möchte mich sehen«, rief Mireille, »er möchte die Nachrichten hören, die ich ihm aus Caen und aus – Montglane bringe.«

Durch eine halboffene Tür im Gang hörte sie plötzlich eine Männerstimme.

»Eine Besucherin, Simonne? Bring sie sofort zu mir!«

Simonne zuckte die Schultern und bedeutete Mireille, ihr zu folgen.

Sie führte Mireille in einen großen mit Fliesen ausgelegten Raum. Es hatte nur ein hohes Fenster, durch das sie ein Stück verblassenden roten Himmel sah. Er roch stark nach Desinfektionsmitteln und nach Verwesung. In der einen Ecke stand eine Kupferwanne. Darin saß Marat im schwachen Licht einer Kerze und beugte sich über eine Schreibunterlage. Um den Kopf hatte er ein nasses Tuch gewickelt. Die eiternde Haut glänzte im Licht der Kerze bläulichweiß.

Mireilles Augen hefteten sich auf diesen Mann. Er hatte nicht den

Kopf gehoben, als Simonne sie eintreten ließ, sondern ihr nur mit einer Geste bedeutet, auf dem Hocker neben der Wanne Platz zu nehmen. Er schrieb weiter, während Mireille ihn anstarrte. Ihr Herz klopfte wie rasend. Sie wollte sich auf ihn stürzen, ihm den Kopf in das Wasser drücken, bis er... Aber Simonne blieb dicht hinter ihr stehen.

»Sie kommen zum richtigen Zeitpunkt«, sagte Marat und schrieb weiter. »Ich arbeite gerade an einer Liste von Girondisten, von denen ich glaube, daß sie die Provinzen aufwiegeln. Wenn Sie aus Caen kommen, können Sie mir sicher einige der Namen bestätigen. Aber Sie sagen, Sie haben auch Nachrichten von Montglane...«

Er sah Mireille an, und seine Augen weiteten sich. Er schwieg einen Augenblick, dann sagte er zu Simonne:

»Laß uns allein.«

Simonne rührte sich nicht, aber schließlich konnte sie Marats bohrendem Blick nicht länger standhalten, drehte sich wortlos um und ging hinaus.

Mireille erwiderte schweigend Marats Blick. Seltsam, dachte sie. Er ist die Ausgeburt des Bösen, der Mann, dessen abstoßendes Gesicht mich schon so lange in meinen Träumen verfolgt und quält. Er sitzt in einer Wanne mit stinkendem Wasser und verwest bei lebendigem Leib. Er ist ein alter Mann, der an der eigenen Bosheit stirbt. Sie hätte ihn bedauert, wenn in ihrem Herz noch Platz für Mitleid gewesen wäre.

»So«, flüsterte er, ohne den Blick von ihr zu wenden, »Sie sind also endlich gekommen. Ich wußte es, als ich die Figuren nicht fand. Ich wußte, Sie würden eines Tages wiederkommen!« Seine Augen funkelten im zuckenden Kerzenlicht. Mireille spürte, wie ihr das Blut in den Adern gerann.

»Wo sind sie?« fragte Mireille.

»Genau diese Frage wollte ich Ihnen auch stellen, Mademoiselle«, erwiderte er ruhig. »Es war ein großer Fehler von Ihnen, hierherzukommen. Der falsche Name hilft Ihnen wenig. Sie werden dieses Haus nicht lebend verlassen, wenn Sie mir nicht sagen, wo die Figuren sind, die in Davids Garten vergraben waren.«

»Sie auch nicht«, erwiderte Mireille, und ihr Herz schlug ruhig und langsam, als sie das Messer aus dem Mieder zog. »Fünf meiner

Schwestern sind verschwunden. Ich möchte wissen, ob sie dasselbe Schicksal gefunden haben wie meine Cousine.«

»Ah, Sie sind gekommen, um mich zu töten«, sagte Marat und verzog das Gesicht zu einer schrecklichen Grimasse, »aber ich glaube nicht, daß Sie es tun werden. Sie sehen, ich sterbe. Ich brauche keine Ärzte, die mir das sagen, denn ich bin selbst Arzt.«

Mireille berührte mit dem Finger die Messerspitze und nahm den Griff fest in die Hand.

Marat deutete mit der Schreibfeder auf die nackte Brust. »Ich rate Ihnen, hier zuzustoßen – auf der linken Seite zwischen der zweiten und der dritten Rippe. Dann treffen Sie die Aorta. Das ist schnell und sicher. Aber ehe ich sterbe, wird es Sie interessieren zu erfahren, daß ich die Figuren habe – nicht fünf, wie Sie vermuten, sondern acht. Wir beide, Mademoiselle, haben zusammen genau die Hälfte des Spiels.«

Mireille versuchte, sich nichts anmerken zu lassen, aber ihr Herz schlug wieder heftig. »Ich glaube Ihnen nicht!« rief sie.

»Fragen Sie doch Ihre Freundin Corday, wie viele Nonnen zu ihr kamen«, erwiderte er. »Mademoiselle Beaumont, Mademoiselle Defresnay, Mademoiselle d'Armentières – kommen Ihnen diese Namen bekannt vor?«

Es waren alles Nonnen aus Montglane. Was wollte er damit sagen? Diese Frauen waren nicht nach Paris gekommen, das wußte Mireille, denn sie hatten David nicht geschrieben . . .

»Sie kamen nach Caen«, sagte Marat, denn er las Mireilles Gedanken, »weil sie hofften, Mademoiselle de Corday dort zu finden. Sie mußten sehr schnell feststellen, daß die Frau, die sie empfing, keine Nonne war.«

»Frau?!« rief Mireille.

In diesem Augenblick klopfte es an die Tür, und Simonne Évrard kam herein. Sie brachte ein Tablett mit dampfenden Nieren und Weißbrot. Sie ging verdrießlich durch den Raum und warf aus den Augenwinkeln einen mürrischen Blick auf Marat und seine Besucherin. Dann stellte sie das Tablett auf das Fensterbrett.

»Zum Abkühlen, damit wir sie für die Fleischpastete durch den Fleischwolf drehen können«, murmelte sie und richtete ihre vorquellenden Augen auf Mireille, die das Messer schnell in das Mieder gesteckt hatte.

»Störe uns nicht noch einmal«, befahl Marat unfreundlich. Simonne sah ihn erschrocken an, dann verließ sie sichtlich beleidigt das Zimmer.

»Verschließen Sie die Tür«, sagte Marat zu Mireille, die ihn verblüfft ansah. Seine Augen waren blutunterlaufen; er lehnte sich in die Wanne zurück und rang laut keuchend nach Luft. »Die Krankheit sitzt überall in mir«, stieß er hustend hervor. »Wenn Sie mich umbringen wollen, Mademoiselle, bleibt Ihnen nicht viel Zeit. Aber ich glaube, Sie wollen noch mehr wissen – so wie ich von Ihnen. Schließen Sie die Tür ab, und ich sage Ihnen, was ich von Ihnen wissen will.«

Mireille lief zur Tür, drehte den Schlüssel im Schloß und dachte dabei fieberhaft: Wer ist die Frau, von der er gesprochen hat? Wer hat den nichtsahnenden Nonnen die Figuren abgenommen?

»Sie haben sie umgebracht. Sie und diese Schlampe«, rief Mireille. »Sie mußten wegen der Schachfiguren sterben!«

»Ich bin ein kranker Mann«, erwiderte er und lächelte sie hinterhältig an, »aber wie der König auf dem Schachbrett, so kann die schwächste Figur auch die wertvollste sein. In einem gewissen Sinn habe ich sie getötet, indem ich Informationen weitergegeben habe. Ich wußte, wer sie waren, wo sie sich aufhielten und wohin sie sich wenden würden, nachdem man sie aufgespürt hatte. Ihre Äbtissin ist so dumm. Die Namen der Nonnen von Montglane waren alle von Amts wegen festgehalten. Aber ich habe sie nicht selbst getötet, auch Simonne nicht. Ich werde Ihnen sagen, wer es getan hat, wenn Sie mir sagen, was Sie mit Ihren Figuren gemacht haben. Ich werde Ihnen sogar verraten, wo unsere Figuren versteckt sind, obwohl es Ihnen wenig helfen wird . . .«

Zweifel und Angst erfaßten Mireille. Wie konnte sie ihm trauen? Er hatte ihr schon einmal sein Wort gegeben und dann Valentine hinrichten lassen.

»Nennen Sie mir den Namen der Frau, und sagen Sie mir, wo die Figuren sind«, rief sie schließlich. Sie trat zur Badewanne und griff nach dem Messer. »Sonst erfahren Sie von mir nichts.«

»Sie halten ein Messer in der Hand«, keuchte Marat, »aber meine Verbündete ist die mächtigste Spielerin bei diesem Spiel. Sie werden sie niemals vernichten können – nie! Ihre einzige Hoffnung besteht darin, sich mit uns zu verbünden und Ihre Figuren mit unseren zu vereinen. Einzeln bleiben sie wertlos, aber zusammen sind sie der Schüssel zur Macht. Fragen Sie Ihre Äbtissin, wenn Sie mir nicht glauben. Sie kennt diese Frau. Sie ist in ihrer Macht. Ihr Name ist Katharina – sie ist die weiße Dame!«

»Katharina!« rief Mireille, und die Gedanken überschlugen sich in ihrem Kopf. Die Äbtissin war nach Rußland gefahren! Die Freundin ihrer Kindheit ... Talleyrands Geschichte ... Diese Frau hatte Voltaires Bibliothek erworben ... Katharina die Große, Zarin von Rußland! Aber wie konnte diese Frau gleichzeitig die Freundin der Äbtissin und die Verbündete Marats sein?

»Sie lügen«, sagte sie. »Wo sind die Figuren?«

»Ich habe Ihnen den Namen genannt«, rief Marat bleich vor Erregung. »Aber ehe ich mehr sage, müssen Sie beweisen, daß auch Sie mir vertrauen. Wo sind die Figuren, die in Davids Garten versteckt waren? Sagen Sie es!«

Mireille holte tief Luft, umklammerte das Messer und sagte: »Ich habe sie außer Landes bringen lassen. Sie sind in England.« Bei diesen Worten schloß Marat die Augen. Mireille glaubte in dem entstellten Gesicht zu sehen, wie er die veränderten Positionen überdachte. Dann schlug er die Augen auf und rief:

»Natürlich! Ich bin ein Narr! Sie haben die Figuren Talleyrand gegeben! Mein Gott, auf mehr hätte ich nicht hoffen können!« Er versuchte sich in der Badewanne aufzurichten.

»Er ist in England!« rief er. »In England! Dann bekommt sie die Figuren!« Er warf die Schreibunterlage zu Boden. Das Wasser spritzte in der Wanne. »Simonne! Hast du gehört! Schnell! Schnell!«

»Nein!« rief Mireille. »Sie wollten mir sagen, wo die Figuren sind!«

»Kleine Närrin!« Er lachte, hustete und keuchte. Jemand hämmerte an die Tür. Sie stieß Marat in die Wanne, packte ihn bei den Haaren und setzte das Messer an seine Brust.

»Sagen Sie mir, wo die Figuren sind!« schrie sie, und ihre Worte gingen im Lärm an der Tür unter. »Sagen Sie es!«

»Feiges Weib!« zischte er, der Speichel sprühte aus seinem Mund. »Tu es und sei verflucht! Du hast verspielt ... verspielt.«

Mireille starrte ihn an. Sie hörte das Geschrei von Frauen und sah das höhnisch grinsende Gesicht vor sich. Er will, daß ich ihn umbringe, dachte sie entsetzt. Woher willst du die Kraft nehmen, einen Mann zu töten?... Ich rieche die Rache an dir, so wie ich Wasser dem Geruch nach finde, hörte sie Schahins Stimme, und sie übertönte das Geschrei und Hämmern an der Tür. Was meinte Marat mit »verspielt«? Warum hatte er gerufen: »Dann bekommt sie die Figuren!?«

Der Türriegel gab nach, als Simonne sich mit aller Gewalt gegen die Tür warf. Das morsche Holz um das Türschloß barst. Mireille starrte in Marats eiterndes Gesicht. Sie holte tief Luft und stieß zu. Blut spritzte aus der Wunde und auf ihr Kleid. Sie stieß ihm das Messer bis zum Griff in die Brust.

»Gut so, der richtige Punkt...«, flüsterte er, und Blut quoll ihm aus dem Mund. Sein Kopf fiel zurück, und mit jedem Schlag seines Herzens schloß ihm das Blut aus der Kehle. Mireille zog das Messer wieder heraus und ließ es zu Boden fallen. In diesem Augenblick wurde die Tür aufgerissen.

Simonne Évrard rannte ins Zimmer. Albertine folgte ihr und fiel mit einem Schrei in Ohnmacht. Während Mireille benommen zur Tür wankte, kreischte Simonne:

»Mein Gott! Sie haben ihn umgebracht! Sie haben ihn umgebracht!« Sie rannte zur Wanne und fiel auf die Knie, um das Blut mit dem Handtuch zu stillen. Mireille lief wie in Trance durch den Flur. Die Haustür wurde aufgerissen, und mehrere Nachbarn stürzten ins Haus. Mireille lief an ihnen vorbei durch den Gang – ihr Gesicht und Kleid waren mit Blut besprizt. Sie hörte das Geschrei hinter sich, während sie auf die offene Tür zulief. Was hatte er mit ›verspielt‹ gemeint?

Sie hatte die Hand an der Türklinke, als der Schlag von hinten sie traf. Sie spürte den Schmerz, hörte splitterndes Holz. Sie stürzte zu Boden. Teile des zerbrochenen Stuhls lagen um sie herum auf dem staubigen Boden. Ihr Kopf dröhnte, und sie versuchte aufzustehen. Ein Mann packte sie am Kleid, seine Hände krallten sich in ihre Brust, und er zog sie hoch. Er warf sie gegen die Wand. Ihr Kopf schlug gegen den Stein, und sie fiel wieder auf den Boden. Sie konnte nicht mehr aufstehen. Sie hörte das Getrampel vieler Menschen, die ins Haus stürzten, das Geschrei und Gebrüll von Männern und das Jammern und Klagen von Frauen.

Nach langer Zeit spürte sie Hände, jemand versuchte, sie aufzuheben. Männer in dunklen Uniformen halfen ihr auf die Füße. Ihr Kopf schmerzte. Sie hatte stechende Schmerzen am Hals und im Rücken. Die Männer stützten sie an den Ellbogen und schleppten sie zur Tür.

Draußen umringte eine Menschenmenge das Haus. Mireilles Augen nahmen die vielen Gesichter nur verschwommen wahr. Die Polizei drängte die aufgebrachten Menschen zurück. Sie hörte Schreie: »Mörderin!« – »Mörderin!« Und auf dem Platz in der Nähe entdeckte sie plötzlich ein bleiches Gesicht am offenen Fenster einer Droschke. Mireille versuchte, wieder klar zu sehen, und für den Bruchteil einer Sekunde sah sie die angstgeweiteten blauen Augen, die blutleeren Lippen und die weißen Finger, die sich krampfhaft an die Droschkentür klammerten – Charlotte Corday. Dann wurde ihr schwarz vor Augen.

14. JULI 1793

Um acht Uhr abends kehrte Jacques-Louis David müde aus dem Konvent nach Hause zurück. Die Pariser ließen bereits Feuerwerkskörper knallen und liefen wie Betrunkene durch die Straßen, als seine Kutsche in den Hof rollte.

Es war der Jahrestag der Erstürmung der Bastille. Aber David war nicht in der rechten Feierstimmung. Als er am Morgen im Konvent erschien, erfuhr er, daß Marat am Vorabend ermordet worden war! Und die Frau, die als seine Mörderin in der Bastille saß, war Mireilles Besucherin – Charlotte Corday!

Mireille war abends nicht zurückgekommen. David war krank vor Angst. Er konnte nicht ausschließen, daß der lange Arm der Pariser Kommune sich auch nach ihm ausstreckte, wenn bekannt wurde, daß der Plan zu der anarchistischen Tat in seinem Eßzimmer ausgeheckt worden war. Wenn er doch nur Mireille finden könnte! Er mußte sie aus Paris verschwinden lassen.

Er stieg aus der Kutsche, blies den Staub von der dreifarbigen Konkarde, die er selbst für die Abgeordneten entworfen hatte, um den Geist der Revolution zum Ausdruck zu bringen. Als er zum Tor ging, um es zu schließen, löste sich eine schlanke Gestalt aus dem Schatten und trat auf ihn zu. David zuckte erschrocken zusammen, als der Mann seinen Arm ergriff. Ein Feuerwerkskörper zischte in diesem Augenblick in den Himmel, und er erkannte das blasse Gesicht und die meergrünen Augen von Maximilian Robespierre.

»Wir müssen miteinander sprechen, Bürger«, flüsterte Robespierre, und seine Stimme klang eisig. »Sind sind heute nachmittag nicht bei dem Verhör gewesen...«

»Ich war im Konvent!« rief David angstvoll, denn er ahnte, von welchem Verhör Robespierre sprach. »Warum überfallen Sie mich im Dunkeln wie ein Verbrecher?« fragte er, um den wahren Grund für sein Zittern zu verbergen. »Kommen Sie herein, wenn Sie mit mir sprechen wollen.«

»Ich möchte aber nicht«, sagte Robespierre, »daß meine Worte von Dienern und Spionen am Schlüsselloch mitgehört werden, mein Freund.«

»Meine Diener haben heute, am Tag der Bastille, Ausgang«, erwiderte David. »Weshalb, glauben Sie, schließe ich das Tor selbst ab?« Er zitterte immer noch so heftig, daß er dankbar für die Dunkelheit war, die sie umgab, während sie zusammen über den Hof gingen.

»Es ist sehr bedauerlich, daß Sie nicht zu dem Verhör kommen konnten«, sagte Robespierre, als sie das dunkle, leere Haus betraten. »Die Frau, die man verhört hat, war nämlich nicht Charlotte Corday, sondern das Mädchen, dessen Bild Sie mir gezeigt haben und nach dem wir seit so vielen Monaten in ganz Frankreich suchen. Mein lieber David – Ihr Schützling Mireille hat Marat ermordet!«

David war es trotz der warmen Julinacht eiskalt. Er saß Robespierre in dem kleinen Eßzimmer gegenüber. Robespierre entzündete eine Petroleumlampe und goß Cognac, der auf der Anrichte stand, in ein Glas. David zitterte so heftig, daß er das Glas kaum in den Händen halten konnte.

»Ich habe niemandem gesagt, was ich weiß, denn ich wollte zuerst mit Ihnen reden«, erklärte Robespierre. »Ich brauche Ihre Hilfe. Ihr Schützling hat Informationen, die für mich wichtig sind. Ich weiß, weshalb sie bei Marat war – sie ist dem Geheimnis des Montglane-Schachspiels auf der Spur. Ich muß wissen, was in dem Gespräch vor seinem Tod gesagt wurde und ob sie die Möglichkeit hatte, andere heimlich wissen zu lassen, was sie erfahren hat.«

»Aber ich sage Ihnen doch, ich weiß nichts von diesen schrecklichen Dingen!« rief David und sah Robespierre entsetzt an. »Ich habe nie daran geglaubt, daß es das Montglane-Schachspiel überhaupt gibt, bis mich André Philidor aus dem Café de la Régence hinausbegleitete – Sie erinnern sich? – und mir alles erzählte. Und als ich Mireille die Geschichte wiederholte...«

Robespierre griff über den Tisch nach Davids Arm. »Ist sie hiergewesen? Sie haben mit ihr gesprochen? Mein Gott, warum haben Sie mir nichts gesagt?«

»Sie erklärte, niemand dürfe erfahren, daß sie hier ist«, jammerte David und hielt sich den Kopf mit beiden Händen. »Sie erschien vor vier Tagen von Gott weiß woher, sie trug ein langes schwarzes Gewand wie die Araber –«

»Sie ist in der Wüste gewesen!« rief Robespierre, sprang auf und lief erregt auf und ab. »Mein lieber David, Ihr Schützling ist kein unschuldiges Mädchen. Das Geheimnis reicht bis zu den Mauren zurück – und alle Spuren führen in die Wüste. Sie will das Geheimnis aufdecken. Sie hat Marat deshalb kaltblütig ermordet. Sie steht im Mittelpunkt dieses mächtigen und gefährlichen Spiels! Sie müssen mir sagen, was Sie außerdem noch von ihr erfahren haben, bevor es zu spät ist.«

»Ich habe Ihnen die Wahrheit gesagt!« rief David beinahe unter Tränen. »Und ich bin ein toter Mann, wenn man entdeckt, wer sie ist. Marat hat man gehaßt und gefürchtet, solange er lebte, aber nachdem er tot ist, wird man seine Asche im Pathéon aufbewahren. Sein Herz kommt als Reliquie in den Jakobiner-Club.«

»Ich weiß«, sagte Robespierre leise, »deshalb bin ich gekommen. Mein lieber David, vielleicht kann ich etwas tun, um Ihnen beiden zu helfen – aber nur wenn Sie mir zuerst helfen. Ich glaube, Ihr Schützling Mireille vertraut Ihnen. Sie wird Ihnen alles sagen, mit mir hingegen wird sie sich weigern auch nur zu sprechen. Wenn ich Sie unauffällig zu ihr ins Gefängnis bringe...«

»Bitte, verlangen Sie das nicht von mir!« rief David. »Ich werde alles tun, was in meiner Macht steht, um ihr zu helfen, aber Ihr Vorschlag kann uns alle den Kopf kosten!«

»Sie verstehen mich nicht«, sagte Robespierre ruhig und setzte sich wieder, aber diesmal neben David. Er nahm die Hand des Künstlers in seine Hand. »Mein lieber Freund, ich weiß, Sie sind ein engagierter Revolutionär. Aber Sie wissen nicht, daß das Montglane-Schachspiel die Ursache des Sturms ist, der in ganz Europa die Monarchien hinwegfegt und der die Menschheit für immer vom Joch der Unterdrückung befreien wird.« Er holte eine Flasche Portwein von der Anrichte und schenkte sich ein Glas ein. Dann fuhr er fort:

»Vielleicht sollte ich Ihnen erzählen, wie ich in das Spiel hineingezogen worden bin, denn dann werden Sie mich verstehen. Es ist ein Spiel im Gange, mein lieber David – ein gefährliches und tödliches Spiel, das die Macht der Könige vernichtet. Das vollständige Montglane-Schachspiel muß in die Hand von Leuten wie uns kommen, die das machtvolle Werkzeug nutzen werden, um jene unschuldigen Tugenden zu fördern, für die Jean-Jacques Rousseau eingetreten ist. Und Rousseau selbst hat mich für das Spiel ausgewählt.«

»Rousseau!« flüsterte David erfurchtsvoll. »Er hat nach dem Montglane-Schachspiel gesucht?«

»Philidor kannte ihn und ich auch«, erwiderte Robespierre, holte ein Blatt Papier aus der Tasche und suchte etwas zum Schreiben. David zog eine Schublade der Anrichte auf, kramte darin herum und reichte ihm einen Stift. Robespierre zeichnete eine Skizze.

»Ich habe ihn vor fünfzehn Jahren kennengelernt. Ich war damals ein junger Anwalt. Eines Tages erfuhr ich, der von mir verehrte Philosoph Rousseau sei schwer krank und befinde sich nicht weit vor den Toren von Paris. Ich bat Rousseau in aller Eile um eine Unterredung und ritt zu dem Mann hinaus, dessen Lebenswerk bald die Welt verändern sollte. Was er an diesem Tag zu mir sagte, änderte jedenfalls meine Zukunft – vielleicht wird es auch Ihre Zukunft ändern.«

David schwieg, während sich am nachtschwarzen Himmel die Chrysanthemenblüten des Feuerwerks entfalteten. Robespierre beschäftigte sich noch immer mit der Skizze und begann seine Geschichte...

DIE GESCHICHTE DES ANWALTS

Dreißig Meilen von Paris entfernt lag in der Nähe von Ermenonville das Anwesen des Marquis de Girardin. Dort lebte Rousseau mit seiner Geliebten Thérèse Levasseur seit Mitte Mai des Jahres 1778 in einem Landhaus.

Es war Juni – ein milder, warmer Tag. Es roch nach frischgemähtem Gras und blühenden Rosen, die an den Rändern des Rasens wuchsen, der das Château des Marquis umgab. Zu dem Anwesen gehörte ein See mit einer kleinen Insel, der Pappelinsel. Dort fand ich Rousseau. Er trug das offenbar für ihn übliche maurische Gewand: einen weiten roten Kaftan, ein grünes Tuch mit Fransen, rote marokkanische Schnabelschuhe und über der Schulter eine gelbe Ledertasche. Eine pelzbesetzte Mütze umrahmte das dunkle, ausdrucksvolle Gesicht. Dieser exotische und geheimnisvolle Mann schien losgelöst inmitten von Wasser und Bäumen zu leben, als lausche er auf eine innere Musik, die nur er hören konnte.

Ich überquerte die kleine Brücke und begrüßte ihn zurückhaltend, denn es tat mir leid, ihn in seiner Versunkenheit zu stören. Ich konnte nicht ahnen, daß Rousseau über seine Begegnung mit der Ewigkeit nachdachte, die nur noch wenige Wochen vor ihm lag.

»Ich habe Sie erwartet«, erklärte er als Begrüßung. »Wie ich höre, Monsieur Robespierre, sind Sie ein Mann, der die natürlichen Tugenden verkörpert, die ich preise. An der Schwelle des Todes ist es tröstlich zu wissen, daß die eigenen Überzeugungen zumindest von einem Mitmenschen geteilt werden!«

Ich war damals zwanzig und ein großer Bewunderer Rousseaus. Dieser Mann hatte alle Höhen und Tiefen durchgemacht, war aus seinem Heimatland vertrieben worden und lebte trotz seines Ruhms und der Fülle seiner Gedanken von der Gunst anderer. Ich weiß nicht, was ich von dieser Begegnung erwartet hatte – vielleicht philosophische Einsichten, ein erhebendes Gespräch über Politik, einen romantischen Auszug aus der ›Nouvelle Héloïse‹. Aber Rousseau ahnte seinen Tod, und ihn schien etwas anderes zu bewegen.

»In der letzten Woche ist Voltaire gestorben«, begann er, »unsere beiden Leben waren zusammengespannt wie die Pferde, von denen Platon spricht – das eine zieht zur Erde hinunter und das andere zum

Himmel hinauf. Voltaire zog zur Vernunft, während mir die Natur am Herzen lag. Unsere beiden Philosophien werden dazu dienen, das Gespann von Kirche und Staat auseinanderzureißen.«

»Ich dachte, Sie lehnen diesen Mann ab«, sagte ich verwirrt.

»Ich habe ihn gehaßt, und ich habe ihn geliebt. Ich bedaure, ihm nie begegnet zu sein. Aber das eine ist gewiß: Ich werde ihn nicht lange überleben. Die Tragödie besteht darin, daß Voltaire den Schlüssel zu einem Geheimnis besaß, das ich mein ganzes Leben lang zu enträtseln versuchte. Aber aufgrund seines eigensinnigen Festhaltens am Rationalen war ihm nicht bewußt, wie wertvoll seine Entdeckung war. Jetzt ist es zu spät. Er ist tot. Und mit ihm starb das Geheimnis von Montglane – das Geheimnis des Schachspiels.«

Bei seinen Worten wuchs meine Erregung. Das Schachspiel Karls des Großen! War es möglich, daß sich hinter der Geschichte mehr als eine Legende verbarg? Ich hielt den Atem an und hoffte, Rousseau würde weitersprechen.

Der alte Philosoph hatte sich auf einen umgestürzten Baumstamm gesetzt und suchte etwas in seinem marokkanischen Lederbeutel. Zu meiner Überraschung zog er eine kunstvolle Stickerei heraus und begann, mit einer winzigen Silbernadel daran zu arbeiten, während er sprach.

»Als junger Mann«, erzählte er, »verdiente ich mir den Lebensunterhalt mit dem Verkauf meiner Spitzen und Stickereien, da sich niemand für die Opern interessierte, die ich schrieb, obwohl ich hoffte, einmal ein großer Komponist zu werden. Abend für Abend spielte ich mit Denis Diderot und André Philidor Schach, die beide ebenfalls so arm wie Kirchenmäuse waren. Diderot beschaffte mir schließlich eine gutbezahlte Stellung als Sekretär des Comte de Montaigu, des französischen Botschafters in Venedig. Das war im Frühling des Jahres 1743. Ich werde es nie vergessen, denn in Venedig sollte ich etwas erleben, das ich noch heute vor mir sehe, als sei es gestern geschehen – ein Ritual, das das Wesen des Geheimnisses im Montglane-Schachspiel verkörpert.«

Rousseau schien sich seinen Erinnerungen wie einem Traum zu überlassen. Die Stickerei fiel ihm aus der Hand und auf die Erde. Ich bückte mich, hob sie auf und reichte sie ihm.

»Sie sagen, Sie haben dort etwas erlebt...«, sagte ich in der Hoffnung, ihn zum Weitersprechen zu bewegen. »Etwas, das mit dem Schachspiel Karls des Großen zu tun hat?«

Der alte Philosoph fand langsam in die Wirklichkeit zurück. »Ja... Venedig war schon damals eine sehr alte Stadt mit vielen Geheimnissen«, fuhr er nachdenklich fort. »Diese Stadt ist zwar völlig von Wasser umgeben und von Licht erfüllt, aber trotzdem liegt etwas Dunkles und Drohendes über allem. Ich spürte diese Dunkelheit, wenn ich durch das gewundene Labyrinth der Gassen lief, die alten Steinbrücken überquerte oder in lautlosen Gondeln durch versteckte Kanäle glitt, wo nur das Geräusch der klatschenden Wellen das Schweigen meiner Gedanken unterbrach...«

»Ein sehr geeigneter Ort«, sagte ich, »um an das Übernatürliche zu glauben.«

»Richtig«, erwiderte er und lachte leise. »Eines Abends ging ich allein in das San Samuele – das bezauberndste Theater in Venedig. Ich wollte mir ein neues Stück von Carlo Goldoni ansehen – ›*La Donna di Garbo*‹. Das Theater war ein Juwel: Die Ränge mit den Logen in Eisblau und Gold reichten bis zur Decke. Jede Loge schmückte ein winziger gemalter Korb mit Früchten und Blumen. So viele glitzernde Lampen brannten, daß man die Zuschauer ebensogut sah wie die Schauspieler.

Das Theater war voll besetzt mit farbenfroh gekleideten Gondolieri, federgeschmückten Kurtisanen und reichen, mit Juwelen behängten Bürgern – ein ganz anderes Publikum als die übersättigten blasierten Zuschauer in den Pariser Theatern. Alle nahmen lautstark an dem Geschehen auf der Bühne teil. Jedes Wort der Dialoge löste Zischen, Lachen, Jubel aus, so daß man die Schauspieler kaum hören konnte.

In meiner Loge saß ein junger Mann ungefähr in André Philidors Alter, das heißt, er war etwa sechzehn; sein Gesicht war nach der damaligen Mode in Venedig weiß geschminkt und seine Lippen rubinrot, er trug eine gepuderte Perücke und einen Hut mit Federbusch. Er stellte sich als Giovanni Casanova vor.

Casanova hatte wie Sie Jura studiert, besaß aber noch viele andere Talente. Als Kind venezianischer Schauspieler, die mit ihrer Truppe von hier bis Petersburg zogen, verdiente er sich Geld, indem er an verschiedenen Theatern Geige spielte. Er freute sich, jemanden kennenzulernen, der gerade aus Paris kam, denn er sehnte sich nach der Stadt, die für ihren Reichtum und ihre Dekadenz so berühmt war – zwei Dinge, die ihn besonders anzogen. Er sagte, ihn fasziniere der Hof Ludwigs XV., denn der König sei für seine Extravaganz, seine Mätressen, seine Amoralität und die Vorliebe für das Okkulte bekannt. Casanova interessierte sich besonders für das letztere. Er erkundigte sich bei mir ausführlich nach den Logen der Freimaurer, die damals in Paris viel Aufsehen erregten. Ich wußte wenig darüber, aber er bot mir an, mir am nächsten Tag – dem Aschermittwoch – mehr darüber zu erzählen.

Wie verabredet trafen wir uns früh am Morgen. Eine große Menschenmenge hatte sich bereits vor der Porta della Carta versammelt, dem Tor, das die berühmte Kirche von San Marco vom angrenzenden Dogenpalast trennt. Die Menschen trugen nicht mehr die bunten Kostüme des *carnevale* der vergangenen Wochen, sondern waren alle schwarz gekleidet und warteten auf ein bevorstehende Ereignis.

»Wir werden eines der ältesten Rituale in Venedig sehen«, erklärte mir Casanova. »An jedem Aschermittwoch zieht der Doge von Venedig bei Sonnenaufgang an der Spitze einer Prozession über die Piazzetta und zurück zu San Marco. Man nennt sie den ›Langen Weg‹. Diese Zeremonie ist so alt wie Venedig.«

»Aber Vendig ist doch bekanntermaßen älter als der Karneval und Aschermittwoch, älter als das Christentum«, erwiderte ich, während wir inmitten der erwartungsvollen Menschen hinter Absperrungen aus dicken Samtkordeln standen.

»Ich habe nicht behauptet, daß es ein christliches Ritual ist«, sagte Casanova und lächelte geheimnisvoll. »Die Phönizier haben Venedig gegründet und der Stadt auch ihren Namen gegeben. Das Reich der Phönizier gründete sich auf Inseln. Sie verehrten die Mondgöttin Car. Und wie der Mond Ebbe und Flut bestimmt, so herrschten die Phönizier auf den Meeren, aus denen das größte aller Geheimnisse kommt – das Leben.«

Ein phönizisches Ritual – das löste bei mir eine dunkle Erinnerung aus. Aber in diesem Augenblick verstummten die wartenden Menschen um uns herum. Fanfarenbläser erschienen auf den Palaststufen und kündigten den Dogen von Venedig an. Angetan mit kostbaren Pupurgewändern und umgeben von Musikanten mit Lauten, Flöten und Leiern, die eine geheimnisvoll überirdische Musik spielten, trat er durch die Porta della Carta. Ihm folgten die Gesandten des Heiligen Stuhls in weißen liturgischen Gewändern und mit edelsteinbesetzten, golddurchwirkten Mitren.

Casanova schob mich vorwärts, als die Prozession sich zur Piazzetta bewegte und am Ort der Gerechtigkeit anhielt – eine Mauer mit biblischen Szenen des Letzten Gerichts. Dort hatte man während der Inquisition die Häretiker erhängt. Hier standen auch die monolithischen Säulen von Akkon, die man während der Kreuzzüge von den Küsten des alten Phönizien hierhergebracht hatte. Hatte es etwas zu bedeuten, daß der Doge mit seinem Gefolge gerade an diesem Punkt schweigend stehenblieb?

Kurze Zeit später rückte die Prozession unter den Klängen der feierlichen Musik weiter. Man entfernte die Absperrungen, damit die Menge der Prozession folgen konnte. Casanova und ich hakten uns unter, um uns inmitten der vielen Menschen nicht zu verlieren. Und plötzlich dämmerte mir etwas – was, kann ich nicht erklären. Ich hatte das Gefühl, Zeuge eines Rituals zu sein, das so alt war wie die Zeit. Es war dunkel, geheimnisvoll, erfüllt von Menschheitsgeschichte und Symbolen. Es war gefährlich.

Die Prozession schob sich in einer Art Schlangenlinie über die Piazzetta und durch die Arkaden der Loggetta zurück. Ich hatte dabei das Gefühl, tiefer und tiefer in das Innere eines dunklen Labyrinths einzudringen, aus dem es kein Entrinnen gab. Mich bedrohte nichts; es war inzwischen Tag, und ich befand mich unter zahllosen Menschen – und doch hatte ich Angst. Es dauerte eine Weile, bis ich begriff, es war die Musik – die Bewegung –, die Zeremonie selbst, die mir Furcht einflößte. Jedesmal, wenn wir im Einklang mit dem Dogen stehenblieben – vor einem Denkmal oder einer Skulptur –, spürte ich, wie das Pochen in meinen Adern stärker wurde, als werde durch Klopfzeichen in meinem Kopf eine Nachricht übermittelt, die ich nicht verstand. Casanova beobachtete mich aufmerksam. Der Doge war wieder stehengeblieben.

»Das ist die Statue von Merkur, dem Götterboten«, flüsterte er, als wir die Bronzestatue mit der tanzenden Gestalt erreichten. »In Ägypten nannte man ihn Thoth – den Richter. In Griechenland nannte man ihn Hermes – Führer der Seelen –, denn er brachte die

Seelen in die Unterwelt und überlistete manchmal selbst die Götter, indem er die Seelen wieder befreite. Er galt auch als der König der Schwindler, der Gaukler und Narren – der Narr im Tarot –, und er war der Gott der Diebe. Hermes erfand die Leier mit den sieben Saiten – die Oktave –, bei deren Klängen die Götter vor Freude weinten.«

Ich betrachtete die Statue lange, ehe wir weitergingen. Das war der flinke und gerissene Gott, der Menschen aus dem Totenreich befreien konnte. Mit seinen geflügelten Sandalen und dem leuchtenden Caduceus – dem Stab, auf dem die zwei Schlangen eine Acht bilden – herrschte er über das Land der Träume, über die Zauberwelten, über Glück und Zufall und über Spiele aller Art. War es ein Zufall, daß seine Statue dieser feierlichen Prozession listig und zufrieden zulächelte? Oder war es in den dunklen Nebeln der Zeit sein Ritual gewesen?

Der Doge blieb oft auf diesem metaphysischen Weg stehen – insgesamt sechzehnmal. Und ganz allmählich verstand ich den Sinn. Aber erst beim zehnten Halt – vor der Mauer des Castello – setzte sich das Bild für mich zusammen.

Diese Mauer war über drei Meter dick und mit vielfarbigen Steinen bedeckt. Casanova übersetzte mir die Inschrift, die älteste in Venzianisch abgefaßte:

> Wenn ein Mensch sagen und tun könnte, was er denkt,
> Dann würde er sehen, wie er sich verwandelt.

Und in der Mitte der Mauer befand sich ein einfacher weißer Stein, den der Doge und sein Gefolge mit solcher Ehrfurcht betrachteten, als verberge sich in ihm ein Wunder. Plötzlich durchlief mich ein kalter Schauer. Mir schien ein Schleier von den Augen genommen, so daß ich die vielen Teile als Einheit sehen konnte. Dies war nicht nur ein Ritual, sondern vor unseren Augen fand eine Entwicklung statt. Jeder Halt der Prozession symbolisierte eine Stufe auf dem Weg der Verwandlung von einem Stadium zum nächsten. Es war wie eine Formel. Aber eine Formel wofür? Und dann wußte ich es.«

Rousseau unterbrach seinen Bericht und holte aus dem gelben

Lederbeutel eine abgegriffene Skizze. Er entfaltete sie bedächtig und reichte sie mir.

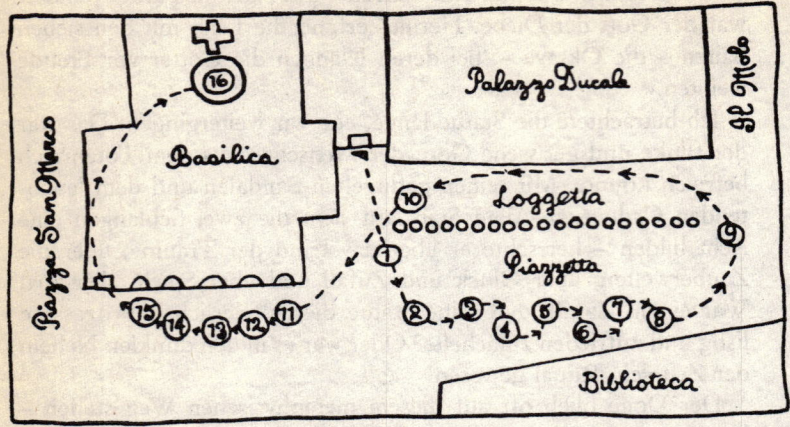

»Ich habe eine Skizze des ›Langen Wegs‹ gemacht und die sechzehn Stationen eingezeichnet. Die Zahl entspricht der der schwarzen und weißen Figuren im Schach. Wie Sie sehen, beschreibt der Weg eine Acht und erinnert damit an die ineinanderverschlungenen Schlangen auf dem Hermesstab. Oder an den achtfachen Weg, den Buddha beschreibt, um ins Nirwana zu gelangen. Oder an den achtstöckigen Turm von Babel, den man erstieg, um zu den Göttern zu gelangen. Oder an die Formel, die acht Mauren Karl dem Großen, verborgen im Montglane-Schachspiel, brachten...«

»Eine Formel?« fragte ich erstaunt.

»Von grenzenloser Macht«, erwiderte Rousseau. »Ihre Bedeutung ist vielleicht in Vergessenheit geraten, aber die Ausstrahlung ist so groß, daß wir nach ihr handeln, ohne zu verstehen, was sie bedeutet – wie Casanova und ich an jenem Tag vor fünfunddreißig Jahren in Venedig.«

»Dieses Ritual erscheint mir sehr schön und mysteriös«, stimmte ich zu, »aber weshalb bringen Sie es mit dem Montglane-Schachspiel in Verbindung – einem Schatz, von dem alle glauben, er sei nur eine Legende?«

»Begreifen Sie nicht?« fragte Rousseau leicht gereizt. »Die Traditionen und die Labyrinthe, die Kulte, die Verehrung von Steinen auf den italienischen und griechischen Inseln entstammen alle *einer* Quelle.«

»Sie meinen Phönizien«, sagte ich.

»Ich meine die Dunkle Insel«, sagte er geheimnisvoll. »Die Araber nannten diese Insel Al-Djezair, die Insel zwischen zwei Flüssen, die sich verbinden wie die Schlangen des Hermesstabs und eine Acht bilden. An diesen Flüssen steht die Wiege der Menschheit. Ich spreche von Euphrat und Tigris...«

»Sie meinen, dieses Ritual – diese Formel stammt aus Mesopotamien?« rief ich.

»Ich habe mein Leben lang versucht, sie in die Hand zu bekommen«, sagte Rousseau, stand auf und legte mir die Hand auf den Arm. »Ich beauftragte Casanova, dann Boswell und schließlich Diderot, das Geheimnis zu enthüllen. Jetzt beauftrage ich Sie. Ich betraue Sie damit, das Geheimnis der Formel ausfindig zu machen, denn ich habe fünfunddreißig Jahre lang versucht, die Bedeutung hinter der Bedeutung zu verstehen. Es ist jetzt beinahe zu spät...«

»Aber Monsieur!« sagte ich verwirrt. »Selbst wenn sie eine so mächtige Formel entdecken würden, was wollten sie damit tun? Sie haben doch über die einfachen Tugenden des Landlebens geschrieben – über die unschuldige und natürliche Gleichheit aller Menschen. Wie könnte Ihnen diese gefährliche Formel von Nutzen sein?«

»Ich bin der Feind der Könige!« rief Rousseau verzweifelt. »Die Formel, die im Montglane-Schachspiel verborgen ist, wird das Ende der Könige herbeiführen – aller Könige – und für alle Zeiten! Ah, wenn ich doch nur lange genug leben würde, um sie in Händen zu halten.«

Ich wollte Rousseau noch viele Fragen stellen, aber er war bereits ganz blaß vor Erschöpfung, und auf seiner Stirn stand Schweiß. Er legte die Stickerei in den Lederbeutel zurück, als sei das Gespräch beendet. Er sah mich noch einmal an und schien dann in eine Sphäre zu entschwinden, in die ich ihm nicht folgen konnte.

»Es gab einmal einen großen König«, sagte er leise, »er war der mächtigste König auf Erden. Man sagte, er werde nie sterben. Er sei unsterblich. Man nannte ihn Al-Iksandr, den Gott mit zwei Hörnern. Goldmünzen trugen sein Bildnis mit den gewundenen Widderhörnern der Göttlichkeit auf der Stirn. Die Geschichte kennt ihn als Alexander den Großen, den Eroberer der Welt. Er starb im Alter von dreiunddreißig Jahren in Babylon, in Mesopotamien – auf der Suche nach der Formel. So würden sie alle sterben, aber zuerst müssen wir die Formel besitzen...«

»Ich stehe Ihnen zur Verfügung«, sagte ich und stützte ihn, während wir zu der kleinen Brücke gingen. »Wir können zusammen das Versteck des Montglane-Schachspiels ausfindig machen und die Bedeutung der Formel ergründen, wenn es dieses Schachspiel noch gibt.«

»Für mich ist es zu spät«, erwiderte Rousseau und schüttelte traurig den Kopf. »Ich vertraue Ihnen diesen Plan an, denn ich glaube, er ist der einzige Hinweis, den wir haben. Der Legende nach ist das Schachspiel entweder im Palast von Karl dem Großen in Aachen versteckt oder im Kloster von Montglane. Es ist Ihre Aufgabe, es zu finden.«

Robespierre brach plötzlich ab und sah sich rasch um. Vor ihm im Schein der Lampe lag die Skizze des geheimnisvollen venezianischen Rituals, die er aus der Erinnerung gezeichnet hatte. David hatte sie lange betrachtet und hob nun den Kopf.

»Haben Sie das Geräusch gehört?« fragte Robespierre, und in seinen Augen spiegelte sich der Funkenschauer des Feuerwerks draußen.

»Das ist nur Einbildung«, sagte David knapp, »bei der Erinnerung an diese Geschichte ist es kein Wunder, daß Sie schreckhaft sind. Ich möchte wohl wissen, wieviel von dem, was Sie mir erzählt haben, auf Senilität des alten Philosophen zurückzuführen war...«

»Sie haben Philidors Geschichte gehört und jetzt die von Rousseau«, erwiderte Robespierre gereizt. »Ihr Schützling Mireille besaß sogar einige der Schachfiguren, das hat sie in L'Abbaye zugegeben. Sie müssen mich unbedingt in die Bastille begleiten und sie zu einem Geständnis bringen, nur dann kann ich Ihnen helfen.«

David verstand die kaum verschleierte Drohung hinter diesen Worten sehr wohl. Ohne Robespierres Hilfe war Mireille so gut wie tot – und er, David, ebenfalls. Robespierre besaß Macht, die sich sehr schnell gegen sie wenden konnte, und David war bereits weiter in die Sache hineinverwickelt, als er sich in seinen schlimmsten Träumen vorgestellt hätte. Zum erstenmal erkannte er, wie recht Mireille gehabt hatte, als sie ihn vor seinem ›Freund‹ warnte.

»Sie haben mit Marat zusammengearbeitet!« rief er. »Genau das hat Mireille befürchtet! Die Nonnen, deren Briefe ich Ihnen gegeben habe – was ist aus ihnen geworden?«

»Sie verstehen noch immer nicht«, sagte Robespierre ungeduldig. »Dieses Spiel hat eine viel größere Dimension, als Sie sich vorstellen können. Es geht dabei um mehr als um Sie oder mich – oder um Ihren Schützling oder diese dummen Nonnen. Ich diene einer Frau, die man sich besser zur Verbündeten macht als zur Gegnerin. Vergessen Sie das nicht, wenn Sie Ihren Kopf auf den Schultern behalten wollen. Was aus den Nonnen geworden ist, weiß ich nicht. Ich weiß nur, daß *sie* wie Rousseau danach strebt, die Figuren des Montglane-Schachspiels zum Wohl der Menschheit in die Hand zu bekommen.«

»Sie? Wer ist sie?« fragte David, aber Robespierre war bereits aufgestanden und wollte gehen.

»Die weiße Dame«, antwortete er geheimnisvoll und lächelte tückisch. »Sie nimmt sich wie eine Göttin, was ihr zusteht, und gibt, wie es ihr gefällt. Denken Sie an meine Worte – wenn Sie meiner Bitte nachkommen, werden Sie reichlich dafür belohnt. Sie wird dafür sorgen.«

»Ich möchte keine Verbündete und keine Belohnung«, erwiderte David bitter und stand ebenfalls auf. Was für ein Judas war er doch! Doch ihm blieb keine Wahl. Er mußte sich fügen – aber er tat es aus Angst.

Er griff nach der Lampe und folgte Robespierre zur Tür. David begleitete ihn zum Tor, da seine Diener Ausgang hatten.

»Was Sie möchten, ist gleichgültig«, erklärte Robespierre, »wenn Sie es nur tun. Mein lieber David, wenn sie aus London zurückkommt, werde ich Sie ihr vorstellen. Ich darf ihren Namen noch nicht verraten, aber man nennt sie die Dame aus Indien . . .«

Ihre Stimmen hallten durch den Gang. Als der Raum in völliger Dunkelheit lag, öffnete sich die Tür zum Atelier einen Spalt. Im zuckenden Schein der Feuerwerkskörper schlich eine Gestalt zum Eßtisch, an dem die beiden Männer gesessen hatten. Ein Goldregen vor dem Fenster erhellte den Raum. Charlotte Corday beugte sich über den Tisch. Unter dem Arm trug sie Palette und Farben und ein Bündel Kleider, die sie im Atelier gestohlen hatte.

Sie betrachtete die Skizze, faltete sie behutsam und steckte sie in ihr Mieder. Dann eilte sie vorsichtig durch den dunklen Gang und verschwand in der Nacht.

17. JULI 1793

In der Zelle war es düster. Durch ein kleines, vergittertes Fenster – es war zu hoch, um hinauszublicken – fiel etwas Licht, das die Zelle aber nur noch trostloser wirken ließ. Wasser tropfte von den grünlichen Steinen; am Boden bildeten sich Pfützen, die nach Urin und Moder rochen. Das war die Bastille, deren Erstürmung vor vier Jahren die Fackel der Revolution entzündet hatte. Mireille war am Tag der Bastille, am 14. Juli, in diese Zelle gebracht worden, nachdem sie Marat ermordet hatte.

Seit drei Tagen befand sie sich nun in diesem dunklen Loch. Man hatte sie nur zum Verhör und zu ihrem Prozeß an diesem Nachmittag herausgeholt. Es dauerte nicht lange, bis sie das Urteil gefällt hatten: Tod. In zwei Stunden würde man sie aus der Zelle führen, und sie würde nicht wieder zurückkehren.

Mireille saß auf der harten Pritsche und rührte ihre Henkersmahlzeit – trockenes Brot und einen Becher Wasser – nicht an. Sie dachte an Charlot, ihren Sohn, den sie in der Wüste zurückgelassen hatte. Sie würde ihn nie wiedersehen. Mireille fragte sich, wie die Guillotine wohl sein werde, was sie empfinden würde, wenn die Trommeln schlugen, als Signal für das fallende Beil. In zwei Stunden würde sie es wissen. Es würde das letzte sein, was ihr bevorstand. Sie dachte an Valentine.

Ihr Kopf schmerzte immer noch von dem Schlag in Marats Hausflur. Der Prozeß war noch brutaler als die Verhaftung gewesen. Der Ankläger hatte ihr vor dem Gericht das Mieder aufgerissen und die Papiere an sich genommen, die Charlotte ihr gegeben hatte. Jetzt glaubte alle Welt, sie sei Charlotte Corday – und wenn sie den Irrtum aufgeklärt hätte, wäre das Leben jeder Nonne von Montglane gefährdet. Wenn ich doch nur mein Wissen aus dem Gefängnis schmuggeln könnte, dachte sie verzweifelt. Sie müssen erfahren, was Marat mir gesagt hat.

Plötzlich hörte sie metallisches Klappern vor der Zelle; ein Riegel wurde zurückgeschoben. Die Tür ging auf, und als ihre Augen sich an das Licht gewöhnt hatten, sah sie zwei Männer vor sich. Der eine war ein Gefängniswärter, der andere trug eine Kniehose, seidene Strümpfe, Pumps, einen weiten mit Seide gefütterten Mantel und einen breitkrempigen Hut, der sein Gesicht fast völlig verdeckte. Der Gefängniswärter betrat die Zelle, und Mireille stand auf.

»Mademoiselle«, sagte der Gefängniswärter, »das Gericht schickt einen Porträtmaler. Er soll ein paar Bilder für ihre Akten machen. Der Mann sagt, Sie sind damit einverstanden —«

»Ja, ja!« sagte Mireille schnell. »Führen Sie ihn herein!« Das ist meine Chance, dachte sie aufgeregt, wenn ich den Mann überreden kann, sein Leben aufs Spiel zu setzen, um meine Nachricht aus dem Gefängnis zu schmuggeln. Mireille wartete, bis der Wärter gegangen war, dann trat sie zu dem Maler, der gerade Palette, Farben und eine kleine, qualmende Petroleumlampe abstellte.

»Monsieur!« flehte Mireille. »Geben Sie mir bitte ein Blatt Papier und etwas zu schreiben. Bevor ich sterbe, muß ich jemandem, dem ich vertraue, eine Nachricht übermitteln. Die betreffende Person heißt wie ich Corday...«

»Erkennst du mich nicht, Mireille?« fragte der Maler leise. Mireille bekam große Augen, als er die Jacke auszog und dann den Hut abnahm. Die roten Locken fielen über Charlotte Cordays Schultern. »Rasch, wir haben keine Zeit zu verlieren. Es gibt viel zu sagen und zu tun. Und wir müssen sofort die Kleider tauschen.«

»Ich begreife nicht – was hast du vor?« fragte Mireille entsetzt.

»Ich bin in Davids Atelier gewesen«, erwiderte Charlotte und packte Mireille am Arm, »er hat sich mit diesem Teufel Robespierre verbündet. Ich habe sie belauscht. Waren sie schon hier?«

»Hier?« fragte Mireille völlig verwirrt.

»Die beiden wissen, daß du Marat ermordet hast, und sie wissen noch mehr. Hinter allem steht eine Frau – man nennt sie die Dame aus Indien. Sie ist die weiße Dame, und sie ist nach London gereist...«

»London!« rief Mireille. Das hatte Marat gemeint, als er rief: »Verspielt.« – »Katharina die Große ist die weiße Dame! Die Frau, von der du sprichst, ist nur ihr Werkzeug, und sie soll Talleyrand die Figuren abnehmen...«

»Beeil dich«, drängte Charlotte, »zieh dich um. Ich habe die Sachen bei David gestohlen.«

»Bist du verrückt?« rief Mireille. »Du kannst diese Nachricht zusammen mit meinen Informationen der Äbtissin überbringen. Du mußt Talleyrand warnen! Aber es ist keine Zeit mehr für Finten und Listen – es kommt nichts dabei heraus. Und ich habe viel zu sagen, bevor ich –«

»Bitte beeil dich«, unterbrach Charlotte. »Auch ich habe dir viel zu sagen und nur noch wenig Zeit. Hier, sieh dir diese Skizze an. Erinnert sie dich an etwas?« Sie gab Mireille Robespierres Zeichnung und setzte sich auf die Pritsche, um Strümpfe und Schuhe auszuziehen.

Mireille betrachtete die Skizze und sagte: »Es sieht nach einer Karte aus.« Dann hob sie den Kopf, und es fiel ihr wieder ein. »Jetzt erinnere ich mich... Zusammen mit den Figuren haben wir ein Tuch ausgegraben – ein mitternachtsblaues Tuch, das über dem Schachspiel lag. Das Muster auf diesem Tuch sah genauso aus wie diese Zeichnung!«

»Richtig«, sagte Charlotte, »eine Geschichte gehört auch noch dazu. Tu, was ich dir sage. Schnell!«

»Wenn du den Platz mit mir tauschen willst, dann geht das nicht«, rief Mireille. »In zwei Stunden bringt man mich zur Guillotine. Du kannst nicht fliehen, wenn man dich entdeckt.«

»Hör mir gut zu«, erwiderte Charlotte ernst und löste den Knoten ihres Halstuchs. »Die Äbtissin hat mich hierhergeschickt, um dich um jeden Preis zu schützen. Wir wußten schon lange, bevor ich mein Leben riskierte, um nach Montglane zu kommen, wer du bist. Wenn du nicht gewesen wärst, hätte die Äbtissin das Schachspiel nicht aus dem Versteck geholt. Nicht deiner Cousine war die Mission zugedacht, als man euch beide nach Paris geschickt hat. Die Äbtissin wußte, du würdest niemals ohne Valentine gehen. Aber die Äbtissin hat *dich* gewählt, denn nur du kannst Erfolg haben...«

Charlotte half Mireille aus dem Kleid. Mireille legte ihr die Hand auf den Arm. »Was meinst du mit: Die Äbtissin hat mich gewählt?«

fragte sie leise. »Warum sagst du, das Schachspiel sei meinetwegen aus dem Versteck geholt worden?«

»Bist du blind?« sagte Charlotte heftig. Sie nahm Mireilles Hand und hielt sie an die Lampe. »Das Zeichen in deiner Hand! Du bist am vierten April geboren! Du bist die, deren Kommen geweissagt worden ist. Du wirst das Geheimnis des Montglane-Schachspiels lüften!«

»Mein Gott!« rief Mireille und zog die Hand zurück. »Weißt du, was du da sagst? Valentine ist wegen der Figuren gestorben! Du willst dein Leben aufs Spiel setzen, nur weil eine Prophezeiung es sagt...«

»Nein, meine Liebe«, sagte Charlotte ruhig, »ich *gebe* mein Leben.«

Mireille sah sie entsetzt an. Wie konnte sie dieses Opfer annehmen?

»Nein!« rief sie. »Es darf nicht noch jemand dieser unheimlichen Figuren wegen sein Leben lassen. Das Schachspiel hat bereits genug Angst und Schrecken ausgelöst!«

»Sollen wir beide sterben?« fragte Charlotte mit Mireilles Kleid in der Hand. Sie unterdrückte die Tränen und wandte den Kopf.

Mireille faßte sie am Kinn und hob ihren Kopf; sie sahen einander an. Schließlich sagte Charlotte mit zitternder Stimme:

»Wir müssen sie schlagen. Nur du kannst es. Verstehst du immer noch nicht? Mireille – *du* bist die schwarze Dame!«

Zwei Stunden später hörte Charlotte, wie der Riegel zurückgeschoben wurde. Das bedeutete, die Wachen kamen, um sie zur Hinrichtung zu führen. Sie kniete im Dunkeln neben der Pritsche und betete.

Mireille hatte die Petroleumlampe und ein paar Skizzen von Charlotte mitgenommen – die Skizzen mochten nötig sein, damit sie das Gefängnis unbehindert verlassen konnte. Nach einem tränenreichen Abschied überließ sich Charlotte ihren Gedanken und Erinnerungen. Sie hatte das Gefühl, einen Abschluß, ein Ende erreicht zu haben. Irgendwo in ihr sammelte sich eine stille Gelassenheit, und auch das scharfe Messer der Guillotine würde sie nicht davon trennen können. Sie bereitete sich darauf vor, eins mit Gott zu werden.

Die Tür in ihrem Rücken hatte sich geöffnet und war wieder geschlossen worden – alles lag in Dunkelheit –, aber sie hörte, daß außer ihr noch jemand in der Zelle atmete. Was bedeutete das? Warum führte man sie nicht ab? Charlotte wartete schweigend.

Sie hörte, wie ein Zündfunken geschlagen wurde, es roch nach Petroleum, und eine Laterne warf ihr zuckendes Licht durch die Zelle.

»Erlauben Sie, daß ich mich vorstelle«, sagte eine leise Stimme, bei der es ihr kalt über den Rücken lief. »Ich heiße Maximilian Robespierre.«

Charlotte hob den Kopf nicht; sie zitterte. Sie sah, wie die Laterne sich ihr näherte, hörte, wie ein Hocker in ihre Nähe gestellt wurde, und vernahm ein Geräusch, das sie nicht identifizieren konnte. War noch jemand in die Zelle gekommen? Sie wagte nicht aufzublicken, um sich davon zu überzeugen.

»Sie müssen sich mir nicht vorstellen«, fuhr Robespierre ruhig fort. »Ich bin bei der Untersuchung und bei dem Prozeß heute nachmittag gewesen. Die Ausweise, die der Ankläger Ihnen aus dem Mieder gerissen hat – gehörten nicht Ihnen.«

Charlotte hörte Schritte in der Zelle. Sie waren also nicht allein. Sie zuckte zusammen und hätte beinahe laut aufgeschrien, als sie eine sanfte Hand auf der Schulter spürte.

»Mireille, bitte verzeih mir, was ich getan habe!« hörte sie die Stimme des Malers David. »Ich mußte ihn zu dir bringen. Mir blieb keine andere Wahl. Mein liebes Kind...«

David zog sie hoch und vergrub sein Gesicht an ihrem Hals. Über seine Schulter hinweg sah Charlotte das lange, schmale Gesicht, die gepuderte Perücke und die funkelnden Augen Robespierres. Sein verlogenes und hinterhältiges Lächeln schwand schnell. Er sah sie erst überrascht, dann wütend an und hob schnell die Lampe, um sie genauer zu betrachten.

»Sie Dummkopf!« kreischte er mit hoher Stimme und riß den schlotternden David von ihrer Schulter. Er deutete mit ausgestreckter Hand auf Charlotte und schrie: »Ich habe Ihnen gesagt, wir kommen zu spät! Aber nein – Sie mußten auf den Prozeß warten! Sie haben geglaubt, man werde sie freisprechen! Jetzt ist sie geflohen. Und nur Sie sind daran schuld!«

Er stellte die Lampe so heftig auf den Boden, daß er das Petroleum verschüttete. Er stieß David zur Seite, holte aus und schlug Charlotte mit aller Kraft ins Gesicht.

»Wo ist sie?« schrie er. »Was haben Sie mit ihr gemacht? Sie hat Sie getäuscht. Sie werden für sie sterben – das schwöre ich –, wenn Sie nicht alles sagen! Sie werden unter der Guillotine sterben!«

Charlotte tropfte das Blut von den aufgeplatzten Lippen. Sie richtete sich würdevoll auf und sah Robespierre in die Augen. Dann lächelte sie.

»Das habe ich vor«, sagte sie ruhig.

LONDON

30. Juli 1793

Talleyrand kehrte kurz vor Mitternacht aus dem Theater zurück. Er warf seinen Umhang auf einen Stuhl in der Eingangshalle und wollte in sein kleines Arbeitszimmer gehen, um noch einen Sherry zu trinken. Courtiade hielt ihn in der Halle auf.

»Monseigneur«, flüsterte er, »ein Gast erwartet Sie. Ich habe die Dame in Ihr Arbeitszimmer geführt, wo sie auf Ihre Rückkehr wartet. Es scheint mir sehr wichtig. Sie sagt, sie habe Nachrichten von Mademoiselle Mireille.«

»Gott sei Dank – endlich!« rief Talleyrand und eilte hinkend in das Arbeitszimmer.

Vor dem Kamin stand eine schlanke Gestalt in einem schwarzen Samtcape. Als Talleyrand eintrat, schob sie die Kapuze zurück und ließ die weißblonden Haare auf ihre nackten Schultern fallen. Er sah die vorwitzige kleine Nase, das gewölbte Kinn, das tiefausgeschnittene dunkle Samtkleid, das ihre bezaubernde Figur betonte. Der Atem stockte ihm – ein kalter Schmerz umklammerte sein Herz, als er wie erstarrt in der Tür stehenblieb.

»Valentine!« flüsterte er. Großer Gott, wie war das möglich? Wie konnte sie aus dem Grab zurückkehren?

Sie lächelte ihn mit glänzenden blauen Augen an. Schnell und geschmeidig kam sie auf ihn zu, kniete vor ihm nieder und drückte ihr Gesicht an seine Hand. Er legte die andere Hand auf ihre Haare und streichelte sie. Er schloß die Augen. Es brach ihm das Herz. Wie konnte es sein?

»Monsieur, ich bin in großer Gefahr«, flüsterte sie kaum hörbar. Aber das war nicht Valentines Stimme! Er öffnete die Augen und betrachtete das ihm zugewandte Gesicht – sie war so schön und sah Valentine so ähnlich. Aber es war nicht Valentine.

Seine Augen glitten über die goldenen Locken, über die glatte, weiche Haut, sahen den Schatten zwischen den Brüsten, ihre nackten Arme ... Dann traf ihn der Schlag, als er sah, was sie in der Hand hielt. Sie streckte es ihm im zuckenden Flammenschein entgegen. Es war eine goldene, mit Edelsteinen besetzte Figur – ein Bauer des Montglane-Schachspiels!

»Ich überlasse mich Ihrer Gnade, Sire«, flüsterte sie, »ich brauche Ihre Hilfe. Mein Name ist Catherine Grand, und ich komme aus Indien ...«

ALGIER

Juni 1973

Wir saßen in Minnie Renselaas' Wohnzimmer mit den Sprossenglastüren hinter einem Vorhang blühender und duftender Kletterpflanzen. Verschleierte Frauen brachten erlesene kleine Gerichte und Obst aus der Küche und stellten sie auf einen niedrigen Messingtisch. Dann verschwanden sie so stumm, wie sie gekommen waren. Lily sank auf einen Berg weicher Sitzkissen auf dem Boden und probierte einen Granatapfel. Ich saß neben ihr in einem üppigen marokkanischen Ledersessel und aß eine Köstlichkeit aus Kiwis und Dattelpflaumen. Mir gegenüber hatte sich Minnie Renselaas auf einem grünen Samtdiwan niedergelassen.

Endlich hatte ich die Wahrsagerin gefunden, mit der für mich vor sechs Monaten ein gefährliches Spiel begann. Diese Frau besaß viele Gesichter. Für Nim war sie eine Freundin und die Frau des verstorbenen holländischen Konsuls. Sie konnte mir angeblich helfen, wenn ich in Schwierigkeiten geriet. Wenn man Therese glauben konnte, war sie in Algier bekannt und geachtet. Solarin hatte geschäftlich mit ihr zu tun, und Mordecai sah in ihr eine Verbündete. Aber wenn ich an El-Marads Worte dachte, dann war sie auch die Mochfi Mochtar in der Kasbah – und besaß angeblich die Figuren des Montglane-Schachspiels. Aber all ihre Rollen führten im Grunde nur zu dem einen:

»Sie sind die schwarze Dame«, sagte ich.

Minnie Renselass lächelte unergründlich. »Willkommen im Spiel«, erwiderte sie.

»Das ist also die Bedeutung von Pique Dame!« rief Lily und saß plötzlich kerzengerade. »Sie ist eine Spielerin. Also kennt sie die Züge!«

»Ja«, stimmte ich ihr zu und ließ Minnie nicht aus den Augen, »sie ist die Wahrsagerin. Und dein Großvater hat es eingefädelt, daß ich ihr an Silvester begegnet bin. Und wenn ich mich nicht irre, weiß sie mehr über dieses Spiel als nur die Züge.«

»Sie irren sich nicht«, sagte Minnie und lächelte immer noch wie die Sphinx. Es war unglaublich, wie anders sie jedesmal aussah, wenn ich ihr begegnete. Mit der samtigen, faltenlosen Haut und in den silbrigschimmernden Gewändern auf dem dunkelgrünen Diwan wirkte sie sehr viel jünger als auf der Tanzfläche im Zelt – und nicht zu vergleichen mit der geschmacklos aufgemachten Wahrsagerin mit der Straßbrille oder der alten Frau, die Vögel vor dem Gebäude der UNO fütterte. Sie war wie ein Chamäleon, und ich fragte mich: Wer ist sie wirklich?

»Endlich sind Sie da«, sagte sie in ihrer weichen, kühlen Stimme. Sie sprach mit einem Akzent, den ich nicht einordnen konnte. »Ich habe sehr lange auf Sie gewartet. Aber jetzt können Sie mir helfen...«

Ich war mit meiner Geduld am Ende. »Ihnen helfen?« fragte ich. »Hören Sie, Madame, ich habe sie nicht darum gebeten, mich für dieses Spiel zu ›wählen‹. Jetzt werden Sie mir vermutlich ›Großes und Unfaßbares kundtun, Dinge, die ich nicht weiß‹. Aber ich habe bereits genug Mysteriöses und Verwirrendes erlebt. Man hat auf mich geschossen, die Geheimpolizei verfolgt mich, und ich habe erlebt, wie man zwei Menschen umgebracht hat. Lily wird von der Polizei gesucht und soll in ein algerisches Gefängnis geworfen werden – und alles wegen dieses sogenannten Spiels.«

Ich geriet außer Atem, denn ich hatte immer lauter und erregter gesprochen. Carioca sprang schutzsuchend auf Minnies Schoß. Lily sah ihn empört an.

»Ich sehe, Sie besitzen Temperament«, bemerkte Minnie ungerührt und streichelte Carioca. Der kleine Verräter schnurrte wie eine Angorakatze. »Aber beim Schach ist Geduld eine sehr viel wertvollere Eigenschaft. Ihre Freundin Lily wird es Ihnen bestätigen. Ich warte schon sehr lange und mit großer Geduld auf Sie. In New York habe ich mein Leben riskiert, nur um Sie zu sehen. Abgesehen von dieser Reise habe ich die Kasbah in den vergangenen zehn Jahren nicht mehr verlassen – nicht mehr seit der algerischen Revolution. Ich sitze hier gewissermaßen in einem Gefängnis, aber Sie werden mich befreien.«

»Gefängnis!« riefen Lily und ich wie aus einem Mund.

»Ich finde, Sie haben ziemlich viel Bewegungsfreiheit«, sagte ich. »Wer hält Sie denn gefangen?«

»Nicht ›wer‹, sondern ›was‹«, erwiderte sie und schenkte uns Tee nach. »Vor zehn Jahren ist etwas geschehen, das ich nicht vorsehen konnte. Dadurch verschob sich das empfindliche Gleichgewicht der Kräfte. Mein Mann starb, und die Revolution begann.«

»Die Algerier haben 1963 die Franzosen aus dem Land vertrieben«, erklärte ich Lily. »Es war ein echtes Blutbad.« Zu Minnie gewandt sagte ich: »Als die Botschaften geschlossen wurden, saßen Sie in der Patsche. Aber die holländische Regierung hätte Sie doch bestimmt aus dem Land herausholen können. Warum sind Sie immer noch hier? Die Revolution liegt zehn Jahre zurück!«

Minnie stellte ihre Teetasse heftig auf den Tisch. Sie schob Carioca beiseite und stand auf. »Ich bin gefesselt wie ein Bauer«, erklärte sie und ballte die Fäuste. »Was im Sommer 1963 geschehen ist, wurde durch den Tod meines Mannes und die Revolution nur noch verschlimmert. Vor zehn Jahren haben Arbeiter in Rußland bei Sanierungsarbeiten im Winterpalast das Schachbrett gefunden. Es war in vier Teile zerlegt – das Brett des Schachspiels von Montglane!«

Lily und ich sahen sie mit großen Augen an. Langsam kamen wir der Sache näher.

»Fantastisch«, sagte ich. »Aber woher wissen Sie das? Und weshalb sitzen Sie deshalb in der Falle?«

»Hören Sie mir zu, und Sie werden es verstehen!« rief sie und lief erregt im Zimmer auf und ab. Carioca nutzte die Chance, um vergnügt mit ihrer Silberschleppe Fangen zu spielen. »Wenn ihnen das Schachbrett in die Hände gefallen wäre, hätten sie ein Drittel der Formel gehabt!« Sie befreite ihre Schleppe aus Cariocas Zähnen und drehte sich um.

»Sie meinen die Russen?« fragte ich. »Aber wenn die Russen zur Gegenseite gehören, wie kommt es dann, daß Sie mit Solarin Geschäfte machen?« Meine Gedanken überschlugen sich – ein Drittel der Formel, hatte sie gesagt. Das bedeutete, sie wußte, wie viele Teile es überhaupt gab!

»Solarin?« fragte Minnie und lachte. »Wie hätte ich sonst davon erfahren sollen? Warum, glauben Sie, habe ich ihn als Spieler gewählt? Warum, glauben Sie, ist mein Leben in Gefahr? Warum muß ich in Algerien bleiben und brauche dringend Ihre Hilfe?«

»Weil die Russen ein Drittel der Formel besitzen?« fragte ich. »Sie sind doch bestimmt nicht die einzigen Spieler auf der Gegenseite.«

»Nein«, sagte Minnie, »aber sie haben herausgefunden, daß ich den Rest des Schachspiels habe!«

Minnie ging hinaus, um etwas zu holen, das sie uns zeigen wollte. Lily und ich platzten beinahe vor Aufregung. Carioca spielte verrückt. Er hüpfte wie ein Gummiball durch das Zimmer.

Lily holte das Steckschach aus meiner Tasche und begann, das Spiel auf dem Messingtisch aufzubauen. Wer sind unsere Gegner? überlegte ich. Wieso wissen die Russen, daß Minnie eine Spielerin ist? Und was besitzt sie, um hier zehn Jahre lang wie in einer Falle zu sitzen?

»Weißt du noch, was Mordecai uns erzählt hat?« fragte Lily. »Er sagte, er sei nach Rußland gefahren und habe mit Solarin Schach gespielt. Das war vor zehn Jahren, nicht wahr?«

»Richtig. Du meinst, er hat ihn damals als Spieler geworben.«

»Aber welche Figur ist er?« fragte Lily.

»Ein Springer!« rief ich, denn jetzt fiel es mir wieder ein: »Solarin hat einen Springer unter die Nachricht gezeichnet, die er in meinem Apartment ließ!«

»Gut, wenn Minnie die schwarze Dame ist, gehören wir alle zur schwarzen Partei. Ich meine, du und ich, Mordecai und Solarin. Die Schwarzen sind die Guten. Wenn Mordecai Solarin geworben hat, dann ist er vermutlich der schwarze König, und damit wäre Solarin der Springer neben dem König.«

»Du und ich, wir sind Bauern«, fügte ich hinzu, »und Saul und Fiske . . .«

». . . Bauern, die geschlagen wurden«, ergänzte Lily und nahm zwei Bauern vom Brett. Sie machte mit den Figuren Züge, die ich nicht verstand. Trotzdem versuchte ich, ihren Gedanken zu folgen.

Außerdem beschäftigte mich etwas, das mir nicht mehr aus dem Kopf ging, seit ich wußte, daß Minnie die Wahrsagerin war. Plötzlich begriff ich. Nicht Minnie hatte mich in das Spiel gezogen, sondern Nim – von Anfang an war es Nim gewesen! Ohne ihn hätte ich mir nie die Mühe gemacht, die Prophezeiung zu entschlüsseln. Ich hätte auch die Warnung nicht ernst genommen oder wäre auf die Idee gekommen, die mysteriösen Toten hätten etwas mit mir zu tun oder mit der Jagd nach dem Montglane-Schachspiel. Natürlich! Jetzt fiel mir auch ein, daß Nim den Vertrag mit Harrys Firma in die Wege geleitet hatte – das war vor drei Jahren gewesen, als ich noch bei Triple-M arbeitete! Und Nim hatte mich zu Minnie Renselaas geschickt...

Als ich mit meinen Erkenntnissen soweit war, kam Minnie mit einem Metallkästchen und einem kleinen ledergebundenen Buch, das mit einer Schnur verschnürt war, ins Zimmer zurück. Sie stellte das Kästchen auf den Tisch und legte das Buch daneben.

»Nim wußte, daß Sie die Wahrsagerin sind!« sagte ich zu ihr. »Er wußte es, als er mir ›half‹, Ihre Nachricht zu entschlüsseln!«

»Dein Freund in New York?« fragte Lily. »Was ist er für eine Figur?«

»Ein Turm«, antwortete Minnie und betrachtete das Spiel, das Lily aufgebaut hatte.

»Natürlich!« rief Lily. »Er ist in New York, um mit dem König die Rochade zu ermöglichen...«

»Ich habe Ladislaus Nim nur einmal gesehen«, berichtete Minnie, »als ich ihn als Spieler wählte, so wie ich Sie gewählt habe. Er hat Sie damals sehr empfohlen, aber er wußte nicht, daß ich in New York war, um Sie zu treffen. Ich mußte mich vergewissern, daß Sie wirklich diejenige sind, die ich brauche, und daß Sie die erforderlichen Fähigkeiten besitzen.«

»Was für Fähigkeiten?« fragte Lily, noch immer über ihr Spiel gebeugt. »Sie kann nicht einmal Schach spielen.«

»Nein, aber Sie, Lily«, erwiderte Minnie, »zusammen sind Sie ein perfektes Team.«

»Team?« rief ich entsetzt und sah mich mit Lily wie ein Känguruh mit einer Kuh vor einen Wagen gespannt. Sie spielte zweifellos besser Schach als ich, aber wenn es um die Wirklichkeit ging, dann war Lily unmöglich und unberechenbar.

»Gut, wir haben eine Dame, einen Springer, einen Turm und ein paar Bauern«, sagte Lily und sah Minnie mit ihren grauen Augen an, »und die Gegenseite? Was ist mit John Hermanold, der auf meinen Wagen geschossen hat, oder meinem geliebten Onkel Llewellyn und seinem Geschäftspartner, dem Teppichhändler – wie heißt er noch?«

»El-Marad«, sagte ich und wußte in diesem Moment, welche Rolle er spielte. Es war nicht schwer zu erraten – ein Mann, der wie ein Einsiedler in den Bergen lebte, nie sein Dorf verließ und doch überall in der Welt Geschäftsbeziehungen hatte, den alle haßten und fürchteten, die ihn kannten – und der hinter den Figuren her war wie der Teufel hinter der armen Seele. »Er ist der weiße König«, sagte ich.

Minnie war plötzlich leichenblaß geworden. Sie sank auf einen Sessel neben mir. »Sie haben El-Marad getroffen?« fragte sie flüsternd.

»Vor ein paar Tagen in der Kabylei«, erwiderte ich, »er scheint sehr viel über Sie zu wissen. Er hat mir gesagt, Ihr Name sei Mochfi Mochtar, Sie würden in der Kasbah leben, und Sie hätten die Schachfiguren. Er meinte, Sie würden sie mir verkaufen, wenn ich Ihnen sage, daß ich am vierten April geboren bin.«

»Dann weiß er sehr viel mehr, als ich dachte«, murmelte Minnie erschrocken. Sie nahm einen Schlüssel und schloß das Metallkästchen auf. »Aber etwas weiß er offensichtlich nicht, sonst hätte er nie zugelassen, daß Sie ihn kennenlernen. Er weiß nicht, wer Sie sind!«

»Wer ich bin?« fragte ich verwirrt. »Ich habe mit diesem Spiel nichts zu tun. Viele Menschen sind am vierten April geboren, und viele Menschen haben merkwürdige Linien in der Hand. Das ist doch alles lächerlich. Und ich weiß nicht, wie ich Ihnen helfen soll.«

»Sie sollen mir nicht helfen«, erklärte Minnie energisch und öffnete das Kästchen. »Sie sollen meinen Platz einnehmen.« Sie beugte sich vor, schob Lilys Arm vom Schachbrett und zog die schwarze Dame vor.

Lily bekam große Augen und starrte die kleine Figur auf dem Schachbrett an. Dann ergriff sie plötzlich meine Hand und rief: »Das ist es!« und hüpfte wie verrückt auf ihrem Kissen auf und ab. Carioca nutzte die Gelegenheit, stahl sich ein Stück Gebäck und verschwand damit unter dem Tisch. »Paß auf! So kann die schwarze Dame Weiß parieren und den König zwingen, auf das Brett zu kommen – er muß aus seinem Versteck heraus. Aber die Dame wird nur von diesem vorgeschobenen Bauern geschützt...«

Ich gab mir Mühe, zu verstehen. Auf dem Brett standen acht schwarze Figuren auf schwarzen Feldern, die anderen auf weißen. Und vor ihnen, an der Grenze des weißen Territoriums, befand sich ein schwarzer Bauer, den ein Turm und ein Springer schützten.

»Ich wußte, Sie würden gut zusammenarbeiten«, sagte Minnie lächelnd. »Das ist beinahe die richtige Rekonstruktion des heutigen Spielstandes, oder sagen wir, dieser Runde.« Mit einem Blick auf mich fügte sie hinzu: »Fragen Sie doch die Enkelin von Mordecai Rad, wer die lebenswichtige Figur ist, auf die sich das Spiel jetzt konzentriert!«

Ich sah Lily an, die ebenfalls lächelte und mit ihrem langen roten Fingernagel auf den vorgeschobenen Bauern klopfte.

»Nur eine Dame kann eine Dame ersetzen«, sagte Lily, »und das scheinst du zu sein.«

»Was soll das heißen?« fragte ich. »Ich bin doch ein Bauer.«

»Richtig. Aber wenn ein Bauer die Reihen der gegnerischen Bauern durchbricht und das achte Feld der Gegenseite erreicht, kann man ihn in jede beliebige Figur verwandeln – auch in eine Dame. Wenn dieser Bauer das achte Feld erreicht, kann er die schwarze Dame ersetzen!«

»Oder sie rächen«, sagte Minnie, und ihre Augen glühten wie Kohlen. »Ein vorgeschobener Bauer kommt nach Algier – die weiße Insel. Und so wie Sie in das weiße Territorium vorgedrungen sind, werden Sie auch bis auf den Grund des Mysteriums vorstoßen – zum Geheimnis der Acht.«

Ich sollte die schwarze Dame sein? Was bedeutete das? Lily hatte mir zwar erklärt, es könne sich mehr als eine Dame derselben Farbe auf dem Brett befinden; Minnie hatte aber gesagt, ich solle sie ersetzen. Wollte sie ausscheiden?

Und wenn sie einen Ersatz suchte, weshalb dann nicht Lily? Lily war es gelungen, auf dem kleinen Steckschach die Figuren den Personen zuzuordnen und die Züge den Ereignissen entsprechend zu rekonstruieren. Ich war im Schach eine Niete. Worin also bestand meine Fähigkeit? Außerdem hatte ich sehr wohl gesehen, daß der vorgezogene Bauer noch eine weite Strecke bis zu dem bewußten achten Feld zurückzulegen hatte. Die anderen Bauern konnten ihm zwar nichts mehr anhaben, aber die Figuren mit mehr Bewegungsfreiheit konnten ihn sehr wohl schlagen. Soviel verstand ich immerhin von Schach.

Minnie öffnete das Metallkästchen und entnahm ihm vorsichtig ein schweres Tuch, das sie über den runden Messingtisch breitete. Es war ein dunkelblauer, fast schwarzer Stoff, der mit bunten Glasstükken besetzt war – einige rund, andere oval. Das Tuch war mit einer Art metallischem Faden reich bestickt. Die merkwürdigen Muster erinnerten an die Symbole der Tierkreiszeichen und an noch etwas Vertrautes, das ich aber noch nicht richtig einordnen konnte. In der Mitte des Tuchs sah ich zwei große ineinander verschlungene Schlangen. Sie bildeten eine Acht.

»Was ist das?« fragte ich und betrachtete das Tuch neugierig.

Lily war aufgestanden und befühlte den Stoff mit den Fingern. »Es erinnert mich an etwas«, murmelte sie.

»Dieses Tuch«, sagte Minnie und betrachtete uns aufmerksam, »diente ursprünglich als Schutz für das Montglane-Schachspiel. Es lag zusammen mit den Figuren tausend Jahre in einem Versteck, bis es die Nonnen von Montglane während der Französischen Revolution wieder ausgruben. Das Tuch ist durch viele Hände gegangen. Zur Zeit von Katharina der Großen war es sogar mit dem zerlegten Schachbrett in Rußland.«

»Woher wissen Sie das alles?« fragte ich und spürte, daß ich meine Augen von dem dunkelblauen Samt nicht mehr lösen konnte – das Tuch des Montglane-Schachspiels. Es war über tausend Jahre alt und trotzdem völlig unversehrt. Es glänzte matt im gedämpften Licht, das durch die Blätter eine Glyzinie fiel. »Und wie haben Sie es bekommen?« fügte ich hinzu und berührte wie Lily die bunten ›Glassteine‹.

»Also weißt du«, flüsterte Lily, »ich habe bei meinem Großvater schon viele ungeschliffene Edelsteine gesehen. Ich glaube, die hier sind echt!«

»Das sind sie«, sagte Minnie mit einer Stimme, die mich zittern ließ. »Alles an diesem gefürchteten Schachspiel ist echt. Wie ihr wißt, enthält das Montglane-Schachspiel eine Formel – eine Formel der Macht, einer zerstörerischen, bösen Macht, die denen dient, die verstehen, sie einzusetzen.«

»Warum unbedingt böse und zerstörerisch?« fragte ich und spürte gleichzeitig, daß von diesem Tuch etwas Besonderes ausging – vielleicht war es nur Einbildung, aber es schien Minnies Gesicht anzustrahlen, als sie sich darüber beugte.

»Die Frage müßte lauten: Warum ist das Böse, das Zerstörerische nötig?« sagte Minnie kalt. »Aber diese Kraft hat es schon lange vor dem Montglane-Schachspiel gegeben – ebenso wie die Formel. Betrachtet euch das Tuch genau, und ihr werdet es sehen.« Sie lächelte seltsam bitter und schenkte uns noch einmal Tee ein. Ihr schönes Gesicht wirkte plötzlich hart und alt. Zum erstenmal begriff ich, wie hoch der Preis war, den sie für dieses Spiel bezahlte.

Carioca zerkrümelte unter dem Tisch unbekümmert Kuchen auf meinem Fuß. Ich packte ihn und setzte ihn auf meinen Sessel. Dann beugte ich mich wieder über das Tuch und betrachtete es eingehend.

Ich sah die goldene Acht. Die Schlangen wanden sich auf dem dunkelblauen Samt wie ein schimmernder Komet am mitternächtlichen Himmel. Um sie herum waren die Symbole von Mars und Venus, Sonne und Mond, Saturn und Merkur ... Dann sah ich es!

»Es sind die Elemente!« rief ich.

Minnie lächelte und nickte.

»Das Gesetz der Oktave«, sagte sie.

Jetzt machte alles Sinn. Die großen Edelsteine und die goldene Stickerei bildeten die Symbole, die Philosophen und Wissenschaftler seit undenklichen Zeiten benutzten, um das Wesen der Natur zu beschreiben. Ich sah Eisen und Kupfer, Silber und Gold – Schwefel, Quecksilber, Blei und Antimon – Wasserstoff, Sauerstoff, die Salze und Säuren – kurz gesagt, alles, woraus sich die Materie zusammensetzt, sei sie belebt oder unbelebt.

Ich lief im Zimmer auf und ab und versuchte, den Zusammenhang zu begreifen. »Das Gesetz der Oktave«, erklärte ich Lily, die mich ansah, als sei ich verrückt geworden, »ist das Gesetz, das dem Periodensystem der Elemente zugrunde liegt. Ehe Mendelejew in den sechziger Jahren des neunzehnten Jahrhunderts sein Periodensystem aufstellte, entdeckte der englische Chemiker John Newlands folgendes: Wenn man die Elemente nach ihrem atomaren Gewicht in aufsteigender Reihe ordnet, ist jedes achte Element eine Art Wiederholung des ersten – wie die achte Note der Oktave. Er benannte seine

Entdeckung nach der Theorie von Pythagoras, weil er glaubte, daß die molekularen Eigenschaften der Elemente in derselben Beziehung zueinanderstehen wie die Noten einer Tonleiter!«

»Stimmt das?« fragte Lily.

»Woher soll ich das wissen?« sagte ich. »Ich verstehe von Chemie nur soviel, wie ich gelernt habe, ehe ich gefeuert wurde, weil ich unser Hochschullabor in die Luft gesprengt hatte.«

Minnie lachte. »Sie haben etwas Richtiges gelernt. Und können Sie sich an noch etwas erinnern?«

Ich starrte wieder auf das Tuch. Wellen und Teilchen – Teilchen und Wellen. Etwas über Wertigkeiten und Elektronenhüllen schwirrte mir durch den Kopf. Minnie kam mir zu Hilfe.

»Vielleicht darf ich Ihre Erinnerung auffrischen. Diese Formel ist beinahe so alt wie die Menschheit. Bereits viertausend Jahre vor Christi finden sich in Schriften Hinweise darauf. Ich werde euch die Geschichte erzählen ...« Ich setzte mich neben Minnie, die sich vorbeugte und mit dem Zeigefinger die gestickte Acht auf dem Tuch umfuhr. Sie schien in eine Art Trance zu versinken, als sie ihre Geschichte begann.

»Vor sechstausend Jahren gab es bereits hochentwickelte Kulturen an den großen Flüssen der Erde – am Nil, Ganges, Indus und Euphrat. Sie pflegten eine geheime Kunst, aus der später sowohl Religion als auch Wissenschaft entstanden. Diese Kunst war so geheim, daß es ein Leben lang dauerte, bis man in sie eingeweiht wurde, das heißt, in ihre wahre Bedeutung.

Die Einweihungsriten waren oft grausam und endeten manchmal tödlich. Die Tradition des Rituals hat sich in Ansätzen bis in unsere Zeit gehalten – in der katholischen Messe, in den kabbalistischen Riten, in den Zeremonien der Rosenkreuzer und Freimaurer. Aber die Bedeutung hinter der Tradition ist in Vergessenheit geraten. Diese Rituale sind nichts anderes als eine Inszenierung der Formel, die den Menschen in alter Zeit bekannt war. Das Wissen um die Formel wurde durch eine heilige Handlung weitergegeben, denn es war verboten, sie niederzuschreiben.« Minnie sah mich mit dunkelgrünen Augen an, und ihr Blick schien tief in mir etwas zu suchen.

»Die Phönizier verstanden das Ritual, die Griechen ebenfalls.

Noch Pythagoras verbot seinen Schülern, die Formel schriftlich zu fixieren, denn das hielt man für zu gefährlich. Der große Fehler der Mauren war, daß sie gegen diesen Grundsatz verstießen. Sie ›schrieben‹ die Symbole der Formel in das Montglane-Schachspiel. Die Formel ist zwar verschlüsselt, aber wer alle Teile des Spiels besitzt, kann die Bedeutung schließlich entschlüsseln – ohne die Einweihungsriten, die ihn zwingen, bei seinem Leben zu schwören, die Formel nie für das Böse, das Zerstörerische zu benutzen.

Die Araber nannten die Länder, in denen das geheime Wissen entdeckt worden war und in denen es blühte, nach dem fruchtbaren schwarzen Schlamm, der in jedem Frühjahr geschwemmt wurde. Sie nannten sie die schwarzen Länder, und das geheime Wissen nannten sie die Schwarze Kunst – *al-kimiya*.«

»Alchimie?« fragte Lily. »Meinen Sie das? Die Kunst, Blei in Gold zu verwandeln?«

»Ja, die Kunst der Verwandlung«, sagte Minnie und lächelte geheimnisvoll. »Sie behaupteten, unedle Metalle in edle wie Silber oder Gold verwandeln zu können – und mehr, viel, viel mehr.«

»Das ist doch nicht Ihr Ernst?« rief Lily. »Wir reisen um die halbe Welt, haben Probleme über Probleme, nur um herauszufinden, daß das Geheimnis hinter diesem Schachspiel Magie ist, die ein paar urzeitliche Priester geheimnisvoll aufgebauscht haben?«

Ich betrachtete immer noch das Tuch. Ja, ich ahnte, was Minnie sagen wollte.

»Alchimie ist keine Magie«, erwiderte ich, »ich meine, ursprünglich war sie das nicht, sondern ist es erst in unserer Zeit geworden. Die Alchimie war die Grundlage der modernen Chemie und Physik. Alle Wissenschaftler im Mittelalter und auch später haben sich mit Alchimie befaßt. Man sagt, Isaac Newton habe mehr Zeit damit verbracht, in seinem Labor in Cambridge Chemikalien zu kochen, als die *Principia Mathematica* zu schreiben. Paracelsus war vielleicht ein Mystiker, aber er ist auch einer der Väter der modernen Chemie. Wir benutzen zum Beispiel die von ihm entdeckten alchimistischen Prinzipien in Raffinerien und Schmelzen. Weißt du nicht, wie man Plastik, Asphalt und synthetische Fasern aus Rohöl gewinnt? Man krackt die Erdölmoleküle, das heißt, man spaltet sie mit Hilfe von Hitze und Katalysatoren, so wie es die alten Alchimisten taten, als sie behaupteten, Quecksilber in Gold zu verwandeln. Bei alldem gibt es nur ein Problem.«

»Nur eins?« fragte Lily ironisch.

»Sie hatten vor sechstausend Jahren noch keine Teilchenbeschleuniger in Mesopotamien – oder Krackanlagen in Palästina. Sie konnten also nur Kupfer und Messing in Bronze verwandeln.«

»Vielleicht, vielleicht auch nicht«, sagte Minnie unbeeindruckt. »Aber die alten Priester mußten um ein gefährliches Geheimnis wissen, denn warum hätten sie es sonst in den Schleier eines Mysteriums gehüllt? Warum mußte ein Prüfungsanwärter sich einer lebenslangen Ausbildung unterziehen, Schwüre und Gelöbnisse ablegen, ein gefährliches und qualvolles Ritual erdulden, ehe er in den Orden aufgenommen wurde ...«

»In den Orden der Geheimen Erwählten?« fragte ich.

Minnie lächelte nicht. Sie sah zuerst mich an und dann das Tuch. Und als sie sprach, trafen mich ihre Worte wie ein Dolch.

»Den Orden der Acht«, sagte sie ruhig, »den Orden derer, die die Sphärenmusik hören können.«

Aha! Jetzt wußte ich, warum Nim mich empfohlen hatte, warum Mordecai mich auf den Weg gebracht und Minnie mich »gewählt« hatte. Ich beeindruckte sie nicht mit meiner sprühenden Persönlichkeit, meinem Geburtsdatum oder den Linien meiner Hand – obwohl sie mir das einreden wollten. Hier ging es nicht um Mystik, sondern um Wissenschaft, denn Musik ist eine Wissenschaft – älter als Akustik, Solarins Fachgebiet, oder allgemeine Physik, Nims Studienfach. Mein Hauptfach war Musik. Es war kein Zufall, daß Pythagoras Musik gleichrangig neben Mathematik und Astronomie gelehrt hatte. Pythagoras glaubte, daß die Schwingungen von Tönen den Kosmos erfüllten und alles umfaßten – das Kleinste wie das Größte. Und er war der Wahrheit sehr nahe gekommen.

»Belebtes wie Unbelebtes sind zugleich Materie und Wellen – Schwingungen«, sagte ich.

»Richtig«, bestätigte Minnie, »ich habe mich nicht in Ihnen geirrt. Sie sind auf der richtigen Fährte.« Jetzt sah sie wieder jung aus, und ich dachte: Sie muß früher einmal eine Schönheit gewesen sein. »Aber unsere Gegner auch«, fügte sie hinzu. »Ich habe gesagt, es gibt drei Teile der Formel: das Schachbrett – es befindet sich in der Hand der Gegner –, das Tuch – es liegt vor euch – und das Kernstück, die Schachfiguren.«

»Aber ich dachte, Sie haben die Figuren«, rief Lily.

»Ich besitze die meisten, die in einer Hand versammelt waren, seit das Schachspiel in Montglane aus dem Versteck geholt wurde. Es sind zwanzig Figuren, die ich an Plätzen verborgen habe, wo ich hoffte, sie würden wieder tausend Jahre ruhen. Aber ich habe mich geirrt. Nachdem die Russen ahnten, daß ich die Figuren besitze, vermuteten die Weißen sofort, einige seien in Algerien, wo ich lebe. Und zu meinem Pech haben sie recht. El-Marad ist auf dem Vormarsch. Ich glaube, seine Leute werden mich bald völlig eingekreist haben, so daß ich die Figuren nicht mehr aus dem Land schaffen kann.«

Deshalb also glaubte sie, El-Marad habe nicht gewußt, wer ich bin! Natürlich – er hatte mich als Werkzeug gewählt, ohne zu ahnen, daß ich bereits von der Gegenseite angeworben war. Aber ich mußte noch mehr erfahren.

»Ihre Figuren befinden sich also in Algerien?« fragte ich. »Wer hat die anderen? El-Marad? Die Russen?«

»Die Russen haben ein paar. Ich weiß nicht genau, wie viele«, antwortete sie. »Andere gingen in den Wirren der Französischen Revolution verloren. Sie können überall sein – in Europa, im Fernen Osten, ja sogar in Amerika –, vielleicht wird man sie nie wieder finden. Ich habe mein ganzes Leben gebraucht, um die Figuren ausfindig zu machen, die ich heute besitze. Einige sind in sicheren Verstecken in anderen Ländern. Aber von den zwanzig befinden sich acht hier in der Wüste – im Tassili. Ihr müßt diese Figuren holen und mir bringen, ehe es zu spät ist.«

»Moment«, unterbrach ich sie, »das Tassili-Massiv ist etwa eintausendsechshundert Kilometer von hier entfernt. Lily hält sich illegal in diesem Land auf, und ich habe beruflich eine Aufgabe übernommen, die mich unter größten Zeitdruck setzt. Hat das nicht Zeit bis –«

»Nichts ist dringlicher als das, worum ich euch bitte!« rief Minnie. »Wenn ihr diese Figuren nicht holt, dann werden sie vermutlich in andere Hände fallen. Dann könnte aus der Erde eine Hölle werden, die jedes Vorstellungsvermögen übersteigt. Begreift ihr nicht, welche logischen Schlußfolgerungen sich mit dieser Formel verbinden?«

Das fiel mir nicht schwer. Die Technik der Elementumwandlung hatte sich weiterentwickelt, zum Beispiel bei der Herstellung von Transuran, einem Element mit einer höheren Ordnungszahl als Uran.

»Sie meinen, mit dieser Formel kann jemand Plutonium gewinnen?« fragte ich. Deshalb betonte Nim also immer wieder, Kernphysiker müßten in erster Linie Ethik studieren. Ich verstand Minnies Sorge.

»Ich werde einen Plan zeichnen, nach dem ihr die Figuren findet«, sagte Minnie, als sei es beschlossene Sache, daß wir in die Wüste fahren. »Lily, Sie werden sich die Skizze genau einprägen; ich werde sie dann wieder vernichten. Und Ihnen, Kat, gebe ich ein Dokument von größter Bedeutung und großem Wert.« Sie reichte mir das verschnürte Buch. Während Minnie die Skizze zeichnete, kramte ich in meiner Tasche nach der Nagelschere, um die Schnur zu zerschneiden.

Es war ein kleines Buch – etwa wie ein dickes Taschenbuch – und dem Aussehen nach sehr alt. Der Saffianeinband war rissig und trug eingebrannte Zeichen wie vom Abdruck eines Siegelrings. Bei genauerem Betrachten sah ich, daß jeder Abdruck eine Acht war, und mich überlief ein Schauer. Ich durchtrennte die Schnur mit der Schere.

Es war ein handgebundenes Buch, das Papier transparent wie Zwiebelhaut, aber so glatt und geschmeidig wie Stoff und sehr dünn. Das Buch hatte mehr Seiten, als ich zunächst dachte – etwa sechs- oder siebenhundert –, und alle waren von Hand beschrieben.

Es war eine kleine, engstehende, verschnörkelte Schrift, und das dünne Papier war beidseitig beschrieben. Die Tinte hatte sich durchgedrückt, wodurch das Entziffern doppelt mühsam wurde. Aber ich begann sofort, darin zu lesen. Das alte Französisch hatte Worte, die ich nicht alle kannte, aber ich verstand doch den Sinn.

Minnie unterhielt sich leise mit Lily, während ich las. Sie besprach mit ihr eingehend die Skizze. Mir wurde plötzlich ganz kalt. Jetzt verstand ich, woher Minnie all das wußte, was sie uns erzählt hatte.

Ich las den Text laut vor und begann ihn zu übersetzen. Lily hob den Kopf und begriff langsam, was ich da las. Minnie hörte schweigend zu und schien wieder in Trance zu versinken. Sie schien eine

Stimme aus der Wüste zu hören, aus dem dunklen Nebeln der Vergangenheit – eine Stimme, die das Jahrtausend umfaßte. Ja, der Text dieses Dokuments erzählte mehr als nur eine Geschichte aus dem achtzehnten Jahrhundert...

›Im Jahr 1793‹, las ich,

> im Monat Juni in Tassili n-Adjer in der Sahara beginne ich, diese Geschichte zu erzählen. Ich heiße Mireille, und ich komme aus Frankreich. Nachdem ich acht Jahre meiner Jugend in den Pyrenäen im Kloster von Montglane verbracht hatte, wurde ich Zeugin eines großen Unheils, das auf die Welt losgelassen wurde – ein Unheil, das ich jetzt anfange zu verstehen. Ich werde seine Geschichte niederschreiben. Man nennt es das Montglane-Schachspiel, und es begann mit Karl dem Großen, dem mächtigen König, der unser Kloster erbaut hat...

Als Lily den Corniche vom Berg hinunter zur Oase Ghardaïa steuerte, sah ich in allen Richtungen endlose Kilometer dunkelroten Sand vor uns liegen.

Auf einer Karte ist Algeriens Geographie sehr einfach. Man denkt dabei an einen nach vorne geneigten Krug. Die Tülle befindet sich unterhalb der marokkanischen Grenze, und es sieht so aus, als ergieße sich daraus Wasser in die Nachbarländer der westlichen Sahara und Mauretanien. Der Henkel ist aus zwei Stücken geformt: ein achtzig Kilometer breiter bewässerter Landstrich entlang der Nordküste und ein fünfhundert Kilometer langer Gebirgszug südlich davon. Der Rest des Landes – über anderthalb Millionen Quadratkilometer – ist Wüste.

Lily saß am Steuer. Wir waren seit mehr als sechs Stunden unterwegs und hatten fünfhundert Kilometer auf einer kurvenreichen Straße durch die Berge in Richtung Wüste hinter uns. Die halsbrecherische Fahrt ließ Carioca winselnd unter die Sitze kriechen. Ich sah nichts, denn ich übersetzte laut das Tagebuch, das Minnie mir gegeben hatte. Es war eine schaurige Geschichte von den Schrecken der Französischen Revolution und der Suche der französischen Nonne Mireille nach dem Geheimnis des Montglane-Schachspiels – und auf dieser Suche befanden nun auch wir uns.

»Die Sahara...«, sagte ich und hob den Kopf, als wir nach Ghardaïa hinunterfuhren, »weißt du, Lily, das war nicht immer die größte Wüste der Erde. Vor Millionen von Jahren war die Sahara das größte Binnenmeer. Daher die großen Rohölvorkommen und das flüssige Gas – es sind die Ablagerungen der winzigen Meerestiere und -pflanzen, die sich im Lauf der Zeit zersetzt haben: die Alchemie der Natur.«

»Was du nicht sagst«, bemerkte Lily trocken, »also, meine Benzinuhr rät mir, bei der nächsten Gelegenheit ein paar von deinen winzigen verwandelten Meerestieren in den Tank zu füllen. Aber wir müssen wohl bis Ghardaïa warten. Auf Minnies Plan gibt es unterwegs nicht viel Städte.«

»Ich habe den Plan nicht gesehen«, erwiderte ich. »Hoffentlich hast du ein gutes Gedächtnis, denn Minnie können wir jetzt nicht mehr fragen.«

»Ich bin Schachspielerin«, sagte Lily, als sei damit alles geklärt.

»Unsere Freundin Mireille scheint 1793 in Ghardaïa gewesen zu sein, sagte ich mit Blick auf das Tagebuch:

> Und wir erreichten Ghardaia. Die Stadt trägt ihren Namen nach der Berber-Göttin Kar – der Mondgöttin. Die Araber nannten sie ›Libya‹, was soviel heißt wie ›tropfend vor Regen‹. Sie wurde am Mittelmeer vom Nil bis zum Atlantik verehrt; ihr Sohn Phönix gründete das Reich der Phönizier; man sagt, ihr Vater sei Poseidon. Sie hat viele Namen und wird in vielen Ländern verehrt als Ischtar, Astarte, Kali, Kybele. Sie bringt wie das Meer alles Leben hervor. In diesem Land nennt man sie die Weiße Göttin, und im Schach ist sie die weiße Dame.

»O Gott!« rief Lily und sah mich entsetzt an, während sie vor der Kreuzung nach Ghardaïa das Tempo verringerte. »Das heißt also, die Stadt ist nach unserer Erzfeindin benannt. Dann sind wir wohl gerade im Begriff, auf ein weißes Feld zu kommen!«

Lilys Erkenntnis fuhr mir eiskalt in die Glieder und rief mich in die Gegenwart zurück. In Algier hatten wir viele Probleme zurückgelassen, die uns jederzeit einholen konnten. Nach dem Abschied von Minnie in der Kasbah hatte ich Kamel von einer Telefonzelle aus angerufen und ihm gesagt, daß ich einige Tage nicht in Algier sei. Er war buchstäblich an die Decke gesprungen.

»Sind Sie verrückt?!« schrie er durch die knatternde Leitung. »Sie wissen doch, wie wichtig die ersten Ergebnisse Ihrer Studie für mich im Augenblick sind! Ich brauche die Zahlen am Ende der Woche! Ihr Projekt hat Dringlichkeitsstufe eins!«

»Ich bin ja bald wieder zurück«, versuchte ich, ihn zu beruhigen. »Außerdem habe ich alles bestens vorbereitet. Die Daten der in Frage kommenden Länder sind beinahe vollständig in den Computern erfaßt...«

»Wo sind Sie jetzt?« erkundigte sich Kamel, der offenbar nichts Gutes ahnte. »Es ist bereits halb zwei. Ich habe heute vormittag vergeblich versucht, Sie im Rechenzentrum zu erreichen, nachdem ich diesen gräßlichen Wagen mit Ihrer Nachricht auf meinem Parkplatz entdeckt hatte. Scharrif sitzt mir im Nacken und möchte Sie sprechen. Er behauptet, Sie schmuggeln Kraftfahrzeuge, bieten illegal eingereisten Personen Unterkunft, und faselt ständig etwas von einer bösartigen Bestie! Würden Sie mir bitte erklären, was das alles bedeuten soll?«

Herrlich! Wenn Scharrif mich vor Abschluß meiner Mission zu fassen bekam, konnte ich mir gratulieren. Ich mußte Kamel beruhigen – zumindest versuchen, seine Unterstützung nicht zu verlieren. Meine Verbündeten wurden rar...

»Also gut«, sagte ich, »eine Freundin hat Probleme. Sie wollte mich besuchen, aber ihr Visum ist bei der Einreise nicht gestempelt worden.«

»Ihr Reisepaß liegt vor mir auf dem Schreibtisch«, knurrte Kamel, »Scharrif hat ihn mir triumphierend vorgelegt. Diese Frau hat gar kein Visum!«

»Nur eine bürokratische Sache«, unterbrach ich ihn schnell, »sie hat als in England geborene Amerikanerin eine doppelte Staatsbürgerschaft und einen zweiten Paß. Sie könnten es so drehen, daß es aussieht, als sei sie legal eingereist.«

Kamels Stimme klang eiskalt, als er sagte: »Ich habe nicht den Ehrgeiz, Mademoiselle, daran mitzuwirken, daß der Chef der Geheimpolizei sich lächerlich macht!« Dann fügte er etwas freundlicher hinzu: »Es ist zwar gegen alle Vernunft, aber ich werde versuchen,

Ihnen zu helfen. Zufälligerweise weiß ich, wer die junge Dame ist. Ich kannte ihren Großvater. Er war mit meinem Vater gut befreundet. Die beiden haben in England Schach miteinander gespielt.«

Bestens – jetzt kamen wir der Sache näher. Ich winkte Lily, die sich in die Telefonzelle zwängte, und hielt den Hörer so, daß sie mithören konnte.

»Ihr Vater hat mit Mordecai Schach gespielt?« wiederholte ich. »War er ein guter Spieler?«

»Sind wir das nicht alle«, erwiderte Kamel vielsagend. Er schwieg einen Augenblick und schien nachzudenken. Bei seinen nächsten Worten erstarrte Lily neben mir, und mir wurde flau im Magen. »Ich weiß, was Sie vorhaben. Sie haben sie gesehen, nicht wahr?«

»Wer *sie*?« fragte ich so unschuldig wie möglich.

»Seien Sie nicht dumm. Ich bin Ihr Freund. Ich weiß, was El-Marad Ihnen gesagt hat, und ich weiß, was Sie suchen. Meine liebe Kat, Sie spielen ein gefährliches Spiel. Diese Leute sind Killer – alle! Es ist nicht schwer zu erraten, wohin Sie fahren wollen, und ich kenne die Gerüchte über das, was dort versteckt sein soll. Wo, glauben Sie, wird Scharrif Sie suchen, wenn er erfährt, daß Sie nicht hier in Algier sind?«

Lily und ich sahen uns erschrocken, aber auch erstaunt an. War Kamel also auch eine Figur in dem Spiel?

»Ich werde versuchen, Sie zu decken«, sagte er. »Aber Sie müssen am Wochenende zurücksein. Was Sie auch tun, betreten Sie erst dann wieder Ihr oder mein Büro, und meiden Sie alle Flughäfen. Wenn Sie mir etwas über Ihr ... Projekt ... mitteilen wollen, setzen Sie sich am besten mit der Hauptpost in Verbindung.«

Ich verstand sehr wohl, was er damit meinte: Ich sollte alle Kontakte über Therese laufen lassen. Ich würde ihr also Lilys Paß bringen, ehe wir abfuhren. Dann konnte Kamel inzwischen Lilys Einreise legalisieren. Mir fiel noch etwas ein.

»Ich werde genau aufschreiben, wie Sie meine Programme, die ich geschrieben habe, starten können, um an die ersten Auswertungen zu kommen. Ich werde Sie in der Hauptpost mit dem Paß abgeben.«

»Keine schlechte Idee«, sagte Kamel. »Ich werde mein Bestes tun, aber wenn Sie in echte Schwierigkeiten kommen, werden Sie vermutlich auf sich selbst angewiesen sein.«

»Sind wir das nicht alle?« erwiderte ich, und er mußte lachen. Dann verabschiedete ich mich mit El-Marads Worten: »*Al-safar zafar!* – Reisen bedeutet siegen –« und hoffte, das alte arabische Sprichwort werde sich als wahr erweisen. Aber ich hatte so meine Befürchtungen.

Ich hatte mich geirrt, als ich glaubte, es sei über die südliche Route 1300 Kilometer; auf dem Hinweisschild bei der Ausfahrt aus Ghardaïa mit den Kilometerangaben zu allen Orten im Süden stand 1637 Kilometer bis Djanet, dem Südtor des Tassili-Massivs. Lily fuhr zwar sehr schnell, aber wie schnell würde sie auf einer unbefestigten Wüstenpiste vorankommen? Wir hatten nicht nur getankt und uns mit Ersatzkanistern versorgt, sondern auch etwas ›Vernünftiges‹ gegessen – darauf hatte Lily bestanden, ehe wir weiter durch die Nacht rollten.

Als wir die Hammada durchquert hatten und die Dünen von Touat hinter uns lagen, waren zehn Stunden vergangen, und der Morgen dämmerte. Gott sei Dank verlief die Fahrt glatt – vielleicht etwas zu glatt. Ich hatte das dumpfe Gefühl, daß uns Schlimmes drohte, denn mit der aufgehenden Sonne begann ich mir, vielleicht etwas spät, Gedanken über die Wüste zu machen.

In den Bergen waren es gestern um die Mittagszeit fünfzehn Grad gewesen, abends in Ghardaïa etwa fünfundzwanzig Grad und in den Dünen selbst jetzt, Ende Juni, um Mitternacht nahe dem Gefrierpunkt. Als wir nun im Morgengrauen durch die Ebene von Tidikelt fuhren, am Rand der eigentlichen Wüste, wo es überhaupt keine Palmen, Pflanzen und Wasser mehr gab, lagen immer noch siebenhundert Kilometer vor uns. Wir hatten an Kleidern nichts mitgenommen und außer ein paar Flaschen Mineralwasser auch keinen Proviant. Aber uns erwartete Schlimmeres. Lily unterbrach plötzlich meine Gedanken.

»Dort vorne ist eine Straßensperre«, flüsterte sie und blickte angestrengt durch die von Insekten verschmierte Windschutzscheibe, auf die bereits grelles Sonnenlicht fiel. »Es sieht wie eine Grenze aus, ich weiß nicht, was es ist. Was sollen wir machen? Sollen wir es auf gut Glück versuchen?«

Eine gestreifte Schranke versperrte die Durchfahrt, und daneben stand ein kleines Häuschen wie bei einem Grenzübergang. Merkwürdig – und das mitten in der Wüste.

»Uns bleibt keine andere Wahl«, sagte ich. Der letzte Ort lag 160 Kilometer hinter uns und hatte nur eine einzige Straße.

»Warum um Himmels willen hier eine Kontrolle?« schnaubte Lily und verlangsamte das Tempo.

»Vielleicht kontrollieren sie den Geisteszustand der Leute«, sagte ich ironisch. »Nicht viele dürften so verrückt sein, sich über diesen Punkt hinauszuwagen. Du weißt doch, was dann kommt, oder?«

»Nichts?« Wir mußten lachen, und das nahm etwas von der Spannung, denn wir dachten beide dasselbe: Wie würde ein Gefängnis in der Wüste aussehen? Dort würden wir nämlich landen, wenn man herausfand, daß die Geheimpolizei und allen voran Scharrif uns suchte.

»Nur keine Panik«, sagte ich beschwörend, als wir vor der Schranke hielten. Ein Beamter erschien, ein kleiner Mann mit Schnurrbart, der aussah, als habe man ihn vergessen, als die Fremdenlegion das Land verließ. Nach einem langen Palaver in meinem mäßigen Französisch begriff ich, daß er von uns eine Art Genehmigung sehen wollte, ehe er uns die Schranke öffnen würde.

»Eine Genehmigung?« schrie Lily fassungslos. »Wir brauchen eine Genehmigung, um in diese gottverlassene Gegend zu fahren?«

Ich erkundigte mich höflich auf französisch: »Und wofür, Monsieur, brauchen wir eine Genehmigung?«

»Für El-Tanzerouft – die Wüste des Durstes«, erklärte er, »muß Ihr Wagen von der Polizei überprüft und für fahrtüchtig erklärt werden.«

»Er befürchtet, unser Wagen hält das nicht durch«, übersetzte ich Lily. »Drücken wir ihm etwas in die Hand und bitten ihn, den Wagen selbst zu überprüfen. Dann läßt er uns bestimmt fahren.«

Als der Mann das Geld sah und nachdem Lily ein paar Tränen vergossen hatte, fand er sich kompetent genug, die amtliche Untersuchung vorzunehmen. Er ließ sich die gefüllten Ersatzkanister zeigen, staunte über die große, geflügelte silberne Rolls-Royce-Kühlerfigur und betrachtete bewundernd die Plaketten »CH« für Schweiz und »F« für Frankreich an der Stoßstange. Es sah alles bestens aus, bis er sagte: »Und jetzt bitte das Verdeck schließen, dann können Sie fahren.«

Ich übersetzte, und Lily sah mich verlegen an. Ich verstand ihr Zögern nicht und freute mich insgeheim, endlich einmal in einem geschlossenen Wagen zu sitzen.

»Sag mal«, fragte sie kleinlaut, »müssen wir das Verdeck wirklich schließen?«

»Natürlich! Wir sind in der Wüste! In ein paar Stunden haben wir vierzig Grad im Schatten – allerdings gibt es hier keinen Schatten!«

»Das geht nicht!« fauchte sie. »Ich habe kein Verdeck!«

»Was?« schrie ich außer mir. »Wir sind über tausend Kilometer von Algier hierhergefahren in einem Wagen, mit dem man nicht durch die Wüste fahren kann?« Der Wachposten wollte schon den Schlagbaum heben, aber als er mich toben hörte, wartete er noch.

»Natürlich kann man mit diesem Wagen durch die Wüste fahren!« rief Lily empört und setzte sich hinter das Steuer. »Das ist das beste Auto, das je gebaut wurde. Aber ich habe kein Verdeck. Es hatte einen Riß, und Harry wollte es reparieren lassen. Er hat das Verdeck ausbauen lassen, und dabei ist es geblieben. Ich meine, wir haben größere Probleme –«

»Unser größtes Problem im Augenblick«, schrie ich, »besteht darin, daß du in die größte und gefährlichste Wüste der Welt mit einem offenen Wagen fahren willst! Du willst uns umbringen!«

In dieser Art schrien wir uns völlig entnervt und verzweifelt noch eine Weile an. Carioca wollte natürlich nicht zurückstehen und beteiligte sich ebenfalls lautstark, als plötzlich etwas den Lärm übertönte. Das Geräusch wurde immer lauter und lauter. Wir starrten uns sprachlos an. Der Sand neben der Straße wurde aufgewirbelt, und das Dröhnen war jetzt so laut, daß wir uns die Ohren zuhalten mußten.

»Ein Flugzeug!« schrie Lily, und ich jubelte laut. Wir sahen uns hoffnungsvoll an. Ein Flugzeug hatte zur Landung angesetzt und rollte auf einer Asphaltbahn keine hundert Meter neben der Straße aus.

Gegen vier Uhr nachmittags rollte unser Wagen über die Rampe aus dem Bauch der Frachtmaschine auf den Asphalt in Tamanrasset. Die Dattelpalmen raschelten leise im heißen Wind, und die blauschwarzen Hoggarberge ragten um uns herum in den Himmel auf.

Wir hatten unwahrscheinliches Glück gehabt, denn die Maschine war auf ihrem Flug in die Hoggar ausnahmsweise zwischengelandet, um Ölbohrtrupps, die in der Nähe des Postens arbeiteten, zu versorgen.

»Unglaublich, was man alles mit Geld kaufen kann«, sagte ich zu Lily, als sie dem Piloten die verabredete Summe in die Hand drückte und wir zum Wagen gingen.

»Vergiß es nie!« schnaufte Lily und fuhr durch das große Tor. »Der Mann hat mir sogar eine brandneue Landkarte gegeben!« Sie breitete die Karte auf dem Armaturenbrett aus und deutete auf einen Punkt. »Hier müssen wir hin. Addiere die Kilometer, und ich halte Ausschau nach einem vernünftigen Restaurant. Beim Essen werden wir uns die kürzeste Strecke aussuchen.«

Es gab nur eine Route. Meine Addition ergab siebenhundertdreißig Kilometer, und erst an der Kreuzung nach Djanet fanden wir am Straßenrand ein *moulin*, wo wir nach beinahe vierundzwanzig Stunden endlich etwas zu essen bekamen. Ich hatte einen unbeschreiblichen Hunger und verschlang die dicke Gemüsesuppe mit Hühnerfleisch ebenso gierig wie Lily und Carioca. Ich wischte sogar den Teller mit einer Baguette sauber. Eine Karaffe Wein und eine Riesenportion Rotbarsch mit Pommes frites halfen uns über den ersten Hunger hinweg. Für unterwegs kaufte ich eine Kanne mit sirupartigem Kaffee.

»Weißt du, wir hätten das Tagebuch etwas früher lesen sollen«, sagte ich, als wir wieder im Auto saßen und die kurvenreiche Straße nach Osten in Richtung Djanet fuhren. »Diese Nonne hat offenbar die ganze Strecke mit dem Kamel zurückgelegt und weiß wirklich alles. Wußtest du zum Beispiel, daß die Griechen dieses Gebirge ›Atlas‹ genannt haben, und zwar schon lange bevor die Berge im Norden den Namen erhielten? Der Geschichtsschreiber Herodot behauptet, daß hier die Menschen von Atlantis gelebt haben. Wir fahren also mitten durch das sagenhafte Atlantis!«

»Ich dachte immer, Atlantis sei im Meer versunken«, sagte Lily. »Sie erwähnt nicht zufällig, wo die Schachfiguren versteckt sind?«

»Nein. Ich glaube, sie weiß, was mit ihnen geschehen ist. Aber sie hat sich auf den Weg gemacht, um das Geheimnis zu ergründen, das dahinter liegt. Sie sucht die Formel.«

»Also lies weiter, Kleines. Lies, aber vergiß nicht, mir zu sagen, wenn ich abbiegen muß.«

Wir fuhren den ganzen Nachmittag und Abend. Um Mitternacht erreichten wir Djanet. Die Taschenlampenbatterien waren leer, denn ich brauchte Licht zum Lesen. Aber nun wußten wir genau, wohin wir eigentlich wollten und warum.

»Mein Gott«, rief Lily, als ich das Buch sorgfältig in meiner Tasche verstaute. Sie fuhr an den Straßenrand und schaltete den Motor aus. Wir blieben sitzen und blickten zu dem sternenübersäten Himmel hinauf. Das weiße Mondlicht ergoß sich wie Milch über die Hochebene des Tassili-Massivs zu unserer Linken. »Ich kann diese Geschichte nicht glauben! Sie ist mit einem Kamel durch die Wüste geritten, hat einen Sandsturm überlebt, ist auf diese Berge gestiegen und hat mitten im Gebirge zu Füßen der Weißen Göttin ein Kind zur Welt gebracht. Was für eine Frau war das?«

»Nun ja, für uns ist es schließlich auch kein Zuckerlecken«, sagte ich und lachte. »Vielleicht sollten wir ein paar Stunden schlafen, bis es hell wird.«

»Bei dem Vollmond? Ich habe im Kofferraum noch ein paar Ersatzbatterien für die Taschenlampe. Wir fahren soweit wie möglich auf der Straße, vielleicht bis zu dem Einschnitt, und nehmen dann den Fußpfad. Der viele Kaffee hat mich hellwach gemacht. Wir können ja auf alle Fälle ein paar Decken mitnehmen. Ich meine, wir machen uns besser jetzt auf den Weg, solange noch niemand unterwegs ist.«

Etwa zwanzig Kilometer hinter Djanet erreichten wir eine Kreuzung. Ein schmaler unbefestigter Weg führte von hier aus in die Täler. In diese Richtung wies auch ein Schild mit der Aufschrift ›Tamrit‹, einem Pfeil und darunter fünf gezeichnete Kamele mit dem Hinweis ›Piste chamelière‹ – Kamelpfad. Wir ließen uns nicht abschrecken, und Lily bog ab.

»Wie weit ist es noch?« fragte ich Lily. »Du hast dir doch alles genau eingeprägt.«

»Es kommt noch eine Siedlung, ich glaube, das ist Tamrit, das Zeltdorf. Von dort laufen die Touristen zu Fuß zu den prähistorischen Felsmalereien – sie hat gesagt, etwa zwanzig Kilometer.«

»Das ist ein vierstündiger Marsch«, sagte ich, »aber nicht in diesen Schuhen.« Wir sind nicht besonders gut für eine Überlandreise ausgerüstet, dachte ich ärgerlich.

Wir parkten den Corniche kurz vor Tamrit hinter einer Kurve und im Schutz von ein paar Büschen. Lily erneuerte die Taschenlampenbatterien und klemmte sich die Decken unter den Arm. Ich setzte Carioca in die Schultertasche, und dann liefen wir zu Fuß weiter. Etwa alle fünfzig Meter standen kleine Hinweisschilder mit schwungvollen arabischen Schriftzügen und der französischen Übersetzung darunter.

»Das ist ja besser ausgeschildert als eine Autobahn«, flüsterte Lily, obwohl weit und breit nichts zu hören war als das Knirschen unserer Schritte auf dem Kies und das Zirpen der Grillen. Aber wir bewegten uns so verstohlen und vorsichtig, als hätten wir vor, eine Bank auszurauben – und im Grunde war es auch nicht viel anders.

Der Himmel war so klar, und der Mond schien so hell, daß wir die Hinweise auf den Schildern ohne Taschenlampe lesen konnten. Der flache Weg wurde allmählich immer steiler. Wir gingen in einem engen Tal an einem rauschenden Bach entlang. Am nächsten Pfosten gab es Hinweisschilder in alle Richtungen: Sefar, Aouanrhet, In Itinen ...

»Wohin jetzt?« fragte ich leise und setzte Carioca auf die Erde; er steuerte sofort den nächsten Baum an.

»Da!« flüsterte Lily und hüpfte aufgeregt auf und ab. »Das sind sie!« Sie wies auf ein paar Bäume, die Carioca noch schnüffelnd inspizierte. Sie wuchsen direkt am Wasser: riesige Zypressen, die schwarz und hoch in den Nachthimmel ragten. »Als erstes kommen die riesigen Bäume«, sagte Lily, »dann müssen in der Nähe ein paar Teiche sein.«

Und richtig, nach etwa fünfhundert Metern sahen wir die kleinen Teiche. Im klaren Wasser spiegelte sich der runde, glänzende Mond. Carioca lief voraus und leckte gierig Wasser.

»Sie sind eine Wegmarke«, erklärte Lily, »wir bleiben in diesem Tal, bis wir etwas wie einen versteinerten Wald erreichen ...« Wir liefen am flachen Ufer entlang, als ich das nächste Hinweisschild mit der Aufschrift ›La Forêt de Pierre‹ entdeckte. An dieser Stelle führte ein schmaler Pfad nach oben.

»Hier«, flüsterte ich und hielt Lily am Arm fest. Und dann begann der Aufstieg. Das lose Gestein bröckelte unter unseren Füßen, während wir den steilen Hang hinaufkletterten. »Au!« stöhnte Lily alle paar Schritte, wenn sie mit ihren dünnen Sandalen auf einen spitzen Stein trat. Und jedesmal wenn das Geröll rutschte, rutschte Carioca mit, bis ich schließlich Erbarmen mit dem kleinen Kerl hatte und ihn wieder in die Tasche beförderte.

Es dauerte beinahe eine Stunde, bis wir oben ankamen. Wir befanden uns auf einer Hochebene – ein weites Tal auf dem Berggipfel. Im hellen Mondschein sahen wir spiralenförmige Felsnadeln, die von der Talsohle aufragten und wie das lange, gewundene Skelett eines gigantischen Dinosauriers wirkten.

»Der Steinwald!« flüsterte Lily. »Genau an der richtigen Stelle...« Sie keuchte, und auch ich atmete schwer nach der Klettertour über das Geröll. Trotzdem, alles schien so einfach zu sein.

Aber vielleicht freuten wir uns zu früh.

Wir liefen durch den Steinwald, dessen bizarr geformte Felsen im Mondlicht in faszinierenden Farben schillerten. Am anderen Ende des Tals fanden wir wieder einen Pfosten mit Hinweisschildern, die in alle Richtungen wiesen.

»Wohin jetzt?« fragte ich Lily.

»Wir sollen nach einem Zeichen Ausschau halten«, erwiderte sie.

»Hier sind sie – du hast große Auswahl!« Ich deutete auf die kleinen Pfeile mit den Beschriftungen darüber.

»Nicht diese Art Zeichen«, sagte sie, »wir müssen das Zeichen finden, das uns verrät, wo die Schachfiguren versteckt sind.«

»Was für ein Zeichen soll das sein? Wie sieht es aus?«

»Ich weiß es nicht genau«, gestand sie und blickte sich suchend um. »Es ist direkt hinter dem Steinwald –«

»Du weißt es nicht genau?« wiederholte ich und unterdrückte den Wunsch, sie zu erwürgen. Wir hatten einen langen Tag hinter uns. »Du hast behauptet, Minnies Skizze so klar im Kopf zu haben wie ein Schachspiel mit verbundenen Augen – eine imaginäre Landschaft, wie du das nennst. Ich dachte, du siehst jeden Winkel und Felsbrocken im Geist vor dir?«

»Das stimmt auch«, erwiderte Lily wütend, »bis hierher habe ich uns schließlich gebracht, oder? Warum hältst du nicht den Mund und hilfst mir, das Problem zu lösen?«

»Du gibst also zu, daß du nicht mehr weißt, wo du bist«, sagte ich. »Du hast dich verirrt!«

»Nein, ich habe mich nicht verirrt!« rief Lily, und das Echo ihrer Stimme hallte, von den glitzernden Monolithen hundertfach verstärkt, durch den Steinwald. »Ich suche etwas – etwas Bestimmtes. Ein Zeichen. Sie hat gesagt, wir würden hier ein Zeichen von besonderer Bedeutung finden.«

»Bedeutung für wen?« fragte ich langsam. Lily sah mich hilflos an. »Ich meine ein Zeichen wie ein Regenbogen ... wie ein Donnerschlag ... wie die Flammenschrift an der Wand – *mene, mene, tekel* ...« Lily und ich sahen uns an. Dann durchzuckte es uns beide. Sie schaltete die Taschenlampe an und richtete den Lichtstrahl auf die Felswand vor uns – und dort war es.

Ein gigantisches Bild bedeckte die ganze Wand. Antilopen jagten über die Ebene. Die Farben auf dem Bild leuchteten selbst in der Nacht. Und in ihrer Mitte raste ein Wagen mit einer Jägerin dahin – eine ganz in Weiß gekleidete Frauengestalt.

Wir betrachteten das Bild sehr lange und ließen den Strahl der Taschenlampe über das ganze Panorama kunstvoller Formen gleiten. Es war eine hohe, breite Felswand, die sich wie ein gespannter Bogen nach innen krümmte. Im Mittelpunkt der wilden Jagd über die Ebene befand sich der Himmelswagen, er sah aus wie ein Halbmond. Die beiden Räder hatten acht Speichen, und er wurde von drei Pferden gezogen; sie waren rot, weiß und schwarz ausgemalt. Ein schwarzer Mann mit einem Ibiskopf kniete vorn im Wagen und hielt die Zügel fest in der Hand, während die Pferde über die Ebene stürmten. Hinter dem Wagen flatterten zwei Bänder, die zu einer Acht verschlungen waren. In der Mitte des Wagens, und sehr viel größer als der Mann und die Pferde, stand die große Weiße Göttin – sie drehte uns den Rücken zu, und ihre Haare flatterten im Wind. Ihr Körper war zu einer Statue erstarrt. Sie hatte die Arme gehoben, als wolle sie zu einem vernichtenden Schlag ausholen. Der lange Speer, den sie in der einen Hand hielt, zielte aber nicht auf die Antilopen, die in alle Richtungen davonstoben, sondern auf den Sternenhimmel. Ihr Körper war eine kantige, dreieckige Acht, die in den Stein gemeißelt zu sein schien.

»Das ist es«, hauchte Lily und blickte zu dem Bild auf, »du weißt doch, was diese Form bedeutet? Das doppelte Dreieck, geformt wie ein Stundenglas?« Sie fuhr mit der Taschenlampe die Gestalt ab:

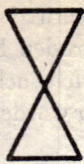

»Seit ich das Tuch bei Minnie gesehen habe, denke ich darüber nach, an was es mich erinnert«, fuhr sie leise fort. »Jetzt weiß ich es. Es ist die Doppelaxt, die *labrys*, wie man sie nannte, und sie ist wie eine Acht geformt. Die Minoer haben sie in Kreta zu rituellen Zwecken benutzt.«

»Was hat sie mit unserer Mission zu tun?«

»Ich habe sie in einem Schachbuch gesehen, das Mordecai mir gezeigt hat. Das älteste Schachspiel, das man gefunden hat, stammt aus dem Palast des Königs Minos von Kreta – dort hat es auch das berühmte Labyrinth gegeben, das seinen Namen nach der heiligen Axt hat. Das Schachspiel stammt aus dem Jahr zweitausend vor Christi. Es ist aus Silber und Gold und mit Edelsteinen besetzt wie das Montglane-Schachspiel. Und in der Mitte war eine *labrys* eingeritzt.«

»Wie auf Minnies Tuch«, sagte ich. Lily nickte und fuhr mit der Taschenlampe aufgeregt über das Bild. »Ich dachte, das Schachspiel ist erst im sechsten oder siebten Jahrhundert nach Christi erfunden worden«, fügte ich hinzu. »Es heißt doch, es sei aus Persien oder Indien gekommen. Wie kann dann das minoische Schachspiel so alt sein?«

»Mordecai hat selbst viel über die Geschichte des Schachs geforscht«, antwortete Lily und richtete die Taschenlampe wieder auf die Weiße Göttin in ihrem Mondsichelwagen. »Er glaubt, das Schachspiel in Kreta stammt von dem Mann, der auch das Labyrinth erbaut hat – und das ist angeblich Dädalus gewesen . . .«

Langsam verstand ich den Zusammenhang. Ich nahm Lily die Taschenlampe aus der Hand und ließ den Strahl langsam über die Felswand gleiten. »Die Mondgöttin«, flüsterte ich, »das Ritual des Labyrinths . . . ›Es gibt ein Land, genannt Kreta, und es liegt mitten im dunklen Meer, ein sonniges, reiches Land, umgeben von Wasser . . .‹« Eine Insel wie all die anderen im Mittelmeer, die von den Phöniziern besiedelt wurden. Die minoische Kultur war, wie die phönizische, eine labyrinthische Kultur, umgeben von Wasser, und man verehrte den Mond. Ich betrachtete die Gestalten auf der Wand.

»Warum war eine Doppelaxt in das Schachbrett graviert?« fragte ich Lily, aber ich wußte die Antwort bereits. Obwohl ich darauf vorbereitet war, überlief mich bei ihren Worten derselbe kalte Schauer wie bei dem Anblick der weißen Gestalt hoch über mir auf der Felswand.

»Die Doppelaxt diente einzig und allein dazu«, sagte Lily ruhig, »den König zu töten!«

Mit der heiligen Axt tötete man den König. Dieses Ritual hatte sich vom Anbeginn der Zeit nicht gewandelt. Das Schachspiel war seine symbolische Inszenierung. Weshalb hatte ich das bis jetzt noch nicht begriffen?

Kamel hatte mir empfohlen, den Koran zu lesen, und Scharrif hatte mir bei meiner Ankunft in Algier die Bedeutung meines Geburtstags im islamischen Kalender erklärt. Wie die meisten alten Kalender basierte er auf den Mondzyklen. Aber ich hatte bis jetzt den Zusammenhang nicht begriffen.

Dieses Ritual des Königsmords gab es in allen Zivilisationen, deren Überleben vom Meer, von der Mondgöttin abhing, der Herrin über die Gezeiten, die das Wasser in den Flüssen steigen und sinken ließ. Diese Göttin forderte ein Blutopfer. Ihr wurde ein Mann als König vermählt, aber die Dauer seiner Herrschaft war genau festgesetzt. Er herrschte ein ›Großes Jahr‹, das heißt acht Jahre – in diesem Zeitraum treffen sich der Mond- und Sonnenkalender, denn hundert Mondzyklen entsprechen acht Sonnenjahren. Am Ende dieser Zeit wurde der König geopfert, um die Göttin gnädig zu stimmen. Und bei Neumond wählte man den neuen König.

Dieses Ritual von Tod und Wiedergeburt beging man immer im Frühjahr, wenn die Sonne genau zwischen Aries und Taurus steht – nach moderner Zeitrechnung also am vierten April. Und an diesem Tag opferte man den König!

Es war das Ritual der Göttin Kar, deren Name in alter Zeit von Karkemisch bis Carcassone, von Karthago bis Khartum verehrt wurde.

Worte, die ihrem Namen entsprangen, kamen mir in den Sinn, während ich ihre Gestalt auf der Felswand betrachtete. Warum hatte ich nie zuvor darauf geachtet? Die Göttin verbarg sich in Worten wie Karmin, Kardinal, Karwoche, Karneol und – Karma, der endlose Zyklus von Inkarnation, Transformation und Vergessen. Sie war das Wort, das Fleisch wurde, die Schwingung des Schicksals, die als *kundalini*, die Schlangenkraft, im Lebenskern zusammengerollt schläft – als Kraft der Spirale, die das Universum formt. Ihre Kraft wurde durch das Montglane-Schachspiel entfesselt.

Ich sah Lily an, und die Taschenlampe in meiner Hand zitterte. Wir fielen uns in die Arme, suchten Wärme im kalten Mondlicht, das uns wie eiskaltes Wasser umgab.

»Sieh dir die Frau auf der Wand noch einmal an«, flüsterte ich und wies auf die Felswand. »Sie steht in einem Mondwagen inmitten von unzähligen Antilopen. Sie achtet nicht auf die Tiere – sie wendet den Kopf ab, und ihr Speer weist zum Himmel. Aber sie blickt nicht in den Himmel...«

»Sie blickt in den Felsen hinein!« rief Lily. »Das Versteck liegt *im* Felsen!« Ihre Freude war etwas gedämpft, als sie mich wieder ansah. »Aber was sollen wir tun? Sollen wir den Felsen sprengen? Ich habe leider mein Dynamit zu Hause gelassen.«

»Sei vernünftig und denk nach«, sagte ich, »wir stehen im Steinwald. Wieso, glaubst du, haben diese bizarren Felsen das Aussehen von Bäumen? Sand trägt den Stein nicht auf diese Weise ab, gleichgültig, welche Stürme hier wehen mögen. Sand poliert den Stein und macht ihn glatt. Nur Wasser kann aus Fels solche Formen schaffen. Die ganze Landschaft ist das Werk unterirdischer Flüsse oder Meere. Wasser höhlt Gestein aus... Weißt du, was ich meine?«

»Ein Labyrinth!« rief Lily. »Du meinst, in der Felswand befindet sich ein Labyrinth! Deshalb zeichneten sie die Mondgöttin als eine *labrys*! Es ist ein Hinweis wie ein Straßenschild. Aber der Speer weist nach oben. Das heißt, das Wasser muß von oben gekommen sein, und das Labyrinth ist von dort oben entstanden.«

»Vielleicht«, sagte ich nachdenklich, »aber sieh dir die Wand an. Sie ist nach innen gewölbt wie eine Schale. So höhlt das Meer eine

Klippe aus. So entstehen alle Meeresgrotten. Ich glaube, der Einstieg ist hier unten. Zumindest sollten wir uns vergewissern, ehe wir uns bei dem Versuch umbringen, dort hinaufzuklettern.«

Lily nahm die Taschenlampe, und wir suchten etwa eine halbe Stunde. Es gab mehrere Felsspalten, aber alle waren zu schmal für einen Einstieg. Ich begann, an meiner Idee zu zweifeln, als ich auf eine merkwürdige Stelle stieß. Der glatte Fels neigte sich leicht. Ich tastete die Vertiefung mit den Händen ab. Es war keine Mulde, wie ich vermutet hatte; die untere Kante fiel immer weiter ab. Ich folgte der Vertiefung, die sich wölbte, als wolle der Fels sich wieder schließen – aber nein. Hier konnte man weitergehen.

»Ich glaube, ich habe den Eingang!« rief ich Lily zu und verschwand in der dunklen Spalte. Sie richtete die Taschenlampe auf mich. Als sie mich eingeholt hatte, nahm ich ihr die Taschenlampe ab und richtete sie auf den Felsen. Vor uns lag ein Gang, der sich spiralenförmig tiefer und tiefer in den Felsen bohrte.

Die beiden Felswände schienen sich wie die Spiralen in einem Nautilusgehäuse umeinander zu legen. Es wurde bald so dunkel, daß die Taschenlampe nur ein paar Meter unseres Wegs ausleuchtete.

Plötzlich gab es ein lautes Dröhnen, und mir wäre beinahe vor Schreck das Herz stehengeblieben. Dann begriff ich, es war Carioca in meiner Tasche. Sein Gebell klang hier wie das Brüllen eines Löwen.

»Die Höhle ist nicht ohne«, flüsterte ich Lily zu und öffnete die Tasche, um Carioca herauszulassen.

»Laß ihn nicht los – hier gibt es bestimmt Spinnen oder Schlangen.«

»Wenn du glaubst, ich lasse ihn in meine Tasche pinkeln, dann hast du dich geirrt«, zischte ich. »Außerdem, wenn es Schlangen gibt, dann besser er als ich.« Lily sah mich böse an. Ich setzte Carioca auf die Erde, wo er sofort sein Geschäft verrichtete. Dann inspizierten wir die Höhle, in der wir uns befanden, etwas genauer.

Langsam gingen wir an den Wänden entlang und erreichten nach zehn Schritten wieder den Ausgangspunkt. Aber wir fanden nichts. Lily legte nach einer Weile die Decken auf den Boden und setzte sich seufzend.

»Sie müssen irgendwo hier sein«, sagte sie. »Es ist doch kein Zufall, daß wir diese Höhle entdeckt haben, obwohl ich eigentlich an ein Labyrinth gedacht hatte.« Plötzlich richtete sie sich kerzengerade auf. »Wo ist Carioca?«

Ich sah mich um, aber er war verschwunden. »Mein Gott«, flüsterte ich.

Ich versuchte, Ruhe zu bewahren, und sagte: »Es gibt nur einen Weg nach draußen – und den sind wir gekommen. Ruf ihn doch einfach.«

Sie tat es. Und nach einem langen, angstvollen Moment hörten wir sein leises Winseln. Zu unserer Erleichterung kam es aus der Richtung des spiralenförmigen Ausgangs.

»Ich werde ihn holen«, sagte ich.

Aber Lily sprang sofort auf. »Kommt nicht in Frage!« sagte sie düster. »Du läßt mich hier nicht allein im Dunkeln sitzen.« Sie blieb dicht hinter mir, und das ist vermutlich die Erklärung dafür, daß sie in dem Loch direkt auf mich fiel. Es dauerte lange, bis wir unten ankamen.

Kurz bevor der gewundene Gang die Höhle erreichte, befand sich hinter dem vorspringenden Felsen verborgen eine steile Rutsche, die etwa zehn Meter in den Felsen führte. Wir hatten sie beim Hereinkommen nicht bemerkt. Als ich meinen zerschundenen Körper von Lilys Gewicht befreit hatte, richtete ich die Taschenlampe nach oben. Das Licht brach sich in funkelnden Kristallen an Decke und Wänden. Es war die größte Höhle, die ich je gesehen hatte. Wir saßen auf dem Boden und bestaunten das farbenprächtige Märchen, das sich uns bot. Carioca sprang fröhlich um uns herum. Das Kerlchen hatte den Sturz unbeschadet überstanden.

»Gut gemacht«, sagte ich und kraulte ihm den Kopf. »Hin und wieder ist es doch gut, dich mit herumzuschleppen!« Ich stand ächzend auf und klopfte mir den Staub ab, während Lily die Decken zusammensuchte, die sie beim Fall verloren hatte. Die riesigen Ausmaße der Höhle überwältigten uns. Wohin wir auch den Strahl der Taschenlampe richteten, sie schien endlos weiterzugehen.

»Ich glaube, wir sitzen in der Falle«, hörte ich Lily hinter mir. »Die Rutsche, auf der wir heruntergekommen sind, ist zu steil, um wieder hinaufzuklettern. Außerdem können wir uns hier schrecklich verirren. Wir müßten unbedingt eine Spur aus Brotkrumen legen.«

Sie hatte in beiden Punkten recht. Ich dachte fieberhaft nach.

»Setz dich und denk mit«, befahl ich Lily, »ruf dir das Zeichen in Erinnerung, das uns zu den Figuren führt, und ich werde überlegen, wie wir hier wieder rauskommen.« Ich hörte plötzlich ein Geräusch – ein unbestimmtes Rascheln wie trockene Blätter in einer leeren Straße.

Ich leuchtete mit der Taschenlampe in alle Richtungen; Carioca sprang plötzlich wie wild in die Luft und kläffte hysterisch. Im selben Augenblick erscholl ein ohrenbetäubender Lärm wie das Kreischen von Tausenden von Harpyien.

»Die Decken!« schrie ich Lily über den Lärm hinweg zu. »Zum Teufel, die Decken!« Ich packte Carioca, klemmte ihn unter den Arm, war mit einem Satz bei Lily und riß ihr die Decken aus der Hand, als sie anfing zu schreien. Ich warf ihr eine Decke über den Kopf, versuchte, eine über mich zu zerren, und kauerte mich zusammen, als der Sturm der Fledermäuse losbrach.

Nach dem Lärm zu urteilen, waren es Tausende. Lily und ich drückten uns auf den Boden, während sie wie winzige Kamikaze-Piloten gegen die Decken prallten – peng, peng, peng! Über das Schwirren ihrer Flügel hinweg hörte ich Lily kreischen. Sie wurde hysterisch, und Carioca zappelte außer sich unter meinem Arm. Er schien es allein mit der gesamten Fledermauspopulation der Sahara aufnehmen zu wollen. Sein Gekläff echote zusammen mit Lilys Geschrei von den hohen Wänden.

»Ich hasse Fledermäuse!« schrie Lily und klammerte sich an meinen Arm, während ich mit ihr durch die Höhle rannte und dabei vorsichtig unter der Decke hervorlugte, um zu sehen, was vor uns lag.

Wir rannten geduckt in einen der Gänge der Höhle, als Carioca sich plötzlich aus meinem Griff befreite und auf den Boden sprang. Immer noch flatterten überall Fledermäuse herum.

»Mein Gott!« schrie ich. »Carioca! Komm zurück!« Mit der Decke über dem Kopf rannte ich ihm nach und ließ Lily los. Ich richtete die Taschenlampe nach oben, um die Fledermäuse zu verwirren.

»Bleib hier!« hörte ich Lily hinter mir, aber ich beschleunigte meine Schritte. Carioca verschwand plötzlich hinter einer Ecke. Ich blieb ihm dicht auf den Fersen.

Die Fledermäuse waren schlagartig weg. Vor uns lag ein langer Gang wie ein Flur. Lily erreichte mich keuchend und zitternd. Sie hatte die Decke noch über dem Kopf.

»Er ist tot«, jammerte sie und sah sich verzweifelt nach Carioca um, »du hast ihn losgelassen, und sie haben ihn sicher umgebracht. Was sollen wir nur tun?« Vor Angst versagte ihr beinahe die Stimme. »Du weißt doch immer, was zu tun ist. Harry sagt –«

»Das hilft jetzt wenig, was Harry sagt«, schnauzte ich sie an, denn auch mich erfaßte eine Welle der Panik. Ich zwang mich, ruhig und langsam zu atmen. Es war absolut sinnlos durchzudrehen. Huckleberry Finn war aus einer solchen Höhle herausgekommen – oder war es Tom Sawyer? Ich fing an zu lachen.

»Warum lachst du?« fragte Lily entsetzt. »Was sollen wir denn tun?«

»Mach die Taschenlampe aus«, sagte ich, »damit die Batterien in diesem verdammten Loch –« Und dann sah ich es.

Am Ende des Gangs sah ich einen schwachen Lichtschimmer. Er war sehr schwach, aber in der tiefschwarzen Dunkelheit schien er mir wie ein Leuchtturm auf sturmgepeitschtem Meer.

»Was ist das?« flüsterte Lily. Unsere Hoffnung auf Rettung, dachte ich, packte sie am Arm, und wir gingen darauf zu. Hatte die Höhle vielleicht einen zweiten Eingang?

Ich weiß nicht, wie weit wir liefen. In der Dunkelheit verliert man jedes Gefühl für Zeit und Raum. Aber wir liefen, wie uns vorkam, sehr, sehr lange durch die stille Höhle und hielten den Blick fest auf den Lichtschein gerichtet. Je näher wir kamen, desto heller wurde das Licht. Schließlich erreichten wir einen atemberaubend schönen Raum – die Decke war etwa fünfzehn Meter hoch, und die Wände glitzerten und funkelten im Mondlicht, das durch eine große Öffnung in der Decke hereinfiel.

»Ich hätte nie geglaubt, daß es mich so glücklich machen würde, den Himmel wiederzusehen«, schluchzte Lily.

Ich konnte ihr nur aus vollem Herzen zustimmen. Aber als ich gerade überlegen wollte, wie wir die fünfzehn Meter bis zu dem Loch überwinden sollten, hörte ich ein unverkennbares Kratzen und Scharren. Ich schaltete die Taschenlampe ein. In einer Ecke wühlte Carioca am Boden, als suche er nach einem Knochen.

Lily wollte zu ihm laufen, aber ich hielt sie fest. Was hatte Carioca im Sinn?

Er wühlte und scharrte in einem Erd- und Geröllhaufen. Aber etwas an diesem Haufen war merkwürdig. Ich schaltete die Taschenlampe wieder aus, und nur das Mondlicht verbreitete einen silbrigen Schein. Jetzt wußte ich, was es war. Der Haufen leuchtete – etwas unter den losen Steinen schien zu strahlen. Und direkt darüber schwebte in die Wand geritzt ein riesiger Caduceus mit der Acht.

Im nächsten Moment knieten Lily und ich neben Carioca und schoben Steine und Geröll zur Seite. Es dauerte nur ein paar Minuten, bis wir die erste Schachfigur ausgegraben hatten. Ich hob sie hoch und hielt sie in der Hand: ein wundervolles Pferd, das auf den Hinterbeinen stand. Es war etwa zehn bis zwölf Zentimeter groß und sehr viel schwerer, als es aussah. Ich knipste die Taschenlampe an und reichte sie Lily; dann betrachteten wir die Figur genau. Die Präzision der Arbeit war unglaublich. In feinstem Silber war in allen Einzelheiten ein Pferd nachgebildet, von den geblähten Nüstern bis zu den zierlichen Hufen – das Werk eines Meisters. Die Fransen am Sattel waren Faden für Faden zu sehen. Der Sattel und der Sockel waren wie die Augen des Pferdes mit polierten Edelsteinen belegt, die im Schein der Lampe in vielen Farben leuchteten.

»Unglaublich«, flüsterte Lily. Carioca scharrte immer noch. »Holen wir die anderen heraus.«

Wir wühlten so lange in dem Geröll, bis wir alle gefunden hatten. Die acht Figuren des Montglane-Schachspiels standen um uns herum auf den Steinen und glänzten matt im Mondlicht: der silberne Springer und vier kleine Bauern; sie trugen seltsame Togen mit einem Besatz, der vorne von oben bis unten verlief, und ihre Lanzen hatten gedrehte Spitzen; außerdem ein goldenes Kamel mit einem Turm auf dem Rücken.

Doch die beiden letzten Figuren waren am erstaunlichsten. Die eine war ein Elefant mit erhobenem Rüssel, auf dessen Rücken ein Mann saß. Die Figur war ganz aus Gold und glich der Elfenbeinschnitzerei auf der Abbildung, die Llewellyn mir gezeigt hatte. Es fehlten nur die Fußsoldaten. Es schien sich eher um das Porträt eines Mannes zu handeln, denn er hatte nicht die bei Schachfiguren üblichen stilisierten Züge, sondern ein edles Gesicht mit einer römischen

Nase, allerdings mit breiten Nasenflügeln wie bei den negroiden Köpfen, die man in Ife in Nigeria gefunden hat. Die langen Haare fielen ihm auf die Schultern, einige der Locken waren geflochten und mit kleinen Edelsteinen geschmückt – der schwarze König.

Die letzte Figur war beinahe so groß wie der König, etwa fünfzehn Zentimeter hoch. Es war eine Sänfte mit geöffneten Vorhängen. In der Sänfte saß eine Gestalt im Lotossitz und blickte hinaus. Die mandelförmigen Smaragdaugen blickten hochmütig – beinahe wild. Die Gestalt hatte einen Bart, aber Brüste wie eine Frau.

»Die Dame«, sagte Lily leise, »in Ägypten und Persien trug die Königin einen Bart als Zeichen ihrer Macht. In alter Zeit hatte diese Figur weniger Macht als heutzutage. Ihre Schlagkraft hat zugenommen.«

Wir sahen uns an und lächelten.

»Geschafft«, sagte Lily, »jetzt müssen wir nur noch einen Weg hinausfinden.«

Ich leuchtete die Höhlenwände mit der Taschenlampe ab. Es schien schwierig, aber nicht unmöglich.

»Ich glaube, ich kann mich am Felsen festhalten«, erklärte ich. »Wenn wir die Decken in Streifen schneiden, können wir daraus ein Seil machen. Ich lasse es herunter, wenn ich oben bin. Du bindest meine Tasche daran, und ich ziehe Carioca und die Figuren herauf.«

»Wunderbar«, sagte Lily, »und was wird aus mir?«

»Dich kann ich nicht hochziehen«, sagte ich, »du mußt klettern.«

Lily machte sich daran, die Decken mit meiner Nagelschere zu zerschneiden. Der Himmel über uns wurde langsam hell, als wir endlich die dicken Wolldecken in Streifen geschnitten und miteinander verknotet hatten. Ich zog die Schuhe aus.

Die Wände waren so rauh und uneben, daß die Füße sicheren Halt fanden. Es dauerte jedoch beinahe eine halbe Stunde, bis ich mit dem umgebundenen »Seil« oben angekommen war. Keuchend schob ich mich hinaus. Es war heller Tag, und ich stand oben auf der Felswand, in die wir in der Nacht unten eingestiegen waren. Lily befestigte die Tasche am anderen Ende, und ich hievte zuerst Carioca herauf und dann die Figuren. Jetzt war Lily an der Reihe. Ich betrachtete und betastete vorsichtig die vielen Blasen und Kratzer an meinen wunden Füßen.

»Hör mal«, rief Lily zu mir herauf, »was ist, wenn ich stürze und mir ein Bein breche?«

»Dann muß ich dich erschießen«, erwiderte ich trocken, »du schaffst es schon – blick auf keinen Fall hinunter!«

Sie begann langsam und vorsichtig die steile Höhlenwand heraufzuklettern. Ungefähr in der Mitte erstarrte sie.

»Weiter«, rief ich, »du kannst jetzt nicht stehenbleiben.« Sie rührte sich nicht mehr, sondern klebte regungslos wie eine ängstliche Spinne an der Wand. Sie gab keine Antwort und bewegte sich nicht von der Stelle. Ich geriet in Panik.

»Hör zu«, sagte ich, »stell dir vor, das Ganze sei ein Schachspiel ... du bist an einer Stelle gefesselt und siehst keinen Ausweg. Aber es muß einen Ausweg geben, oder du hast das Spiel verloren! Ich weiß nicht, wie ihr das nennt, wenn alle Figuren sich nicht mehr bewegen können ... aber an diesem Punkt bist du jetzt, es sei denn, du findest den nächsten Halt für deinen Fuß.«

Ich sah, wie sie die Hand vorsichtig bewegte. Sie ließ los und rutschte etwas. Dann begann sie wieder weiterzuklettern. Ich atmete erleichtert auf, schwieg aber, um sie nicht abzulenken. Nach einer Ewigkeit erschien ihre Hand am Rand des Lochs. Ich zog an dem Seil, das sie sich um die Hüfte gebunden hatte, und zerrte sie über den Rand.

Lily lag auf der Erde und keuchte. Sie hatte die Augen geschlossen und sagte lange nichts. Schließlich schlug sie die Augen auf, blickte in den morgendlichen Himmel und dann auf mich.

»Man nennt es Zugzwang«, japste sie, »mein Gott – wir haben es geschafft!«

Aber das war noch nicht alles.

Wir zogen unsere Schuhe an, liefen über den Felsen und kletterten nach unten. Dann durchquerten wir den Steinwald und waren etwa nach zwei Stunden wieder auf der steilen Anhöhe. Von dort sahen wir unseren Wagen.

Wir waren beide völlig erschöpft, und ich sagte Lily gerade, wie sehr ich mir zum Frühstück Spiegeleier wünschte – eine Delikatesse, die es in diesem Land nicht gab –, als sie mich am Arm packte.

»Ich kann es nicht glauben«, flüsterte sie und deutete auf den Weg hinunter, wo der blaue Corniche hinter den Büschen stand – allerdings nicht mehr allein. Rechts und links parkten zwei Polizeiautos und ein drittes Auto, das ich zu kennen glaubte. Als ich sah, wie zwei Bullen aus Scharrifs Abteilung in alle Winkel des Corniches spähten, wußte ich, daß ich mich nicht geirrt hatte.

»Wie sind sie hierhergekommen?« fragte Lily. »Ich meine, woher wissen sie, daß wir hier sind?«

»Wie viele himmelblaue Corniches gibt es in Algerien? Was glaubst du wohl?« fragte ich. »Und wie viele Straßen führen durch das Tassili, die wir hätten nehmen können?«

Wir starrten eine Minute durch das Gestrüpp hinunter auf die Szene. Dann fragte ich: »Ich hoffe, du hast Harrys Taschengeld noch nicht ganz ausgegeben.« Lily schüttelte den Kopf. »Dann schlage ich vor, wir marschieren mit dem Rest nach Tamrit. Vielleicht können wir zwei Esel kaufen und nach Djanet reiten.«

»Und ich soll mein Auto diesen Verbrechern überlassen?« fauchte sie.

»Ich hätte dich in der Höhle hängen lassen sollen«, sagte ich, »im Zugzwang.«

Kurz nach zwölf Uhr mittags verließen Lily und ich das zerklüftete Hochplateau des Tassili und machten uns auf den Weg in die Ebene von Admer, die etwa dreihundert Meter tiefer vor den Toren von Djanet lag.

In den vielen kleinen Bächen, die das Tassili bewässern, konnten wir unseren Durst löschen und die wunden Füße kühlen. Ich hatte unterwegs frische *dhars* gepflückt – zuckersüße Datteln, die an den Fingern kleben. Mehr gab es nicht zu essen.

Wir mieteten Esel bei einem Führer in Tamrit, dem Zeltdorf am Anfang des Tassili.

Es ist sehr viel unbequemer, auf einem Esel als auf einem Pferd zu reiten. Zu den wunden Füßen kamen jetzt noch ein wundes Gesäß und ein schmerzendes Rückgrat vom endlosen Auf und Ab durch die steinigen Dünen; die Hände hatte ich mir bei der Klettertour in der Felswand zerkratzt und zerschunden, und ich hatte rasende Kopfschmerzen – vermutlich die Folge eines Sonnenstichs. Trotzdem jubelte ich innerlich. Wir hatten die Schachfiguren, und es ging nach Algier zurück – so hoffte ich ...

Nach vier Stunden erreichten wir Djanet und ließen die Esel bei einem Onkel des Führers zurück. Der Mann brachte uns auf seinem Heuwagen zum Flugplatz.

Kamel hatte uns zwar vor Flugplätzen gewarnt, aber uns blieb keine andere Wahl. Unser Wagen wurde von der Geheimpolizei bewacht, und die Hoffnung auf einen Mietwagen konnten wir gleich begraben. Wie sollten wir zurück – mit einem Heißluftballon?

»Es gefällt mir nicht, in Algier zu landen«, sagte Lily, als wir uns das Heu abklopften und durch die Glastür des Flughafengebäudes gingen. »Hast du nicht gesagt, daß Scharrif dort ein Büro hat?«

»Direkt hinter der Paßkontrolle«, bestätigte ich. Aber wir mußten uns über Algier nicht lange Gedanken machen.

»Es gibt heute keinen Flug mehr nach Algier«, erklärte uns die Dame am Ticket-Schalter. »Das letzte Flugzeug ist vor einer Stunde gestartet. Die nächste Maschine fliegt erst morgen.« Was konnte man in einer Stadt mit zwei Millionen Palmen und zwei Straßen auch anderes erwarten?

»O mein Gott«, stöhnte Lily und zog mich zur Seite. »Wir können hier nicht übernachten. Wenn wir in ein Hotel gehen, wollen sie meinen Ausweis sehen, und ich habe keinen. Sie haben unseren Wagen gefunden, also wissen sie, daß wir hier sind. Ich glaube, wir müssen uns etwas anderes einfallen lassen.«

Wir mußten von hier verschwinden – und zwar schnell – und Minnie die Figuren bringen, ehe etwas geschah. Ich versuchte es noch einmal bei der Dame am Ticket-Schalter.

»Gibt es heute nachmittag überhaupt keine Maschine mehr – irgendwohin?« fragte ich höflich.

»Nur einen Charterflug nach Oran«, erwiderte sie. »Es ist eine Maschine für japanische Studenten auf dem Weg nach Marokko. Sie startet in wenigen Minuten bei Flugsteig vier.«

Lily stapfte bereits mit Carioca unter dem Arm, als sei er ein Laib Brot, zu Flugsteig vier, und ich folgte ihr. Wenn jemand sich auf Geld versteht, dann die Japaner, dachte ich. Und Lily hatte genug, um sich damit in jeder Sprache verständlich zu machen.

Der Reiseleiter, ein adrettes Kerlchen in einem blauen Blazer und einem Namensschild, auf dem ›Hiroshi‹ stand, schickte seine Studenten bereits in die Maschine, als wir atemlos bei ihm erschienen. Lily erklärte unsere Situation auf englisch, was ich schnell in Französisch übersetzte.

»Fünfhundert Dollar auf die Hand«, sagte Lily, »amerikanische Dollar in Ihre Tasche.«

»Siebenhundertfünfzig«, erwiderte er wie aus der Pistole geschossen.

»Okay«, sagte Lily und blätterte ihm die Scheine auf die Hand. Er ließ das Geld schneller verschwinden als ein Dealer in Las Vegas, aber wir waren gerettet.

Vor diesem Flug hatte ich mir die Japaner immer als ein durch und durch kultiviertes Volk von höchster Feinheit vorgestellt, das leise Musik liebte und beruhigende Teezeremonien pflegte. Aber auf dem dreistündigen Flug über die Wüste mußte ich diesen Eindruck korrigieren. Die Studenten rannten laut schreiend durch den Gang, erzählten ordinäre Witze und grölten Beatles-Songs auf japanisch – ein ohrenbetäubendes Gejaule, das mich an die Fledermäuse denken ließ, denen wir in der Höhle von Tassili entflohen waren.

Lily störte das alles nicht. Sie saß mit dem Reiseleiter in der letzten Reihe und spielte Go. Der Mann verlor eine Runde nach der anderen bei diesem Spiel, das in Japan ein Nationalsport ist.

Erleichtert entdeckte ich schließlich vom Flugzeugfenster aus die mächtige rosa Kathedrale von Oran. Oran hat einen großen internationalen Flugplatz mit Verbindungen zu den Städten am Mittelmeer, aber auch mit der Atlantikküste und den afrikanischen Städten südlich der Sahara. Als Lily und ich die Chartermaschine verließen, wurde mir klar, daß wir nie durch die Kontrollen kommen würden, wenn wir nach Algier weiterfliegen wollten.

Also ging ich geradewegs zu der Mietwagenagentur im Flughafen. Ich hatte eine plausible Erklärung. In der Nähe von Arzew gab es eine Ölraffinerie.

»Ich arbeite im Ministerium«, sagte ich zu dem Mann hinter der Theke und zeigte ihm meinen Ausweis. »Ich brauche einen Wagen, um nach Arzew zu den Raffinerien zu fahren. Es handelt sich um eine äußerst dringende Angelegenheit. Der Wagen des Ministeriums hat eine Panne.«

»Bedaure, Mademoiselle«, sagte der Mann und schüttelte den Kopf, »in dieser Woche haben wir keinen einzigen Wagen mehr.«

»Wie bitte?! Das ist unmöglich! Ich muß den Wagen heute haben. Ich verlange, daß Sie einen Wagen für mich freistellen. Es stehen genug auf Ihrem Parkplatz. Wer hat sie reserviert? Wer es auch sein mag, diese Angelegenheit ist dringender.«

»Wenn ich doch nur eine Vorankündigung bekommen hätte«, sagte er. »Aber die Wagen draußen sind erst heute zurückgegeben worden. Wir haben Kunden, die schon seit Wochen auf einen Wagen warten, und sie sind alle VIPs. Sehen Sie hier zum Beispiel...« Er nahm einen Schlüsselbund vom Haken und hielt ihn hoch. »Vor einer Stunde hat das russische Konsulat angerufen. Ihr Rohölexperte trifft mit dem nächsten Flug aus Algier ein.«

»Der russische Rohölexperte?« schnaubte ich verächtlich. »Sie machen wohl Witze. Möchten Sie vielleicht den algerischen Rohölminister anrufen und ihm erklären, daß ich meine Gespräche über die Produktion in Arzew wegen der Russen, die nichts von Öl verstehen, aber den letzten Wagen bekommen haben, um eine Woche verschieben muß?«

Lily und ich sahen uns empört an und schüttelten die Köpfe. Der Mann wurde sichtlich nervös. Jetzt bedauerte er insgeheim, daß er mich mit seiner VIP-Klientel hatte beeindrucken wollen. Aber noch mehr bedauerte er, daß er gesagt hatte, der Wagen sei einem Russen versprochen.

»Also gut!« rief er schließlich und schob mir ein Formular zu. »Was denkt sich das russische Konsulat auch dabei, so kurzfristig von uns einen Wagen zu verlangen? Hier, Mademoiselle – unterschreiben Sie bitte. Ich werde den Wagen sofort vorfahren lassen.«

Als er mir den Schlüssel überreichte, bat ich ihn, von seinem Apparat mit der internationalen Telefonvermittlung in Algier sprechen zu können. Ich versicherte ihm, der Anruf sei gebührenfrei. Er wählte, und Therese meldete sich.

»Katherine!« rief sie. »Was haben Sie gemacht? Halb Algier sucht Sie. Ich weiß es, denn ich habe alle Gespräche mitgehört! Der Minister hat mir gesagt, wenn ich von Ihnen etwas höre, soll ich Ihnen ausrichten, daß man ihn nicht erreichen kann. Sie sollen in seiner Abwesenheit nicht ins Ministerium kommen.«

»Wo ist er?« fragte ich und warf einen Blick auf den Leihwagenagenten, der mithörte, obwohl er angeblich kein Wort Englisch verstand.

»Auf der Konferenz«, sagte sie bedeutungsvoll. Verdammt! Das bedeutete, die OPEC-Konferenz hatte schon begonnen. »Wo sind Sie denn, wenn er Sie erreichen möchte?«

»Ich fahre jetzt zu der Raffinerie in Arzew«, antwortete ich betont laut und auf französisch, »unser Wagen hat eine Panne, aber dank der sehr effizienten Leihwagenagentur hier am Flughafen von Oran können wir mit einem Leihwagen weiterfahren. Sagen Sie dem Minister, ich werde ihm morgen Bericht erstatten.«

»Was immer Sie auch tun, Sie dürfen unter keinen Umständen jetzt zurückkommen!« ermahnte mich Therese. »Dieser *salaud* von Persien weiß, wo Sie gewesen sind – und wer Sie geschickt hat. Verlassen Sie den Flughafen so schnell wie möglich. Auf den Flughäfen sind seine Leute!«

Der persische Schweinehund, von dem sie gesprochen hatte, war Scharrif. Offenbar hatte er von der Sache Wind bekommen und wußte, daß wir im Tassili waren. Aber woher wußte Therese das – und noch rätselhafter: Wie konnte sie ahnen, wer mich geschickt hatte? Dann fiel mir ein, daß ich mich bei Therese nach Minnie Renselaas erkundigt hatte!

»Therese«, sagte ich und ließ den Leihwagenagenten nicht aus den Augen, sprach aber wieder englisch, »haben Sie den Minister über das Treffen in der Kasbah informiert?«

»Ja«, flüsterte sie, »wie ich sehe, haben Sie Erfolg gehabt. Möge der Himmel Sie beschützen, meine Liebe!« Sie sprach jetzt so leise, daß ich sie kaum noch verstand. »Sie ahnen, wer Sie sind!« Die Leitung wurde still, dann knackte es, und wir waren getrennt. Ich legte den Hörer mit klopfendem Herzen auf und nahm die Wagenschlüssel, die auf der Theke lagen.

»Gut«, sagte ich forsch und schüttelte dem Mann die Hand, »der Minister wird sehr zufrieden sein, wenn er erfährt, daß wir heute doch noch Arzew erreichen. Ich bedanke mich sehr herzlich für Ihre große Hilfe!«

Lily wartete bereits mit Carioca im Wagen, und ich setzte mich ans Steuer. Ich fuhr mit Vollgas zur Küstenstraße. Entgegen Thereses

Rat wollte ich nach Algier. Was blieb mir anderes übrig? Mein Gehirn arbeitete auf Hochtouren. Wenn Therese recht hatte – und meiner Meinung nach hatte sie recht –, dann war mein Leben keinen Pfifferling mehr wert. Ich fuhr wie der Teufel, bis ich die gewundene zweispurige Schnellstraße nach Algier erreichte.

Diese vierhundert Kilometer lange Straße führt hoch über dem Meer nach Algier. Als die Raffinerien von Arzew hinter uns lagen, blickte ich nicht mehr so ängstlich in den Rückspiegel. Schließlich hielt ich am Straßenrand und überließ Lily das Steuer, damit ich weiter Mireilles Tagebuch lesen konnte.

Ich schlug den weichen Saffianeinband auf und blätterte durch die hauchdünnen Seiten bis zu der Stelle, zu der ich gekommen war. Die purpurrote Sonne näherte sich bereits langsam dem dunklen Meer und zauberte Regenbogen in die Gischt, wenn die Wellen gegen die Felsen klatschten. Hin und wieder tauchten Olivenhaine zwischen den Felsen auf.

Als ich den Blick von der vorbeigleitenden Landschaft wieder auf das Buch richtete, kehrte ich schlagartig in die seltsame Welt der geschriebenen Worte zurück. Merkwürdig, dachte ich, dieses Tagebuch ist für mich sogar realer als die sehr realen und drohenden Gefahren um mich herum. Die französische Nonne Mireille war inzwischen eine Gefährtin auf unserem abenteuerlichen Weg. Ihre Geschichte entfaltete sich vor uns – und in uns – wie eine geheimnisvolle dunkle Blüte.

Lily fuhr schweigend, während ich ihr laut den Text übersetzte. Ich hatte das Gefühl, meine eigene Geschichte zu hören, die jemand erzählte, der neben mir saß. Es war die Geschichte einer Frau mit einer Mission, die nur ich allein verstand. Das leise Flüstern, das ich hörte, schien meine eigene Stimme zu sein. Irgendwann im Verlauf der Abenteuer war Mireilles Mission auch meine Mission geworden.

> Ich verließ das Gefängnis zitternd vor Angst. Unter den Farben fand ich einen Brief der Äbtissin und eine beachtliche Summe Geld zur Durchführung meiner Mission, die sie mir auf diese Weise zukommen ließ. Außerdem schrieb sie, daß mit dem Vermögen meiner verstorbenen Cousine bei einer britischen Bank ein Guthabenkonto für mich eingerichtet worden sei. Aber ich

wollte nicht nach England. Zuerst hatte ich eine andere Aufgabe, die wichtiger war. Mein Kind war in der Wüste – der kleine Charlot! Und noch vor wenigen Stunden hatte ich geglaubt, ihn nie wiederzusehen. Er war unter den Augen der Weißen Göttin zur Welt gekommen. Er war in das Spiel hineingeboren ...

Lily fuhr langsamer, und ich hob den Kopf. Es wurde bereits dunkel, und meine Augen brannten vom Lesen im schwindenden Licht. Es dauerte einen Augenblick, ehe ich begriff, weshalb sie plötzlich an den Straßenrand gefahren war und die Scheinwerfer ausschaltete. Weiter vorne sah ich Polizeiautos und Militärfahrzeuge – man hatte alle Fahrzeuge vor uns zu einer ausführlichen Kontrolle an die Seite gewinkt.

»Wo sind wir?« fragte ich. »Hoffentlich haben sie uns noch nicht bemerkt.«

»Etwa acht Kilometer vor Sidi-Fredsch, also deiner Wohnung und meinem Hotel. Bis Algier sind es noch vierzig Kilometer. In einer halben Stunde könnten wir dort sein.«

»Wir können nicht weiterfahren. Egal, wie gut wir die Figuren verstecken, sie werden sie finden.« Ich dachte einen Augenblick nach. »Direkt vor uns führt eine kleine Straße zu einem Hafen. Die Straße ist auf deiner Karte nicht eingezeichnet, aber ich kenne sie, weil ich dort Fisch und Langusten gekauft habe. Bieg ab, dann mußt du nicht wenden und die Polizisten mißtrauisch machen. Der Hafen heißt La Madrague. Wir können uns dort vorerst verkriechen.«

Lily fuhr im Schrittempo die steile und kurvenreiche unbefestigte Straße hinunter. Inzwischen war es völlig dunkel, aber der Ort hatte nur eine Straße, die an dem winzigen Hafen entlangführte. Wir hielten vor dem einzigen Gasthaus. Es war, wie ich wußte, eine Matrosenkneipe, aber es gab dort eine gute Bouillabaisse. Durch die geschlossenen Läden und durch die Tür fiel Licht auf die Straße. Alles sah schäbig und schmierig aus.

»Zieh kein Gesicht, Lily. Sie haben ein Telefon, und wir können etwas essen. Mir kommt es vor, als hätte ich seit Jahren nichts mehr gegessen. Ich werde versuchen, Kamel zu erreichen. Vielleicht kann er uns hier rausholen. Nun komm schon, ich glaube, wir sind im Zugzwang«, sagte ich lachend, um sie aufzumuntern.

»Und wenn du ihn nicht erreichst?« erkundigte sie sich. »Was glaubst du, wie lange sie die Straßensperre dort oben wohl aufrechterhalten? Wir können hier nicht übernachten.«

»Na ja, wenn wir den Wagen hier stehenlassen, können wir zu Fuß am Strand entlanggehen. Bis zu meiner Wohnung sind es nur ein paar Kilometer. Dann haben wir zwar die Straßensperre umgangen, sitzen aber ohne Fahrzeug in Sidi-Fredsch.«

Lily entschied sich für meinen ersten Vorschlag – den vielleicht schlechtesten, seit wir unterwegs waren.

Die Kneipe war ein Matrosentreffpunkt – gut, aber die Matrosen, die uns verblüfft anstarrten, als wir eintraten, glichen eher den Statisten aus einem Film wie ›Die Schatzinsel‹. Carioca saß auf Lilys Arm und schnaubte, als versuche er, den Verbrechergestank aus der Nase zu bekommen.

»Jetzt fällt es mir wieder ein«, flüsterte ich, als wir an der Tür standen. »Tagsüber ist La Madrague ein Fischerhafen, aber nachts trifft sich hier die algerische Mafia.«

»Mach keine dummen Witze«, zischte Lily, reckte das Kinn und steuerte auf die Bar zu. »Aber ich glaube, du hast recht.«

In diesem Moment rutschte mir das Herz in die Hosen. Ich sah das Gesicht eines Mannes, den ich am liebsten nicht gekannt hätte. Er lächelte und winkte dem Barkeeper hinter der Theke zu, als wir an der Bar standen. Der Barkeeper beugte sich zu Lily und mir.

»Am Ecktisch erwartet man Sie«, begrüßte er uns, »was wollen Sie trinken? Ich bringe es Ihnen. Sie sind eingeladen.«

»Wir können unsere Drinks selbst bezahlen!« fauchte Lily, aber ich packte sie am Arm und flüsterte ihr zu: »Wir sitzen in der Falle. Verlier jetzt nur nicht die Nerven.« Dann ging ich voran durch die Reihen der schweigenden Matrosen, die vor uns einen Gang öffneten. Wir erreichten den Tisch am anderen Ende, wo der Mann saß und uns offenbar erwartete. Es war El-Marad, der Teppichhändler.

Ich mußte daran denken, was sich in meiner Schultertasche befand und was El-Marad tun würde, wenn er dahinterkam.

»Wir müssen uns etwas einfallen lassen«, flüsterte ich Lily ins Ohr. »Ich hoffe, du kennst ein paar Tricks. Dort am Tisch sitzt der weiße König, und ich bezweifle, daß er nicht längst weiß, wo wir waren.«

El-Marad hatte ein Häufchen Streichhölzer vor sich auf die

Tischplatte gelegt und baute eine Art Pyramide daraus. Er hob nicht einmal den Kopf, als wir vor ihm standen.

»Guten Abend, meine Damen«, sagte er mit sanfter Stimme, bei der ich eine Gänsehaut bekam, »ich habe Sie erwartet. Wollen Sie nicht eine Rund Nim mit mir spielen? Es ist ein altes englisches Spiel«, fuhr er fort. »Im englischen Slang bedeutet ›nim‹ soviel wie klauen, stibitzen – stehlen. Aber vielleicht wußten Sie das nicht?« Er sah mich mit tiefschwarzen Augen an. »Es ist wirklich ein einfaches Spiel. Jeder Spieler darf ein oder auch mehrere Streichhölzer von einer Reihe der Pyramide entfernen – aber nur von einer Reihe. Der Spieler, der das letzte Streichholz nehmen muß, hat verloren.«

»Vielen Dank, daß Sie uns die Regeln erklären«, sagte ich, nahm einen Stuhl und setzte mich. Lily folgte meinem Beispiel. »Sie haben sich wohl die Straßensperre einfallen lassen?«

»Nein, aber da sie nun einmal da ist, nutze ich den Vorteil. Dies ist der einzige Ort, wohin Sie ausweichen konnten.«

Natürlich – o ich Dummkopf! Auf dieser Seite von Sidi-Fredsch gab es weit und breit keinen anderen Ort.

»Sie haben doch nicht auf uns gewartet, um mit uns zu spielen?« sagte ich mit einem verächtlichen Blick auf seine Streichholzpyramide. »Was wollen Sie?«

»Doch, ich habe Sie erwartet, um mit Ihnen zu spielen«, erwiderte er mit einem ominösen Lächeln, »um *das* Spiel zu spielen. Und das ist, wenn ich mich nicht irre, die Enkeltochter von Mordecai Rad, dem besten Spieler aller Zeiten – ganz besonders dann, wenn es bei einem Spiel um Diebstahl geht!« Seine Stimme klang gemein, als er Lily mit seinen bösen schwarzen Augen musterte.

»Sie ist auch die Nichte Ihres ›Geschäftspartners‹ Llewellyn, durch den wir uns kennengelernt haben«, sagte ich. »Welche Rolle spielt er denn bei diesem Spiel?«

»Wie hat Ihnen Mochfi Mochtar gefallen?« fragte El-Marad. »Wenn ich mich nicht irre, ist sie für die kleine Reise verantwortlich, von der Sie gerade zurückkommen . . .« Er streckte die Hand aus und nahm ein Streichholz von der obersten Reihe; dann forderte er mich mit einem Nicken auf weiterzumachen.

»Sie läßt Sie grüßen«, erwiderte ich und nahm zwei Streichhölzer von der nächsten Reihe. Meine Gedanken beschäftigen sich mit allem möglichen, aber auch mit dem Spiel, das wir spielten – dem Nim-Spiel. Die Pyramide bestand aus fünf Reihen mit einem Streichholz an der Spitze und jeweils einem Streichholz mehr in den folgenden Reihen. Woran erinnerte mich das?

»Mich?« fragte El-Marad etwas unbehaglich, wie mir vorkam. »Da irren Sie sich bestimmt.«

»Sie sind der weiße König, nicht wahr?« fragte ich ruhig und sah, wie er unter der ledrigen Haut blaß wurde. »Sie ist bestens über Sie informiert. Es überrascht mich, daß Sie Ihre sicheren Berge zu einer solchen Reise verlassen – Sie stehen jetzt mitten auf dem Brett, und wo ist Ihre Deckung? Das war ein schlechter Zug.«

Lily bekam große Augen, aber El-Marad schluckte und senkte den Kopf. Dann nahm er wieder ein Streichholz von der Pyramide. Plötzlich stieß mich Lily unter dem Tisch an. Sie hatte verstanden...

»Auch das war ein falscher Zug«, sagte ich und deutete auf die Streichhölzer. »Ich bin Computerexpertin, und dieses Nim-Spiel ist ein binäres System, das heißt, es gibt für das Gewinnen oder Verlieren eine Formel. Und ich habe gerade gewonnen.«

»Sie wollen sagen, das ist eine Falle?« flüsterte El-Marad entsetzt. Er sprang auf, und die Streichhölzer fielen in alle Richtungen. »Sie hat Sie in die Wüste geschickt, um mich hierherzulocken? Nein! Das glaube ich Ihnen nicht!«

»Sie können es glauben oder nicht«, erwiderte ich, »denn Sie sitzen ja immer noch in Ihrem sicheren Haus auf dem achten Feld und im Schutz Ihrer Flanken und flattern nicht hier herum wie ein aufgescheuchtes Huhn...«

»Vor der neuen schwarzen Dame«, flötete Lily hämisch. El-Marad starrte zuerst sie an und dann mich. Ich stand auf, als wollte ich gehen, aber er packte mich am Arm.

»Sie!« rief er und sah sich mit wilden Blicken um. »Dann – dann ist sie ausgestiegen! Sie hat mich überlistet...« Ich ging entschlossen zur Tür; Lily folgte mir auf den Fersen. El-Marad stürzte hinterher und hielt mich fest.

»Sie haben die Figuren«, zischte er, »das alles ist nur ein Trick, um mich abzulenken. Aber Sie haben die Figuren! Sie kommen nicht mit leeren Händen aus dem Tassili.«

»Natürlich haben wir sie«, erwiderte ich, »aber an einem Ort, auf den Sie nie im Leben kommen.« Ich mußte hier raus, ehe er sich die Tasche genauer ansehen wollte. Wir hatten die Tür beinahe erreicht.

In diesem Augenblick sprang Carioca von Lilys Arm, schlitterte über das Linoleum und stürmte dann kläffend zur Tür, die gerade aufflog. Scharrif stand inmitten seiner Schlägertypen in dunklen Anzügen im Türrahmen und versperrte uns den Weg.

»Halt, im Namen des —«, fing er an, aber noch ehe ich mich fassen konnte, schlug Carioca die Zähne in Scharrifs Knöchel. Scharrif krümmte sich vor Schmerzen, sprang rückwärts durch die Pendeltür und riß dabei ein paar seiner Männer mit. Ich stürzte ihm nach und schlug ihn mit einem gezielten Traffer auf die Nase k. o. Lily und ich rannten zum Wagen, während El-Marad und seine Meute uns verfolgten.

»Zum Wasser!« rief ich Lily zu. »Zum Wasser!« Denn wir würden es nie schaffen, einzusteigen und loszufahren, ehe sie uns eingeholt hatten. Ich sah mich nicht mehr um, sondern rannte geradewegs auf den kleinen Landesteg. Überall lagen Fischerboote im Wasser. Am Ende angelangt, warf ich einen Blick über die Schulter zurück.

Auf der Straße war die Hölle los. El-Marad stürmte hinter Lily her. Scharrif hatte Carioca von seinem Bein losgerissen und war immer noch damit beschäftigt, ihn abzuwehren. Mir waren drei seiner Männer auf den Fersen. Also holte ich tief Luft, hielt mir die Nase zu und sprang.

Ich sah gerade noch, wie Scharrif Carioca in Richtung Meer durch die Luft schleuderte. Dann schlugen die schwarzen Wellen des Mittelmeers über mir zusammen. Das Gewicht der schweren Schachfiguren zog mich tief, immer tiefer zum Meeresgrund hinab.

Ich schleppte mich aus dem Wasser und kroch auf den steinigen Strand am Ende des Kiefernwäldchens. Ich würgte und erbrach das viele Salzwasser, das ich geschluckt hatte – aber ich lebte, und das Montglane-Schachspiel hatte mich gerettet.

Das Gewicht der Figuren in der Tasche an meiner Schulter ließ mich auf den Grund sinken, ehe ich etwas tun konnte, und so blieb das viele Blei von Scharrifs Schergen wirkungslos, die mit ihren Maschinenpistolen das Wasser über mir durchsiebten. In der kleinen Bucht war das Meer nur etwa drei Meter tief, und ich konnte über den Sandboden laufen. Ich orientierte mich an den Booten, in deren Schutz ich dann auch wieder wagte, Luft zu holen. Mit den Fischerbooten als Tarnung und den Schachfiguren als Schleppanker lief ich so dicht wie möglich am Ufer entlang in die schwarze, nasse Dunkelheit.

Jetzt rieb ich mir die Augen und sah mich um. Wo war ich gelandet? Ich entdeckte ein paar blinkende Lichter, die mir bekannt vorkamen – das war wohl der Hafen von Sidi-Fredsch. Die paar Kilometer konnte ich zu Fuß gehen. Aber wo war Lily? Sicher hatten Scharrifs Männer sie erwischt.

Ich öffnete die klatschnasse Schultertasche und kramte darin herum. Die Figuren waren alle da. Bestimmt hatte ich einiges verloren, als ich die Tasche im Wasser hinter mir herzog, aber das zweihundert Jahre alte Tagebuch befand sich Gott sei Dank in meiner kleinen Toilettentasche, und die war wasserdicht – hoffentlich!

Ich überlegte gerade, was ich als nächstes tun sollte, als nicht weit von mir entfernt ein triefend nasses Etwas aus dem Wasser kroch. In der Dunkelheit sah es aus wie ein gerupftes Huhn, aber das jämmerliche Winseln überzeugte mich schnell davon, daß mir ein vor Kälte und Nässe zitternder Carioca in den Schoß sprang. Wie sollte ich ihn abtrocknen? Ich war selbst von Kopf bis Fuß naß. Also stand ich auf, hob ihn hoch und klemmte ihn mir unter den Arm. Dann lief ich in den Kiefernwald – das war der kürzere Weg zu meiner Wohnung als den Strand entlang.

Ich hatte im Wasser einen Schuh verloren, also warf ich auch den anderen weg und lief barfuß über den weichen Teppich aus Kiefernnadeln. Dabei verließ ich mich darauf, daß mein Instinkt mir den richtigen Weg zum Hafen zeigen werde. Ich war etwa fünfzehn Minuten gegangen, als vor mir ein Ast knackte. Ich blieb wie erstarrt stehen und streichelte beruhigend den zitternden Carioca.

Im nächsten Augenblick stand ich im hellen Scheinwerferlicht. Ich war geblendet, und mir blieb vor Schreck beinahe das Herz stehen. Vor mir tauchte ein Soldat mit einem Maschinengewehr auf. Die häßlichen Patronen hingen an der Seite herab. Er zielte auf meinen Magen.

»Halt!« schrie er unnötigerweise. »Wer sind Sie? Antworten Sie! Was tun Sie hier?«

»Ich war mit meinem Hund schwimmen«, sagte ich und hielt Carioca als Beweis hoch. »Ich bin Katherine Velis. Ich kann Ihnen meinen Ausweis zeigen ...«

Dann fiel mir ein, daß die Ausweise, die ich gerade aus der Tasche holen wollte, vor Nässe triefen. Außerdem mußte ich unter allen Umständen vermeiden, daß der Soldat meine Tasche untersuchte. Ich fing hastig an zu erzählen.

»Ich bin mit meinem Hund nach Sidi-Fredsch spazierengegangen«, sagte ich, »und der Tolpatsch ist ins Wasser gefallen. Ich mußte ihm nachspringen, um ihn zu retten. Aber die Strömung hat uns hierhergetrieben ...« Ach du liebe Zeit, dachte ich, im Mittelmeer gibt es keine Strömungen. Schnell fuhr ich fort: »Ich arbeite für die OPEC, für Minister Kader. Er wird es Ihnen bestätigen. Ich wohne hier in der Nähe.« Ich hob den Arm, und er hielt mir das Gewehr unter die Nase.

Also versuchte ich es mit einer anderen Strategie – ich spielte die arrogante Amerikanerin.

»Hören Sie, ich habe keine Zeit, ich muß dringend zu Minister Kader!« fuhr ich ihn an und richtete mich würdevoll auf. Aber so tropfnaß wie ich war, muß es eher lächerlich ausgesehen haben. »Wissen Sie denn, wer ich bin?!« Der Soldat sah sich unsicher nach seinem Kameraden um, der im Dunkeln stand.

»Nehmen Sie vielleicht an der Konferenz teil?« fragte er und sah mich wieder an.

Ach so! Deshalb patrouillierten Soldaten hier im Wald! Deshalb auch die Straßensperre. Deshalb wollte Kamel, daß ich am Wochenende wieder in Algier war. Die OPEC-Konferenz hatte begonnen!

»Aber ja«, versicherte ich. »Ich gehöre zur algerischen Delegation. Man wird sich schon fragen, wo ich bin.«

Der Soldat trat zu seinem Kameraden und unterhielt sich mit ihm auf arabisch. Dann schalteten sie den Scheinwerfer aus, und der andere, ein älterer Mann, sagte entschuldigend:

»Madame, wir werden Sie zu Ihrer Gruppe zurückbringen. Die Konferenzteilnehmer versammeln sich gerade zum Bankett im Restaurant du Port. Vielleicht möchten Sie sich vorher noch umziehen?«

Ich hielt das für eine sehr gute Idee. Sie fuhren mich mit Jeep zu meiner Wohnung und warteten unten. Ich eilte hinauf, trocknete mir mit dem Fön die Haare und, so gut es ging, auch Cariocas langes Fell. Dann zog ich mir schnell etwas Passendes an.

Ich konnte es nicht wagen, die Schachfiguren in der Wohnung zurückzulassen. Ich suchte mir einen Stoffbeutel und verstaute sie zusammen mit Carioca darin. Mireilles Tagebuch war feucht geworden, aber Gott sei Dank nicht unlesbar. Ich blätterte in den Seiten und hielt den Fön darüber. Dann steckte ich es auch in den Beutel. Ich eilte zu meiner Eskorte, die mich zum Hafen hinunterbrachte.

Das Restaurant du Port war ein riesiger Bau mit hohen Decken und Marmorböden. Ich hatte hier oft zu Mittag gegessen, als ich noch im El-Riadh wohnte. Wir gingen durch die lange Kolonnade mit den hohen maurischen Bögen, die sich an dieser Stelle am Hafen entlangzog, und stiegen die breiten Treppen vom Ufer zu den hellerleuchteten Glastüren des Restaurants hinauf. Alle dreißig Meter standen Soldaten mit Maschinenpistolen. Als wir den Eingang erreichten, warf ich einen Blick durch die Glastür, in der Hoffnung, Kamel zu sehen.

Man hatte im Restaurant fünf Tafeln nebeneinander aufgestellt, die sich vom Eingang bis zur Rückwand des etwa dreißig Meter langen Raums zogen. In der Mitte befand sich eine U-förmige Empore mit Messinggeländer. Dort hatten die höheren Würdenträger Platz genommen. Selbst vom Eingang aus war die Machtdemonstration eindrucksvoll. Hier hatten sich nicht nur die Ölminister versammelt, sondern auch die Regierungschefs der einzelnen OPEC-Länder. Uniformen mit goldenen Tressen, bestickte Kaftane und runde Leopardenfellmützen, weiße Gewänder und schwarze Anzüge bildeten eine bunte Mischung.

Ein strenger Wachposten ließ sich von meiner Eskorte die Waffen geben und wies auf die Marmorempore über der Menge. Die beiden Soldaten geleiteten mich durch die langen Reihen der weißgedeckten Tafeln zu der kleinen Treppe in der Mitte. Ich sah Kamels Entsetzen über unseren Auftritt schon von weitem. An seinem Tisch angekommen, salutierte meine Eskorte, und Kamel erhob sich.

»Mademoiselle Velis!« rief Kamel und sah die Soldaten an. »Vielen Dank, daß Sie unsere geehrte Delegierte an unseren Tisch begleitet haben. Hatte sie sich verirrt, Herr Hauptmann?« Er sah mich aus den Augenwinkeln an, und mir wurde klar, daß ich ihm wohl bald so einiges erklären mußte.

»Im Kiefernwald, Herr Minister«, erwiderte der Soldat, »ein kleiner Unfall mit einem Hund. Sie sagte uns, daß sie hier an Ihrem Tisch erwartet wird . . .« Er sah sich um. An dem Tisch saßen nur Männer, und es war kein Platz für mich gedeckt.

»Das war sehr aufmerksam von Ihnen«, sagte Kamel. »Sie können auf Ihren Posten zurückkehren. Ihr umsichtiges Handeln wird nicht vergessen werden.« Die beiden Soldaten salutierten und zogen sich zurück.

Kamel bedeutete einem Kellner, noch ein Gedeck aufzulegen. Er blieb stehen, bis man einen Stuhl brachte, dann nahmen wir Platz. Kamel stellte mich den Herren am Tisch vor.

»Minister Jamani«, sagte er und deutete auf das runde, rosa Engelsgesicht des saudiarabischen OPEC-Ministers zu meiner Rechten, der höflich nickte und sich etwas erhob. »Mademoiselle Velis ist die amerikanische Expertin. Sie hat die ausgezeichnete Computerstudie ausgearbeitet und die Analysen durchgeführt, von denen ich heute nachmittag gesprochen habe«, fügte er hinzu. Minister Jamani hob beeindruckt eine Augenbraue.

»Ich glaube, Sie kennen Minister Belaid bereits«, fuhr Kamel fort, als sich Abdelsalaam Belaid – er hätte ursprünglich meinen Vertrag unterschreiben sollen – augenzwinkernd erhob und mir die Hand schüttelte. Sein nußbrauner Teint, die silbernen Schläfen und die glänzende Glatze erinnerten mich an einen eleganten Mafioso.

Minister Belaid wandte sich nach rechts und sagte etwas zu seinem Tischnachbarn, der sich angeregt mit einem Herrn unterhielt. Die beiden unterbrachen das Gespräch und sahen ihn an. Mir wurde schwach, als ich sah, wer diese Herren waren.

»Mademoiselle Katherine Velis, unsere Computerexpertin aus Amerika«, sage Belaid leise. Das lange, traurige Gesicht des Staatspräsidenten von Algerien, Houari Boumedienne, wandte sich mir zu. Der Staatspräsident warf mir einen kurzen Blick zu und sah dann seinen Minister an, als verstehe er nicht recht, was zum Teufel ich hier zu suchen habe. Belaid zuckte unverbindlich die Schultern und lächelte.

»*Enchanté*«, sagte der Präsident.

»König Faisal von Saudi-Arabien«, fuhr Belaid fort und deutete auf ein scharfgeschnittenes Gesicht mit Falkennase. Der Mann mit dem weißen Kopfputz sah mich nur kurz an und nickte, ohne zu lächeln.

Ich nahm das Weinglas, das vor mir stand, und trank. Wie um alles in der Welt sollte ich Kamel in dieser Runde sagen, was sich ereignet hatte und noch ereignete? Wie sollte ich hier wieder verschwinden, um Lily zu retten?

In diesem Augenblick entstand unten im Saal Aufregung. Alle drehten die Köpfe, um zu sehen, was dort geschah. Die etwa sechshundert Gäste hatten bereits Platz genommen. Die Kellner eilten geschäftig durch die Reihen mit Brot und Platten mit *curdités* und füllten die Gläser mit Wasser und Wein. Ein großer, gutaussehender dunkelhaariger Mann in einem weißen Gewand war hereingekommen. Sein Gesicht war dunkelrot vor Zorn. Er lief mit einer Reitpeitsche in der Hand durch die Reihen und schlug die Weinflaschen von den Tischen. Die Anwesenden saßen stumm auf ihren Plätzen, keiner regte sich, während rechts und links die Flaschen auf dem Marmorboden zerschellten.

Boumedienne erhob sich mit einem Seufzer und sagte schnell etwas zu dem Geschäftsführer, der zu ihm geeilt war. Dann ging der algerische Staatspräsident mit den traurigen Augen die wenigen Stufen hinunter und wartete auf den wütenden Mann, der mit großen Schritten auf ihn zukam.

»Wer ist das?« fragte ich Kamel leise.

»Muammar Ghaddafi von Libyen«, antwortete Kamel ruhig. »Er hat heute in seiner Rede vor den Delegierten erklärt, daß die Gläubigen des Islam keinen Alkohol trinken sollen. Wie ich sehe, läßt er auf seine Worte Taten folgen. Man munkelt, er habe professionelle Killer damit beauftragt, prominente OPEC-Minister zu ermorden.«

»Ja, das stimmt«, sagte der puttenhafte Jamani und lächelte, »mein Name steht ganz oben auf der Liste.« Es schien ihn nicht weiter zu beunruhigen.

»Aber warum?« fragte ich Kamel. »Nur weil sie Alkohol trinken?«

»Weil wir der Ansicht sind, unsere Maßnahmen müßten sich auf ein wirtschaftliches Embargo beschränken und kein politisches miteinschließen«, erwiderte er. Dann sagte er mit zusammengebissenen

Zähnen: »Der Moment ist günstig. Also, was ist los? Wo sind Sie gewesen? Scharrif hat das ganze Land auf den Kopf gestellt, um Sie zu finden. Er wird Sie wohl kaum hier verhaften, aber Sie sind in großen Schwierigkeiten.«

»Ich weiß«, flüsterte ich zurück und blickte in den Saal hinunter, wo Boumedienne ruhig auf Ghaddafi einsprach. Er hielt das lange, traurige Gesicht gesenkt, und deshalb konnte ich seinen Gesichtsausdruck nicht sehen. Die Kellner beseitigten inzwischen die Scherben auf dem Boden und brachten neue Flaschen.

»Ich muß mit Ihnen unter vier Augen sprechen«, fuhr ich fort. »Ihr persischer Freund hat meine Freundin geschnappt. Vor einer halben Stunde bin ich noch die Küste entlanggeschwommen. In meinem Stoffbeutel sitzt ein nasser Hund – und außerdem habe ich da drin etwas, das Sie interessieren dürfte. Ich muß schnellstens hier raus...«

»Oh...«, stöhnte Kamel nur leise, »soll das heißen, Sie haben sie wirklich? Hier?« Er sah sich nach unseren Tischnachbarn um und tarnte seine Panik mit einem Lächeln.

»Sie sind also auch mit im Spiel«, flüsterte ich und lachte leise.

»Weshalb hätte ich Sie sonst hierhergeholt«, erwiderte er leise. »Ich hatte meine liebe Mühe und Not, eine Erklärung dafür zu finden, weshalb Sie so kurz vor der Konferenz spurlos verschwunden sind.«

»Darüber können wir später sprechen. Aber jetzt muß ich hier weg und Lily retten.«

»Überlassen Sie das mir, ich werde mir etwas einfallen lassen. Wo ist sie?«

»La Madrague«, hauchte ich.

Kamel bekam große Augen, aber in diesem Augenblick erschien Houari Boumedienne wieder am Tisch und setzte sich. Alle lächelten in seine Richtung, und König Faisal sagte auf englisch:

»Oberst Ghaddafi ist nicht verrückt, wie es den Anschein haben mag«, und seine großen, feuchten Falkenaugen richteten sich auf den algerischen Staatspräsidenten. »Sie erinnern sich an die Konferenz der neutralen Staaten, als sich jemand über Castros Anwesenheit beklagte – erinnern Sie sich an seine Worte?« Der König wandte sich an Jamani, seinen Minister, der rechts neben mir saß. »Oberst

Ghaddafi hat damals erklärt, wenn ein Land von dieser Konferenz ausgeschlossen werde, nur weil es Geld von den beiden Supermächten erhalte, dann sollten wir alle unsere Koffer packen und nach Hause fahren. Er beendete seine Rede, indem er eine Liste verlas mit den Wirtschafts- und Militärabkommen der Hälfte aller anwesenden Länder – und man muß sagen, seine Liste stimmte. Ich würde ihn nicht als einen religiösen Fanatiker abstempeln, o nein, das nicht.«

Boumedienne sah mich jetzt an. Dieser Mann war allen ein Rätsel. Niemand kannte sein Alter oder seine Herkunft und seinen Geburtsort. Seit seinem Erfolg als Anführer der Revolution vor zehn Jahren und dem Militärputsch, durch den er Staatspräsident geworden war, hatte er Algerien in die erste Reihe der OPEC gebracht und zur Schweiz der dritten Welt gemacht.

»Mademoiselle Velis«, sagte er und sprach mich zum erstenmal an, »haben Sie bei Ihrer Arbeit im Ministerium bereits die Bekanntschaft von Oberst Ghaddafi gemacht?«

»Nein«, erwiderte ich.

»Merkwürdig«, sagte Boumedienne, »denn er hat Sie von unten an unserem Tisch gesehen, und seiner Bemerkung nach schien er Sie zu kennen.«

Ich spürte, wie Kamel an meiner Seite erstarrte. »Wirklich?« fragte er beiläufig. »Und was war das für eine Bemerkung, Herr Staatspräsident?«

»Vermutlich handelt es sich nur um eine Verwechslung«, sagte Boumedienne und richtete seine großen Augen auf Kamel. »Er hat gefragt, ob Sie die Bewußte sei.«

»Die Bewußte?« wiederholte Minister Belaid verwirrt. »Was soll das bedeuten?«

»Vermutlich«, antwortete der Präsident, »die Dame, die diese Computerstudie anfertigt, über die wir von Kamel Kader soviel gehört haben.« Dann wandte er sich ab.

Ich wollte Kamel etwas zuflüstern, aber er schüttelte nur den Kopf und sagte zu Belaid: »Katherine und ich möchten die Gelegenheit nutzen, um die Zahlen noch einmal durchzugehen, bevor wir sie morgen vorlegen. Wäre es vielleicht möglich, daß wir uns von dem Bankett entschuldigen? Denn sonst, so fürchte ich, müssen wir die ganze Nacht arbeiten.«

Belaid glaubte ihm kein Wort. Das konnte man ihm ansehen. »Ich muß Ihnen zuvor noch etwas sagen«, erwiderte er, stand auf und ging mit Kamel beiseite. Ich erhob mich und spielte mit meiner Serviette. Jamani beugte sich vor.

»Es war mir ein Vergnügen, Sie an unserem Tisch zu haben, wenn auch nur kurz«, versicherte er mir mit einem Grübchenlächeln.

Belaid flüsterte mit Kamel, während die Kellner mit dampfenden Platten hereineilten. Als ich mich den beiden näherte, sagte er: »Mademoiselle, wir danken Ihnen für alles, was Sie für uns getan haben. Aber gönnen Sie Kamel Kader heute ein paar Stunden Schlaf.« Er ging zum Tisch zurück.

»Können wir jetzt gehen?« flüsterte ich.

»Ja, nichts wie weg«, sagte er, nahm meinen Arm und eilte mit mir die Stufen hinunter. »Abdelsalaam ist von der Geheimpolizei benachrichtigt worden. Man hat ihm erklärt, daß Sie polizeilich gesucht werden. Wie es heißt, haben Sie sich der Verhaftung in La Madrague entzogen. Er hatte es noch vor dem Bankett erfahren. Er hat Sie jetzt mir überlassen, anstatt Sie Scharrif zu übergeben. Ich hoffe, Sie verstehen meine Lage, wenn Sie noch einmal verschwinden.«

»Du meine Güte!« zischte ich, während wir dem Ausgang zustrebten. »Sie wissen, weshalb ich in die Wüste gefahren bin. Und Sie wissen, wohin wir jetzt wollen! Ich sollte hier die Fragen stellen. Warum haben Sie mir nicht gesagt, daß Sie mit von der Partie sind? Ist Belaid auch dabei? Und Therese? Und was ist mit dem Libyer, der behauptet, mich zu kennen – was geht hier vor?«

»Das wüßte ich selbst nur zu gerne«, murmelte Kamel. Er nickte dem Wachposten zu, der salutierte, als wir das Restaurant verließen. »Wir fahren mit meinem Wagen nach La Madrague. Erzählen Sie mir alles, was geschehen ist, damit wir Ihre Freundin finden.«

Wir liefen zu dem strengbewachten Parkplatz. Er sah mich in der Dunkelheit an, und in seinen Augen spiegelte sich das Licht der Straßenlampen. Ich berichtete ihm schnell von Lilys Verhaftung und fragte ihn dann nach Minnie Renselaas.

»Ich kenne Mochfi Mochtar seit meiner Kindheit«, sagte er. »Sie hatte meinen Vater für eine Mission ausersehen. Er sollte ein Bündnis mit El-Marad eingehen und in weißes Gebiet vordringen. Diese Mission führte zu einem Tod. Therese arbeitete für meinen Vater.

Obwohl sie jetzt in der Hauptpost sitzt, dient sie wie ihre Kinder Mochfi Mochtar.«

»Ihre Kinder?« fragte ich und versuchte mir die Frau in der Telefonzentrale als Mutter vorzustellen.

»Valerie und Michel«, sagte Kamel, »Sie haben Michel kennengelernt, glaube ich. Er nennt sich Wahad ...«

Wahad war also Thereses Sohn! Die Verbindungsleute saßen an den richtigen Stellen! Und da ich längst nicht mehr an Zufälle glaubte, fiel mir ein, daß Harrys Dienstmädchen Valerie hieß. Aber im Augenblick ging es um wichtigere Dinge als um die Bauern im Spiel.

»Moment mal«, sagte ich, »wenn Ihr Vater diese Mission hatte und dabei ums Leben kam, heißt das, die Weißen haben die Figuren, die er an Land ziehen sollte? Sagen Sie, wann ist das Spiel zu Ende? Nur dann, wenn jemand alle Figuren hat?«

»Manchmal glaube ich, dieses Spiel wird nie zu Ende sein«, sagte Kamel bitter und bog in die lange, kakteengesäumte Straße ein. Es war die Ausfahrt nach Sidi-Fredsch. »Aber es kann das Ende Ihrer Freundin sein, wenn wir nicht bald in La Madrague sind.«

»Sind Sie ein so hohes Tier, daß Sie dort erscheinen und verlangen können, daß man sie Ihnen ausliefert?«

Kamel lächelte kalt und gab Vollgas. Es dauerte nicht lange, und wir näherten uns der Straßensperre, die Lily und mir auf der Gegenseite zum Verhängnis geworden war. Er hielt seinen Ausweis aus dem Wagenfenster, und der Posten winkte ihn durch.

»El-Marad interessiert nur eine einzige Sache mehr als Ihre Freundin«, sagte er ruhig, »und die haben Sie in dem Stoffbeutel. Ich meine damit nicht den Hund. Ist das kein faires Angebot?«

»Sie meinen, wir geben ihm die Figuren im Austausch gegen Lily?« fragte ich empört. Aber dann wurde mir klar, daß wir sie sonst nicht mehr lebend wiedersehen würden. »Vielleicht könnten wir ihm nur eine Figur anbieten«, schlug ich nach einigem Nachdenken vor.

Kamel lachte trocken. »Wenn er erst weiß, daß Sie die Figuren haben, wischt er uns vom Brett.«

Warum hatten wir nicht einen Trupp Soldaten mitgenommen oder ein paar OPEC-Delegierte? Statt dessen hatte ich den liebenswerten Kamel an meiner Seite, der vermutlich genau wie sein Vater vor zehn Jahren mit Haltung und Würde in den Tod ging.

Kamel hielt nicht vor der Hafenkneipe neben unserem Leihwagen, sondern fuhr weiter und an den wenigen Häusern der menschenleeren Ortschaft vorbei. Am Ende der Straße stoppte er vor einer Treppe, die zu einer hohen Klippe hinaufführte. Kein Mensch war weit und breit zu sehen. Ein heftiger Wind war aufgekommen und trieb dunkle Wolken vor den runden Mond. Wir stiegen aus, und Kamel deutete nach oben. Auf dem vorspringenden Kliff stand ein kleines, hübsches Haus. Auf der dem Meer zugewandten Seite fiel die Steilwand etwa hundert Meter zum Wasser hinunter.

»El-Marads Sommerhaus«, sagte Kamel leise. Im Haus brannte Licht, und während wir die alte wacklige Holztreppe hinaufstiegen, hörte man von innen Lärm. Lilys Stimme übertönte alles, selbst das Klatschen der Wellen unten.

»Wage es ja nicht, mich anzufassen, du dreckiger Hurensohn«, schrie sie, »sonst bist du tot! Hast du gehört?«

Kamel sah mich an und lächelte. »Vielleicht braucht Sie unsere Hilfe gar nicht«, flüsterte er.

»Sie redet mit Scharrif«, sagte ich, »er hat ihren Hund ins Wasser geworfen.« Carioca machte sich bereits bemerkbar. Ich streckte die Hand in den Beutel und kraulte ihn am Kopf. »Gleich kannst du wieder loslegen, Kleiner«, flüsterte ich und nahm ihn aus dem Beutel.

»Ich glaube, Sie sollten wieder hinuntergehen und den Wagen anlassen«, flüsterte Kamel und drückte mir die Autoschlüssel in die Hand, »überlassen Sie alles andere mir.«

»Kommt nicht in Frage«, sagte ich und spürte kalte Wut in mir aufsteigen, als ich aus dem Haus Lilys Schreie hörte. »Wir werden sie überraschen!« Ich ließ Carioca los, und er hüpfte wie ein Tischtennisball auf die Tür zu. Kamel und ich folgten ihm. Ich behielt die Autoschlüssel.

Man betrat das Haus durch eine Glastür auf der Meeresseite. Der Weg davor führte gefährlich nahe an der Steilklippe entlang. Nur eine niedrige, überwachsene Mauer bildete einen gewissen Schutz.

Carioca kratzte bereits kläffend an der Glastür, als ich um die Ecke bog und einen kurzen Blick auf die Szene werfen konnte. Drei von Scharrifs Schlägertypen lehnten an der linken Wand. Ihre Anzugsjacken standen offen, und ich sah die Pistolenhalfter. Der Fußboden war blau und gold gekachelt. Lily saß mitten im Raum auf einem Stuhl. Scharrif beugte sich über sie. Sie sprang auf, als sie Cariocas Kratzen hörte, aber Scharrif stieß sie brutal wieder auf den Stuhl zurück. Er hatte eine flammendrote Wange. Das war wohl Lilys Handschrift. In der anderen Ecke ruhte El-Marad lässig auf bequemen Sitzkissen. Vor ihm auf einem niedrigen Kupfertisch stand ein Schachbrett. Er machte gerade versonnen einen Zug.

Scharrif drehte sich auf dem Absatz um und starrte zur Tür, vor der wir im hellen Mondlicht standen. Ich schluckte mehrmals und drückte dann mein Gesicht an die Scheibe, damit er mich deutlich sehen konnte.

»Sie sind fünf und wir dreieinhalb«, flüsterte ich Kamel zu, der schweigend neben mir stand, als Scharrif zur Tür kam. Er wies einen seiner Männer an, ihm mit der Pistole Deckung zu geben. »Sie übernehmen diese Kerle, ich kümmere mich um El-Marad. Ich glaube, Carioca hat sein Opfer schon im Visier«, fügte ich hinzu, als Scharrif die Tür einen Spalt öffnete.

Er warf einen Blick auf seinen kleinen Widersacher und sagte: »Sie kommen herein, aber das Vieh bleibt draußen.«

Ich schob Carioca zur Seite, damit Kamel und ich eintreten konnten.

»Du hast ihn gerettet!« jubelte Lily und strahlte uns an. Dann sagte sie voll Verachtung zu Scharrif: »Ein Mann, der ein wehrloses Tier bedroht, versucht nur, die eigene Impotenz zu überspielen...«

Scharrif wollte wütend auf sie einschlagen, als El-Marad leise, aber nachdrücklich das Wort ergriff und mich dabei drohend anlächelte.

»Mademoiselle Velis«, sagte er, »wie gut, daß Sie zurückgekommen sind und sogar mit einem Begleiter. Man sollte annehmen, Kamel Kader sei intelligenter, als Sie ein zweites Mal zu mir zu bringen. Aber da wir jetzt alle versammelt sind –«

»Sparen Sie sich die Förmlichkeiten«, unterbrach ich ihn und ging auf ihn zu. Im Vorbeigehen drückte ich Lily die Autoschlüssel in die Hand und flüsterte: »Zur Tür – jetzt.«

»Sie wissen, weshalb wir hier sind«, sagte ich zu El-Marad.

»Und Sie wissen, was ich möchte«, erwiderte er. »Wollen wir ein Geschäft machen?«

Ich stand vor dem niedrigen Tisch und warf einen Blick über die

Schulter zurück. Kamel näherte sich gerade Scharrifs Männern und bat sie um Feuer für seine Zigarette, die er in den Händen hielt. Lily stand an der Tür, Scharrif hinter ihr. Sie kauerte sich auf den Boden und klopfte mit den roten Fingernägeln ans Glas, während Carioca aufgeregt die Scheibe beleckte. Wir hatten also unsere Positionen eingenommen – jetzt oder nie!

»Mein Freund, der Herr Minister, ist der Ansicht, daß Sie nicht sehr zuverlässig sind, wenn es darum geht, Abmachungen einzuhalten«, erklärte ich. El-Marad hob den Kopf und wollte etwas sagen, aber ich ließ ihn nicht zu Wort kommen. »Aber wenn Sie die Schachfiguren haben wollen«, rief ich, »bitte: Hier sind sie!«

Ich riß mir den schweren Beutel von der Schulter und ließ ihn in einem Schwung auf seinen Kopf landen. El-Marad verdrehte die Augen und sank zur Seite, während ich mich bereits umdrehte und an der Schlacht beteiligte, die in meinem Rücken ausgebrochen war.

Lily hatte blitzschnell die Tür aufgemacht, Carioca flog ins Zimmer, und ich rannte, den Beutel schwingend, auf die Schläger zu. Der erste wollte gerade zur Pistole greifen, als ihn meine Waffe am Kopf traf. Der zweite ging zu Boden, nachdem Kamel ihn in den Bauch geboxt hatte. Der dritte zog seine Waffe und zielte auf mich.

»Hierher, du Idiot!« schrie Scharrif gequält und versuchte wieder einmal, mit heftigen Tritten Carioca abzuschütteln, der sich an seinem Fußknöchel festgebissen hatte. Lily stürmte bereits durch die Tür ins Freie. Der Kerl zielte auf sie und drückte gerade ab, als Kamel ihm von der Seite einen so festen Stoß versetzte, daß er gegen die Wand flog.

Scharrif heulte und schrie in den höchsten Tönen und fuhr unter der Wucht des Aufpralls herum. Er preßte die Hand auf die verletzte Schulter. Kamel versuchte gerade, dem einen Schläger die Waffe abzunehmen, als der andere sich wieder aufrichtete. Ich hob meinen Beutel und traf ihn noch einmal. Diesmal blieb er liegen. Vorsichtshalber versetzte ich auch Kamels Gegner einen Schlag auf den Hinterkopf. Als er zu Boden ging, riß ihm Kamel die Pistole aus der Hand.

Wir rannten zur Tür. Ich spürte, daß mich jemand packte, aber ich riß mich wieder los. Es war Scharrif, der trotz Schußwunde und Biß nicht aufgab. Er lief hinter mir her. Aus seiner Wunde lief Blut. Zwei seiner Helfer waren wieder auf den Beinen und direkt hinter ihm, als ich nicht zur Treppe, sondern auf die Mauer vor dem Kliff zuschoß. Unten auf der Treppe entdeckte ich Kamel. Er sah sich verzweifelt nach mir um. Lily hatte gerade Kamels Wagen erreicht.

Ohne nachzudenken, sprang ich über die Mauer und drückte mich auf der anderen Seite flach dagegen, als Scharrif auch schon mit den beiden Männern an mir vorbei zur Treppe rannte. Die schweren Schachfiguren hingen frei über dem Abgrund. Beinahe hätte ich sie fallen lassen. Hundert Meter unter mir sah ich die Wellen, die gegen den Felsen schlugen und hoch aufspritzten. Der Wind nahm an Stärke zu. Ich hielt den Atem an und zog den Beutel mit ganzer Kraft hoch.

»Der Wagen!« hörte ich Scharrif schreien. »Sie wollen zum Wagen!« Polternd sprangen sie die Holztreppe hinunter. Ich richtete mich langsam auf, als ich ein kratzendes Geräusch hörte. Vorsichtig spähte ich über den Mauerrand, und Carioca leckte mir hingebungsvoll das Gesicht. Ich wollte gerade aufstehen, als die Wolken vor dem Mond verschwanden und ich Scharrifs dritten Mann sah, den ich glaubte umgebracht zu haben. Er rieb sich den Kopf und schwankte auf mich zu. Ich duckte mich, aber es war zu spät.

Er machte einen Satz und sprang über die Mauer. Ich hielt die Luft an. Für eine Sekunde suchte er noch Halt auf der schmalen Kante, dann verschwand er schreiend in der Tiefe. Ich kletterte schnell über die Mauer, packte Carioca und rannte zur Treppe.

Zu meinem Entsetzen sah ich, daß Kamels Wagen in einer Staubwolke davonfuhr. Scharrif rannte mit seinen beiden Helfern hinterher; sie versuchten, auf die Reifen zu schießen. Plötzlich schoß der Wagen rückwärts auf die Verfolger zu. Die drei brachten sich mit großen Sätzen am Straßenrand in Sicherheit, und der Wagen sauste an ihnen vorbei. Lily und Kamel holten mich!

Ich sprang die Treppe hinunter, so schnell ich konnte, in der einen Hand Carioca und in der anderen den Beutel. Ich kam gerade unten an, als der Wagen mit quietschenden Reifen in einer Staubwolke anhielt. Die Tür flog auf, und ich sprang hinein. Lily gab Vollgas, noch ehe ich die Tür geschlossen hatte. Kamel saß hinten und zielte mit dem Revolver durch das Wagenfenster. Als ich die Tür zuschlug, krachten schon die Schüsse. Scharrif und seine beiden Männer rannten zu einem Wagen am Straßenrand. Im Vorbeifahren schoß Kamel die beiden Reifen platt.

Wenn Lily fuhr, brauchte man immer gute Nerven, aber jetzt schien sie das Gefühl zu haben, sie sei zu allem berechtigt. Wir flogen über die unbefestigte Straße durch das Dorf und hielten die Luft an, als sie, ohne zu bremsen, auf die Hauptstraße abbog. Kamel blickte durch das Rückfenster, während Lily auf die Straßensperre zuraste.

»Drücken Sie auf den roten Knopf am Armaturenbrett!« schrie Kamel. Ich beugte mich vor und tat es. Eine Sirene heulte auf, und am Armaturenbrett begann ein rotes Licht zu blinken.

»Hervorragend!« rief ich Kamel zu, als wir durch die Soldaten und die Polizei donnerten, die Spalier standen.

»Es hat ein paar Vorteile, Minister zu sein«, erwiderte er bescheiden, »aber am anderen Ende von Sidi-Fredsch ist noch eine Straßensperre.«

»Dann volle Kraft voraus!« schrie Lily und gab Vollgas. Der große Citroën machte einen Satz wie ein Vollbluthengst auf der Galoppbahn kurz vor dem Ziel, und bald darauf nahmen wir nach derselben Methode die zweite Sperre.

»Ach«, sagte Lily mit einem Blick in den Rückspiegel, »wir haben uns noch nicht richtig miteinander bekannt gemacht. Ich bin Lily Rad. Wie ich höre, kennen Sie meinen Großvater.«

»Konzentrier dich auf die Straße!« fauchte ich sie an, als der Wagen bedenklich nahe an den Rand der Steilküste geriet. Der aufkommende Sturm hob den Citroën beinahe in die Luft.

»Mordecai und mein Vater waren gute Freunde«, sagte Kamel. »Vielleicht werde ich ihn eines Tages auch kennenlernen. Bitte grüßen Sie ihn sehr herzlich von mir, wenn Sie ihn das nächste Mal sehen.«

Im selben Augenblick fuhr Kamel plötzlich herum und starrte durch das Rückfenster. Die Scheinwerfer eines Wagens folgten uns bedenklich schnell. »Gas!« rief ich Lily zu. »Jetzt kannst du deine Fahrkünste zeigen!« Der Wagen hinter uns hatte ebenfalls eine Sirene, wie wir jetzt hörten und sahen.

»Ach du liebe Zeit, Polizei!« stöhnte Lily und nahm den Fuß vom Gas.

»Weiter!« schrie Kamel. Lily ließ sich das nicht zweimal sagen.

Der Citroën verlangsamte, aber dann schoß er wieder vorwärts. Die Nadel auf dem Tacho näherte sich schnell der Zahl 150. Keine Meilen, beruhigte ich mich, hier sind es ja Kilometer. Aber viel schneller konnte man auf dieser Straße wirklich nicht fahren, ganz besonders bei den Böen, die vom Meer kamen.

»Es gibt eine Abkürzung in die Kasbah«, sagte Kamel, ohne den Blick von dem Streifenwagen hinter uns zu wenden. »Es sind vielleicht noch zehn Minuten von hier. Sie müssen dann zwar mitten durch Algier hindurch, aber ich kenne mich besser aus als unser Freund Scharrif. Wir erreichen die Kasbah dann von oben... Ich kenne den Weg zu Minnie gut«, fügte er leise hinzu, »sie lebt im Haus meines Vaters.«

»Minnie Renselaas lebt im Haus Ihres Vaters?« rief ich. »Ich denke, Sie kommen aus den Bergen?«

»Mein Vater hatte hier in der Kasbah ein Haus für seine Frauen.«

»Seine Frauen?« fragte ich.

»Minnie Renselaas ist meine Stiefmutter«, sagte Kamel, »mein Vater war der schwarze König.«

Der Wagen bog in eine der Seitenstraßen ab, die den oberen Teil des Labyrinths der Kasbah von Algier bilden. Ich hatte Fragen über Fragen, aber wir hielten alle atemlos Ausschau nach Scharrifs Wagen. Wir hatten ihn mit Sicherheit nicht abgeschüttelt, aber er war weit genug hinter uns. Und als Lily den Citroën parkte, waren seine Scheinwerfer noch nicht zu sehen. Wir sprangen aus dem Wagen und rannten zu Fuß in das Labyrinth.

Lily lief direkt hinter Kamel und hielt sich an seinem Ärmel fest. Die Gassen waren so dunkel und schmal, daß ich plötzlich stolperte und beinahe der Länge nach hingefallen wäre.

»Das geht über meinen Verstand«, stieß Lily keuchend hervor, während ich mich ängstlich nach möglichen Verfolgern umdrehte. »Wenn Minnie die Frau des holländischen Konsuls Renselaas war, wie konnte sie dann auch mit Ihrem Vater verheiratet sein? Monogamie ist in dieser Gegend nicht sehr beliebt, wie mir scheint...«

»Renselaas starb während der Revolution«, erwiderte Kamel. »Sie mußte in Algerien bleiben, mein Vater bot ihr seinen Schutz an. Sie liebten sich als Freunde, und ich nehme an, die Heirat hatte eher offizielle Gründe. Außerdem starb mein Vater ein Jahr darauf.«

»Wenn er ... der schwarze König ... war«, schnaufte Lily, »und er wurde getötet ... warum war dann das Spiel nicht aus ... Schachmatt ... der König ist tot?«

»Das Spiel geht weiter im Leben«, antwortete Kamel, ohne das Tempo zu verlangsamen, »der König ist tot – lang lebe der König!«

Während wir immer tiefer in die Kasbah eintauchten, blickte ich noch einmal nach dem Himmel zwischen zwei Häusern. Der Wind heulte hoch über unseren Köpfen, obwohl es in der Gasse unten fast windstill war. Staub rieselte auf uns nieder, und über den Mond zog ein dunkelroter Schleier. Auch Kamel hob den Kopf.

»Schirokko«, murmelte er, »er bricht bald los. Wir müssen uns beeilen. Ich hoffe nur, daß das unsere Pläne nicht vereitelt ...«

Der Schirokko ist ein Sandsturm und für seine verheerenden Auswirkungen berühmt. Ich hoffe inständig, unter einem Dach zu sein, wenn er losbrach. Kamel bog in eine kurze Sackgasse und blieb stehen. Er zog einen Schlüssel aus der Tasche.

»Zu dieser Tür habe nur ich den Schlüssel. Sie sind sicher von einer anderen Seite gekommen.« Er schloß auf und ließ zuerst mich und dann Lily eintreten. Ich hörte, wie er die Tür wieder sorgfältig verschloß.

Wir standen in einem langen, dunklen Gang. Am anderen Ende brannte ein schwaches Licht. Unter meinen Füßen spürte ich einen dicken, weichen Läufer. Die Wände waren mit glattem kühlem Damast bespannt.

Am Ende des Flurs traten wir durch eine zweite Tür in einen großen Raum. Überall lagen kostbare persische Teppiche. Auf einem Marmortisch in einer Ecke stand ein goldener Leuchter. Er lieferte das einzige Licht. Aber es reichte aus, um die kostbare Einrichtung zu bewundern. Ich sah mit gelber Seide bezogene Ottomanen, an deren Seiten goldene Quasten hingen, Sofas in hellbeigem Samt und große Skulpturen auf niedrigen Marmortischen und -sockeln. Im flackernden Kerzenlicht kam es mir vor, als sei ich um Jahrhunderte zurück und in eine Schatzkammer auf dem Grund des Meeres versetzt. Ich hatte das Gefühl, die Luft sei schwerer als

Wasser, während ich langsam durch den Raum auf die beiden Gestalten am anderen Ende zuging.

Dort stand in einem langen Kleid aus Goldbrokat, das mit glitzernden Münzen übersät war, Minnie Renselaas und neben ihr mit einem Likörglas in der Hand – Alexander Solarin. Er sah mich mit seinen blaßgrünen Augen an.

Seine Augen blitzten und lächelten wie an dem Abend in dem großen Zelt am Strand, als er plötzlich verschwunden war. Er kam auf mich zu und drückte mir die Hand. Dann sagte er zu Lily:

»Wir haben uns nie richtig vorgestellt.« Lily richtete sich auf, als habe sie vor, ihm den Handschuh vor die Füße zu werfen – oder besser gesagt ein Schachbrett, um ihn auf der Stelle zu einem Spiel herauszufordern. »Ich bin Alexander Solarin, und Sie sind die Enkelin eines der größten lebenden Schachmeister. Ich hoffe, ich kann Sie ihm bald zurückbringen.« Das Kompliment besänftigte Lily etwas, und sie schüttelte Solarin die Hand.

»Genug«, sagte Minnie, als Kamel neben uns trat. »Uns bleibt nicht viel Zeit. Ich nehme an, Sie haben die Figuren.« Auf dem Tisch hinter dem Leuchter stand das kleine Metallkästchen, in dem sie das Tuch des Montglane-Schachspiels aufbewahrte.

Ich klopfte auf den Stoffbeutel, und wir setzten uns an den Tisch. Dann holte ich eine Figur nach der anderen heraus. Da standen sie nun glitzernd und funkelnd im Licht ihrer Edelsteine. Wieder ging der seltsame Glanz von ihnen aus, den ich auch in der Höhle bemerkt hatte. Wir betrachteten sie einen Augenblick schweigend – die vier Bauern, das große Kamel, das steigende Pferd, den prächtigen König und die unheimliche Dame. Solarin beugte sich vor, um sie zu berühren. Dann sah er Minnie an. Sie ergriff das Wort.

»Endlich«, begann sie, »nach all dieser Zeit werden sie mit den anderen vereint. Und das habe ich euch zu verdanken. Durch euer beherztes Handeln werdet ihr den Tod so vieler wiedergutmachen, die im Laufe der Jahre sinnlos das Leben gelassen haben ...«

»Mit den anderen?« fragte ich und sah sie erstaunt an.

»In Amerika«, sagte sie lächelnd. »Solarin wird euch heute nacht noch auf den Weg nach Marseille bringen, dort ist alles für den Rückflug vorbereitet.« Kamel griff in seine Brusttasche, holte Lilys

Paß hervor und gab ihn ihr. Sie nahm ihn entgegen, aber wir beide sahen Minnie fassungslos an.

»In Amerika?« fragte ich. »Aber wer hat die anderen Figuren?«

»Mordecai«, erwiderte sie immer noch lächelnd, »er hat neun Figuren. Mit dem Tuch«, fügte sie hinzu und reichte mir das Kästchen, »werdet ihr mehr als die Hälfte der Formel haben. Und nach beinahe zweihundert Jahren sind damit zum erstenmal wieder so viele Figuren des Montglane-Schachspiels vereint.«

»Was geschieht, wenn sie zusammen sind?« fragte ich.

»Das dürfen Sie selbst herausfinden, Katherine«, sagte Minnie und sah mich ernst an. Dann blickte sie wieder auf die Figuren. »Jetzt sind Sie an der Reihe...« Langsam drehte sie sich um und legte Solarin die Hände sanft auf das Gesicht.

»Mein geliebter Sascha«, sagte sie mit Tränen in den Augen, »paß gut auf dich auf, mein Kind. Beschütze sie...« Sie drückte ihm die Lippen auf die Stirn. Zu meiner Überraschung umarmte Solarin sie und legte den Kopf an ihre Schulter. Wir alle sahen staunend, wie der junge Schachmeister und die elegante Mochfi Mochtar sich in den Armen lagen. Dann lösten sie sich voneinander. Sie ging zu Kamel und drückte ihm die Hand.

»Bring sie sicher zum Hafen«, flüsterte sie. Ohne ein Wort an mich oder Lily drehte sie sich um und verließ den Raum. Solarin und Kamel sahen ihr schweigend nach.

»Ihr müßt aufbrechen«, sagte Kamel schließlich zu Solarin. »Ich werde mich um sie kümmern. Allah sei mit dir, mein Freund.« Er nahm die Figuren vom Tisch und legte sie zusammen mit dem Kästchen in meinen Stoffbeutel. Lily drückte Carioca an die Brust.

»Ich verstehe das nicht«, murmelte sie schwach, »soll das heißen, das war alles? Wir gehen? Aber wie kommen wir nach Marseille?«

»Euer Schiff liegt bereit«, sagte Kamel, »kommt, wir haben keine Zeit zu verlieren.«

»Aber was ist mit Minnie?« fragte ich. »Werden wir sie wiedersehen?«

»Nicht so bald«, erwiderte Solarin schnell. Der Abschied fiel ihm schwer, das sah ich sehr wohl. »Wir müssen gehen, ehe der Sturm richtig losbricht. Wir müssen aufs Meer hinaus. Die Überfahrt ist ein Kinderspiel, wenn wir erst aus dem Hafen sind.«

Ich war noch völlig benommen, als wir wieder durch die dunklen Gassen der Kasbah eilten.

Wir liefen durch enge, menschenleere Gänge zwischen den dichtgedrängten Häusern, und nach kurzer Zeit verriet mir der salzige Geruch, daß wir uns dem Hafen näherten. In der Nähe der Mosquée de la Pêcherie verließen wir das Labyrinth. Hier hatte ich erst vor wenigen Tagen Wahad getroffen, aber es kam mir vor, als seien Monate vergangen. Sandwolken trieben über den Platz. Solarin nahm meinen Arm, und wir liefen weiter.

Wir eilten bereits die Fischerstiege hinunter, als ich stehenblieb, Luft holte und Solarin fragte: »Minnie hat zu Ihnen gesagt: ›Mein Kind‹ – sie ist nicht zufällig auch Ihre Stiefmutter?«

»Nein«, erwiderte er leise und zog mich weiter. »Ich hoffe, ich werde sie vor meinem Tod noch einmal sehen. Sie ist meine Großmutter...«

VERMONT

Mai 1796

Talleyrand hinkte durch den Wald. Vereinzelte Sonnenstrahlen fielen durch das dichte Laub, in denen goldene Staubpartikel tanzten. Hellgrüne Kolibris schwirrten hierhin und dahin, schwebten in der Luft, um den Nektar der leuchtenden Blüten einer Klettertrompete zu sammeln, die wie ein Schleier über einer alten Eiche hing.

Über zwei Jahre war er nun schon in Amerika, nachdem man ihn auch aus England vertrieben hatte. Die Neue Welt entsprach seinen Erwartungen – aber nicht seinen Hoffnungen. Der französische Botschafter in den Vereinigten Staaten durchschaute Talleyrands ehrgeizige politische Ziele und wußte sehr wohl, daß man ihm Hochverrat vorwarf. Er versperrte ihm den Zugang zu Präsident Washington, und die Türen der Gesellschaft in Philadelphia hatten sich ihm ebenso schnell verschlossen wie in London. Nur Alexander Hamilton blieb sein Freund und Verbündeter, obwohl es ihm nicht gelungen war, Talleyrand eine Stellung zu verschaffen. Nachdem alle Mittel erschöpft waren, blieb ihm nichts anderes übrig, als Grundstücke an Einwanderer zu verkaufen. Davon konnte er zumindest leben.

Während er jetzt auf seinen Spazierstock gestützt durch das wilde Gelände ging, um das Land in Augenschein zu nehmen, das er am nächsten Tag verkaufen würde, seufzte er und dachte über sein verpfuschtes Leben nach. Was ließ sich noch retten? Mit zweiundvierzig hatte er trotz der jahrhundertealten Familientradition und seiner hervorragenden Bildung nichts vorzuweisen. Mit wenigen Ausnahmen waren die Amerikaner Barbaren und Verbrecher, die von den zivilisierten europäischen Ländern ausgestoßen worden waren. Sogar die Oberschicht in Philadelphia besaß weniger Bildung als etwa ein Marat, der Arzt war, oder ein Danton, der Jura studiert hatte.

Aber die meisten dieser Herren waren tot. Sie hatten an der Spitze der Revolution gestanden, um sie schließlich zu unterminieren. Marat ermordet; Camille Desmoulins und Georges Danton fuhren im selben Schinderkarren zur Guillotine; nicht besser erging es Hérbert, Chaumette, Couthon, Saint-Just; Lebas hatte sich erschossen, um der Verhaftung zu entgehen; und schließlich die Brüder Robespierre, Maximilien und Augustin: Ihr Tod bedeutete das Ende der Schreckensherrschaft. Ihn hätte dasselbe Schicksal ereilt, wenn er in Frankreich geblieben wäre. Aber jetzt war die Zeit reif, die Fäden wiederaufzunehmen. Er klopfte auf den Brief in seiner Tasche und lächelte. Er gehörte nach Frankreich in Germaine de Staëls Salon, um politische Intrigen zu spinnen. Er sollte nicht länger durch eine gottverlassene Wildnis hinken.

Plötzlich fiel ihm auf, daß er nur noch das Summen der Bienen hörte. Er stieß das Markierungszeichen in den weichen Boden, spähte durch die Blätter und rief: »Courtiade, bist du noch da?«

Keine Antwort. Talleyrand rief noch einmal, diesmal lauter. Aus den Büschen hörte er schließlich die mißmutige Stimme seines Dieners.

»Ja, Monseigneur – ich bin noch da . . . leider.«

Courtiade bahnte sich verdrießlich einen Weg durch das Gebüsch und trat auf die kleine Lichtung hinaus. Um den Hals hing ihm ein großer Lederbeutel.

Talleyrand legte seinem Diener den Arm um die Schulter, während sie langsam durch das Unterholz zu dem steinigen Weg zurückliefen, wo Pferd und Wagen auf sie warteten.

»Zwanzig Grundstücke«, sagte Talleyrand, »Mut, Courtiade, wenn wir sie morgen verkaufen, haben wir genug verdient, um nach Philadelphia zurückzukehren. Dann können wir unsere Schiffspassage nach Frankreich bezahlen.«

»In dem Brief von Madame de Staël steht demnach, daß Sie zurückkehren können?« Über Courtiades unbewegtes und strenges Gesicht huschte eine Art Lächeln.

Talleyrand griff in die Tasche und zog den Brief heraus, auf den er so lange gewartet hatte. Courtiade sah die elegante Handschrift und die Briefmarken mit den Blumen und der Aufschrift ›Republik Frankreich‹.

»Wie üblich«, sagte Talleyrand und klopfte auf den Brief, »Germaine geht aufs Ganze. Kaum war sie wieder in Frankreich, hat sie ihren neuen Liebhaber – einen Schweizer namens Benjamin Constant – unter der Nase ihres Mannes in der schwedischen Botschaft etabliert. Mit ihren politischen Aktivitäten hat sie so viel Staub aufgewirbelt, daß man ihr vorgeworfen hat, eine monarchistische Verschwörung anzuzetteln und ihren Mann zu betrügen. Jetzt darf sie sich Paris nur bis auf dreißig Kilometer nähern, aber selbst von dort, wo sie jetzt ist, bewirkt sie wahre Wunder. Sie ist eine Frau von großer Macht und noch mehr Charme, die ich immer als meine Freundin betrachten kann...« Er bedeutete dem Diener, den Brief zu lesen.

> Dein Tag ist gekommen, *mon cher ami*. Kehre bald zurück und ernte die Früchte der Geduld. Ich habe immer noch Freunde, die etwas zu sagen haben. Und sie werden sich an Deinen Namen und an die Dienste erinnern, die Du Frankreich in der Vergangenheit erwiesen hast. Herzlichst, Germaine.

Mit unverhohlener Freude sah Courtiade seinen Herrn an. Sie erreichten den Wagen. Das müde alte Pferd kaute langsam das frische grüne Gras. Talleyrand klopfte ihm den Hals und fragte dann leise Courtiade:

»Hast du die Figuren?«

»Sie sind hier«, erwiderte der Diener und klopfte auf den Lederbeutel. »Und die Springer-Tour von Monsieur Benjamin Franklin, die Minister Hamilton für Sie kopiert hat.«

»Die Kopie können wir behalten, denn sie ist nur für uns von Bedeutung, aber es ist zu gefährlich, die Schachfiguren nach Frankreich zurückzubringen. Deshalb wollte ich, daß du die Figuren hierher in die Wildnis mitnimmst, wo sie niemand vermutet. Vermont – klingt französisch... Grüne Berge...« Er deutete mit dem Spazierstock auf die grünen, langgestreckten Hügel, die sich vor ihnen erhoben. »Dort oben auf diesen grünen Gipfeln, die ihm so nahe sind, kann Gott an meiner Statt ein Auge auf sie haben.«

Talleyrands Augen strahlten, als er Courtiade wieder ansah. Aber sein Diener blickte ernst.

»Was ist?« fragte Talleyrand. »Gefällt dir die Idee nicht?«

»Sie haben für diese Figuren soviel riskiert, Sire«, erwiderte der Diener höflich, »und so viele Menschen haben ihr Leben deshalb verloren. Sie hierzulassen, scheint . . .« Er suchte nach den richtigen Worten.

»Du meinst, dann sei alles umsonst gewesen«, sagte Talleyrand bitter.

»Entschuldigen Sie bitte meine Kühnheit, Monseigneur, wenn Mademoiselle Mireille noch am Leben wäre, dann würden Sie Himmel und Hölle in Bewegung setzen, um die Figuren zu schützen und nicht aus den Augen zu lassen, denn Mademoiselle Mireille hat sie Ihnen anvertraut, aber nicht, um sie in der Wildnis zu vergraben.« Er sah Talleyrand besorgt an.

»Beinahe vier Jahre sind inzwischen vergangen – und von ihr kein Wort, kein Lebenszeichen«, sagte Talleyrand heiser. »Auch ohne daß ich mich an etwas klammern konnte, habe ich die Hoffnung nie aufgegeben – bis jetzt nicht. Aber Germaine ist wieder in Frankreich, und bei dem großen Kreis ihrer Informanten hätte sie bestimmt etwas erfahren, wenn es eine Spur gäbe. Ihr Schweigen zu diesem Thema bedeutet das Schlimmste. Wenn ich die Figuren in der Erde vergrabe, wird meine Hoffnung vielleicht wieder Wurzeln treiben.«

Einige Stunden später legten die beiden Männer den letzten großen Stein auf den Erdhügel hoch oben in den grünen Bergen. Talleyrand sah Courtiade an.

»Vielleicht«, sagte er mit einem Blick auf das Versteck, »dürfen wir hoffen, daß sie für die nächsten tausend Jahre nicht ans Licht kommen.«

Courtiade zog Zweige und stachlige Ranken über die Stelle und erwiderte ernst: »Aber sie werden wenigstens überleben.«

PETERSBURG

November 1796

Ein halbes Jahr später standen Valerian Zubow und sein hübscher Bruder Plato in einem Vorzimmer des kaiserlichen Palasts in Petersburg. Sie flüsterten miteinander, während Damen und Herren des Hofs – etwas voreilig in den schwarzen Trauerkleidern – durch die offenen Türen zu den kaiserlichen Gemächern gingen.

»Wir werden nicht überleben«, flüsterte Valerian. Auch er trug wie sein Bruder einen schwarzen Samtrock mit Orden. »Wir müssen etwas unternehmen, sonst ist alles verloren!«

»Ich kann nicht gehen, ehe sie gestorben ist«, flüsterte Plato erregt, als wieder eine Gruppe vorübergegangen war. »Wie würde das aussehen? Vielleicht erholt sie sich, und dann wäre alles verloren!«

»Sie wird sich nicht wieder erholen!« erwiderte Valerian und bemühte sich krampfhaft, Ruhe zu bewahren. »Der Arzt hat mir gesagt, niemand überlebt einen Gehirnschlag. Und wenn sie tot ist, dann wird Paul Zar.«

»Er hat mir ein Angebot gemacht«, erwiderte Plato unsicher, »heute morgen. Er hat mir einen Titel und einen Landsitz angeboten. Nichts Prachtvolles wie den Taurida-Palast, sondern etwas auf dem Land.«

»Und du traust ihm?«

»Nein«, gestand Plato, »aber was kann ich tun? Selbst wenn ich fliehen würde, ich käme nie zur Grenze...«

Die Äbtissin saß neben dem Bett der Zarin von Rußland. Katharinas Gesicht war weiß. Sie war bewußtlos. Die Äbtissin hielt Katharinas Hand und warf von Zeit zu Zeit einen Blick auf die blasse Haut, die rot wurde, wenn sie im Todeskampf nach Luft rang.

Es war schrecklich, sie hier liegen zu sehen. Ihre Freundin war immer so temperamentvoll und voller Leben gewesen. Aber all ihre

Macht bewahrte sie nicht vor dem Tod. Dieses Ende hatte Gott allen bestimmt – den Mächtigen und den Armen, den Heiligen und den Sündern. *Te absolvo*, dachte die Äbtissin, wenn dir meine Absolution etwas helfen kann. Aber bevor du gehst, mußt du noch einmal aufwachen, meine Freundin. Ich brauche deine Hilfe. Du mußt mir sagen, wo du die Schachfigur aufbewahrt hast, die ich dir gegeben habe. Sag mir: Wo ist die schwarze Dame?

Katharina kam nicht wieder zu Bewußtsein, und sie erholte sich auch nicht. Die Äbtissin saß in ihrem kalten Gemach und blickte in den leeren Kamin. Sie grübelte über ihren nächsten Schritt nach.

Der Hof trauerte hinter verschlossenen Türen, aber mehr um das eigene Schicksal als um die verstorbene Zarin. Alle zitterten vor Angst über das ihnen bevorstehende Schicksal, denn der unberechenbare Zarewitsch Paul würde zum Zar gekrönt werden.

Man sagte, nachdem Katharina den letzten Atemzug getan hatte, sei er in ihr Gemach gestürmt und habe alle Papiere in ihrem Schreibtisch ungeöffnet und ungelesen in den brennenden Kamin geworfen. Er fürchtete, sie könne letzte Anweisungen gegeben und ihn enterbt haben, wie sie immer wieder angekündigt hatte, um seinen Sohn Alexander auf den Thron zu setzen.

Der Palast glich inzwischen einer Kaserne. Die Soldaten von Pauls Leibgarde in ihren preußisch aussehenden Uniformen marschierten Tag und Nacht durch die Gänge. Befehle wurden gebrüllt, die das Getrampel der Stiefel übertönten. Freimaurer und andere Freidenker, die sich Katharina widersetzt hatten, wurden aus den Gefängnissen entlassen. Paul war entschlossen, alles zu ändern, was seine Mutter in ihrem Leben getan hatte. Es ist nur eine Frage der Zeit, bis sich seine Aufmerksamkeit auf die richtet, die ihre Freunde gewesen waren, dachte die Äbtissin ...

Sie hörte das Knarren der Tür, hob den Kopf und sah Paul, der sie mit seinen hervorquellenden Augen anstarrte. Er kicherte wie ein Schwachsinniger und rieb sich die Hände – sei es aus Zufriedenheit oder wegen der eisigen Kälte im Raum.

»Pawel Petrowitsch, ich habe Sie erwartet«, sagte die Äbtissin und lächelte.

»Sie werden mich mit ›Majestät‹ anreden, und Sie werden sich erheben, wenn ich Ihr Gemach betrete!« schrie er. Als die Äbtissin langsam aufstand, beruhigte er sich etwas, kam durch den Salon auf sie zu und blickte sie haßerfüllt an. »Es hat sich einiges geändert, seit ich das letzte Mal diesen Raum betreten habe. Finden Sie nicht auch, Madame de Roque?« fragte er herausfordernd.

»O ja«, erwiderte die Äbtissin ruhig, »wenn mein Gedächtnis nicht trügt, hat Ihre Mutter mir damals erklärt, aus welchen Gründen Sie ihren Thron nicht erben würden – und doch scheinen sich die Dinge nun anders entwickelt zu haben.«

»Ihren Thron?« schrie Paul und ballte wutentbrannt die Fäuste. »Es war mein Thron, den sie mir gestohlen hat, als ich acht war. Sie war eine Tyrannin!« schrie er mit rotem Gesicht. »Ich weiß, was Sie beide damals ausgeheckt haben! Ich weiß, was Sie besitzen! Ich verlange, daß Sie mir sagen, wo die anderen versteckt sind!« Er griff in die Tasche seines Waffenrocks und holte die schwarze Dame heraus. Die Äbtissin wich ängstlich zurück, gewann aber die Fassung sofort wieder.

»Sie gehört mir«, sagte sie ruhig und streckte die Hand aus.

»Nein! Nein!« rief Paul höhnisch. »Ich will sie alle haben, denn ich weiß Bescheid. Sie werden mir alle gehören! Nur mir!«

»Ich fürchte nein«, sagte die Äbtissin noch immer mit ausgestreckter Hand.

»Vielleicht wird eine Zelle im Gefängnis Sie zur Vernunft bringen«, erwiderte Paul und drehte ihr den Rücken zu, als er die Figur wieder in die Tasche steckte.

»Bestimmt meinen Sie nicht, was Sie sagen«, erwiderte die Äbtissin.

»Nicht vor dem Begräbnis . . .« Paul lachte leise und blieb an der Tür stehen. »Ich möchte doch, daß Ihnen das Schauspiel nicht entgeht. Ich habe angeordnet, daß die Gebeine meines ermordeten Vaters, Peters des Dritten, die im Kloster von Alexander Nemski ruhen, ausgegraben und zum Winterpalast gebracht werden. Sie sollen zusammen mit der Leiche der Frau, die seinen Tod angeordnet hat, zur Schau gestellt werden. Über meinen aufgebahrten Eltern wird ein Band hängen mit der Aufschrift: ›Im Leben getrennt, im Tod vereint.‹ Man wird die Särge durch die verschneiten Straßen der Stadt tragen. Die Sargträger werden die ehemaligen Liebhaber meiner

Mutter sein. Ich habe sogar dafür gesorgt, daß die Mörder meines Vaters seinen Sarg tragen!« Er lachte hysterisch, und die Äbtissin starrte ihn entsetzt an.

»Aber Potemkin ist tot«, sagte sie leise.

»Ja – zu spät für den Serenissimus.« Er lachte. »Seine Gebeine werden aus dem Mausoleum in Cherson entfernt und den Hunden zum Fraß vorgeworfen!« Paul stieß die Tür auf und warf der Äbtissin einen letzten Blick zu. »Und Plato Zubow, der letzte Favorit meiner Mutter, wird einen Landsitz erhalten. Ich werde ihn dort mit Champagner und einem Bankett begrüßen, das auf goldenen Tellern serviert wird. Aber seine Freude wird nur einen Tag dauern!«

»Wird er mich vielleicht ins Gefängnis begleiten?« fragte die Äbtissin, denn sie wollte soviel als möglich über die Pläne des neuen Zaren erfahren.

»Der Aufwand für diesen Narren lohnt nicht. Wenn er angekommen ist, werde ich ihn auffordern zu reisen. Ich möchte sein Gesicht sehen, wenn er erfährt, daß er nach einem Tag alles aufgeben muß, was er sich in so vielen Jahren in ihrem Bett verdient hat!«

Erst als der Türbehang sich hinter Paul geschlossen hatte, eilte die Äbtissin zu ihrem Sekretär. Mireille lebte, das wußte sie, denn von dem Konto, das sie für Mireille bei einer Bank in London eröffnet hatte, waren öfter Beträge abgehoben worden. Wenn Plato Zubow ins Exil mußte, dann konnte er über die Bank den Kontakt zu Mireille aufnehmen. Wenn Paul es sich nicht anders überlegte, hatte sie eine Chance. Er hatte zwar eine Figur des Montglane-Schachspiels, aber er hatte nicht alle. Das Tuch hatte sie noch, und sie wußte, wo das Schachbrett versteckt war.

Während sie den Brief schrieb und so formulierte, daß er belanglos klang, wenn er in falsche Hände fiel, betete sie, Mireille möge ihn rechtzeitig erhalten. Den Brief verbarg sie in ihrem Kleid, um ihn Zubow beim Begräbnis zuzustecken. Dann setzte sie sich hin und nähte das Tuch des Montglane-Schachspiels in ihr Äbtissinnengewand ein. Es war möglicherweise die letzte Gelegenheit, es zu verbergen, ehe man sie ins Gefängnis warf.

PARIS

Dezember 1797

Die Kutsche von Germaine de Staël fuhr durch die Reihen prächtiger dorischer Säulen der Auffahrt des Hotel Galliffet in der Rue de Bac. Ihre sechs Schimmel trabten über den knirschenden Kies und hielten schnaubend vor dem Portal. Der Lakai sprang ab und klappte die Stufen herunter, um seiner Herrin beim Aussteigen zu helfen. Sie war wütend. Vor einem Jahr hatte sie Talleyrand aus dem Exil, aus der Vergessenheit geholt, und jetzt wohnte er in diesem prachtvollen Palast – und wie dankte er es ihr?!

Im Hof standen zahllose Bäume und Büsche in Kübeln. Courtiade lief durch den Schnee und gab Anweisungen, wo sie auf dem Rasen vor der Kulisse des großen verschneiten Parks stehen sollten. Die blühenden Bäume sollten den Rasen mitten im Winter in ein Frühlingsmärchen verwandeln. Der Diener sah Madame de Staëls Ankunft mit Unbehagen. Er eilte ihr entgegen, um sie zu begrüßen.

»Versuch nicht, mich zu besänftigen, Courtiade!« rief ihm Germaine schon von weitem entgegen. »Ich bin gekommen, um deinem undankbaren Herrn den Hals umzudrehen!« Und ehe Courtiade sie daran hindern konnte, lief sie die Treppe hinauf und betrat das Haus durch die offene Glastür.

Sie fand Talleyrand in seinem sonnigen Arbeitszimmer, das zum Hof hinausging, über den Rechnungen.

»Germaine – welch ein unerwartetes Vergnügen!« rief er und erhob sich.

»Du wagst es, für diesen korsischen Emporkömmling eine Soiree zu geben, ohne mich einzuladen!« rief sie. »Hast du vergessen, wer dich aus Amerika zurückgeholt hat? Wer hat erreicht, daß die Anklagen gegen dich fallengelassen wurden? Wer hat Barras davon überzeugt, daß du ein besserer Außenminister bist als Delacroix? Ist das der Dank dafür, daß ich meinen ganzen Einfluß für dich geltend gemacht habe? Das wird mir eine Warnung für die Zukunft sein, wie schnell die Franzosen ihre Freunde vergessen!«

»Meine liebe Germaine«, sagte Talleyrand und streichelte ihren Arm besänftigend, »Monsieur Delacroix persönlich hat Barras davon überzeugt, daß ich der Geeignete für diese Aufgabe bin.«

»Geeigneter vielleicht für gewisse andere Aufgaben«, fauchte ihn Germaine wütend an, »ganz Paris weiß, daß du der Vater des Kindes bist, das seine Frau bekommen hat! Du hast vermutlich beide eingeladen – deinen Vorgänger und die Geliebte, mit der du ihn zum Hahnrei gemacht hast!«

»Ich habe alle meine Geliebten eingeladen«, erwiderte Talleyrand lachend, »auch dich, meine Liebe. Aber wenn es um dieses Thema geht, würde ich an deiner Stelle nicht mit Steinen werfen...«

»Ich habe keine Einladung erhalten«, sagte Germaine und überging seine Anspielung.

»Natürlich nicht«, entgegnete er, und seine leuchtendblauen Augen richteten sich unschuldig auf sie. »Weshalb eine Einladung an meine beste Freundin verschwenden? Wie kannst du annehmen, daß ich ein Fest von dieser Größe – fünfhundert Gäste – ohne deine Hilfe plane? Ich erwarte dich schon seit Tagen!«

Germaine sah ihn einen Augenblick unsicher an. »Aber die Vorbereitungen sind doch schon im Gange«, sagte sie.

»Ein paar tausend Bäume und Büsche«, erwiderte Talleyrand verächtlich, »das ist nichts im Vergleich zu dem, was mir vorschwebt.« Er nahm ihren Arm und ging mit ihr an den Glastüren entlang. Er deutete auf den Hof und sagte:

»Was hältst du davon – seidene Zelte mit Bannern und Wimpeln am Rasen entlang und im Hof. Zwischen den Zelten salutierende Soldaten in französischer Uniform...« Er ging zur Tür des Arbeitszimmers zurück, vor der sich eine Marmorgalerie um die hohe Eingangshalle bis zur breiten Treppe aus italienischem Marmor zog. Arbeiter legten gerade einen dicken roten Läufer aus.

»Bei Ankunft der Gäste wird eine Militärkapelle spielen und durch die Galerie zur Treppe hinunter- und wieder heraufmarschieren, während die ›Marseillaise‹ gesungen wird.«

»Hinreißend!« rief Germaine und klatschte in die Hände. »Es

dürfen nur rote, weiße und blaue Blumengebinde hier stehen – und Bänder in denselben Farben hängen über die Balustrade...«

»Was habe ich gesagt?« Talleyrand lächelte und nahm sie in die Arme. »Was wäre ich ohne dich?«

Als besondere Überraschung hatte Talleyrand den Speisesaal so aufbauen lassen, daß es nur Stühle für die Damen gab. Jeder Herr stand hinter dem Stuhl einer Dame und reichte ihr die Delikatessen, die auf kunstvoll gestalteten Platten von den Dienern in Livree ständig herumgereicht wurden. Diese Geste schmeichelte den Damen und gab den Herren die Möglichkeit, sich ungezwungen zu unterhalten.

Napoleon war begeistert von der Nachbildung seines italienischen Militärlagers, die ihn vor dem Palais begrüßte. Wie Talleyrand ihm geraten hatte, kam er in einem schlichten Anzug ohne Orden und stach damit die Spitzen der Regierung aus, die in kostbarer und prächtiger Galakleidung erschienen, die der Maler David entworfen hatte.

David befand sich am anderen Ende des Saals. Ihm war die Aufgabe zugefallen, eine blonde Schönheit zu bedienen, die Napoleon unbedingt kennenlernen wollte.

»Habe ich sie nicht schon einmal gesehen?« fragte er Talleyrand leise und blickte lächelnd die lange, festliche Tafel hinunter.

»Vielleicht«, erwiderte Talleyrand kühl, »sie hat sich während der Schreckensherrschaft in London aufgehalten und ist erst jetzt wieder nach Frankreich zurückgekehrt. Sie heißt Catherine Grand.«

Als die Gäste sich nach dem Essen erhoben und in die Ballsäle und Salons gingen, führte Talleyrand die schöne Dame durch den Raum. Madame de Staël hatte bereits den General mit Beschlag belegt und stellte ihm alle möglichen Fragen.

»Sagen Sie, General Buonaparte«, fragte sie herausfordernd, »welche Art Frau bewundern Sie am meisten?«

»Die Frau, die die meisten Kinder zur Welt bringt«, erwiderte er knapp. Als er Catherine Grand am Arm von Talleyrand auf sich zukommen sah, lächelte er.

»Und wo haben Sie sich versteckt, schöne Dame?« fragte er nach der förmlichen Vorstellung. »Sie sehen wie eine Französin aus, tragen aber einen englischen Namen. Sind Sie in England geboren?«

»*Je suis d'Inde*«, erwiderte Catherine Grand mit einem bezaubernden Lächeln. Germaine rang nach Luft, und Napoleon sah Talleyrand mit erhobenen Augenbrauen an. Denn ihre Antwort erhielt durch ihre Betonung eine Doppelbedeutung, nämlich: ›Ich bin so dumm wie Stroh.‹

»Madame Grand ist nicht ganz so dumm, wie sie uns einreden möchte«, sagte Talleyrand trocken und sah Germaine an, »meiner Meinung nach ist sie sogar eine der intelligentesten Frauen Europas.«

»Eine hübsche Frau ist vielleicht nicht immer klug«, stimmte ihm Napoleon zu, »aber eine kluge Frau ist immer hübsch.«

»Sie bringen mich in Gegenwart von Madame de Staël in Verlegenheit«, sagte Catherine Grand. »Es ist allgemein bekannt, daß sie die klügste Frau in Europa ist. Sie hat sogar ein Buch geschrieben!«

»Sie schreibt Bücher«, sagte Napoleon und nahm Catherines Arm, »aber über Sie wird man Bücher schreiben!«

David trat zu der Gruppe und begrüßte alle herzlich. Vor Madame Grand blieb er stumm stehen.

»Ja, die Ähnlichkeit ist erstaunlich, nicht wahr?« sagte Talleyrand, der die Gedanken des Malers erriet. »Deshalb habe ich Sie bei dem Essen an die Seite von Madame Grand gebeten. Sagen Sie, was ist aus Ihrem Bild ›Der Raub der Sabinerinnen‹ geworden? Ich würde es gerne zur Erinnerung erwerben – wenn es jemals enthüllt wurde.«

»Ich habe es im Gefängnis beendet«, erwiderte David und lachte nervös, »und kurz danach wurde es in der Akademie ausgestellt. Sie wissen, nach Robespierres Sturz saß ich monatelang hinter Gittern.«

»Ich saß in Marseille ebenfalls im Gefängnis«, warf Napoleon lachend ein, »aus demselben Grund. Robespierres Bruder Augustin hat mich sehr unterstützt ... Aber was ist das für ein Bild, von dem Sie sprechen? Wenn Madame Grand Modell gestanden hat, dann wäre ich ebenfalls interessiert, es zu sehen ...«

»Nein, nicht sie«, erwiderte David mit zitternder Stimme, »aber jemand, der sie sehr ähnlich sieht. Eine Verwandte von mir – sie starb während der Schreckensherrschaft. Es waren zwei ...«

»Valentine und Mireille«, erklärte Madame de Staël, »bezaubernde Mädchen ... wir haben ihnen Paris gezeigt. Die eine ist tot – aber was ist eigentlich aus der anderen geworden, die mit den roten Haaren?«

»Sie ist vermutlich ebenfalls tot«, sagte Talleyrand. »Zumindest behauptet das Madame Grand. Sie waren eine gute Freundin von ihr, nicht wahr, meine Liebe?«

Catherine Grand war blaß geworden, aber sie lächelte, um die Fassung wiederzugewinnen. David sah sie durchdringend an und wollte etwas sagen, als Napoleon sich einmischte.

»Mireille? Hatte sie rote Haare?«

»Richtig«, bestätigte Talleyrand. »Sie war eine ehemalige Nonne aus dem Kloster von Montglane.«

»Montglane!« flüsterte Napoleon und sah Talleyrand groß an. Dann fragte er David: »Die beiden waren Ihre Mündel?«

»Bis zu ihrem Tod«, erwiderte Talleyrand und ließ Madame Grand nicht aus den Augen, die sich unter seinem Blick wand. Dann wandte er sich zu David und sagte: »Sie scheinen etwas auf dem Herzen zu haben.«

»*Ich* bin es, der etwas auf dem Herzen hat«, sagte Napoleon betont. »Meine Herren, ich schlage vor, wir begleiten die Damen in den Ballsaal und ziehen uns dann ein paar Augenblicke in Ihr Arbeitszimmer zurück. Ich würde der Sache gern auf den Grund gehen.«

»Aber General Buonaparte«, fragte Talleyrand, »wissen Sie etwas über die beiden Damen, von denen wir sprechen?«

»In der Tat – zumindest über die eine«, erwiderte er ernst. »Wenn sie die Frau ist, für die ich sie halte, dann hat sie in meinem Haus auf Korsika beinahe ein Kind geboren!«

»Sie lebt – und sie hat ein Kind«, erklärte Talleyrand, nachdem er die Geschichten von Napoleon und David gehört hatte. *Mein* Kind, dachte er und lief erregt im Zimmer auf und ab, während die beiden andern Männer auf goldgelben Damastsesseln vor dem Kamin saßen und Madeira tranken. »Aber wo kann sie jetzt sein? Sie war in Korsika und im Maghreb – dann wieder in Frankreich, wo sie diesen Mord verübte, wie Sie sagen.« Er sah David an, der, völlig erschüttert von der Geschichte, immer noch zitterte. Zum erstenmal hatte er über die schrecklichen Ereignisse gesprochen.

»Aber Robespierre ist tot. Niemand außer Ihnen in Frankreich weiß etwas davon.« Er sah David fragend an. »Wo kann sie sein? Warum kommt sie nicht zurück?«

»Vielleicht sollten wir mit meiner Mutter darüber sprechen«, sagte Napoleon. »Wie ich Ihnen gesagt habe, kennt meine Mutter die Äbtissin, die das Spiel in Gang gesetzt hat. Ich glaube, sie heißt Madame de Roque.«

»Aber – sie ist in Rußland!« rief Talleyrand und blieb entsetzt stehen, als er begriff, was das bedeutete. »Katharina die Große ist im letzten Winter gestorben – beinahe vor einem Jahr! Was ist aus der Äbtissin geworden, nun, da Paul auf dem Thron sitzt?«

»Und aus den Figuren, von denen nur sie weiß, wo sie sich befinden?« fügte Napoleon hinzu.

»Ich weiß, wo einige der Figuren sind«, sagte David leise. Er sah Talleyrand an, der unter seinem Blick unsicher wurde. Ahnte David, wo Mireille ihre letzte Nacht in Paris verbracht hat? Wußte Napoleon, wem das wertvolle Pferd gehörte, das sie geritten hatte, als sie ihm und seiner Schwester begegnet war? Wenn ja, dann ahnten sie vermutlich auch, wem Mireille die goldenen und silbernen Schachfiguren anvertraut hatte, ehe sie Frankreich verließ.

Talleyrands Gesicht war eine gleichgültige Maske, als David fortfuhr:

»Robespierre erzählte mir, was alles gespielt wurde, um die Figuren in die Hand zu bekommen. Hinter allem stand eine Frau, sagte er, die weiße Dame, seine und Marats Gönnerin. Sie hat die Nonnen getötet, die in Caen und in Paris Hilfe suchten, und hat ihre Figuren. Nur Gott weiß, wie viele es sind oder ob Mireille die Gefahr kennt, die ihr von dieser Seite droht. Aber Sie, meine Herren, müßten es jetzt wissen. Diese Dame lebte nämlich während der Schreckensherrschaft in London, und Robespierre nannte sie ›die Dame aus Indien‹.«

MITTELMEER

Juli 1973

Es überraschte mich sehr, daß Solarin ein Enkel von Minnie Renselaas war. Aber ich hatte keine Zeit, die Verwandtschaft anzuzweifeln, während wir mit Lily in der Dunkelheit die Fischerstiege hinuntereilten. Über dem Meer unter uns lag ein seltsam rötlicher Dunst, und als ich einen Blick zurückwarf, sah ich im gespenstischen Mondschein die dunkelroten Finger des Schirokko, die sich zwischen den Einschnitten der Berge nach uns ausstreckten, als wollten sie uns an der Flucht hindern. Der Sturm wirbelte tonnenweise Sand durch die Luft.

Wir liefen zum Yachthafen am anderen Ende des Hafens. Ich konnte kaum die dunklen Umrisse der Yachten erkennen, die im wirbelnden Sand schaukelten. Lily und ich taumelten blindlings hinter Solarin an Bord. Wir stiegen sofort unter Deck, um Carioca und die Schachfiguren in einer Kabine in Sicherheit zu bringen und um dem Sand zu entfliehen, der in Mund und Nase drang und wie Nadelstiche auf der Haut brannte. Ich sah noch, wie Solarin die Ankertaue löste, als ich die Tür zu den Kabinen hinter mir schloß und Lily die Treppe nach unten folgte.

Der Motor begann zu tuckern, und das Boot setzte sich in Bewegung. Ich tastete im Dunkeln herum, bis ich einen lampenartigen Gegenstand spürte, der nach Petroleum roch. Ich zündete die Lampe an, und wir sahen uns in der kleinen, aber eleganten Kabine um. Sie war mit dunklem Holz getäfelt und mit einem dicken Teppich ausgelegt. In der Mitte standen Ledersessel und an der Wand ein doppelstöckiges Bett. Eine geknüpfte Hängematte mit einer Menge aufblasbarer Schwimmwesten schaukelte in der Ecke. Auf der anderen Seite befand sich eine kleine Kochnische mit Herd und Spülbecken. Aber als ich die Schränke untersuchte, fand ich nichts Eßbares – nur eine gut ausgestattete Bar. Ich öffnete eine Flasche Cognac, nahm zwei fleckige Wassergläser und schenkte uns ein.

»Ich hoffe, Solarin weiß, wie man dieses Dinge segelt«, sagte Lily und nahm einen großen Schluck.

»Mach keine Witze«, entgegnete ich und spürte nach dem Cognac, der mir sofort in den Kopf stieg, daß ich nichts im Magen hatte. »Segelschiffe haben keine Motoren. Hörst du nicht das Tuckern?«

»Na ja, wenn es eine Motoryacht ist«, erwiderte Lily, »warum hat es dann so viele Masten? Sind die nur zur Zierde da?«

Jetzt fiel mir ein, daß ich auch Masten gesehen hatte. Aber wir konnten uns bei diesem Sturm doch unmöglich mit einem Segelboot auf das offene Meer hinauswagen! Ich beschloß, mich vorsichtshalber einmal umzusehen.

Ich kletterte die schmale Treppe hinauf, die zu dem kleinen, mit bequemen Sitzbänken ausgestatteten Cockpit führte. Wir ließen gerade den Hafen und die rote Sandwolke hinter uns, die sich auf Algier herabsenkte. Im kalten Mondlicht betrachtete ich das Schiff genauer, das uns retten sollte.

Es war größer, als ich geglaubt hatte. Das Deck sah aus, als sei es aus poliertem Teakholz. Die Reling bestand aus glänzendem Messing. Das Cockpit, in dem ich stand, war offenbar mit allem ausgestattet, was gut und teuer ist. Aber ich sah nicht einen, sondern zwei Masten als dunkle Silhouetten. Solarin hatte eine Hand am Steuerrad, mit der anderen zog er meterweise zusammengerollte Leinwand aus einer Luke.

»Ein Segelboot?« fragte ich und sah ihm zu.

»Eine Ketsch«, murmelte er und zerrte an der Leinwand, »etwas Besseres konnte ich in der kurzen Zeit nicht ›organisieren‹. Aber es ist ein gutes Boot – dreizehn Meter lang und mit Rah.«

»Wunderbar! Ein gestohlenes Segelboot«, sagte ich laut. »Weder Lily noch ich haben eine Ahnung von Segeln. Ich hoffe doch, wenigstens Sie verstehen etwas davon.«

»Natürlich«, erwiderte er gekränkt, »ich bin am Schwarzen Meer aufgewachsen.«

»Na und? Ich wohne in Manhattan – eine Insel, wo es nur so von Booten und Schiffen wimmelt. Das heißt noch nicht, daß ich weiß, wie man ein Schiff durch einen Sturm segelt.«

»Wir können diesem Sturm entwischen, wenn Sie aufhören, sich zu beklagen, und mir helfen, die Segel zu setzen. Ich werde Ihnen sagen, was Sie tun müssen. Und wenn die Segel gesetzt sind, komme ich allein zurecht. Wenn wir schnell sind, können wir an Menorca vorbeisein, wenn es hier losgeht.«

Also machte ich mich nach seinen Anweisungen an die Arbeit. Die Taue aus kratzigem Hanf nannte er Schot und Falleinen. Sie schnitten mir in die Finger, als ich an ihnen zog. Die Segel – Meter um Meter handgenähte ägyptische Baumwolle – hatten Bezeichnungen wie Klüver oder Besan. Zwei kamen an den vorderen Mast und eins achtern, wie Solarin sagte. Ich zog, so fest ich konnte, während er mir ständig etwas zubrüllte. Dann befestigte ich die richtigen Leinen, wie ich hoffte, an die auf Deck eingelassenen Metallklampen. Als alle drei Segel gehißt waren, sah die Yacht beeindruckend aus und schoß schnell vorwärts.

»Gut gemacht«, sagte Solarin, als ich wieder ins Cockpit kam. »Das ist ein gutes Boot...« Er schwieg und sah mich an. »Warum gehen Sie nicht nach unten und schlafen ein wenig? Sie sehen aus, als könnten Sie es brauchen. Das Spiel ist noch nicht zu Ende.«

Er hatte recht. Seit einem Nickerchen bei japanischem Gegröle im Flugzeug nach Oran vor zwölf Stunden hatte ich kein Auge mehr zugetan; es kam mir vor, als seien inzwischen Tage vergangen.

Aber ehe ich mich dem Hunger und der Müdigkeit überließ, mußte ich ein paar Dinge in Erfahrung bringen.

»Sie haben gesagt, wir fahren nach Marseille«, agte ich. »Das ist doch eine der ersten Städte, in denen Scharrif und seine Genossen uns suchen, wenn sie erfahren, daß wir nicht mehr in Algier sind.«

»Wir segeln in Richtung Camargue«, erwiderte Solarin und drückte mich auf ein Kissen im Cockpit, als die Spiere über unsere Köpfe hinwegfegte. »Kamel hat dafür gesorgt, daß eine Privatmaschine startbereit auf uns wartet. Sie wird natürlich nicht ewig warten. Es war nicht leicht für ihn, das alles zu arrangieren. Deshalb ist es nur gut, daß wir ordentlichen Wind haben.«

»Warum sagen Sie mir nicht, was hier wirklich vorgeht?« fragte ich. »Warum haben Sie nie davon gesprochen, daß Minnie Ihre Großmutter ist oder daß Sie Kamel kennen? Wie sind Sie denn überhaupt in das Spiel gekommen? Wir dachten, es sei Mordecai gewesen, der Sie hineingezogen hat.«

»Stimmt«, antwortete er, ohne den Blick vom dunklen Wasser zu wenden. »Bevor ich nach New York kam, hatte ich meine Großmutter erst einmal gesehen, und damals war ich noch ein Kind. Ich kann höchstens sechs gewesen sein, aber ich werde es nie vergessen...« Er schwieg, offenbar in Erinnerungen versunken. Ich wollte seine Gedanken nicht stören und wartete, bis er weitersprach.

»Meinen Großvater habe ich nie kennengelernt«, sagte er langsam, »er starb vor meiner Geburt. Sie hat Renselaas erst später geheiratet – und nach seinem Tod Kamels Vater. Ich lernte Kamel erst hier in Algerien kennen. Mordecai kam nach Rußland, um mich in das Spiel zu bringen. Ich weiß nicht, woher Minnie ihn kennt, aber er ist mit Sicherheit der skrupelloseste Schachspieler seit Aljechin und sehr viel charmanter. In der kurzen Zeit, die uns zum Spielen blieb, habe ich viel von seiner Technik gelernt.«

»Er ist doch bestimmt nicht nach Rußland gekommen, um mit Ihnen Schach zu spielen«, sagte ich.

»Nein, das nicht.« Solarin lachte. »Er suchte das Schachbrett und dachte, ich könnte ihm dabei helfen, es zu finden.«

»Und haben Sie es gefunden?«

»Nein«, erwiderte Solarin und sah mich mit seinen grünen, unergründlichen Augen an. »Ich habe ihnen geholfen, Sie zu finden. Reicht das nicht?«

Ich hatte noch mehr Fragen, aber sein Blick irritierte mich, ich wußte nicht warum. Der Wind wurde stärker und brachte den stechenden feinen Sand mit sich. Plötzlich war ich sehr müde. Ich wollte aufstehen, aber Solarin stieß mich zurück.

»Vorsichtig, die Spiere!« rief er. »Wir kommen in Fahrt.« Das Segel wechselte die Richtung, und er bedeutete mir, unter Deck zu gehen. »Ich rufe Sie, wenn ich Sie brauche«, sagte er.

Als ich in die Kabine kam, saß Lily auf dem unteren Bett und fütterte Carioca mit eingeweichtem Zwieback. Neben ihr stand eine offene Dose Erdnußbutter, die sie irgendwo zusammen mit einigen Tüten Zwieback und Toastbrot entdeckt hatte. Mir fiel auf, wie schlank Lily plötzlich aussah. Die sonnenverbrannte Nase färbte sich langsam braun, und das schmutzige Minikleid umhüllte anmutige Formen und nicht mehr wabbelndes Fett.

»Iß was«, sagte sie, »bei dem ständigen Auf und Ab wird mir ganz komisch – ich bringe keinen Bissen hinunter.«

Hier unten spürte man tatsächlich die Wellen sehr viel mehr. Ich verschlang ein paar Zwieback mit Erdnußbutter, spülte mit Cognac nach und kletterte in das obere Bett.

»Ich glaube, wir schlafen jetzt ein wenig«, sagte ich gähnend, »vor uns liegt eine lange Nacht – und morgen ein noch längerer Tag.«

»Es ist bereits morgen«, erwiderte Lily mit einem Blick auf die Uhr. Sie löschte die Lampe. Ich hörte unten die Sprungfedern, als sie sich mit Carioca für die Nacht zurechtlegte. Das war das letzte, das ich wahrnahm, ehe ich ins Land der Träume versank.

Ich weiß nicht mehr, wann ich den ersten Schlag hörte. Ich träumte, auf dem Meeresgrund zu sein und durch weichen Sand zu laufen. Um mich herum wogten die Wellen. Im Traum wurden die Montglane-Schachfiguren lebendig und versuchten, aus dem Beutel zu klettern. Ich schob sie immer wieder zurück, aber es half nichts. Gleichzeitig bewegte ich mich auf das Ufer zu, aber meine Füße versanken im Meeresschlamm. Ich mußte Luft holen. Ich versuchte, an die Oberfläche zu kommen, als eine hohe Welle kam und mich unter sich begrub.

Ich schlug die Augen auf, wußte aber im ersten Augenblick nicht, wo ich war. Durch das kleine Kabinenfenster sah ich nur Wasser. Dann kippte das Boot auf die andere Seite, ich wurde aus dem Bett geschleudert und landete in der Kochnische. Völlig durchnäßt richtete ich mich mühsam auf. Die Kabine stand knietief unter Wasser. Es schwappte über Lilys Bett. Dort saß Carioca auf der immer noch schlafenden Gestalt und versuchte, trockene Pfoten zu behalten. Irgend etwas stimmte nicht.

»Aufwachen!« schrie ich über das platschende Wasser und die knarrenden Balken hinweg. Ich versuchte, Ruhe zu bewahren, während ich Lily schüttelte. Wo sind die Pumpen? Warum pumpen sie nicht das eingedrungene Wasser aus?

»Mein Gott«, stöhnte Lily und versuchte aufzustehen, »ich muß mich übergeben.«

»Jetzt nicht!« Ich zog sie zu der Hängematte, stützte sie mit einer Hand und holte mit der anderen die Schwimmwesten heraus. Ich schob Lily in die Hängematte, packte Carioca und warf ihn Lily auf den Bauch, die gerade anfing zu würgen. Ich angelte mir einen vorbeischwimmenden Plastikeimer und hielt ihn ihr vor das Gesicht. Sie erbrach Zwieback und Toastbrot und verdrehte die Augen.

»Wo ist Solarin?« stöhnte sie.

»Ich weiß nicht«, schrie ich über das Heulen des Windes und das Donnern des Wassers hinweg. »Zieh dir eine Schwimmweste an, ich sehe nach, wo er ist.«

Das Wasser strömte über die Stufen. Die Tür über mir schlug heftig gegen die Wand. Ich griff beim Hinaussteigen danach und zog sie gegen den Wasserschwall hinter mir zu. Dann sah ich mich um – und wünschte, ich hätte es nicht getan.

Das Boot legte sich weit nach rechts und sauste diagonal in ein tiefes Wellental. Wasser schoß über das Deck und sammelte sich im Cockpit. Die Spiere war los und schwang weit über die Seite. Eines der vorderen Segel hing losgerissen, schlaff und naß am Mast herunter und verschwand zum Teil im Wasser. Solarin lag vielleicht zwei Meter von mir entfernt auf dem Deck und nur noch halb im Cockpit. Die Arme rutschten leblos über das Deck, als die Welle, die über uns hinwegbrauste, ihn hob und – mit sich trug!

Ich umklammerte das Steuerrad und machte einen Satz in seine Richtung. Ich konnte gerade noch seinen nackten Fuß und das Hosenbein packen, als das Wasser den schlaffen Körper erfaßte und mit sich riß. Ich mußte loslassen. Er wurde über das schmale Deck gegen die Reling geschleudert, hochgehoben und wäre beinahe über Bord gegangen!

Ich warf mich flach auf den Bauch, robbte über das schwankende Deck und hielt mich dabei an allem fest, was ich fand, einschließlich der Klampen und Leinen. Wir gerieten in den Sog der ablaufenden Welle, während die nächste Wasserwand von der Höhe eines vierstöckigen Hauses von der anderen Seite auf uns zuraste.

Ich prallte gegen Solarin, packte sein Hemd und stemmte mich, so fest ich konnte, gegen das Wasser und das steile Deck. Gott weiß, wie ich ihn ins Cockpit zurückschleppte und ihn auf die Seite wälzte. Ich hob seinen Kopf aus dem Wasser, drückte ihn gegen die Sitzbank und schlug ihm mehrmals fest ins Gesicht. Aus einer Wunde an seinem Kopf floß Blut und lief ihm über das Ohr. Ich schrie ihn über den tobenden Sturm hinweg an, während das Boot die Wasserwand hinunterschoß.

Er schlug benommen die Augen auf und schloß sie wegen der Gischt sofort wieder.

»Wir sinken!« schrie ich. »Was sollen wir tun?«

Solarin richtete sich kerzengerade auf und klammerte sich an die Bank. Dann sah er sich schnell um und nahm die Situation in sich auf.

»Du mußt sofort die Segel bergen...« Er packte meine Hände und legte sie auf das Steuerrad. »Nach steuerbord!« schrie er und versuchte aufzustehen.

»Ist das links oder rechts?« schrie ich in Panik.

»Rechts!« schrie er zurück, aber dann brach er wieder neben mir zusammen. Das Wasser schoß über uns hinweg, und ich klammerte mich an das Steuerrad.

Ich zog an dem Rad, so fest ich konnte, während ich fühlte, wie das Boot mit der Nase voran steil nach unten fiel. Ich drehte das Steuer, bis wir völlig auf der Seite lagen. Ich dachte, wir würden kentern – die Schwerkraft zog uns nach unten, und vor uns ragte die nächste Wasserwand auf, die das schmutzigbraune erste Licht am Himmel verdunkelte.

»Die Falleinen!« schrie Solarin und hielt sich an mir fest. Ich sah ihn eine Sekunde lang an, dann schob ich ihn ans Steuer, das er mit ganzer Kraft umklammerte.

Ich spürte Todesangst. Solarin steuerte das Boot immer noch auf die heranrollende Welle zu. Er packte ein Beil, drückte es mir in die Hand, und ich kroch über den Rand des Cockpits zum vorderen Mast. Die Welle wurde immer höher und höher, und der Wamm wölbte sich. Ich sah nur noch Wasser um und über dem Boot. Das Donnern von mehreren tausend Tonnen Wasser war ohrenbetäubend. Ich schob alle Gedanken beiseite und kroch schlitternd auf den Mast zu.

Ich umklammerte ihn, schlug mit dem Beil auf die Leine, bis die Fasern durchtrennt waren und wie ein Knäuel Schlangen spiralförmig in die Luft sprangen. Das Tau riß, und ich preßte mich flach an Deck, als die Flut wie ein Zug in voller Fahrt über uns hinwegbrauste. Es gab plötzlich überall nur noch Segel, und ich hörte das schreckliche Geräusch von splitterndem Holz. Kiesel und Sand schlugen mir ins Gesicht. Wasser wurde mit Macht in meine Kehle gepreßt; ich versuchte, nicht zu würgen oder nach Luft zu ringen. Ich wurde vom Mast losgerissen und rückwärts geschleudert. Ich wußte nicht mehr, was oben und unten war, und versuchte krampfhaft, mich an allem Erreichbaren festzuhalten. Aber die Flut nahm keine Ende.

Der Bug hob sich hoch in die Luft und sank wieder nach unten. Schmutziggraue Gischt klatschte über das Deck, während die Wellen uns wie einen Ball herumwarfen – aber noch waren wir nicht gekentert. Die Segel waren überall; sie schleppten im Wasser, wehten klatschend über das Deck, und eines lag mir schwer über den Beinen. Ich kroch langsam weiter zum zweiten Mast, tastete nach dem Beil, das unter einem Haufen Segeltuch ganz in meiner Nähe lag. Ich klammerte mich an die Reling und schaffte es schließlich zurück zum Cockpit.

Dort saß Solarin, umklammerte mit einer Hand das Steuerrad und zerrte mit der anderen Segeltuch beiseite. Blut färbte die blonden Haare, die ihm um den Kopf lagen wie ein rotes Band.

»Das andere Segel muß runter!« schrie er mir zu. »Nimm, was du findest, aber kapp die Leinen, ehe die nächste Welle kommt.«

Ich durchschlug die Leinen des Segels am zweiten Mast, aber der Wind war so stark, daß ich schwer zu kämpfen hatte, bis das Segel fiel. Ich rollte es, so gut ich konnte, zusammen und lief geduckt über das Deck. Ich war naß bis auf die Haut, aber ich holte den Klüver ein, zerrte mit ganzer Kraft daran und zog ihn dann aus dem Wasser, das über das Deck lief. Solarin holte den Großbaum ein, der wie ein gebrochener Arm hin- und herschwankte.

Dann war ich in wenigen Sätzen wieder im Cockpit, wo Solarin mit dem Steuerrad kämpfte. Das Schiff tanzte wie ein Korken auf den dunklen Wellen, die beißende Gischt über das Deck trieben. Wir wurden vor und zurück geschleudert, aber es kamen keine Wellen mehr wie die eine, die beinahe unser Ende bedeutet hätte. Ein Geist aus der Flasche schien vom dunklen Meeresboden aufgestiegen zu sein, hatte seinem Zorn Luft gemacht und war dann wieder verschwunden – ich hoffte es inständig.

Ich war am Ende meiner Kräfte – und staunte, daß ich noch lebte.

Zitternd vor Angst und Kälte saß ich auf der Bank und sah Solarins Gesicht im Profil, der auf die Wellen starrte. Er wirkte so konzentriert wie damals in New York bei dem Schachspiel – wo es ebenfalls um Leben und Tod gegangen war.

»Ich bin ein Meister dieses Spiels«, hatte er einmal gesagt. »Und wer gewinnt?« hatte ich ihn gefragt. »Ich. Ich gewinne immer.«

Solarin hielt verbissen und stumm das Steuer. Stunden schienen zu vergehen, während ich kalt, gefühllos und ohne einen einzigen Gedanken neben ihm saß. Der Wind ließ nach, aber die See war immer noch so aufgewühlt, daß ich mir vorkam wie in einer Achterbahn.

Der Himmel über uns wurde langsam hell. Ein schmutziges Braun zeigte sich in der Ferne. Ich nahm mich zusammen und sagte schließlich: »Wenn im Augenblick Ruhe ist, sollte ich eigentlich runtergehen und nachsehen, ob Lily noch lebt.«

»Warte, du kannst gleich gehen.« Er sah mich an. Die eine Gesichtshälfte war blutverschmiert. Wasser tropfte ihm aus den nassen Haaren auf Nase und Kinn. »Zuerst möchte ich mich bei dir bedanken. Du hast mir das Leben gerettet.«

»Ich glaube, du hast mein Leben gerettet«, erwiderte ich lächelnd und das vertraute Du tat mir so wohl wie eine weiche Decke, obwohl ich immer noch am ganzen Leib zitterte. »Ich hätte nicht gewußt, was ich tun muß ...«

Solarin sah mich eindringlich an, ohne die Hände vom Steuerrad zu nehmen. Dann beugte er sich über mich – seine Lippen waren warm –, aber schon spritzte uns Gischt ins Gesicht, und die nächste Welle schlug uns mit ihren kalten, peitschenartigen Fingern. Solarin preßte sich wieder gegen das Steuer, dann zog er mich zu sich. Ein Schauer überlief mich wie ein Stromstoß, als er mich noch einmal küßte, diesmal länger und leidenschaftlicher. Schließlich hielt er inne und lächelte mich an.

»Wir werden bestimmt kentern, wenn ich damit nicht aufhöre«, flüsterte er an meinen Lippen. Dann zwang er sich, die Hände wieder um das Steuer zu legen. Er starrte mit gerunzelter Stirn auf die Wellen. »Geh jetzt hinunter«, sagte er langsam, als denke er über etwas nach.

»Ich werde versuchen, etwas zu finden, um dir den Kopf zu verbinden«, sagte ich und ärgerte mich, weil mir die Stimme versagte.

Das Meer kochte noch immer, um uns herum sah ich nur Wasserwände. Aber damit ließ sich nicht erkären, was ich empfand, als ich auf seine nassen Haare blickte und auf das zerrissene Hemd, das an dem schlanken, muskulösen Körper klebte.

Ich zitterte immer noch, als ich die Treppe hinunterstieg. Natürlich hat er mich aus Dankbarkeit umarmt, dachte ich – mehr nicht! Aber warum dann das merkwürdige Gefühl im Magen? Warum sah ich seine strahlenden grünen Augen noch immer vor mir, die mich zu verschlingen schienen, kurz bevor er mich geküßt hatte?

Ich tastete mich vorsichtig in die Kabine. Durch das Bullauge drang nur schwaches Licht. Die Hängematte war von der Wand gerissen. Lily saß in der Ecke und hielt den winselnden Carioca im Schoß.

»Alles in Ordnung?« rief ich ihr zu.

»Wir sterben«, stöhnte sie. »Mein Gott, nach allem, was wir geschafft haben, müssen wir jetzt sterben. Diese blöden Schachfiguren!«

»Wo sind sie?« fragte ich entsetzt, denn ich dachte wieder an meinen Traum.

»Im Beutel«, antwortete sie und zog ihn aus dem Wasser, in dem sie saß. »Als das Boot plötzlich den Kopfsprung gemacht hat, sind sie durch die Kabine geflogen und haben mich getroffen! Die Hängematte fiel herunter. Ich habe überall blaue Flecken...« Über ihr Gesicht liefen Tränen und schmutziges Wasser.

»Ich lege sie an einen sicheren Platz«, sagte ich, nahm den Stoffbeutel, schob ihn in den Schrank unter das Spülbecken und verriegelte die Schranktür. »Ich glaube, wir werden es schaffen. Der Sturm legt sich. Aber Solarin hat eine scheußliche Wunde am Kopf. Ich muß etwas finden, um ihn zu verbinden.«

»In der Toilette ist ein Verbandskasten«, antwortete sie kläglich und versuchte aufzustehen. »Mein Gott, ist mir schlecht.«

»Leg dich wieder hin«, riet ich ihr, »vielleicht ist das obere Bett nicht ganz so naß wie der Rest. Ich muß wieder nach oben und Solarin helfen.«

Als ich mit dem nassen Verbandskasten aus der Toilette kam, hatte Lily sich in das obere Bett gelegt und stöhnte, als sei ihr Ende nahe. Carioca verkroch sich auf der Suche nach einem warmen

Plätzchen unter ihr. Ich strich ihnen beiden tröstend über den Kopf. Dann kämpfte ich mich wieder die Treppe hinauf, während das Boot unter mir rollte und stampfte.

Es war inzwischen noch heller geworden – der Himmel sah wie Milchschokolade aus –, und in der Ferne sah ich etwas auf dem Wasser, das ein Sonnenfleck sein konnte. War das Schlimmste wirklich überstanden? Erleichterung erfaßte mich, als ich mich neben Solarin setzte.

»Es gibt kein trockenes Verbandszeug«, sagte ich, öffnete die Metallschachtel und sah mir den nassen Inhalt an. »Aber hier gibt es Jod und eine Schere...« Solarin warf einen Blick auf die Medikamente und fischte eine dicke Salbentube heraus. Er gab sie mir, ohne mich anzusehen.

»Schmier das auf die Wunden«, sagte er und starrte auf die Wellen, während er sich mit einer Hand das Hemd aufknöpfte. »Das wirkt desinfizierend und blutstillend. Dann kannst du mein Hemd zerreißen und mich damit verbinden...«

Ich half ihm, das nasse Hemd über die Schulter und über den Arm zu ziehen.

»Der Sturm flaut ab«, sagte er mehr zu sich selbst, »aber die Probleme kommen erst. Die Spiere ist gebrochen und der Klüver zerfetzt. Wir schaffen es nie nach Marseille. Außerdem sind wir weit vom Kurs abgetrieben, ich muß unsere Position bestimmen. Wenn du mich verbunden hast, übernimmst du eine Weile das Steuer, und ich sehe mir die Karten an.«

Mit maskenhaftem Gesicht starrte er auf das Meer, und ich versuchte, ihn nicht anzusehen. Er saß dicht neben mir und war bis zur Hüfte nackt. Was ist mit mir nur los? dachte ich. Mein Verstand mußte wohl unter all den Katastrophen gelitten haben, denn während das Boot auf den Wellen tanzte, konnte ich nur noch an seine warmen Lippen denken und an seine Augen, die mich durchbohrten...

»Wenn wir es nicht nach Marseille schaffen«, sagte ich und zwang meine Gedanken in eine andere Richtung, »fliegt die Maschine dann ohne uns?«

»Ja«, antwortete Solarin und lächelte sonderbar, »welch eine Strafe – wir werden vielleicht auf einer einsamen Insel stranden und sind dort monatelang von der Welt abgeschnitten.« Ich kniete neben ihm und verteilte die Salbe auf seinem Kopf, während er redete. »Wie schrecklich . . . was würdest du dann tun? Allein mit einem verrückten Russen, der nur Schach spielen kann?«

»Vermutlich würde ich auf diese Weise Schachspielen lernen«, erwiderte ich und wollte seinen Kopf bandagieren. Aber er zuckte zusammen.

»Ich glaube, das kann warten«, sagte er und umklammerte plötzlich meine Handgelenke. Er zog mich hoch. Unsere Lippen und unsere Körper trafen sich. Salzwasser tropfte mir in den offenen Mund, als er mein Gesicht mit Küssen bedeckte und die Hände in meinen nassen Haaren vergrub. Trotz der Kälte spürte ich, wie in mir eine unbeschreibliche Wärme aufstieg. Ich umfaßte seine Schultern und drückte mein Gesicht an seine nackte Brust. Solarin flüsterte in mein Ohr, während das Boot sich hob und senkte, und uns wiegte, als wir uns aneinander drückten . . .

»Ich wollte dich schon damals vor dem Turnier.« Er hob meinen Kopf und sah mir in die Augen. »Ich wollte dort mit dir auf der Stelle schlafen – unter den Augen der Arbeiter. Als ich in der Nacht in dein Apartment ging, um die dir Nachricht zu hinterlassen, wäre ich beinahe geblieben. Ich hoffte, du würdest kommen und mich finden . . .«

»Du wolltest mich bei dem Spiel begrüßen?« Ich mußte lächeln.

»Zum Teufel mit dem Spiel«, sagte er bitter. »Sie haben mir gesagt, ich soll mich von dir fernhalten – mich nicht mit dir einlassen. Ich habe keine Nacht mehr schlafen können, ohne daran zu denken, ohne dich in die Arme nehmen zu wollen. Mein Gott, ich hätte es von Anfang an tun sollen . . .« Er knöpfte mir die Bluse auf. Seine Hände glitten über meine Haut, und ich spürte eine Welle der Kraft überspringen, die mich wie ein Sog erfaßte und nur noch an das eine denken ließ.

Er hob mich mit einer einzigen Bewegung hoch und legte mich auf die nassen, zusammengeballten Segel. Die Gischt schäumte immer wieder über die Reling, wenn das Boot in ein Wellental sank. Die Masten knarrten, und über den Himmel legte sich ein blaßgelber Schleier. Solarin blickte auf mich hinunter. Er beugte sich über mich, und seine Lippen glitten über meine Haut wie Wasser. Seine Hände zogen mir die nassen Kleider vom Leib. Sein Körper verschmolz mit mir. Ich umklammerte seine Schultern, als mich seine Leidenschaft erfaßte.

Unsere Körper bewegten sich so ungestüm und ungebändigt wie die Wellen unter uns. Ich glaubte zu fallen, zu fallen und hörte Solarin leise stöhnen. Seine Zähne gruben sich in mein Fleisch. Sein Körper versank in mir.

Solarin lag über mir. Eine Hand war in meinen Haaren verfangen. Von seinem nassen blonden Kopf tropfte Wasser auf meine Brust und rann mir bis zum Nabel. Wie merkwürdig, dachte ich, als ich meine Hand auf seinen Kopf legte, ich habe das Gefühl, ihn schon immer gekannt zu haben, obwohl ich ihn nur dreimal – nein viermal gesehen habe. Ich wußte nichts über Solarin, außer den Geschichten, die ich von Lily und Hermanold gehört hatte, und den wenigen, die Nim in seinen Schachzeitschriften über ihn gelesen hatte. Ich konnte mir nicht vorstellen, wo Solarin lebte, wie sein Leben aussah, welche Freunde er hatte. Ich hatte ihn nie danach gefragt, wie er seinen KGB-Wächtern entkommen war oder warum sie ihn nicht aus den Augen ließen. Ich wußte auch nicht, warum er seine Großmutter nur einmal als Kind und erst jetzt wieder gesehen hatte . . .

Plötzlich verstand ich, weshalb ich das Bild von ihm gemalt hatte, ohne ihn vorher zu sehen. Vielleicht war er mir unbewußt aufgefallen, als er mit dem Fahrrad mein Apartmenthaus umkreiste. Aber selbst das war nicht mehr wichtig.

Diese Dinge mußte ich nicht unbedingt wissen. Ich begriff intuitiv das Geheimnisvolle, die Maske, die kalte Überheblichkeit Solarins, denn ich sah seinen Kern. Und dort sah ich Leidenschaft und einen unstillbaren Durst nach Leben – den leidenschaftlichen Drang, die Wahrheit hinter dem Schleier zu entdecken, der alles umgab. Diese Leidenschaft war mir nicht fremd, denn es war auch meine eigene.

Das hatte Minnie erkannt, und deshalb wollte sie mich – sie wollte diese Leidenschaft benutzen und als treibende Kraft bei der Suche nach den Schachfiguren einsetzen. Deshalb hatte sie ihrem Enkel befohlen, mich zu beschützen, aber nicht abzulenken. Deshalb sollte er sich nicht mit mir einlassen. Als Solarin zur Seite rollte und seine Lippen meinen Bauch berührten, durchströmte ein köstlicher Schauer meinen Rücken. Ich berührte seine Haare. Sie hat sich geirrt, dachte ich, bei ihrem alchemistischen Gebräu zur Überwindung des Bösen hat sie eine Zutat vergessen – die Liebe.

Das Meer hatte sich beruhigt, und das Boot schaukelte sanft auf den schlammbraunen Wellen, als wir schließlich aufstanden. Der Himmel war weiß und sonnenlos. Wir suchten unsere nassen Kleider zusammen und zogen sie schwerfällig an. Wortlos wischte mir Solarin mit einem Fetzen seines ehemaligen Hemds das Blut ab, das an mir klebte. Er sah mich ernst mit seinen grünen Augen an und dann lächelte er.

»Ich habe eine sehr schlechte Nachricht«, sagte er und legte mir einen Arm um die Hüfte. Mit dem anderen deutete er über die dunklen Wellen. In der Ferne hoben sich über dem Wasser, wie eine Fata Morgana schimmernd, sonnige Umrisse ab. »Land in Sicht«, flüsterte er mir ins Ohr, »vor zwei Stunden hätte ich für diesen Anblick noch alles gegeben. Aber jetzt möchte ich fast, es wäre nur eine Illusion...«

Die Insel hieß Formentera. Es war die südlichste Insel der Balearen, und sie lag nahe der spanischen Ostküste. Das hieß, wir waren von dem Sturm etwa zweihundertfünfzig Kilometer nach Westen abgetrieben worden und befanden uns jetzt an einem Punkt, der gleich weit von Gibraltar und Marseille entfernt lag. Es war also völlig unmöglich, das wartende Flugzeug zu erreichen, selbst wenn das Boot noch seetüchtig gewesen wäre. Aber mit dem gesplitterten Großbaum, den zerfetzten Segeln und dem allgemeinen Durcheinander an Deck mußten wir zuerst eine gründliche Bestandsaufnahme der Schäden machen. Mit umfangreichen Reparaturen war zu rechnen. Solarin tuckerte mit Hilfe des Motors langsam zu einer abgelegenen Bucht, während ich hinunter in die Kabine stieg, um Lily zu wecken. Wir mußten uns einen neuen Plan ausdenken.

»Ich hätte nie geglaubt, daß ich einmal froh sein würde, die Nacht in einem Sarg voll Wasser verbracht zu haben«, stöhnte Lily, als sie an Deck kam. »Hier sieht es ja aus wie auf einem Schlachtfeld. Gott sei Dank war ich zu krank, um diese Katastrophe bei vollem Bewußtsein zu erleben.« Lily sah wirklich noch sehr mitgenommen aus. Sie stolperte über das chaotische Deck, auf dem sich nasse Leinwand türmte, und holte immer wieder tief Luft.

»Wir haben ein Problem«, sagte ich, als wir uns zu Solarin setzten. »Wir werden das Flugzeug nicht erreichen. Wir müssen uns überlegen, wie wir nach Manhattan kommen, ohne daß die Schachfiguren dem Zoll in die Hände fallen, von Kontrollen durch die Geheimpolizei ganz zu schweigen.«

»Scharrif wird inzwischen alle Flughäfen überwachen lassen – natürlich auch auf Ibiza und Mallorca«, ergänzte Solarin. »Ich habe Minnie versprochen, euch beide mit den Figuren sicher zurückzubringen, und deshalb schlage ich folgendes vor.« Er holte Luft und lächelte.

»Also los!« ermunterte ihn Lily. »Inzwischen bin ich zu allem bereit.« Sie fuhr Carioca mit den Fingern durch das verklebte, nasse Fell.

»Formentera ist eine kleine Fischerinsel. Die Leute sind an Touristen mit Yachten gewöhnt, die für einen Tag von Ibiza herüberkommen. Diese Bucht ist geschützt, hier fallen wir niemandem auf. Ich schlage vor, wir kaufen uns im nächsten Ort etwas zum Anziehen und Proviant. Ich werde mich nach einem neuen Segel umsehen und nach Werkzeug, um die Schäden zu reparieren. Das ist vielleicht nicht billig, aber etwa in einer Woche können wir wieder setüchtig sein und so still und unauffällig davonsegeln, wie wir gekommen sind.«

»Klingt gut«, sagte Lily. »Ich habe noch genug durchweichtes Geld. Das können wir getrost ausgeben. Ich brauche unbedingt etwas zum Wechseln, und ein paar Tage Erholung nach den vielen Aufregungen könnten uns nicht schaden. Aber wohin wollen wir fahren, wenn das Boot wieder in Ordnung ist?«

»Nach New York«, sagte Solarin, »über die Bahamas und die Binnenwasserstraße.«

»Was!!??« riefen Lily und ich wie aus einem Mund.

»Das sind mindestens sechstausend Kilometer«, fügte ich schaudernd hinzu, »in einem Boot, das kaum vierhundert Kilometer und einen Sturm überstanden hat.«

»Ehrlich gesagt, es sind eher siebeneinhalbtausend Kilometer auf der Strecke, die ich mir vorstelle«, erwiderte Solarin und lächelte heiter. »Aber warum sollen wir es nicht schaffen, wenn Kolumbus es geschafft hat? Es ist vielleicht die ungünstigste Jahreszeit, um im Mittelmeer zu segeln, aber die beste für eine Atlantiküberquerung. Mit einer anständigen Brise dauert es knapp einen Monat – und ihr seid beide seefest, wenn wir ankommen.«

Lily und ich waren zu erschöpft, durstig und hungrig, um überzeugend argumentieren zu können. Außerdem überlagerte die Erinnerung an das, was sich zwischen mir und Solarin ereignet hatte, meine Erinnerung an den Sturm. Ein Monat in dieser Art wäre im Grunde gar nicht so unangenehm. Lily und ich machten uns also auf die Suche nach einer Stadt oder einem Dorf auf der kleinen Insel. Solarin blieb auf der Yacht und begann mit dem Aufräumen.

Tage harter Arbeit und das schöne sonnige Wetter nahmen viel von der Spannung, unter der wir standen. Auf Formentera fanden wir weißgestrichene Häuser und sandige Wege, Olivenhaine und lauschige Quellen, alte, schwarzgekleidete Frauen und Fischer in gestreiften Hemden. All das vor dem Hintergrund des endlosen azurblauen Meers empfanden meine Augen als Balsam und meine Seele als Trost. Bereits drei Tage gutes Essen mit frischem Fisch, reifem Obst und gutem, starkem Mittelmeerwein wirkten wahre Wunder; wir bewegten uns von morgens bis abends in der gesunden, salzigen Luft und hatten bald tiefgebräunte Haut. Selbst Lily wurde schlank und sah gesund und sportlich aus.

Sie spielte jeden Abend mit Solarin Schach. Er ließ sie zwar nie gewinnen, erklärte ihr aber nach jedem Spiel mit größter Hingabe und Ausführlichkeit die Fehler, die sie gemacht hatte. Nach einer Weile nahm sie ihre Niederlagen nicht nur gutmütig hin, sondern stellte Solarin Fragen, wenn sie einen Zug nicht verstand. Das Schachspielen nahm sie völlig in Anspruch, und so merkte sie nicht einmal, daß ich es schon in der ersten Nacht vorzog, mit Solarin an Deck zu schlafen, und nicht wie sie in der Kabine.

»Sie ist wirklich gut«, sagte Solarin eines Nachts, als wir allein an Deck saßen und zu dem schweigenden Sternenmeer aufblickten. »Sie kann alles, was ihr Großvater kann – und mehr. Sie wird eine große Schachspielerin sein. Sie muß nur noch vergessen, daß sie eine Frau ist.«

»Was hat das Frausein damit zu tun?« fragte ich.

Solarin lächelte und zog sanft an meinen Haaren. »Kleine Mädchen unterscheiden sich ein wenig von kleinen Jungen«, sagte er, »soll ich es dir beweisen?«

Ich mußte lachen. »Was du nicht sagst...«

PETERSBURG

Oktober 1798

Paul I., der Zar von Rußland, lief in seinen Gemächern auf und ab. Er schlug mit der Peitsche gegen die dunkelgrüne Reithose seiner Uniform. Er war stolz auf diese Uniformen aus rauhem Stoff, die nach dem Vorbild der preußischen geschneidert waren, die die Truppen Friedrichs des Großen trugen. Paul entfernte ein imaginäres Stäubchen von seiner kurzen Weste und sah seinen Sohn Alexander mit hochgezogenen Augenbrauen an, der militärisch stramm auf der anderen Seite des Raums stand.

Er ist wirklich eine Enttäuschung, dachte Paul. Er war blaß, melancholisch und sah so gut aus, daß man ihn als hübsch bezeichnen konnte. Die blaßgrauen Augen, die er von seiner Großmutter geerbt hatte, wirkten geheimnisvoll und verklärt. Aber er besaß nicht ihren Verstand. Ihm fehlte alles, was man von einem Herrscher erwartete.

In gewisser Weise ist das sein Glück, dachte Paul. Der Einundzwanzigjährige wünschte sich nämlich alles andere, als den Thron zu besteigen, den Katharina ihm zugedacht hatte. Er ließ sogar erklären, er werde abdanken, wenn man ihm diese Verantwortung übertragen sollte. Alexander wollte lieber das ruhige Leben eines Gelehrten führen, irgendwo in Abgeschiedenheit leben, anstatt am verführerischen, aber gefährlichen Hof in Petersburg. Aber sein Vater erlaubte ihm nicht, sich auf das Land zurückzuziehen.

Als Alexander jetzt durch die Fenster auf den herbstlichen Park blickte, schienen seine leeren Augen zu beweisen, daß er sich nur seinen Tagträumen überließ. In Wirklichkeit beschäftigten ihn viele Gedanken. Unter den seidenen Locken saß ein Verstand, der sehr viel vielschichtiger war, als Paul sich vorstellen konnte. Alexander dachte darüber nach, wie er ein bestimmtes Thema anschneiden konnte, ohne das Mißtrauen seines Vaters zu wecken – ein Thema, das seit Katharinas Tod vor zwei Jahren am Hof nicht mehr zur Sprache gekommen war: die Äbtissin von Montglane.

Alexander hatte einen sehr wichtigen Grund, herauszufinden, was aus der alten Dame geworden war, die wenige Tage nach dem Begräbnis seiner Großmutter spurlos von der Bildfläche verschwunden war. Aber noch ehe ihm ein geeigneter Ansatzpunkt einfiel, sah Paul ihn durchdringend an. Er klatschte noch immer wie ein alberner Spielzeugsoldat mit der Gerte an die Hose. Alexander versuchte, ihm zuzuhören.

»Ich weiß, dir liegt nichts an Regierungsgeschäften«, sagte er abschätzig, »aber du solltest etwas mehr Interesse zeigen. Schließlich wird dieses Reich einmal dir gehören. Mein Tun heute wird morgen deiner Verantwortung überlassen sein. Ich habe dich gerufen, um dir unter dem Siegel der Verschwiegenheit etwas anzuvertrauen, was die Zukunft Rußlands verändern kann.« Er schwieg, um die Ankündigung wirken zu lassen, dann erklärte er mit Pathos: »Ich habe mich zu einem Bündnis mit England entschlossen.«

»Aber Vater, du haßt doch die Engländer!« sagte Alexander.

»Ja, ich verachte sie«, sagte Paul, »aber mir bleibt keine andere Wahl. Den Franzosen reicht es nicht, das österreichische Reich zu zerstückeln, sie dehnen ihre Grenzen in alle Richtungen aus und schlachten die Hälfte ihrer Bevölkerung ab, um sie zum Schweigen zu bringen. Jetzt haben sie diesen blutdürstigen General Buonaparte über das Meer geschickt, um Malta und Ägypten zu erobern!« Er knallte die Reitpeitsche auf den Sekretär, und sein Gesicht verdüsterte sich. Alexander schwieg.

»Ich bin der gewählte Großmeister der Malteserritter!« schrie Paul und klopfte an einen goldenen Orden an einem dunklen Band, das an seiner Brust hing. »Ich trage den achteckigen Stern des Malteserkreuzes! Diese Insel gehört mir! Seit Jahrhunderten suchen wir einen eisfreien Hafen wie Malta, und beinahe hätten wir ihn gehabt. Aber da kommt dieser französische Bluthund mit seinen vierzigtausend Mann und nimmt ihn uns weg.« Er sah Alexander erwartungsvoll an.

»Warum sollte ein französischer General versuchen, ein Land zu erobern, das seit über dreihundert Jahren dem osmanischen Reich ein Dorn im Auge gewesen ist?« fragte Alexander. Er verstand nicht, weshalb Paul etwas dagegen haben sollte. Napoleons Vorgehen würde doch nur die moslemischen Türken von Rußland ablenken, mit denen seine Großmutter mehr als zwanzig Jahre um die Kontrolle über Konstantinopel und das Schwarze Meer gekämpft hatte.

»Begreifst du nicht, was dieser Buonaparte eigentlich im Sinn hat?« flüsterte Paul. Er trat vor seinen Sohn, sah ihn durchdringend an und rieb sich die Hände.

Alexander schüttelte den Kopf. »Erhoffst du dir wirklich mehr von den Engländern?« fragte er. »Mein Erzieher La Harpe nannte England immer das ›perfide Albion‹...«

»Darum geht es nicht!« schrie Paul. »Wie immer vermischt du Dichtung mit Politik. Ich weiß, was dieser Emporkömmling Buonaparte in Ägypten will – ganz gleich, was er den Dummköpfen im französischen Direktorium gesagt hat, die ihm das Geld bewilligen müssen, und egal, mit wie vielen zehntausend Soldaten er dort einmarschiert! Glaubst du, er will die Macht der Hohen Pforte wiederherstellen oder die Mamelucken besiegen? Niemals! Das ist alles Tarnung!« Alexander blieb weiterhin vorsichtig und zurückhaltend, aber er hörte aufmerksam zu, während sein Vater immer mehr in Zorn geriet. »Denk an mich, er wird nicht in Ägypten haltmachen. Er wird weiter nach Syrien, Assyrien, Phönizien und Babylon marschieren – in die Länder, die meine Mutter ihrem Reich immer einverleiben wollte. Sie hat dir sogar den verheißungsvollen Namen Alexander und deinem Bruder den Namen Konstantin gegeben.« Paul schwieg und sah sich um. Sein Blick fiel auf einen Wandteppich mit einer Jagdszene. Ein verwundeter Hirsch schleppte sich blutend und von Pfeilen durchbohrt durch den Wald. Die Jäger und die Hundemeute verfolgten ihn. Paul drehte sich mit einem kalten Lächeln um und sah Alexander an.

»Dieser Buonaparte will keine Länder erobern – er will Macht! Ihn begleiten ebenso viele Wissenschaftler wie Soldaten: der Mathematiker Monge, der Chemiker Berthollet, der Physiker Fourier... Er hat alle von der École Polytechnique und dem Institut National mitgenommen! Warum, frage ich dich, wenn er nur einen militärischen Erfolg im Auge hat?«

»Was willst du eigentlich sagen?« flüsterte Alexander, dem langsam etwas dämmerte.

»Das Geheimnis des Montglane-Schachspiels liegt dort verborgen!« stieß Paul atemlos hervor. Sein Gesicht verzerrte sich zu einer Fratze der Angst und des Hasses. »Das sucht er!«

»Aber Vater«, sagte Alexander und wählte seine Worte mit allergrößter Vorsicht. »Du glaubst doch nicht an die alten Legenden? Schließlich war die Äbtissin von Montglane –«

»Aber natürlich glaube ich daran!« schrie Paul und senkte dann die Stimme zu einem hysterischen Flüstern. »Ich habe eine der Figuren.« Er ballte die Hände zu Fäusten. »Und andere sind hier versteckt. Ich weiß es! Aber selbst zwei Jahre im Gefängnis Ropscha haben dieser Frau nicht die Zunge gelöst. Sie ist wie die Sphinx. Aber eines Tages wird sie schwach werden – und wenn sie spricht ...«

Alexander hörte nicht länger zu. Sein Vater redete weiter über Franzosen und Engländer, über seine Pläne mit Malta und schwor, den hinterhältigen Buonaparte zu vernichten. Es war sehr unwahrscheinlich, daß sich einer seiner Pläne verwirklichen würde, das wußte Alexander, denn die Truppen verachteten Paul bereits wie Kinder eine tyrannische Gouvernante.

Alexander beglückwünschte seinen Vater zu seinen brillanten politischen Schachzügen, entschuldigte sich und verließ seine Gemächer. Er hat die Äbtissin also in das Gefängnis Ropscha geworfen, dachte Alexander und ging mit schnellen Schritten durch die langen Gänge im Winterpalast. Buonaparte war mit Wissenschaftlern in Ägypten gelandet. Paul hatte eine Figur des Montglane-Schachspiels. Es war ein nützlicher Tag gewesen. Endlich kamen die Dinge ins Rollen.

Alexander brauchte etwa eine halbe Stunde, bis er die Ställe erreichte, die einen ganzen Flügel im Winterpalast einnahmen. Die dampfige Luft roch nach Vieh, nach Mist und Futter. Als er durch die mit Stroh bedeckten Gänge ging, machten ihm die Hühner und Schweine Platz. Rosige Dienstmägde in weiten Röcken, engen Miedern und langen weißen Schürzen und Knechte in Joppen und derben Stiefeln drehten sich nach dem Zarewitsch um. Sie lächelten hinter seinem Rücken. Sein hübsches Gesicht, die lockigen kastanienbraunen Haare und die strahlenden blaugrauen Augen erinnerten sie an die junge Zarin Katharina, seine Großmutter, wenn sie in Uniform auf ihrem gescheckten Wallach durch die verschneiten Straßen geritten war.

Diesen jungen Mann wünschten sie sich als Zaren. Alles, was sein Vater an ihm auszusetzen hatte – die Schweigsamkeit, das Geheimnisvolle, das Undurchdringliche in seinen blaugrauen Augen –, weckte die starke Neigung zum Mystizismus in ihren slawischen Seelen.

Alexander ließ sein Pferd satteln, saß auf und ritt davon. Die Diener und Stallknechte sahen ihm nach. Sie wußten, die Zeit war reif. Auf ihn warteten sie, denn seit Peter dem Großen war er ihnen verheißen worden. Der stille, geheimnisvolle Alexander war auserwählt, er verkörperte die russische Seele für sie.

Alexander ritt über die Newa und vorbei an den Märkten der Stadt. Er ließ den großen weißen Schimmel aber erst galoppieren, als das offene Weideland hinter ihm lag und er über die nassen herbstlichen Felder ritt.

Er ritt viele Stunden durch den Wald, als habe er kein Ziel. Schließlich erreichte er ein stilles Tal in diesem menschenleeren Wald. Hinter einem Gewirr schwarzer Zweige und goldgelber Blüten stand verborgen eine alte niedrige Hütte. Alexander saß ab und führte das dampfende Pferd am Zügel.

Er lief leise über die weichen, modrig duftenden Blätter auf dem Waldboden. Die schlanke, sportliche Gestalt, die schwarze Uniformjacke mit dem Stehkragen, die enganliegende weiße Reithose und die schwarzglänzenden Stiefel erweckten den Eindruck, er sei ein einfacher Soldat, der durch den Wald wanderte. Von den Zweigen der Bäume fielen Tropfen herab. Er wischte sie von den goldenen Epauletten und zog den Degen. Er berührte die Klinge, als prüfe er ihre Schärfe. Er warf einen kurzen Blick auf die Hütte, in deren Nähe zwei Pferde grasten.

Alexander sah sich prüfend um. Ein Kuckuck rief dreimal – dann war alles wieder still. Nur die Wassertropfen fielen von den Zweigen. Er ließ die Zügel seines Pferdes los und ging auf die Hütte zu.

Er stieß gegen die Tür, die sich knarrend öffnete. Im Inneren war alles dunkel. Seine Augen mußten sich erst langsam anpassen, aber er roch den Talg einer gerade erst gelöschten Kerze. Er glaubte, eine Bewegung zu hören, und sein Herz klopfte schneller.

»Sind Sie da?« flüsterte Alexander in die Dunkelheit. Dann sah er Funken – Stroh flammte auf, eine Kerze wurde entzündet. In ihrem

Glanz sah er das schöne ovale Gesicht, die schimmernden, dichten roten Haare, die funkelnden grünen Augen, die ihn fragend ansahen.

»Haben Sie Erfolg gehabt?« fragte Mireille so leise, daß er es kaum hörte.

»Ja. Sie ist im Gefängnis Ropscha«, flüsterte Alexander zurück, obwohl weit und breit kein Mensch war, der sie hätte hören können. »Ich kann euch dort hinbringen. Aber ich habe noch mehr erfahren. Er hat eine der Figuren, wie Sie befürchtet haben.«

»Und die anderen?« fragte Mireille ruhig. Ihre grünen Augen verwirrten ihn.

»Danach konnte ich nicht fragen, ohne sein Mißtrauen zu erregen. Es ist ein Wunder, daß er überhaupt soviel gesagt hat. Ach ja – hinter dem französischen Feldzug nach Ägypten scheint mehr zu stecken, als wir vermutet haben – vielleicht ist er nur eine Tarnung. General Buonaparte hat viele Wissenschaftler mitgenommen.«

»Wissenschaftler?« fragte Mireille und beugte sich über den Tisch.

»Mathematiker, Physiker und Chemiker«, sagte Alexander

Mireille warf einen Blick in die dunkle Ecke der Hütte. Die große, schlanke Gestalt eines Mannes mit einem Raubvogelgesicht trat ins Licht. An der Hand hielt er einen kleinen, etwa fünfjährigen Jungen, der Alexander freundlich anlächelte. Der Zarewitsch lächelte zurück.

»Hast du gehört?« fragte Mireille Schahin. Er nickte stumm. »Napoleon ist in Ägypten, aber nicht auf mein Geheiß. Was will er dort? Wieviel weiß er? Ich möchte, daß er nach Frankreich zurückkehrt. Wann kannst du bei ihm sein, wenn du dich sofort auf den Weg machst?«

»Vielleicht ist er in Alexandria, vielleicht auch in Kairo«, antwortete Schahin. »Wenn ich die Route durch das türkische Reich nehme, kann ich ihn innerhalb von zwei Monden in beiden Städten erreichen. Ich muß aber Al-Kalim mitnehmen. Die Osmanen werden erkennen, daß er der Prophet ist, die Hohe Pforte wird mich passieren lassen und mich zu dem Sohn von Letizia Buonaparte führen.«

Alexander hörte dem Gespräch staunend zu. »Ihr sprecht von General Buonaparte, als würden Sie ihn kennen«, sagte er zu Mireille.

»Er ist Korse«, erwiderte sie knapp, »Sie sprechen sehr viel besser

Französisch als er. Aber wir dürfen keine Zeit verlieren – ich möchte nach Ropscha, ehe es zu spät ist.«

Alexander half Mireille, ihren Umhang umzulegen, und wollte zur Tür, als er den kleinen Charlot an seiner Seite bemerkte.

»Al-Kalim hat Ihnen etwas zu sagen, Majestät«, erklärte Schahin mit einem Blick auf das Kind. Alexander lächelte den Kleinen an.

»Du wirst bald ein großer König sein«, sagte der kleine Charlot in seiner hellen Kinderstimme. Alexander lächelte noch immer, aber das Lächeln schwand bei seinen nächsten Worten. »Das Blut wird deine Hände weniger beflecken als die Hände deiner Großmutter, auch wenn eure Taten ähnlich sind. Ein Mann, den du bewunderst, wird dich verraten – ich sehe einen kalten Winter und ein großes Feuer. Du hast meiner Mutter geholfen. Deshalb wirst du vor den Händen dieses untreuen Menschen gerettet, und du wirst fünfundzwanzig Jahre herrschen ...«

»Charlot, es ist genug!« schimpfte Mireille, nahm ihren Sohn bei der Hand und warf Schahin einen vorwurfsvollen Blick zu.

Alexander rührte sich nicht von der Stelle, er war wie erstarrt. »Das Kind besitzt das Zweite Gesicht!« flüsterte er.

»Dann soll er es zu vernünftigeren Dingen benutzen«, grollte Mireille, »und nicht herumgehen und wie eine alte Hexe den Leuten die Zukunft weissagen.« Sie zog Charlot hinter sich her und eilte ins Freie. Der verwirrte Zarewitsch folgte ihr. Als er sich nach Schahin umdrehte und in dessen unergründliche schwarze Augen blickte, hörte er den kleinen Charlot zu seiner Mutter sagen:

»Tut mir leid, *maman*. Ich habe es vergessen. Ich verspreche dir, es nicht wieder zu tun.«

Die Bastille war im Verglich zu Ropscha ein Palast. Kalt und naß, ohne Fenster, um auch nur einen Lichtstrahl hereinzulassen, war es ein Ort der Verzweiflung. Zwei Jahre hatte die Äbtissin hier überlebt. Sie trank das faulige Wasser und aß das Essen, das man Schweinen nicht zugemutet hätte. In diesen zwei Jahren hatte Mireille alles versucht, um sie ausfindig zu machen.

Jetzt brachte Alexander sie heimlich in das Gefängnis. Er sprach mit den Wächtern, die ihn verehrten und liebten und alles für ihn getan hätten. Mireille hielt Charlot an der Hand und ging hinter dem

Wärter mit der Laterne durch die dunklen Gänge. Alexander und Schahin folgten ihnen.

Die Zelle der Äbtissin befand sich tief in den unterirdischen Gewölben des Gefängnisses – ein kleines Verlies mit einer dicken Eisentür. Mireille erfaßte kalte Angst. Der Wärter öffnete die Tür. Sie trat zögernd ein. Die alte Frau lag leblos in der Ecke. Ihre vertrocknete Haut war so gelb wie welkes Laub. Mireille sank neben der Pritsche auf die Knie, nahm die Äbtissin in die Arme und richtete sie auf. Sie war federleicht, und es schien, als werde sie im nächsten Augenblick zu Staub zerfallen.

Charlot trat neben sie und nahm die schlaffe Hand in seine. »*Maman*«, flüsterte er, »die Dame ist sehr krank. Sie möchte, daß wir sie hier wegbringen, bevor sie stirbt...« Mireille sah ihn an, dann blickte sie zu Alexander auf, der hinter ihr stand.

»Ich will sehen, was ich tun kann«, sagte er und verließ die Zelle mit dem Wärter. Schahin trat neben die Pritsche. Die Äbtissin versuchte unter größten Anstrengungen die Augen aufzuschlagen, aber es gelang ihr nicht. Mireille legte den Kopf auf die Brust der alten Frau, und heiße Tränen stiegen ihr in die Augen. Charlot legte ihr die Hand auf die Schulter.

»Sie möchte etwas sagen«, erklärte er ruhig, »ich kann ihre Gedanken hören... Sie möchte nicht bei den anderen begraben werden... Mutter«, flüsterte er, »sie hat etwas in ihrem Kleid! Und das müssen wir bekommen – sie möchte, daß wir es bekommen.«

»Großer Gott«, murmelte Mireille, als Alexander wieder eintrat.

»Kommt, laßt sie uns mitnehmen, ehe der Wärter es sich anders überlegt«, flüsterte er. Schahin beugte sich über das Lager und nahm die Äbtissin auf seine Arme. Sie war so leicht wie eine Feder. Die vier eilten aus dem Gefängnis. Sie verließen es durch eine Tür, die zu einem unterirdischen Gang führte. Als sie wieder ans Tageslicht kamen, fanden sie ihre Pferde in der Nähe. Schahin hielt die schwache Äbtissin in einem Arm, bestieg sein Pferd und ritt in den Wald. Die anderen folgten ihm.

Auf der ersten stillen Lichtung hielten sie an und saßen ab. Schahin übergab Alexander die Äbtissin. Mireille breitete für die Sterbende ihren Umhang auf die Erde Die Äbtissin hielt die Augen geschlossen, aber sie wollte etwas sagen. Alexander brachte ihr in den bloßen Händen etwas Wasser von einem nahen Bach. Aber sie war zu schwach, um zu trinken.

»Ich wußte...«, sagte sie heiser und mit brechender Stimme.

»Ihr wußtet, daß ich kommen würde«, sagte Mireille und strich ihr über die heiße Stirn, während die Äbtissin weiter um Worte rang. »Aber ich bin leider zu spät gekommen. Ihr werdet ein christliches Begräbnis bekommen. Ich werde Euch die Beichte abnehmen, da sonst niemand hier ist.« Tränen flossen ihr über das Gesicht, während sie neben der Äbtissin kniete und ihre Hand umklammerte. Auch Charlot kniete. Seine Hände lagen auf dem Äbtissinnengewand.

»Mutter, es ist hier in diesem Kleid – zwischen dem Stoff und dem Futter!« rief er. Schahin trat zu ihnen und zog seinen *busaadi*, um die Naht zu durchtrennen. Mireile legte ihm die Hand auf den Arm, um ihn daran zu hindern. In diesem Augenblick schlug die Äbtissin die Augen auf und fing an zu flüstern.

»Schahin«, sagte sie, und ein Lächeln glitt über ihr Gesicht, während sie versuchte, die Hand zu heben, um ihn zu berühren. »Du hast endlich deinen Propheten... Ich werde bald deinen Allah sehen... bald... ich werde Ihn... von dir grüßen...« Die Hand fiel schlaff herunter, und ihre Augen schlossen sich. Mireille begann zu schluchzen, aber die Äbtissin bewegte noch die Lippen. Charlot beugte sich vor und drückte seine Lippen auf die Stirn der Äbtissin. »Zerschneidet... nicht... den Stoff...«, waren ihre letzten Worte. Dann bewegte sie sich nicht mehr.

Schahin und Alexander standen stumm und reglos unter den tropfenden Bäumen. Mireille warf sich über den Körper der toten Äbtissin und weinte. Nach einigen Minuten zog Charlot seine Mutter weg. Mit seinen kleinen Händen hob er das schwere Gewand und deutete auf das Futter des Vorderteils. Sie hatte mit ihrem eigenen Blut ein Schachbrett darauf gezeichnet – es war jetzt braun und fleckig vom langen Tragen. In jedem Feld befand sich, mit großer Sorgfalt gemalt, ein Symbol. Charlot sah Schahin an, der ihm das Messer reichte. Das Kind durchtrennte vorsichtig den Faden, mit dem das Futter angenäht worden war. Unter dem gezeichneten Schachbrett kam das schwere Tuch aus mitternachtsblauem Samt zum Vorschein, auf dem die Edelsteine schimmerten.

PARIS

Januar 1799

Charles-Maurice Talleyrand verließ den Sitz des Direktoriums und hinkte die vielen Stufen zum Hof hinunter, wo seine Kutsche wartete. Es war ein harter Tag mit Anschuldigungen und Vorwürfen gewesen. Die fünf Mitglieder des Direktoriums hatten ihn beschuldigt, von der amerikanischen Delegation Bestechungsgelder angenommen zu haben. Er war zu stolz, um sich zu rechtfertigen. Talleyrand erinnerte sich außerdem noch zu gut an die Armut, um seine Sünden zu gestehen und auf das Geld zu verzichten. Er hatte ihre Beschimpfungen versteinert über sich ergehen lassen. Nachdem sie ihr Pulver verschossen hatten, war er wortlos aufgestanden und hinausgegangen.

Er hinkte mühsam über das Pflaster. Er würde heute alleine speisen, eine Flasche alten Madeira öffnen und heiß baden. An etwas anderes dachte er nicht, als sein Kutscher, der seinen Herrn entdeckt hatte, zur Kutsche eilte. Talleyrand bedeutete ihm, sofort loszufahren, und stieg ohne Hilfe ein. Da erstarrte er.

»Keine Angst«, hörte er eine leise Frauenstimme – eine Stimme, bei der ihm kalte Schauer über den Rücken liefen. Eine behandschuhte Hand legte sich im Dunkeln auf seinen Arm. Als die Kutsche vorwärts rollte, sah er im Licht der Straßenlampen die zarte Haut und die roten Haare.

»Mireille!« rief Talleyrand, aber sie legte ihm den behandschuhten Finger an die Lippen. Ehe er wußte, was er tat, kniete er in der schaukelnden Kutsche vor ihr und bedeckte das heißgeliebte Gesicht mit Küssen. Er vergrub seine Hände in ihren Haaren, murmelte tausend Dinge und glaubte, den Verstand zu verlieren.

»Wenn du nur wüßtest, wie lange ich nach dir gesucht habe – nicht nur in Frankreich, sondern in jedem Land. Wie konntest du mich so lange ohne ein einziges Wort, ohne Lebenszeichen lassen? Ich war außer mir vor Angst um dich...« Mireille verschloß ihm mit ihren Lippen den Mund. Er überließ sich der Wärme ihres Körpers und weinte. Er weinte die ungeweinten Tränen sieben langer Jahre und trank die Tränen auf ihren Wangen, während sie sich aneinanderklammerten, wie verlassene Kinder im Sturm auf dem Meer.

Im Schutz der Dunkelheit eilten sie unbemerkt durch die großen Glastüren in sein Haus. Ohne die Türen zu schließen oder die Lampen zu entzünden, nahm er sie in seine Arme und trug sie zum Diwan. Ihre langen Haare fielen über seine Arme. Er entkleidete sie ohne ein Wort, bedeckte ihren bebenden Körper mit Küssen und vergaß alles über ihrer warmen Haut, ihren seidigen Haaren.

»Ich liebe dich«, sagte er, und zum erstenmal kamen diese Worte über seine Lippen.

»Deine Liebe hat uns ein Kind geschenkt«, flüsterte Mireille. Er glaubte, sein Herz werde brechen.

»Wir machen noch ein Kind«, sagte er, und seine Leidenschaft erfaßte ihn wie ein Orkan.

»Ich habe sie vergraben«, sagte Talleyrand, als sie in dem kleinen Speisezimmer neben seinem Schlafzimmer saßen, »in den grünen Bergen von Amerika – und ich muß zu seiner Rechtfertigung gestehen, Courtiade hat versucht, mich davon abzubringen. Er hatte mehr Vertrauen als ich. Er glaubte fest daran, daß du noch lebst.« Talleyrand lächelte Mireille an, die ihm, in seinen Morgenmantel gehüllt, mit offenen Haaren gegenübersaß. Sie war so schön. Er sehnte sich danach, sie wieder in seinen Armen zu haben. Aber der sittsame Courtiade stand hinter ihnen und bediente sie bedächtig, während er ihnen zuhörte.

»Courtiade«, sagte Talleyrand und versuchte seiner Erregung Herr zu werden, »offenbar habe ich ein Kind – einen Sohn. Er heißt wie ich Charlot...« Er sah Mireille an. »Wann werde ich dieses kleine Wunder sehen dürfen?«

»Bald«, antwortete Mireille, »er ist in Ägypten bei General Buonaparte. Wie gut kennst du Napoleon?«

»Ich habe ihm die Idee, dort hinzugehen, in den Kopf gesetzt – zumindest will er mir das einreden.« Talleyrand erzählte schnell von der Begegnung mit Buonaparte und David. »Und so habe ich erfahren, daß du vielleicht noch am Leben bist und ein Kind hast«, berichtete er. »David berichtete uns die Sache mit Marat.« Er sah sie ernst an, aber Mireille schüttelte nur den Kopf, als wolle sie nicht mehr daran denken.

»Du sollst noch etwas erfahren«, sagte er langsam und sah Courtiade dabei an. »Es gibt eine Frau – sie heißt Catherine Grand. Sie ist irgendwie an der Jagd nach dem Montglane-Schachspiel beteiligt. David sagte, Robespierre habe sie die weiße Dame genannt . . .«

Mireille war plötzlich sehr blaß geworden. Sie brachte kein Wort heraus. Auch ihre Lippen wurden bleich. Sie sah Talleyrand wie gebannt an.

»Wo ist sie jetzt?« flüsterte sie schließlich.

Talleyrand ließ den Kopf sinken, dann richteten sich seine blauen Augen wieder auf sie. »Wärst du nicht gestern abend in der Kutsche gewesen«, sagte er langsam, »dann wäre sie in mein Bett gekommen.«

Sie schwiegen. Courtiade starrte auf den Tisch. Talleyrand sah Mireille flehend an. Sie legte das Messer auf den Teller, schob den Stuhl zurück, stand auf und ging zum Fenster. Talleyrand folgte ihr und legte ihr von hinten die Arme um die Schultern.

»Ich hatte so viele Frauen«, murmelte er in ihre Haare, »ich dachte, du seist tot. Und dann, als ich wußte, daß du lebst . . . wenn du sie siehst, wirst du mich verstehen.«

»Ich muß sie nicht sehen«, erwiderte Mireille tonlos. Sie drehte sich um und flüsterte: »Diese Frau hat acht Figuren . . .«

»Sieben«, korrigierte sie Talleyrand, »ich habe die achte.« Mireille sah ihn erstaunt an.

»Wir haben sie zusammen mit den anderen im Wald vergraben«, sagte er. »Mireille, es war richtig, sie dort zu verstecken und uns damit von dem schrecklichen Fluch zu befreien. Früher wollte ich das Schachspiel auch einmal besitzen. Ich habe mit dir und Valentine gespielt. Ich wollte euer Vertrauen gewinnen. Aber statt dessen habt ihr meine Liebe geweckt.« Er umklammerte ihre Schultern. Er sah nicht, welche Gedanken in ihr tobten. »Ich sage es noch einmal: Ich liebe dich. Müssen wir denn alle in diesen tödlichen Abgrund hineingezogen werden? Hat dieses Spiel uns nicht bereits genug gekostet?«

»Viel zuviel«, sagte Mireille. Ihr Gesicht war leichenblaß und zu einer steinernen Maske erstarrt. Sie löste sich von ihm. »Zuviel, um zu vergeben und zu vergessen. Diese Frau hat kaltblütig fünf Nonnen ermordet. Ich weiß, sie ist ein Todesengel und für einen Marat, für einen Robespierre und alle ihre Greueltaten verantwortlich – und für Valentines Hinrichtung! Vergißt nicht: Ich habe mit angesehen, wie man Valentine wie ein Tier geschlachtet hat!« Mireilles grünen Augen glühten wie in Raserei. »Ich habe sie alle sterben sehen – Valentine, die Äbtissin, Marat, Charlotte Corday gab für mich ihr Leben! Die Untaten dieser Frau werden nicht ungesühnt bleiben. Die Rache ist nicht meine Aufgabe, aber ich will diese Figuren, koste es was es wolle!«

Talleyrand war zurückgewichen und sah sie mit Tränen in den Augen an. Er hatte Courtiade vergessen, der nun zu ihm trat und ihm die Hand auf den Arm legte.

»Monseigneur, Madame hat recht«, sagte er leise, »so sehr wir uns auch nach dem Glück sehnen, so sehr wir auch die Augen vor allem verschließen wollen – dieses Spiel wird nie enden, bis alle Figuren vereint und unschädlich gemacht worden sind. Das wissen Sie so gut wie ich. Madame Grand muß aufgehalten werden.«

»Ist nicht bereits genug Blut geflossen?« fragte Talleyrand.

»Mir geht es wirklich nicht mehr um Rache«, erklärte Mireille und sah wieder Marats entstelltes Gesicht vor sich und wie er ihr zeigte, wo sie mit dem Dolch zustechen sollte. »Ich will die Figuren – das Spiel muß ein Ende haben.«

»Sie hat mir die eine Figur freiwillig gegeben«, sagte Talleyrand, »auch Gewalt wird sie nicht dazu bringen, sich von den anderen zu trennen.«

»Wenn du sie heiratest«, sagte Mireille, »dann gehört ihr Besitz nach französischem Recht dir. Sie gehört dann dir.«

»Heiraten!« schrie Talleyrand und wich vor Mireille zurück, als habe er sich verbrannt. »Aber ich liebe dich! Außerdem bin ich ein Bischof der katholischen Kirche. Mit oder ohne Bistum unterstehe ich dem römischen und nicht dem französischen Gesetz.«

Courtiade räusperte sich. »Monseigneur werden möglicherweise eine päpstliche Dispensierung erwirken«, erklärte er höflich. »Soweit mir bekannt ist, gibt es Präzedenzfälle.«

»Courtiade, vergiß bitte nicht, in wessen Dienst *du* stehst!« fuhr ihn Talleyrand an. »Es kommt nicht in Frage. Wie kann man nach allem, was wir über diese Frau wissen, an so etwas auch nur denken?! Mireille, für sieben elende Schachfiguren soll ich meine Seele verkaufen?«

»Um dieses Spiel für alle Zeiten zu beenden«, sagte Mireille mit dunkelglühenden Augen, »würde ich meine Seele verkaufen.«

KAIRO

Februar 1799

»Das ist die Sphinx«, sagte Schahin zu Charlot. Der rothaarige, inzwischen sechs Jahre alte Junge sprach fließend Kabylisch, Arabisch und Französisch. Schahin konnte sich mühelos mit ihm unterhalten. »Sie ist eine uralte und mythische Gestalt mit dem Kopf einer Frau und dem Körper eines Löwen. Sie sitzt zwischen den Sternzeichen Löwe und Jungfrau, wo am Tag der Sommersonnenwende die Sonne untergeht.«

»Warum hat sie einen Bart, wenn sie eine Frau ist?« fragte Charlot und blickte zu der großen Gestalt aus Stein hinauf.

»Sie ist eine große Königin – die Königin der Nacht«, erwiderte Schahin. »Ihr Planet ist Merkur, der Gott des Heilens. Der Bart ist ein Zeichen ihrer großen Macht.«

»Meine Mutter ist auch eine große Königin, hast du mir gesagt«, erwiderte Charlot, »aber sie trägt keinen Bart.«

»Vielleicht möchte sie ihre Macht nicht zur Schau stellen«, sagte Schahin.

Sie blickten von der Anhöhe über die Wüste. In der Ferne sahen sie das Feldlager mit den vielen Zelten. Von dort waren sie aufgebrochen. Um sie herum erhoben sich die gewaltigen Pyramiden im goldenen Sonnenlicht. Charlot sah Schahin mit seinen blauen Augen an.

»Wer hat die Pyramiden gebaut?«

»Viele Könige vor Tausenden von Jahren«, antwortete Schahin. »Diese Könige waren auch große Priester. Deshalb nennen wir sie auf arabisch *kahin* – einer, der die Zukunft kennt. Bei den Phöniziern, Babyloniern und den Khabiru – das Volk, das man Hebreu nennt – ist die Bezeichnung für Priester *kohen*, und in meiner Sprache sagen wir *kahuna*.«

»Bin ich ein *kahuna*?« fragte Charlot, als Schahin ihm von der Löwentatze herunterhalf. Ein Trupp Reiter näherte sich ihnen vom

Feldlager. Die Hufe ihrer Pferde wirbelten kleine Sandwölkchen auf.

»Nein«, sagte Schahin ruhig, »du bist mehr als das.«

Als die Pferde anhielten, sprang der junge Reiter an der Spitze ab, kam mit großen Schritten auf sie zu und zog dabei seine Handschuhe aus. Die langen kastanienbraunen Haare fielen ihm auf die Schultern. Er kauerte vor dem kleinen Charlot nieder, während die anderen Reiter absaßen.

»Hier bist du also«, sagte der junge Mann. Er trug eine enganliegende Reithose und die hochgeschnittene französische Uniformjacke. »Mireilles Kind! Ich bin General Buonaparte, junger Mann – ein guter Freund deiner Mutter. Aber warum ist sie nicht bei dir? Im Lager hat man mir gesagt, du seist allein gekommen, um mit mir zu sprechen.«

Napoleon fuhr mit der Hand durch Charlots rote Haare. Dann schob er die Handschuhe unter den Gürtel, stand auf und verbeugte sich förmlich vor Schahin.

»Und Sie müssen Schahin sein«, sagte er, ohne auf eine Antwort des Kindes zu warten. »Meine Großmutter, Angela-Maria di Pietra-Santa, hat oft von Ihnen erzählt und gesagt, Sie seien ein großer Mann. Sie hat die Mutter dieses Jungen zu Ihnen in die Wüste geschickt. Das muß etwa vor fünf oder sogar noch mehr Jahren gewesen sein . . .«

Schahin nahm ernst den Schleier vom Mund. »Al-Kalim bringt eine Nachricht von großer Dringlichkeit«, sagte er ruhig. »Sie ist nur für Ihre Ohren bestimmt.«

»Aber, aber«, sagte Napoleon mit einer Handbewegung in Richtung der Reiter, »das sind nur meine Offiziere. Wir brechen im Morgengrauen nach Syrien auf – es wird ein harter Marsch werden. Was es auch sein mag, es hat Zeit bis heute abend. Ich lade euch als meine Gäste zum Abendessen im Palast des Beis ein.« Er drehte sich um und wollte gehen, aber Charlot ergriff seine Hand.

»Dieser Feldzug steht unter einem schlechten Zeichen«, sagte der kleine Junge. Napoleon sah ihn verwundert an, aber Charlot sprach weiter. »Ich sehe Hunger und Durst. Viele Männer werden sterben, und nichts wird gewonnen. Sie müssen sofort nach Frankreich zurückkehren. Dort werden Sie ein großer Herrscher werden. Sie werden große Macht auf Erden haben – aber nur fünfzehn Jahre. Dann ist alles zu Ende...«

Napoleon zog seine Hand zurück. Seine Offiziere sahen verlegen zu. Der junge General warf den Kopf zurück und lachte.

»Ich habe gehört, man nennt dich den kleinen Propheten«, sagte er und lächelte Charlot an. »Im Lager erzählt man, daß du den Soldaten alles mögliche prophezeit hast – wie viele Kinder sie bekommen werden, in welchen Schlachten sie Ruhm oder den Tod finden. Ich wünschte nur, solche Visionen gäbe es tatsächlich. Denn wenn Generäle Propheten wären, könnten sie viele Fallen und Niederlagen vermeiden.«

»Es gab einmal einen General, der gleichzeitig ein Prophet war«, sagte Schahin leise, »sein Name ist Mohammed.«

»Auch ich habe den Koran gelesen, mein Freund«, sagte Napoleon lächelnd, »aber Mohammed kämpfte für den Ruhm Gottes. Wir armen Franzosen kämpfen nur für den Ruhm Frankreichs.«

»Wehe dem, der für den eigenen Ruhm kämpft«, sagte Charlot.

Napoleon hörte das Gemurmel seiner Offiziere im Rücken und sah Charlot durchdringend an. Er lächelte nicht mehr. An seinem Gesicht konnte man ablesen, daß er darum kämpfen mußte, die Beherrschung nicht zu verlieren. »Ich lasse mich nicht von einem Kind schulmeistern«, brummte er und fügte lauter hinzu: »Ich glaube kaum, daß mein Ruhm so hell strahlt, wie du zu glauben scheinst, mein junger Freund – oder auch so schnell erlöschen wird. Ich breche bei Tagesanbruch nach Syrien auf, und nur ein Befehl meiner Regierung wird meine Rückkehr nach Frankreich beschleunigen.«

Er drehte sich um, ging zu seinem Pferd, schwang sich in den Sattel und befahl einem der Offiziere, Charlot und Schahin zum Abendessen nach Kairo in den Palast zu bringen. Dann ritt er allein in die Wüste, während die anderen ihm stumm nachsahen.

Schahin erklärte den verwirrten Offizieren, sie könnten sich getrost auf den Rückweg machen, denn der Junge habe die Pyramiden noch nicht aus der Nähe gesehen. Als die Männer zögernd die Pferde bestiegen, nahm Schahin den Kleinen an der Hand, und sie wanderten allein über die große, weite Ebene.

»Schahin«, sagte Charlot nachdenklich, »warum war General

Buonaparte so ärgerlich über meine Worte? Ich habe ihm doch nur die Wahrheit gesagt.«

Schahin schwieg eine Weile, dann antwortete er: »Stell dir vor, du wärst in einem dunklen Wald und könntest nichts sehen. Nur eine Eule würde dich begleiten, die sehr viel besser sieht als du, denn ihre Augen sind für die Nacht geschaffen. Diese Art Sicht besitzt du – du siehst, wo andere in Dunkelheit gehen. Würdest du dich an Stelle der anderen nicht auch fürchten?«

»Vielleicht«, erwiderte Charlot, »aber ich wäre bestimmt nicht ärgerlich, wenn die Eule mich vor einer Falle warnte, in die ich geriete, wenn ich ahnungslos weiterginge.«

Schahin sah den Jungen an, und ein seltenes Lächeln umspielte seine Lippen. Schließich sagte er:

»Es ist immer schwierig und oft gefährlich, etwas zu besitzen, was anderen fehlt. Manchmal ist es besser, sie im dunkeln zu lassen.«

»Wie das Montglane-Schachspiel«, rief der Junge, »meine Mutter sagt, es war tausend Jahre in der Dunkelheit begraben.«

»Ja«, sagte Schahin, »genauso.«

In diesem Augenblick erreichten sie die große Pyramide. Auf der Erde saß ein Mann auf einem wollenen Mantel, den er über den Sand gebreitet hatte. Viele zusammengerollte Papyrusrollen lagen vor ihm. Er blickte zu der Pyramide hinauf, wandte aber den Kopf, als Charlot und Schahin sich näherten. Als er sie erkannte, lachte er.

»Der kleine Prophet!« rief der Mann, stand auf und klopfte sich den Sand von der Reithose. Dann kam er ihnen entgegen und begrüßte sie. Über die dicken Wangen und das breite Kinn huschte ein Lächeln, als er sich eine Locke aus der Stirn schob.

»Monsieur Fourier!« rief Charlot, ließ Schahins Hand los und lief zu dem berühmten Physiker. »Haben Sie das Rätsel der Pyramiden gelöst? Sie sind schon so lange hier, und Sie arbeiten so schwer.«

»Leider nein«, antwortete Fourier und tätschelte Charlots Kopf, während Schahin zu ihnen trat. »Auf diesen Rollen sind nur die Zahlen arabisch, alles andere ist Kauderwelsch, das wir nicht lesen können – Bilder und ähnliches. Wie ich höre, hat man in Rosetta einen Stein mit einer Inschrift in mehreren Sprachen gefunden. Vielleicht hilft uns das bei der Übersetzung dieser Rollen weiter. Man wird den Stein nach Frankreich bringen. Aber bis die Inschrift entziffert ist, bin ich möglicherweise schon tot.« Er lachte und schüttelte Schahin die Hand. »Wenn Ihr kleiner Begleiter wirklich der Prophet ist, wie Sie behaupten, müßte er diese Bilder verstehen und würde uns viel Arbeit ersparen.«

»Schahin versteht etwas davon«, sagte Charlot stolz und lief zur Pyramide. Er betrachtete die seltsamen eingeritzten Zeichen. »Das – der Mann mit einem Vogelkopf – ist der große Gott Thoth. Er war Arzt und konnte alle Krankheiten heilen. Er hat auch die Schrift erfunden. Es war seine Aufgabe, die Namen aller in das Totenbuch zu schreiben. Schahin sagt, jeder Mensch bekommt bei seiner Geburt einen geheimen Namen, der auf einen Stein geschrieben ist. Und diesen Stein erhält er, wenn er stirbt. Und jeder Gott hat anstelle des geheimen Namens eine Zahl . . .«

»Eine Zahl!« rief Fourier und sah Schahin an. »Sie können diese Zeichnungen deuten?«

Schahin schüttelte den Kopf. »Ich kenne nur die alten Geschichten«, antwortete er. »Mein Volk verehrt Zahlen und schreibt ihnen göttliche Eigenschaften zu. Wir glauben, daß Universum setzt sich aus Zahlen zusammen, und es ist nur eine Frage der Schwingung in Übereinstimmung mit den Resonanzen dieser Zahlen, um eins mit Gott zu werden.«

»Aber das glaube ich auch!« rief der Mathematiker. »Ich studiere die Beschaffenheit der Schwingungen. Doch alle die Erkenntnisse über Zahlen, auf denen unsere modernen Theorien beruhen, stammen von euch Arabern.«

»Schahin ist kein Araber«, widersprach Charlot, »er ist ein Blauer Mann der Tuareg.«

Fourier sah den Jungen verwirrt an, dann sagte er zu Schahin: »Aber Sie scheinen zu wissen, wonach ich suche. Das Werk von Al-Chwarismi, das der große Mathematiker Leonardo Fibonacci nach Europa gebracht hat; die arabischen Zahlen und die Algebra, die unser Denken revolutionierten – liegt ihr Ursprung nicht hier in Ägypten?«

»Nein«, erwiderte Schahin und betrachtete die Zeichnungen an der Pyramide, »all das kommt aus Mesopotamien – die Hinduziffern stammen aus den Bergen Turkestans. Aber ein Mann kannte das Geheimnis und schrieb es nieder. Er hieß Al-Dschabir ibn Hajjan. Er war Chemiker am Hof von Harun al-Raschid in Bagdad, dem Kalifen aus Tausendundeiner Nacht. Dieser Al-Dschabir war ein Sufi, ein Mystiker, ein Mitglied der berühmten Assassinen. Er gab dem Geheimnis eine Formel und wurde deshalb für alle Zeiten verflucht. Er versteckte sie im Montglane-Schachspiel.«

NEW YORK

September 1973

Wieder näherten wir uns einer Insel im dunklen Meer – einem einhundertachtzig Kilometer langen Streifen vor der Atlantikküste, bekannt als Long Island.

Lily und ich standen an Deck und umarmten uns mit Tränen in den Augen. Nach mehr als einem Monat auf dem Atlantischen Ozean erblickten wir nun endlich die amerikanische Küste.

Während wir uns Long Island näherten, sahen wir, daß überall Boote und Schiffe auf den Wellen schaukelten. In Küstennähe wurde das Treiben so dicht wie auf einer Autobahn – bunte Fahnen flatterten im Wind, und Segel blähten sich über dem unruhigen Wasser. Dunkelglänzende Yachten mischten sich unter die kleinen Motorboote, die wie Libellen hin und her schossen. Wir sahen auch die grauen Boote der Küstenwache ruhig durch das Gewirr tuckern und eine Gruppe großer Tanker, die an der Inselspitze vor Anker lagen. Es waren so viele Schiffe, daß ich mich fragte, was hier wohl los sei. Lily beantwortete meine unausgesprochene Frage, als sie zu Solarin sagte, der wieder das Steuer übernahm:

»Ich weiß nicht, ob wir Pech oder Glück haben, aber das ist kein Begrüßungskomitee für uns. Weißt du, was für ein Tag heute ist? Labor Day!«

Natürlich! dachte ich, und das bedeutete auch das Ende der Segelsaison. Das erklärte auch das wirre Durcheinander auf dem Wasser.

Als wir Shinnecock Inlet erreichten, wurde der Bootsverkehr so dicht, daß kaum noch Platz zum Manövrieren blieb. Vierzig Boote warteten in einer langen Schlange darauf, in die Bucht zu kommen. Deshalb segelten wir etwa fünfzehn Kilometer weiter zur Moriches Inlet. Hier hatte die Küstenwache alle Hände voll zu tun, Boote abzuschleppen, Betrunkene aus dem Wasser zu ziehen, und fand wohl kaum Zeit, eine kleine Yacht wie die unsere zu bemerken, die unter ihren nichtsahnenden Augen mit illegalen Einwanderern und illegaler Fracht durch die Binnenwasserstraße ans Ufer gitt.

Die Warteschlange kam hier etwas schneller vorwärts. Lily und ich holten die Segel ein, Solarin warf den Motor an und wich Booten aus, um nicht gerammt zu werden. Eine Yacht kam uns entgegen, und als sie dicht an uns vorbeifuhr, drückte ein Mann Lily ein Plastikglas Champagner in die Hand.

Es dauerte eine Ewigkeit, bis wir uns Westhampton Beach näherten. Unbemerkte setzte Solarin Lily und mich mit Carioca am Pier ab. Er reichte uns den Beutel mit den Schachfiguren und ein paar Taschen mit unseren wenigen persönlichen Dingen. Dann ging er in der Bucht vor Anker, zog sich bis auf die Badehose aus, sprang ins Wasser und schwamm ans Ufer. Wir gingen in das nächstbeste Gasthaus. Dort zog Solarin sich trockene Sachen an, und dann wollten wir in aller Ruhe die nächsten Schritte besprechen. Wir sonnten uns noch im Hochgefühl der glücklichen Rückkehr und Lily wollte unbedingt Mordecai anrufen.

Uns war klar, wir mußten mit den Figuren sofort zu ihm oder zumindest so lange von der Bildfläche verschwinden, bis wir ihn verständigt hatten. Doch Mordecai war nicht zu erreichen.

»Mein Freund Nim hat ein Haus in der Nähe von Montauk Point. Das ist ungefähr eine Stunde von hier«, sagte ich. »Wir könnten mit der Long-Island-Bahn hinfahren. Ich kündige per Telefon unser Kommen an. Es ist zu gefährlich, sich jetzt sofort nach Manhattan zu wagen.« Ich dachte an das Labyrinth Manhattan. Wie schnell konnten wir in der Falle sitzen. Nach all den Anstrengungen wäre es unverzeihlich gewesen, plötzlich wie Bauern in die Enge getrieben zu werden.

»Ich habe eine Idee«, rief Lily. »Ich werde zu Mordecai fahren. Er hält sich nie außerhalb des Diamantenviertels auf, und das ist nicht sehr groß. Entweder ist er in der Buchhandlung, wo du ihn kennengelernt hast, oder in einem der Restaurants in der Nähe. Ich kann auf dem Weg bei mir zu Hause vorbeigehen. Dann nehme ich mir einen Wagen und komme mit Mordecai und seinen Figuren zu euch. Ich rufe dich von Montauk Point an, wenn wir dort sind.«

»Nim hat kein Telefon«, wandte ich ein, »nur eine Nummer, die mit seinem Computer verbunden ist. Ich hoffe, er hört die einlaufenden Nachrichten ab, sonst stranden wir dort.«

»Dann treffen wir uns eben zu einem festen Zeitpunkt«, schlug Lily vor. »Wie wäre es um neun heute abend? Bis dahin habe ich Zeit, Mordecai zu suchen, kann ihm kurz die Lage erklären und meine neuesten Schachkenntnisse andeuten ... ich meine, schließlich ist er mein Schachtrainer, und ich habe ihn seit Monaten nicht gesehen.«

Wir mußten lachen und fanden den Plan vernünftig. Ich wählte Nims Nummer und teilte dem Computer mit, wir würden in einer Stunde per Zug eintreffen. Wir leerten unsere Drinks und machten uns zu Fuß auf den Weg zum Bahnhof – Lily fuhr nach Manhattan zu Mordecai, Solarin und ich in die andere Richtung zu Nim.

Als Lily in ihren Zug stieg, der abfahrbereit auf dem Bahnsteig stand, rief sie noch: »Wenn es Probleme gibt oder ich nicht um neun am Treffpunkt sein kann, hinterlasse ich über Nims Computer eine Nachricht ...«

Es waren zwar nur etwa siebzig Kilometer bis Montauk Point, aber die Fahrt dauerte über eine Stunde. Mit Wartezeiten und dem Weg zum Bahnhof waren vielleicht zwei Stunden vergangen, seit ich Nim meine Nachricht übermittelt hatte. Ich rechnete jedoch nicht damit, ihn zu sehen – denn soweit ich aus eigener Erfahrung wußte, hörte er vermutlich einmal im Monat die eingegangenen Nachrichten ab.

Deshalb überraschte es mich, als ich noch im Zug die große, schlanke Gestalt auf dem Bahnsteig entdeckte. Die kupferroten Haare wehten im Wind, der lange weiße Schal flatterte bei jedem Schritt. Als er mich sah, sprang er wie ein Verrückter in die Luft, winkte mit den Armen und stürmte ohne Rücksicht auf die Fahrgäste los, die ihm irritiert auswichen. Als er mich erreicht hatte, riß er mich mit beiden Händen an sich und zog mich in seine Arme. Er vergrub das Gesicht in meine Haare und drückte mich so fest, daß ich keine Luft mehr bekam. Er hob mich hoch, wirbelte mich herum, setzte mich wieder ab und sah mich mit Tränen in den Augen an.

»Mein Gott! Mein Gott!« rief er mit heiserer Stimme und schüttelte immer wieder den Kopf. »Ich dachte, du bist tot. Ich habe nicht mehr geschlafen, seit ich wußte, daß du Algier verlassen hast. Dieser Sturm – und dann keine Spur mehr von dir!« Er verschlang mich geradezu mit den Augen. »Ich war fest davon überzeugt, dich umgebracht zu haben, indem ich dich dort hingeschickt hatte ...«

»Mit dir als Ratgeber war mein Leben mehr als einmal in Gefahr«, sagte ich lachend.

Er strahlte immer noch und umarmte mich wieder, als er plötzlich erstarrte und langsam die Arme sinken ließ. Ich sah erstaunt zu ihm auf. Nim blickte ungläubig staunend über meine Schulter – oder war es Angst? Ich war nicht sicher.

Ich drehte mich schnell um und sah Solarin gerade aus dem Zug steigen. Er schleppte unsere Taschen. Sein Gesicht hatte denselben maskenhaften Ausdruck wie an dem ersten Tag im Metropolitan Club. Seine Augen richteten sich auf Nim. Ich drehte mich wieder um und wollte Nim gerade erklären, wer das war, aber Nims Lippen bewegten sich, als sei Solarin ein Gespenst oder ein Ungeheuer. Ich hörte ihn immer wieder tonlos flüstern:

»Sascha? Sascha? Sascha!«

Ich fuhr herum. Solarin stand regungslos auf dem Trittbrett des Wagens. Die Fahrgäste hinter ihm warteten, daß es endlich weiterging. Seine Augen füllten sich mit Tränen – Tränen liefen ihm über das Gesicht.

»Slawa!« schrie er, und die Stimme versagte ihm. Er ließ die Taschen fallen, sprang vom Trittbrett, war mit einem Satz an mir vorbei und warf sich Nim in die Arme. Es sah aus, als wollten sie sich gegenseitig erdrücken. Ich holte schnell die Taschen und den Beutel mit den Figuren. Die beiden hielten sich immer noch umarmt. Nims Arme lagen um Solarins Kopf, er drückte ihn immer wieder an sich. Sie sahen sich abwechselnd fassungslos an und umarmten sich, während ich staunend zusah. Die Fahrgäste liefen um uns herum wie Wasser um Steine – so gleichgültig können nur die New Yorker sein.

»Sascha«, murmelte Nim immer wieder und schluchzte. Solarins Gesicht lag an Nims Brust. Er hatte die Augen geschlossen, und die Tränen strömten ihm über die Wangen. Mit einer Hand hielt er sich an Nims Schulter, als sei er zu schwach zum Stehen. Ich konnte es nicht glauben.

Als die letzten Fahrgäste verschwunden waren, griff ich nach den Taschen.

»Laß nur, ich mach das schon«, rief Nim und putzte sich die Nase.

Er hatte den einen Arm immer noch um Solarins Schulter gelegt und drückte ihn, als wolle er sich noch einmal überzeugen, daß er wirklich aus Fleisch und Blut war.

»Mir scheint, ihr beide habt euch schon einmal gesehen«, sagte ich gereizt. Warum hatte mir keiner etwas davon gesagt?«

»Seit zwanzig Jahren nicht mehr«, erwiderte Nim und strahlte Solarin an, der sich nach den Taschen bückte. Dann richteten sich die Augen mit den verschiedenfarbigen Pupillen auf mich. »Ich kann es nicht glauben, Kleines. Du ahnst nicht, welche Freude du mir gemacht hast. Sascha ist mein Bruder.«

Nims kleiner Morgan war nicht groß genug für uns drei, von den Taschen ganz zu schweigen. Solarin saß auf dem Beutel mit den Figuren, und ich saß auf ihm, unsere anderen Habseligkeiten steckten überall, wo Platz war.

Es berührte mich seltsam, wie diese beiden sonst so zurückhaltenden und selbstbeherrschten Männer plötzlich von ihren Gefühlen überwältigt waren. Diese Kraft schien so groß und dunkel wie ihre russischen Seelen, und sie gehörte nur ihnen. Lange Zeit sagte keiner etwas.

»Ich glaube, ich sollte dir jetzt alles erzählen«, sagte Nim schließlich.

»Das wäre wirklich sehr nett«, erwiderte ich trocken.

Er lächelte mich an. »Es war nur zu deinem Schutz – und natürlich auch zu unserem –, daß ich es nicht längst getan habe«, erklärte er. »Alexander und ich haben uns das letzte Mal gesehen, als wir noch Kinder waren. Er war sechs und ich zehn. Dann wurden wir auseinandergerissen . . .« Die Tränen stiegen ihm wieder in die Augen, und er griff nach Solarins Schulter, als müsse er ihn festhalten.

»Ich werde es dir erzählen«, sagte Solarin und schluckte.

»Wir erzählen es dir beide«, sagte Nim. Und während wir in dem offenen Wagen an der Küste entlangfuhren, bekam ich eine Geschichte zu hören, die mir zum ersten Mal zeigte, was das Spiel ihnen abverlangt hatte.

DIE GESCHICHTE DER BEIDEN PHYSIKER

Wir wurden auf der Krim geboren, der berühmten Halbinsel am Schwarzen Meer, über die schon Homer geschrieben hat. Rußland streckte seit der Zeit Peters des Großen die Hände danach aus und versuchte auch während des Krimkrieges, sich die Halbinsel einzuverleiben.

Unser Vater, ein griechischer Seemann, verliebte sich in eine Russin und heiratete sie – unsere Mutter. Er wurde ein reicher Handelsschiffer mit einer Flotte kleiner Schiffe.

Nach dem Zweiten Weltkrieg ging es bergab. Die Welt war ein Chaos, ganz besonders am Schwarzen Meer, denn für die Anlieferstaaten ging der Krieg weiter.

Aber an der Südküste, wo wir lebten, war es schön. In dem mediterranen Klima wuchsen im Schutz der Berge, die Schnee und Stürme abhielten, Zypressen, Oliven- und Lorbeerbäume. Die wiederaufgebauten Tatarendörfer und Moscheen standen inmitten von Obstbäumen. Ich erinnere mich besonders an die Kirschen. Es war ein Paradies. Stalin, der mit eiserner Hand über Rußland herrschte, übte seine Schreckenstaten im fernen Moskau aus.

Unser Vater sprach ständig davon, das Land zu verlassen. Er hatte unter den Schiffern entlang der Donau und am Bosporus viele gute Kontakte. Aber er brachte es nie über sich zu gehen. »Wohin?« fragte er. Bestimmt nicht in seine Heimat, Griechenland, oder nach Europa, das immer noch unter den Auswirkungen des Krieges litt. Dann geschah etwas, das ihn zum Handeln zwang und unser Leben schlagartig veränderte.

Es ereignete sich Ende Dezember 1953. Gegen Mitternacht zog ein Sturm auf. Wir lagen alle im Bett, die Fensterläden waren verriegelt. Sascha und ich schliefen zusammen in einem Zimmer im Erdgeschoß. Wir hörten plötzlich ein Klopfen am Fenster. Es unterschied sich vom Geräusch der Granatapfelzweige, die der Wind gegen das Haus schlug. Eindeutig klopfte jemand an den Fensterladen. Wir öffneten das Fenster und den Laden, und draußen im Sturm stand eine Frau mit silbernen Haaren in einem langen, dunklen Umhang. Sie war sehr schön.

»Ich bin Minerva – eure Großmutter«, sagte sie, »ihr müßt mich

Minnie nennen. Ich habe einen weiten Weg hinter mir, und ich bin sehr müde. Aber ich habe keine Zeit zum Ausruhen, denn ich bin in großer Gefahr. Ihr müßt eure Mutter wecken und ihr sagen, daß ich gekommen bin.« Wir ließen sie ins Haus ein und rannten nach oben ins Schlafzimmer unserer Eltern.

»So ist sie schließlich doch gekommen – deine Großmutter«, murmelte unser Vater ärgerlich und rieb sich verschlafen die Augen. Wir staunten, denn Minnie hatte gesagt, sie sei unsere Großmutter. Wie konnte sie dann auch die Großmutter unserer Mutter sein? Vater nahm seine Frau in die Arme, die zitternd im dunklen Zimmer stand. Er küßte sie auf das kupferrote Haar und dann auf die Augen. »Darauf haben wir in großer Angst lange gewartet«, sagte er, »jetzt ist es soweit. Zieh dich an. Ich gehe nach unten und begrüße sie.« Er nahm uns mit hinunter zu Minnie, die vor dem ausgebrannten Kamin wartete. Sie sah unseren Vater mit ihren großen Augen an, als er auf sie zutrat und sie umarmte.

»Yusef Pawlowitsch«, sagte sie auf russisch, »ich werde verfolgt. Es bleibt keine Zeit. Wir müssen fliehen, wir alle. Hast du in Jalta oder Sewastopol ein Schiff, das wir nehmen können? Ich meine jetzt, noch heute nacht!«

»Darauf bin ich nicht vorbereitet«, erwiderte er und legte uns die Hände auf die Schultern. »Ich kann mit meiner Familie nicht bei diesem Wetter über das Meer fahren. Du hättest uns benachrichtigen sollen. Das kannst du nicht von mir verlangen...«

»Ich sage dir, wir müssen fliehen!« rief sie erregt. »Seit fünfzehn Jahren weißt du, daß dieser Tag kommen würde, und jetzt ist es soweit! Ich komme aus Leningrad...«

»Du hast sie gefunden?« fragte unser Vater.

»Von dem Brett keine Spur, aber ich habe diese bei mir.« Sie schlug den Umhang zurück und stellte nicht eine, sondern drei Schachfiguren auf den Boden vor den Kamin – sie funkelten silbern und golden.

»Sie waren in Verstecken über ganz Rußland verteilt«, erklärte sie. Unser Vater sah die Figuren wie gebannt an, während wir uns davorknieten und sie vorsichtig berührten – ein goldener Bauer, ein silberner mit Edelsteinen besetzter Elefant und ein silbernes Pferd, das auf den Hinterbeinen stand und die Nüstern blähte.

»Du mußt sofort zum Hafen hinunter und ein Schiff klar zum Auslaufen machen«, flüsterte Minnie. »Ich komme mit den Kindern nach, sobald sie angezogen sind und alles gepackt ist. Aber beeile dich um Himmels willen – und nimm sie mit!« Minnie wies auf die Schachfiguren.

»Aber denk doch an meine Kinder und meine Frau«, widersprach er, »ich bin für ihr Leben und ihre Sicherheit verantwortlich.«

Minnies Augen leuchteten mit einer noch unheimlicheren Glut als die märchenhaften Figuren. »Wenn sie in die Hände der anderen fallen, wirst du niemanden mehr schützen können!« rief sie.

Unser Vater sah sie lange an und nickte langsam. »In Sewastopol liegt ein Schoner«, sagte er leise, »Slawa weiß, wo er ankert. Ich brauche höchstens zwei Stunden, um ihn zum Auslaufen klarzuhaben. Kommt, so schnell ihr könnt, und möge Gott mit uns sein.« Minnie drückte ihm den Arm, und er eilte die Treppe hinauf.

Wir mußten uns anziehen. Dann kamen unsere Eltern herunter. Vater umarmte Mutter noch einmal. Er drückte das Gesicht in ihre Haare, als wolle er sich an ihren Duft erinnern, und küßte sie auf die Stirn. Minnie gab ihm die Schachfiguren, und er verschwand mit einem ernsten Nicken in der Nacht.

Mutter bürstete sich die Haare. Mit Tränen in den Augen schickte sie uns zum Packen nach oben. Wir hörten noch, wie sie zu Minnie sagte:

»Da bist du also. Möge Gott dich dafür strafen, daß du das Spiel wieder in Gang gesetzt hast. Ich dachte, es sei vorüber und endgültig vorbei.«

»Nicht ich habe das Spiel begonnen«, erwiderte Minnie. »Sei dankbar für die fünfzehn Jahre Frieden, die dir vergönnt waren. Dein Mann liebt dich, und du hast deine Kinder. Fünfzehn Jahre konntest du die Gefahr vergessen. Das war mir nicht vergönnt. Ich habe dich aus dem Spiel herausgehalten . . .«

Dann hörten wir draußen Schritte, und jemand hämmerte an die Haustür. Wir wollten aus dem Zimmer laufen, als Minnie plötzlich erschien. Ein überirdisches Licht erhellte ihr Gesicht. Die Tür wurde eingeschlagen, wir hörten Männer schreien. Unsere Mutter eilte zur Treppe.

»Durch das Fenster!« befahl Minnie und hob uns auf die Äste des

Feigenbaums, der dicht vor dem Haus stand. Wir hingen wie Äffchen an dem Baum, den wir täglich erkletterten, als wir unsere Mutter schreien hörten.

»Flieht!« rief sie. »Rettet euer Leben!« Es regnete in Strömen, und wir ließen uns auf die weiche, nasse Erde fallen.

Das große Eisentor von Nims Anwesen öffnete sich. Entlang der Auffahrt glänzten im Licht der Nachmittagssonne die dunklen Blätter der Bäume. Um den Springbrunnen blühten jetzt bunte Dahlien und Zinnien.

Nim hielt vor dem Haus und sah mich an. Ich spürte Solarins Spannung.

»Wir haben unsere Mutter nie wieder gesehen«, sagte Nim. »Minnie sprang aus dem Fenster im ersten Stock und rannte mit uns durch die Obstbäume. Über den prasselnden Regen und den heulenden Wind hinweg hörten wir die Schreie unserer Mutter und das Getrampel der Männer. ›Durchsucht den Wald!‹ hörten wir jemanden rufen, während Minnie mit uns zu den Klippen lief.« Nim schwieg und sah mich an.

»Mein Gott«, murmelte ich und zitterte von Kopf bis Fuß, »sie haben eure Mutter umgebracht... Wie seid ihr entkommen?«

»Am Ende des Obstgartens fielen die Felsen steil zum Meer ab«, erzählte Nim weiter. »Minnie versteckte sich mit uns unter einer vorspringenden Felsplatte. Sie hielt etwas in der Hand, das wie eine kleine, in Leder gebundene Bibel aussah. Minnie nahm ein Messer, trennte ein paar Seiten heraus, faltete sie schnell und steckte sie mir in das Hemd. Dann befahl sie mir, so schnell ich konnte, zu dem Schiff zu laufen. Ich sollte meinem Vater sagen, er solle auf sie und Sascha warten, aber nur eine Stunde. Danach sollten mein Vater und ich fliehen, um die Schachfiguren in Sicherheit zu bringen. Ich wollte nicht ohne meinen Bruder gehen.« Nim sah Solarin ernst an.

»Aber ich war damals erst sechs«, erklärte Solarin, »ich konnte nicht so schnell über die Felsen klettern wie Ladislaus. Er war vier Jahre älter und schnell wie der Wind. Minnie fürchtete, daß man uns alle entdecken und festnehmen werde, weil ich zu langsam war. Als Slawa ging, küßte er mich und ermahnte mich, tapfer zu sein...«

Tränen standen in Solarins Augen, als er sich an die schrecklichen

Ereignisse erinnerte. »Minnie und ich kletterten dann scheinbar eine Ewigkeit im Sturm in den Klippen herum. Schließlich erreichten wir die Anlegestelle – aber das Schiff meines Vaters war nicht mehr da.«

Nim stieg aus dem Wagen. Sein Gesicht wirkte wie versteinert. Er kam auf unsere Seite, öffnete die Tür und half mir beim Aussteigen.

»Ich stürzte immer wieder«, sagte er, »ich war bis auf die Haut naß und blutete aus vielen Schürfwunden. Als mein Vater mich allein kommen sah, war er entsetzt. Ich erzählte ihm alles, auch das, was Minnie über die Schachfiguren gesagt hatte. Mein Vater weinte. Er hatte die Hände vor das Gesicht geschlagen und schluchzte wie ein Kind. ›Was würde geschehen, wenn wir zurückkehren, wenn wir versuchen, sie alle zu retten?‹ fragte ich ihn. ›Was würde geschehen, wenn die Figuren den Männern in die Hände fallen?‹ Er sah mich an. Die Regentropfen vermischten sich mit seinen Tränen. ›Ich habe deiner Mutter geschworen zu verhindern, daß so etwas geschieht‹, erwiderte er, ›auch wenn wir alle sterben müssen . . .‹ «

»Ihr seid wirklich abgefahren, ohne auf Minnie und Alexander zu warten?« fragte ich. Solarin hielt den Stoffbeutel mit den Figuren in der Hand, als er steifbeinig aus dem kleinen Morgan stieg.

»Ganz so war es nicht«, erwiderte Nim. »Wir haben stundenlang gewartet – sehr viel länger, als Minnie uns befohlen hatte. Mein Vater lief im Regen unruhig auf dem Deck hin und her. Er stieg immer wieder in den Ausguck, um vielleicht von dort oben etwas zu sehen. Schließlich mußten wir annehmen, daß sie nicht kommen würden. Man hatte sie gefunden, dachten wir niedergeschlagen. Mein Vater wollte auslaufen. Ich flehte ihn an, noch zu warten. Aber er sagte mir, alles sei geplant und das werde von ihm erwartet. Wir verließen nicht nur den Hafen, wir segelten nach – Amerika. Mein Vater wußte das, als er meine Mutter heiratete. Er wußte um das Spiel. Er wußte, ein Tag würde kommen, an dem Minnie erschien und von der Familie ein schreckliches Opfer verlangte. Und so war es geschehen. In wenigen Stunden hatte er seine Familie verloren. Aber er hielt sich an den Schwur und wollte die Figuren unter Einsatz seines Lebens retten.«

»O Gott!« flüsterte ich und sah die beiden fassungslos an. Solarin ging zu den Zinnien und hielt die Finger in das Brunnenbecken. »Es überrascht mich, daß ihr beide euch bereit erklärt habt, bei diesem

Spiel mitzumachen, obwohl ihr in einer einzigen Nacht alles verloren hattet.«

Nim legte mir den Arm um die Schulter, und wir gingen zu seinem Bruder, der schweigend auf das Wasser blickte. Solarin hob den Kopf und sah Nims Hand auf meiner Schulter.

»Du hast es auch getan«, sagte er, »und Minnie ist nicht deine Großmutter. Aber wie ich jetzt begreife, hat Slawa dich in das Spiel hineingezogen.«

Seiner Stimme und seinem Gesicht war nicht zu entnehmen, was er dachte, aber ich konnte es mir nur allzugut vorstellen. Ich wich seinem Blick aus. Nim drückte mich an sich.

»*Mea culpa*«, gestand er mit einem Lächeln.

»Was ist geschehen, als ihr feststellen mußtet, daß dein Vater ohne euch abgefahren war?« fragte ich Solarin. »Wie habt ihr überlebt?«

Er zupfte die Blütenblätter von einer Zinnie und warf sie auf das Wasser. »Sie lief mit mir in den Wald. Dort versteckten wir uns, bis der Sturm vorüber war«, antwortete er in Gedanken versunken. »Danach sind wir drei Tage zu Fuß an der Küste entlang nach Georgien gewandert wie Bauern, die auf den Markt wollen. Als wir uns in Sicherheit glaubten, sprach Minnie mit mir über die nächsten Schritte. ›Du bist alt genug, um zu verstehen, was ich dir jetzt erkläre‹, sagte sie, ›du bist aber nicht alt genug, um mir bei der Aufgabe zu helfen, die vor mir liegt. Eines Tages, wenn du groß bist, werde ich dich kommen lassen, und dann werde ich dir sagen, was du tun mußt. Aber jetzt muß ich zurück und versuchen, deine Mutter zu retten. Wenn ich dich mitnehme, bist du nur im Weg und eine zusätzliche Gefahr.‹ «

»Wollte Minnie eure Mutter vor den Sowjets retten?« fragte ich.

»Du hast doch auch deine Freundin Lily vor der Geheimpolizei gerettet, nicht wahr?« erwiderte er.

»Minnie brachte Sascha in ein Waisenhaus«, sagte Nim, ohne mich loszulassen. »Vater starb bald, nachdem uns die Überfahrt nach Amerika gelungen war. Ich war hier ebenso auf mich gestellt wie der kleine Sascha in Rußland. Ich wußte es nie genau, ahnte aber, daß das junge Schachgenie, über das die Zeitschriften berichteten, mein Bruder sein mußte. Ich nannte mich inzwischen Nim. Der Name ist eigentlich für mich ein Scherz, denn um zu überleben, dachte ich immer: Nimm, was du haben kannst! Eines Abends begegnete ich Mordecai im Manhattan-Schachclub, und er fand heraus, wer ich wirklich bin.«

»Und was wurde aus eurer Mutter?« fragte ich.

»Minnie konnte sie nicht retten. Sie kam zu spät«, erwiderte Solarin traurig. »Minnie gelang es nur mit großer Mühe, aus Rußland zu fliehen. Später erhielt ich einen Brief im Waisenhaus. Es war eigentlich kein Brief, sondern ein Zeitungsausschnitt aus der *Prawda*. Auf dem Umschlag stand kein Absender, aber ich sah, daß er in Rußland aufgegeben worden war, und da wußte ich, von wem er stammte. In dem Artikel stand, der berühmte Schachmeister Mordecai Rad mache eine Reise durch Rußland, um Vorträge über Schach zu halten und öffentlich zu spielen. Er sei auch interessiert an begabten Kindern, denn er schreibe ein Buch über den Schachnachwuchs. Ich wußte sofort, Minnie versuchte, mit mir Kontakt aufzunehmen.«

»Und so fügte sich eins zum andern«, sagte Nim. Er legte Solarin den anderen Arm um die Schulter und ging mit uns auf das Haus zu.

Wir betraten die sonnigen Räume, in denen überall Vasen mit frischen Blumen standen. Das ganze Haus wirkte noch freundlicher als bei meinem letzten Besuch.

Nim nahm die Hand von meiner Schulter und sah mich liebevoll an.

»Du hast mir das wertvollste Geschenk gebracht, das es für mich gibt«, sagte er leise. »Es ist ein Wunder, daß Sascha hier ist – aber ein noch größeres Wunder ist für mich, daß du lebst. Ich hätte es mir nie verziehen, wenn dir etwas zugestoßen wäre.« Er umarmte mich wieder und ging dann in die Küche.

Solarin stellte den Beutel mit den Schachfiguren auf den Boden und trat ans Fenster. Er blickte über den grünen Rasen zum Meer. Immer noch schwammen Segelboote wie Möwen auf dem Wasser. Ich trat neben ihn.

»Ein schönes Haus«, sagte er und blickte auf den Springbrunnen. Er schwieg und fügte dann leise hinzu: »Mein Bruder ist in dich verliebt.«

Ich fühlte einen Kloß im Hals. »Ach, Unsinn«, widersprach ich.

»Wir müssen darüber reden«, erwiderte er und sah mich mit seinen blaßgrünen Augen so an, daß mir wieder einmal schwach wurde.

Er wollte mir gerade durch die Haare fahren, als Nim mit Champagner und Gläsern zurückkam. Er stellte die Gläser auf das Fensterbrett und öffnete die Flasche.

»Wir müssen über soviel reden und Erinnerungen auffrischen«, sagte er zu Solarin. »Ich kann es immer noch nicht fassen, daß du wirklich hier bist, Sascha. Ich glaube, ich werde dich nie wieder weglassen...«

»Das wird vermutlich nicht möglich sein«, erwiderte Solarin, nahm meine Hand und ging mit mir zu einem Sofa. »Minnie ist ausgestiegen. Jemand muß nach Rußland zurück und das Schachbrett holen.«

»Ausgestiegen?« rief Nim mit der Flasche in der Hand. »Wie kann sie das? Das ist unmöglich!«

»Wir haben eine neue schwarze Dame«, erwiderte Solarin lächelnd, »und diese Dame hast du gewählt.«

Nim starrte mich an, und plötzlich begriff er. »O nein!« rief er und schenkte ein. »Minnie ist vermutlich spurlos verschwunden, und wir dürfen hinter ihr aufräumen, ohne recht zu wissen wie.«

»Nicht ganz«, sagte Solarin und zog aus seiner Jacke einen Umschlag. »Sie hat mir diesen Brief für Katherine mitgegeben. Ich soll ihn ihr nach unserer Ankunft in Amerika geben. Ich weiß nicht, was darin steht, aber ich vermute, Informationen, die für uns alle sehr wichtig sind.« Er reichte mir den versiegelten Umschlag. Ich wollte ihn gerade öffnen, als plötzlich etwas schnarrte. Es dauerte einen Augenblick, bis ich das Geräusch als eine Telefonklingel identifizieren konnte.

»Ich dachte, du hast kein Telefon!« Ich sah Nim vorwurfsvoll an. Er stellte schnell die Flasche ab und lief zur Anrichte.

»Stimmt auch«, erwiderte er, zog rasch einen Schlüssel und schloß eine Schublade auf. Er holte ein klingelndes Telefon hervor. »Es gehört nicht mir – eine Art ›heißer Draht‹, könnte man sagen.« Er nahm den Hörer ab und meldete sich. Solarin und ich waren aufgesprungen.

»Mordecai!« flüsterte ich und lief zu Nim. »Lily ist bei ihm!«

Nim reichte mir ernst den Hörer und sagte: »Jemand möchte dich sprechen.«

»Mordecai, hier ist Kat. Ist Lily bei Ihnen?« fragte ich atemlos.

»Kleines!« dröhnte es mir so laut entgegen, daß ich sofort den Hörer vom Ohr hielt – Harry Rad! »Wie ich höre, war deine Fahrt zu den Arabern sehr erfolgreich! Wir müssen uns sehen und miteinander reden. Aber leider ist etwas nicht ganz in Ordnung. Ich bin hier bei Mordecai. Er hat mich angerufen und gesagt, Lily habe sich gemeldet und sei von der Grand Central Station hierher unterwegs. Also bin ich natürlich sofort gekommen. Aber sie ist noch nicht da...«

Ich war sprachlos. »Ich dachte, du und Mordecai, ihr redet nicht miteinander!« brüllte ich zurück.

»Kleines, das ist doch meschugge«, brummte Harry einlenkend, »Mordecai ist mein Vater. Natürlich rede ich mit ihm. Ich rede sogar im Augenblick mit ihm – das heißt, er hört zu.«

»Aber Blanche hat gesagt –«

»Ach, das ist etwas anderes«, erklärte Harry. »Entschuldige, wenn ich das sage, aber meine Frau und ihr Bruder sind keine sehr netten Leute. Ich mache mir um Mordecai große Sorgen, seit ich Blanche Regine geheiratet habe – du verstehst doch, was ich meine. Ich kann nicht erlauben, daß er zu uns kommt...«

Blanche Regine. *Blanche Regine*?! Natürlich? O ich Idiotin! Warum hatte ich das noch nicht begriffen? Blanche und Lily – Lily und Blanche – beide Namen bedeuteten »Weiß«. Sie hatte ihre Tochter »Lily« genannt, in der Hoffnung, sie werde in ihre Fußstapfen treten. Blanche Regine – die weiße Dame!

Mir wurde schwindlig. Solarin und Nim sahen mich schweigend an. Natürlich – Harry war die Schlüsselfigur! Nim hatte mir Harry als Klienten vermittelt. Saul hatte sich auf ein Doppelspiel eingelassen, indem er auch für Blanche und Llewellyn arbeitete. Vielleicht hatte Harry die Leiche von Saul in den East River geworfen, um die Sache zu vertuschen. Möglicherweise wollte er damit nicht nur die Polizei auf die falsche Spur lenken, sondern auch seine Frau und seinen Schwager.

Harry hatte Lily mit einem dicken Packen Dollar nach Algier geschickt, denn nachdem er von den Vorgängen bei dem Schachturnier erfahren hatte, wußte er, daß Lily weniger von Hermanold Gefahr drohte – der vermutlich nur ein Bauer war –, sondern mehr von ihrer Mutter und ihrem Onkel!

Harry hatte Blanche, die weiße Dame, geheiratet, so wie Mireille von Talleyrand verlangt hatte, die Frau aus Indien zu heiraten. Aber Talleyrand war nur ein Läufer gewesen!

»Harry«, sagte ich heiser, »du bist der schwarze König!«

»Kleines«, klang es plötzlich sehr sanft durch die Leitung. Ich sah sein Bernhardinergesicht mit den traurigen Augen geradezu vor mir. »Ich hoffe, du verzeihst mir, daß ich dich so lange im dunkeln gelassen habe. Aber ich glaube, du verstehst jetzt die Situation besser. Wenn Lily nicht bei dir ist...«

»Ich rufe zurück«, erwiderte ich, »ich muß jetzt auflegen.«

»Wir brauchen deinen Computer!« rief ich Nim zu. »Ich glaube, ich weiß wo sie ist; sie wollte eine Nachricht hinterlassen, wenn etwas Unvorhergesehenes geschieht.«

Nim drückte auf eine Taste am Telefon und wählte eine Nummer. Ich hielt den Hörer in der Hand, und im nächsten Augenblick hörte ich Lilys vom Computer aufgezeichnete Nachricht.

»Ich bin im Palm Court im Plaza. Ich war zu Hause und wollte die Wagenschlüssel aus dem Sekretär im Wohnzimmer holen. Aber mein Gott –« Die Stimme brach ab. Konnte eine elektronische Stimme beben? »Du kennst doch Llewellyns abscheulichen Sekretär mit den Messingknöpfen? Es sind keine Messingknöpfe – es sind die Figuren! Sechs! Die Unterseiten wirken wie Knöpfe, aber es sind die Schachfiguren. Die Oberteile ruhen in Blindfächern der Schubkästen! Die Kästen klemmten schon immer, aber ich hätte nie geahnt... Also, ich versuchte, eine Schublade mit dem Brieföffner aufzuziehen. Als das nicht gelang, habe ich mir einen Hammer geholt und die Vorderseite eingeschlagen. Dabei habe ich zwei Figuren herausgelöst, aber plötzlich hörte ich jemanden kommen. Ich bin durch die Hintertür hinaus und mit dem Lastenaufzug hinuntergefahren. Mein Gott, ihr müßt mich sofort abholen. Ich kann nicht allein in die Wohnung zurück...«

Es klickte. Sie hatte aufgelegt. Ich wartete und hoffte auf noch eine Nachricht. Aber es kam nichts mehr.

»Wir müssen sofort los!« rief ich Nim und Solarin zu, die mich gespannt ansahen. »Ich werde euch unterwegs alles erklären.«

»Was ist mit Harry?« fragte Nim, während ich Minnies Brief ungelesen in meine Tasche steckte und nach dem Beutel mit den Figuren griff.

»Ich werde ihn anrufen und ihm sagen, daß wir uns im Palm Court treffen«, erwiderte ich. »Lily hat ein Versteck mit Figuren entdeckt!«

Die Fahrt im dichten Verkehr von Manhattan schien eine Ewigkeit zu dauern. Endlich hielt Nims Wagen mit quietschenden Reifen vor dem Plaza. Die Tauben flatterten entsetzt auf, als ich mit einem Satz hinaussprang und ins Palm Court rannte. Aber Lily war nicht da – auch Harry nicht. Ich warf sogar einen Blick in die Toiletten.

Atemlos kehrte ich zum Wagen zurück.

»Irgend etwas stimmt nicht«, sagte ich zu Nim und Solarin. »Es gibt nur einen Grund dafür, daß Harry nicht hier wartet. Lily war nicht da, als er kam.«

»Oder jemand anders war da«, murmelte Nim. »Sie hat gesagt, daß jemand in die Wohnung kam und daß sie deshalb verschwinden mußte. Sie wissen, daß Lily das Versteck entdeckt hat, und sind vermutlich hinter ihr her. Und auf Harry wartete bestimmt ein Begrüßungskomitee...« Er ließ den Motor im Leerlauf aufheulen. »Wo würden sie zuerst suchen – bei Mordecai, weil er neun Figuren hat? Oder in der Wohnung?«

»Fahren wir zuerst zur Wohnung«, drängte ich, »es ist ganz in der Nähe. Harry hat mir beim zweiten Anruf gesagt, daß wir Verstärkung erhalten haben.« Nim sah mich erstaunt an. »Kamel Kader ist in New York«, sagte ich. Solarin drückte mir die Schultern.

Wir alle wußten, jetzt ging es ums Ganze. Mordecai hatte neun Figuren, und wir hatten acht. Mit den sechs, die Lily in dem Sekretär entdeckt hatte, besaßen wir genug, um das Spiel zu gewinnen und möglicherweise auch die Formel zu entziffern. Wer diese Runde für sich entschied, dem war der Sieg sicher.

Nim hielt direkt vor der Tür des Apartmenthauses, sprang hinaus und warf dem verblüfften Portier die Wagenschlüssel zu. Wir drei stürmten wortlos zu den Aufzügen. Ich drückte auf den Knopf. Der Portier eilte hinter uns her.

»Ist Mr. Rad zurückgekommen?« rief ich über die Schulter, als die Fahrstuhltüren sich öffneten.

Der Mann sah mich überrascht an und nickte.

»Vor etwa zehn Minuten«, murmelte er, »mit seinem Schwager...«

Mehr mußten wir nicht wissen. Im nächsten Augenblick standen wir im Fahrstuhl, doch als die Türen sich schlossen, sah ich etwas aus dem Augenwinkel. Ich streckte die Hand aus, die Türen öffneten sich wieder, und ein kleiner flauschiger Ball sprang herein. Ich hob Carioca hoch. In diesem Moment stürmte Lily atemlos durch die Halle auf uns zu. Ich zog sie in den Fahrstuhl, und die Türen schlossen sich.

»Sie haben dich also nicht erwischt!« rief ich.

»Nein, aber sie haben Harry!« keuchte sie. »Ich fand, es war zu riskant, im Palm Court zu warten. Deshalb bin ich mit Carioca in den kleinen Park in der Nähe gegangen. Harry war wirklich verrückt. Er hat den Wagen hier vor dem Haus gelassen und ist zu Fuß gegangen, um mich zu suchen. Sie waren hinter ihm her, nicht hinter mir – Llewellyn und Hermanold. Sie sind an mir vorbeigegangen, ohne mich zu sehen, als wäre ich Luft. Sie haben mich nicht erkannt!« rief sie kopfschüttelnd. »Ich hatte Carioca mit den beiden Figuren in der Tasche. Hier sind sie!«

Sie klopfte auf die Tasche. »Ich bin ihnen auf den Fersen geblieben, aber auf der anderen Straßenseite. Ich wußte nicht, was ich tun sollte, als sie mit Harry ins Haus gegangen sind. Llewellyn wich nicht von seiner Seite. Vielleicht hat er einen Revolver.«

Die Aufzugstüren öffneten sich, und wir liefen über den Flur – Carioca voran. Lily zog den Wohnungsschlüssel aus der Tasche, als die Tür sich öffnete. Vor uns stand Blanche in einem glänzenden weißen Cocktailkleid und lächelte kühl wie immer. Sie hielt ein Glas Champagner in der Hand.

»Nun, da sind wir ja – alle beisammen!« sagte sie und hielt mir ihre Porzellanwange zur Begrüßung hin. Ich ignorierte sie. Blanche wandte sich an Lily und sagte: »Nimm den Hund und bring ihn ins Arbeitszimmer. Ich glaube, wir haben bereits genug Zwischenfälle für einen Tag.«

»Moment«, sagte ich kalt, als Lily sich nach Carioca bückte, »wir sind nicht zum Cocktail gekommen. Was habt ihr mit Harry gemacht?« Ich lief an Blanche vorbei in die Wohnung. Nichts hatte sich in dem vergangenen halben Jahr verändert, aber ich sah jetzt alles mit anderen Augen: Der Marmorboden im Vorraum hatte ein Schachbrettmuster – das Endspiel, dachte ich.

»Ihm geht es gut«, erwiderte Blanche und folgte mir zu der weißen Marmortreppe, die ins Wohnzimmer hinunterführte – hinter ihr kamen Solarin, Nim und Lily. Llewellyn kniete vor dem Sekretär. Er nahm die Schubladen auseinander und holte gerade die anderen vier Figuren aus dem Versteck. Überall auf dem Boden lagen Holzstücke. Als ich durch den riesigen Raum lief, hob er den Kopf.

»Hallo, Kleines!« begrüßte er mich und stand auf. »Ich höre voll Freude, daß du uns wie verabredet die Figuren bringst. Leider hast du das Spiel nicht so gespielt, wie wir gehofft hatten. Offenbar hast du die Seite gewechselt. Wie traurig. Dabei habe ich dich immer sehr gemocht.«

»Ich war nie auf eurer Seite, Llewellyn«, entgegnete ich angewidert. »Ich möchte zu Harry. Keiner verläßt vor mir die Wohnung. Ich weiß, Hermanold ist hier, aber wir sind mehr als ihr.«

»Nicht ganz«, sagte Blanche vom anderen Ende des Zimmers. Sie goß sich Champagner ein, warf Lily einen Blick zu, die Carioca auf dem Arm hielt und sie wütend anstarrte, dann kam sie zu mir und sah mich mit ihren kalten blauen Augen an. »Ein paar eurer Freunde sind auch noch da – zum Beispiel Mister Brodski vom KGB. Er arbeitet schon lange für mich. Und Scharrif. El-Marad hat ihn freundlicherweise auf meinen Wunsch einfliegen lassen. Sie warten schon mit Ungeduld auf eure Ankunft und haben das Haus Tag und Nacht nicht aus den Augen gelassen. Ihr müßt einen großen Umweg gemacht haben.«

Ich sah Solarin und Nim an. Damit hätten wir natürlich rechnen müssen.

»Was hast du mit meinem Vater gemacht?« schrie Lily und trat drohend vor Blanche. Carioca knurrte Llewellyn böse an.

»Er liegt hübsch verpackt im Bügelzimmer«, erwiderte Blanche und spielte mit der obligatorischen Perlenkette. »Ihm geschieht nichts, wenn ihr alle vernünftig seid: Ich möchte die Figuren! Es hat bereits genug Gewalttätigkeiten gegeben. Ich weiß, wir haben das Blutvergießen alle satt. Niemandem wird ein Haar gekrümmt. Ihr müßt mir nur die Figuren geben.«

Llewellyn zog einen Revolver aus der Jacke. »Etwas Blut möchte ich noch fließen sehen«, sagte er mit einem zynischen Lächeln zu

Lily. »Laß das kleine Untier los, damit ich endlich das tun kann, wonach mir schon lange der Sinn steht.«

Lily funkelte ihn wütend an, aber ich legte ihr die Hand auf den Arm, denn ich sah, daß Nim und Solarin bereits Stellung bezogen. Ich fand, es war genug geredet worden. Meine Figuren waren zum Schlagabtausch bereit.

»Du hast offensichtlich das Spiel etwas aus den Augen verloren«, sagte ich zu Blanche, »ich habe neunzehn Figuren. Mit den vier, die du uns hiermit übergibst, haben wir dreiundzwanzig – damit können wir die Formel entschlüsseln und das Spiel gewinnen.« Aus dem Augenwinkel sah ich, daß Nim lächelte und mir zunickte. Blanche starrte mich entgeistert an.

»Du hast den Verstand verloren«, fauchte sie. »Mein Bruder hat einen Revolver und zielt auf dich. Mein lieber Mann – der schwarze König – wird von drei Männern bewacht. Das heißt, der König ist gefesselt, ist schachmatt, und nur darum geht es beim Spiel.«

»Nicht in diesem Spiel«, erwiderte ich und ging in Richtung Bar, wo Solarin stand. »Du kannst aufgeben. Du weißt nicht, worum es geht, du kennst die Züge nicht, ja noch nicht einmal die Spieler. Nicht nur du hast einen Bauern – wie Saul – in den Haushalt geschmuggelt, nicht nur du hast Verbündete in Rußland und Algerien...« Ich stand neben der Bar an der Treppe und hatte die Hand an der Champagnerflasche. Ich lächelte Blanche an. Ihr blasses Gesicht war plötzlich völlig blutleer. Llewellyn zielte auf mich, aber ich hoffte, er werde nicht abdrücken, ehe er das Ende meiner Geschichte gehört hatte. Solarin berührte von hinten meinen Ellbogen.

»Wovon redest du?« fragte Blanche und biß sich auf die Lippen.

»Als ich Harry anrief und ihm sagte, er solle zum Plaza gehen, war er nicht allein. Mordecai und Kamel Kader waren bei ihm und auch dein treuergebenes Dienstmädchen Valerie. Sie arbeitet für uns. Sie haben Harry nicht zum Plaza begleitet. Sie sind schon längst hier. Natürlich haben sie den Dienstboteneingang benutzt. Du kannst dich ja davon überzeugen, wenn du mir nicht glaubst...«

Plötzlich war die Hölle los. Carioca sprang von Lilys Arm und griff Llewellyn an, der einen Augenblick zu lange zwischen Nim und dem Hund schwankte. Ich packte die Champagnerflasche und schleuderte sie auf Llewellyns Kopf. Im selben Augenblick löste sich der Schuß; Nim ging zu Boden. Ich war mit einem Satz ein Llewellyn und packte ihn an den Haaren.

Während ich mit Llewellyn kämpfte, sah ich, wie Hermanold ins Zimmer stürmte; Solarin stellte ihm ein Bein, und er stürzte. Ich grub die Zähne in Llewellyns Schulter, während Carioca dasselbe mit Llewellyns Bein tat. Nim stöhnte am Boden. Llewellyn versuchte, den Revolver mit der Hand zu erreichen. Ich bekam die Champagnerflasche zu fassen und schlug ihm damit auf die Hand. Dann rammte ich ihm das Knie zwischen die Beine. Er schrie auf und rang nach Luft. Blanche rannte zur Marmortreppe, aber Lily holte sie ein, packte die Perlenkette und schnürte ihr damit die Luft ab. Blanche kratzte und wehrte sich; sie lief dunkelrot an.

Solarin packte Hermanold am Hemd und zog ihn hoch. Dann versetzte er ihm einen Kinnhaken, wie ich ihn von einem Schachspieler nicht erwartet hätte. Ich drehte mich blitzschnell wieder um und warf mich über den Revolver, während Llewellyn die Hand zwischen die Beine preßte und sich stöhnend auf dem Boden wälzte.

Mit der Pistole in der Hand beugte ich mich über Nim. Solarin war mit einem Satz bei uns. Nim flüsterte: »Es ist nicht schlimm«, als Solarin auf seinen Oberschenkel deutete, wo sich ein dunkler Fleck ausbreitete. »Geht zu Harry!«

»Du bleibst hier«, sagte Solarin, »ich mach das schon.« Mit einem besorgten Blick auf seinen Bruder lief er durch den Raum und die Treppe hinauf.

Hermanold lag bewußtlos auf den Stufen. Llewellyn wälzte sich noch immer stöhnend am Boden, während Carioca seine Fußgelenke angriff und die Socken zerfetzte. Ich kniete neben Nim, der versuchte, langsam zu atmen, und die Hand an den Oberschenkel preßte, wo der Fleck auf der Hose immer größer wurde. Lily kämpfte mit Blanche. Die Kette war inzwischen gerissen, und die Perlen hüpften und rollten durch das Zimmer.

Von oben hörte ich dumpfe Schläge und Geschrei.

»Wage nicht zu sterben«, zischte ich, »nach allem, was du mir zugemutet hast, möchte ich dich nicht verlieren, ehe ich mich rächen kann.«

Nim sah mich an und versuchte zu lächeln. »Liebst du Sascha?« fragte er.

Ich verdrehte die Augen und stöhnte. »Dir geht es offenbar wieder gut«, sagte ich und drückte ihm den Revolver in die Hand. »Ich glaube, ich werde mal nachsehen, ob er noch lebt.«

Ich lief durch den Raum, packte Blanche bei den Haaren und riß sie von Lily weg. Ich drehte sie um und deutete auf den Revolver in Nims Hand. »Er drückt ab«, sagte ich.

Lily folgte mir die Treppe hinauf, und wir rannten zum hinteren Teil der Wohnung. Dort war es plötzlich verdächtig still. Wir näherten uns dem Arbeitszimmer auf Zehenspitzen, als plötzlich die Tür aufging und Kamel Kader erschien. Als er uns sah, strahlte er mit seinen goldbraunen Augen und griff nach meiner Hand.

»Gut gemacht«, sagte er glücklich, »die weiße Mannschaft gibt auf.« Dann eilte er in Richtung Wohnzimmer.

Lily und ich stürzten in das Arbeitszimmer. Harry saß auf dem Boden und rieb sich den Kopf. Hinter ihm standen Mordecai und Valerie. Lily warf sich vor Harry auf den Boden und umarmte ihn weinend vor Freude. Er strich ihr übers Haar, während Mordecai mir zuzwinkerte und in die andere Ecke wies. Dort zog Solarin den letzten Knoten an dem Seil fest, mit dem Scharrif gefesselt war. Neben ihm lag wie ein gutverschnürtes Paket Brodski vom KGB. Solarin schob Brodski einen Knebel in den Mund und stützte sich dann schnaufend auf meine Schulter.

»Mein Bruder?« fragte er flüsternd.

»Die Wunde ist nicht gefährlich«, antwortete ich.

»Kat, Kleines!« rief Harry in meinem Rücken. »Ich danke dir, daß du meiner Tochter das Leben gerettet hast.« Ich drehte mich um, und er strahlte mich an.

»Wir reden später«, sagte Harry, »ich muß mich zuerst von meiner Frau verabschieden.«

»Ich hasse sie«, zischte Lily, »ich hätte sie umgebracht, wenn Kat mich nicht daran gehindert hätte.«

»Nein, mein Schatz, das darfst du nicht«, sagte Harry und küßte sie auf die Stirn. »Was sie auch sein mag, sie ist immer noch deine Mutter. Und vergiß nicht, ohne sie hätten wir dich nicht.« Er sah mich mit seinem treuen Bernhardinerblick an. »Und in gewisser Weise trifft mich ebenso die Schuld. Ich wußte wer sie ist, als wir heirateten. Ich habe es getan, in der Hoffnung, das Spiel zu gewinnen.«

Mit gesenktem Kopf verließ er das Zimmer. Mordecai legte Lily die Hand auf die Schulter und sah sie durch seine dicken, eulenhaften Brillengläser an.

»Das Spiel ist noch nicht zu Ende«, sagte er ruhig, »in gewisser Hinsicht hat es erst begonnen.«

Solarin zog mich am Arm in die riesige Küche hinter dem Eßzimmer. Während die anderen das Durcheinander beseitigten, schob er mich zum glänzenden Kupfertisch in der Mitte. Er küßte mich so leidenschaftlich und mit so heißen Lippen, als wolle er mich verschlingen. Seine Hände glitten gierig über meinen Körper, und alle Gedanken an das, was geschehen war, was geschehen würde, schwanden, als mich seine Leidenschaft erfaßte. Seine Zunge suchte meine Zunge, und ich stöhnte. Schließlich riß er sich von mir los.

»Ich muß nach Rußland«, flüsterte er mir ins Ohr. Seine Lippen küßten meinen Hals. »Ich muß das Schachbrett finden, nur dann wird das Spiel wirklich zu Ende sein . . .«

»Ich begleite dich«, sagte ich und sah ihn an. Er nahm mich in die Arme und küßte meine Augen, während ich mich an ihn preßte.

»Unmöglich«, murmelte er, und sein Körper zitterte unter dem Ansturm der Gefühle. »Ich komme zurück – ich verspreche es. Ich schwöre es bei meinem Blut. Ich werde dich nie einem anderen überlassen.«

Die Tür öffnete sich langsam. Wir drehten uns um, ohne uns voneinander zu lösen. Kamel erschien in der Tür, und auf ihn stützte sich mit ausdruckslosem Gesicht – Nim.

»Slawa . . .«, rief Solarin und machte einen Schritt in Richtung Tür, ohne mich loszulassen.

»Es ist entschieden«, sagte Nim und lächelte schwach. Aber aus seinem Lächeln sprach Verständnis und Liebe. Kamel sah mich mit hochgezogenen Augenbrauen an, als verstehe er nicht, was eigentlich vor sich ging. »Komm, Sascha, es ist Zeit, daß das Spiel ein Ende hat.«

Die weiße Mannschaft, beziehungsweise alle, die wir überwunden hatten, lag gefesselt und in weiße Laken gehüllt im Gang. Wir trugen sie durch die Küche und brachten sie über den Lastenaufzug zu Harrys großer Limousine in der Garage. Wir verstauten Scharrif, Brodski, Hermanold, Llewellyn und Blanche in dem geräumigen Wagen mit den getönten, von außen undurchsichtigen Scheiben. Kamel und Valerie bewachten sie mit Pistolen. Harry setzte sich ans Steuer und Nim auf den Beifahrersitz.

»Wir bringen sie zu Nim«, erklärte Harry. »Kamel holt dann das Segelboot und bringt es in die Nähe von Nims Haus.«

»Wir können sie auch direkt vor meinem Garten in ein Ruderboot verfrachten und unbemerkt auf das Boot schaffen«, sagte Nim mit schmerzlich verzogenem Gesicht.

»Und was geschieht mit ihnen, wenn sie an Bord sind?« fragte ich.

»Valerie und ich«, antwortete Kamel, »fahren hinaus auf See. In internationalen Gewässern wartet ein algerisches Schiff auf uns. Die algerische Regierung wird sehr glücklich darüber sein, die Rädelsführer zur Rechenschaft zu ziehen, die sich mit Oberst Ghaddafi gegen die OPEC verschworen haben und Staatschefs und Minister ermorden lassen. Ich glaube, diese Geschichte ist von der Wahrheit nicht sehr weit entfernt, denn seit der Oberst sich auf der letzten Konferenz nach ihnen erkundigte, hat sich mein Verdacht bestätigt.«

»Eine glänzende Idee!« rief ich lachend. »Damit gewinnen wir zumindest Zeit, um alles Notwendige zu erledigen.« Zu Valerie sagte ich: »Grüßen Sie bitte Ihre Mutter und auch Wahad, Ihren Bruder.«

Harry, Kamel, Valerie und Nim machten sich mit ihren Geiseln auf den Weg nach Long Island.

Solarin, Lily, Mordecai und ich nahmen Nims grünen Morgan. Mit den letzten vier Figuren aus dem Sekretär fuhren wir zu Mordecais Wohnung im Diamantenviertel. Lily saß am Steuer, ich saß wieder auf Solarins Schoß, Mordecai hockte zusammengedrückt wie ein Gepäckstück hinter den beiden Vordersitzen, und auf ihm thronte Carioca.

»Kleiner Hund«, murmelte Mordecai und streichelte Carioca lächelnd, »nach all den Abenteuern bist du praktisch auch ein Schachspieler geworden! Und jetzt können wir den acht Figuren, die ihr aus der Wüste geholt habt, noch ganz unerwartet die sechs der weißen Mannschaft hinzufügen. Es war alles in allem ein sehr erfolgreicher Tag.«

»Mit den neun, die Sie haben, wie Minnie uns erzählt hat«, fügte ich hinzu, »sind es dreiundzwanzig.«

»Sechsundzwanzig«, korrigierte mich Mordecai lachend, »ich habe auch die drei, die Minnie 1951 in Rußland entdeckt hatte und die Ladislaus Nim und sein Vater nach Amerika brachten!«

»Richtig!« rief ich. »Ihre neun hatte Talleyrand in Vermont vergraben. Aber woher kommen unsere acht aus der Wüste?«

»Ach ja, da fällt mir ein, ich habe noch etwas für Sie«, verkündete Mordecai fröhlich. »Es wartet mit den Figuren in meiner Wohnung. Vielleicht hat Nim Ihnen erzählt, daß Minnie ihm damals in Rußland auf den Felsen etwas zugesteckt hat – etwas von großer Bedeutung . . .«

»Ja«, sagte Solarin, »etwas aus einem Buch. Ich habe es damals in jener Nacht auch gesehen. Stammt es aus dem Tagebuch, das Kat von Minnie bekommen hat?«

»Nur ein wenig Geduld«, sagte Mordecai, »gleich werdet ihr es erfahren.«

Wir parkten Nims Morgan in einem Parkhaus und gingen zu Fuß zu Mordecais Wohnung. Solarin trug den Beutel mit den Figuren, der inzwischen für mich zu schwer war.

Es war beinahe dunkel. Zeitungen fegten über den menschenleeren Gehweg. Es war noch immer Labor Day, und alles war verriegelt und geschlossen.

Nach etwa einem halben Block blieb Mordecai stehen und schloß eine Metalltür auf. Ein langes, schmales Treppenhaus führte zur Rückseite des Hauses. Wir folgten ihm die Treppe hinauf, bis er auf dem Treppenabsatz eine weitere Tür aufschloß.

Wir kamen in eine riesige Dachwohnung. Kristalleuchter hingen an neun Meter hohen Decken. Im Glas der hohen Fensterfront auf der einen Seite spiegelten sich funkelnde Tropfen, als Mordecai das Licht einschaltete. Überall lagen dicke, wunderschöne Teppiche, standen hohe glänzende Zimmerpflanzen. Auf Sesseln und Sofas lagen Felle und Kissen, auf den Tischen stapelten sich Bücher, und ich sah wertvolle Bilder und Kunstgegenstände. An einer Wand hing ein riesiger, unbeschreiblich schöner Wandteppich, der so alt wie das Montglane-Schachspiel zu sein schien.

Solarin, Lily und ich setzten uns auf die weichen, breiten Sofas. Auf dem Tisch vor uns stand ein großes Alabasterschachbrett. Lily räumte die Schachfiguren ab, und Solarin holte unsere Figuren nacheinander aus dem Beutel und stellte sie auf das Brett.

Die Figuren des Montglane-Schachspiels waren selbst für diese übergroßen Schachfelder noch zu groß. Aber es war ein atemberaubender Anblick, wie sie im sanften Schein der Kristalleuchter schimmerten.

Mordecai zog den Wandteppich zur Seite. Dahinter kam ein Wandsafe zum Vorschein. Es enthielt einen Kasten mit seinen zwölf Figuren. Solarin half ihm, den schweren Kasten herauszuholen.

Als alle Figuren auf dem Schachbrett standen, sahen wir sie uns noch einmal genau an: die steigenden Pferde – die Springer –, die ehrfurchtgebietenden Läufer als Elefanten, die Kamele mit den turmähnlichen Sitzen auf den Rücken – die beiden Türme. Der goldene König ritt auf einem Dickhäuter, die Dame saß in ihrer Sänfte. Alle Figuren waren mit Edelsteinen übersät und so fein und genau gearbeitet, daß es keinem Handwerker in den letzten tausend Jahren gelungen wäre, sie zu kopieren. Nur noch sechs Figuren fehlten, darunter auch der weiße König.

Wir nahmen das Tuch aus dem Kästchen und legten es ausgebreitet auf den niedrigen Couchtisch neben das Schachbrett. Ich war wie geblendet, von den seltsam leuchtenden Symbolen, den schönen, funkelnden Edelsteinen – Smaragde, Saphire, Diamanten, gelbe Zitrine, hellblaue Aquamarine und blaßgrüne Peridote, die Solarins Augen so glichen. Er nahm meine Hand, während wir schweigend dort saßen.

»So, und hier ist das, was ich Ihnen versprochen habe«, sagte Mordecai, ging zum Safe und holte ein Bündel zusammengefalteter Blätter heraus. Sein braunes Gesicht verzog sich zu einem wissenden Lächeln. Er streckte die Hand aus, als erwarte er, daß Lily aufstand. »Komm, du mußt mir beim Abendessen helfen. Wir warten auf deinen Vater und Nim. Wenn sie von Long Island zurück sind, werden sie Hunger haben. Unsere Freundin Kat kann inzwischen lesen, was hier steht.«

Lily folgte ihm unter Protest in die Küche. Solarin rückte näher, und ich entfaltete behutsam die Blätter. Es war dasselbe hauchdünne Papier wie in Mireilles Tagebuch. Ich holte es aus dem Beutel, und man konnte deutlich erkennen, wo die Seiten herausgetrennt worden waren. Ich lächelte Solarin an.

Er legte den Arm um mich, und ich begann zu lesen. Es war das letzte Kapitel aus Mireilles Tagebuch.

DIE GESCHICHTE DER SCHWARZEN DAME

Die Kastanienbäume blühten, als ich im Frühjahr 1799 Charles-Maurice Talleyrand verließ, um nach England zu fahren. Ich tat es ungern, denn ich war wieder schwanger. Ein neues Leben formte sich in mir, und damit wuchs auch mein Entschluß, das Spiel endgültig zu beenden.

Vier Jahre sollten vergehen, ehe ich Maurice wiedersah. In diesen vier Jahren wurde die Welt von tiefgreifenden Ereignissen erschüttert und verändert. Napoleon stürzte in Frankreich das Direktorium und wurde erster Konsul und dann Konsul auf Lebenszeit. In Rußland wurde Paul I. von seinen eigenen Generälen ermordet. An ihrer Spitze stand Plato Zubow, der letzte Liebhaber seiner Mutter. Der scheue und geheimnisvolle Alexander, der mit mir im Wald neben der sterbenden Äbtissin gestanden hatte, war nun im Besitz der schwarzen Dame. Für England und Frankreich, Österreich, Preußen und Rußland begann wieder eine Zeit der Kriege. Talleyrand, der Vater meiner Kinder, konnte schließlich mit einer päpstlichen Dispensation Catherine Noël Grand, die weiße Dame, heiraten.

Ich besaß das Tuch, die Skizze des Schachbretts und wußte, daß mir siebzehn Figuren zugänglich waren: die neun in Vermont, deren Versteck ich inzwischen kannte, die sieben im Besitz von Madame Grand und die eine Figur, die Alexander hatte.

Am 4. Oktober 1799, kurz bevor Schahin mit Charlot und Napoleon aus Ägypten zurückkehrte und genau sechs Monate nach meinem Geburtstag, brachte ich in London ein Mädchen zur Welt. Ich nannte es Elisa nach Elissa der Roten, dieser legendären Frau, die Karthago gegründet hatte. Auch Napoleons Schwester trug diesen

Namen. Aber ich rief sie Charlotte, nicht nur in Erinnerung an ihren Vater Charles-Maurice und ihren Bruder Charlot, sondern auch in Erinnerung an die andere Charlotte, die ihr Leben geopfert hatte, um mich zu retten.

Als Schahin und Charlot bei mir in London eintrafen, begann erst die eigentliche Arbeit. Wir beschäftigten uns Tag und Nacht mit den Schriften von Isaac Newton und studierten bei Kerzenlicht seine vielen Notizen und Experimente. Es war William Blake, der mystische Dichter gewesen, der mich bei meinem ersten Englandaufenthalt, als ich Talleyrand um wenige Tage verfehlt hatte, auf Newtons alchemistische Erkenntnisse aufmerksam gemacht hatte. Aber alles schien vergebliche Mühe zu sein. Nach vielen Monaten kamn ich zu der Ansicht, daß der große Wissenschaftler das Geheimnis nicht entdeckt hatte. Und dann wurde mir klar, daß *ich* vielleicht nicht wußte, worin das Geheimnis eigentlich bestand.

»Die Acht«, sinnierte ich eines Abends, als wir in Cambridge in dem Zimmer über dem Küchengarten saßen, wo Newton beinahe vor einem Jahrhundert experimentiert hatte, »was bedeutet eigentlich die Acht?«

»In Ägypten«, sagte Schahin, »glaubte man, acht Götter stehen über allen anderen. In China glauben sie an die Acht Unsterblichen. In Indien heißt es, der schwarze Krischna sei der achte Sohn und zur Rettung der Menschen unsterblich. Und die Buddhisten glauben an den achtfachen Weg zum Nirwana. In den Mythologien der Welt spielt die Ziffer Acht immer wieder eine wichtige Rolle...«

»Aber gemeint ist immer dasselbe«, erklärte mein kleiner, im Grunde aber schon so alter Sohn Charlot, »die Alchemisten suchten nicht nur ein Metall in ein anderes zu verwandeln. Sie hatten dasselbe im Sinn wie die Ägypter, die die Pyramiden bauten, dasselbe wie die Babylonier, die den heidnischen Göttern Kinder opferten. Die Alchemisten beginnen ihr Werk immer mit einem Gebet zu Hermes, der nicht nur als Götterbote die Seelen der Verstorbenen in den Hades geleitet, sondern auch der Gott des Heilens ist –«

»Schahin hat dir zuviel Mystisches beigebracht«, unterbrach ich ihn. »Wir suchen eine wissenschaftliche Formel.«

»Aber Mutter, das ist es doch! Verstehst du nicht?« erwiderte Charlot. »Deshalb haben sie doch den Gott Hermes angerufen! In der ersten Phase des Experiments gewinnen sie in insgesamt sechzehn Schritten ein rötlichschwarzes Pulver als Rückstand. Sie kneten daraus eine Masse, den Stein der Weisen. In der zweiten Phase verwenden sie diese Masse als Katalysator, um Metalle zu verwandeln. In der dritten und letzten Phase mischen sie das Pulver mit einer besonderen Art Wasser – es ist Tau, der in einer bestimmten Jahreszeit gesammelt wurde, und zwar wenn die Sonne zwischen Stier und Widder steht. Alle Abbildungen in den Büchern zeigen das. Es ist dein Geburtstag, denn dann ist das Wasser, das vom Mond fällt, sehr schwer. Und zu diesem Zeitpunkt beginnt die letzte Phase.«

»Das verstehe ich nicht«, sagte ich verwirrt. »Hat man dieses besondere Wasser mit dem Pulver des Steins der Weisen gemischt?«

»Man nennt es *al-iksir*«, erklärte Schahin leise. »Wenn man es einnimmt, bringt es Gesundheit, langes Leben und heilt alle Wunden.«

»Mutter«, sagte Charlot und sah mich ernst an, »es ist das Geheimnis der Unsterblichkeit: das Elixier des Lebens.«

Es hatte vier Jahre gedauert, bis wir im Spiel soweit gekommen waren. Nun kannten wir zwar den Sinn der Formel, aber wir wußten noch nicht, wie wir das Elixier des Lebens herstellen sollten.

Im August 1803 fuhr ich mit Schahin und meinen beiden Kindern in das Bad Bourbon-l'Archambault. In dieser Stadt, nach der sich die bourbonischen Könige nennen, machte Talleyrand in jedem Sommer eine Kur in dem heißen Thermalwasser.

Alte Eichen wuchsen um die Quellen, und blühende Päonien schmückten die langen Parkwege. Am ersten Morgen meiner Ankunft stand ich in die langen Leinentücher gehüllt, die man bei der Kur trägt, auf dem Weg und wartete inmitten von Schmetterlingen und Blumen. Dann sah ich Maurice. Er kam langsam auf mich zu.

In den vier vergangenen Jahren hatte er sich verändert. Ich war noch nicht dreißig, aber er bald fünfzig – Falten durchzogen sein hübsches Gesicht, durch die Locken der ungepuderten Haare zogen sich silberne Fäden. Als er mich sah, blieb er wie erstarrt stehen, ohne den Blick von mir zu wenden. Seine durchdringenden Augen leuchteten noch immer so intensiv blau wie an dem ersten Morgen, als ich ihn mit Valentine in Davids Atelier gesehen hatte.

Dann trat er auf mich zu, als habe er mich erwartet. Er legte die Hand auf meine Haare und sah mich an.

»Ich werde dir nie vergeben«, waren seine ersten Worte. »Durch dich habe ich gelernt, was Liebe ist, aber dann läßt du mich allein. Warum beantwortest du meine Briefe nicht? Warum verschwindest du und tauchst plötzlich wieder auf, nur um mir das Herz von neuem zu brechen, wenn es gerade dabei ist, zu heilen? Wenn ich an dich denke, wünsche ich manchmal, ich hätte dich nie kennengelernt.«

Er strafte seine Worte jedoch sofort Lügen, riß mich an sich und umarmte mich leidenschaftlich. Seine Lippen glühten auf meinem Mund, meinem Hals und meinen Brüsten. Wie früher erfaßte mich wieder die verzehrende Macht seiner Liebe. Ich kämpfte gegen das Verlangen und löste mich von ihm.

»Ich bin gekommen, um dich an dein Versprechen zu erinnern«, sagte ich tonlos.

»Ich habe alles wie versprochen getan – und mehr als das«, erwiderte er traurig. »Für dich habe ich alles geopfert – mein Leben, meine Freiheit, vielleicht sogar meine unsterbliche Seele, denn in den Augen Gottes bin ich immer noch ein Priester. Dir zuliebe habe ich eine Frau geheiratet, die ich nicht liebe und die mir nie die Kinder schenken kann, die ich haben möchte. Du hast mir zwei Kinder geboren, und ich darf sie nicht einmal sehen.«

»Sie sind bei mir«, erwiderte ich. Er sah mich ungläubig an. »Aber zuerst mußt du mir sagen, wo die Figuren der weißen Dame sind!«

»Die Figuren!« rief er mit bitterem Lachen. »Keine Angst, ich habe sie. Ich habe sie der Frau entwendet, die mich mehr liebt, als du es je getan hast oder tun wirst. Und nun benutzt du meine Kinder als Unterpfand, um die Figuren von mir zu bekommen. Mein Gott, ich staune, daß ich dich überhaupt noch liebe.« Er schwieg. In die unverkennbare Bitterkeit mischte sich dunkle Leidenschaft. »Es widerspricht plötzlich jeglicher Vernunft«, flüsterte er, »daß ich ohne dich nicht mehr leben kann.«

Die Gewalt der Gefühle ließ ihn erbeben. Seine Hände lagen auf meinem Gesicht, meinen Lippen, meinen Haaren. Er küßte mich in diesem öffentlichen Park, wo jeden Augenblick Leute auftauchen konnten. Wie immer war die Macht seiner Liebe unwiderstehlich. Meine Lippen erwiderten seine Küsse, meine Hände glitten über seinen Körper, wo das Tuch sich gelöst hatte.

»Diesmal«, flüsterte er, »werden wir kein Kind machen – aber ich werde dich dazu bringen, daß du mich liebst, und sollte es auch das letzte sein, was ich tue.«

Maurice war außer sich vor Glückseligkeit, als er zum ersten Mal seine Kinder sah. Wir trafen uns um Mitternacht im Badehaus. Schahin wachte an der Tür.

Der inzwischen zehnjährige Charlot wirkte mit seinen schulterlangen roten Haaren und den leuchtendblauen Augen, die durch Zeit und Raum hindurchzublicken schienen, bereits wie der Prophet, den Schahin vorausgesagt hatte. Die vierjährige Charlotte glich Valentine als Mädchen. Talleyrand fühlte sich in ihrem Bann, während wir in dem heißen, dampfenden Thermalwasser saßen.

»Ich möchte die Kinder bei mir haben«, sagte Talleyrand schließlich und streichelte immer wieder Charlottes blonde Haare. »Das Leben, auf dem du bestehst, ist kein Leben für ein Kind. Niemand muß etwas von unserer Beziehung erfahren. Mir gehört inzwischen Valençay. Die beiden werden einen Adelstitel und Landbesitz bekommen. Wir können ihre Herkunft geheimhalten. Nur wenn du damit einverstanden bist, bekommst du die Figuren von mir.«

Ich wußte, er hatte recht. Was für eine Mutter konnte ich sein, wenn mein Leben von Mächten beherrscht wurde, die sich meiner Kontrolle entzogen? Ich las in seinen Augen, daß er die Kinder von Herzen liebte. Aber es gab eine Schwierigkeit.

»Charlot kannst du nicht haben«, sagte ich zu ihm, »er wurde unter den Augen der Göttin geboren – er wird wie prophezeit das Rätsel lösen.« Charlot kam durch das heiße Wasser zu Talleyrand und legte die Hand auf den Arm seines Vaters.

»Du wirst ein großer Mann sein«, sagte er, »ein Fürst mit viel Macht. Du wirst lange leben, aber außer uns wirst du keine Kinder haben. Du mußt meine Schwester Charlotte zu dir nehmen – verheirate sie in deine Familie, damit ihre Kinder wieder mit unserem

Blut verbunden sind. Aber ich muß in die Wüste zurück. Dort wartet mein Schicksal...«

Talleyrand sah den kleinen Jungen staunend an, aber Charlot sprach weiter.

»Du mußt deine Verbindung zu Napoleon lösen, denn sein Sturz ist unvermeidlich. Wenn du das tust, wird deine Macht viele Veränderungen in der Welt überdauern. Aber du mußt noch etwas für das Spiel tun: Hole die schwarze Dame von Alexander, dem Zaren von Rußland. Sag ihm, du kommst von mir. Mit den sieben Figuren, die du hast, werden es dann acht sein.«

»Alexander?« fragte Talleyrand und sah mich durch den Wasserdampf hinweg an. »Hat er auch eine Figur? Aber warum sollte er sie mir geben?«

»Du gibst ihm dafür Napoleon«, erwiderte Charlot.

Talleyrand begegnete Alexander auf dem Fürstentag zu Erfurt. Niemand weiß, welchen Pakt sie schlossen, doch es kam alles so, wie Charlot vorausgesagt hatte. Napoleon wurde abgesetzt, kehrte aus der Verbannung zurück und wurde endgültig vernichtet. Am Ende erkannte er, daß Talleyrand ihn verraten hatte. »Monsieur«, sagte er eines Morgens beim Frühstück in Anwesenheit des ganzen Hofs, »Sie sind nichts als Scheiße in Seide.« Aber Talleyrand besaß bereits die schwarze Dame. Und außerdem erhielt ich von ihm etwas sehr Wertvolles: die Springer-Tour des Amerikaners Benjamin Franklin, die half, der Formel näherzukommen.

Ich reiste mit Schahin, Charlot und acht Figuren, dem Tuch und der Skizze des Schachbretts nach Grenoble. Dort, im Süden Frankreichs, trafen wir den berühmten Physiker Jean-Baptiste Joseph Fourier, den Charlot und Schahin in Ägypten kennengelernt hatten. Wir besaßen zwar viele Figuren, aber nicht alle. Und es dauerte dreißig Jahre, bis wir die Formel enträtselt hatten. Aber schließlich gelang es uns.

Wir vier standen nachts in Fouriers dunklem Labor und beobachteten, wie sich im Schmelztiegel der Stein der Weisen bildete. Nach dreißig Jahren und vielen Fehlschlägen gelangen uns wie vorgeschrieben die sechzehn Schritte – die Vereinigung des roten Königs mit der weißen Dame. Dieses Geheimnis war der Welt vor tausend

Jahren verlorengegangen: Kalzination, Oxidation, Kristallisation, Fixation, Solution, Digestion, Destillation, Evaporation, Sublimation, Separation, Extraktion, Zerotation, Fermentation, Putrefaktion, Propagation – und jetzt Projektion. Wir sahen, wie die flüchtigen Gase in dem Glas sich von den Kristellen lösten, die wie die Sternenkonstellationen des Universums leuchteten. Die Gase entwickelten beim Aufsteigen farbige Dämpfe: dunkelblau, purpurrot, rosa, magenta, rot, orange, gelb, gold ... Man nannte es das Pfauenrad – das Spektrum der sichtbaren Wellenlängen. Und darunter befanden sich die Wellen, die man nur hören und nicht sehen konnte.

Als die Gase sich aufgelöst hatten und verschwunden waren, blieb am Boden des Glases eine rötlichschwarze Masse zurück. Sie wurde sorgfältig vom Glas gekratzt, mit etwas Bienenwachs bestreut und damit gebunden. Man mußte sie nur noch in das »schwere Wasser« geben – und trinken.

1830 lösten wir die Formel. Wir wußten aus unseren Büchern, daß das Elixier lebensspendend, aber wenn wir etwas falsch gemacht hatten, auch tödlich sein konnte. Es gab noch ein Problem. Wenn wir tatsächlich das Lebenselixier gewonnen hatten, dann mußten wir die Schachfiguren sofort verstecken. Deshalb beschloß ich, in die Wüste zurückzukehren.

Ich fuhr noch einmal und, wie ich fürchtete, zum letzten Mal über das Meer. In Algier ging ich mit Schahin und Charlot zur Kasbah. Ich wußte, dort lebte jemand, der für meine Mission von Nutzen sein konnte. Ich fand den Mann schließlich in einem Harem. Er saß, umgeben von vielen verschleierten Frauen, vor einer großen Leinwand. Er wandte den Kopf, und mit den zerzausten dunklen Haaren und den blitzenden blauen Augen glich er David, als Valentine und ich ihm vor vielen Jahren in seinem Atelier Modell standen. Aber dieser junge Maler sah einem anderen noch sehr viel ähnlicher als David – er war ein Ebenbild von Charles-Maurice Talleyrand.

»Ihr Vater schickt mich«, sagte ich zu dem jungen Mann, der nur wenig jünger war als Charlot.

Der Maler sah mich verblüfft an. »Dann müssen Sie ein Medium sein.« Er lächelte. »Mein Vater, Monsieur Delacroix, ist schon seit vielen Jahren tot.« Er drehte den Pinsel in der Hand und ließ sich nur ungern bei seiner Arbeit stören.

»Ich spreche von Ihrem richtigen Vater«, sagte ich, und er wurde rot, »ich spreche von Fürst Talleyrand.«

»Das sind nichts als Gerüchte«, erwiderte er knapp.

»Ich weiß es besser«, sagte ich. »Ich heiße Mireille und komme in einer Mission aus Frankreich, bei der ich Ihre Hilfe brauche. Dies ist mein Sohn Charlot – Ihr Halbbruder – und das Schahin, unser Führer. Sie sollen uns in die Wüste begleiten, denn dort möchte ich etwas von sehr großem Wert und noch größerer Macht der Erde zurückgeben. Ich möchte Sie beauftragen, an der Stelle eine Zeichnung zu machen, die alle warnt, die sich diesem Ort, der von den Göttern bewacht wird, nähern.«

Dann erzählte ich ihm die Geschichte.

Wir erreichten das Tassili erst nach Wochen. In der versteckten Höhle fanden wir schließlich einen Platz, um die Figuren zu verbergen. Eugène Delacroix erstieg die Felswand mit Charlot – der ihm erklärt hatte, wo und wie er im Innern der Höhle den Caduceus zeichnen sollte –, und er gab der weißen Göttin inmitten der antiken Jagdszene die Gestalt einer *labrys*.

Nach vollendeter Arbeit holte Schahin die Phiole mit »schwerem Wasser« und das in Bienenwachs gebundene Pulver hervor. Wir schüttelten das Pulver in die Phiole. Ich hielt sie in der Hand, während Schahin und Talleyrands Söhne zusahen.

Ich dachte an die Worte von Paracelsus, dem großen Alchemisten, der einst geglaubt hatte, die Formel gefunden zu haben. »Wir werden sein wie die Götter.« Ich setzte die Phiole an meine Lippen – und ich trank.

Am Ende der Geschichte zitterte ich von Kopf bis Fuß. Solarin umklammerte meine Hand. Das Elixier des Lebens – verbarg sich das hinter der Formel? Konnte es so etwas wirklich geben?

Meine Gedanken überschlugen sich. Die Genforscher hatten vor kurzem die Struktur der DNS entdeckt. Gleich dem Caduceus des Hermes sah dieser Baustein des Lebens wie eine Doppelspirale aus – wie eine Acht. Aber in den alten Schriften wies nichts darauf hin, daß dieses Geheimnis den Menschen bereits früher bekannt war.

Und wie konnte etwas, das Metalle verwandelte, auch das Leben ändern?

Ich dachte an die Figuren, an das Versteck in der Wüste. Und meine Verwirrung wuchs. Minnie hatte behauptet, sie ins Tassili gebracht und unter dem Caduceus in der Höhle vergraben zu haben. Wie konnte sie das Versteck kennen, wenn Mireille sie vor beinahe zweihundert Jahren dort hingebracht hatte?

Dann fiel mir der Brief ein, den Solarin aus Algier mitgebracht hatte – der Brief von Minnie. Zitternd griff ich in meine Tasche, holte ihn heraus und riß den Umschlag auf. Solarin saß neben mir und trank einen Schluck Cognac.

Als ich den Brief in der Hand hielt und einen Blick darauf warf, lief mir ein kalter Schauer über den Rücken. *Die Handschrift glich aufs Haar der Handschrift des Tagebuchs!* Der Brief war zwar in modernem Englisch geschrieben und das Tagebuch in altem Französisch, aber die ornamentalen Schriftzüge hatten sich in den zweihundert Jahren nicht geändert.

Solarin und ich sahen uns fassungslos an, dann richteten sich unsere Augen langsam auf den Brief, und wir lasen:

> Meine liebe Katherine,
> Sie kennen jetzt ein Geheimnis, um das nur wenige Menschen wissen. Selbst Alexander und Ladislaus ahnen nicht, daß ich nicht ihre Großmutter bin, denn es sind zwölf Generationen vergangen, seit ich ihrem Vorfahren Charlot das Leben geschenkt habe. Kamels Vater, der mich ein Jahr vor seinem Tod geheiratet hat, war ein Nachkomme meines alten Freundes Schahin, der seit über einhundertfünfzig Jahren tot ist. Natürlich können Sie zu der Ansicht kommen, daß ich nur eine verrückte alte Frau bin. Glauben Sie, was Sie wollen – Sie sind jetzt die schwarze Dame. Sie besitzen Teile eines mächtigen und gefährlichen Geheimnisses. Es sind genug Teile vorhanden, um das Rätsel zu lösen, wie ich es vor so vielen Jahren getan habe. Aber werden Sie es tun? Diese Entscheidung müssen Sie allein treffen.
> Wenn Sie meinen Rat hören wollen: Ich schlage vor, diese Figuren zu vernichten – sie einzuschmelzen, damit sie nie wieder

Anlaß zu solchem Leid und solchem Unheil geben, wie ich es erfahren habe. Die Geschichte beweist, was für die Menschheit ein großer Gewinn sein könnte, ist auch ein schrecklicher Fluch. Tun Sie, was Sie für richtig halten. Mein Segen begleitet Sie.

In Gott Ihre
Mireille

Ich schloß die Augen; Solarin hielt immer noch meine Hand fest umklammert. Als ich sie wieder aufschlug, sah ich Mordecai vor mir. Er hatte schützend den Arm um Lily gelegt. Nim und Harry standen hinter ihm. Sie alle setzten sich zu uns um den Couchtisch. Vor uns standen die Schachfiguren.

»Was meinst du?« fragte Mordecai ruhig.

Harry beugte sich vor und tätschelte mir den Kopf, weil ich immer noch zitterte. »Und wenn es wahr wäre?« fragte er.

»Dann wäre es das Gefährlichste, das man sich vorstellen kann«, sagte ich leise. Ich wollte es mir zwar nicht eingestehen, aber ich wußte, es war des Rätsels Lösung, und ich glaubte daran. »Sie hat recht. Wir sollten die Figuren vernichten.«

»Du bist die schwarze Dame«, sagte Lily, »du brauchst nicht auf ihren Rat zu hören.«

»Slawa und ich haben Physik studiert«, sagte Solarin, »wir haben dreimal soviel Figuren wie Mireille, als sie die Formel enträtselte. Uns fehlen nur die Angaben auf dem Schachbrett, aber ich glaube, wir können das Rätsel lösen. Ich werde das Schachbrett finden...«

»Also ich könnte ein paar Tropfen von dem Zeug gebrauchen, um alle meine Wunden zu heilen«, sagte Nim grinsend.

Wie mochte es sein, dachte ich, in dem Bewußtsein zu leben, daß man zweihundert Jahre oder noch mehr vor sich hatte? Wenn man wußte, alle Verletzungen würden heilen, falls man nicht gerade mit dem Flugzeug abstürzte, und keine Krankheit konnte einem etwas anhaben...

Aber Minnie hatte nach eigenen Aussagen zweihundert Jahre in Angst und Schrecken gelebt – auch nachdem sie das Geheimnis gelöst und das Elixier des Lebens getrunken hatte. Kein Wunder, daß sie das Spiel aufgeben wollte. Sollte auch ich ein natürliches, glückliches Leben einem langen Leben opfern?

Jetzt hatten die Worte von Paracelsus »Wir werden sein wie die Götter« plötzlich einen Sinn. Die Entscheidung über Leben und Tod hatte noch nie in den Händen der Sterblichen gelegen – mochte man nun an Götter glauben, an Geister oder an das Walten der Natur. Wenn wir plötzlich diese Macht besaßen, dann spielten wir mit dem Feuer. Wenn es uns nicht gelang, wie in alter Zeit dieses Geheimnis verborgen zu halten, dann wären wir bald in derselben Lage wie die Wissenschaftler, die die Voraussetzungen zur ersten Atombombe schufen.

»Nein«, sagte ich zu Nim und stand auf. »Wir dürfen nicht länger danach streben, Blei in Gold zu verwandeln, in das Gesetz des Lebens einzugreifen – in welcher Absicht auch immer.« Ich betrachtete die schimmernden und funkelnden Schachfiguren, für die ich mein Leben nicht nur einmal aufs Spiel gesetzt hatte, und gleichzeitig wußte ich, daß ich sie nicht würde zerstören können. Sie glühten mit einem inneren Licht, als ob sie ein eigenes Leben hätten. Etwas Geheimnisvolles verband mich mit ihnen – dem Montglane-Schachspiel – das ich nicht durchtrennen zu können glaubte. »Ich werde diese Figuren wieder vergraben«, beschloß ich. »Dieses Spiel muß ein Ende haben. Lily, du und ich, wir werden das Montglane-Spiel irgendwohin bringen, wo es für tausend Jahre ruht.«

»Aber irgendwann wird man es wiederfinden«, wandte Solarin leise ein.

»In tausend Jahren«, erwiderte ich, »wird vielleicht ein besserer Menschenschlag diese Erde bevölkern – Menschen, die ein Werkzeug wie dieses zum Wohl aller statt als Machtinstrument zu nutzen wissen.«

»Deshalb hat Minnie sich für dich entschieden«, sagte Harry und umarmte mich. »Verstehst du, Kleines, sie spürte in dir die Kraft, die ihr fehlte – die Kraft, der Versuchung der Macht zu widerstehen, die sich mit dem Wissen einstellt...«

Mordecai erschien mit einer Platte köstlich duftender Delikatessen. Carioca begleitete ihn zufrieden. Offenbar hatte er schon ausgiebig probiert. Wir griffen alle hungrig zu, als Nim mir plötzlich den Arm um die Schulter legte.

»Ich muß dir etwas sagen, Kat« – er sah mich treuherzig an –, »vielleicht liebst du ja meinen Bruder nicht, aber er liebt dich. Hüte dich vor der Leidenschaft der Russen – sie verschlingen dich mit Haut und Haaren.« Er zwinkerte Solarin zu.

»Mich kann man nicht so leicht verdauen«, erwiderte ich, »außerdem liebe ich ihn auch.« Solarin sah mich verblüfft an, ich verstand nicht, warum. Dann drückte er mir einen festen Kuß auf die Lippen.

Mordecai reichte jedem ein Glas Champagner. Dann hob er sein Glas und rief: »Auf die Zukunft! Möge das Spiel für tausend mal tausend Jahre ruhen!«

Ich setzte das Glas an die Lippen und trank es leer, ohne abzusetzen. Der Champagner perlte mir durch die Kehle – trocken, prickelnd und vielleicht sogar etwas bitter. Als die letzten Tropfen über meine Zunge rannen, fragte ich mich einen Moment, wie es wohl schmecken würde, wenn ich nicht Champagner getrunken hätte, sondern das Elixier des Lebens.

Katherine Neville

Gleich ihr erstes Buch, »Das Montglane-Spiel«, wurde ein Weltbestseller. Katherine Nevilles Romane sind »kühn, orginell und aufregend...«
PUBLISHERS WEEKLY

Außerdem erschienen:
Das Montglane-Spiel
01/8793

01/8840

Heyne-Taschenbücher